U0937170

读客外国小说文库

熊猫君激发个人成长

静物

[英] A. S. 拜厄特　著
黄协安　译

A. S. BYATT

STILL LIFE

上海文艺出版社

献给珍妮·弗劳尔迪乌

1936年5月4日—1978年10月11日

Talis, inquiens, mihi videtur, rex, vita hominum praesens in terris, ad conparationem eius, quod nobis incertum est, temporis, quale cum te residente ad caenam cum ducibus ac ministris tuis tempore brumali…adveniens unus passerum domum citissime pervolaverit; qui cum per unum ostium ingrediens, mox per aliud exierit…Mox de hieme in hiemem regrediens, tuis oculis elabitur.

Bede, Historia Ecclesiastica Gentis Anglorum

陛下，当我们比较尘世的生活与未知世界的生活时，我觉得这就像是一只麻雀飞过了宴会厅。时值冬日，陛下与领主、大臣们围坐着享用晚宴。大厅中生起舒适的火堆温暖整个厅堂；大厅外，冬日暴雨或大雪呼啸肆虐。雀儿迅速从大厅的一扇门飞进，从另一扇门飞出。当它在屋里时，免于冬天的风暴摧残，在短暂舒适之后，它又消失在原先的萧条世界中——它从冬天里来，又回到冬天里去。

德高望重的比德，《英吉利教会史》[1]

[1] 原文为拉丁语、英语对照，引用有删节。此处中文翻译引自陈维振、周清民译本。——编者注。文中注释如无特殊说明，均为编者注。

语词为我们提供的是事物的一幅清楚、常用的图像，就像挂在小学校墙上的那些图画，它们作为图例，让孩子们明白什么叫钳桌，什么叫鸟儿，什么叫蚁穴，同一类事物都被看作同样的。

普鲁斯特，《在斯万家那边》

在我从未设想过有美的地方，从最常用的物件中，从“静物”的深沉生命中，我极力去寻找美。

普鲁斯特，《在少女们身旁》[1]

居维埃曾经说，“死的物质被带向活生生的躯体，以便在其中占据一个位置并施加一个影响（这个位置和这个影响都是由它们所在的组合的性质所决定的），以便在某一天逃避这个位置和避免施加这个影响，从而归于无生气的自然的法则。”

福柯，《词与物》[2]

---

[1] 《在斯万家那边》引自李恒基、徐继曾译本，《在少女们身旁》引自桂裕芳、袁树仁译本，皆收录于《追忆似水年华》。

[2] 引自莫伟民译本。

目录

序章

后印象主义：皇家艺术学院，伦敦，1980年

他在嘉宾签名簿上签下名字，字迹非常优美：

亚历山大·韦德伯恩，1980年1月22日

她说话的语气跟往常一样强硬，叫他早点到，直接去第三间，说那里可以看到好宝贝。所以他就来了。他是个杰出的公众人物，也算是艺术家。他很听话地穿过第一间（法国，19世纪80年代）和第二间（英国，19世纪80年代和90年代）。那天早上天空灰沉沉，室内的墙壁也是淡灰色的，展厅古色古香，十分安静，灯光明亮，照亮油画，感觉这里真的有好宝贝。

一面长长的墙壁上挂着一排凡·高[1]的画，包括一幅《诗人的花园3号作品——阿尔勒公园的夫妻》，他没见过那幅画，但见过小尺寸的印

1 此类注释见《〈静物〉辞典》。

刷品，所以认得出来，落款上也有写明。他坐下来，看见一条分岔的小路，冒着金黄色的热气，一棵大松树上垂下蓝色、黑色、绿色的松针，树枝展开，直至被画框生生截断。树荫下走着两个端庄的人，手拉着手。后面是绿油油的草地，还有几棵天葵，像一摊血。

亚历山大不担心弗雷德丽卡不会来。她已经没有迟到的习惯了。生活将她磨砺得守时，甚至体贴。六十二岁的他隐隐约约地觉得，他已经太老了，日子过得太安稳了，不管是她或是别人，都不会再惹他心烦。他很肯定她会来，心里暖洋洋的。他的人生曾有一项定式，各类人、事都太过明显地重复，而她则粗暴地拒绝融入他的生活。她曾是个麻烦、威胁、折磨人的家伙，但现在她是个朋友。是她提议他们俩一起来看凡·高画展，培养一项新的定式，刻意、做作但富有情操的定式。他的话剧《黄椅子》1957年首演，他不愿太深入去想这件事，就像他也不愿太深入去想所有他以前的作品。他盯着那个平静却饱含激情的花园——一团明黄的笔触，厚涂的翡翠色，浓密粗暴的蓝绿色线条，孤零零的几笔黑色的曲线，痛苦却鲜艳的橙红色块。他很难找到合适的词语来形容凡·高对闪光的物质世界的迷恋。如果他只叙述那些为人熟知的事——凡·高和高更[2]在阿尔勒黄房子里的吵架、这位向画家提供必要的颜料和爱的远方亲戚、被割下来送给妓女的耳朵、精神病院的恐惧——那他是在撒谎。起初，他想过可以平铺直叙，不用形容词，黄色椅子就是黄色椅子，就像苹果就是苹果，向日葵就是向日葵。有时候，他还是能看到原始的笔触，所以任何关于花园的隐喻的理解都必须被消除。树不是被剥去的黑色双翼，天葵上也没有血。但是，他做不到。他不知道怎么开头。向日葵这个名字本身就是一个隐喻，向日葵不仅向着太阳，本身就像太阳，是光明的来源。

凡·高对事物的概念和他的也不同。黄椅子，除了刷子和颜料，也不只是一张黄色的椅子，而是十二张买给即将住进黄房子[1]的艺术家们的椅子。房里雪白的墙壁上挂着的向日葵画闪闪发光，就像阳光透进哥特式教堂的彩色玻璃。这不只是一个比喻，更意味着文化、宗教、信仰、教堂。事物之间总是存在联系。《诗人的花园》，挂在“诗人高更”的卧室里，它的意义就不止于一幅画。

阿尔勒，1888年

前段时间，我读过一篇关于但丁、彼特拉克、博卡乔和博蒂切利的文章。天哪！那些人的书信着实给我留下了深刻印象。

彼特拉克住在阿维尼翁，离这儿很近，如今我正欣赏着同样的柏树和夹竹桃。

在这个奇怪的乡村，整个塔塔林和道米尔仍然有很多希腊人，他们的口音很有意思。阿尔勒有一个维纳斯，就像莱斯博斯也有一个维纳斯，人们仍然感受到青春活力，尽管……

话说回来，这个花园很神奇，能让人感受到文艺复兴时期的诗人，在灌木丛和草地上散步……

什么青春活力？亚历山大心想。我想我当时有点低落。1890年7月，写下这段文字两年后，凡·高开枪打了自己的小腹，这样的自杀死得慢。1954年，有时间强迫症的亚历山大就读过了凡·高诞辰百年纪念

[1] 黄房子是凡·高在阿尔勒的居所。

版（1953年）的《凡·高书信集》。他当时已经三十七岁，《黄椅子》上演的时候，他就超过了三十七岁，超过了凡·高去世时的岁数，而20世纪40年代时，他就想到济慈[3]去世时岁数也没他大。他感觉活着真好。这不是废话吗？普罗旺斯永远青春！他想到那些公路，密集，宽阔，热腾腾，把那片土地切成了一块块。接着，他把注意力转向永恒的麦田和橄榄树林。

她从帕拉迪安风格的大理石楼梯走上来。一个画家停下来跟她亲了一下，一个记者向她招手致意。这次展览的组织者约翰·豪斯几乎是跃下了楼梯，旁边有个穿松绿色宽松外套的小女人陪着。他又亲了弗雷德丽卡一口，含糊地介绍了那个女人的姓名，说她是同事，又在介绍弗雷德丽卡时说："弗雷德丽卡，很抱歉，我不知道该怎么称呼你，现在的女性捉摸不定。"弗雷德丽卡不想追问那个女人到底姓甚名谁，她已经对陌生人没有了兴趣，除非能够确定那是有实际价值的人。她猜想约翰·豪斯的同事是一位艺术史学家，不过她猜错了。那位同事看着弗雷德丽卡，但显然心思不在她的身上。约翰·豪斯向她介绍这次画展的来龙去脉，说到有些画来不及挂出来，例如《雅各布与天使搏斗》，墙壁上还留着空白，有些画的效果则出乎意料。弗雷德丽卡仔细听着，然后继续往前走，在嘉宾签名簿上签了名——弗雷德丽卡·波特，广播三台，评论家论坛。她要了一本免费画册，然后慢悠悠地朝跟亚历山大约定好的会合点走去。

一位用语音导览器参观的老太太越走越兴奋，她拉起另一个老太太的胳膊。"嘿，你看，这是丘吉尔画的，叫……'安提布岬'。"

弗雷德丽卡停下脚步，仔细瞧了一眼。那是莫奈[4]的《安提布岬》。蓝色和粉色的旋涡无形地形成了海水和海风。"画画，"她记得普鲁斯特[5]笔下虚构的画家埃尔斯蒂尔曾说过，"要做到看见又看不见”。要把我们与物体之间的光线和空气画出来。“亲爱的，丘吉尔……”另一个老太太掰开抓在她胳膊上的手指，“不是这个档次的。”她紧张地看了看弗雷德丽卡，又瞥回画上的署名。

海面上波光粼粼。在画册里，约翰·豪斯引用了莫奈的话，将盖着雪花的干草堆周围的光线，形容成包裹了一层面纱。他还引用了马拉美[6]的话，“我认为……只能暗示。说得太直白，就抵消掉读诗四分之三的乐趣，诗歌要慢慢品味才有趣。暗示，可以造梦”。这不是让弗雷德丽卡有共鸣的观点，她恰恰喜欢直白。不过，随着她往下面多看了几眼，便被画面精致而流畅的颜色震住了，尤其是海上蓝粉色的旋风，还有神秘草堆四周被菱形切割的灰白光环。她在画册的空白处潦草地做了一些笔记。

丹尼尔买了一张票，还掏钱买了一本画册，他不知道这是为了什么。他想他是来和弗雷德丽卡讨论某些管理问题的。他知道她认为他需要艺术。他腋下夹着一张折叠的报纸，头条新闻的标题是：和平妈妈死了。他听到坏消息会不舒服，年纪越大越不舒服，这或许是他自己也想不到的。他看了看，但没有看到那些画。他看到一片罂粟和玉米地，让他想起凡·高的《丰收》，这幅画被弄成了大大小小的版本，到处都有——医院走廊、候诊室、学校办公室，基本都掉了颜色，像无处不在的幽灵。他常看到这片肥沃的田野，也在不止一家精神病院的休息室里，看到过塞尚棕绿色混杂的几何形状的灌木丛。真奇怪，他想，因为凡·高本人就是在这种地方因精神错乱而绝望地自杀。这些田野不平静，而是过度兴奋。丹尼尔对于精神病人的耐心已经今非昔比。虽然丹尼尔比亚历山大小十四岁，但他也习惯把自己当成一个幸存者，一个被打得遍体鳞伤、面目全非的幸存者。

亚历山大看见她朝他走来。十几个女学生正埋头填写调查问卷，很多问题答一个词就够了。亚历山大一直对服饰很有研究，他发现弗雷德丽卡的穿着打扮变了，这些年轻人的着装则是那个年龄段的弗雷德丽卡的翻版，而弗雷德丽卡的新风格与年纪变化不无关系。她穿着传统的深色羊毛两件套，上衣是颜色柔和的几何图案，有绿色，也有意想不到的秸秆棕色，腰部收紧，起到裙撑的作用，长裙垂到膝盖。领子上竖着一圈荷叶边，却不显得盛气凌人，头戴着一顶天鹅绒小帽子，可以挂面纱，但她没有挂。淡红色的头发在脖子后面梳成“8”形发髻，让人想起图卢兹-劳特雷克画得很好的一个咖啡馆常客。五十年代和后印象派有一定的关系，亚历山大觉得。她走过来亲了他一下。他提到那些年轻人的打扮。她非常感兴趣。

“亲爱的，我知道。铅笔裙、蝙蝠袖毛衣和尖头高跟鞋，女孩们抹上鲜红的口红，挺着坚实的小屁股踉跄而行。我记得，我曾以为口红已经彻底过时，过度化妆的梦已经醒了，就像在剑桥的时候，丝光棉大行其道，我也曾经认为塔夫绸就要退出历史舞台了。你还记得吗？”

“当然。”

“你还记得20世纪60年代的模仿潮吗？我们去国家肖像馆，从印度教宗师、少将到王室大管家，基本都是一个样子。对于模仿，大家都是很认真的。大家越来越相像。像我的人越来越多。”

“别胡说。你呢？你不随大流，反而要复古吗？”

“哦，我有我自己的特点。我理解20世纪50年代，但实在接受不了40年代的风格——垫肩、绉纱、童花头，算了吧。我觉得只有恋母情结的人才会喜欢，那是上一辈的打扮，见鬼了，我们是不是跑题了？没办法，这是我喜欢的话题。”

“没错。”

“现在我有钱了。”

“大家又要勒紧腰带了，你倒有钱了。”

“大家又要勒紧腰带了，好吧，我长大了，有钱了。”他们看见丹尼尔朝他们走过来。

“丹尼尔还是老样子。”亚历山大说。

“有时我希望他能变一变。”弗雷德丽卡说。

丹尼尔总是这个样子。他穿得和20世纪六七十年代一样，宽松的灯芯绒裤子、厚重的毛衣、工装外套，都是黑色的。和许多蓄络腮胡子的男人一样，他已经开始慢慢谢顶，要知道，从前他的头发可是乌黑茂密。不过，他的黑胡子还是繁密坚挺，体形也依旧紧实魁梧。在这里，他看起来有点像画家。他挥了一下卷起来的报纸，向弗雷德丽卡和亚历山大打招呼，并表示外面很冷。弗雷德丽卡亲了他一下，说他的打扮像浑身臭味的人，但实际上在他身上闻不到一点气味。亚历山大的身上则散发着欧仕派沐浴露的气息，以及一种令人愉悦的舒爽温暖。他光滑的棕色头发和以往一样浓密，不过已经出现银丝，闪闪发光。

“我们得谈谈。”丹尼尔说。

“先看看这些画吧。放松一些。”

“我一直在努力。我去了国王礼拜堂参加祷告。”

“挺好，”弗雷德丽卡看了他一眼，“那么现在看画吧。”

高更的《有斧头的人》。“这幅适合你，”弗雷德丽卡浏览着介绍牌，对亚历山大说，“雌雄同体，约翰·豪斯说的。不，是高更说的。你觉得呢？”

亚历山大认为这具装饰性的金色人体和帕台农神庙雕带上的人体一模一样。蓝色腰布，硕大的乳房，紫色的大海，海面上漂着珊瑚。他不为所动，尽管颜色丰富而奇异。他跟弗雷德丽卡说，他希望雌雄同体最好处理得更模糊一些，隐晦一些，不那么直白，然后叫她看一幅静物画，标题是“静物。宴请，1888年。”画中的物品包括两只梨和一束鲜花，放在鲜红色的盘子上，盘子周围一圈是黑色的。落款写着“马德莱娜·伯纳德”。亚历山大跟弗雷德丽卡说，高更曾经喜欢过这位年轻女人，他用当时流行的手法画过她的肖像，赋予她极其难得的雌雄同体的完美特征，兼具强烈的感官享受和难以企及的自给自足。弗雷德丽卡根据画册的资料告诉他，那些花果就是马德莱娜的化身，两只梨是她的乳房，那些花代表她的头发。“还可以用另一种方式来解读。”亚历山大说，此时他兴趣盎然，“你可以认为梨本身即雌雄同体，它们也有男性的特征。”“头发也不只是她的头发，对吧？”弗雷德丽卡大声说。她的话让一些旁观者感到震惊，更多的人则觉得有趣。“你想捍卫你的形象吧，亚历山大？”“是岁月。”亚历山大说得很平静、客观。他们周围的人越来越多，好像他们是旅游团的讲解员。

下一幅是《摘橄榄的人》。丹尼尔的心思不在这里。他想起在冰冷的国王礼拜堂里看到一头金红色的直发，比弗雷德丽卡的更黄，但不那么妩媚，发卡一松开，那头直发就插到衣领里面去。他看到一片雀斑，感觉像一块6便士大小的棕色补丁，在颧骨和眉毛中间游动，那脸型相当刚硬。在寒冷的礼拜堂里，他听到性冷淡的声音响起：“圣婴降生……于是，赫罗德怒火中烧。”她低下头，唱得走调，那些无辜的人像在杀猪，相互折磨着。

这些橄榄是1889年在圣雷米的精神病院里画的。

至于我，我作为一个朋友跟你说，面对这样的自然，我感到软弱无力。在那些平静的地方，我这个北方人的大脑被噩梦所压迫，因为我觉得我应该将树木处理得更好。我不想随便漏掉什么，但我只能表现两种——雪松和橄榄树，对于其余更好、更有力量的，我就采用象征性的语言……看看，我想到了另一个问题。生活在橄榄树、橘子树和柠檬树中间的人们是谁？

弗雷德丽卡和亚历山大就自然的超自然主义进行了一番讨论。丹尼尔看着粉红色的天空、扭曲的树干、银色的叶子和富有韵律的大地的色彩——褐黄色、粉红色、浅蓝色、红棕色。弗雷德丽卡同意亚历山大的看法，这些橄榄不由得让人想起橄榄山、客西马尼园，那时，凡·高还是一个非神职牧师的儿子。雪松通常是死亡的象征。丹尼尔纯粹出于礼貌问凡·高为什么疯了，是不是被逼的？亚历山大说那可能是一种癫痫，冬天的寒冷强风和夏天的酷热会产生大气电子干扰，让癫痫恶化。或者也可以用弗洛伊德[7]的理论来解释。他把哥哥夭折的责任揽到自己身上，他的名字本是那个哥哥的。他的出生日是1853年3月30日，那个夭折的哥哥文森特·凡·高出生于1852年3月30日。他要逃避家庭，逃避那个夭折的第二自我，逃避自我身份的不确定性。他曾经写信给提奥说："我希望你不姓凡·高。我本不姓凡·高。我一直将你看作'提奥'。"丹尼尔说，弗雷德丽卡说橄榄树中间隐藏着痛苦，但他看不到。亚历山大接着"上课"，他说文森特曾经反对伯纳德和他的兄弟在客西马尼园的画上加入象征基督的元素，他也撕毁过自己的画，最后将这一切映射到橄榄树上。他向丹尼尔介绍那些凡·高在圣雷米画的可怕的枯萎的树，解释画上的红与黑。丹尼尔说，很奇怪，为了让人们高兴一点，精神病院居然沿着墙壁种了那么多果树。那些树立在粉红色和绿色的光环下，头上有小东西飞过，就这样被固定在光影之上，几缕瞥视之间，随意的笔触之中。

致埃米尔·伯纳德[8]，圣雷米，1889年12月

此时我的面前有一张画布。画上是我住的精神病院的花园的景致。右边有方灰色的露台，还有一面围墙。左边，玫瑰树丛已经凋零，地面被太阳晒成了红褐色，地上撒着干枯的松针。那里是园子的边缘，有几棵高大的松树，树干和树枝也都是红褐色的，叶子是墨绿色的。映衬在黄昏的天空下，这些高大的松树像从黄色土地上升腾起来的紫罗兰色条纹布，往高处走就变成了粉红色，然后变成绿色。有一堵墙，也是红褐色的，挡住了视线，越过那堵墙，可以看到远方紫罗兰色和黄褐色的山头。最近的树木，是一根巨大的树干，这棵树被雷劈过，然后从中间锯断了，但有一根侧枝长起来，而且长得很高，地上密密麻麻的墨绿色松针都是从这一根侧枝上落下来的。这个大家伙像斗败而又心气高傲的人，在它的面前，凋零的玫瑰树丛上还挂着一朵花，眼瞧着也保不住了，两者形成巨大的反差……

你会认识到，红色与褐色结合，绿色上蒙着灰色，用黑色描轮廓，产生一种痛苦的感觉，所谓的“红与黑”，一些和我同病相怜的人都常有这种感觉。

我跟你说这个……是想提醒你，要描绘痛苦的感觉，不用盯着客西马尼园。

丹尼尔想到了死去的安·马圭尔，跟那个荷兰牧师的妻子安娜·凡·高一样，也将一个夭折的孩子的名字给了一个新生儿，将希望寄托在新生儿身上。不过，凡·高家族特别喜欢这几个名字，西奥多勒斯、文森特，然后又是文森特、西奥多勒斯，一代又一代，不断循环。这个家族还有一个类似的特征，他们的脸型都差不多，浓眉毛，深蓝眼睛，高颧骨，大鼻孔。在19世纪70年代，英国有一家人在教堂墓地写下他们一个儿子的名字沃尔特·科尼利厄斯·布里顿，在这个墓地，他们还葬了三个儿子，一个五岁，一个两岁，一个两个月，还有几个年纪在他们之间的女儿，一个叫珍妮特，一个叫玛丽安，一个叫伊娃。

1976年8月，一辆载有一名爱尔兰共和军枪手（这个枪手可能已经死亡）的汽车冲上人行道，撞死了马圭尔夫人的三个孩子，八岁的乔安妮，两岁的约翰，六个星期的安德鲁，留下一个七岁的儿子马克。人们感到十分震惊，不仅因为死了这么多人，更是因为这些人遭受的都是无妄之灾。马圭尔夫人的妹妹和一个朋友一起建立了“和平人民”组织，对于他们勇敢的开端和悲伤的结局，这里便不再详述。后来，安·马圭尔去了新西兰，在那里生了一个女儿，取名乔安妮，但受不了文化差异，又回去了。报纸上都称她是“和平妈妈”，其实她不怎么参与“和平人民”的活动。她向法院起诉为去世的孩子主张赔偿，也为她自己的精神损失要求赔偿，人们通过录音听到她说了几句话，其中一句是说，当时给予她的赔偿简直是“施舍”。到了开第二次听证会那天，人们发现她已经死了。丹尼尔从广播报道得知一些消息，大体是说“她喉咙上有伤口，但排除他杀”。报纸上的说法存在一些分歧，有说用树篱修剪刀的，有说用雕刻刀的，有说是电动雕刻刀，有说是自杀。至于她的自杀动机，法医的意见是“比较费解”。对偶然性颇有研究的丹尼尔觉得他看懂了一点门道。

他没有为安·马圭尔祈祷。他不是那一种牧师。他象征性地挥动他的大拳头，但颇为无力，对面若隐若现的力量强大，于是他继续工作，那是他的工作。

他跟着另外两个人进入一个阴暗的房间，那里展出低地国家的艺术。远处的墙上，修女们戴着白色燕尾帽登上灰色的楼梯。阿姆斯特丹的劳里埃格拉赫特十分昏暗，闪着微光，蒙德里安[9]的《夜晚》有点阴郁，天上云很多。这些他都喜欢。和文森特一样（尽管他不知道文森特是否说过），他长着“北方人的脑子”，在生理和精神上，对黑色、棕色、深浅不同的灰色以及黑暗中的白色，他的反应都很强烈。“这个国家的画家干得最漂亮的事情之一，就是黑暗中都透着光芒。”人在荷兰的文森特在信中这样说。对于画修女的画家泽维尔·梅勒里[10]，画册说他“创造了一种光，否定了我们对事物的直接视觉体验，那是心灵的内在光芒……”丹尼尔习惯了这种语言，这是他的精神食粮，他每天或者每周都要进食一次。他知道什么叫黑暗中的光芒，对于这种比喻性的语言，他已经不再信任，亚历山大也不喜欢这种语言，不过后者更喜欢的是准确、具体的说法。布道的时候，他从来没有做过比喻，也没有做过类比，他更倾向于用活生生的例子，用现实的教训来警醒新信徒。不过他喜欢荷兰人黑乎乎的画，这样的画能引起他的共鸣。

他走近弗雷德丽卡。

“你说你有威廉的消息？”

“一张明信片，没错。”

“他在哪里？”

“肯尼亚。正要去乌干达救济饥荒吧，我想。”

“嬉皮士。”丹尼尔说。

“有爱心。”弗雷德丽卡说。

“像他那样的家伙有什么用，没有受过训练，没有医疗……去了就是多一张嘴。气死我了。”

“我倒是觉得他挺有用的，他有他自己的方式。你对他有偏见。”

“他对我有偏见。家人都对彼此有偏见。”

“没错。”

“有一次，”丹尼尔说，“我在查令十字医院，有个小孩服药过量死了，医院按正常程序灌肠，但这个小孩的肝脏实在承受不住。我刚好在那里，走在无尽的走廊上，想着该怎么安慰那个深度自责的妈妈——她是个无能又愚蠢的‘巫婆’，这种情况只会更糟糕。女孩的尸体放在担架车上，从我身边推了过去，尸体上的被单盖得严严实实，推车的几个护工穿着柔软的靴子，戴着松软的耷拉着的塑料浴帽。他们从我身边过去，正准备进门的时候，有个护工抬头看着我，那张脸分明就是我的。我吓了一跳，好一会儿才缓过来。他的头发都塞进了帽子里，不然也不像我，至少没那么像。‘你好，’他说，‘来帮你爸爸的忙啊？’我就问他在忙什么，他说就在世间行走，来来回回。然后担架车被推了进去，我跟着进去，那个妈妈开始号啕大哭，威廉说：‘好吧，我走了，这边留给你。’我问：‘你去哪里？’他说：‘跟你说过。来来去去。’此后我再也没见到过他。”

修女们一直在爬楼梯，永远悄无声息。

“他引用《圣经》的话，肯定别有用意。”丹尼尔说。

“我觉得很滑稽。”弗雷德丽卡说。

“明信片有没有说回来的事？有什么计划吗？”

“没有。”

她有时会希望威廉别写给她，直接给丹尼尔就好了。有时候，她会跟自己说，那些明信片中，有一两回写在练习本上撕下来的纸上，其实就是写给丹尼尔的。不过，她认为表面的意思也很重要，不能看得太透彻，那东西就是寄给她弗雷德丽卡的。

“见鬼。”她说。

“不用担心，”丹尼尔说，“我先走了。回头见。”

“你还没有怎么看画呢。”

“没那个心情。”

“跟我们去福特纳姆和梅森喝咖啡吧。”

“谢谢，算了。”

1

产前检查：1953年12月

一

大门口的红砖墙上紫底金字写着：“妇产科”。进了拱门，墙上画着一只手（后面还有好几只），指着旁边的一面牌子：“产前检查，右手第一间。”里面很暗。

她把自行车用链条锁在栏杆上。她已经有六个月身孕。车篮沉甸甸地坠在前挡泥板上。她从篮子里拿出来一个网兜，里面有一个纸包，纸包里装着针线、一只用防油纸包着的柠檬水瓶子和两本厚重的书。她走了进去。

总接待区的墙上贴着红色瓷砖，几乎整面墙都贴了红色瓷砖，像溅满墙上的血迹干了似的。窗户位于高处，抬头才能看到。房里有一张桌子，后面坐着一个护士，她穿着宝石蓝衣服，戴着白色护士帽。在她前面站着十几个女人。斯蒂芬妮算了一下，有十二个。她站到她们后面，看了一眼手表，正好是十点半。十二不是个好数字。她把网兜夹在两只脚中间，拿出一本书，在昏暗的灯光下捧着看。

又有一个女人推门进来，她不理睬排着队的十三个人，直接走到护士的跟前。

“我姓欧文，弗朗西斯·欧文太太。我有预约。”

“这些女士也都有预约。”

“我约了十点半见卡明斯先生。”

“大家都一样。”

“我约了十点十五分。”有一两个人咕哝着说。

“可是……”

“去排队，轮到你，你就进去。”

“我……”

弗朗西斯·欧文太太站在斯蒂芬妮的后面。斯蒂芬妮捧着书的双手放下来，轻声对后面那个人说：

“预约没用的。有些护士比较笨，预约单子堆在一起，有时最后约的反而第一个进去。早来晚来的差别挺明显的。最好是约第一个，九点半。不过医生经常迟到。”

“我是第一次。”

“这样你就要等得更久了，有许多东西要填。人家会一个个排到你前面去。”

“要等多久？”

“用不着问。”

“我……”

斯蒂芬妮在读华兹华斯[11]的诗。她决定趁排队的时候仔细读读他的诗，这时候不用着急。不过她有三个问题，一个是书太重；二是随着产检的进行，她开始脱光衣服；三是因为站久了腿酸，越来越难集中注意力，也因为孕妇通常搞不定完整的句子，她自己的话说不完整，华兹华斯的句子看不完整，连弗朗西斯·欧文太太的话也听不完整——她现在不说话了。

她接着读。

> 睡眠封闭了我的灵魂，

他的诗常常是这样开头的。

> 人世的恐惧忘却罄尽。

都是平常的词汇，只是排列顺序不平常。不平常的事情，人们是怎么发现的？她向前挪，用脚推着网兜，脚上穿着朴素而舒适的鞋子。轮到她的时候，她走到护士的面前，护士从右边的一堆文件夹中抽出一个，上面写着“奥顿·斯蒂芬妮·简，预产期1954.4.13”。护士让斯蒂芬妮坐下，她便坐在一把棕色的帆布椅子上又等了半小时。

> 她仿若静物，
> 对岁月的感觉荡然无存。

仿若静物。她看着那些女人——有戴帽子的，有包头巾的，有穿宽大外套的，有静脉曲张的，有拎包的，有挎篮子的，有拿瓶子的。

> 人世的恐惧忘却罄尽。

有一瞬间，她的心跳突然加快，恰如诗歌的节奏。但此时，心跳已经变得平稳而缓慢。而她感觉胎儿的心跳也加快了一下，和她的基本同步。她打了个盹儿，然后睁开眼睛，抬头看了一眼灯光。“我还是改不了自己的生物本性。”生物本性！这个名词很好听，绝对不是贬义词。生物本性很有意思。她从来没想到过，人的生理属性会吞噬她所有的时间和精力。她慢慢往下读。

纹丝不动，了无声息。

不对，这里很嘈杂，只有她是安静的。他们喊了她的姓名。她匆忙进了走廊，尽管她清楚地知道这只是挪个位置，她还得坐在另一把椅子上继续等，他们的喊叫声听上去很着急，但事实上检查速度很慢，根本急不来。她也急不来。欧文太太在她身后说：

“我腰酸背痛，难受死了。”

“站得不舒服，椅子也不舒服。要舒服，得先经历不舒服。”

这样的话好像是牧师的太太说的，让人听起来不大舒服。像是同情的玩笑，但让人无法接茬。她不能再说这样的话。在教堂里，大家都用这样的腔调说话，连唱诗班也都用假声唱歌。她不想说话。排队做产检，是她接触别人隐私的最快捷径。

“要我叫人吗？”

“哦，不用。”欧文太太说。她早就知道医生和护士都不在，他们也怕人家纠缠。“我自己能应付。”斯蒂芬妮又捧起那本厚重的书。

真正的妇产科还在里面，墙面贴红色瓷砖的总接待区像血红的大嘴巴和喉咙，要进去妇产科，就像要从嘴巴、喉咙进入肚子里。这里是上次大战伊始，战地医院临时搭建的。当时，大家以为会有大量伤员，结果准备工作落了空。妇产科占了一层楼面，用临时的隔墙分割成了一个个小房间，诊室由“H”形的回廊连接，墙面涂成亮蓝色，让人瘆得慌。斯蒂芬妮和欧文太太拿着病历、瓶子、针线和华兹华斯诗集，先左转，再右转，招呼她们的是一个胖胖的护士，她把她们的瓶子放到一个盘子上，盘子上还放着用玻璃纸封口的果酱罐、各种药瓶子、一个杜松子酒瓶和一大罐番茄酱。按她的指示，她们分别进了不同的隔间，里面的窗帘没有遮得很严实，护士让她们脱光，然后裹上一条干净的浴巾。斯蒂芬妮的浴巾像是沙滩浴巾，印着橙色和海蓝相间的条纹，跟睡衣或者沙滩椅一样，让人看着心情愉快。浴巾只到大腿中段，凸出来的肚子肯定盖不住，也没有腰带。她已经习惯了，但始终感到羞耻。她拿起她的华兹华斯诗集和网线袋。她能听到欧文太太被严厉地责备，说她进妇产科没有先向右转再向左转，她是先向左转再向右转，毕竟她是第一次来妇产科。她们像是在训斥开小差的小孩或者失去反抗能力的老人，反正老人和小孩都不会顶撞她们，而是当她们根本就不存在。

“我背痛，”欧文太太说，“我……”

在护士的催赶之下，她慢慢走进妇产科。

在隔间的另一头摆着一个体重秤，已经有很多人在排队。那里有十几个妇女，但一共只有两张椅子，很多人没了护腰带和胸罩的支撑，看上去都很不舒服。

体重秤被一个大块头的妇女占着，她真的很胖，浑身上下多处隆起，赘肉到处晃荡，分不清哪里有小孩，也看不出小孩长多高多大了。她大笑着——肥胖的人都这样——护士则忙着拿砝码往秤上装。她有糖尿病，这是个大问题。护士就喜欢有挑战性的大问题。在这种情景下，华兹华斯的诗读起来是另一种味道：

纹丝不动，了无声息。

华兹华斯是“一个人对着众人说话”，这是他自己说的。要明白他是怎么阐述简单的真理，就要懂得关于语言的一些技术层面的东西，要懂得语言的节奏感为什么有用、怎么起作用，也要懂得如何选择名词，如何安排语序。她还差得远。

欧文太太回来了。她的脸色苍白，浴巾遮不住她的身体，大腿内侧正有一道血淌下来。

“欧文太太！”斯蒂芬妮指着那里喊。欧文太太的发型做得很用心，而下身几乎赤裸，看上去很不协调。她弯腰朝下面看，结结巴巴地说：

“哦，真尴尬。亲爱的，我一直想问他们流一点血要不要紧，有点疼算不算问题，结果我等不到机会。那时还没流这么多……”

她做了一个自嘲的手势，然后叫了一声，就扑倒在地。血涌了出来，流到干净的瓷砖地板上。斯蒂芬妮大喊一声“护士”，马上就有很多人围了过来，都是穿着胶底鞋、裹着大毛巾和拿着药签的女人，大家压着嗓子叽叽喳喳。有人推来了一台担架车。终于，有一个医生从体重秤另一边的磨砂玻璃的隔间里出来。此时，欧文太太脸色惨白，躺在担架车上，一动不动。担架车被推进隔间，窗帘被拉起来。血还在淌。斯蒂芬妮被护士带走，按要求脱掉浴巾，躺到很高很硬的诊台上，然后盖上一条多孔毯子。就算到了这里，还是要等很久。斯蒂芬妮将华兹华斯诗集靠在横栏上。

闭目不视，充耳不闻，

她陪着山脉，伴着木石。

用两三个名词就描绘了整个世界，这就是大师手笔。山脉、树木和石头！节奏感也那么强烈。其实，一切事物都同属同宗。一切都说得那么通俗易懂，最抽象的概念就是“陪着”。

来了一个年轻的医生。他有力但不粗暴地摸了摸她坚硬的两侧，然后把听诊器放到她柔软的胸部，听了一会儿。他没有和她对视，这很正常。

“奥顿太太，感觉怎么样？”

她没有回答。这时，她泪流满面。

“血糖比较高。你确定抽血的时候是空腹吗……”

“奥顿太太，你怎么了？”

“英国人，真见鬼了！讲什么礼仪？我们在冷飕飕的风口站了好几个小时，也没有护腰。那个女人，那个，欧文太太，流产了，我知道，是因为……因为没人让她说话，我也没有。因为这里的人都……”

“别这么激动。对宝宝不好。你的宝宝。”

她抽了一下鼻子，满脸泪水。

“她到头来还是会流产的。”他这样说，表明他部分同意她的看法。

“但不至于以这样愚蠢的方式。”

这样的对话并不常见，却似乎让他更关注她。他来到床头，盯着她被泪水浸湿的脸庞。

“为什么你这么难过？”

“我没有听她说话。没人听。我们都叫她好好排队。”

“那种情况下，她本该更聪明些，不再排队，及时告诉护士。”

“不会的。在这种地方，大家都被逼着排队。你不得不排队。没有护腰，要站好几个小时，因为预约的人那么多，椅子却那么少。这么多人，只有两把椅子。站久了肯定不好。到了这种地方，人就变了。我自己还跟她说别多想。医生都很忙。”

他条件反射似的看了一眼手表。的确，他很忙。他以前就给斯蒂芬妮检查过，不过可能只检查过一次，对她的印象不是很深刻——一个文静的金发美女，不找他们的麻烦，总喜欢找个地方靠着看书。他觉得那样不对，但一直不能说出个所以然来。

“宝宝挺好的，”他说，“挺好。心跳有力，大小正好，位置正，发育得不错。你的体重刚好，没问题。别再哭了。这没好处。在孕期，有些人的情绪确实会比较强烈。你要尽量保持平静，对宝宝有好处。好了。我建议，你难过的时候，去找我们的社工聊聊，好好……”

“没什么好聊的。很多时候，我自己就像是社工，义务的社工。我一直在想办法放松，我做不到……我想，我读着华兹华斯的诗，就可以忘记我跟那么多人在排队。”

“好吧。把腿放下来吧。”她想跟他道歉，但没说出口。她并没有生他的气，她也能感受到他的心情，一个接一个的女人，都一样，也都不一样，各自因害怕、烦闷、痛苦、沮丧、耻辱而低声哭泣。短短十分钟内，他哪里承担得了这么多无法治愈的情绪？他很年轻，他可以专业地用扩张器撑开她的阴道往里面看，但一和她四目相对，他立马满脸通红。不过，她不应该为流泪而道歉。他再沉默，也该答应去问问为什么椅子那么少。

她冤枉他了。他记住了椅子的事情。她下次再来的时候，椅子增加到了六七把。

二

到了外头，自尊差不多又回来了。干练，不像刚才无精打采，眼睛里也没有了泪水。她骑上自行车，背部挺得很直，肚子里的孩子（还算胚胎吧）好像很喜欢自行车，她感觉到，只要她动起来，它就不动了。对此她很开心。里思布莱斯福德周边的道路还都算是乡村小道，两边是光秃的黑荆棘树篱和很深的水沟，羊肠小道边稀稀拉拉地坐落着几间平房。她记得这些小路夏天的景色，遍地的欧芹和郁郁葱葱的树木让她记忆深刻，但她记不得自己轻盈的身影。忘却了，少女情怀，斯波克博士如是说。他很喜欢用没头没脑的倒装句。好吧，他说得没错。

她抓住刹车，给另一个骑自行车的人让路，那个人是她的丈夫丹尼尔，身材魁梧，皮肤黝黑。他的车链条擦着链条盒子，一路上咔嚓咔嚓。他们并排骑车，很温馨，虽然两人都很重，但他们的腿都踩得很有力。

“挺好吧？”

“没什么。比平时等得久一些。你呢？”

丹尼尔去给人家主持一场葬礼。

“不舒服，真的。有好几个老太太。逝者的女儿也来了，拖了三四个小孩，一起出席葬礼，跟往常一样，虎头蛇尾。一帮老头老太，在草地上围了一小圈——他们租了几小时这片草地——插了一个牌子，写着‘埃德娜·莫里森太太’，地上摆了几排菊花。那些老头老太也都是有今天没明天的，但大家都很开心，庆幸自己还喘着气，还没有进入另一头的永恒。没喝茶，谢天谢地。殡仪馆一点钟之前就下班了。那个女儿也急着要把几个小孩子送回森德兰。”

“一起排队的一个人流产了。当场倒在地上，很快孩子就没了。”

她本不想跟他说这件事。对于生小孩，丹尼尔比她更害怕，更容易紧张。他的自行车晃了一下，接着继续前行。

“这种事情常见吗？”

“不，不常见。只是我很难过，她一直跟我说她很不舒服，我没理她，嫌她干扰我读书。”

他黝黑的眉头皱了起来。

他们回到家，小房子里空荡荡。平常不是这样的。她装了一壶水，生了火。他切了吐司，拿了黄油、蜂蜜和杯子。他粗壮的手臂搂住她粗壮的身体。

“我爱你。”

“我知道。”

他们挨着坐在炉边，火势起来了。丹尼尔拿着烤面包叉，在炉条上烤。吐司的味道开始渗入空气中的油漆味里。他们一直折腾这个小房子，油漆味一直很重。

“马库斯去哪儿了？”

“医院。他也去排队。他坐公交车去的。”

“精神科的医生每个星期看一次，一次半小时，他能干什么？我觉得什么也干不了。可能我不该说这样的话。”

“别，”斯蒂芬妮说，她一只手搭到他的膝盖上，“丹尼尔，别这样。我们喝茶吧。”

“我没有怪谁。”

“对，我知道。”

马库斯·波特是斯蒂芬妮的弟弟，和他们住在一起，就目前看来，他得一直住在这里。1953年夏天，他遭受了打击，精神崩溃，有人说，起因是他跟里思布莱斯福德高中的生物老师保持不正当的关系，也有更了解他的人说，他本来就有问题，两人怪异的关系只是加剧了他的问题。他的父亲，也就是斯蒂芬妮的父亲，就在那所公立学校教书。传闻两人曾有某种宗教幻想，也可能是同性恋。学校领导决定，马库斯应该休学一年，以便康复，而且，他不应该和他父亲住在一起。父亲的脾气阴晴不定，马库斯对他十分恐惧，莫名其妙地恐惧。没有人说过马库斯该干什么，结果，他很少干什么，可以说什么都不干，话都说得很少，越来越不愿意出门，甚至不愿意离开卧室。也没有人说过马库斯应该在姐姐家里住多久。丹尼尔天生积极寻求解决方案，他努力克制想晃醒马库斯的冲动，避免正面表达自己的不满。丹尼尔偶尔会想揍马库斯一顿，也都忍住了。但他的父亲比尔·波特则动不动就大发雷霆。

斯蒂芬妮看见马库斯回来了，仿佛是马库斯听到他们提到了他的名字，从而受到召唤回家了。他走得很慢，好像这一路对他而言很艰难。他走到园子门口，却往后退，仿佛撞上了一个无形的力场，或者有一股看不见的风推拒着他，可是，小树林的树枝纹丝不动，房子前面的园子里的常青树也没有受到丝毫影响。他长长的双臂抱在胸前，像是在戒备。他低着头，顶着一团杂草般的乱发，鼻梁上戴着一副圆框眼镜。斯蒂芬妮看他像在跳曳步舞，先向前两步，再后退一步，还越走越偏。她不自觉地产生了防备，感受到威胁。丹尼尔看到她的脸沉了下来。

门咔嚓地响了一阵子，马库斯好不容易才把钥匙插进去。丹尼尔一开始想要起身给他开门，但很容易就遏制住了这个冲动。他把吐司翻过来。马库斯开了一道门缝闪身进来，他就像一只瞎了眼的动物，手指紧紧抓住门板边缘。虽说大门就开在客厅，但他看见两人都在，还是有些意外，浑身不自在。

“喝点茶，吃点吐司吧，马库斯。”斯蒂芬妮说。她发现，刚才和欧文太太说话的时候，她就是这个腔调。她很讨厌这样的腔调，但最近却越来越这样说话。她和马库斯的对话已经不剩几个字了，自然就成了那个腔调。

“不用，”马库斯含含糊糊地应了一句，又含含糊糊地补上一句，“谢谢。”

接着，他悄悄走向在客厅深处的楼梯，丹尼尔说他总是“偷偷摸摸的”。客厅的窗户小，室内昏暗，装修简陋，油漆都没刷完。地板上没有铺地毯，放着几把扶手椅、一张小餐桌，还有斯蒂芬妮的老红木书桌。墙壁刷油漆的时候，这些家具都被弄脏了。炉子前铺了一张巨大的打着补丁的毯子。厅里还有一两张椰棕床垫。墙上粘着几朵很大的蓝色纸玫瑰，旁边环绕着灰色和银色的树叶。刷底漆的时候，这些东西都沾到了油漆，白了半边。丹尼尔始终都来不及把油漆刷完，实际上，他是没有那个心思。他通过自我麻醉，已经习惯了对这一切熟视无睹。斯蒂芬妮也努力过，但她闻到油漆的气味就想吐，而且她更害怕油漆气味对肚子里的孩子不好。丹尼尔是大事精明、小事糊涂的人，他不懂得其实斯蒂芬妮很不喜欢住在这样装修到一半的房子里。对于什么是大事、什么是小事，她和老公没有太大的分歧，但家里一团糟的样子确实让她高兴不起来。

马库斯走到了楼梯口，楼梯不仅通往楼上，还可以下到另一间起居室。他回过头，眼神迷离地看了他们一眼，走上了楼。这时，他已不再像刚才那样歪歪斜斜地走路。接着，他们听到他的卧室门打开又关上，然后再也没有声音了。丹尼尔把吐司从叉子上撸下来。

楼上静悄悄，楼下也静悄悄。斯蒂芬妮看着丹尼尔，担心他因为马库斯而不开心。

“我们说说话吧。你今天怎么样？”

波特一家都很爱说话，包括平时文静的斯蒂芬妮。说说话的好处很明显。可是，这一天下来，他不想再说那么一长串故事，那些吵吵闹闹或者哭哭啼啼的事情，他都不想再多说。他刚才就跟她说过了，今天他主持了一场葬礼，碰到了两个酗酒的流浪汉，听了一个郊区牧师讲怎么干预教众的家务事。他看着脸色蜡黄的妻子双臂交叉抱着肚子。

“吐司。”他说，没有一个多余的字。他递给她的吐司烤得刚刚好，涂了黄油，也涂了蜂蜜，闪闪发光，闻起来很香、很温馨。还是改不了自己的生物本性，她想，一边舔着手指，一边注意着楼上的动静，还有肚子里的动静。她没有和他分享这个有趣的词汇。

在留意马库斯的动静时，她听到了弗雷德丽卡的自行车压着碎石路来了。她冲进门来，一下子在炉子前跪下，贴在她姐姐身旁，然后大喊："你看！"斯蒂芬妮看到两张不大的光面纸，上面贴着白色字条：

纽纳姆学院[1] + 二等奖学金 + 祝贺 + 院长

萨默维尔学院[2] + 一等奖学金 + 祝贺 + 院长

"好了，"斯蒂芬妮说，"恭喜你。"

1948年，她也收到过类似的电报。她当时的感觉是什么呢？父亲对她的期望非常高，就像压在她身上的沉重负担，在那一刻，那担子终于卸下了，就算只有那一刻。实际上，担子不卸下来，她就不明白那担子有多沉重。很久以后，她才回味到那一刻的快乐，再后来，到了快要离开家的时候，她才领会到自豪与满足。她把电报递给丹尼尔。

"好事吧？"他说。他显然不懂得奖学金的意义。"心想事成了。"

"我成功了，成功了！"弗雷德丽卡欢呼雀跃，"我到牛津面试时，就我一个人面对那么多导师，他们都穿着礼服和裘皮长袍。我在一块黑板上解释了弥尔顿12的英语和拉丁语用法。我一辈子都没说过那么多话，大家都兴趣盎然，听得可认真了。我旁征博引，《布里塔尼居斯》23《亨利八世》、约翰·邓恩13的《破碎的心》和莎士比亚14的《冬天的故事》，我都用上了。我以女权主义的言论结尾，大家都没有打断我，他们总让我继

[1] 剑桥大学纽纳姆学院，是剑桥大学的一所女子学院。纽纳姆学院由亨利·西季威克建于1871年，是继格顿学院后第二所招收女性入学的学院。

[2] 牛津大学萨默维尔学院成立于1897年，是牛津大学最早成立的女子学院之一。

续，就像撒旦诱惑伊甸园的夏娃一样。我属于那里，天哪！”

斯蒂芬妮点点头，丹尼尔看着斯蒂芬妮。他知道她身上有些东西他不懂，对他来讲，她身上有一大片空白。以前，她身上全是空白。他不知道她是否也曾这样毫无顾忌地喊过“天哪”，或许没有吧。他猜想，她可能曾希望继续回去执教，因为他们俩都具有强烈的教区情怀。她总是把那些迷失方向、心情抑郁的人往家里带。那时，他们还不用忍受马库斯呆滞的眼神。他一直等着她露出一点口风，想看看她当时的面试是什么样的光景，但她始终闭口不提。正好，弗雷德丽卡撞上了他的枪口。

“他们都记得你，斯蒂芬妮。纽纳姆学院的导师问你在干什么。萨默维尔学院的导师也记得你。纽纳姆学院的一个导师说她总是盼望你能回去。我说你现在结婚了，忙着照顾家里，也快生宝宝了，她感慨说如今许多好学生都这样。”

“你肯定会去纽纳姆学院。”

“是的，虽然牛津的面试很顺利，但你怎么知道？”

“因为他希望我们去剑桥。”

“我可不一定听他的。”

“当然，但你的思想和剑桥更吻合——极具道德感，这是天生的。虽然你说话爱用牛津的腔调。”

“他们说希望我三年后去牛津读哲学博士。你想想看，他们问我到时候会研究什么。我说约翰·福特[1]。好尴尬，他们都爆笑起来，面试都进行不下去了。我到现在都不知道是怎么回事。但我不在乎，反正我通过了，我成功了。”

“我们知道了。”丹尼尔说。

---

[1] 美国著名电影导演，生于缅因州的一个爱尔兰移民家庭，一生共拍摄140多部影片。福特的创作最能体现勇敢开拓的美国精神，他被誉为美国最伟大的电影导演之一。

“我马上就闭嘴。对不起，我太唠叨了。我和那些女生喝咖啡、聊天时，都是我在说，我不停地说，还提到艾略特诗中‘在静止中永恒运动’的陶瓷罐，那简直是悖论。你们可以想象，她们也多么希望我能闭上嘴，但我就是闭不上。对不起，丹尼尔。我憋不住。这才刚开始呢。我终于可以离开他们了，是吗？离开那个家，离开他们，离开所有负担，我自由了。”

“他们怎么样了？”斯蒂芬妮问。

“糟透了。他们过不去马库斯那个坎。这件事让他们的信仰垮塌了，毕竟他们一直以为自己是优秀的父母，这个家是温馨的家庭。爸爸经常干坐着，时不时地自言自语，妈妈干脆躲了起来，不会主动跟人说话，也不会问任何问题。你可以想象他们怎样紧盯着我，家里就剩下我一个小孩了，他们自然关心我，但是采取的方式真让人受不了。爸爸只顾我的考试，不停往我书桌上堆一些无关紧要的东西，我也根本没时间看，我对文学批评的那一套还不感兴趣，或者说，完全没兴趣。我敢打赌，他绝不会拿这些书打扰他聪明的儿子们。我的事就是我的事，我怎么想也是我自己的事，最好别管我，我就这么说。”

“电报到的时候，我跑下楼去开门，然后拿给妈妈看。她坚强地说：‘太棒了，亲爱的。’但紧接着就哭了起来，然后把自己关进了房间里。气氛不是很欢乐。所以我就到这里来了。我马上就走，马上，可以吧？”

大家都不作声。

“马库斯怎么样？”弗雷德丽卡问。丹尼尔和斯蒂芬妮都没说话，而是朝天花板做手势。

“他有几沓信。三沓吧，好像。都是那个人寄来的。爸爸把它们弄成碎片，我看到他用刮胡刀片割碎，然后都烧掉了。他打电话给医院，叫医院别让那个人再寄信来。你在家门外的马路上就能听到他打电话的怒吼。接着他在家里待了两天，没有去上班。可能得让传说中的那个精神病医生去看一下他了。”

“妈妈呢？”

“我说过了。她倒是让我问你圣诞节打算怎么办。”

丹尼尔说：“她可以自己来，当面商量怎么办。”

斯蒂芬妮说：“她好像不大来了。”

马库斯刚到这里的时候——不管是为了躲人还是康复——温妮弗雷德经常来，比尔倒是没来过，因为“有人说”最好别来打扰马库斯，让他清静清静，也有部分的原因在于比尔不待见丹尼尔。他讨厌英国教会和基督教，更恼火斯蒂芬妮因为这些破事埋没了她的天赋。他的立场属于自由无神论，因此产生的情感反应更接近于17世纪的宗教狂热，不像不可知论者那样宽容。所以，在一定意义上，斯蒂芬妮和马库斯一样，都和他离心离德了。

那时候，温妮弗雷德可能在沙发一坐就是四小时，一开始她坐在马库斯旁边，但他挪开了。后来他的回话越来越短，沉默越来越长，仿佛在遵守某种严格的教会戒律，最后，他的妈妈也变得和他一样沉默了。

“我没帮上什么忙。”她对斯蒂芬妮说。

“怎么会？”

“我知道。”

温妮弗雷德和马库斯很像，或者说马库斯和温妮弗雷德很像。挫败感会传染。而幸福感不会，斯蒂芬妮想到了弗雷德丽卡。很奇怪，荣耀的喜悦居然没有人能分享。此时，弗雷德丽卡正抚平电报并把它折起来，她可能也感受到了这个诡异的定律。

“圣诞节我妈妈也来，”丹尼尔语气真诚而强烈地说，“我们好好聚聚。”

2
在家

开始、结束、阶段、期限，斯蒂芬妮认为这些词剥夺了她的隐私，不过她没有想过，其实，她的隐私可能已经永远消失了。对于她这样一个年轻的女性，她的知识，无论是先天本能还是后天智识，都有显著的阶段性——月经、家庭、学术、发育、血液、仪式、证明。怀孕是另一个相似的阶段，时长比较固定。

12月，她在里思布莱斯福德女子文法学校的教学工作结束。在最后一次学校大会上，弗雷德丽卡获得了校长学术成就奖，斯蒂芬妮以前也曾荣获这项殊荣；斯蒂芬妮这次则得到了同事和女同学的送别礼物。弗雷德丽卡表情严肃地大步走上主席台，接过一本《牛津英国古典文学大全》。同事和学生给斯蒂芬妮的礼物各不相同，但都很实用：一套有警报功能的电动茶具，一套百丽耐热玻璃盘，附带一个有夜灯的加热器，一套纯手工新生儿衣被，有绣花小睡衣、钩针羔羊毛衣、针织帽子和靴子、漂亮的毛绒毯子、一只毛线织的羔羊玩偶，上面缝了黑色的眼珠，脖子有点歪，用朱红色的丝带吊着。女校长先发表了一通长篇大论，说大家都会想念斯蒂芬妮，又讲了几句祝贺弗雷德丽卡的话。然后，大家齐唱《礼拜散时歌》，斯蒂芬妮热泪盈眶，不是因为她热爱学校，而是因为一个阶段要结束了。

她骑着自行车出了学校，正式来说，这是她最后一次出这个校门。她看到弗雷德丽卡在她前面大踏步走着，跨过仍未整平的炸弹坑，背着一个书包、一个大纸包、两只鞋袋和一个托纸架。

“要放到我的车篮里吗？”弗雷德丽卡吓了一跳。她浓密的头发披在肩膀上，因为平时扎着带子，所以散开之后卷成了波浪形。

“你不应该再骑车。对你自己和小孩都有害。”

“别废话。我有分寸。把包给我。”接着，她们一起默默向前走。

“你要去哪里，弗雷德丽卡？”

“一个叫尼姆斯的地方。”

“哪里？”

“校长跟我说的。她说有个法国人想找个优秀的英国女孩陪他们女儿练英语。过完圣诞节就去。很高兴能说点法语。很高兴能马上离开这里。不知道那些小孩怎么样。”

“我是说你现在要去哪里？”

“哦，去参加一个仪式。你可能会反对。如果你不反对，你也可以去。你先别从那东西上摔下来。”

“什么仪式？”

“献礼。里思布莱斯福德女子文法学校的。”

她掀开防水衣，斯蒂芬妮看到她里面穿着一件紧身黑色毛衣，系着腰带，下面是灰色铅笔长裙。

“沉运河。你要来吗？”

“把什么沉进运河？”

“布莱斯福德女子文法学校的东西。衬衫、领带、贝雷帽、裙子、短袜、健身器材，等等。我不能把防水衣放进去，我只有这一件，但是我加了其他东西让包裹足够重。”

“什么东西？”斯蒂芬妮问，她害怕是那本《牛津大全》。

“石头啊，傻瓜。我才不会把书也沉进去呢。你还不了解我？”

“把那么好的衣服沉进去，真可惜。有些可怜的女孩……”

“我说过，你不必来。如果你已经变成了全职的牧师太太，你就别来。真希望我能理解你的苦衷。斯蒂芬妮，你要那个电动茶具干什么？你是想留着那些丑陋的小衣服，让丹尼尔施舍给流浪汉吗？你不用回答。来吧，帮帮忙。就这一次。”

里思布莱斯福德运河没什么大不了的地方。它已经被废弃了，而且每况愈下。水里长满一种奇怪的细长的黑色水草，看着像一缕缕油烟，冒到水面的尖顶是淡绿色的，接近褪色的苔藓。堤岸已经开始塌陷，损毁的砖头开始掉落。小男孩们偶尔来这里玩耍。姐妹俩来到河上一座很窄的桥上，周围空荡荡，只有一个燃气罐和一块脏兮兮的大幅广告板，展示着白锡包香烟的广告。斯蒂芬妮把自行车靠在防护墙上。弗雷德丽卡把纸包搬到平台上。

“仪式很简单。不用说话，不用又蹦又跳。我成人了。我就想让人知道，这些东西都是负担，从头到尾净是负担，我要摆脱出来，也绝对不会后悔，我再也不会回头。帮帮弗雷德丽卡·波特吧。我再也不要过集体生活，我再也不属于哪里、属于谁了，我就是我。你愿意帮我扔吗？”

斯蒂芬妮想起了那套婴儿用品，柔软舒适，做工精致。她想起校长费莉西蒂·韦尔斯，这个老太太是乔治·赫伯特[15]和英国国教的追随者，她一辈子都在用这些所谓美好的东西，试图感化这个肮脏小镇的女生。她想起了约翰·济慈，济慈生于英国伦敦的汉普斯特德，死于意大利罗马，所有剑桥的学生都在读他的诗歌，这里的课堂也在教。她的脑子里还闪过逐渐变黑的红砖墙、教室里的粉笔灰、鞋柜、脏兮兮的冰球靴子，以及那么多女生一起散发出来的气味。

“愿意。”

“那就来吧，一、二、三，走。”

那个纸包哗啦一声掉进河里，溅起很高的水花，然后，水面泛起腻乎乎的气泡，冒起来慢，破灭也慢。

“没有别的仪式？”斯蒂芬妮这样问太不懂事了。

“没有了。我不是跟你说过吗？就表示一下，没有别的意思。我要是跟你回家去，你不会请我喝茶吧？会不会？我还不想回那栋房子里。”

丹尼尔的妈妈要来了。这并不意外，已经说了好几个月。他们原来住在一套廉租房里，后来搬进了这间小屋，虽然比较陈旧简陋，但总算有地方让他妈妈住，而且她摔过一跤，住在这种房子里更好、更方便。他们自己的房间都还没有装修，就先给她装修了一间卧室，贴了花纹墙纸，布置了一把柔软的扶手沙发椅、一盏灯罩有流苏边的台灯、一床缎面的被子、一张玻璃台面的梳妆桌，这些都是丹尼尔从谢菲尔德的老房子里搬过来的。去医院看过妈妈后，丹尼尔一直闷闷不乐，斯蒂芬妮注意到了，但没多问。他说，可能就那张梳妆台值得搬过来。不过，他说，这张梳妆台可能太大了，在这间房里，确实太占地方了。当然，在原来的地方也差不多。

她来的那天，斯蒂芬妮上楼在梳妆台上摆了一些花，一盆深紫红色接近紫褐色的仙客来，一只水晶瓶里——这只水晶瓶是结婚时人家送的礼物——插了紫苑花，有紫色、樱桃粉和贝壳粉。都是勇敢而又优雅的花。丹尼尔还在车站的时候，她记得台灯之前闪了闪，好像要坏了。她关掉重新开，还是闪烁不定。她下楼去拿保险丝和螺丝刀，再上楼把保险丝给换了。她快爬不动楼梯了。她在干活的时候，小家伙有一只手，也可能是一只脚，顶着她的肚子，肋骨下面凸起了一块。她听到门口有声音，但她一下子竟然站不起来，因为小家伙在肚子里闹腾。她很想去开门表示欢迎。

丹尼尔的妈妈说话的声音不高，有点哀怨，尾音悠长。

“……再也不坐英国火车了。一定要坐汽车，再要走，恐怕得拽着我的脚把我拉出去。”

斯蒂芬妮终于走了下来。奥顿太太整个人瘫在丹尼尔的沙发椅上，像一堆蓬松的靠垫。她的衣服，她的脸，她的一双手，她两条圆滚滚、油光锃亮的腿，后来她跟弗雷德丽卡说，就像也不像那些色彩鲜艳的紫苑花。斯蒂芬妮这时觉得，那些花就像有瘀青的肉体。她戴着一顶椭圆形毡帽，帽子顶部刻意压出一道凹槽。帽子下面露出几束铁灰色的柔软的头发，像绵羊毛似的卷起，泛着些紫色，可能是脖子上的人造丝绸印花围巾的缘故；围巾很大，闪闪发光。斯蒂芬妮的大肚子顶着沙发椅的扶手，弯下腰去亲吻奥顿太太的脸。那张暗红色的脸上堆着几团圆滚滚的肉。她问，要不要喝茶？

“不用，谢谢你，宝贝。我刚才还跟我们的丹尼尔说，火车上那些所谓的茶，已经让我倒足了胃口。我受不了了。不喝茶。你不至于已经给我烧饭了吧？这段时间我吃不下东西，吃了就想吐，出院以后都这样，胃口都被医院给折腾没了。你看看在医院我们都吃什么！油腻腻的裙边牛肉，一点恶心的沙拉，半个估计烧好放了两个星期的鸡蛋，几片卷心菜老叶子，再加几小块甜菜根。怎么吃得下啊，吃下去也得吐出来。我跟你说，那些鸡蛋不知道是从什么鬼地方弄来的，给我当早饭吃，简直就是臭气弹，但又不好叫那些护士闻一闻，她们不可能给我们换别的。幸好隔壁床的人有个女儿在巧克力厂里工作，带来一大袋一大袋自己吃不完的不合格品，天天吃巧克力，就想吃点咸的，然后她就带烤花生米，还有斯密薯片。反正她也不吃巧克力，连糖水都不喝，所以我就享福了。过了两个星期，她去世了，我的好日子也到头了。跟你说，我们的丹尼尔三天两头去医院，她们以为我也要差不多了，就是说我的日子到头了。”

过了半小时，她终于脱下了外套和帽子，她的行李堆在斯蒂芬妮的床上，因为她的房间里放不下。她说：“有好一点的茶吗？”斯蒂芬妮听了一愣，好久才明白，她这个婆婆，人家要给她东西的时候，她习惯先谢绝，不知道是假客气，还是怪癖。

两小时后，马库斯回来吃晚饭，丹尼尔的妈妈还在喋喋不休。斯蒂芬妮一边听着，一边从厨房进进出出，炒了蔬菜，又做了汤。她的儿子坐在餐厅的椅子上，越听越坐立不安，不断皱着眉头。她始终没有提到儿子、儿媳和孙子，她唠叨的都是自己的那点事情，包括火车里的遭遇、达林顿车站的见闻和谢菲尔德医院病房里的琐事，还有几个她研究得很透彻的老太太，也有几个不那么熟悉的。斯蒂芬妮对这些人很了解，但是，对于丹尼尔的妈妈，她反而很陌生。她觉得从来没有像今天这么累过。

今天天气不错。马库斯在门外徘徊，探了一两次头，然后才跟往常一样低着头“闯”进来。进门后，他稍微站了一会儿——丹尼尔的妈妈在，他不敢轻举妄动。

“这个人是谁？”

“我弟弟马库斯，这段时间住在这里。”马库斯看着她，眼神呆滞。

“马库斯，这是丹尼尔的妈妈。她刚搬来和我们住。”

马库斯和丹尼尔的妈妈都没有说话。丹尼尔觉得，那两个人都不大情愿接受对方的存在，虽然事先都已有所了解。斯蒂芬妮把饭菜端到了餐桌上，有烤牛肉、约克郡布丁、烤土豆和西兰花。肉很贵。她和丹尼尔一直在研究鲱鱼、牛肉片、西葫芦洋葱馅饼怎么烧。丹尼尔的妈妈紧挨着丹尼尔坐，眼光毒辣地盯着每个人的每个动作。马库斯搓着手。奥顿太太对他说：“别紧张，小伙子。”

他马上把手插到口袋里去，低下头，侧身走向他的座位。

丹尼尔开始切肉。他用夸张的语气赞扬了那块肉，他们难得吃到这样的牛肉。奥顿太太什么也没说。她把烤焦的边缘都切掉，只吃中间的部分，所以，她的盘子边上碎肉越来越多，越堆越高。她吃得津津有味，吧唧嘴的声音很响。马库斯捂住嘴，把几乎没有碰过的盘子推开。奥顿太太对斯蒂芬妮说，在她的那个年代，他们吃大块的约克郡牛肉，肉质松软，火候刚刚好，每个人一份，先在盘子里放点汤汁再放肉，吃的时候要先刮掉肉汁。家人又给她分了两片牛肉，她叫丹尼尔从边上开始切，她看到血淋淋的肉会倒胃口，人和人的口味不一样，对吧？接着，她语重心长地对马库斯说：

“你好像什么也没吃啊，小伙子。看你那么憔悴，不吃不行啊。再怎么也要吃下去。”

她说完就笑了。马库斯眼神呆滞地盯着他的盘子。

“这样没什么道理吧？小时候，人家给我们吃什么，我们就得吃什么，这是规矩。你这样怎么受得了？”

马库斯默不作声，用叉子戳着桌布。斯蒂芬妮说他前段时间生了一场大病，目前正在恢复。丹尼尔在谢菲尔德就跟她说过了。奥顿太太似乎注意力都在马库斯的身上，丹尼尔和斯蒂芬妮倒是被冷落了。她继续追问他到底得了什么病，是怎么治的。马库斯没有接她的茬。奥顿太太心里琢磨着这是怎么回事，转过头来跟丹尼尔和斯蒂芬妮交谈，说来说去也都是马库斯的病，感觉马库斯像透明人似的。丹尼尔觉得，这样可能更合马库斯的胃口——不被理睬，好像在又不在。此后几天，丹尼尔的妈妈继续跟他们讨论马库斯隐秘的病情，都不把马库斯本人当回事，让夫妻俩觉得相当尴尬。

去睡觉的时候，斯蒂芬妮被暂时放在地上的那盆仙客来绊倒了。她重重地摔到了地上，睡衣上沾满了灰尘、花盆的碎片和从瓶里洒出来的水。丹尼尔过来的时候，她还在地上，用手和膝盖撑着，泪流满面。几扇门都关着，没有动静，但估计里面的人都在侧耳倾听。丹尼尔蹲下来，一只手托着她粗壮的腰，扶着她慢慢站起来，然后要牵着她进卧室。她不走，像演哑剧似的指着睡衣上的脏东西，满腔怒火。她站着不动，身体不停颤抖，低声抽泣。

“别这样。”他拉开抽屉，不停地翻，想找一条干净的睡衣，“等一下，亲爱的。”

“别把我的东西弄得乱七八糟。”

“找到了，找到了。我什么时候把你的东西弄乱过？”

他将她的睡衣从她的肩上提起，从头上脱掉，她没有反抗，一下子全身赤裸，露出浑圆的乳房，肚脐诡异地凸起，相比壮硕的躯干，双手双脚都显得那么瘦弱。她还在哭，丹尼尔一边轻拍着安慰她，一边给她穿上了睡衣。他用沙哑的声音在她耳边轻轻说：“上床睡觉吧。亲爱的，走吧。”

“我得先把这些东西清理掉。我只想表示欢迎，让家里更温馨一些。我本来还以为自己选对了颜色呢。”

“听我的，”他说，“不用了。这样她就很高兴了。她觉得花草会产生二氧化碳。这是真的。她认为晚上最好把花搬出去。她一直是这样的，我爸爸去世前住院的时候，护士就每天晚上都把花搬出病房。真的。她就是跟她们学的。”

“搬出去吧，搬得越远越好。”斯蒂芬妮像是一个在耍脾气的孩子。

“算了，她腰不好，弯不下去。大家各有各的难处。你去睡吧，我来清理。”

她上床去睡觉。她仔细听着，听到了簸箕和扫帚的声音、水龙头的声音、后门打开的声音。他肯定在挖坑，要把仙客来栽在那里。他做事情很仔细，她没见过这么仔细的男人。然后，她听到他轻轻上楼的脚步声，接着，她听到花盆和托盘碰到一起叮叮当当的声音。他上床后，他们就抱在一起，身体都有点冷，但很干净，两人都不说话，翻身的轻微响声都可能被隔壁的人听到。随着她的身体慢慢放松下来，肚子里的孩子开始像海豚一样翻江倒海，也像体操运动员一样在做各种动作。就白天和夜晚对比，还是夜里比较折腾。丹尼尔对妻子的身体非常狂热，即使是这样臃肿的状况，但他对肚子里的生命不是很感兴趣。里面越折腾，他便越疏远。竟然在床上也没有隐私！华兹华斯……她慢慢入睡……华兹华斯……不等那句话在她的脑子里成形，她就睡着了。她梦到孩子没有足月就出生了，像个小袋鼠。她经常做这个梦，这次也不是最后一次，在这次的梦里，她好像看到小家伙稀里糊涂地跑到奥顿太太的跟前，然后，在她夸夸其谈的时候，爬上她肉滚滚的脸庞，每越过一团肉，她都担心小家伙会在沟里出不来，然后被憋死。

马库斯看着精神科医生，精神科医生看着马库斯。这个精神科医生叫作罗斯先生，在马库斯的记忆中，罗斯先生中等身材，皮肤中等棕色，声音中等音量，不太说话。有时候，马库斯觉得他是戴眼镜的，有时候觉得他不戴眼镜。他的诊室看起来有点棕色，也有点灰色，卡尔弗利医院的诊室都是这样的。诊室里有一张棕色的皮革沙发、两把金属装饰的皮革椅子、一张橡木桌子、几面淡绿色墙壁，还有一只档案柜和一只金属衣柜，都是军舰灰的颜色。桌子上方贴着一幅蒙克的油画《呐喊》的印刷品，另一面墙上挂着一本折了角的挂历，印着彩色的《伟大画作》，这个月份是塞尚[16]的苹果静物画。诊室里装了威尼斯式的百叶窗，通常都是放下的，只有叶片张开着，望出去隐约能看到一些管道、逃生梯和一口外壁被熏黑的井。马库斯没有在沙发上躺着。他坐在桌前的椅子上，低着头，视线躲着罗斯先生，只时不时地侧头打量着房子的棱角和地上的光影。

对于罗斯先生是否能“帮”他，他不抱什么幻想。之所以这样，原因在于他对“帮”的定义，在他心里，所谓“帮”，就是要将所有问题都搞定，让他回到从前正常的良好的状态，可他自己都说不明白，这样的状态究竟是否存在过，是否可能存在。什么叫正常？人们有时形容他们的一些行为和关系是正常的，但是，在马库斯的经验中，他们说的和他们实际的表现和状态并没有很明确的关联。比尔会说父子、兄弟、姐妹和男女生的关系是正常的，他还会喊出其他的定义和标签——所谓上学的学生、结交的朋友、“擅长运动”和“聪明的家伙”，同样奇怪地正常化了真实的指代对象。在马库斯的心目中，“正常”就像描图纸或者拼图上复杂的图案，按原图描好或者拼起来以后，形成边界模糊的轮廓，和原图不可相提并论。卢卡斯·西蒙兹的魅力在于他表现得很自信，很幸福，很“正常”，是个好兄弟，擅长运动，是靠谱的领导，是“聪明的家伙”，穿着得体的休闲西装、法兰绒衬衫，常常笑容可掬。他一直能表现得很正常，就是因为他不正常，他是旁观者，他很疯狂，他有锐利的目光，知道什么是正常的，什么是理想的状态，而他也渴望拥有这样的状态。

马库斯没想过要跟罗斯先生说这些话。他既内向，又自负（波特家族的特征），他觉得即使跟罗斯先生说了，他也不一定能领会，而且他觉得罗斯先生最感兴趣的是性爱。他觉得罗斯先生就想知道他马库斯到底是不是同性恋。他自己也想弄明白。每每回忆起和卢卡斯这段带有情欲的关系，他都为此感到焦虑、恶心，但是，他无论如何都不会和罗斯先生讨论这些。他从内心深处渴望抛弃性欲，做个干净的人，可是，即使他这样说了，恐怕也没人会相信他。他礼貌而果断地拒绝了罗斯先生的建议，任整个房间陷入长长的沉默，就像一块顽石被丢进河里，下沉时缓缓荡出的涟漪。罗斯先生认为他年轻单纯，想法简单，其实并非如此。不过，他乐于装成一个愣头愣脑的小屁孩。他觉得，他和罗斯先生都认为对方很无趣，两人都昏昏欲睡。

本周，因为比尔的一封信，一封措辞谨慎而又充满关切的信，罗斯先生想问问马库斯是否想要回家，如果想，他有什么打算。马库斯说他不想回家，又补充说还会再离家一段时间。罗斯先生问他为什么不想回家，马库斯说，提到回家他就害怕，回家就像被关进笼子里一样，家里很吵，他不想回家。罗斯先生问他不想回家的主要原因是什么，马库斯绝望地说，家里的一切，所有的一切，特别是那些噪声，但总之，家里没有让他回去的理由。

在他们冗长的对话中，“家”这个字确实在他的脑海里转化成了一副吓人的景象，但他甚至都没有想到要和罗斯先生说。

他看到了一幢房子，就像小学生在课堂里画的那样，有四扇窗户，有烟囱，有门，有花园，有穿过花园的小路，有长方形的花坛，花坛里种着菊花。不过，这幢房子却粗制滥造，十分脆弱，堪堪关着某种身披铁锈色皮毛的巨大生物。房子呻吟着几乎被它撑爆，缝隙间满是闪光的毛发，随处可见鼓胀的肌肉，窗口闪过它的爪子。这只野兽就这样在房子中间咆哮怒吼。

谈到比尔的愤怒和马库斯的恐惧，他们的谈话就无法进行下去，跷跷板的两头都一样沉重，都过于沉重。“他总是生气。”马库斯说。“你总是那么害怕他吗？”罗斯先生问。“哦，没错。”马库斯说。“从小时候开始的吗？那是什么情况？”罗斯先生问。

“我有一次看到了那只熊。”马库斯脱口而出，他想起了那只熊。

“哪只熊？”

“不是真的熊。我坐在沙发后面玩运奶车。他们喊我，我爬出来，我发现我和妈妈中间有一只巨大的熊，坐着有这么高……几乎够到了顶灯，像真的一样。我是说，我当时不知道那是假象。我不敢过去。所以，他们过来，把我拉起来，狠狠训了一顿。”

“说到熊，你会联想到什么？”

“哦，《三只熊》，他们常常给我讲三只熊的故事。”

罗斯先生原来靠着椅背，这时稍微坐直。

“听了《三只熊》这个故事，你有什么感想？”

“哦，嗯，不记得了。”

“你害怕吗？”

“你是说熊冲出房子朝小女孩咆哮吓走她的那段吗？好像有点害怕。”

这个故事不好理解，要有很强的同情心才行。那个小女孩在森林里迷路了，碰巧看到一幢房子，她从窗口朝里面张望，敲了敲门，然后悄悄进去，想找找看有没有吃的，看到里面有椅子，有炖肉，有床。这时候，熊是值得同情的，它们本来正常温馨的早餐被一个不速之客给搅和了，它们的椅子和床被人家占了，一个不知道从哪里来的小屁孩把屋子里弄得一塌糊涂。然后是那个小女孩，在他的印象中，那个小女孩面容憔悴，金发散乱，虽然很淘气，坐坏了人家的椅子，弄脏了人家的汤勺，睡了人家的床也不整理，但也值得同情。再接着，听到三只熊愤怒的咆哮，小女孩从窗口溜出来，逃离了温暖的房子。

“小熊的椅子被小女孩弄坏了。我很难过。”

“为谁感到难过？小熊？还是小女孩？”

“不知道。都有吧。我为熊感到难过，因为那是它的东西，可那个小女孩……她被咆哮吓坏了。”

他说话的语气表明他对这样的提问方式很不以为然。

罗斯先生问马库斯，说到“家”，他会想到什么？马库斯能想到的不多。他和斯蒂芬妮玩金氏游戏[1]总是赢，就是记下托盘上的那些玩意儿。对于斯蒂芬妮而言，她更关注游戏的实质、名称及其与语言的对应关系，而他的脑子里浮现的则是一幅几何地图和空间布局。对于他而言，“家”就是各种关系的集合、椅子之间的线条、窗户的长方形以及楼梯的级数，相比之下，斯蒂芬妮能记得桌布掉了几根线，搪瓷杯子上有几条刮痕，切肉刀是不是钝了。马库斯不相信有长久不变的东西，他甚至觉得人也并非如此。例如，他一直认为，卡尔弗利医院的盥洗室，和他上个星期、上个月和去年进去过的那间盥洗室不是同一间，只是任意一间盥洗室。同样，他觉得他吃饭时用的勺子和盘子也都不是原来的。他甚至觉得他一辈子都不会两次乘坐同一辆公共汽车，即使座套上的补丁可以认出来是一样的。公共汽车线路是固定的，但每一辆车

[1] 金氏游戏是用来训练童子军记忆力和观察力的一种游戏。玩家需要在一分钟内观察托盘内不同的24件细小杂物，最终记住12件以上。

都是新的。简而言之，一切都是浮云。所以，对于马库斯而言，“家”相当于一些危险的物品，而这些物品是人的延伸，包括比尔的烟灰缸和烟斗、比尔的切肉工具、他妈妈的塑胶手套、他卧室里的床和书架，以及放在书架上的喷火式战斗机模型。他没有说这样的话。他对罗斯先生说，他有点想念自己的卧室。罗斯先生想吓他一下，但他知道这样做不专业。所以，他打了个哈欠，问马库斯是不是急着要走，同时看了一眼手表。

那天晚上，在斯蒂芬妮的家里，马库斯梦到他回家了，比尔正在切肉，为了欢迎他回家。肉是圆柱形的，血淋淋的，皮上还带着毛。而且，他看到桌子另一头还有蹄子和爪子。和罗斯先生说话，或者面对他憋着不说话，有一个不良的后果，就是事后会做一些很奇怪的梦。他们围坐在餐桌旁边，他妈妈戴着一顶像头盔的帽子，他爸爸切着血淋淋的蹄子——这就是所有的菜——一刀切下去，肉还会收缩，好像很痛，显然还活着。

罗斯先生如果听到这段描述，肯定会很高兴。他觉得这是一种隐喻，源头在于民俗和儿童文化，与幻觉和梦境有关，因此，他对马库斯的了解可能会、也可能不会更深刻一些，可能会、也可能不会觉得自己能帮他一把，或者给他提供一点建议。马库斯告诉自己，他可能搞混了那些熊，在研究过自己的梦境后，他得出的结论是这些梦没有什么意义，因此决定不向罗斯先生汇报。虚幻的熊不是问题的实质所在。

3
圣诞节

波特家的圣诞节虽然遵循英国的传统，但是沉默而漫无目的。他们对狄更斯[17]的“圣诞节必备”不是很热衷。按狄更斯的传统，圣诞节要有很多专门的菜肴，要准备许多礼物——不管人家要不要，也要叫亲戚朋友来家里欢聚。但他们没有亲戚。北约克郡是有一些波特的本家亲戚，但自从比尔被父母抛弃之后，这些人也都没再见过面，比尔之所以被父母抛弃，是因为他的父母是基督教公理会教友，但他不信教。温妮弗雷德的父母早就去世了，她也没有兄弟姐妹。他们家的“神明”都是自己设的，不属于家族传承，都叫不上名号。按狄更斯的逻辑，原因在于社会阶层变化，底层人民向上层流动，而这些人不大遵循规矩。他们知道怎样才算体面，什么才算合适，但作为知识分子，他们鄙视这些规矩，不过，到了圣诞夜吃大餐的时候，他们又认可这样的规矩。丹尼尔的爸爸是火车司机，他在世的时候，会先到酒吧里喝得醉醺醺，然后回到家接着喝；晚宴间有开心，有疲倦，也有遗憾。比尔·波特倒了一杯雪利酒，又拿了一瓶起泡酒和大家分享。没有邻居来串门，他们也不去邻居家串门。圣诞节期间交通事故多发，但都与他们家无关。在节日期间，他们比平常更不出门，因为商店都不开门，也没有活可以干，只能“自娱自乐”，刚好有那么多盘子要洗，弗雷德丽卡说要洗的盘子比平时多。

他们都是节俭的人，在战争期间，他们就学会了凑合，从不浪费，东西都省着用。温妮弗雷德的审美不固定。她对穿着没有感觉，只是会担心哪顶帽子或者哪件衣服可能落于俗套。所以，要过节了，她也不懂怎么装饰房子，甚至对餐桌该怎么布置都没有想法。对于穿着的问题，她的解决方法是尽量朴素，对于过圣诞节的问题，她也采取相同的处理原则，但效果差强人意。孩子还小的时候，他们会剪一些纸链，把平时收集的彩色牛奶瓶盖穿成串，然后把牛奶瓶盖串绕在镜子周围（如果要挂在天花板上就不够长了，不能从一边够到另一边）。他们还小的时候，会在家里摆放一小棵假树，到圣诞前夜就把袜子挂在树上。比尔和温妮弗雷德从不说袜子里的礼物是圣诞老人从烟囱里进来放下的。这不仅因为他们绝对尊重事实，实事求是，也因为他们不善于修饰言辞。他们从不讲故事，认为这种行为傻里傻气。弗雷德丽卡甚至觉得魔术也很傻，她还很小的时候，就给同学们揭秘魔术，让这些幼小的心灵首次遭遇了幻灭。不过，她并没有因此受到欢迎，也没有感到快乐。

没有人唱歌，因为大家都不会唱歌。没有游戏活动，原因在于他们都不会玩，也在于他们五个人一致认为，玩骰子、打牌或者打哑谜猜字，都是不正经的事情，只会浪费时间。他们难得达成这样的共识。所以，除了拆礼物包装，他们大部分时间都你看着我，我看着你，等着圣诞节赶紧结束，然后他们就可以回归紧张而又彼此不过问的工作生活。

对于斯蒂芬妮而言，今年必然有所不同。她去了教堂，帮教堂装饰了冬青和槲寄生，等等。她也参加了教区聚会。她还有两个家要顾。考虑再三，她叫她妈妈把波特家的其他人都带过来，就是比尔和弗雷德丽卡，到她家一起吃圣诞晚餐。她说，这是个很好的机会，可以让马库斯改善和父母的关系。温妮弗雷德有点犹豫。她似乎不敢相信这种活动能够朝预期的方向发展，起到什么作用。斯蒂芬妮也跟马库斯说了，语气尖锐地表示父母会来，她相信他靠得住，到时能拿出靠谱的表现。他似乎有所反应，让她十分惊讶和备受鼓舞的是，他甚至积极帮忙张罗那顿晚餐，这是他六个月以来首次参加家里的活动。

她想让家里更有节日气氛，这主要是为了丹尼尔着想。她手头没钱，但想办法到里思布莱斯福德市场买了绿叶，还买了一棵很大的真树。送来的时候，树用拉菲草紧紧包裹着，包成了锥形，墨绿色的针叶从缝里冒了出来。斯蒂芬妮像剥茧一样打开包装，拍一拍，让枝叶散开，然后花了很多时间和精力，装了一桶土，将树种在土里，又用厨房秤的砝码把树固定好。这棵树让家里生机盎然，蓝绿色，很庄重，散发着松香和森林的气息。奥顿太太每天都稳稳地坐在丹尼尔的椅子上，盯着她干活，说斯蒂芬妮是搬起石头砸自己的脚，却一点也不肯帮忙。马库斯轻飘飘地走过。她叫他帮忙，他倒是马上答应，用一只瘦弱的手把树干扶直。斯蒂芬妮把土踩实，然后用晒衣绳将树干树枝捆好。马库斯用纤细孱弱的声音说，松针的气味很好闻。奥顿太太却说这是添乱，气味会串。

斯蒂芬妮憧憬着这棵树挂上金银装饰球并被蜡烛照亮的美丽场景。她生长在朴素的波特家，所以她想要的装饰球也是朴素的，不要花哨的图案，也不要画圣诞花。在里思布莱斯福德市场，她只找到“侏儒”圣诞老人和极其丑陋的小提灯。有一天下午，她坐下来，突然想到可以用金银线在牛奶瓶盖上绕成“闪烁的星星”。这时，马库斯让她大吃一惊，他说为什么不用电线，然后，更让她难以想象的是，他居然用金银色的细电线编了许多颗星星，有六边形的，有空心的圆球，有复杂的多边形，还有抽象的形状，闪闪发光，缠绕在松针上面，让圣诞树熠熠生辉。

圣诞节是她最喜欢的基督教节日。所谓圣诞节，就是庆祝某个人的诞生，这是个普通的奇迹。比尔的思想与传统格格不入。从小，他的孩子们就听他讲各种“反教言论”——处女生小孩是无稽之谈，所谓的牧羊人、伯利恒之星和马厩都是扯淡。斯特劳斯和勒南对基督传统的批判也不过如此。从表面上看，他好像有极其强烈的愿望，要让他的孩子们敢于探索历史真实，要培养孩子们的独立批判性思维。如果他不那么恶狠狠，如果他采取鼓励的方式，让孩子们在放弃福音的同时能够获得另一种温暖作为补偿，那么，他本有可能得偿所愿。

这时，丹尼尔这边倒有些问题。他叫她不要去医院，因为他要在儿童病房扮圣诞老人。

“我想见你。”

“别去那里。”

“会让你尴尬吗？”

“不至于，我这种工作，没什么好尴尬的。不会。不过我觉得……”

他说不出他觉得什么，其实，他是觉得她对那种地方有了畏惧心理。其实，他也有。

她还是来了。

床越靠里，病情越严重。尽头就是医生的小诊室，看不见什么，也听不到声音。病房外面有一棵银白色消过毒的人造树。能回家的孩子都走了。重症病人坐着轮椅，被推到骨折或者扁桃体切除病人离开后空出来的地方。斯蒂芬妮常来，那些常住病号她都认识。

有两个十几岁的男孩，一个叫尼尔，一个叫西蒙，都患了肌肉萎缩症，永远站不起来了。他们的身子被撑起来，两只小手臂无力地摊在干净的床单上，瘦削而聪慧的脑袋以怪异的角度靠在枕头上，嘴巴张着。

患厌食症的“报春花”十三岁，体重七十磅[1]。她闭着漂亮的眼睛，拒绝承认这个世界，一双苍白的小手，跟修女似的，握着空拳，抵着消瘦的下巴。加里剃了光头，颅骨肿胀，样子很恐怖。他的眼皮耷拉着，骨子里面的死气喷薄欲出。几个新来的小病号，平时穿着宽松的病号服呆头呆脑，摇摇晃晃，现在穿上了节日正装，飞也似的跑来跑去。查理八岁，屁股上长了瘤，总有臭味。他躺在用婴儿车改造的推车上，手在两边像划船一样。他顶着一张椭圆的大脸——这些人的脸蛋都那么大——绕着斯蒂芬妮的脚踝旋转，脸上绽放着笑容，但笑容里面藏着轻蔑。站在他前方的人能闻到臭味，在他身后的人则闻到消毒药的味道。没有腿的麦克像树干一样“坐”在臀垫上，移动十分沉重，他的一条手臂像皱巴巴的长形松果。玛丽穿着漂亮的粉红色连衣裙，从裙里伸出一双黄色的爪子。她的头部和脸部的皮肤是整形医生移植的，植皮颜色五花八门，有羊皮纸色，也有紫葡萄色。玛丽没有眉毛，没有睫毛，没有嘴唇，除了左耳上方有一束刚洗过的金发，她也没有头发。玛丽掉进过或者可能被人推进过火堆里，而且不止一次。没有人来看望过玛丽。玛丽有时会回家，但再回医院的时候会新增一处伤疤，或者又有个地方化脓了。斯蒂芬妮抱起玛丽——玛丽喜欢人家抱她——挎在一侧的髋部，从一张床走过另一张床。玛丽和肚子里的宝宝之间，隔着被不断拉伸的肌肉和一肚子羊水，宝宝就在羊水里面伸展着还没有完全发育的手脚，一会儿翻身，一会儿静静地歇着。

过了双开弹簧门是婴幼儿病房，有些宝宝需要修补嘴唇，有些则因为发育缺陷，需要人工建造食道或者肛门或者分开手指。一个保温箱里面有个棕金色皮肤的男婴，光着身体，很漂亮，遗憾的是出生时双腿折

[1] 1磅约等于0.45千克。

断了。有机玻璃保温箱里特地做了一个滑轮吊着他的腿。

留声机开始播放《马槽圣婴》。护士们和几个好不容易圣诞前夜来到医院的妈妈们一起大声歌唱，但声音参差不齐。斯蒂芬妮也唱。玛丽哼着，推车上的查理也咕哝着。留声机又放了几首圣诞赞歌，接着是柴可夫斯基。里思布莱斯福德芭蕾学校的玛丽莲小姐教的小女孩们跳了一段雪花舞，小男孩（人数比较少）表演雪人翻滚，模仿融雪的那段很逼真。这时，留声机响起《红鼻子驯鹿鲁道夫》，同时响起叮叮当当的铃声。“孩子们，你们觉得是谁来了？”修女问。这时，丹尼尔坐在装扮成雪橇的推车上——推车铺着红毯子，轮子用锡纸包了起来——由打扮成北极熊的医院护工拉进了房。芭蕾学校的孩子们跑过来，从圣诞老人的手里接过了礼物，交给医院的护士，护士将礼物分发给住院的孩子们。

丹尼尔有点不对劲，他的妻子觉得。以前穿这套圣诞老人服装的那个妇产科医生比丹尼尔瘦，所以，丹尼尔自己的黑外套在下面露出来了，就像火里的煤炭。他摘掉了牧师领，白色眉毛和胡子已经掉了好几撮，露出下面他自己的眉毛、胡子——他的胡子长得很快——这样看起来，圣诞老人的胡子有点蓝黑色，不伦不类。他脚步沉重地在病房里转了一圈，逐个问病人身体还好吧，只有少数几个人回答了他的问题。他看上去并不开心，有几个状况好一些的孩子看到他靠近就哭了起来。在这种情况下，他会知趣地躲开他们，看起来很自然。他也躲开了他的妻子。

芭蕾学校的孩子们分发的玩具主要是毛绒玩具，有粉色、蓝色、白色，有兔子、鸭子、小熊。据斯蒂芬妮的观察，并非随便给他们什么毛绒玩具孩子们都会高兴，尤其是没有故事或人格魅力的。他们要的——也正是没有给他们的——是一些“建设性”的东西，像铁积木和橡皮泥，也可以说是很容易弄脏床单或容易丢失的东西。一个穿着雪花舞服装的小女孩侧着脸递了一个毛绒熊给斯蒂芬妮，让她送给玛丽。玛丽把脸埋进她的肚子，嘴里叽里咕噜的。丹尼尔大步走上来，穿着麻烦的靴子和外套，黑着脸，很愤怒。

“放下那个孩子。这样会伤了你。”

“不用。她喜欢这样。”

“我不喜欢。”他冲着那个小女孩笑，嘴上毛茸茸的胡子歪了，看起来很恐怖。小女孩又畏缩了一下，哭了起来。“好吧。”丹尼尔说，“好吧，斯蒂芬妮。我们的任务完成了。”

“你怎么了？”

他说不清楚，但他心里清楚。要不是斯蒂芬妮，他可以做得更漂亮。此时，看到玛丽像妖精似的缠住她，而且刚好顶住她的髋部，他心里只有一个愿望，就是让她和他的孩子赶快离开，似乎他们随时可能面临威胁，这里随时可能发生不幸。但是，斯蒂芬妮站着不动，很平静，也很健康，还让他必须去跟马里奥特太太说说话。

马里奥特太太表面没事，可实际很令人担心。她一整天都坐在隔间里，坐在她儿子的小床旁边。他长得很可爱，但肝脏有缺陷，肾脏也有问题。他们给他做了手术，眼下采用的是膳食疗法。小孩大部分时间都在睡觉，而且睡得很沉。马里奥特太太不停地围着小床转，不停地摆弄爽身粉、水杯和尿布，这还不算是作为母亲的本能。四个星期，她就瘦了五十六磅。丹尼尔掸去身上红色、白色的绒毛，朝马里奥特太太走去。她看见他，弱弱地说，她很害怕会失去小斯蒂芬，有希望的时候，也是最难受的时候，对吧？最好是不要指望什么，但是，在这里坐着，除了指望点什么还能怎么样？她觉得自己是个废物。他不知道，他也说不出口，他扯掉傻乎乎的假胡子，想要开口劝她放弃，可说到一半就停了。他知道，他要安慰的是迫切、焦躁、挫败和愤怒。马里奥特太太拿起干净的薄纱尿布捂住脸，哭了起来，听着让人绝望。丹尼尔看到他的妻子朝这个格子间走来，应该是想来帮他安慰马里奥特太太。他挥动手臂，示意让她走开，他让马里奥特太太接着哭，让她哭个痛快，他甚至没有跟她说哭出来对她有好处，他怎么知道呢？他不能做这样的设想。

圣巴塞罗缪教堂的家庭庆祝活动稍晚举行。节目包括一出圣诞剧表演，斯蒂芬妮觉得很期待。她曾积极地帮忙张罗过服装，用蓝色塔夫绸给玛丽做了一件拖地长袍，她还将她在剑桥参加五月舞会时穿的礼服贡献出来，从接缝处剪开，又借了或者说捐献了色彩鲜艳的腰带和珠子，给三个国王做装饰，其中一个国王戴的包头巾是用她五月舞会礼服上的闪光丝绸做的。

管风琴响起来。孩子们走进教堂，时而蹦跳，时而走正步，步伐很乱。有一个大男孩和一个大女孩，都十一岁朝上吧，女孩尴尬地弯着腰。他们站上讲坛，轮流读了一段关于马太和路加的故事。马太的三个国王，以及那颗指引着他们的星星，路加的马厩、牛、驴，路加的牧羊人和唱着歌的天使。孩子们表演了这个故事的哑剧版本，都很严肃，很拘束。拥有一头金发和丹麦人脸蛋的玛丽一本正经地坐在圣坛的台阶上，旁边坐着一个叫约瑟夫的人，比她小一些，穿着条纹浴衣，头上缠着一条毛巾。他知道他其实没什么事可干，双手时不时地抬起来，经过长满雀斑的脸，去摆弄那条头巾。一个小小的“旅馆主人”举起稚嫩的双手，表明旅馆已经客满了。更小的小孩和耳聋的老奶奶坐在台下的长椅上叽叽喳喳地说话，他们每年都这样叽叽喳喳，像电报线上的椋鸟，急切而又漫无目的。有的说：“看，那是我们家的珍妮特。”有的说：“看那边，我们家的罗恩，他是不是很搞笑？很可爱？很得体？”

“她将她的第一个儿子用布包起来，放在马槽里，因为客店里没有地方。”

这个关键时刻总是很别扭。此时，跟往年一样，玛丽走向长椅，撅着屁股，在埃勒比太太的旧木头婴儿床里，掏出她那个最好、最大的玩具娃娃。那个塑料娃娃满脸微笑，噘着嘴，硬邦邦的眼睛装着金属铰链，可以开也可以闭，像一个顽皮的小孩。她举起这个娃娃向教众示意，然后再把它塞进毯子下面。因为塑料娃娃的四肢僵硬，不可能用布包裹起来，所以有人拿了一条很漂亮的洗礼披巾给娃娃盖上。戴着纸面具的绵羊、牛和驴挤在一起，跪下，同时摆弄头上的东西。三个“小国王”，一个提着一盏油灯，一个拿着装砂糖的银色调味瓶，另一个捧着埃勒比太太的瓷香烟盒，先鞠了个躬，然后摇摇晃晃地跪下去。一群小牧羊人进入教堂正厅。通道的尽头出现一个唱诗班的男孩，披着被单、顶着光环——他干净的嗓音破音了——背后跟着一群人数有限的天使。他们向众人表达了祝福。家长开始骚动起来，因为他们的骨肉正在表演圣婴出生的情节，有表演圣婴的，有表演圣母的，虽然演得不是很自然，有点拘束。让大家感动不已的，正是玛丽和约瑟夫的稚嫩，与那个塑料娃娃无关，在这样的情景下，这个娃娃通常是多余的。家长的感动还在于孩提时代的转瞬即逝，也许更在于他们在繁衍法则中看到了一些威胁。这些小家伙代表着未来，他们是在预演他们的未来。不仅孩提时代会消逝，男人和女人也一样，传递了基因之后，也会像浮云一样消散。此时，看到这样的演出，他们似乎在不同时代之间穿梭，在不同角色之间变换。玛丽充满关爱地看着玩具娃娃，玛丽的妈妈眼神之中也充满慈爱，玛丽稚嫩的身体和柔软的小脸让她痴迷。时间像流水啊！

小赫罗德王出现在讲坛上，他总是最好的演员，小脚一跺，霸气地甩了甩刘海，把纸皇冠扶正，然后做了一个手势，像在指挥千军万马。屠杀平民的一幕在台下上演。讲坛上的那个大男孩读了一段关于雷切尔的故事，说她为孩子们哭泣，因为她根本就没有孩子。前几年，斯蒂芬妮喜欢听这段故事，今年，身怀六甲的她听了却不大舒服，反而感到害怕。

随后，大家到牧师公馆喝茶，埃勒比太太做了原木形蛋糕，就像好孩子不收礼物却带礼物给大家一样，大家都包了不用的小玩具和毛绒动物，集中以后要送到巴纳多医生诊所。丹尼尔对大家说，在这个特殊时刻，上帝对世界的爱至深，所以他派他唯一的儿子来到世间，给予他生命，让他跟芸芸众生长得一样，这样，上帝可以体验人间的生活，而众生可以通过圣子接近上帝。上帝和众生的生命息息相关，合为一体，丹尼尔说。她想，让她来讲的话，她可能讲得更好一些，虽然她不相信这种说辞，但她是个好老师。

是什么让世界充满活力？是丹尼尔，是他的躁动，是他的不耐烦，是金发小天使破碎的嗓音，是她肚子里的翻腾，是深色的树，是查理、加里、玛丽。难道是他造了你也造了羊羔？她黑暗的大脑里有个声音在说。有一刻，她看什么都烦，看谁都不爱。她微笑着分发一杯杯牛奶，还有包装色彩鲜艳的巧克力豆。

她的冷淡甚至敌意一直持续到午夜的弥撒，尽管这里也有一些老朋友，包括韦尔斯小姐和索恩一家人。索恩太太声音嘹亮地唱了约克郡人民都喜欢的赞美诗。约克郡人民唱《弥赛亚之歌》的时候不像威尔士人那样洪亮，那种唱法过于放浪，他们唱得更稳重有力，节奏清晰。他们主要是来唱歌的，这些人。他们唱了一首低沉的《以马内利，恳求降临》，接着唱约克郡版的《基督教苏醒》和《齐来崇拜歌》，声音中充满敬意、稳重和狂热，这让斯蒂芬妮很疑惑，因为她还听到了其中的克制，仿佛一股无名的力量，正准备寻找发泄口。他们站着，一动不动，黑乎乎的，都戴着帽子。英格兰人真丑，斯蒂芬妮心想，她不是首次有这样的想法。这一张张中年人的脸，神色暗淡，面色苍白，表明他们都是耐心和谨慎有余，甚至多疑的人。都不是轻松的脸，也不是受苦的脸。这一张张脸是忧心忡忡的脸，担心别人是不是认可他们的行为举止，他们的行为举止是否暴露了自己的社会地位，当然，他们也时刻盯着人家的行为举止和社会地位。他们比上一辈人更操心这种事情。这一代人被逼着勇敢，甚至到了不知道怎么放平心态的地步。你看，守护伊甸的天使在来回走动巡逻。他们身上的衣服都是丑陋的甲壳，有酒红色、瓶绿色、海军蓝，尽管他们本意是要展现衣服的质地，想穿得体面一些。她想到了劳伦斯对于紧身白裤子的标准，如果按照他的要求，那么这些身形糟糕的人可能会更丑陋。跟漂亮的意大利人一起坐在漂亮的意大利树下，最好还是不要任性地说矿工和女性的坏话了。她想到了《弗洛斯河上的磨坊》，想到英国宗教的残忍历史，宗教真正的中心在家里，家里的一些东西能表明你是什么样的人，你和别人的关系怎么样，例如花点锦缎、印有树枝花纹的瓷器、日益增多的消费，还有像圣物般被供起来的帽子。而这一点——乔治·艾略特[18]也知道——和耶稣施加给信徒的戒律没有什么关系，也和“道成肉身”没有一点儿关系。这时，教众正在唱《婴儿为我们诞生》，歌颂的就是所谓的“道成肉身”。丹尼尔站在围着白帷帘的讲坛上，帷帘带有刺绣，很好看。他和埃勒比太太一起看着面包和葡萄酒。斯蒂芬妮心想，乔治·艾略特恨得有道理。她睿智、好奇地打量着四周，想看清楚她到底憎恨什么，同时，她也有一种由内而外的超然，两者的结合让她某种程度上了解了——“爱”。乔治·艾略特曾经很喜欢帽子和印有树枝花纹的瓷器，是因为她了解这些东西，或者因为她把这些东西写下来，就有了足够的力量凌驾于它们之上，让她得以温和而慷慨地面对其中的意义？她突然看到了多德森姐妹带来的供奉，这时，她努力将这些供奉与丹尼尔妈妈教她怎么做圣诞布丁的话联系起来，但失败了。

斯蒂芬妮希望这次家庭圣诞聚餐可以在一定程度上弥合原来因父母暴力造成的家庭关系创伤，让大家得体、友爱地面对彼此。刚好，有奥顿太太这个“外人”在场，大家会比较收敛，彼此比较客气。

早几年，她不会有这样的愿望，那时候，不管家人有什么正常的期待，比尔都会无情地加以打击，如奥顿太太所说，他不只是干草，一点就着，他还是“火石”，是火源。他大闹斯蒂芬妮的婚礼，给她留下一生的尴尬。但是，善于制造社会恐怖的人，通常要面对更善于制造社会恐怖的人，还有人比他们更凶猛。马库斯让比尔尴尬过，也可以说让他受伤过，马库斯的所作所为比比尔更任性，造成的后果也远远超过“震荡”的范畴。根据斯蒂芬妮对比尔的观察，也根据弗雷德丽卡的汇报，他最近的精神状态有些萎靡，至少有段时间比较萎靡。她知道，比尔对她本人有实实在在的感情，这一点会缓和一些气氛，可是，他不喜欢丹尼尔，反对他们结婚，而且明明白白表明了他的态度。

无论如何，她要做好招待工作，争取让大家开心。她做了坎伯兰酱，用来给火鸡调味。调味酱是清澈的酒红色，和几片金黄色的果皮一起被装到小罐子里。她花了很多时间和精力剥煮好的板栗，到时跟球形甘蓝放在一起，把面包和香菜填到火鸡肚子里去。她还弄了几堆干果、葡萄干和柑橘，铺上鲜艳的红色桌布，起了壁炉柴火。桌上摆了雕花玻璃葡萄酒杯。斯蒂芬妮不喜欢雕花玻璃，她们这一代人崇尚朴素、实用，更推崇芬兰和达廷顿的水晶玻璃。不过，灯光照在玻璃雕花上，熠熠生辉，映射出各种图案，圆的柑橘映射成三角形，橘子皮映射成十字架，连马库斯挂在圣诞树上的星星和壁炉里的火光都显得如幻如梦。

他们来了，她发现比尔已经不是“火源”了。她给他们开了门，当时她正在给火鸡浇汁，开门的时候她红着脸，气喘吁吁，围裙遮不住膨胀的灰色正装。他站在门口，两边分别站着温妮弗雷德和弗雷德丽卡，跟这两个高女人相比，他个头小很多，斯蒂芬妮觉得他干瘪了。他挎着几个包裹和一箱酒。“我的贡献。”他说。他面对自己的女儿还是很紧张。她想跟他亲一下，可是中间隔着这么多东西和她粗壮的腰，她感觉够不着他，就算了。她正准备去接那些包裹，他就用习惯性的严厉语气，叫弗雷德丽卡别当一个没用的人。波特家的三个人先后进了门，他们都害怕马上就要见到马库斯。他们看到丹尼尔的妈妈坐在沙发椅上，像一大团肉包裹着一件衣服，她真是肉叠着肉，几层下巴压着几节脖子。马库斯不在。他们各自找了椅子坐下，因为地方小，所以大家挨得很近，围成一个小圈子。斯蒂芬妮问他们要不要喝雪利酒。这时，他们听到有人说：

“原谅我没有站起来。没有人帮忙，我实在是站不起来。我经常坐一整个早上，要等到有人来拉我起来。他们也不大乐意帮我，对吧，亲爱的？”

“我还拉得动您，对吧？”斯蒂芬妮笑容满面地说。

“你怎么样，波特太太？扛得住吧？要是身体……”

温妮弗雷德说她挺好。她坐在靠厨房的位置，看着斯蒂芬妮。斯蒂芬妮觉得她妈妈的气色其实不大好。她金色的头发已经没有了光泽，脸庞消瘦了一些，但双颊泛红，身体臃肿，鼻子四周有了皱纹，眼下也有了黑眼圈，嘴唇苍白。

“你怎么样？”她小心翼翼地问女儿。

“好极了。”奥顿太太说，“现在的年轻人真行。我怀丹尼尔的时候，有时连着几天起不了床，脚踝肿得很厉害，还时常头晕，很可怕。她就不一样，现在还能骑自行车，精力充沛。我跟她说，她老这样会出事的，但她自己最清楚，出不了事。上周，她还出了一趟门，我们俩就只得自己弄午饭——我和那个只有眼睛耳朵、没有嘴巴的小伙子。他住在楼上，我大声喊他下来帮忙，如果没有人帮忙，我就得从早到晚坐在这里，饿死渴死在这里。在我的循循善诱下，他终于弄了一些威尔士干略。他其实挺能干的，根据我的观察。”

波特家的人都没有马上接茬。幸好，就在这时，丹尼尔哼着曲子回来了。他刚刚去主持了早祷会。他站在客厅中间，用牧师的腔调，祝大家圣诞快乐。他发现马库斯不在，就上楼去，再下楼时，后面就跟着那个脸色苍白的小伙子。马库斯走到最后一级台阶时停住了，站在那里，比尔站起来，看着儿子。丹尼尔的妈妈叫他坐下，但他没有理睬。比尔向前走了两步，很严肃地伸出手。马库斯看上去无精打采，但稍做停顿，便握住了他爸爸的手，然后走到妈妈身边，跟妈妈贴了贴脸。此时，斯蒂芬妮似乎看到一块有着巨大裂缝的帆船帆布，正在用很粗的线笨拙地缝起来，无论如何，裂痕正得到修补。接下来就是大家互赠礼物，这是她提议的。

礼物出奇地一致。马库斯收到几件没有品牌的衬衫和几双袜子，丹尼尔收到了几件衣服，有些他会穿，有些不会穿，还有袜子、手帕和领带，都不是黑色的，似乎大家都不约而同地要改变他的精神面貌。斯蒂芬妮收到的是厨房用品和床上用品，没有书，而弗雷德丽卡收到的礼物全是书，奥顿太太给她的是购书券，那也算是书。比尔也收到了书，还有烟丝，马库斯给他一张购书券，购书券正面印着布鲁盖尔画的雪景。他拿到购书券后翻来覆去看了几遍，似乎购书券上除了“祝圣诞快乐，爱你的马库斯”这几个字之外应该还有别的话，不过，这几个字写在虚线上，倒是写得工工整整。斯蒂芬妮走进厨房，准备上菜。丹尼尔很熟练地接管了现场。他提起他妈妈曾经烧过猪肘子，从而勾起大家对圣诞节往事的回忆。老人们都记得在战争年代过得紧巴巴的日子。接着，有人提起新建的火鸡养殖场。比尔要了一个开瓶器，打开了几瓶他带来的博若莱红葡萄酒。大家有一搭没一搭地聊着天。

在厨房里，斯蒂芬妮艰难地摆弄着火鸡，太大了，老是在油腻腻的盘子上打滑，折腾得她满脸通红。她的问题在于“精确的想象”太多，对她构成了压力。在所有人心里，都隐藏着与“规定的行为”相抗衡的“私人恩怨”。比尔尤其如此。如果有公开的医学论著讨论大人对子女的心理有哪些不良的影响，那么，这些不良的影响应该就包括大人在场的时候，子女会感到焦虑和不自在。从另一方面讲，英国人有举重若轻的传统，面对不利局面，能够泰然自若。比尔也继承了这个很管用的传统，对于尴尬的现实，他会故意装作看不见，尤其是涉及马库斯时。

温妮弗雷德一直想把自己被动抵御比尔暴怒的绝招教给她儿子，现在想起来，结果却让他落到一个同性恋的宗教疯子手里。她曾经跟她所信任的斯蒂芬妮说过——虽然她也不轻易跟女儿说悄悄话——她说她憎恶卢卡斯·西蒙兹的身体，想到他和她儿子的接触就恶心，虽然她不确定这样的接触是否存在。“我想吐，”她对斯蒂芬妮说，“我真的吐过。”斯蒂芬妮不知道马库斯是不是也有同样的感觉。对于马库斯而言，这个世界的很多东西都是不可触碰的，而温妮弗雷德自己也艰难地和这些东西打交道。

斯蒂芬妮可以感受到，弗雷德丽卡学识渊博，所以既宽容又高傲，此时，这一切似乎都与她无关。她也能感受到奥顿太太希望大家注意到她，希望大家都喜欢她，因此避开了这些事情。

丹尼尔不高兴，甚至有些愤怒，她不知道是为了什么。她听得出来，他表面看起来很高兴，其实都是伪装的，他有这样的职业素养，在那身衣服下，他承受着很大的压力。

如果饭菜都准备好了，客人却迟迟不上桌，每个家庭妇女都会很不高兴——她这时感同身受。她越来越烦躁，泪水盈眶，觉得大家都不把她当回事，强颜欢笑着把甘蓝和烤土豆端上了桌。

开饭了。吃饭的时候，大家都不再说话。丹尼尔切下火鸡肥厚的胸脯肉，切断火鸡腿，把肌腱抽出来，拿长勺伸到火鸡肚子里把填料掏出来。马库斯不吃肉，引起了第一丝波澜。他没有明说，但他的眼神告诉大家，他看到那东西就恶心。平时温和的斯蒂芬妮一开始很生气，因为她辛辛苦苦做了那么好吃的汤汁，把汤汁浇在火鸡上，他居然不吃！奥顿太太仔细观察，看他只拿了甘蓝和板栗，所以断定他的身体问题的根源在于挑食。弗雷德丽卡反驳说板栗含有丰富的蛋白质，然后自己又拿了几个板栗。

大家吃得身体发热，脸色通红，油光满面。奥顿太太提议大家听女王广播致辞，比尔却从他的箱子里拿出来一瓶白兰地，打开一本家人送给他的书，拿家人送给他的烟丝卷了一根，身体往后仰，毫无顾忌地看着自己的儿子。马库斯面无表情，双眼紧闭，但还坐在椅子上。斯蒂芬妮后来回想起来，在这个当口，虽然都有些勉强，但大家能聚到一起，已经是最好的状况。从喝第一杯雪利酒起，到在布丁上面点燃蓝色火焰，大家的举止都可以称得上很文明，表现都很好。

丹尼尔不高兴。斯蒂芬妮不明白丹尼尔为什么不高兴，虽然她能够很快掌握他对教会理事的态度，对衬衣纽扣的态度，对比尔的暴躁的态度，对埃勒比太太的势利眼的态度，但是，对于他对她本人的态度变化，她始终看不明白。对他们俩的关系，他的态度也变化莫测。她有她的傲慢之处，她不相信他能够完全领会她折腾那只火鸡时的艰辛，她对马库斯不愿意吃肉的愤怒，以及后来觉得她不应该生气而产生的愧疚。实际上，丹尼尔都能领会到。他还领会到，大家能说几句话、能好好吃饭，就已经让她感到很欣慰。他深谙英格兰人“尽在不言中”的传统。教区里有不止一对夫妇只用字条或者通过邻居进行沟通。除了夫妇之外，小孩子和父母也都不怎么说话，原因多种多样，有的是出于报复，有的因为恐惧，有的因为绝望，还有的只是死犟。他知道马库斯被比尔连着盯了三小时还一直待着是什么滋味。

但是，他还是不高兴。他想，他需要她，斯蒂芬妮。他不是需要这个家，他只需要她。他真希望他送给她的礼物不是他自己认为很漂亮的晚礼服，他看见她盯着弗雷德丽卡的书，终于明白，看到弗雷德丽卡的电报时，她有多大的失落感。他也很失落。他成天在那个又当卧室又当客厅的房间里，孤零零的，有多可怜啊。

他看着大家。可以分成三类。隐忍的波特家人，即温妮弗雷德、斯蒂芬妮和马库斯，他们乐于也善于隐忍；火暴的波特家人，即比尔和弗雷德丽卡，虽然今天他们的话不如他妈妈多，但绝对有能力无视别人的存在而夸夸其谈；第三类是他和他的妈妈。他妈妈让人很不舒服，这是肯定的。她一直吃、一直吃，每个人都看着她胡吃海塞，隐忍的波特家人像小鸟一样暗自腹诽，火暴的波特家人则挑剔马库斯爱吃绿叶蔬菜。这些乱七八糟的东西都将体现在他的孩子的身上。如果生出来不像医院里的那个玛丽，那就必然会像他的妈妈，有可能像马库斯，也有可能像让人受不了的弗雷德丽卡。血肉关系就是血肉关系，是基因，也是命运。

他小心翼翼地打量着在桌子上面对面的几个妈妈。他的亲妈妈有点夸张地讲述着他孩提时代的趣事，说他会趁她睡觉的时候，悄悄用叉子吃罐头沙丁鱼，而且每天都偷吃。温妮弗雷德一辈子都忍气吞声，这时候也唯唯诺诺，随便人家如何滔滔不绝或者咄咄逼人或者沉默寡言，她都能忍着。斯蒂芬妮现在不是一个人而是两个人，她泰然自若，医院里的查理吓不到她，玛丽也没有让她失去镇定。以后，她会怎么样呢？他会怎么样？他的孩子会怎么样？面对这几个妈妈，面对这个家庭，他的心情和面对医院里那些小孩时完全不同，但眼前这些人也都是威胁。他告诉斯蒂芬妮要放轻松，别太紧张，然后他就进了厨房去躲清静，装模作样地洗盘子。弗雷德丽卡也进来了，这让他很不高兴。她本就不该来，成事不足的人。这时她拿着抹布，还是帮不了忙。

她一开始是拿起抹布扇风。她说：

“还行吧？”

“还行。”

“还是出来好，外面凉快，空气好。跟那些无聊的人在一起，我受不了。”

他也受不了。不过，他说，就空气而言，在厨房里和在客厅里没有多大区别，因为炉子从早晨一直开着。他递给她一个滴着水的盘子。

“这是好机会。我过一两个星期就要走了。我要去当一位妈妈的助手。不是我的特长，不过是讲法语的人家。”

“挺好。”

“我一直在想离开妈妈是否合适。她状况不太好。我感觉她不大信任我。有事情她会告诉姐姐，不会告诉我。我是多余的。这样也好。反正我要走了。”

“是的。”

“你也不大喜欢我。我很久之后才注意到，因为我一直只关心自己是不是喜欢你。结果，我是喜欢你的，这时我才发现你不喜欢我。”

他又递给她一个盘子。

“我不会那么费劲想喜欢不喜欢。”他说。

“好吧。不过，你不用怎么想也能发现。我希望你能喜欢我。我是说，我们要保持一辈子的关系。虽然我希望别再搞圣诞家庭聚会了。我希望能跟自己喜欢的人在一起。你害怕失败吗？”

“什么？”

“好吧，你跟我一样，做事像推土机。但你不害怕有一天变成另一种人，变得犹犹豫豫、畏首畏尾吗？”

“大家总有一天都会变成这样。”

“有些人会，有些人就不会。你看看客厅里的那些人。你还没有失败。”

“没有吗？”他说着又递给她一个盘子，然后就后悔了。

“丹尼尔，你没感受到压力吗？”

“没有，没有。都是应该的，还应付得了。你还太年轻，容易大惊小怪。”

“你多大年纪了？这么老成。”

他二十四岁。他笑了。

“你应该把马库斯弄走。”她说。她拿起一把餐具，叮叮当当。

“他不惹人烦。”

“是吗？我不觉得。能量到了他这里就会消失，他就像汽车的避震器，或者太空中的黑洞。”

丹尼尔认同这个观点，所以他不作声。他处理烤盘的时候，弗雷德丽卡一直盯着他。他的腰身很粗，宽过水槽，卷起的袖子下露出的手臂黝黑、多毛，因为卖力干活，一头茂盛的黑发有些凌乱。这是在逼仄空间里存在身高错位的情况下，看到的一个大块头男人的背影。她真的希望他喜欢她。但是，她也不是特别在乎。她的脑海里充斥着未来，而她所看到的未来是一个明亮、巨大的空间，她闪闪发光、方向明确的航线穿梭其中，她的行程飞快而且迎着阳光。她弗雷德丽卡·波特的生活中没有多少空间可容纳这些人以及这些人要坐的椅子。丹尼尔不觉得有什么问题，他的未来要献给主。她拒绝了。她掉了一个葡萄酒杯，那是斯蒂芬妮的结婚礼物，酒杯碎了。丹尼尔把碎片扫干净。

4
南方

弗雷德丽卡出发前往尼姆斯的时候，她对法国的南方并不了解。她知道尼姆斯是个省会城市，但她不喜欢“省会”——这是19世纪英国小说里写到乡下时的词汇，而不是罗马统治时期的普罗旺斯那样的“行省”。她这一代人都往城里迁徙，她真希望那里是巴黎，灯火辉煌。她买了从巴黎出发的卧铺票，主要是出于旅程时间的考虑，“我可不能坐一整个晚上”，而不是旅途距离的问题，“我要一路向南走很远”。上火车的时候，她跟一个卧铺车厢的服务员吵了起来，她喜欢吵这一架，因为他们是用法语吵的，她居然能用上虚拟态和条件句，还能在恰当的时候用恰当的语气词。她输了，他们之所以吵架，是因为车票的事，车票用英语写着“7号”卧铺间，但服务员固执地认为，按法语，那应该是“1号”。弗雷德丽卡解释说，在法国，“7”这个数字多一笔撇，但在英国约克郡卡尔弗利车站卖的票没有这一撇。服务员说已经有个先生在1号里面，他已经脱了衣服。弗雷德丽卡又提起“9”这个数字，但服务员没有再理睬她，只是允许她站在过道上。火车咣当咣当着离开站台。她看着巴黎在身后越退越远，一幢幢灯火明亮的楼房和一根根电线杆一闪而过。一个身材精干的男人跟她一样，手肘倚靠在窗台上，紧紧挨着她。他递给她一根高卢牌香烟。她接过香烟，人家给她东西她一般都会接着。令她非常高兴的是，她说的法语这个法国人听得懂，两个人也能对话。她主动跟那个人说她要去尼姆斯找一户人家。她本来可能跟他说得更多，全是些乱七八糟不应当说的话，幸好，他用这门新的语言、新的词汇给她说了一些老生常谈的话。那个人告诉她，春天去南方，她的运气真好。那里植被芳香。这是弗雷德丽卡的心灵首次接触到南方。那个人说他要去圣拉斐尔。他经常出差，是卖利口酒的，主要卖给宾馆、酒店。他可以拿君度酒、金万利酒和查尔特勒酒来让这位小姐尝一口，要是她没有铺位的话。

弗雷德丽卡很高兴地回答说那当然好。其实，她看得很明白，那个男人有点紧张，害怕她不答应，焦虑是终结谈话的利器。虽然弗雷德丽卡不喜欢跟一个忧心忡忡的男人一起关在一个卧铺车厢里，但她不希望一直站到天亮，也希望他们的法语对话能一直接下去。那个车厢服务员回来了，说非常幸运，有一个铺位空出来了，那个铺位的乘客不知去向。他把弗雷德丽卡带到7号卧铺间，站在门口不走，也许是等着她给小费，但她给不了，她身上只有大额钞票。于是，她进了卧铺间，很粗暴地关上门，那个卖利口酒的也被一起关在外面。她一个人享受一个卧铺间，很快就把他给忘了。

她开始脱衣服，脱鞋子，最后只剩吊带裤、胸罩和袜子，在不停震动的地板上，蹑手蹑脚地走来走去，仔细检查了卧铺间里的环钩、水瓶和洗脸盆。她从窗帘的缝隙朝外面看。有个车站一闪而过，实在太快，她没看清楚站名，也没看明白铁栏杆的花式图案。她看到了一团团黑乎乎的灌木丛、牛群，还有茅草屋，连绵不断。她很高兴。她喜欢一个人待在暖和、明亮的小隔间里面，看着世界从身边呼啸而过。她弯曲着身体躺在卧铺床上，欣赏着自己的长腿，欲望油然而生（不是对那个卖利口酒的），读了一点《包法利夫人》，读了一点《恶之花》，再读完一本玛杰丽·夏普的小说，这些书都是她在巴黎里昂车站一时冲动买的。天刚蒙蒙亮她就醒了，她把百叶窗帘升起来。外面灰蒙蒙，她看到连绵不断的树墙，很奇怪，都被修剪到了根部，像粗壮的爬山虎被削平了。这个景象没有一闪而过，而是连绵不断，因为一段过去了另一段又接上。要看明白需要时间。在她印象中，藤蔓一般是往架子上爬的。随着天越来越亮，这些树根周围原来冰冷的土地渐渐暖和起来。

她仔细穿好衣服，绿色人字形花纹收腰套装，搭配半高跟鞋，样子很普通，但妆容比较复杂，画眼线的时候还因为火车摇晃差点就画歪了。她有一顶天鹅绒鸭舌帽，垂下的面纱遮住脸庞。她相信，即使是便宜的衣服，搭配得好，简约一些，也可以显得很优雅。有时候效果不错，有时候她的模样显得风骚，有时候看起来却很土。那天早上，她穿着鞋跟两英寸的鞋子和倒郁金香形的裙子踏上尼姆斯的站台，既有点优雅，有点风骚，也有点土。

那户人家给她写过信，说他们会开一辆蓝色雪佛兰科尔维特去接她。到了这里，她才明白，其实，他们就是她弗雷德丽卡·波特离开里思布莱斯福德，离开约克郡的借口。站台的另一头出现了一个高个子男人和一个小男孩。她踩着高高的鞋跟，扛着沉重的手提箱，别扭地朝他们走过去。他们向她问好，做了自我介绍，分别是格里默德先生和保罗-马力。保罗-马力穿着跟英国人不一样的短裤，脚上是一双白色长袜，腿是橄榄棕色的。弗雷德丽卡没有睬他。格里默德先生接过她的手提箱，微笑着，甩到肩上。他腰身粗壮，铁灰色的头发竖起，像刷子，脸晒成了褐色，嘴巴周围有一圈微笑纹，手指上戴着图章戒指，一条金色的蛇绕着中间的鸡血石。从他的皮肤判断，他的日子过得很舒坦。他问路上怎么样，她坐在他旁边的座位上，向他汇报了车厢号和铺位号，这些数字可能有错，但她很高兴：她又说法语了！格里默德听着笑了。车开进了尼姆斯城里，然后出了城，进入乡村。笔直的道路旁长着梧桐树，左右两边都是开垦过的荒地。格里默德先生信手拈来地介绍着，既有法国人的教养，也有当地人的热情，弗雷德丽卡觉得很新鲜，她没接触过这样的文化，也有些摸不着头脑。一路走，天越来越亮。

格里默德先生说，这里的田野都种着薰衣草，这是普罗旺斯的主要产业。这里是讲奥克语的地区，奥克语和奥依语一定要分得清楚。他提到了这里的吟游诗人，以及古时候的贵族老爷，他还自然地唱起了关于薰衣草、杏树和爱情的曲子，但都是用普罗旺斯的方言唱的，她一点也听不懂。弗雷德丽卡看到了一长畦灰绿色的薰衣草叶子，想象着紫色花盛开的样子。她看到阳光下没有阴影的土地，看到了更多的葡萄藤，看到了玉米苗，但她不认识那就是玉米苗。后来，到了三四十岁，她的知识和阅历积累得多了，对小地方有了深入的认识，包括各地的特色食品和葡萄酒，乃至路边餐厅和消失已久的沙丘，那时再到南方来，她都会努力回忆初来乍到感受到的惊喜。今天，这里的一切都是那么陌生，过后还是一知半解。这里的一切也是青涩的，既灰蒙蒙，也明晃晃。她记忆最深刻的是南方的气息，后来回忆这段往事的时候，她好像马上能闻到这样的气息。野外的香草，如杜松、迷迭香和百里香，这些都是她知道名称但认不出来的，还有些香草，如牛至，她连名称都不了解。他们的车来到一个农庄，经过一条林荫道，两边种着酸橙树。“酸橙树”的法语名称她早已了解，可直到现在，这个名称才终于和郁郁葱葱的树木对上了，她终于知道，这种树还能发出一阵阵香气。这时，格里默德先生提起了花草茶的做法，有意无意提到了大作家马塞尔·普鲁斯特。跟酸橙树一样，弗雷德丽卡也知道“花草茶”的法语名称，但没见过实际的东西。过了一段时间，她才领会到花草茶和普鲁斯特的联系[1]。这个大作家之所以能够进入她的心灵，是由于她做过一个噩梦，那是她参加牛津大学入学考试的前一晚。有香气的树不断向车后方退去，她一边听着格里默德先生的介绍，一边回忆着那个梦。

在梦中，她被关在学校图书馆里做考卷，考卷只有一个问题：分析比较普鲁斯特和《汤姆·琼斯》的叙述方式异同。她对两者都一无所知，在梦中，她感到非常羞愧和无能，哭得稀里哗啦。醒来之后，她非常懊恼怎么会做到这样的梦，一个人和一本书怎么能相提并论，但她没有认识到，性质错乱正是那个问题的答案所在，因为普鲁斯特这个人名比《汤姆·琼斯》这个书名和书的联系更加紧密。她每次想到这个梦，就会感到羞愧和烦恼。1969年，在一次派对上，有个人告诉她，做这种梦的人，考试通常都能够通过，不管是真的考试还是模拟考试，尽管如此，她仍然耿耿于怀。1954年，那辆汽车经过一座中古时期或者文艺复兴时期的院子的时候，弗雷德丽卡还惦记着那次梦中的考试，仍感到很郁闷。后来，到了1965年、1974年和1984年，她对诺齐埃的印象逐渐完善，因为要等到日常琐事、规划、期望都从脑海中清除掉之后，人们才能真正认识死亡的本质，认识人生的起点与终点。院子的围墙是用金星石建的，墙头覆盖着干净的灰尘和地衣。母鸡咕咕叫着乱跑。

格里默德夫人身材矮小，体形保持得不错，腰部纤细，臀部紧致，

[1] 指《追忆似水年华》中关于玛德莲小蛋糕的著名片段：“正是那段待在贡布雷期间、每个周日早晨都会尝到的玛德莲蛋糕的滋味。因为在当天早上不到做礼拜的时间我不会出门。当我去姑妈雷欧妮的卧室向她请安，她都会给我这种小蛋糕，而且会先放到她的茶（花草茶或椴花茶）里沾湿一下。”

黑色的头发梳得干干净净。她站在门口，身边有两个十几岁的女儿，表情有些尴尬，弗雷德丽卡就是来跟她们聊天的。她们身后有几个穿着黑衣服的地中海女人，弗雷德丽卡第一次看到这种人。大家正式地握了手，弗雷德丽卡说了几句很优雅的法语——这可能就是这种语言的本质——表达了感激之情。进了房子后，有一间石质餐厅，瓦片屋顶，墙壁灰暗，里面放着一张巨大的橡木餐桌。他们坐在餐桌边，有人给弗雷德丽卡端来了一碗热巧克力、一片很大的法式面包、一块没放盐的黄油和一瓶樱桃果酱。然后，有人引着她走上几段装着铸铁栏杆的石质楼梯，来到给她准备的一间巨大的房间。房间的墙壁被刷成鲜艳的深蓝色，让她想起一张印着凡·高《星夜》的明信片，更想起劳伦斯·奥利弗自导自演的电影《亨利五世》中画着百合花的横幅的底色。弗雷德丽卡感到难以置信，在英国，房间没有刷成这种颜色的，也许，这更像“利洁时蓝”[1]？地板铺了蓝褐相间的瓷砖，已经褪了色。床很高，围着帐子，盖着已经起球的带蕾丝边的编织棉毯。洗手台上有一个广口水壶、一个污水桶和一个瓷脸盆。卧室相当于她在里思布莱斯福德家里的客厅的两倍大，里面没有写字台，但有一整套沉重、漆成黄色的卧室家具，有衣柜、壁橱和五斗橱。真是跟国内不一样。很有意思。这么多陌生的东西让她兴奋不已。她也累极了。有一小会儿，她还想念起了家里的地毯、书架、小窗户和人造采暖设备等熟悉的东西，这让她吓了一跳。

后来，至少有很多年，她都不承认这段时间是她生命中的一部分，所以不值得细说。弗雷德丽卡对于所见所闻的回忆不像斯蒂芬妮和马库斯那么直接和明白。她的思维是自我和排他的，跟斯蒂芬妮和马库斯不一样，只有在解开艰深谜团的时候，她才没那么封闭。20世纪70年代，

[1] 利洁时是早于洗衣液之前的洗衣皂产品，包装为深蓝色。

埃兹拉·庞德[19]关于生命力和垂死文化的论述让她认识到，格里默德先生关于土地和掌故信手拈来的叙述，以及她不知不觉之中撞上的这个语言，都是他所处社会的生命力所在；对于节后的约克郡，那样的社会只是念想，可望而不可即。比尔·波特也有地域自豪感，他教的夜校学生专门去收集本地方言，观察分析本地的社会行为和家庭关系模式，而且热情极其高涨，不过没有格里默德先生的轻松惬意，不像他相信世界可以共享、可以永恒。

这个家不是她的家，却让她暂时忘记了她自己的家。这一家子都是好人。格里默德先生有一艘船往返于马赛和突尼斯之间。他有时会出门好几个星期，回来的时候，船上会载满阿尔及利亚羊腿、油罐和几麻袋的豆子。格里默德夫人管理农庄，农庄很大，但不是劳动力密集型的（这个概念直到1960年左右才进入弗雷德丽卡的词汇表）。农庄覆盖了好几公顷的葡萄园——她一直都不知道有多少公顷——还有桃园、樱桃园和西瓜地。他们雇了意大利用人，有人干家务活，有人干田里的活，普通家庭妇女都插不上手。

弗雷德丽卡平时都不自己铺床，但学会了一两样奇怪的技能。她学会了收割芦笋。在金星石围墙的外面有一畦畦芦笋，她每天都要出去，仔细寻找刚冒出来的紫色芦笋头，然后用锋利的刀子，插到土下面，把嫩芦笋切断拔出来。她还学会帮忙做一些菜，那些在1954年都是她自己不喜欢吃的菜，有橄榄油蒜泥酱，有红酒炖牛肉配土豆和大蒜，有素菜汤，还有沙拉——都是些她不知道叫什么的蔬菜叶，有的深红色，有的乳白色，有的深绿色，有的淡绿色。烤阿尔及利亚羊腿的时候，她负责转动烤肉叉。羊腿要用蒜泥和凤尾鱼调味，放在一个椭圆形铁条箱里，架在熊熊燃烧的大火上烤，通常是用葡萄树的树桩烧火。她坐在壁炉前的凳子上，等叉子下沉的时候，她就把它翻转过来，用很长的勺子，往羊肉上浇油和肉汁。

她本来觉得自己法语说得挺好，是她的一大强项，如今却成了短板。玛丽和莫妮卡没有学到多少英语，因为弗雷德丽卡会恐吓她们，她们也会反过来恐吓弗雷德丽卡。她会用很漂亮的英语改她们的作业，但是，在当时，她并没有领会家庭教育的精髓，对于她为什么要那样改语法和句法，她还不能够向她们解释清楚。因此，尽管她们得到的分数高了，但实际上她们并没有学到英语。过了很久，她才意识到问题在自己的身上，她自以为学问很高，所以完全以自己为中心，总觉得她们那么笨，认定那是她们自己的错。格里默德夫人很客气，有一次，她表示至少弗雷德丽卡给她们做了道德示范。当时，弗雷德丽卡还认为这种说法是无知的表现。后来，回到了英国，她才意识到格里默德夫人的话里有话，但她已经忘记了具体的语境和说话的语气，只记得当时她们就在房子外面沐浴着尼姆斯明媚的阳光，风不小，石头闪闪发光。

大家对她都很客气，一直善意地逗她开心。第二天，他们给了她一把木质球拍，上面用橡皮筋连着一个橡胶球。她，一个十七岁、有点性饥渴的姑娘，站在院子里，表情严肃，肌肉僵硬地玩着乔凯利球[1]。她玩得不好。家里的用人和格里默德夫人在屋里干家务活的时候，走到门口和窗口都会停下脚步，看看她，大家的表情也都很严肃。弗雷德丽卡想起了哈维珊姆小姐逗小男孩皮普玩的情景，想起了那个酿酒厂的院子，皮普就在那里认识了赫伯特·波克特[2]，但想到那个院子她就不高兴，因为她从未能够在脑海中描绘出它的样子。

他们带她去了许多地方。清晨，他们带着她去鱼市买鱼做鱼汤，那

[1] 乔凯利球为单人训练用的弹力绳网球。

[2] 哈维珊姆小姐、皮普、赫伯特·波克特都是查尔斯·狄更斯的小说《远大前程》中的人物。

里对她来说毫无浪漫可言，因为当时她还没有读到过福特关于卡朗格峡湾地区鲜美鱼汤的诱人描述，也没有读到过伊丽莎白·戴维[20]描写的鱼摊上五花八门的鱼。格里默德夫人带她去过裁缝店，店里有一个法国女人标准体形的假人，丰满矮小，双手可以活动，没有头，下面用一条金属腿撑着。所有人好像都互相认识，见到一个人就会停下来说几句话。她记得在裁缝店里见过几只爱情鸟，也记得喝过的黑咖啡和猫舌饼。在她的脑海里，爱情鸟逐渐模糊，演化成了一只鹦鹉，也许是那条金属腿变的。她去过附近其他的农庄，人家给了她一瓶没有标签的开胃酒，她抿了几小口。他们到过阳光曝晒的港口，到过紫藤架下，也在合欢花树下站过。其中有两户庄园中的男青年是注定要继承家业的独子——不善言辞、表情一直很严肃的米歇尔，以及叽叽喳喳但只会说一个英语单词（蓝色牛仔裤）的丹尼。他时常骑着兰布雷特摩托车，搅起一溜尘土。她喜欢这两人，尤其是米歇尔，但她也知道，在他们的眼里，她是隐形的，根本不存在，用服务换膳宿的姑娘通常就只有这个待遇。她说了好些话，他们却转头恭维主人家，夸她的法语不错，好像她是哪户人家的管风琴。她渴求性，但更渴求赏识。

当先生在家的时候，他们的外出活动就更有文化内涵，更具目的性。他们去尼姆斯的罗马竞技场看过米斯特拉尔[21]伟大的普罗旺斯文学作品《米雷耶》。有一天，弗雷德丽卡在同一个地方观看了斗牛表演。她希望那是值得欣赏而有美感的表演，希望她能够看到揭示“生命本质”的一幕，尽管她可能会受不了。但是，她所看到的是一次又一次残忍的杀戮，缓慢、重复，让她这个爱动物的英国人大倒胃口，格里默德先生看到了，很不高兴，他是个斗牛的狂热爱好者，他还跟弗雷德丽卡解释了一大通什么叫作狂热爱好者。于是，那个地方突然有了血腥的气息，但还是不够激动人心，也许是因为尼姆斯人不像罗马人那么嗜血，而是更热衷于把自己晒黑以及讨论斗牛士的斗篷。他们倒是起哄过一次，不过，据格里默德先生说，那是看到毕加索[22]时自然而然的反应，他们都不喜欢毕加索，当时毕加索就坐在竞技场的另一头，他那张咖啡色的小脸被一顶黑色贝雷帽遮着，但人们还是认出了他。格里默德先生说，人们觉得他所谓的“艺术”是骗人的。弗雷德丽卡开始努力回想，是否热爱足球的英国人民也对某一现代艺术家有如此统一的意见，可她什么也没想到，反而突然想起来，在里思布莱斯福德学校，亚历山大·韦德伯恩的书房墙上就挂着毕加索的版画。她爱上了亚历山大。如今她背井离乡，但她知道她还爱着亚历山大。但是，由于她自己的原因，也由于周围的环境，她把这段爱情搞砸了。她觉得他肯定不想收到她的信，甚至可能希望把她忘得精光。他的毕加索版画涵盖蓝色时期、流浪艺人主题和《拿烟斗的男孩》。真奇怪，跑了那么远来到这个地方，顶着太阳，听着这么多人大呼小叫，居然还能看到画那些东西的这个人，能看到他那张满是皱纹的脸。他画的线条很简洁，她对格里默德先生说。格里默德先生听了之后显得很震惊，然后他说毕加索画的那些三个乳房的女人和一只眼睛的人，比克罗马农人画的岩画更幼稚。而且，他说，毕加索在瓦洛里发现并摧毁的古代陶器，现在看来，只是不入流的烟灰缸，上面乱涂乱画了一些牛和鸽子。“他亲手杀害了他热爱的传统。”格里默德先生很不屑地说。弗雷德丽卡觉得他很庸俗，后来才发现他说的都是大实话。“不过，他的斗牛画还是不错的。”格里默德先生这样安慰她。可她不再说什么。因为她不知道毕加索画过斗牛，更厌恶斗牛。

斗牛被杀死后，血淋淋的牛肉就挂到肉铺的钩子上，要么就放在白色的盘子上。格里默德会买很多斗牛肉回来烧，他们跟弗雷德丽卡说这是惯例。弗雷德丽卡捂住嘴巴，突然想起黑乎乎的斗牛轰然倒下，身下漫延开稠腻的血，漫过牛的肩膀，然后牛蹄子和牛角都被锯下来的情景。她感到肚子里翻江倒海。她后来得知，有个叫奥利维耶的人认为凡·高在阿尔勒的自残算是一种斗牛仪式。他说，获胜的斗牛士会得到一只牛耳朵，那是他的战利品，然后他会把这个战利品献给他的妻子或者引起他注意的某个女观众。（弗雷德丽卡去看斗牛的那天没有举行这样的仪式。）于是，奥利维耶认为，凡·高既是失败者也是胜利者，在和高更争执之后，割下自己的一只耳朵，虔诚地献给他的爱人，即阿尔勒的妓女。

葡萄园生产很不错的玫瑰红葡萄酒，她每顿午饭都当水喝。和玛丽、莫妮卡和保罗–马力都不一样，她不往酒里掺水，她认为这样做很幼稚，本来是好酒，稀释之后就没那个味道了。结果，她喝完都会头疼，晕乎乎，总是无精打采。格里默德家人一向很客气，会说那可能是因为风太大，或者天气太热，或者饮食不习惯。如果他们知道她中午好好睡了一觉，应该会很开心，因为他们发现要让她高兴很不容易。

这里没有书。格里默德先生告诉她，尼姆斯早期的居民是帮助屋大维[1]战胜安东尼和克娄巴特拉的将士，他们的姓名，包括安东尼、驽马、弗拉维安和阿德里安等，都还有很多人叫。拴在棕榈上的鳄鱼已经成为尼姆斯的标志，那是对征服古埃及的纪念。他带她去于泽斯[2]，大剧作家拉辛[23]曾经在那里体验乡村生活，思考教会问题，然后开始创作。于泽斯是座泛黄的老城，建于一座小山丘上面，几何形的屋顶层层叠叠，现在的模样肯定和莎士比亚写《安东尼与克娄巴特拉》[14]的时

[1] 即盖乌斯·屋大维·图里努斯，又称“奥古斯都”，罗马帝国的开国君主。

[2] 法国加尔省的一个市镇，位于该省中部偏东北，属于尼姆斯区。

候没有差别。弗雷德丽卡想和格里默德先生聊聊拉辛，可是，虽然他引述了拉辛的几段名言，但他更感兴趣的是拉辛这个人，对他的作品兴趣不大。他提到拉辛，提到莫里哀[24]，提到夏多勃里昂[25]。弗雷德丽卡则提起海明威和他描写过的斗牛的场景，他说过地面在移动的话，提到这句话，她感觉更糟糕，对性的饥渴更强烈，更渴望生活、爱情和行动。她说她想看看英语书。夫人带她去了尼姆斯城市图书馆，那是一幢黑乎乎、样子很寒碜的房子，百叶窗开得很高，天花板也很高，里面藏着皮革封面的书，布满了灰尘。基本没有英语书，她借了一大本多比亚斯·乔治·斯摩莱特[26]全集。这些书不是她所向往的，不过终究是英语书，是小说。小说是最好的麻醉剂或镇静剂。起码都很长。

夫人想到了自行车。

于是，弗雷德丽卡骑着自行车，开始探索那个单调而冒着热气的乡村。她喜欢从葡萄园穿过，经常被泥浆溅一身。她仔细倾听知了的叫声，闻着弥漫的干草清香——本地种了很多干草，都拿到尼姆斯主干道路旁的一家工厂去加工。每次从自行车上摔下来，她都就地坐一会儿，呼着酒气，在太阳的曝晒下昏昏欲睡。她决定要当作家。这几乎是理所当然的事情，因为波特家对文字近乎崇拜，而她自己在学校写论文的时候可谓得心应手，也乐在其中。而且，来到异国他乡，一般人都会产生创作的冲动，何况是文字功底深厚的弗雷德丽卡。我觉得，书写异域风情的冲动，不能和画家对新光线、新形状和新颜色的热爱与追求相提并论。在安提布岬，莫奈看到的是蓝色和粉红色，在威尼斯，透纳[27]看到的是威尼斯特有的水面反光，高更在塔希提也差不多。不管在什么文化中，颜料就是颜料，光线就是光线。但是，文字是感受世界的另一种途径，文字功底是需要长期积累的。文字伴随着我们的成长，限制着我们对世界的认识。我发现，许多文字叙述和描写似乎都千篇一律，乃至对于陌生事物、异国情调的描绘也是如此，这是个悖论。弗雷德丽卡将是解决这个难题的范例，她要用不同的笔调描写陌生的环境。

她想首先描绘南方的风景。她的风景描写深受华兹华斯的影响，虽然她不断提醒自己华兹华斯的语言只适用他的时代和他的环境。弗雷德丽卡可能在英格兰湖区看到过华兹华斯笔下的山间小湖，也能用华兹华斯的笔调对此加以描写。而且，既然华兹华斯的语言已经被广为传诵和研究，她只需做出微妙的改变，看到他所没有看到的一些细节，就能变换成另一个角度。安第斯山的牧羊人可以用六十个不同的词汇来细分羊皮的棕色。但他们是安第斯山的牧羊人。弗雷德丽卡掌握了很多词汇可用于描绘北约克郡妇女在茶会上的举止和她们的购物习惯。对于莎士比亚喜剧的故事情节和隐喻，她可以遣用的词汇量同样不小，而且还在不断积累扩充。很奇怪的是，面对新鲜事物，她首先会想到一些老话。华兹华斯也让人笑话过，他居然说草是绿的、水是湿的，不过，那是因为他透过我们司空见惯的表象，看到了事物的本质，神奇而神秘的本质。他为这些本质找到了合适的描述，绝对不是简单的重复。就像有一次丹尼尔和斯蒂芬妮在菲利海滩散步，突然说他终于明白爱情为什么是“甜蜜”的，为什么人们把他们爱的人称为“甜心”。这是醍醐灌顶的体验。此时此刻，弗雷德丽卡首次认识到，阳光是金黄色的，橄榄是黑色的温暖，橄榄树是粉灰色的，薰衣草是紫色的。但是，这些东西落到纸上以后，她却觉得非常无趣，都似曾相识。

弗雷德丽卡认为她就应该写虚构的小说，这是小时候形成的观点。“小说是书写人生最缤纷斑斓的书。”劳伦斯是这么说的。比尔·波特也常引用他的话：“小说是人类自我表达的最高形式。”如果有人质问弗雷德丽卡相不相信这样的话，她会好好跟他说道说道。可是，20世纪50年代，记录取代了虚构，虽然她的身上有华兹华斯的影子，但她编不出故事，或者说没有意识到她拥有那些故事。在这个年头，大家都不关心创造。

她想刻画丹尼和他的兰布雷特摩托车或者不善言语的米歇尔，结果恶心到了自己。她不得不又想起亚历山大，她想把那个英国诗人塑造成橄榄树林里的神，但还是不成功。在此过程中，她的性欲强烈得令人痛苦，不只是渴望那么简单，而亚历山大在她心目中的形象以糟糕的方式逐渐模糊。她试着写日记，但每天记的东西都一样，越来越无聊，甚至她弗雷德丽卡·波特都觉得受不了，况且，她想家了。这让她感到很羞愧。她也不知道该怎么处理玛丽、莫妮卡、保罗和夫人，酒厂合作社和以新教徒为主的尼姆斯就更不用说了。虽然她为人比较狭隘，但她是个不错的评论家，于是，她虽心有不甘，但也果断决定放弃当作家的梦想。

她终于放弃了，坐在阳光灿烂的葡萄园里，想睡觉就睡觉，醒来就拿起那本脏兮兮的《皮克尔传》，看一会儿就又睡着。这本书包装着深红色和金黄色的皮革，真正的书虫慌慌张张地从暗处爬出来，跑到光天化日之下，穿过斯摩莱特描写的荒唐场面——那些老太太居然留着尿，等上火了就喝尿，说是尿能够降火，有的会含紫色的口香糖除口臭，然后去勾引年轻的情人。她没有探究他为什么会写出这样的情节，构建出这样的世界，如今她自然地接受一切，就像小孩子接受童话故事一样。

凡·高呢？普罗旺斯就该是他画的那样，他的画为我们认识这个世界打开了窗口，尤其是他画的松柏，以及橄榄树、石头和植被，莱萨尔皮耶山和克罗平原，乃至画中的光线，在人们的心中，都代表着世界的真面目。

他来的时候——跟弗雷德丽卡不一样——带着明确的审美期待。他希望能找到日本的元素、蒙蒂塞利[28]的色彩、塞尚和雷诺阿[29]的形式以及备受高更推崇的南方光线，他认为南方的光线是给予画家的神秘礼物。凡·高得偿所愿，此外，他还在法国的阳光下看到荷兰的景物，这里的桥和代尔夫特、莱顿的没多大不同，这里乡村的颜色让他想起维米尔[30]常用的柔和的蓝色和黄色。与此同时，在这里，他看到了别人没在意过的东西：向日葵、松柏和橄榄树。

亲爱的提奥，天刚亮我就在给你写信，太阳出来后，我就去画阳光下的院子。我画好拿回来，接着又拿着一张空帆布出去，这一幅也已经画好了。现在，我可以接着给你写信了。

我从来没遇到过这样的机会，这里的自然界实在是太美好了。每个地方，乃至整个世界都是蓝色的，漂亮极了。天上洒下来淡黄色的阳光，蓝色和黄色结合，非常柔和、可爱，跟维米尔所描绘的世界一样可爱。我画不了那么美的画，但我深受触动，尽量画吧，反正也不存在唯一的画法。

在这里，随着阳光越来越强烈，我发现毕沙罗[31]说的话是真的，高更写信告诉我的东西也是存在的，在明媚的阳光下，一切都很简单，颜色都会褪去，阳光是画作效果的核心。在北方，这一切想都想不到。

5

玫瑰农庄、卡贝塔因农庄

玫瑰农庄

初夏，格里默德一家人就去度假，住在一幢粉红色的小房子里。房子位于下阿尔卑斯省的山坡上，距离旺图山不远。他们带上了那个脾气古怪又没什么用的英国女孩，让她得以深入了解文化，领略了蓝色海岸和卡马尔格的美丽风光。一个温暖的傍晚，他们带她去了阿维尼翁，在教皇宫观看了国家人民剧院演出的法语版《麦克白》[14]，由让·维拉尔主演。他面色苍白却生性浪漫，更像吟游诗人而非苏格兰屠夫。玛丽亚·卡萨里思穿着白色的服装，虽然疯了，但仍非常优雅——天使般的喇叭声从高高的堡垒传来时，她还从容地洗净手上的血迹。整部剧就像节奏比较明快的散文诗。“明天，明天，再一个明天。”

在此期间，弗雷德丽卡总算发挥了一点作用，格里默德家的几个小孩很不耐烦，她就给他们朗诵这部英国名剧的厚重晦涩的原文段落。她凭记忆背诵，还真背出来不少。这让她更加惦念家乡，不过她不是惦记约克郡的沼泽，而是留恋英国的本土语言英语，还有去年夏天的表演，以及亚历山大·韦德伯恩在罗伊斯顿的伊丽莎白花园露台上声情并茂的朗诵。当她跟几个小孩朗诵到“暮色渐浓，乌鸦张开翅膀飞回属于自己的树林”这句话时，她似乎听到有人在后上方说：

“这个声音很熟悉，波特小姐。我不会往剑刃上撞，不会的，我不会流血。亲爱的，你记得吗？”

这个声音既让她高兴，又让她皮带之下受到沉重一击。那个人就是博学多才的埃德蒙·威尔基，在斯卡伯勒大饭店一间爱德华七世时代的豪华套房里，他血淋淋地夺走了她的贞操。

“威尔基。太暗了，我什么也看不见。你在哪里？你来这里干什么？对不起，夫人，这是我的朋友，英国的朋友……”

威尔基挤到她身边，坐在她旁边的座位上。教皇宫和罗伊斯顿一样，观众座席是临时搭建的。他们挨着坐在临时的座位上，观看美惠三女神[1]的舞蹈。威尔基还是老样子——皮肤黝黑，身材臃肿，戴着样式夸张的眼镜，俨然一个放荡不羁的学者。

“格里默德先生和夫人，这位是埃德蒙·威尔基。我的朋友，心理学专业毕业，也是演员。威尔基，你来这里有何贵干？”

“我倒是要问你呢。我和克罗住在卡贝塔因，那是克罗在法国的家，很漂亮。当地人都很友好。你晒得这么黑，有些地方脱皮得像梧桐树皮。日子过得很舒坦吧？”

“我当保姆呢，用服务换膳宿。大家都对我很好。我们住在韦松拉罗迈讷附近。”“不远。我们可以见见面。卡贝塔因有很多老朋友。有个美女，叫安西娅什么……”

[1] 指的是希腊神话中分别代表着妩媚、优雅和美丽这三种品质的三位女神。

“沃伯顿。”

“对，就是她，沃伯顿。她升职了，现在是电台主播。你知道吧？”

“听说过。”

她被打断了。格里默德家的几个小孩不想听他们这样唠唠叨叨，他们想听莎士比亚的名段，那才是有价值的。她安抚了他们，然后问：

“他还好吧？”

“哦，弗雷德丽卡，你这个大傻瓜。上星期他就来看过这部戏，今天叫我和卡罗琳也来。不过，亲爱的卡罗琳宿醉得厉害，很不舒服，所以我骑自行车带他来。他在上面呢。”

他朝背后做了个手势。喇叭声从屋顶的四个角落响起，尖细而清脆，到最后一幕了。

“天使，”威尔基说，“虽然总是光芒四射，但最耀眼的已经堕落，是这样吧？听起来有点滑稽。你看得见他吗？那边。我去去就回。”

接着，他猴子似的跑到后排。弗雷德丽卡转过头朝后方看去。灯光一闪，她似乎看到了一个穿着白色衬衫的瘦长男人，表情凝重。那是亚历山大吗？

“你猜猜我有什么发现？”

没有回答。

“弗雷德丽卡 · 波特在给一群法国小孩当保姆。”

“天哪！”

“她似乎很想见到你。听说你也在，她很兴奋。”

“天哪。”

“她喜欢你。”

“胡说八道。她就会胡搅蛮缠，一直都这样，不会变。别再说了，我要看戏。”

弗雷德丽卡坐立不安。她记得最后一次见到亚历山大的情景，但又不能理解自己为什么有那样的举动。她总是尾随着他，时不时冲他发脾气，还会骂他嘲讽他，等到两人和好了，他也答应跟她吃晚饭了，并准备那天晚上就在一间空房间里要了她，她却坐着威尔基的摩托车逃去了斯卡伯勒。她爱亚历山大。威尔基只是她随便聊聊天的朋友。她只是隐隐觉得，应该有个不带个人情感的开始，让事情在她控制范围之内，而不过分投入。她该怎么跟亚历山大解释呢？反正，他也不想再听她解释了。

“她反正要死的，迟早总会有听到这个消息的一天。[1]”

有问题吗？这个消息总是有一天要听到的。

亚历山大的情绪更简单一点。他记不得为什么想要弗雷德丽卡，或者他对她有多大的欲望。他觉得那只是一时的冲动。但他清楚地记得，她让他感受到奇耻大辱。他记得他把小广场花园的矢车菊和月亮雏菊踢得满地都是。这种难堪的场面，他不想再来一次。

“我们所有的昨天，只不过替傻子们照亮了到坟土里去的路。[2]”

双方还是在黑暗的前厅里碰到了。威尔基赶紧向弗雷德丽卡走过来，他野猴似的眼睛雪亮。亚历山大畏缩不前。因为摩托车停在城墙根下，比蓝色科尔维特更近，威尔基既可以让格里默德一家人停一停，也可以让亚历山大不得不跟上。威尔基很喜欢这样的场面。

“你好，亚历山大。”

“你好。”

“格里默德先生和夫人，这位是亚历山大·韦德伯恩先生，英国的作家……创作过很不错的作品……很有名……我父亲的朋友。”

大家都鞠躬致意。亚历山大的法语不如弗雷德丽卡流利，他彬彬有

[1] 片段节选自《麦克白》。

[2] 片段节选自《麦克白》。

礼地问格里默德一家人是否喜欢那部戏。他们做了回答。弗雷德丽卡插话说，翻译成法语后英国人听起来有点别扭。亚历山大不说话。威尔基记下了弗雷德丽卡的地址。格里默德先生对这两个陌生人很感兴趣，也希望讨他们的英国姑娘高兴，所以在一个信封上画了一幅地图，像航海图，标明了从韦松和卡贝塔因去玫瑰农庄的路线。他认为那个地方的名称跟吟游诗人有关，法国的吟游诗人很有名，富有悲剧色彩，是普罗旺斯的特色。他们歌唱宫廷爱情故事，但充满嫉妒和血腥，都是恐怖的故事。玫瑰农庄没有煤气，不通电，没有自来水，但山上有泉水，空气清新，从那里可以看到旺图山，但主要是因为彼特拉克对劳拉的爱而出名。他希望威尔基先生去看看，也包括韦德伯恩先生。亚历山大仰着头看星星，重心从一只脚转换到另一只脚。他不可能在威尔基之前骑上摩托车。弗雷德丽卡看着那辆摩托车，想起她失去贞操的那个晚上。她扯了一下亚历山大的袖子，想重温他们之间的师生关系，但是，回不去了。

“亚历山大，亚历山大，我进剑桥了。”

“好。”

“实际上，两个大学都答应给我奖学金。”

“好。你爸爸该高兴了。”

“马库斯让他高兴不起来。”

“明白。”

亚历山大看着威尔基，威尔基装作没看见。威尔基问弗雷德丽卡是否见过地中海，有没有去过卡马尔格和奥林奇。她一只眼看着亚历山大，心不在焉地说她去过奥林奇，格里默德夫人有很多堂兄弟在那里，他们一起观看过拉辛的《布里塔尼居斯》，在那里的古罗马剧场还看过同一主题的谷克多[32]风格芭蕾。她让他想象一下阿里奇埃穿着冰淇淋色紧身衣裤而布里塔尼居斯戴着金黄色发套、穿着金属裙，走起来哐当哐当的情景。那就是谷克多的风格，威尔基说。亚历山大戴上头盔，紧紧扣住，这样就听不见弗雷德丽卡说什么了。他的样子很滑稽——一袭白衣、帅气优雅的身体上顶着一个白色的圆球，根本看不出他是谁。他拉下遮阳板，双手抱胸。

“好吧，”威尔基笑容可掬地说，“挺好的，弗雷德丽卡。我们过几天就来看你，你等着。我们找个傍晚去裸泳，希望你出得来。”

他把摩托车拉出来，跨上去，亚历山大坐在他后面，低着头。他们穿过刚刚从剧场出来的人群，两人都猫着腰，抱成一团。弗雷德丽卡嘀咕着威尔基是否跟亚历山大说过她把初夜给了他。可能说过，也可能没说过。她没指望还能再见到他们，虽然在玫瑰农庄，她每天都盼望着看到他们骑着摩托车出现在山坡的碎石路上。

卡贝塔因农庄

弗雷德丽卡想问但不敢问亚历山大最近的创作怎么样。不大好。卡贝塔因农庄的生活只是看上去适合欣赏和生产艺术。克罗的房子灰溜溜的，墙上布满弹孔，几乎已经荒废了。大战刚结束，他就买了这房子，然后把农场和房子并到一起，弄成了低调奢华、非常宜居的宅邸。主建筑里有个很大的客厅，客厅里有个壁炉，餐厅里布置了木头餐桌和长凳，还有个小型图书馆，十分安静。谷仓、马房和仆人宿舍被改造成客房，跟修道院一样简约，供来访的艺术家或作家工作和过夜，他们可以一人一间，也可以几人合住一间。亚历山大住的房间原来是马房，墙壁被刷成白色，有两扇门，窗户挂着绿色的百叶窗，地上铺着编织地毯，房间里有一张木板床、一张书桌、两把发黄的编织椅、一个书柜。他待在里面的时间不如设想的那么多，这个房间像牢房，阴森，封闭，而外面阳光灿烂，在房子凸出的露台上，他们可以一边喝着酒，一边欣赏下面罗恩河谷的美景，那里有成片成片的薰衣草、橄榄树林和葡萄园。在露台上，他们的谈话富有文化内涵，同时涵盖短途旅行的规划事宜，在没有正儿八经娱乐项目的年代，这是年轻知识分子向往的日常生活方式，亚历山大年轻时就十分向往，而弗雷德丽卡不属于他们这一类人。马修·克罗建议亚历山大根据卡贝塔因的故事为客人们写一部话剧，克罗既崇尚暴力，也向往文明，卡贝塔因和这个农庄的故事正好满足他的两种愿望。

吟游诗人威廉，或者被叫作卡贝塔因的威廉（诗中也称卡贝塔因为凯贝斯坦），爱上了一个鲁西永的女人，就是红土城鲁西永的雷蒙德的老婆，雷蒙德大发雷霆，将那个吟游诗人杀害，挖出他的心，放在盘子上端到他老婆的面前让她吃。从此，那个女人宣布绝食，再好的东西她都不会吃，最后活活饿死。也有人说她跳下山崖，鲜血染红了鲁西永的大地。在前段的《诗章》[19]里，庞德反复讲述过这个故事。

> 盘子里是凯贝斯坦的心。
> 盘子里是凯贝斯坦的心？
> 这个味道永远不会变。

亚历山大很喜欢庞德的诗歌，非常流畅，非常有故事性，非常准确。他也很喜欢吟游诗人，围绕着爱情、痛苦和忠诚，他们写下了无数大同小异的比喻。他以为他可以为克罗写一部既优雅又能触动心灵的模仿作品。实际上，事情没有他设想的那么容易。

有一个原因是他心里惦记着下一部重大作品。他是个心急但又进度很慢的作家，他的创作规划时间都很长，执行过程十分细致，只有当一切就绪了，地基打好了，脚手架搭好了，墙壁和屋顶建好了，甚至墙灰都抹好了，他才会真正下笔。

他并不追求形式的完美，他最关心的是内容，这一点也会阻碍创作的进程。他相信，英国戏剧要提升，就要努力处理好更宏大的主题，有政治和哲学分量的主题。他绝对不是“内省式”喜剧的先驱。如今，很多二流的现代艺术都是为艺术而艺术，眼睛里只有自我，太自恋。亚历山大很不高兴被人家称为“大”戏剧家，这种突如其来的名声会打乱他自己的节奏。他的联系人，包括代理人、剧院、新闻记者、学生和老师等，都将他当作一个大作家，都等着看他的下一部作品。鉴于他对艺术的严肃追求，这样的期待加剧了他的焦虑，尤其是对于选题的焦虑。他想到了慕尼黑时代，当时的果断和犹豫不决塑造了当今的世界。但是，他又有点为难。福克兰群岛[1]的争端还没有结束，就已经被那么多人编成剧本；那个被刺杀的总统的遗孀还在世，她就被人家反复拿来娱乐。其实，这种刚刚过去的事件都很难看得深刻，正所谓没有距离就没有美感，而且，这么庞大、这么恶劣和这么复杂的事件，很难处理得漂亮。随后，他想到刻画大战之前那些所谓“阳光灿烂”的日子。他可以仿写关于放牛、牧师草坪、猎狐和浪漫爱情的诗歌。他可以引用战壕诗句。但是，这个计划也行不通，因为这样就和为卡贝塔因创作的计划冲突了，两边不能都涉及阳光和美酒，距离也有问题，英格兰的草坪太遥远了。

而且，他这时还惦记着另外一件事，他本没有打算写这件事，但心里一直放不下。这件事就是保罗・高更和文森特・凡・高在阿尔勒的黄

[1] 又称马尔维纳斯群岛，隶属阿根廷领土，现被英国殖民占领。福克兰群岛的发现及其后欧洲人殖民统治的历史均存在争议。英国于1833年重申了其殖民统治，但阿根廷仍宣称拥有岛上主权。1982年，阿根廷对岛上实施收复军事占领，马岛战争由此爆发，之后阿根廷不敌英军战败撤军，英国再次殖民群岛。

房子里戏剧化的争执。

一开始，和弗雷德丽卡一样，他只是当作游记来写。他去过阿尔勒，走过阿利斯康墓地。那幢黄色的房子已经不见了，取而代之的是新建的铁路，但是，19世纪铁路和古罗马石棺之间不起眼但看似无边无界的地方还在。凡·高画的黄房子采用柔和的土黄线条，而如今那里还有一条沟渠，两岸就是用松软的黄泥堆起来的。克罗有新版的《凡·高书信集》，亚历山大借来晚上睡觉前读。他还有一本高更的《之前与之后》，这本书从高更的角度记载了黄房子里的事件，他俨然就是凡·高的恩人，扬扬自得地要让全世界都知道，谁才是大画家，谁才是大人物。

凡·高对他们俩充满火花的争执也有过描述，正是这些描述促使他产生书写这段历史的冲动。他们的争论主要围绕艺术。有一次他们去蒙彼利埃，在那里围绕伦勃朗[33]起了争论。“我们的争论火花四射，有时候，争吵结束时，我们会感到浑身无力，就像电池用光了电。”他们俩的关系始终充满火花，同样，在凡·高的身体和大脑里面，也存在激烈的矛盾。高更有一幅画画的是凡·高画向日葵的情景。“后来，我的脸色好了许多，但那张画画的的确是我，当时我十分疲惫，浑身带刺。”

高更也不轻松。他有时半夜醒来，会发现文森特在床边站着。“我们俩，他和我，他像是座火山，我也正在沸腾，我们随时会发生冲突。”后来就发生了圣诞节的剃刀威胁事件[1]，凡·高割掉了自己的耳朵，高更匆忙离开，后来凡·高就被送进了精神病院。在精神病院，凡·高的心灵再次被某种暗黑的基督信仰所占据。表面上，他在写给提

[1] 据高更的回忆录《之前与之后》中记载，1888年圣诞前夜，黄昏时分，发疯了的凡·高手拿剃头刀在阿尔勒紧追高更不放。在高更的目光逼视下，惊呆的凡·高停了下来，低头跑回家里，割下了自己的耳朵。

奥的信中说高更背叛了他，多次提到高更的击剑手套的下落[1]，说他为高更的焦虑感到忧心忡忡，这是基督徒的慈悲心。实际上，他满怀愤怒，备感耻辱。文森特自己也害怕精神病会让他的宗教信仰更加强烈，会让他变成另一个人。他说：

“因为有精神病，我想起了其他许多有精神问题的艺术家，我跟自己说，这不应妨碍画家继续画画。

“我意识到精神病有难以置信的信仰作用，我就觉得，我可能必须回去北方了。”

他很害怕，尤其是在圣诞节，害怕他的绝望情绪会卷土重来，他会再次产生恐怖的幻觉。

这件事有极强的戏剧性。有人将文森特当作替罪羊，有人将他当作魔鬼。

“这里有很多人（大约有八十人签字）向市长（我想市长的姓名应该叫塔尔迪厄吧）递交了一份请愿书，说我不适合享受自由等。然后，警察署长就下令又把我关起来。

“我给你写这封信的时候，自觉神志清楚。我不是疯子，而是你的兄弟。”

人处于精神崩溃的边缘，为了自我救赎，有可能表现违心的恶

[1] 高更匆忙离开黄房子时，为带走自己的速写本、击剑手套等，曾写信要求凡·高寄回。

意。例如，他说，如果提奥担心死后妻子怎么办，“为什么不拿刀子杀了她，这样一了百了不好吗？”他还说，“说实话，有时候这里的饭菜里有蟑螂，跟你在家里有老婆孩子差不多”。真是穷凶极恶，让人瞠目结舌。

亚历山大对那把黄椅子很感兴趣，他房间里两把变黄的椅子跟它可能有一定的身世渊源，草垫是一样的，靠背是一样的，油漆不那么黄，更红润一些。

他的第一个发现是，跟击剑手套一样，黄椅子是在他和高更闹掰之后画的，和《高更的椅子》（展示夜间效果）配套。高更的椅子是扶手椅，环境比较暗，灯光照在绿色的墙上，“红褐色的木头，绿色的草垫，座椅上放着一支燃烧的蜡烛和两本小说书”。那两本小说随意放着，但对于凡·高，乃至对于亨利·詹姆斯[34]而言，却代表着法国人的任性。此外，对于凡·高而言，它们还是生命的象征。他的牧师父亲去世后，他画了一本沉重的《圣经》，光线昏暗，旁边有两支熄灭的蜡烛，前面是一本黄色的小说书，那是左拉[35]的《生之喜悦》。在巴黎和提奥一起学习的时候，他画了一幅很漂亮的静物《书的组合》——好多本黄色的小说放在明亮的、粉红色的地上。（后面有几本大部头，被虫蛀得很厉害，蒙着灰尘，代表着静物大师关于人生虚幻的告诫，对于死亡即将到来的告诫。）亚历山大发现，《高更的椅子》中棕红和暗绿的颜色搭配和《夜间咖啡馆》很相似，而“夜间咖啡馆”其实并非咖啡馆，而是妓院。高更和凡·高到妓院里去寻找灵感，最后爆发了争执，高更大获全胜，凡·高则遭受奇耻大辱。“在《夜间咖啡馆》中，我想用红色和绿色表达人类可怕的激情。”

那把黄椅子呢？背景的蓝色和黄色反差很大，画面干净清爽，座椅上没有蜡烛，但有一只熄了火的烟斗。这代表着理智？在圣雷米精神病院，穿着蓝色衣服的凡·高是否曾双手抱着头坐在这把色彩鲜艳的椅子上，而旁边的火炉即将熄灭？这些意象正是亚历山大创作的灵感源泉，但是缺乏权威性。那个人可以自己画一把椅子，给它取个名，说是要表达自己的恐惧和希望，但最终可能是要批判欧洲文化、南北方文化、教会文化。黄椅子的对立面，正是狂热追捧救世主的意象和声音。

作家对声音总是很敏感。克罗用作厨房的花园里有个水槽，水槽里面有半克朗硬币大小的蝌蚪正摇头摆尾地游着，亚历山大常走到这个水槽边，看到这些注定变不成青蛙的蝌蚪，就想到了卡贝塔因吟游诗人的心、凡·高的耳朵、死于毒气的士兵的喉咙和诗人布鲁克的罂粟花[1]，他还想到，吟游诗人的情人就像玫瑰花和康乃馨，凡·高的鸢尾花里充满了嫉妒、愤怒、恐惧和怜悯。有时候，在他喝下第四杯或者第五杯罗恩河谷红葡萄酒之前，也就是在彻底无法思考之前，他会想到佛兰德斯战场，这时他会深感愧疚，或者想到野狼成群的森林，面对这些森林，他感到无能为力，但是，他一想到高更冷冰冰的咆哮和凡·高的两种声音，欣喜和力量就油然而生。这时，他通常会上床睡觉，有时也会写下几句有关色彩的诗句，但他从来没有想到过弗雷德丽卡·波特。他的个人生活虽然偶尔会出些状况，但从未在诱惑面前沦陷。

玫瑰农庄最可称道的是供水。这里的水来自山上的山泉。格里默德先生跟弗雷德丽卡说，他在山上建了一座石坝，留了一道小小的泄水闸，清水灌入水渠通往农庄，从石板台阶下面穿过，沿着围墙绕到正门。他们用活水刷洗瓦洛里产的蜜黄色碗碟和咖啡碗，也清洗生菜和桃子。农庄很漂亮，坐落在山坳里。弗雷德丽卡睡在一间没有窗户的阁楼间，里面只放了她的行李和一张简易床。晚上，她用手电筒照着看书，从阁楼间的门望出去，可以看到砂质山坡。阁楼间里很闷，白天很热。

[1] 英国诗人布鲁克（Rupert Brook）弃笔从戎，在一战中阵亡。而在“阵亡将士纪念日”人们均佩戴红色罂粟花以示纪念。

床头下的蚂蚁成群结队地从她脏兮兮的内衣裤上爬过，好像剪子把衣服一分为二。猫头鹰和知了一直在叫。蚊子嗡嗡飞过，在弗雷德丽卡的脸上叮了好几个大包，好似青春痘，其实，她皮肤干燥，或者因为她性情平和，一直没有长过青春痘。

不幸的是她见过了亚历山大。她不像他那样超脱，也不觉得超脱有什么好，她认同拜伦[36]的说法，“爱情是男人生命中的一部分，却是女人的全部”。她神情恍惚，对眼前的旺图山和瓦洛里陶艺厂都熟视无睹，傍晚到梧桐树下玩滚球时，她也心不在焉。她和玛丽、莫妮卡板着脸坐着，一动不动，好像都若有所思，保罗一个人像松鼠一样上蹿下跳地玩耍，他爸爸妈妈喝着白波特酒，用慈爱和欣赏的眼神看着他。

弗雷德丽卡放弃了希望。一天下午她百无聊赖地坐在门口捣蒜泥蛋黄酱，突然听到车轮压着碎石的声音，然后看见一辆摩托车从山顶上下来，车上有两个脑袋富有节奏感地晃着。转眼间，摩托车进入橄榄树林，看不见了，然后又在较低的山坡上出现。弗雷德丽卡紧紧抓住油腻腻的钵碗，抱在胸前。玛丽看到了，偷偷地笑起来。摩托车开到院门口，停在树荫下。

“亲爱的姑娘，你的脸怎么回事？欢迎我们吗？这里真不错。天哪，把钵碗放下吧，前襟都脏了。我带卡罗琳来，这次她不会再喝多了。”

不是亚历山大。当然不是亚历山大。

那是威尔基的女朋友，弗雷德丽卡一直认为她是。在斯卡伯勒，他说：“我有个女朋友，你知道的。”那女孩穿着棕色的裙子，盖着苗条的棕色大腿。她晃了晃下巴，把头盔摘下来。格里默德先生从山上的蔬菜园下来，他在上面不断改进灌溉工程，在园子里种了番茄、辣椒、豆子和生菜。他伸出一只硕大的手，邀请威尔基一起吃午饭。

弗雷德丽卡心里嘀咕着，不知道卡罗琳是否听说过斯卡伯勒的事情，如果听说过，她认为那是逢场作戏的玩笑，还是有人应该道歉的罪过？她想，幸亏她不是某个人的女朋友。在剑桥已经待了两年的卡罗琳显得盛气凌人。弗雷德丽卡觉得她自己的样子很吓人，她胸前沾上油的那一块布逐渐发硬，阳光把她的头发都晒卷了，蚊子更让她破了相。

他们在室外吃，晚饭有香肠、蒜泥蛋黄酱、蔬菜沙拉和新鲜奶酪，还有不易消化的吉贡达葡萄酒，那是新酒，深紫色的。威尔基和格里默德先生聊起卡马尔格，格里默德先生有个堂兄弟在那里有个葡萄园。威尔基很客气地问莫妮卡和玛丽她们在学什么，不到半小时，他获得的信息比她待好几个月获得的还多。他吃了很多蒜泥蛋黄酱，坚挺而肥厚的下巴沾满了油，闪闪发光，像一个到处讨吃的顽童。

弗雷德丽卡和卡罗琳有一搭没一搭地聊着。剑桥的男女比例是十一比一。威尔基是个天才，不用费力就能拿到很多项第一名，但他还是想进演艺圈。“他两边都想顾。”卡罗琳说。她看着他大口大口地吃橄榄、萝卜和法国面包。

“我们也都一样，”弗雷德丽卡冷冷地说，“你接下来想干什么？结婚？”从弗雷德丽卡的嘴里说出来，这个问题听起来很尖刻，卡罗琳却似乎很高兴。她说：“不着急，一步一步来。首先要看威尔基是不是想回剑桥。”

“我希望他回去。这样我在剑桥就有熟人了。”

“你们在说什么？”威尔基问。

“在说你是不是想回剑桥。”弗雷德丽卡说。

“你说呢？”

“我希望你回去。”

威尔基笑着说：“我应该会回去吧。”

卡罗琳的脸色沉了下来。不过，威尔基的兴致并没有受到影响。他尝了白兰地樱桃，参观了引水渠，在橄榄树林里散步时，一边和弗雷德丽卡、卡罗琳和玛丽打情骂俏，一边跟格里默德先生严肃地交流本土风俗。临走之前，他叫弗雷德丽卡去参加他们的海滩派对，在圣玛丽海滩，就下周。格里默德先生说她应该去，他负责接送，顺便去看看在卡马尔格种葡萄的堂兄弟。

6
海滩

弗雷德丽卡到的时候，圣玛丽海滩派对的现场刚刚布置好，和人群有一定的距离。这个时候在海滩上搞派对的人不是很多。正中间是几只色彩鲜艳的帆布包，还有几个柳条篮，旁边有一艘渔船，可以遮挡一点阳光。1888年，凡·高在那里待了一个星期，画了几幅渔船，色彩浓重，红蓝绿黄，帆桅斜着，映着鲭鱼色的天空，线条弯弯曲曲，很漂亮，比松柏乃至椅子都更容易被识别。时至今日，景色变化不是很大，当然，在凡·高之前很久，这里的渔船也许就是这个样子。不只是在1888年，高高的船头两边早就画着腓尼基人的蜻蜓眼珠。弗雷德丽卡仔细看了写在船头上的船号：希望号、幸福号和友谊号。通过这几个字，她就可以记住这些船的外形和颜色。文字重于一切。她站在一堆沙子的下面，手里拎着一网兜游泳装备和一本斯摩莱特全集。威尔基走过来，和格里默德先生商量她的回程事宜。

这种凑起来的派对通常比较吓人，弗雷德丽卡并没有指望玩得怎么开心。她与其说是满怀希望来的，不如说是怀着大无畏精神来的。这些人一眼就看得出是英国人，虽然他们一律是棕色皮肤，举止优雅，穿着清凉，所以怎么就看得出来是很难解释的。他们的肤色虽然是棕色的，但也露出粉红的底子，而且，他们的眼神都很纯朴，不像本地人，这是英国人的特点。不管你信不信，人们都说英国人纯朴。这些人都躺在沙滩上，有的支着手肘，有的四肢摊开像海星一样平躺着，肚皮埋在沙子下面，头凑在一起，各伸出一只棕色的手，捏着一支白色的香烟，时不时送到玫瑰色的嘴边，然后一股孔雀石绿的烟雾冒起来，升腾到空中。这里的天空不是奥林奇平原的钴蓝色，而是珍珠奶油般的金黄色。风很柔和，可能正因为如此，这里的沙滩起伏和缓，更远处沙绿色的海水也是微波粼粼。这些人都不像渔船那样突兀，倒像是印在柔软沙滩上的鲜艳色块。

有两个她不认识的男人穿着蓝色衣服，其中一个人的皮肤是黄棕色的，就比沙滩稍微深一些，下身是蓝色泳裤，乌鸫色的头发散在额头，盖住一根眉毛；另一个身材更胖一些，皮肤白皙，坐在阴影下，穿着海军蓝短裤和天蓝色绸衬衫。人群中躺着罗斯·马丁代尔夫人，她一身暗金色的皮肤，身材健硕，但不显胖，倒是凹凸有致，很有女人味。她穿着粉棕条纹相间的丝绸泳装，一头金发柔和地披散在棕色的肩膀上，因为她翻了几次身，闪闪发光的大腿上沾了发白的沙子。克罗和安西娅·沃伯顿并排躺着，和暗金色的罗斯夫人相比，安西娅的肤色比较白，克罗被太阳晒成古铜色，看起来像天然的铜像，这是他通过有效的规划和强大的意志力实现的，他的皮肤脱落后就会变成赤红，但他一直呵护得很好，没有一个地方脱皮，就连脱发的头皮也没有脱落。他的泳裤夹在下垂的肚皮和肥胖的大腿中间，是紫红色的，和他好不容易养成的肤色差不多，不更深，也不更浅，这个搭配看起来很扎眼。安西娅虽然躺着，但更像是在沙滩上跳舞，浅色的卷发伸到了垫在身下的鸭蛋蓝毛巾的外面，身上的汗水闪闪发光，衬得她的身形轮廓十分诱人。她的泳衣是孔雀般的绿蓝色，就像闪着光的波浪。

威尔基和他女朋友坐在圈子边缘，他们就像照片的底片，卡罗琳穿着白色的比基尼，在弗雷德丽卡被阳光晒花了的眼里，她的头发和皮肤都是黑的，威尔基更黑，像烟灰那样黑，只除了下身三角区域和笑的时候露出来的牙齿是白的。阳光照得他的头发油黑发亮，蝴蝶兰的太阳眼镜映着天空、沙滩和海水。渔船船头两边的眼珠子盯着他们，但只有威尔基抬头看过。烟灰断断续续掉到奶油色的沙上。

她决定表现得温和一些，不扫人家的兴。她最大的愿望是熬到结束，不冲动，不招人家嫌弃。

威尔基对克罗说："这是弗雷德丽卡。"那两个陌生男人举起手，一个有气无力，一个比较有力，算是跟她打招呼。克罗站起来，盯着弗雷德丽卡。卡罗琳点点头，很不情愿地咕噜了一声。安西娅·沃伯顿拨开嘴角的一两缕头发，对着空中轻轻说了一声"你好"。

弗雷德丽卡敏锐地感受到克罗对她的印象：背后是沙堆，她的身形轮廓就像一根扫把，脚上穿着挺不错的沙滩鞋，肩膀瘦削，穿着本地印花太阳裙，肩带下面的白色棉布褶皱盖着扁平的胸部，长相很一般，没错，但还不至于让人反感，在卡尔弗利算时髦，在尼姆斯和巴尔热蒙算普通，但在这群人中间就显得土气了。她的头发、肤色也十分奇怪。在《阿斯翠亚》剧中表演的时候，正当西摩尔的剪刀剪开她的纸裙时，她的一袭红发在肩膀上疯狂摆动，很诱人，但是，在普罗旺斯强烈的阳光曝晒下，头发已经慢慢卷曲、起皱，失去了光泽。此时，她的头发就像一台三叶风扇，发尾还开了叉。她的皮肤曾经是巧克力色的，丝一般的光滑，对于红头发的女孩而言这很难得，但她是来自北方的红头发女孩，此时，她的皮肤已经比赤褐色还深，甚至过了非洲黑人的那个阶段，晒脱了皮，像打了很多补丁似的，有些地方是棕色的，像烤面包皮，有些地方是胡萝卜色，掉了皮的地方颜色也深浅不同。演出结束后，她跟克罗说她想当演员。克罗告诉她要换一张脸。可是，目前她这么瘦，像个骷髅，而且长了那么多蚊子包，还不如原来呢。他微笑着说：

“弗雷德丽卡，听说你给人家当保姆。怎么可能呢？坐下来吧。”

弗雷德丽卡坐下来。大家的呼吸都很缓慢，有些人闭着眼睛，有些人睁着。一切都很缓慢，大家都不说话。

“不是保姆。”弗雷德丽卡说。没人关心她到底是什么。克罗向她介绍了罗斯太太，说她是伍尔夫[37]的忘年交，正在写一本以猫为主题的书。那两个男人，一个胖的和一个瘦的，分别是哲学家文森特·霍奇基斯和诗人杰勒米·诺顿。克罗又给罗斯小姐点了一根香烟。文森特·霍奇基斯用很好听的声音说，在这种光线下，颜色分不清楚，尽管又热又干，但整个空间是不透明的。弗雷德丽卡说，天空、大海和渔船都像凡·高画的一样。霍奇基斯说，他们没看到过，做不出这样的联想。威尔基说，要聊凡·高，她得跟亚历山大聊。霍奇基斯说，亚历山大就是这样的人，看不透，分辨不清颜色。在这种光线下，谁能说亚历山大是什么颜色？弗雷德丽卡根本就没看见亚历山大，实际上，她注意到他不在那里。她环顾左右，盯着没有颜色的空气和沙滩，仿佛他会像海市蜃楼一样突然冒出来。他不在，他在海上，威尔基说。她向远处眺望，看到了海洋之星号锚定在海上，他就站在上翘的船头。灰白的天空下几乎看不见他，但他两腿之间的黄色三角裤清晰可见，那就像画出来的太阳，那是凡·高喜欢的色彩，不是文艺复兴时代的镀金色彩，他的四肢呈奶油棕色，近似于刚做好的卡布奇诺咖啡上的泡沫。阳光下，他浓密的长发也是奶油色的，颜色只比天空深一些。他站了一会儿，接着就跳进浑浊起伏的海水中。海水从他的周围散开，熠熠生辉，像有无数珠宝在里面，猫眼石、祖母绿、青宝石、红宝石和蓝宝石。1888年6月，凡·高曾经说过，这片海水反射着星星的光芒。

威尔基问她有没有带游泳装备。她晃了一下垂在大腿前面的网兜。那就来吧，威尔基说。于是，她站起来，脱下内裤，拉上深棕色泳衣——她到海边度假都是这样的——然后脱掉裙子。她清楚，在这个过程中，克罗必定首先看到了她的光屁股，接着看到她的胸部，不过，克罗以前就看过了，而且不仅是看过——当时的情形他们都不太记得了。她和威尔基像鹤一样走过滚烫的沙滩，来到水边。亚历山大绕着船，游得很开心。弗雷德丽卡大步走向大海，威尔基悠哉地跟着。

她游得还行。她用全力朝亚历山大游过去，这是自然的，因为在风平浪静的地中海上，没有别的目标。这时，亚历山大在船边仰面漂浮，四肢张开，头发在淡绿色的水下随波漂动。她潜下去，再冒起来的时候，差不多就在他的怀里。她那张打补丁的脸浮出水面，像一只被砍下来的头颅，正好对着他。他提起膝盖，优雅地翻过身，看着她，两个人的下巴浮在水面上。她目不转睛地看着他。这是她的一个坏习惯，她总爱这样凭空冒出来，目不转睛地看着他。有一次是在戈斯兰德高沼地，他和他当时喜欢的珍妮特正在汽车的后座上。还有一次，她在克罗书房的火炉前，靠在克罗的膝盖上，痴痴地看着在罗伊斯顿花园露台上的亚历山大。这次是在卡马尔格波澜不兴的海上，在罗恩河入海口。

“你来了。”他说，分不清他是欢迎还是不欢迎她。她目不转睛地看着他。

“到了很久吗？”

“他们叫我一起吃午饭。”

“好吧。”

“你希望我快点走？”

“无所谓。”

"好吧。"她还是目不转睛地看着他。

"但我希望你别这样看着我。不舒服。我一直都不喜欢。"

"我不是故意的。"她翻过身，摇摇头，对着海洋之星说，"我喜欢看着你，仅此而已。你懂的。"

亚历山大的脸舒展开，可能是因为高兴。为了掩盖这个变化，他说：

"你晒过头了。没人提醒你吗？你的肤色很奇怪。"

黑一块红一块的头颅笑开了："他们提醒过。晒了几个月才变成这样。我有阵日子晒得黑乎乎，很光滑。然后就开始脱皮。我本以为已经结束了。这样子太恐怖，吓着你了，对不起。"

"我鼻子上的皮肤都没脱。"亚历山大说。每次弗雷德丽卡缠着他说话时，他一会儿像正儿八经的大叔，一会儿像个顽童。他朝着船慢慢游过去，一翻身爬上船。他本想从船上再跳下来，结果，她始终跟着他，也想爬上船。他伸手拉了她一把，他们挨着坐在滚烫的木板上。

"玩得开心吧？"她问。

"还行吧。开心，这是当然的。"

"在写作吗？"

"没怎么写……算是在写吧。但写得不顺利，我想可能是题材不对。"

"什么题材？"

"算了，弗雷德丽卡。"他挪了一下湿漉漉的屁股，木板嗞嗞地冒起蒸汽。

"我想知道。我平时难得见到你。我真的想知道。他们为什么说你能跟我聊凡·高？"

"他们是这么说的吗？也对。以后吧。"他站起来，补了一句话，"现在我要游泳。"

“我能跟着吗？”

“我挡得住你吗？”

他跳进海里，游起来，回头看到她也跳进水中，动作很干脆，像一根针，虽然不是那么优雅。她的身形让他觉得像什么，但他始终想不明白像什么。她像被扒了皮的……哦，老虎吗？不像，虽然她的眼睛一直睁得那么大。更像猿猴。此时此刻，在圣玛丽海滩，他居然满脑子都是弗雷德丽卡·波特。他觉得很郁闷，这是不正常的。她快速游到他身边，动作敏捷，像一只小狗在踩水。

“你是在写普罗旺斯吧？”

“严格来说算不上，不是特意写普罗旺斯，也不算写普罗旺斯。算了，弗雷德丽卡，别惦记了，开心就好。”

“我很开心。”她真的很开心。

他们绕着船慢慢游着。他们没有玩水里的游戏，他不敢。可是，他为躲避一根绳子转身的时候，她贴得太近，在水下，他们赤裸的大腿碰到了一起，像失重了一样。还在，还在。他们俩都这么想。她满怀欲望和恐惧，他则充满警惕，像受伤的动物一样，随时想改变方向。她说了一句话，他没听清楚。

“什么？”

“像海豚，你。”

“我喜欢海豚。”

“我也是。它们会唱歌。很好听。我在收音机里听到过。”

“弗雷德丽卡，你别胡思乱想好吗？”

“不行，我一直在思考，我必须思考。你也一样。”

“不，我不思考。我感到很羞愧，但我算不上爱思考的人。”

可事实并非如此。他想跟她提起那幅《黄椅子》。那一团迷雾让他兴趣盎然，她也会很感兴趣。他转过身游走，动作很大，溅起一片水花。她紧跟着。在岸上，威尔基懒洋洋地躺着，双手托着腮，看着他们俩在水里嬉戏，自己笑了起来。威尔基的女朋友跑到水边，大声叫他们吃午饭，他们要吃午饭了。

午饭很好吃，有香草煎蛋、熏火腿、巨大的猩红西红柿，感觉像微型南瓜，还有蒜泥胡椒黑橄榄，闪闪发光，皱巴巴，热乎乎。还有很多红葡萄酒，多数是旺吐谷红葡萄酒，很多好吃的硬皮面包。有气味很重、很新鲜的山羊奶酪，有卡瓦略甜瓜，瓤是玫瑰色的，瓜皮像传说中金绿色的毒蛇，克罗还特意往掏空的瓜壳里灌了粉红色的博姆德沃尼斯甜葡萄酒。当然，很多东西都进了沙子，旁边还有三四只黄蜂在嗡嗡叫，叮过各类肉和水果。弗雷德丽卡喝了很多酒，什么话也没说，而是一个个盯着这群人看，充满好奇地看着这些人懒洋洋地躺在沙滩上，有一搭没一搭地聊着天。她也没太在意他们在聊什么。她的心思都在亚历山大身上。他躺在阳光下，靠近罗斯夫人和马修·克罗，但不靠近弗雷德丽卡，他似乎专注听人家聊天，主要是霍奇基斯、威尔基和克罗在说话，他们的话题是颜色的认知和表达，霍奇基斯正在写一篇关于色彩审美的文章，威尔基也曾用彩虹太阳镜做过关于颜色的实验。此时，威尔基正通过罂粟红太阳镜，盯着凡·高画过的渔船和奶油色的大海和天空，弗雷德丽卡觉得这副眼镜很别扭，不过，她真希望自己有勇气向他借过来戴一下，她也想戴着这副眼镜看看这里的一切。

霍奇基斯和威尔基聊到颜色的本质。霍奇基斯说话的腔调让弗雷德丽卡很不高兴，他说话总带着牛津腔，爱省略，也常用多余的代词。他说话的声音就像一个体弱多病的人，但他的身材却十分壮硕。他说他一直在读维特根斯坦[38]的笔记，而哲学家维特根斯坦生前一直在研究颜色的个人体验和普世意义之间的关系。他研究过颜色数学，认为饱和的红色或者黄色，就类似于圆或者斜边上的正方形。克罗说，凡·高时代的象征主义者主张世界存在普遍的颜色语言，那是世界的主要语言之一，颜色有神圣的字母和形式。差不多吧，霍奇基斯说，维特根斯坦曾自问过是否可能建立颜色自然史，就像植物自然史，然后又自答道，和植物自然史不同，颜色自然史超越时间限制。亚历山大说，在凡·高用法语写的信中，颜色形容词和它们所修饰的名词极少是匹配的。因此，黄色和紫色、蓝色和橙色、红色和绿色，这些颜色比名词所代表的事物更真实，那是来自另一个世界的永久形式，不属于这个由卷心菜和梨构成的现实世界。威尔基说，心理学家知道，颜色都有一定的心理作用，红色、橙色和黄色，可以提高肌肉张力，提高肾上腺素流量；蓝色和绿色可以降低心跳频率和降低体温。接着，他们的话题转换到颜色映射。

克罗说，普鲁斯特写过一段很古怪的话，他把字母和不同颜色联系起来，说“i”代表红色，在杰拉尔·德·奈瓦尔的诗歌《西尔维，真正的烈火姑娘》中就是这样。

罗斯夫人马上加以否认，她说“i”代表冰蓝色，安西娅说代表银绿色，克罗说女人对颜色的兴趣取决于什么颜色最能彰显女性身体的魅力，女人应按各自的肤色和瞳色装饰房间。他叫其他人发表意见，霍奇基斯说他想起亨利·詹姆斯对萨拉·波科克着装的描写：“猩红色像有人尖叫着从天窗掉下来。”杰勒米·诺顿说他想到了银色，亚历山大说“灰绿色”，威尔基说“漆黑”，卡罗琳咕哝着说“绿色”，弗雷德丽卡说她不会把颜色和其他事物联系在一起，她想不出颜色和字母或者星期几有什么关系。她对威尔基说，也许她像色盲一样对颜色不敏感，他说不，她的问题应该是缺乏通感，不支持感官之间互相传递残留的感觉而已。

杰勒米·诺顿什么也没说。今年之后，弗雷德丽卡读到他写的一首关于海滩的诗，写得还算工整，罗列了所有颜色形容词以及它们和各种事物的联系，敏感地提出语言与世界的关系。那天，她就觉得他看起来像诗人，而且是个好诗人，她对霍奇基斯的看法就有所不同，他是思想家、牛津大学教师，但看起来都不像，也肯定不会有什么大作为。

罗斯夫人睡着了。克罗温柔地用她的草帽盖住她的脸。安西娅漂亮而好动的脚趾头踢着沙子，威尔基的女朋友躺在渔船的阴影下，拉着他一起躺下，一只手搂住他大汗淋漓的腰，算是占为己有。克罗往后靠着，一会儿就打起了呼噜。安西娅开始在皮肤上抹油。亚历山大通常吃完饭会歇着，这次倒提议去散散步，但只有弗雷德丽卡愿意，不知道他是高兴还是难过。

“弗雷德丽卡，见过教堂了吗？”

“没有。我不知道圣玛丽是谁，不知道为什么有不止一个。”

他们爬上发白的沙堆，然后朝城镇广场和教堂走去，路上经过几幢白色的别墅。当时，卡马尔格还没有被游客入侵，后来，随着游客的到来，镇上造了许多美国式的马棚，拴着瘦骨嶙峋、样子让人看得心疼的马儿，也冒出来许多礼品店，卖加迪安帽、高乔帽、得克萨斯宽边帽和棉布尖顶帽，有的印着米老鼠，有的印着粉红色火烈鸟。再后来，到了20世纪60年代，嬉皮士跟在吉卜赛人的屁股后面纷至沓来，在沙滩上肆意唱歌、抽烟，甚至公然做爱、拉屎，让这片乳白色的沙滩变得乌烟瘴气，满地污秽。

20世纪60年代，任何有点神圣的地方、偏僻的地方，都人潮涌动，充斥着猎奇或者貌似虔诚的游客。弗雷德丽卡写了一篇文章，谈到人口过剩、个人主义遗存、集体灵魂和格拉斯顿伯里[1]。之后，到了1980

[1] 位于英国英格兰萨默塞特郡的一个小镇，历史悠久，而且与亚瑟王传说中的许多情节有关。

年，巨石阵[1]被围了起来，变成一个集中营，一个笼子，目的是要把人挡在外面，再往后，一个法国人建议弄一个透明的塑料壳，把摇摇欲坠的狮身人面像保护起来。全世界的人蜂拥而至之后，像弗雷德丽卡和亚历山大这样舒舒服服地散步，穿过凡·高当年徘徊过、在干净的泥土上支起过画架的村子，就再无可能了。

亚历山大告诉弗雷德丽卡，耶稣死后，圣玛丽·雅各布和圣玛丽·莎乐美，在某些版本中还有抹大拉的圣玛丽，以及一个黑人女佣萨拉，她们从巴勒斯坦坐船来到这个海滩。也许是奇迹吧，她们搭乘着一艘没有甲板的小船，在海上漂了那么多日子，没有粮食没有水，居然安全抵达这个地方。萨拉的历程更为神奇，圣玛丽·雅各布扔下一个斗篷，就成了萨拉的“船”。每年，人们都把三个圣女的神像搬到海边，在海水里泡一下，与此同时，全法国的吉卜赛人都会到这片海水泡澡，庆祝重生。萨拉是吉卜赛人的守护女神，他们觉得，萨拉可能跟他们的主神有一定的关系。他们的主神就是印度女神迦梨。

“迦梨是个暴虐女神。”弗雷德丽卡貌似博学地说，但实际上对这个可怕的女神知之甚少，就知道她的名字和一些基本信息。“都是在大海中冉冉升起的女神，跟维纳斯一样。在地中海国家，每个女神都得到崇拜，因为她们的诞生意味着变化吧。”

但是，当她看到教堂里三个圣玛丽神像的面容时，就无语了，她不是失望，而是不舒服。教堂是个坚固的堡垒，古老高大，方方正正，没有多余的走廊，也没有耳堂，无遮无拦，正好符合弗雷德丽卡这个北方人的审美观，然而，从明媚的阳光下走进昏暗的教堂后，她看到了她天生抗拒的东西——一排排燃烧的许愿烛，若明若暗，许多陈列的瓷器和金属匾牌，

[1] 英国最著名的史前建筑遗迹。

表达信徒对神灵保佑的感谢，陈年蜡烛和焚香的气味掩盖了石头的所有气息。围栏里的两位圣玛丽的神像尴尬地向外倾倒，两尊神像的脸蛋都很可爱，圆圆的，粉红色，像瓷娃娃一样，头上戴着白色绢花花环，花环镶着珍珠，衣服是丝绸和金乐纱的，有粉红色，有淡蓝色。两个圣女都毫无灵魂地微笑。弗雷德丽卡不由得想到了《两只坏老鼠的故事》中娃娃屋的两个毫无生气的娃娃主人。她首次看到这样的面孔，格里默德家的人，跟尼姆斯的很多人家一样，都是坚定的新教徒。她看着亚历山大，等着他的导览，他说黑人萨拉的人像在地窖里。他们走下去。

萨拉不一样。她是木头雕刻的，黝黑的脸庞，鼻子挺拔，既威严，又傲气，确实有东方神韵，尽管服装和面纱跟上面的神像一样，也庸俗艳丽。她的周围燃烧着一圈锥形蜡烛，火焰是黄色的，在黑暗中显得很明亮。面前放着几堆花，由此可见，人们到这里来主要是看她的，花里有已经凋谢的菖兰，也有永远不会凋谢的绢花玫瑰。后面有个祭台，祭台上有个圣骨盒，弗雷德丽卡透过玻璃可以看到里面有一两片骨头，看不出是胫骨还是前臂尺骨。跟在大英博物馆看到埋在沙粒里保存完好的古尸时感觉一样，她总觉得不可思议。大英博物馆的那具古尸皮肤泛红，像干皮革，两边太阳穴的皮肤已经脱落，姜黄色的头发很脆，盖着耳朵。那具女尸是许多英国小孩首次看到死人的模样——古尸弯曲着，膝盖顶着下巴，肌腱绷紧。这些东西……神像和遗骨，祭坛和女人，娃娃似的圣女，被烟熏得黑乎乎的屋顶。我们出去吧，弗雷德丽卡说，走吧。

走出教堂后，他们俩都有点不舒服。亚历山大为了掩盖尴尬，跟弗雷德丽卡介绍了地中海地区的其他女神。

他说福特·马多克斯·福特[39]写过一篇关于“圣埃蒂安城堡圣女”塑像的故事，这篇故事很有趣。福特写道，莱萨尔皮耶的一个年轻牧羊人正在凿刻石头，圣女突然出现，一直看着他雕刻她的神像。“雕刻完成后，她表示对作品十分满意，说那是完美的神像，也是高超的艺术品——我特别向主教求证了这一点——这是一尊世界级的美学作品。”于是，福特想去看看那万人瞩目的神像是什么样子，却发现神像被包裹得紧紧的，浑身披着蕾丝长袍和面纱，根本看不到真容。然后有一天，他来到供奉她的教堂，看到一只椅子上放着一顶硕大的金冠，另一只椅子上放着一大包蕾丝，还有“两个长得像甲壳虫似的老太太在一个锡镴容器里洗东西”。

“那个神像，”亚历山大引用作者的话说，“是用红石头粗犷地雕刻而成。”正因为它很原始，才得到戈迪尔-布热津斯卡的追捧，农民圣女才会认出来是她本人。亚历山大说，受世人崇拜的西布莉和维纳斯也不过是圆锥形的石头。好美，真不可思议，弗雷德丽卡说。此时，亚历山大正在跟她解释罗丹[40]的作品《达那俄斯的女儿们》，说得很棒，不知不觉激起了她的欲望，她将鲁西永的红石头和他联系到了一起。亚历山大接着向她介绍阿尔勒的维纳斯，它在一个古罗马剧院中出土，具有十足的古典美，双手捧着一只苹果，可能是黄金的，也可能是大理石的。他引用凡·高的话说：“阿尔勒的维纳斯，和莱斯博斯的维纳斯一样，都透着青春……”

“哦，对，凡·高说过。”弗雷德丽卡说。他在写凡·高吗？

他们走进咖啡馆，点了鲜榨橙汁，亚历山大跟弗雷德丽卡提起在卡贝塔因他的戏剧创作进展艰难，压力很大。弗雷德丽卡说她不明白他有什么好犹豫的，他肯定是要写《黄椅子》，那是有生命力的，对不对？他们讨论《黄椅子》该怎么写，要写得严肃古典一些，整体结构严谨一些，限定在凡·高与高更争执的那些日子，还是写成一部全景式的史诗？至少要让提奥出场，甚至要影射到荷兰纽南的那个牧师。弗雷德丽卡抢着对亚历山大说，写艺术家的故事有一个本质的问题，相比如何描写凡·高与妓女、情敌、父亲和弟弟的故事，重点是关于颜色和形式的争执该怎么表现呢？

他们讨论得很激烈。亚历山大的思想斗争终于结束了，他决定不再三心二意，《黄椅子》是不二的选择。（好笑的是，压力因此消减的他在一个星期之内就拼拼凑凑写了一部关于卡贝塔因吟游诗人的通俗剧，给卡贝塔因农庄的客人奉献了文明的乐趣。）

是否就在此时，相互的需要让他们认识到了他们俩将会是一生的朋友？还不至于。虽然弗雷德丽卡的确想到了做爱会抑制沟通，而跟亚历山大聊天是如此快乐而值得珍惜。他到了快分手时才碰了她的身体，摸了一下她被烤焦的头发，说了声“谢谢”。他是真心的。她回家了，回到那间没有窗户的阁楼间，辗转反侧，想起福特写的红石头圣女像，心里美滋滋的，构思着《黄椅子》的情节，回想起亚历山大坐在海洋之星船头时的黄色三角裤。那个夏天，他们没有再见面。

阿尔勒，1888年6月，致埃米尔·伯纳德

我在圣玛丽待了一个星期。在去圣玛丽的途中，我经过卡马尔格，一路上有许多葡萄园，也有沼地和类似于荷兰的平坦的田园。圣玛丽的姑娘让我想起奇马布埃[41]和乔托[42]，她们都很苗条，有点忧郁，有点神秘。海滩非常平坦，沙子很漂亮，有一些绿红蓝的渔船，让我联想到鲜花……

我最想知道怎么强化天空的蓝色。在弗罗芒坦和杰罗姆的眼中，南方的土壤是无色的，有很多人同意他们的看法。天哪，果真如此，你拿起一把土仔细看，再仔细看看海水和天空，都是无色的。没有黄色，没有橙色，就没有蓝色，要画出蓝色，就要加入黄色和橙色，对吧？好吧，你会告诉我这些都是废话。

7
分娩

一

4月已经来到里思布莱斯福德一段时间。阳光不那么冷了。圣坛上摆满各种春天的花。马库斯最近很烦躁，但大家都没怎么在意他，因为斯蒂芬妮马上要生了。斯蒂芬妮越来越安静，一方面是她性情如此，另一方面是她想动也动弹不了。原来宝宝还能在肚子里面游泳、漂浮和翻身，如今她的肚子被撑得紧绷绷，让她浑身酸疼，有时候他还会用力蹬一脚，或突然推一下现在已经失去弹性的肚皮，让她疼得差点喘不上气，甚至晕过去。如今，她已不像从前身轻如燕，她的身体笨重，走路都要叉开腿，行动实在艰难。她每天都掐着手指算日子，她已经没有多少耐心了。她失去了自主性。她的生命已经不是她自己的了，是他的。

她害怕。但她不是害怕生小孩，她早就心里有数，她怕的是住院以后会遭遇尴尬的情形，尤其是想到要灌肠和剃阴毛，她不知道偷偷哭过几次。她跟自己说，分娩实际上没什么好害怕的，大多数女人都受得了，没几个因此丢了性命，而且分娩的时长比较固定，最多不超过四十八小时。就四十八小时，什么事都扛得过去，她这样给自己打气。在诊所里，产妇之间流传着一些恐怖的故事，包括臀位分娩和撕裂钳的事，但她没有太在意，一只耳朵进一只耳朵出。该来的就让它来吧，总是要面对的。她看过一本关于自然分娩的书（她这一代人更喜欢看书，而不是听妈妈的话），作者提到了一些非自然分娩的做法，把她吓得半死。书里建议了一些放松方法，但她都没有去练习。她对自己的身体和自控能力很有信心。她觉得女人可能缺乏教养，才会害怕这种自然而然的事情，生孩子本身就像吃喝拉撒，都是女人必须经历的。时间到了，该放松时她自然会放松。但是，因为害怕灌肠和剃阴毛，她跟丹尼尔说她宁愿在家里生。丹尼尔吓了一跳，他说如果发生什么意外，他们一辈子都不会原谅自己，况且，马库斯和妈妈都在家，她怎么会想到在家里分娩呢？斯蒂芬妮也觉得这两个人的存在很尴尬，跟灌肠和剃阴毛一样让她担心。她不好意思跟丹尼尔提灌肠的事。她放弃争辩。

马库斯听到她在唱歌。他站在楼梯的角落，听着她在厨房里唱歌，歌声伴随着锅碗瓢盆的叮叮当当。她唱的是《与主同行》。波特家的人只会唱赞美诗，而且难得唱，还常常唱跑调。马库斯记不得她上一次唱歌是什么时候。他悄悄走下楼梯，从坐在沙发椅里的奥顿太太的身后走过。

她的背部很痛，这是负重所致，而且疼痛在向全身蔓延，就像《格林童话》里那个忠诚的仆人心上箍了三道铁箍般难受。她继续唱，她的脑子突然清醒过来，决定亲手给丹尼尔做点面包，最近她一直没有做。她看过书，知道在临产之际肾上腺素会激增，但此时她忘了这茬，因为她的脑子很清醒。她弯腰去拿烤模，然后站到凳子上，拿下来一罐面粉。她下来的时候，那三道铁箍紧一下松一下。她唱完《与主同行》，接着唱《慈光导行》。马库斯把头探进厨房的门。

“向来未曾如此，虚心求主……马库斯，你干吗？”

“我听到你在唱歌。”

“这是我的厨房，我想唱就唱。你要帮我做面包吗？”

“行。”马库斯说着侧身进了厨房。

“你发酵母吧，用那个玻璃碗。我背疼。要用干酵母。倒一小包，放两勺海盐，半品脱[1]温水。‘我好自专，随意自定途程，直到如今行！’”她把面粉倒进秤盘，然后停下来喘口气，接着弯腰拿出一只很大的陶碗。马库斯看着水壶，全神贯注地候着水变“温”。“从前我爱沉迷繁华梦里，骄痴无忌，旧事乞莫重提！”

她抬起一只沾满面粉的手，抹了一下眉头，突然感到一阵剧痛，痛感非常清晰，就像一个音符，从脊柱开始向全身蔓延，痛一会儿，停一会儿。因为恐惧，她的动作异常缓慢，她喘了一口气，转过身，继续弄面粉，在面粉堆中间拨开了一个洞。马库斯看着她涨得通红的脸和闪亮的眼光，很不安，他感觉到她的烦躁，但不明白具体是怎么回事。在他的世界里，烦躁就不是好东西。他搅拌着酵母，嗅着酸味，发得不错，已经起了泡泡，仿佛有活的东西躲在泥泞底下。当然是活的。他搅拌着，它叹着气。

“倒到这里来。”斯蒂芬妮说。他俩的头都凑到陶碗的上方，她拿刀子搅拌着，突然又传来一阵剧痛，这次比刚才更清晰，她抓住桌子边，这次她能感觉到肌肉在收缩，里面在不由自主地收缩。“哦，亲爱的。”斯蒂芬妮轻轻地说，眼光迷离地看着马库斯，马库斯向后退。“我觉得……”她说不下去。马库斯退到了烤箱的后面。“我觉得……”她又说，但又说不下去。随着疼痛感消退，她恢复了暂时的平

[1] 此处指英制容积单位。1品脱约等于568毫升。

静。不能指望马库斯。她走出厨房，看见奥顿太太在沙发椅上打着盹。奥顿太太是个女人。过去几个月里面，她隔三岔五地跟她说起丹尼尔出生时的情形，那就是一场独角戏，主角只有一个，就是她这个勇敢的女人，受到了男人、威权和无能护士的摧残。她不知道奥顿太太是否帮得上忙。她也对她说："我觉得……"奥顿太太表情茫然地看着她，估计是又要诉苦，正盘算着从哪里开始。

"我觉得我应该去医院了。"斯蒂芬妮终于说了一句完整、正确的话。奥顿太太的表情还是很茫然，甚至在思考了一会儿后，告诉斯蒂芬妮今天诊所可能不开门。斯蒂芬妮说没错，但她很痛。奥顿太太倔强地指出斯蒂芬妮的预产期还有两个半星期，而且第一胎通常会晚一些。斯蒂芬妮听到后怀疑是不是自己错了，然后乖乖地回去厨房。很多女人都会莫名其妙地疼，奥顿太太斩钉截铁地说。厨房里的马库斯看来是吓坏了，他张着嘴，却说不出话来，然后又绝望地闭上。无可奈何的斯蒂芬妮突然又感到一阵剧痛，肌肉猛烈收缩，她几乎站不住了。眼看就要倒下，她的手紧紧抓住门框，喘了一口气，一只手摸着硬邦邦的肚子，感觉里面在向上跳动。没有见红，羊水没有破，奥顿太太没有问情况，就断然否认是要临盆。斯蒂芬妮感觉自己裸露在两个人的面前，非常尴尬。可是，这两个人都指望不上。她喘着粗气站了一会儿，等到疼痛感过去了，就走到电话边，拨了999。她刚说完，甚至没有等她真正说完，奥顿太太又开始教训斯蒂芬妮，说即使是真的要临盆了，她这样也很傻，她还有几小时要等，与其在医院难受地待一整天，不如等到各项指标都显示……

斯蒂芬妮挣扎着从婆婆的身后走过，上了楼梯。她还没有准备住院必需物品，这时她开始准备，往箱子里放了睡衣、梳子、牙膏、香皂、一本华兹华斯诗集、《战争与和平》《阿拉贝拉》和《星期五的孩子》。如果说不该看华兹华斯的，那应该看谁的？她一生气就加了一本《四首四重奏》。门铃响了。她没有听见有人去开门。她关上箱子，眉头冒出了好几滴汗，她痛得站不起来，这次不仅是剧痛，而且痉挛，身体收缩太厉害了。她挣扎着提起箱子，走下楼梯。马库斯正慢慢地绕过奥顿太太的沙发椅。她打开门，救护人员进来，她拎着箱子递给他们，说她还要去拿一件外套。

“让这个小伙子去拿吧。”

“没事的。”

“你别动。让小伙子去吧。”

马库斯拿来了她的外套。救护人员问她可不可以走路，她说可以，但最终还是得人家扶着走，其实几乎是被架着走。跟通常的旅行一样，一上路就好多了。

到了卡尔弗利医院，她被人家强制性地搀扶下救护车，然后被放到轮椅上。肾上腺素激增的她双眼放光，表示不想坐轮椅。她想走，她可以走，她说这样更好。但救护人员斩钉截铁地说，他们不能让她自己走，这违反纪律，所以，他们推着她，咔嗒咔嗒地推上了一个又一个斜坡，穿过满是消毒水味道的长廊。她打了个嗝。他们来到产房。

接下来，如她所担心的一样，她彻底失去了尊严。她按要求躺上一张又高又硬、像架子一样的床，这时，她感到肚子里有东西在拉拽，感到一阵撕裂的痛。水顺着她的双腿流下来，一个小护士穿着台球桌般的绿色制服，套着拉到肘部上方的球状袖套，擦掉了那些羊水，透过起雾的眼镜向斯蒂芬妮的双腿中间窥视。斯蒂芬妮以超然的准确注意到，戴着那副眼镜，她那张馒头似的圆脸越发不好看，半圆形的小眉毛下面仿佛有两条飞翔的镀金翅膀。她管斯蒂芬妮叫“妈妈”，但都没有看着她说，接着命令她脱衣服、翻过来、翻过去，她盯着斯蒂芬妮硬邦邦的肚子，又听了听。另一个高级护士穿着淡紫色和白色条纹相间的制服，她也凑过来，慈祥地看着斯蒂芬妮。裸露的手臂伸到斯蒂芬妮的病号服下面，说是病号服，其实那就是一块漂白布，在腰部松松地贴了胶带，有几条胶带还脱落了。她解释了剃阴毛和灌肠的事情，斯蒂芬妮注重礼貌，所以她气息平顺之后才说没关系，她都清楚。她还说，不好意思，她害怕灌肠。她希望将恐惧说出口之后，就能更容易地处理恐惧的心理和她害怕的事情，这通常很管用。她希望护士年纪大一些，这两个似乎都比她本人还小，在她们精明能干的背后，她嗅到了紧张的气息。有人拿来了一个金属肾形盆、肥皂水和一把冷冰冰的男人剃须刀，接着，她们把她的漂白病号服卷起来，刮掉阴毛，斯蒂芬妮裸露着一片大腿根，本来不热、潮湿的地方，现在变得又冷又潮湿，这影响到了疼痛的节奏。原来是一阵阵剧痛，现在好像在跳动和摇曳。她们把冰冷的双手和更冰冷的银漏斗放到隆起的肚皮上，斯蒂芬妮想大叫，想把它甩掉，但她太讲究礼貌，所以只是皱紧眉头。她们算着收缩的次数，说她情况不错，然后开始灌肠。这时，斯蒂芬妮感到身体发热，浑身都不自在，恐慌和害怕也在此刻袭来。她很听话，而且下面已经滴滴答答，于是，她听从指令，翻身下了高床，跑进卫生间，那里已经一切准备就绪。她感到奇怪，刚才人家都不让她自己走路，这时怎么就放心让她一个人在卫生间里待着呢？各种疼痛像海上翻卷的潮水，一阵又一阵，也像入海口交叉翻滚的浪潮，让她痛不欲生。她坐着，等着灌肠结束，低声抽泣了一会儿，害怕人家会听到。终于肚子里不再折腾了，她感觉到万般的轻松。她小心翼翼地脱了病号服——病号服只是挂在她身上，其实她几乎全裸——跨进淋浴间，用热水擦洗剃过毛的地方，叹了一口气，感到、听到或者以为听到骨盆的骨头在裂开。淋浴间的地板冰冷粗糙，可能喷了消毒剂。她很快就出来了，太快了，她刚迈开腿，就感到一阵剧痛，身体不可思议地沉重，动弹不得，她潮湿的金色卷发粘在脸颊上和脖子上。护士进来扶起她，给了她一件毛巾浴袍，把她重新搬到轮椅上。

她们把她推进一间空荡荡的房间，里面有一张白色的床、一把椅子，床头柜上放着一只玻璃水瓶，旁边还有一根金属杆子，上面挂着一个很小的帆布兜，乖乖地爬上那张新床之后，她慢慢明白过来，那是一张婴儿床。看到了这张婴儿床，她才知道是怎么回事，这不是艰难的历程，不是对她的严峻考验，这里有两个人呢！这是两个人的事。总要有人平安出去。很难想象，一个女人的身体居然能兜得住一个孩子，还能将这个孩子生出来。不过，该过去的都会过去，这是必然的……护士又要把她一个人留在房间里。她第一次有点烦躁地跟她们说，她需要那些书，她们一定要把那些书拿来给她。“什么书？”她们问。

“在箱子里。”

“箱子不能进产房。”

“我要看书。”

“我们看看……谁有空就……我们都很忙……有四个妈妈同时住进来，我们都要忙疯了。你要看哪本书？”

“都要。我怎么挑呢？华兹华斯。我都要，尤其是华兹华斯。”

“华兹华斯？”

“诗集。你们有时间的话……”

“华兹华斯诗集。”那个穿绿衣服的护士表情茫然，“我尽量吧。”她是在敷衍她。

“要等多久？”斯蒂芬妮问。

“说不准。你的情况还不错。头胎总是比较费时。尽量放松吧。”

她们离开了。尽量放松。从天花板吊下来一条毛绒弹性纤维绳，挂着一个像电灯泡似的按铃，但没有人跟她说什么时候应该按，什么时候应该跟英国绅士一样保持安静。起初，她乖乖地躺着，目不转睛地盯着天花板，然后她慢慢转过头，才发现今天天气特别晴朗，几片不大的白云从湛蓝的天空飘过，她还发现她在一楼，一部分窗户开着，窗外是院子，长满了草。她手上没有戴表，她的手表和衣服一起被拿走了，她认为当时应该接近晌午，甚至已经是晌午了，但她无法确定。她第一次想到了丹尼尔。她没有跟丹尼尔说过她在这里。这也是因为奥顿太太和马库斯让她失去了分寸。她本该指望这两个人告诉丹尼尔的，但这两个人谁都靠不住。她开始担心，此时，她又感到一阵剧痛。小孩在肚子里翻江倒海的时候，她乖乖地躺在床上忍着疼痛有点好笑。她奋力侧过身去，招致了一阵痉挛和撕裂的疼痛。她希望那本华兹华斯诗集就在身边。在阵痛间歇期，她双腿挪到床外，下床走到窗口。空气清朗，略带寒意，甚至有沁人心脾的芬芳。她探头看出去。窗户下的墙脚长着很多壁花，花朵很小，有深棕色、稻金色、铁锈色，都散发着芳香。她呼吸着，抓住窗框，然后出于强烈的本能，开始有节奏地在房间里走上走下，大踏步，昂首挺胸，碰到墙壁再回头。此后，阵痛来袭的节奏基本和从墙到墙的来回节奏一致。她开始从外部观察它，仔细听肚子里面的起伏，顺着它的节奏。刚才灌肠的时候，肾上腺素也一并流掉，现在又回来了。她开始背诵《不朽颂》，这首诗的节奏她很喜欢。彩虹去了又来，玫瑰已然可爱。她继续大步来回。她们打开门，但她并没有立即停止，随后意识到她们的眼睛都盯着她的病号服和赤裸的屁股。

“回床上去，亲爱的，快回去。你不能下床。”

“走着比较舒服。”

“你把力气用光了，等会儿就不舒服了。你等会儿要能收缩肌肉。现在要放松。来吧。”

“你们看，如果我现在用用这些肌肉，这些肌肉都放松着……这样不那么疼。”

“别胡思乱想了，亲爱的。乖乖的，赶紧回床上去。”

她傻傻地站着，阵痛又来袭，这次像一张网罩住她，让她喘不过气来。她摇摇晃晃的，她们只得扶着她上床，然后用银漏斗听，手伸到她身体里，还做了笔记。她很有礼貌地微笑着，肚子里像在拉锯子一样，很不舒服，随后又消停了。她们算着这次收缩的时间，告诉她说她还要等很长时间，然后就准备再次离开。她们说，如果她感觉该用力了，就按铃。

她不知道什么时候该用力，有什么指征，她想问又开不了口。她倒是问了华兹华斯诗集和手表的事，但她们的回答跟刚才如出一辙，她们人手不够，她们会尽力而为，她要乖乖的。她们走后，她找不回原来的节奏感，她很想下床去走走，却又害怕被人骂她任性。她忘了跟她们提起丹尼尔，她们也没有给她机会。考虑再三，她用手和膝盖撑起身体，轻轻哼着，左右摇晃。疼痛再次来袭，她用力撑着，浑身发热，感觉很累。没有医生进来。她觉得没关系。阵痛就像爪子揪住她。时间过得非常慢，她摇晃着，因为没有人进来，她就下床又走了一会儿，艰难地呼吸着。通过花香飘进来的窗户，她隔一会儿就听到有人在大喊大叫，音量逐渐升高。斯蒂芬妮觉得，这样喊叫虽然可能有帮助，但却没有了英国人的礼貌。

真的到了该用力的时候，她觉得那种感觉前所未有，但一出现却很容易分辨。那就像大出血的征兆，想挡都挡不住，但又有所不同，因为她不感觉体内有什么阻梗，倒是有某种沉重、巨大、坚硬的东西，像攻城锤，随时要撞破她的大门，此时的疼痛再也不清晰，不再是局部的，而是弥漫到整个身体，她的头、胸和备受摧残的肚子都疼痛难忍。她好像听到肚子里面有野兽的声音，有咕噜声，有断断续续的喊叫声，还有喘气和叹息声。她挣扎着翻过身，抓住了梨形按铃。她的眼前出现了旱金莲似的淡红色，然后满眼都是猩红的血。穿紫色制服的护士回来了。斯蒂芬妮哭着跟她说来了，她的疼痛就像涨潮时的潮水，退下去一小点，接着又涌起来，聚集了力量，冲向天空，来势汹汹。

作为女人，对体内的空间，她有丰富的想象力。不管我们大家认为月亮实际有多大，在我们的肉眼看来，就是一个直径大约一英尺[1]的银盘，距离两英里[2]远。我们可以想象，子宫就是皱巴巴的小钱包，装得下半克朗[3]硬币，也是一个静悄悄的地下山洞，深不可测，里面高低起伏，跟人的阴部一样隐秘，血色弥漫。在碰到空气之前，血液是蓝色的。女人的阴道能紧紧抓住卫生棉，还是一个像丹尼尔那样大块头的男人能够用富有弹性的肉棍随意探索的死胡同，那么，这么狭窄的通道，怎么能承受那个庞然大物？确实，对于体内的空间而言，那是比整个身体更巨大的东西，所以它在体内再也留不住了，出来以后还会不断长大。在斯蒂芬妮逐渐萎缩的意识中，脊柱就是一块平原，她直挺挺地仰面躺在床上，就像待宰的畜生，肚子马上要被剖开，腹部瘫软着朝两边张开。在绵软无力的身体中，两侧的肌肉以及裂开的骨头，像箱子的两片闸门，都在向后退缩，由此张开门户，那个东西可以畅通无阻了。来了两个护士，她们把她的双腿抬起来，往里面窥探。她们抬着她的脚快速画圈，她感到轻松了一些，但是，一个护士拍着她的脚，反复警告她不要收缩肌肉。她感到怒火中烧，对此她很惊讶。她诅咒那个把她的腿抬得那么高让她不舒服的护士马上去死。她的头左右晃动。那个东西再次冲击牢房的闸门，她想到了时间：这得拖

[1] 英制度量单位，1英尺约等于30.48厘米。

[2] 英制度量单位，1英里约等于1.6千米。

[3] 流行于欧洲的一种货币单位。

多久？她原来的想法错了，要扛过去谈何容易！那东西不断冲撞，她的脑袋一阵阵地抽搐，像要炸了。虽然她们喊着坚持住，别着急，但她发现，有一股绝望的能量为了结束这难熬的疼痛却不断加剧她的疼痛，她的肉闸门正被撕开，她大喊，大声呻吟，她失败了，她的肉体被撕裂成两半，在她湿漉漉的大腿中间，她感到有一个湿润温暖的球，还有心跳，但不是她的心跳。这感觉真是不可思议。

坚持住，她们说，她们的语气比刚才更着急，她发现此时她做得到。腥风血雨之后，终究可以回归寂静。从张开的闸门口，她们小心翼翼地转动一双弱小的肩膀，她们叫她用力，肌肉很听话，那个东西溜出来了，很小，很结实，滑溜溜，尾巴剪掉。她什么也看不见，只是感到她们的手很忙，一切都那么遥远。接着，她听到一个声音，像在大喘气，像呛着了，很稚嫩，有点沙哑，再接着，那个声音变成号啕大哭，哭声越来越响。“男孩，很可爱，”穿紫色衣服的护士说，“可爱的大男孩。”穿绿色衣服的护士用力按突然塌陷的肚皮。用力，她说。随着刚才的节奏停息，身体用尽了最后一丝力气，斯蒂芬妮听到胎盘滑了出来。小男孩又号啕大哭。妈妈越过双脚和血红的被单看到穿紫色衣服的护士一只手托着一个血淋淋的小孩子。她闭上眼睛，放松躺下，此时，她奇怪地产生了孤独感，她很惊讶自己居然会感到孤独——过了这么久，她再次只听到自己一个人的心跳。

她们把孩子抱到她跟前，他的小脖子和耷拉着的小脑袋，像乌龟头一样，露在病号服的外面，像极了她的微缩版。那个时代任何一家医院都不会立即把孩子放到妈妈的胸前。但他在她的枕头边躺了一会儿，她撑起身体，朝侧下方看，她已经筋疲力尽。

她没有指望自己会体验到“极乐”的状态。她注意到，他比预想的结实多了，同时，看到他微微抖动的嘴唇和脸颊，耷拉着的脑袋，他也比预想的更脆弱。他的皮肤黝黑，布满斑点，不少地方还沾着乳脂状的蜡和血丝。尖尖的头上搭着一层厚厚的黑发，像一张席子盖着柔软而富有弹性的头皮下顶起来的硬骨头。他的眉毛是方形的，和丹尼尔一样，他的鼻孔很小，嘴巴很大。他的拳头攥得紧紧的，还不如核桃大，耳朵卷着，挺漂亮。他和那个折腾她的东西没多少关系，不对，是一点关系也没有。正当她看着他的时候，他皱了个眉头，样子更像丹尼尔。仿佛感受到了她的注视，他睁开了墨蓝色的眼睛，目不转睛地盯着她，但目光也好似穿透她，看向她的身后。她伸出一只手指头，碰了一下他的拳头，出于原始的冲动，她让那个小拳头握住她的手指，小拳头握紧一下，接着放松，再接着又握紧。“看那边。”她对他说。他果真看了，光线从窗户射进来，越来越亮，他的眼睛看到了，她也看到了，她意识到这是来自天上的极乐之光，她不喜欢“极乐”这个说法，但那是唯一的解释。她的身体很平静，极度疲乏，正在休息，而她的心灵却自由、清澈、闪着光芒，那个男孩和他的眼睛看到了什么？极乐。光线暗淡之后，情况会不好。孩子会变。但是，此时此刻，在阳光的照耀下，她认识了他，她还认识到，她并不曾认识他，她没见过他，也没有爱过他，在这新鲜、明亮的空气中，她感受到从不曾奢望的纯粹。“你。”她对他说。他们终于在外界的空气中亲密接触，皮肤贴着皮肤。外界的空气很暖和、很明亮。“你。”

二

丹尼尔回到家。他累极了，他去学校上了一堂信仰课，还参加了花卉委员会会议。进了门，他看见妈妈和马库斯一声不吭地坐着，面对面，像两只冥府守门狗。肯定出事了。

“她走了。”他妈妈说。这像是在葬礼上说的。马库斯鼓起了勇气。

“救护车来了。早上来的。”

“她没事吧？”

“不知道。”没用的马库斯说。他被吓坏了。

“当然没事，”他妈妈说，“阵痛，完全正常。我跟她说别那么着急，但她不听。”

“怎么不叫我回来？”

“我们不知道你在哪里。”马库斯闷闷地说。

“电话号码写在厨房日历上呢。她知道的。”

“她肯定很难受。对不起。”

“根本不用那么着急，”丹尼尔的妈妈说，“头胎一般比较晚，要是结果是虚惊一场，我也不会感到惊讶。头胎没那么快。”

“我马上给医院打电话。”丹尼尔说。他看了一眼她那张沟壑纵横的胖脸，又看了看马库斯苍白乃至发黄的脸。

医院说是男孩，母子平安，一小时前刚结束。医院想联系他，但那时他肯定是在回家的路上。

丹尼尔向待在家里的人传达了这个消息。“我不是说过吗？”他妈妈说，“肯定没事。没什么好大惊小怪的。”她的话里充满了责备。

“我去医院。”

“不先吃点吗？不用那么着急，你自己要保重。”

“不用。”丹尼尔说。他没有说谢谢，因为说让他吃饭，其实是让他做饭。“你们自己照顾自己吧。”

“我能不能……”马库斯说，“我要不要……给你拿点东西？”

“我要去医院，”丹尼尔说，“我也不知道要在那里待多久。”

“不用很久，”他妈妈说，“他们不会让你待很久的。好孩子，马库斯，你煎几条香肠，拿几片面包，加一个西红柿。先给丹尼尔热一热。”

他没心情吃煎香肠和烤面包，甚至连不吃都不想说。他出去了，门砰的一声关上。“去弄吃的吧，小伙子。”他出了门，他妈妈就对马库斯说。

她们已经帮她清洗完毕，把她送到了产科病房，她穿上了自己的睡衣，她的床位在病房的中间。她们把孩子抱走了。她盖着毯子，感觉身体都变形了，但那才是真正的自我。这时候，最好是一个人待着。她的头发卷曲，贴着头皮，跟需要洗头的时候一样，生病的时候也都这样。肾上腺素消退了，或者说她的荣誉感消退了，但她还努力回忆肾上腺素激增的时刻。丹尼尔大踏步快速走进病房，而别人家的丈夫都蹑手蹑脚，走路静悄悄。他的出现让她有点迷惑，她已经逐渐适应独立女人的世界——独自承受、寡言少语、自信的日常闲聊。而他的表情充满警觉，甚至恶狠狠的。她疲惫的双眼看着他。她希望她的头发没那么恐怖。

“你还好吧？”

“好。”

“顺利吧？”

“顺利，”她环顾左右，大家都好奇地看着他们，“挺顺利的，大家都差不多，没什么。”

他想了解当时的情况。她想跟他说她看到了极乐之光。但女人们都看着，他们夫妇的谈话只能这样有一搭没一搭的。

“是男孩。”

“我知道，”他若有所思，“没人告诉我。”

“到了这里，我就不能够……”

“我知道。”

“我以为他们会……给你打电话。”

“没有。没关系。”

“没关系。她们把我的华兹华斯诗集给弄丢了。”

“我找找看。还要别的吗？”

“巧克力。甜的东西。我觉得很累。”

“我去拿来。”

他恶狠狠地看了一圈同病房的女人，好像她们不应该待在这里。她们一个个都低下头，专心干她们的编织活，或者看《妇女世界》，有些人就盯着被子。有个护士走过来，问他想不想去看他的儿子。他说想，表情仍然恶狠狠的，然后跟着她出了病房，走到一条走廊，透过玻璃，可以看到一排排婴儿床和婴儿的头，有的白，有的红，有的说不清什么颜色，反正大人有多少种颜色，婴儿也有多少种。可以听到一两个婴儿急促而单调的哭声。护士指着里面。

“那排从左边数第二个，那个就是你们的孩子。很可爱吧？”

“看不清。”

“哦……”

“看不到什么。”

“我去把他抱出来吧。”

她也很累，但她还是进去了，把那个婴儿床推出来，然后把他推进病房。斯蒂芬妮看着他，害怕认不得他，害怕欣喜中断，害怕孩子会跟刚才不一样。肯定不一样了，孩子已经用肥皂洗过了，他的头发蓬松，但那张坚定的小脸她还认得。她把注意力转移到丹尼尔身上，他正目不转睛地看着。

“很有意思，”他说，“我没想到过，我没想到过是这么个人。”

“我也是。看到他躺在另一张床上，我感到很诧异。反正，他已经来了，对吧？”

“抱起来。”

“行吗？”

“没关系。抱起来。”

她把他抱起来，温暖而湿润。他对着光线眨眨眼，两只手臂同时摇晃着伸起来。丹尼尔皱着眉头看着那张小脸。斯蒂芬妮看着丹尼尔。

“都一样，”隔壁床的产妇笑着说，“别这样，都一样 。”

“不一定吧。他没事吧？”

“没事。”

“人总是担心会出事。”

“我觉得肯定没事。”

“你怎么知道？”他说，然后回头再盯着他的儿子。

“他像你，丹尼尔。”

“唉，”他似乎并不高兴，“我像我妈妈。”

“她说你像你爸爸。”

“我太胖了，”丹尼尔说，“我一直都很胖。他挺瘦的，这个孩子。”

男婴皱了个眉头，爸爸也皱了个眉头。他问：“给他取什么名字呢？”

“威廉吧。”

“威廉？”

此前，他们提到过克里斯托弗、斯蒂芬和迈克尔。

“我是想到了华兹华斯。她们一直没有把书还给我，我一直找她们要，把她们都惹毛了，我一直惦记着华兹华斯，所以就想到了威廉。可以吗？”

“威廉，我也喜欢。”

孩子终于有了自己的名字，跟她更疏远了。

“你爸爸肯定高兴。”

她抬头看着他，满脸疑惑。

“好吧，就叫他威廉。这样，洗礼的时候就不能用比尔这个名字了。”

“哦，天哪，我没想到这个。”

丹尼尔笑了。

“丹尼尔，我怎么会这么傻？我就想着……真的，我就想着赶紧给他找个名字，这样他自己才完整，我那时碰巧就想到了华兹华斯，我也希望跟爸爸没有牵连，那是我的东西。”

“我觉得，你爸爸跟华兹华斯不一定没有牵连。”

“我不觉得。那就别叫威廉了。”

“没关系的。”

“有关系。”

“没有害处。我们就叫他威廉。你爸爸要是高兴，那就最好，真的。”

“我希望他跟人家没有关系。”她不依不饶。

他躺在被子上，跟他们是分开的，他看着他们，也许只是看到朦朦胧胧的光，也许看到了光荣的云彩从天边飘过。

“全名就叫威廉·爱德华，姓我爸爸的姓。”

“他应该有属于他自己的姓名。”

丹尼尔想了想：“巴塞罗缪，怎么样？这个姓很特别。”

“这是教堂的名字。”

“威廉是华兹华斯的名字。”

“这样他就有了社交圈，他也刚出生几小时啊。”

“人都这样。”

“没错。”

他们相视而笑。

丹尼尔打了该打的电话。第二天，比尔和温妮弗雷德带着鲜花和葡萄来了。比尔穿的外套让他显得非常瘦小，肩膀垫高了，领子把纤细的脖子包得严严实实。他们是在茶歇时间到的，婴儿床要等一会儿才能从里面推出来。玻璃窗内，孩子们都在骚动。斯蒂芬妮觉得不好意思，她的头发比前一天更像杂草，睡衣快遮不住乳房了，她的乳房胀得非常大，闪闪发光，硬邦邦，跟阿耳忒弥斯神庙的戴安娜女神一样丰满。大家小声交谈着，斯蒂芬妮跟温妮弗雷德讲述分娩的过程，包括有几个阶段、缝了几针，都是些寻常的事情。比尔看着那本丹尼尔好不容易找回来的华兹华斯诗集，翻了几页，故意装作不在乎她们在说什么。婴儿被推进来了。比尔抢先走过去，把丹尼尔的儿子抱起来。宝宝的身子挣扎着，蜷曲起来，叫了一声，像一只受到威胁的小猫。斯蒂芬妮本能地想去救，但最终还是躺下。比尔托着孩子坐下来。

“很好，”比尔说，“很好看。取名了吗？”

“威廉。威廉·爱德华·巴塞罗缪。”

比尔低头看着孩子，然后抬头看了一眼女儿，然后又低下头。他眉头紧锁，婴儿也皱起眉头，娇嫩的皮肤皱巴巴的。

“长得像波特家的人，特别是眉眼。我希望他长大以后不会像波特家的人一样固执。斯蒂芬妮，你的孩子应该不会。”

他像丹尼尔，斯蒂芬妮想说，但没说出口，因为明眼人一看就知道。比尔手里的宝宝倒是跟比尔有点神似，轮廓清晰、尖刻，甚至有点烦躁。

“肤色跟你不大一样。”温妮弗雷德小心翼翼地说。

“头发颜色会变的，”比尔说，“你懂的。新生儿的头发通常都比较黑，有些还没有头发呢。你看他的眉毛和睫毛，这里就看得出名堂。有点红。”

宝宝的脸突然收缩，变得像一块红色的补丁，正中间有一个洞，接着大哭着尖叫起来。

“给我吧。”斯蒂芬妮说着伸出双手。

比尔左右摇晃着威廉，威廉的脸变成紫色，哭声比刚才还响亮。比尔将外孙递给斯蒂芬妮，一边说：

“你不觉得他的睫毛有点红吗？”

可是，他的睫毛，漂亮可爱的小睫毛，是几乎没有颜色的，只有沾着眼泪的地方反射着光线，他的眉毛也不过是皮肤上两簇比较浓密的绒毛。

丹尼尔来了，波特家的人就走了。比尔倾身对斯蒂芬妮悄悄地说：“我很喜欢他的姓名。我感到很荣幸，也很感动。孩子，乃至孩子的孩子，代表着永恒，我完全赞成这个说法。姓名的意义可能比你想的要重大得多。”

斯蒂芬妮亲了他一口。她沉重、火辣辣的乳房摩擦着他外套上的短绒毛。

第二天，马库斯来了，这简直不可思议。

斯蒂芬妮开始觉得自己有点邋遢。她的头发都粘到一块儿了，下面有点痛，像是血渍结块了。她的肚子早就变小变空了，这时却无端显得那么肥大松垮。她往浴室走的时候，感觉到盆骨在相互摩擦，尾椎骨有点疼，乳房胀得火辣辣，周围的皮肤拉得紧绷绷。她分离出另一个自我，接受两个社交圈的牵扯，一边是病房，另一边是家庭，两边似乎都想按他们的礼节和分类对她和威廉进行塑造。

病房的问题在于，她被迫躺在床上，但又不能好好休息或者睡觉。护士会定期查房，制度严格得像在部队里。早上五点，夜班的护士就会吵闹地送来早茶，不管你想不想喝。从这时到吃早餐之前，刚上班的日班护士会闯进大家都已经睡不着的病房，取走便盆，给她们洗脸，叫她们给婴儿喂奶。早餐之后，她们回来换床单，用放了滴露的热水给她们洗阴部，然后给婴儿洗澡。晚上又因为喂奶，从育婴室传来一连串哭声，护士们叽叽喳喳地商量怎么对付睡得太沉而不起床喝奶的婴儿，更糟糕的是，有些孩子不仅不吃，还会吐掉奶嘴，号啕大哭。

护士既会减轻也会加剧新生儿与生俱来的恐惧或者大人对新生儿的担心。她们之所以能减轻恐惧或者担心，是因为她们总是能够将滑溜溜而且不安分的小家伙利索地用合身的衣服捆起来，不需要用别针——如果用别针，就可能扎到凸起来的肚脐。她们可以将柔软而又好动的手臂用绒布带子固定住。动弹不得的宝宝果真比较老实，也有了安全感，对于他们而言，自由会产生恐慌。护士能够帮忙通气，避免腹胀。护士能够将一团黏糊糊、气味难闻的肉团转变成香喷喷的木乃伊。

但是，她们满嘴都是规定和道德术语。每次给婴儿喂奶必须是十分钟，不能多也不能少，太多的话妈妈的奶头会痛，太少的话婴儿学不会。护士们抓起这些无力反抗的小人，拍拍脸颊，强行将婴儿的嘴凑到妈妈的奶头上，像放水蛭一样，然后按摩妈妈奶头周围的一圈，就像在训练小狗或者小猫。没有积极响应的婴儿会被骂懒惰，如果有小孩频繁要吃奶，或者喜欢在妈妈的怀抱里睡觉，就属于被宠坏的。护士还会发出可怕的警告，说别让这些无用的人渣成了母亲们的主宰。护士并不把婴儿当人看。在凌晨两点落到护士手里的威廉眼里，根本没有神秘可言，只有动物的虚无、动物的贪婪和动物的恐惧。

与精力过剩的护士正好相反，妈妈们都很懒散。走近护士，就可以闻到婴儿爽身粉的气味和浓重的外科消毒液的气味，而在妈妈们的身上，只有经血、香烟、香味滑石粉和馊奶水的气味，她们的喂奶乳罩被奶水浸透，凝结得硬邦邦。

斯蒂芬妮走进盥洗室的时候，里面总站着两三个人，她们的手肘支在卫生焚烧炉上，嘴上叼着香烟，唇膏斑驳，赘肉从劣质尼龙病号服的纽扣之间顶出来。她们披散着头发，神情轻松，无尽地讨论谁手术失败了，谁难产死掉了，充满恐惧又幸灾乐祸，描绘得太过有声有色，甚至有些话在酒吧里说都是不妥的。

碰巧，因为地理关系，这些妈妈大多数是卡尔弗利监狱看守的老婆。她们的老公在探望时间成群结队来到医院，个个大步流星，别在腰上的钥匙串叮叮当当。这些人的老婆相互之间也喜欢交流暴力事件，而那个封闭世界里难以名状的暴力，让本来就被医疗事故吓坏了的人们更是心神不宁。这些女人都怨恨男人。她们此时此刻之所以难受，之所以尊严扫地，都是男人造成的。她们纷纷控诉自家的男人逼迫她们"做"了什么，很满意眼下至少有一段时间不用被逼着"做"更多。她们都是生儿育女的受害者，个别愿意母乳喂养的人，都是以为这样就可以不至于很快又怀孕。

作为牧师的妻子，斯蒂芬妮只跟几个比较安静的人说话，这些人也都是伤心人，有一个妈妈，她的孩子坚决不进食，还有一个女孩生了个死胎，然后就一个人住在这里，没有人来看望过她，不过护士也叫她"妈妈"。

她自己的妈妈也很安静，她一个人来的时候，斯蒂芬妮问："你不想抱抱他吗？"她发现，温妮弗雷德只是默默地看着比尔抱着威廉摇晃，自己却没有想去碰他一下的意思。听到斯蒂芬妮这样说，温妮弗雷德犹犹豫豫但手法熟练地把小孩抱起来，拥在自己怀里，用一根纤细的手指碰了一下他的脸颊、手和脚。他睡得很香。斯蒂芬妮记不得她小时候妈妈有没有在他们面前笑过。她好像也没有陪他们玩过，但她的确教导过她们，一方面是出于做母亲的责任，另一方面也是她自己愿意。如今，看到她抱着威廉的样子，她明白了什么叫温柔稳重，什么叫全心全意。她本想叫她淡定。温妮弗雷德稳重，不等于她很淡定。她始终都很“稳重”，即使心里充满恐惧。此时此刻，她怀抱着孩子，但心里还是既充满了慈爱，也充斥着恐惧。她害怕什么？害怕比尔？斯蒂芬妮觉得应该是比尔，但她意识到，妈妈一直生活在恐惧的阴影中，在嫁给比尔之前，阴影早已存在。有一部分是社交恐惧，在这次圣诞聚会的时候，斯蒂芬妮就体察到了母亲细微、琐碎的恐惧，她由此想到了《弗洛斯河上的磨坊》里面关于中低阶层社会形态的描写。应该不止于此，也不仅是害怕希特勒，当然，希特勒在她幼小的心灵里种下了恐惧的阴影。（她不止一次梦到比尔和温妮弗雷德掉到坑里，坑上面有一个疯子，个头不大，留着一撮胡子，气急败坏地说了一通外国话，同时挥舞着劈刀。她在梦里就意识到，她的天然保护者也自身难保。）斯蒂芬妮觉得，温妮弗雷德对生活不怀多少期待，甚至几乎没有指望。这是为什么呢？

“他在你怀里很舒服。”

“应该的。我很熟练。他还这么小，很容易受到惊吓，你说呢？那么脆弱。”

“他会哭闹。”

“常闹吗？”

“不算，不像别的小孩那么爱闹。他好像很懂事，喂奶很顺当。”

“马库斯也不闹。他小时候很文静。文静恐怕不是什么好事。”

“也许他爱哭爱闹的话反而好了。”

“也许吧。”

温妮弗雷德可能又要胡思乱想，她总觉得她为儿子做的所有事情都是错的。她太爱他了，这肯定是错的。她一只手摸着威廉头上松松垮垮的皮肤说：

“我一直在问自己，要是当初做了相反的事情，结果会怎么样？”

不要这样。斯蒂芬妮心里想。“人该是什么样的就是什么样的。我不相信父母能让孩子变了样。马库斯爱数学，那是谁的功劳？”

“要是比尔让他专心搞他的数学就好了。”

“也许吧。但是，数学很深奥，搞数学的人都很古怪。你明白我的意思吧？”

“马库斯也很古怪。”

“没错。”

“斯蒂芬妮，他以后的日子怎么办？”

斯蒂芬妮没有回答这个问题，因为她突然看到了马库斯，他悄悄地出现在床的另一边。

他穿着防水校服，这件已经偏小了，手里拎着一个皱巴巴的纸包。他朝床走了一步，又后退了一步，低着头，所以，斯蒂芬妮看不到他的表情，只能看到他的眼镜反射着光芒。

温妮弗雷德一下子僵住了。斯蒂芬妮说：

“找个地方坐吧，马库斯。门边有椅子。坐下吧。”

“没事。”

“你这样站着我不舒服。”

马库斯走向门边，抱着一把金属椅子回来，放到地上，椅子有点晃。他和他妈妈之间隔着斯蒂芬妮和她的床。

“你看，”斯蒂芬妮说，“宝宝在这儿。他叫威廉·爱德华·巴塞罗缪。”

温妮弗雷德让宝宝对着他，把遮住脸的小被子拉下来。

“他……这么小！”

“够大了。”斯蒂芬妮说。

马库斯又站起来，别扭地伸出一只手指，碰了一下宝宝的小脸蛋。

“有点凉。”

“婴儿的皮肤总是比我们凉一些。”

“他……挺好的吧？”

“很好。”斯蒂芬妮说。这时，有一股伤感油然而生。她看看温妮弗雷德，再看看马库斯，再看看威廉。都是软弱的波特家人。马库斯正好与温妮弗雷德四目相对，他们的眼神之中充满恐惧。

“你还好吧，马库斯？”温妮弗雷德问。

“挺好的，”马库斯轻声说，“真的，我挺好。”

温妮弗雷德出乎意料地把孩子递过来。

“抱抱吧，你的外甥。”

马库斯的头和脖子几乎要缩到衣服里面，手在身体周围乱甩。

“哦，不行。我可能不小心摔了他，有可能……”

他没有具体说他可能怎么样。

但他们所有人，包括丹尼尔、斯蒂芬妮和温妮弗雷德，都害怕马库斯和孩子接触。他们有一种原始的感觉，他可能像害人精故意捉弄威廉，也有可能将他的恐惧传染给他。

“还给我吧。”斯蒂芬妮语气强烈地说。

温妮弗雷德很听话，马上把宝宝还给了她，似乎他跟她在一起也不那么安全。

马库斯同样担心。跟丹尼尔一样，他也担心威廉会出什么事，但他的担心不像丹尼尔那样明确。他刚才走进病房的时候，就透过育婴室的玻璃瞄了几眼，看到一个个小家伙躺在婴儿床里，有的盖着粉红色或者蓝色的被子，他受到很大的震撼。有些小家伙醒了，正号啕大哭，稚嫩的皮肤下面有些地方是深玫瑰色，有些地方是蓝灰色，相反，睡得正香的小宝宝则没有多少血色，被捆得紧紧的，像死了一样。他就是有这样不祥的感觉。反正，这些不知道是谁家的孩子让他感到了恐慌。

因此，看到在他亲妈怀里的这个孩子，他心里更是不安。第一眼看到妈妈，她显得很高兴，很平静。她的脸上流露着关心，十分亲切，但是，他想到了自己，明白那种关爱根本挡不住风暴。他感到恐惧，替那个孩子感到恐惧。

斯蒂芬妮把宝宝放到床上，解开包住他的衣服。他睁开深灰色的眼睛。

“他能看见我吗？”

“人家说看不见。都说前几个星期不能聚焦，眼睛肌肉还没有发育好。我觉得不对。我觉得他看得见我。在临床条件下，我觉得心理学家无法判断他能看见什么。”

马库斯胆怯地将脸凑到那双深灰色的眼睛前。

“我以前也觉得你看得见我。”温妮弗雷德轻柔地对他说。

“我肯定能。”他说。他斩钉截铁的语气让她吓一跳。

“他现在看见了也记不住。”斯蒂芬妮说，“我的第一记忆，是有一次我腿受伤流了血，被叫到浴室里清洗，到处是血和清水，然后涂了黄色的碘酒。妈妈，你还记得吗？那些颜色我都记得，还有各种气味，血的气味、碘酒的气味、清水的气味。我还记得镜子闪闪发光，我听到有人在哭，一直在哭，后来我意识到，那个人就是我。再后来我就记不住了。”

“膝盖上破了几个口子。”温妮弗雷德说。

“马库斯，你最早的记忆是什么？”斯蒂芬妮语气平稳正常。

“我想应该是婴儿车吧。我脑子里闪过的是一束方形的白光，三面有黑色的条框，方形的白光中有一个东西，可能不止一个东西在摇曳。我躺着，看着长条形的东西在挥舞，像鞭子，也像连绵的海浪，我想，其实也不是我想，是自然而然的感觉——我怎么可能想到后来有什么呢——感觉那一刻就是永远，一辈子都那样。我说不明白。”

“我常把你放在白蜡树下睡觉。”

“穿蓝色编织外套，戴帽子，”斯蒂芬妮说，“帽子上有很大的珍珠纽扣。”

“可能就是那棵树，”马库斯说，“可能眼睛还没聚焦。”

“我喜欢那棵树。”斯蒂芬妮说。

他们都记得，但也都没说，比尔花了几个周末的时间砍掉了那棵白蜡树，那是一株野蛮生长的树，长得很快，太大了，把整个院子都遮住了。

马库斯和温妮弗雷德一起走了。出了医院，他们肩并肩站了一会儿，都没说话。温妮弗雷德已经习惯了沉默，此时，不管是想把儿子留住还是打发走，她都说不出一句话来。

“嗯……”她说。

“嗯……”他说。

“马库斯……”

他正面看着她，眼光很柔和，也含着一些无奈。他有点变化，她看得出来，他在乎她，又不知道该怎么办，那都是长期的恐惧导致的。

“你有什么想法？马库斯……你准备怎么办？”

“我想想，我知道，我必须……总要想个办法。”

她很想喊“回家吧”，如果他质问为什么，她就说“从头开始吧”。可是，她心中充满疑虑，恐惧又在她心里浮现。如果她这样喊出来，他会真的跟她回家，他很乐意回家，他现在很不开心，对前途非常担心。但是，她害怕会伤害他，会把他吓坏，她害怕好心办坏事。

“罗斯先生怎么说？”

“他说我需要有事干。他说我可以在医院图书馆找活干，比如推手推车。”

“这样有好处？”她顺着他说。

“不知道。我不喜欢医院。都很无聊。”

“马库斯，我……”

“再见吧，下次再说。”他说完一闪身就走了。她没有叫他回来。

丹尼尔带他妈妈来看小孩。在她肥胖的手上，婴儿又发生了变化，还不是丹尼尔，但也是婴儿版的丹尼尔，无用版丹尼尔，有可塑性，很贪婪。斯蒂芬妮身体虚弱，还有一点产后抑郁，所以显得不是很开心。如果波特家的人让她觉得威廉只是复杂而且可能是劣质的基因链的一环，那么将孩子紧紧抱在汹涌澎湃的胸前的奥顿太太则让她觉得他并不是她身上掉下来的肉。奥顿太太亲着他，不过更像是在大声地啃他，吮吸他。他悬空的头不停地晃。他马上要消失了，像刚出锅的美餐，马上要进入她的肚子。

丹尼尔说：“他好像不大舒服，妈妈。放下来吧。”

“胡说。他很高兴。对不对，我的宝贝？”

斯蒂芬妮泪眼蒙眬。

几天之后，她抱着他，非常敏感地嗅着、摸着和舔着，辨别他身上的味道，毕竟他从一双手转到另一双手，经历了不短的旅途。孩子的气味是被辨识的标志之一。在大风刮过的山坡上，迷路的羔羊四处着急地叫着，而傻乎乎的绵羊妈妈披着厚厚的毛，尖而硬的鼻子凑到周围羔羊的身上，一只只地推开，然后继续寻找。识别羔羊，看的不是脸。人也一样。婴儿虽然洗过，但柔软的头上总有一股麦芽饼干的气息。

经过了一天的探望，威廉的情况有点混乱。他身上的汗是别人的汗，别人再三摸过的尿布是湿的。他变得绵软无力，不怎么动弹。他的气味跟别人的气味串了，在他身上可以闻到山谷百合的甜香，也可以闻到香烟的气味。有一天，他的眉毛上方还沾着人家的唇膏，樱桃色的。斯蒂芬妮把他放在床上，准备给他换白色的纱尿布，她默默哭泣，泪水滴到了他光滑的脸颊上。这很正常。她解开他的小睡袍，把他抱起来，他发出一点声音，像是在说话，好像很满意，但绝对不是在抱怨。她透过泪花看着他，在床头灯光的照射下还有一点彩虹的光晕。她恢复了镇定。丹尼尔带来了春天的花，有淡紫蓝色、黄色条纹的荷兰鸢尾，也有金黄色的水仙花。护士会把它们拿走，但没那么快。鲜花的香气柔和，带有泥土气息，即使混在消毒水和人工香水的气味中仍然闻得到。花茎是淡绿色的球体，叶子坚挺，像从花瓶里冒出来的尖刺。

孩子睁开眼睛，他的头左右转动，他看见了光线。他好像是隔着水看到了光线，也可以说他看到了作为半透明媒介的浑浊空气，而他看到的光线，主要是一些彩色的条纹，有淡紫色的（荷兰鸢尾）和金黄色的（水仙花）。光线就像他所处空间的封闭式屋顶，而屋顶之上有清晰的金黄色。在中间层，他可以看到多种颜色不停流动，紫色之上有金黄色，金黄色之上还有紫色。

他转过头，在光辉之中，他可以看到两个淡色的影子，形状不停变换，而后面还有第三个影子。这些影子都罩着他，向他靠拢，越来越大，越来越柔和，颜色越来越像奶油，他可以感受到温暖，那是他妈妈的脸，以及他妈妈的脸散发出来的热气，脸的周围是更明亮的黄色，那是她的头发，头发的后面有层层叠叠移动的光圈，那是台灯的光芒，这些光圈也不停变换位置，然而始终在他的空间里保持着固定的形状。一切都是新鲜的，但他太小，还不会感到惊讶，也还没有学会衡量快感。

因为他眼里含着泪水，所以蒙眬间，他所看到的光线是暖色调的，糅合着花散发的柔和，虽然说不明白他是否会把温暖和光线联系在一起，但对他而言，温暖是必需的，光线是新奇的。他看到的光线颗粒中融合了花的颜色，包括紫红色、淡紫色、钴色、柠檬色、白金色、硫黄色和铬色，当然，他也无法对这些颜色加以分辨，毕竟他看不见荷兰鸢尾的花骨朵和金黄水仙花的喇叭口。

他还不懂得打比方，如果他能打比方，他就可以说，他所看到的闪光颗粒就像层层叠叠透明的鱼鳞片，或者也可以说像精致的羽毛，向后延伸成为闪亮的翎毛，或者也可以说像摇曳的烛光。如果他专注地看着中间那个乳白色的影子，也就是他妈妈的那张脸，那么，光线颗粒就不再流动着从他身边淌过，而是以某处为中心螺旋式散开，有时像同一个温暖的中心射出的光线或者火焰，有时像被磁铁吸引住的针，花瓣一般围绕某个中心。实际上，所谓的中心就是她的头发、眼睛和嘴巴所形成的金黄色和紫色的影子。他可以说，那张圆形的脸像太阳或者月亮，照亮彩色的空气，但是，他不懂几何，没有圆的概念，没有见识过世界，不知道有太阳、月亮和星星的存在。他原来只看到羊水，没有光线，而如今他看到了光线。谁能说掌管视觉的大脑神经在光线涌现之前没有预先的准备和期待？

艺术不在于新生儿纯真的眼光，况且，所谓纯真的眼光是难以捉摸的。创新并不在于摆脱习得的框架和体系，更在于利用已经习得的符号以及对相互关系的认知，对所见所闻加以重新辨别，从而产生新鲜的感知。我知道，小说可以通过新生儿纯真的视角来写，不用借鉴别人的思想，也不必理会明喻或者隐喻。然而，这是不可能的，人的思想不可能完全摆脱约定俗成的认知，通常会顺着已习得的认知模式思考和认识世界。当我们观察世界时，我们都已重塑了我们所看到的世界。威廉还做不到重塑世界，因为他是新生儿，完全不了解既有的框架和体系，目前，他还无法脱离他的妈妈。他要先认识事物，然后才会辨别颜色，少儿有一定的颜色辨别能力，但是，他们经常用“蓝色”指代除了红色之外的所有颜色。

再往后，我们才会辨别颜色的细微差异，才会懂得不同颜色的名称，例如紫红色、淡紫色、钴色、柠檬色、白金色、硫黄色和铬色，能够细分颜色和名称都能令人喜出望外。所有沟通都是不完整的，我知道，对于一些读者而言，这些词汇会唤起清晰的意象，他们会感受到紫色和金黄色，别的读者就不行。没有两个人会看到同一朵鸢尾花。然而，丹尼尔、威廉和斯蒂芬妮都看到了同一朵鸢尾花。

即使是新生儿，他们纯粹的双眼也不只接收光线，他们的大脑还会下达其他命令。不论我们是多么被动的旁观者，不论我们多么相信诗人客观的文笔，我们对外部世界的描述，我们的世界观，总会融合本能和自我的成分。凡·高不是幼稚单纯的画家。他需要掌握各种颜料和几何图形，了解各种颜色关系和光线作用。为了画阿尔勒的播种者和圣雷米的收割者，在思考紫色和金黄色之间的互补关系的时候，他很担心掉进颜色的形而上学。他的画笔之下粗糙而又复杂的世界，或者他通过图形体现出来的世界观，充满了原始的冲动。

1889年9月，他写道：

“画笔和画布的碰撞是多么神奇的事情啊！

“在野外，吹着风，晒着太阳，面对好奇的围观者，你要专心去工作，在画布上填满各种颜色。不过，就在此时，你会捕捉到最真实、最本质的东西，那是极难做到的。过后，你会进行反思，按事物的规律重新安排笔画，当然是要处理得更加和谐、更加好看，为此，你要加入你对隐忍和激情的理解。”

（其实，他始终追求隐忍和激情并行，大部分都不是后来才加上的。）

《播种者》中的笔画大部分属于铺贴手法，天空在后退延展，紫色的土沟似乎也在逃离金色的太阳。播种者播撒的金黄色种子，是黎明中黑色的土块上重复的厚重的笔触，它们是光线在实物上移动的体现，是人眼目光捕捉的场景。在《收割者》中，凡·高后期的旋涡手法无处不在，扭扭曲曲地将炽热的玉米地、蓝色的人形、紫色的山峦和绿色的空气联结成为一个有机整体的意象。他有一幅自画像，笔画以两只眼睛为中心向外辐射，而他的两只眼睛就像两个一模一样的太阳。那是新奇的，是新生儿的纯粹，对立面则是熟悉的，经过深思熟虑、经过塑造的。

8

在花季少年光芒下[1]（一）

那时，纽纳姆学院还不在剑桥大学内，但是离得不远。学院内的布局，荷兰式的红砖山墙、走廊、楼梯，结实的栏杆和带顶棚的阁楼等，都营造出乡村别墅的舒适氛围。学院内还有一座花园，园内开满了玫瑰，四周长满了草本植物，还有一片茂密的灌木林和池塘。弗雷德丽卡的房间简约而不失淑女气质，可以俯瞰这座花园。弗雷德丽卡得知纽纳姆学院成员基本都是不可知论者，非常高兴，尽管她对女性争取权利的斗争一无所知，对于学生被强行授予神职而感到的焦虑一无所知，对于涉及上帝的原则之争以及对于教堂和大学的关系，她也都一无所知，而教堂和大学的关系曾经都是西奇威克等创始人的立校思想基础。20世纪70年代重回纽汉姆的时候，弗雷德丽卡才发觉这里环境优美，规模适中，富有人文气息。

[1] 此标题暗隐普鲁斯特《追忆似水年华》第二卷《在少女们身旁》（À l'Ombre des Jeunes Filles en Fleurs），标题翻译参考徐和谨译本的译名“在花季少女倩影下”。

1954年人们掀起了一场反对维多利亚时代事物的运动，可能乔治·艾略特的作品除外。剑桥的利维斯博士是这场运动的鼓吹者，他认为特罗洛普[43]和狄更斯的作品不值得仔细推敲，也赞同艾略特对丁尼生[44]和勃朗宁[45]的描述，认为这些诗人的思想没有价值，或者说根本就没有思想，他们表达的情感也毫无意义。那一年，政府采取了强有力的行动，拆除了维多利亚时代的火车站，红色的尖塔和炮塔一去不复还。阿尔伯特纪念碑遭到野蛮的嘲弄，只有乔治王朝整齐划一的排屋才是“美”。未来必将属于勒·柯布西耶[46]的简约主义，简朴有序。卡尔弗利村外拔地而起的高层公寓让弗雷德丽卡兴奋不已，对她而言，那意味着更精彩、更自由的生活。纽纳姆学院的建筑很土气，仿中世纪风格的拱门尤其讨厌。弗雷德丽卡想到了她父亲工作的地方：里思布莱斯福德学校。这所中学也是不可知论者的聚集地，培养了一大批与社会格格不入的人。温和乃至女性的气质使得纽纳姆和剑桥格格不入。但是，这里弥漫着维多利亚时代的气息，除了大部头小说，桌腿都穿着“裙子”，学院给学生安排了监护人，鼓吹富有责任感和体面的行为举止，这是对学生的极大限制。这是喝热可可、吃烤松饼和喝下午茶的好地方。弗雷德丽卡渴望酒精，渴望争吵，渴望性。

她坐在整洁的床上，脑子里想的不是如何去装饰，而是怎样去抵消周围的“美”。她随意铺了几块质量一般但色彩鲜艳的布。要不要弄个时髦的灯罩？雕塑呢？她拿出一个黄色的锡盘，上面放了几个产自瓦洛里的黑色杯子，还有一张几个人的合影。照片上有的人穿着鲸骨衬裙搭配紧身衣和紧身裤，有的穿着衬衣和法兰绒裤子，当时，他们正穿过刚修剪的紫杉林，在罗伊斯顿的老巷子里漫步。

第一年，弗雷德丽卡觉得剑桥是一座到处都是年轻人的花园。她了解到这里的男女比是十一比一（她还不知道其中包括很多服务换膳食的女孩，另外阿登布鲁克医院也有很多女护士）。弗雷德丽卡认为早年生活枯燥的主要原因在于缺少男人。尽管之前她一直住在一所男校的附近，或许是因为她父亲管教严厉，或许是因为自己咄咄逼人，身边的男孩都是那么无趣。但是，剑桥的男孩应该聪明又有趣，能够令她折服。他们或许能成为她的朋友。她属于这里。

她爱过亚历山大，也和埃德蒙·威尔基上过床，但她对大多数人的生活方式一无所知，也不知道如何区分年轻男人。她不知道用什么标准给他们归类。有一段时间，她就像南美区分奶牛的颜色一样，区分男人的标准非常简单，就看是否聪明和是否好看。当然，在这个方面，她与很多同龄人不同，特别是初入社交界或者常出现在报纸八卦专栏的上流女子，她们经验丰富，对她们而言，对于行为、外貌和出身的判断和描述简直信手拈来。弗雷德丽卡一直希望自己有一定的审美意识，但她知道自己没有，目前还没有。她对于举止礼仪的认知主要来自简·奥斯汀[47]、特罗洛普、福斯特[48]、罗莎蒙德·莱曼[49]、安吉拉·蒂克尔、伊夫林·沃[50]、劳伦斯以及其他许多有用或无用的书本。她对剑桥的印象有一部分来自斯蒂芬妮（不过在她的嘴里文学比生活多得多），有一部分来自威尔基和他女朋友的聊天。除了这些，最主要的是对剑桥生活场景的两段描述，这两段描述相互矛盾，但又紧密关联。根据《最漫长的旅程》的描绘，智慧和牛可以在安塞尔的剑桥和谐共处，一定程度上甚至融为一体（丁尼生和勃朗宁不这么认为）。在《含糊的答案》中的剑桥，女性的情感被绝望地压抑，而金发的年轻男人则无忧无虑地享受着大好时光。剑桥是一座用语言堆砌的城市，被闪闪发光的文字包裹着，见证了语言发展的历史。每次从国王学院回来，穿过剑桥的路上见到牛群时，弗雷德丽卡都会听到"牛就在那儿。那头牛，它就在那里。不论我在剑桥还是在冰岛，还是死了，那头牛依然在那儿……"这就是哲学。他们在讨论物体的存在问题。同样，在三一学院的大庭院，她会听到"三一学院在阳光下为年轻人哀悼"，等等。

其实，哀悼年轻人比谈论牛更不真实，最先被哀悼的人依然愉快地漫步剑桥，依然在谈论着牛、年轻人、文学和剑桥。

第一个星期，两名年轻男子邀请弗雷德丽卡去喝茶。一个叫艾伦·梅尔维尔，一个叫托尼·沃森。他们告诉弗雷德丽卡，埃德蒙·威尔基说她十分有趣，值得一见。两个年轻人在艺术大剧院后面的匹斯希尔青年旅馆招待了她。那是一间被刷成棕色的房间，弥漫着实用主义的气息，混杂着陈年咖啡粉、烟草的气味，人们都穿着运动衫。他们十分自信，毫不造作，弗雷德丽卡还花了点时间去研究他们的其他特点，努力将他们归类。他们提起包裹着编织套的棕色茶壶，用厚厚的白色马克杯给她倒了一杯浓茶，然后再请她吃面包、果酱和水果蛋糕。艾伦身材瘦小，金发碧眼，说话带着苏格兰口音，身穿一件海军蓝无袖套头衫，里面是一件维耶勒法兰绒衬衫。托尼一头卷发，肤色黝黑，身材魁梧，穿着一件斜纹花式的铁锈色翻领衫。这衣服一看就是家里织的，至少是手工织的。两人都穿着松松垮垮的灯芯绒裤子。艾伦在圣迈克尔学院读现代语言学，托尼在国王学院学英语。这一次，弗雷德丽卡还没有意识到他们在哪里上学的重要性，也没有意识到是否服过兵役的重要性。她只知道他们是二年级的学生，并为校报撰稿。上过光漆的奶油色墙壁有烟熏过的痕迹，墙上挂着许多女孩的照片，有的坐在平底船上，有的骑着自行车，长袍高高飘起，有的躺在草地上，有的凝视着被手电筒照得特别亮的酒杯。他们说他们想写一篇文章登在小报上介绍弗雷德丽卡。威尔基向他们介绍过她在《阿斯翠亚》剧中的表演以及她的学术天赋。写一篇文章介绍一位有趣的新生可以吗？艾伦照片拍得很好，这一点显而易见。弗雷德丽卡愿意吗？

她当然愿意。这可能是一个幸运的开始，也可能不是。

弗雷德丽卡对他们很有好感。他们一起到咖啡吧，用很浅的小玻璃杯，喝了好几品脱特浓咖啡。他们又辗转了好几个酒吧，他们喝啤酒，弗雷德丽卡喝苹果汁。托尼擅长识别啤酒的品种。弗雷德丽卡对啤酒喜欢不起来，尽管在这种场合下更适宜喝啤酒。温热、苦涩的啤酒喝进肚子，她会感觉有点晕，甚至有点冷。他们问了她对一些事情的看法，弗雷德丽卡也被他们的兴趣所感染，表达了自己的主张，还说了一些没有经过深思熟虑或者根本没有经过大脑的看法。有时，他们会把她说的话记录下来，有时又放下笔，仔细聆听。弗雷德丽卡认为他们俩都“长得还行”（“英俊”“帅气”“出众”“优雅”和“迷人”等形容词也归于这一类），也“挺聪明”（与“充满智慧”“机敏灵巧”“思维敏捷”“博学多才”和“明察秋毫”等有所不同）。聪明是剑桥的口头禅，也是弗雷德丽卡从前的老师对她的评价，她的考试总是得高分。“聪明”包含着机敏和敏锐等深层含义，超越“智力”的范畴。谈及劳伦斯，托尼盛赞他的正直、智慧（与布卢姆茨伯里团体[1]所谓的“才华”有所不同）和远见。这有点像弗雷德丽卡父亲的思维模式和道德规范。她过了很久才发现，来自苏格兰的艾伦是一位杰出的中世纪史研究家，不仅是乔叟[51]著作和民谣的研究者，还是欧洲绘画和雕塑研究者。他对刘易斯·格拉西克·吉本[52]和詹姆斯·霍格[53]也十分了解，而弗雷德丽卡却从来没有听说过这些名字。他们说他们都是社会主义者，支持拉斯金和威廉·莫里斯[54]的理念，而弗雷德丽卡对这两人同样也是一无所知。弗雷德丽卡以为所有的正派人都会投票给工党，如今看来，工党实际得到的票数肯定没有那么多。她还错误地认为，他们都和她一样来自中下阶层的正统家庭。

他们在校报发表的文章用了“强势一年级女生弗雷德丽卡”的标题，还附有艾伦拍的两张照片。有一张是在纽纳姆大门口拍的，弗雷德丽卡穿

[1] 布卢姆茨伯里团体（the Bloomsbury Group）是一个英国20世纪初号称“无限灵感，无限激情，无限才华”知识分子的小团体。这个小团体以其自成体系的审美，在当时的英国独树一帜。团体成员中多知名的画家、艺术家、作家、历史学家、经济学家等。

着长袍，扛着书，愁眉苦脸（其实是阳光晃了她的眼）；在另一张照片中，她蜷缩在托尼家的皮质沙发椅上，穿着紧身毛衣、紧身裤，脚踩黑色小拖鞋，一只手放在臀部，一只手撑着下巴。第一张照片表情生硬，充满轻蔑，第二张则散发着青春的气息，富有挑逗意味。

文章有几个小标题，分别是“弗雷德丽卡谈剑桥女性”“弗雷德丽卡谈表演”“弗雷德丽卡谈性”。

这更像是《每日快报》的八卦专栏（弗雷德丽卡从未读过），而非托尼所谓的严肃新闻。

关于剑桥女性，弗雷德丽卡说，剑桥是一个婚姻市场，女性不如男性有抱负和进取精神，聪明的女孩很难拥有真正的女人味。

关于表演，弗雷德丽卡略有点自负地表示，她想尝试一下麦克白夫人、埃及艳后和圣女贞德这些要求很高的角色。提到在《阿斯翠亚》中扮演伊丽莎白这个角色，她说虽然这是一个绝佳的机会，但她不确定诗剧是否代表着英国戏剧的未来，毕竟演出基本是静态的。亚历山大·韦德伯恩是个了不起的人，她很高兴地透露，他的下一部戏剧将与《阿斯翠亚》时期的作品截然不同。《阿斯翠亚》的表演非常有趣，每个人都在其中得以放松。

关于性，弗雷德丽卡说，有效的避孕措施肯定会淡化关于贞操、忠贞的观念，特别是对女性而言。

对于未来，弗雷德丽卡希望成为一名成功的演员，结识真正有趣的人，她想在伦敦从事艺术工作，她不要教书。她刚走出学校，再也不想回去了。她想嫁给一个教授，或者一个在严肃剧院里工作的人，记者也行。她还希望能在剑桥的荣誉学位考试中取得好成绩，但工作并不是她来剑桥的主要原因。

读到这篇文章后，作为精明的文学批评者，弗雷德丽卡先是感到沮丧，然后愤怒，最后惊慌失措。在文章中，她说话的语气令人讨厌，骄傲自满，她说的都是大学生的陈词滥调。在她的一生中，这样的公开出丑不是第一次，也不是最后一次，但是，这次恰巧在她特别脆弱的时候，而这里的一切都将在众目睽睽之下，受到极其犀利的评判。她想哭，眼睛一热，眼圈发红；她抹掉了睫毛膏。她想骑上自行车去向托尼和艾伦表达她的愤慨，指责他们利用和嘲笑了她。可是，弗雷德丽卡想到了乔吉特·海尔[55]小说中的花花公子博·布鲁梅尔，在小说中，尴尬的女主角从来都不承认错误。她有多粗俗，自己就有多粗俗。她所说的言论这部小说里都有，除了说她想嫁给一个记者，其实她并不愿意。有几句更傻的话，像女人与婚姻市场等，都是埃德蒙·威尔基的女朋友卡罗琳说过的，她本想表现一点剑桥的腔调，可是，她现在后悔不已。

她想到了艾伦和托尼。他们的粗俗行为，也包括她自己的粗俗表现，是无意的吗？是邪恶的吗？她喜欢他们，原以为他们也喜欢她。显然，不知怎么的，她把他们惹毛了。她很难相信他们的本意就是来摧毁她的，跟她最初假想的一样。弗雷德丽卡仔细思考了一番，要求他们的报道都实事求是，不应该表现弗雷德丽卡在谈及莫里斯或劳伦斯时的激动之情，以及艾伦向她展示15世纪法国象牙圣母像明信片时她被打动的神情，那是不明智的。她本人也粗俗、聪明、傲慢，又有些胆怯，说话时语气不够确定，尽管她没有恶意。她本以为他们和她一样复杂。她不希望将他们简单化，也许他们对她也是一样。

弗雷德丽卡还想，我没有那么坏。有些事情是别人写出来的，关于我本人，甚至是我说的那些话，本有可能都不是陈词滥调。

然而，这篇文章对弗雷德丽卡在剑桥的生活产生了长期的不良影响。有些被她忽视了，有些她从来不知道，有些她不承认与此有关。

最直接的影响就是她很难交到女性朋友。她从未觉得结交女性朋友是简单的事情，在她的印象中，女性只有两类，一类是学生，另一类是社交圈的上流女性。弗雷德丽卡和一位非常害羞内向的年轻女孩归同一个导师管。这个女孩醉心学术，她毕业于一所不那么有学术氛围的学校。她觉得自己没有伴，也不可能找到伴，于是接受了孤独。纽纳姆学院的教授曾经希望弗雷德丽卡能帮这个女孩走出阴影。他们也许对斯蒂芬妮的印象太深刻，被误导了。弗雷德丽卡没有理睬这个女孩，这可惹恼了教授们。教授们随后注意到了校报上的文章，尤其是弗雷德丽卡对性的看法。于是，他们对待弗雷德丽卡的态度既谨慎又冷漠。弗雷德丽卡向来喜欢和老师对着干，并不觉得有什么不对劲。

男人不一样。因这篇文章而厌恶她的人，她都没有认识过。她认为，这里还有很多人。剑桥由许多小世界组成，有些相互关联，有些部分重合，有些则几乎完全封闭。一个女人，尤其是一个因对性持有新奇想法而臭名昭著的女人，可以在这些小世界之间任意穿梭，这可比男人容易多了。然而，她与艾伦和托尼的友情必然要受到影响。但是，弗雷德丽卡渴望多样性。她精力充沛，时刻准备付出代价。

有一件事她最终没有做成，那就是进入剑桥的戏剧界，这是她最初的梦想。这是一个封闭的小世界，里面的人永远那么激动兴奋，对未来雄心勃勃，号称要呈现现实世界或部分现实世界。他们知道自己在做什么、在想什么，他们态度开放又温暖，每隔一句话就会提到“亲爱的”和“爱”。弗雷德丽卡参加了业余剧团的试验，朗诵了《马尔菲公爵夫人》[56]中公爵夫人求婚的片段，以及她（亚历山大写的）在《阿斯翠亚》中的演讲。在昏暗的小剧院里，埃德蒙·威尔基坐在破旧的包厢里，他对弗雷德丽卡说，她不是他们见过的最优秀的，也不是第二优秀的，但他认为她应该没有问题。弗雷德丽卡在戏剧《猛虎临门》中扮演卡桑德拉，前几幕在托儿所上演。对一名静态演员而言，这个戏份并不是问题，即使她没能在台上和其他演员产生碰撞，但她知道自己要说什么。演出结束后，俱乐部酒吧举办了一场派对，成名的老成员和年青一代交流。曾参演《青涩时代》的朱利安·斯莱德也在场，她举止十分优雅。对弗雷德丽卡而言，和《阿斯翠亚》一样，《青涩时代》代表着那个年代的纯真。成年人唱着歌，孩子们穿着漂亮的套头衫，裙摆随之摆动，对幸福的期待似乎顺理成章。他们的父母之所以未能永远幸福，应该要归咎于希特勒和战争。1944年的某一天，听着伤亡数字和飞机被击落的新闻报道，弗雷德丽卡问温妮弗雷德："我们赢得战争以后，新闻会报道什么？"温妮弗雷德想了想，回答说："我不知道，可能是板球比赛吧。"在《青涩时代》之前，曾播放过《不可儿戏》、儿童版《彼得潘》和板球赛事，等等。回想起来，《青涩时代》是最后一部舞台灯光明亮、戏服干净的戏。

一同演戏的演员、在课堂内外向她借过纸的人和请她喝过浓咖啡的人，把弗雷德丽卡介绍给了他们的朋友。在莎士比亚课后，弗雷德丽卡常和这一小群朋友一起喝茶，现代诗歌课后，他们则会一起喝咖啡。他们通常会猜故事、对台词和朗诵诗歌等，弗雷德丽卡从来没有玩过这种游戏。弗雷德丽卡爱这一切，她第一次有了归属感。相较于剧场里的暧昧玩笑或纽纳姆浴室里的亲密接触，这种感觉对她来说更轻松。为了这些人，她开始尝试烧饭，做了她在纽纳姆学院的第一顿饭：意大利面。面条又冷又湿，黏糊糊的一坨，太多，盘子装不下。她弗雷德丽卡·波特居然会帮这些人缝补、熨烫衣服。有一次，她骑车经过阁楼旅社桥，准备将一摞衬衫物归原主时，有一件从她的自行车篮里被风吹了出来，吹到剑河里面去。衬衫的所有者曾在海军服役，也是熨烫衬衫和缝补袜子的好手。作为回报，他们给弗雷德丽卡买了电影票，开始与她聊天，跟她谈论叶芝[57]和奥登[58]，谈论利维斯和莎士比亚，谈论赫伯特和邓恩。他们乐此不疲。他们还很喜欢爵士乐和赛车，但弗雷德丽卡觉得都很无聊。每当他们谈起这些，弗雷德丽卡就在一边当听众，观察着这些人：有的很迷人，有的很帅气但不迷人，有的过于纯洁，有的举止莽撞。

性是问题，也是威胁。弗雷德丽卡发现，这些朋友聚集在一起的时候，他们更快乐、更活泼、更有趣。她喜欢和三四个朋友一起去剧院看戏，然后手挽手经过剑桥，边走边聊。但是，她慢慢发现，在她不知情的情况下，她成了别人交易的筹码。聚会的时候，她通常会被让给其中某个人。或者总会有一个人送她回家，但不是由她自己选择的，其他人则回学校去。到了灯光昏暗的门房外面，他们会抱住她，变成一只双重背的黑翼鸟。于是，国家医疗体系的重要性就得到了凸显。年纪大一些的知道手怎么用，怎么让她张开嘴，知道怎么在她短暂的疼痛后点燃她的欲望。有些原本就没有魅力的人，会自己凑上来，霸王硬上弓。原本十分迷人的那些人却只敢幻想，除了一个冰冷的吻之外，什么也不敢做。于是，弗雷德丽卡觉得自己在这个圈子里属于另类。她站着被人家拥吻的时候，她可以想象其余那些人正在对她品头论足，在谈论他们的朋友有没有取得进展。

弗雷德丽卡在纽纳姆的一次茶话会上认识了一个医学生。出乎意料地，他邀请弗雷德丽卡去多萝西咖啡馆参加下午茶舞会。他个头魁梧，惜字如金。喝下午茶的时候，弗雷德丽卡与他并肩站着，她身着黑色旋涡裙和蝙蝠袖毛衣，腰间系着仿麂皮宽腰带，围着一条金色的小丝巾，她感到身心愉悦。她迈开步伐，蹦蹦跳跳，大笑着扑进他的怀里，胸部紧紧贴在他身上，接着屁股也蹭到他身上，然后又大笑起来，喝起了茶。第二个星期，他们又跳了一次舞。再下一个星期，舞会结束后，他们回到了他的房间。他脱下弗雷德丽卡的衣服，从浴室里拿出一管避孕药膏，和她做了爱。他是这方面的行家，知道弗雷德丽卡的身体构造，还有一双有力的手。弗雷德丽卡高潮时感到恍惚，仿佛这段欢愉的时光持续了很久。自始至终他都一言不发。结束后，他礼貌性地递给她一块毛巾，她以为这块毛巾是他剃须用的。她感到十分放松。他曾在德国打过仗，说话习惯以“姑娘们……”开头，好像全天下的女孩都如出一辙，只是和他不一样。弗雷德丽卡有一种感觉，她可能只是他观察和试验的众多女孩之一。不过她并不介意，因为她也抱着同样的心态。有一次带弗雷德丽卡参加过学院舞会后，他说：“女孩们可能非常擅长挑选衣服，但对晚礼服却一窍不通。我想可能是她们训练不够，所以不清楚自己看起来到底怎么样。”弗雷德丽卡当时穿着绿色的塔夫绸吊带晚礼服，不过，她没有问他“这些女孩”是否也包括她自己，因为弗雷德丽卡感觉得出来，他就是这么想的。他接着说：“大多数女孩的锁骨凹凸不平，或者胸部上方太胖。大多数女孩都错选了无肩带的衣服，这样看起来又矮又胖，你明白吗？”弗雷德丽卡明白了，他对女性身体的兴趣，使他成为她最有想象力的情人（这并不意味着她有很多情人）。她还接着去多萝西咖啡馆。以防万一，她给自己买了一管避孕药膏和一个涂药器。

第一学年快结束时，弗雷德丽卡在一次派对上结识了一些上层社会的朋友，也得到了一位年轻子爵的注意。这位子爵非常富有，但好像一直很紧张（他相当聪明，但是身体虚弱）。这次派对就是他的一个表兄弟代为组织的。他还带弗雷德丽卡参加过两三场聚会，参加的人大多是他的亲戚和同学，也带她去乡下度假和参加五月舞会。弗雷德丽卡非常兴奋，英国人还是以前的英国人，现在她满脑子都是言情小说的风花雪月、对布莱兹海德庄园的期待和离开里思布莱斯福德的强烈愿望。温妮弗雷德的孩子们都以这样或那样的形式继承了她对社交的恐惧，弗雷德丽卡应对这种恐惧的方式，就是故意说那是不道德的，不值一提。但是，在可爱的弗雷迪·雷文斯卡的陪伴下，这种恐惧突然出现。她觉得她自己的纽扣、长手套或短手套、鞋子、措辞，包括她的亲戚朋友，都像她的法语语法、拉丁语拼写和莎士比亚知识一样，被人家毫不留情地审查了一番。反过来，弗雷迪让她第一次学会分析男性对性的恐惧。他懂得在聚会时给她挑些合适的食物，会替她拿大衣，会为她点餐，并在联合会上为她要一瓶像样的红酒。如果他和弗雷德丽卡单独共处一室，或在门房外给她一个晚安吻，他的身体会颤抖。弗雷德丽卡慢慢发现，但又感到难以置信，这是表示对性的尊重，包括性的纯洁、娇贵和神秘感。他带弗雷德丽卡去多切斯特参加了一场舞会。在晚宴上，他低语对她说了这样的话。“你很勇敢。”他说。他们双方都没意识到，其实他的意思是说，“你说了这么多，好像我们是一类人”。他常提到自己有一个保姆，还有一个母亲。对母亲的介绍，他通常只提到“我的母亲”。结果，他把弗雷德丽卡带回家的时候，她被无情地骂作一个趋炎附势、想要向上爬的人。他有几个姐姐，她们都是《闲谈者》杂志上的常客，都忙于上流社会的社交活动。他真的认为女人有好有坏，好女人被触碰后就变得肮脏了，正因为如此，他对这种事感到厌恶。他没有把弗雷德丽卡归在这两类女人里面，尽管他母亲可以按照她自己的标准对弗雷德丽卡进行评判。他鼓起勇气对弗雷德丽卡说：“我想我爱上你了。”弗雷德丽卡却假装没有听到，她想凭他那一丁点儿勇气，他是不会再说第二遍的。弗雷德丽卡在其他场合曾经使过这一招，效果都不错。不得不说，正是因为他的头衔和他那个可望而不可即的小世界，弗雷德丽卡才对“可爱的弗雷迪”感兴趣。过了一段时间，一种同情和恐惧的感觉便交织在一起，她同情他卑微的需求，但她对他那个遥不可及、神秘、僵化和排外的小世界感到恐惧。还有贪婪。弗雷德丽卡想要了解世界运行的规律，即使代价是她会因自己的着装而羞红了脸，也不能私下开心地聊天。当然，也是弗雷迪把弗雷德丽卡介绍给奈杰尔·瑞佛的，不过那是后来的事了。

9

在花季少年光芒下（二）

到了1955年夏天，弗雷德丽卡对于如何将人分类已经充满信心，也有自己独特的想法。例如，她就为两个比较固定的朋友艾伦和托尼贴上了标签：一个是变色龙，一个是骗子。有一个星期，她和这两位风格迥异的小说家短暂相处的时候，弗雷德丽卡突然想到了这两个词。艾伦让他在国王学院的一位朋友叫弗雷德丽卡来参加下午茶派对，说小说家福斯特也会出席。托尼则叫弗雷德丽卡陪他去参加文学社的会议，说金斯利·艾米斯[59]将在会议上致辞。弗雷德丽卡先去参加了下午茶派对。

其实，弗雷德丽卡并不想见福斯特。她担心他会破坏关于牛的哲学论述以及《印度之行》[48]的开篇在她心目中的美好。弗雷德丽卡将这两段话视作自己的财产，因为她享受过这两段话给她带来的快乐。另外，马拉巴山洞里漆黑一片，什么也看不见，她曾为此感到煎熬，她也有过这样的感觉，但不知道如何表达。她和艾伦、托尼、埃德蒙·威尔基、亚历山大·韦德伯恩生活在一个充满戾气的世界里。在小说家的作品里，这个世界已经变得面目全非，无法辨别。她能对福斯特说些什么呢？他和她又有什么好说的呢？不过，对弗雷德丽卡来说，日后能够提起见过大作家福斯特，那还是很有意思的。

下午茶派对在能俯瞰主庭院的房间内举行，对面就是礼拜堂。小说家坐在一张包着印花棉布的沙发椅上，看起来又小又老，他留着胡子，显得很神秘、很慈祥。桌布都铺好了，桌上摆放着司康饼、自制果酱、黄瓜三明治、中国茶和瓷杯。弗雷德丽卡碰了一下福斯特的手，然后回到书架后面的椅子上。这些人看上去都很年轻，举手投足都体现了公立学校的良好教育，还有一种独特的怀旧情怀，弗雷德丽卡后来在电视采访中也看到了这样的情怀。这位小说家谈到了划船，说他还在剑桥的时候，时间似乎比现在慢许多。他穿着毛茸茸的粗花呢衣服，腰带都快勒到腋下了。弗雷德丽卡慢慢发现，艾伦的成长经历十分坎坷，他是在格拉斯哥少年帮派斗争中长大的，所以他偶尔会讲一些毛骨悚然的故事，使用自行车链条、弹簧刀、指节套环杀人伤人的故事。艾伦的一头金发梳得很整齐，像戴着一顶闪闪发光的帽子，十分殷勤地递给小说家一块三明治，用带着苏格兰的口音称呼“先生”，让弗雷德丽卡觉得他也是在管教严格的教士家庭中长大的。由于派对上只有两名女性，艾伦表现了某种只有在男性聚会上才会表现出来的个性。他的笑声充满魅力，举手投足体现着他的谦逊。弗雷德丽卡不禁想起，关于牛的论述就是被关于女性的话题打断的。她身子向后，靠在书架上。

十分钟以后，福斯特就睡着了，一直睡得很熟。大家交谈时都压低声音，他还轻轻地打着呼噜。他看起来很满足。弗雷德丽卡心里涌起一股对失败和束缚的恐惧。

有个人坐在弗雷德丽卡身边的地板上，那个人叫作马里乌斯·莫克济盖玛，这是波兰人的姓名。他操着无阶级差别的英语口音，听起来既不是大西洋彼岸的，不是利物浦的，也不是伦敦东区的口音，而是清晰的BBC口音，不会省略或丢失任何音节，听起来很舒服。他告诉弗雷德丽卡如何在教堂里用拉丁语优雅地唱一段拉丁文颂赞，他说意大利风格的拉丁语比学校里教的更柔和，也更动听。他说他认为弗雷德丽卡是剑桥的风云人物，他想和她聊聊，还想给她画一幅像，因为她的脸庞与众不同。“以前我学过绘画，我想我应该当专业画家，应该成为一名受过良好古典教育的优秀画家。你不这么认为吗？或许我应该学哲学。还是说学英语更好？”弗雷德丽卡问他画哪种风格的画，他说，他说不好是哪种风格，反正不是英国的浪漫主义，她一定要来看看，她说她会去的。他个子不高，却充满活力，而且十分独立。他浑身上下充满魅力，不仅仅是因为他的嗓音迷人。

大作家醒了过来，向众人说抱歉，却丝毫不觉得尴尬。他吃了几口樱桃蛋糕，冲所有人微微一笑，然后慢慢地、小心地走了。弗雷德丽卡穿过纽纳姆的后花园，沐浴着阳光走回家。马拉巴山洞、在脑海深处闪烁的火焰、蜷曲的蠕虫、虚无和语言间的关系让她百思不得其解，在剑桥充满限制的生活、司康饼和必不可少的午睡也让她感到困惑。她认为，对于一名作家来说，剑桥不是一个理想之地，对读者而言却是理想的。在这里要怎样生活呢？她经常这样问自己。她想起了劳伦斯跟新墨西哥妇女无端的争吵，想到了在里思布莱斯福德的斯蒂芬妮。她抬起头，坚定地扬起了下巴。

托尼一定要叫弗雷德丽卡来文学社听艾米斯的演讲，因为《幸运的吉姆》[59]是一本“重要的书”。弗雷德丽卡读过四次。一次是因为有人借给她这本书，一次是想了解托尼从书中读到了什么，一次是因为她生病卧床，那次她读得非常快，度过了那段难熬的日子，还有一次是她正要写一篇文章，题目是关于当代小说中的新风尚。前三次，弗雷德丽卡觉得这本书不好玩，也看不出它“重要”在哪里。读第四次的时候，她已经在剑桥生活了一段时间，“愤怒的青年”流派已经出现，她突然被写剪纸的那一段逗得捧腹大笑，甚至笑出了眼泪。写这篇文章的时候，她已经能够将吉姆·迪克森沉重的表情、对“快乐英格兰”的嘲弄、恶作剧和孩子气式的愤怒视为“知识分子对于温和单调的福利国家的有限叛逆”。弗雷德丽卡将这种“有限叛逆”类比为“电厂”家庭结构下孩子的反抗。因为父母的原则和行为很自由、有理性，总之很开明，要反抗他们的权威，就必须采取任性或荒谬的暴力。她觉得自己对此已有一定了解。比尔的怒火让她无法做出有限叛逆，这是她产生厌恶的合理理由。不过，从长远来看，这种理解并不能让她对吉姆·迪克森更加宽容，也无法更加欣赏他。

四次阅读，《幸运的吉姆》都让弗雷德丽卡产生了性厌恶。书中有个好姑娘，好就好在她胸脯丰满，而且令人惊讶的是，她很容易发现疯狂的迪克森的吸引力和闪光点。书中还有一个龌龊的女人，她化妆技术拙劣，穿着附庸风雅的短裙，经常歇斯底里地用情感胁迫别人。这个人物是仇恨的化身——“迪克森想冲过去把她推倒在椅子上，冲着她的脸重重地打一拳，还想把一颗珠子塞进她的鼻子里。”弗雷德丽卡还很小的时候，她的鼻子曾经被塞过一颗珠子，当时的疼痛现在还记忆深刻。还有一位戴着栗色帽子的老太太，迪克森认为她应该像一只甲虫一样被碾死，因为她延误了他搭乘的公共汽车。弗雷德丽卡也许已经接受了这样对想象匮乏和残忍场景的精准描述，但令她惊讶的是，她的许多朋友竟认为迪克森是道德英雄。他们喜欢刻意的粗鲁、恶作剧和做鬼脸。托尼向弗雷德丽卡解释说，吉姆其实是一个正人君子，一个普普通通又一丝不苟的人，他旗帜鲜明地反对布卢姆茨伯里团体美学家和《重返布莱兹海德庄园》中的自命不凡和小团体行为。弗雷德丽卡第一次读《重返布莱兹海德庄园》的时候，以为那是对罗马天主教信仰的嘲讽，但她也被深深打动了。如果将幼稚的不负责任视为天真，弗雷德丽卡宁愿让查尔斯·赖德和塞巴斯蒂安·弗莱特待在花园里，也不愿看到吉姆·迪克森在学校里胡闹，尽管这样他们一定会被开除。有两个人永远都是孩子，一个是彼得·潘，另一个是威廉[1]。弗雷德丽卡更希望遇到男人，而非大男孩。

演讲的时候，那个小说家显得英俊潇洒，神采奕奕，毫不做作。他自嘲得恰到好处（剑桥喜欢这样），不太刻意强调文学的重要性（利维斯的剑桥甚至更为模棱两可）。他故意轻描淡写，称小说主要是用来消遣。学生们听了他的言论，对存在主义作品《另类人》的作者科林·威尔逊60极其轻蔑，乃至于表现出了野蛮的态度。幽默是可以接受的，存在主义的激情则显得陌生且可疑。艾米斯先生赞扬菲尔丁61的理性，反对《曼斯菲尔德庄园》过于严肃的风格，并表示喜剧的可取之处在于能让人不再自以为是。凡是不认同这个观点的人，都可能被指责缺乏幽默感，弗雷德丽卡也不能幸免。她有些生气，她到那里去，就是为了去生气的。托尼坐在她旁边，系着一条格纹羊毛围巾，像是工人戴的那种大围巾，外面穿着防风衣。小说家提出小说是“表达自我”的方式时，他笑了，他还问了艾米斯对于在大学开展文学研究的价值有什么看法。小说家说他反对浮夸和刻意的理解，支持指导学生阅读并用清晰简明的英文写作。社会主义者托尼表示，如果只是这样，那每个人都已经能得到这样的指导了。艾米斯先生说，或多或少吧，他认为还没有到宣扬教育排他性的时候。

在英文学院的外面，弗雷德丽卡和其他人就抑制幽默的道德效用进行了激烈的争论。托尼谈到了良好的行为规范和审慎。弗雷德丽卡则发表了一番演讲，她说这让她更同情马修·阿诺德62和“高度严肃”。

[1] 英国作家李梅尔·克朗普顿（Richmal Crompton）的小说《就是威廉》系列。小说描写了不守规矩的小学生威廉·布朗的冒险故事。

她说，“浮夸”和“自命不凡”是值得三思的词语，说不定能有更好的词来代替，比如“严肃”或者“负责”。她挥舞着双臂说：“评判行为做派并不一定就是评判道德，对吧？在《重返布莱兹海德庄园》中，胡珀因为口音和发型受到了嘲笑，但与这部作品的道德风格无关。我不喜欢这样，这不公平。同样糟糕的是，幸运的吉姆嘲笑博尔廷·韦尔奇，因为他开口闭口都是‘你们山姆’，可是，戴着贝雷帽的他喜欢艺术，喜欢外国，也喜欢英国历史，不是吗？吉姆肯定知道如何区分女孩穿的裙子是否合乎体统，知道什么样的女孩会穿什么样的裙子，好姑娘穿好裙子，坏姑娘穿坏裙子。再过二十年，好裙子将会变得龌龊，所谓体面的裙子也会变成别种样子，我们不会化妆，否则我们都会化得像野人一样。克里斯蒂娜的口红选择与玛格丽特相反，而他的判断将变得难以理解，陈旧过时。我认为，讨厌老太太戴着扁扁的樱桃色帽子并不是什么好事，也不是什么有意思的事。”

弗雷德丽卡还在滔滔不绝。她向来不知道什么时候该停下来。一个陌生人拍了拍她的肩膀，这个人用唱歌般的威尔士口音急切地对她说，他觉得她说得非常有趣，也非常深刻。如果她想要探讨，他十分愿意，不过不是现在，所以，他想知道她的姓名和学院。托尼说道：“她是纽纳姆学院的弗雷德丽卡·波特，想跟她探讨什么都可以。”那个威尔士人说：“我叫欧文·格里菲斯，来自耶稣学院，是社会主义俱乐部的秘书。你是托尼·沃森，特里维廉·沃森的儿子，对吧？你在校报和《格兰塔》杂志上发了很多不错的文章，还提到你父亲对革命的期待，像圣奥古斯丁[63]的《忏悔录》一样，对吧？”差不多吧，托尼说，稍稍端起了架子。与此同时，弗雷德丽卡想看看这个陌生人是什么货色，但看不出来。他声音洪亮，但毫无幽默感可言，也没有自信满满的嘲讽。她不确定，也说不准。他的躯体也是一个矛盾体，皮肤黝黑，身材魁梧，轮廓分明，但双眸深邃，目光流转，嘴巴很溜。“小姐，我会去拜访您的。”他说完就走了。

正是欧文·格里菲斯对特里维廉·沃森不那么随意的介绍，让弗雷德丽卡将托尼归为“骗子”。特里维廉·沃森是左翼图书俱乐部的一名作家，他继承了准男爵爵位，随后又放弃了。他的著作包括《普通人的文学》《特许的泰晤士》《衰落与起义》和《另一个传统》。他住在切尔西。托尼从来没提过，自己曾被送去达廷顿上学，那是一家学费昂贵、风格激进的公学。事实上，他也从未提到过切尔西，任人以为他可能来自巴特西的一个工匠家庭。他那只工人阶级的茶壶，滴着黄油的吐司，竞赛专用自行车，他穿的衬衫、靴子、袜子和外套，以及他留的发型，都是刻意研究后的结果。于是，弗雷德丽卡进一步深入思考了人类认知和风格建立的细节与道德和政治生活之间的关系。她是否意识到她后面要研究的议题？既然认定了托尼的虚假阶级出身，弗雷德丽卡也就确认艾伦是一条变色龙。在一定意义上，托尼是一个有技巧的人，而不是骗子，他总有办法让人不能直接询问关于家庭生活或他早年生活的问题。弗雷德丽卡后来觉得，特里维廉·沃森的家也像“电厂”。托尼不能反驳他父亲的信仰，只能换种方式跟他对抗。托尼向他所敬重的工人学习，模仿他们的风格和态度，从而显得和父亲不一样。弗雷德丽卡觉得这种含含糊糊的个人表达很好笑，又觉得作为朋友受到了冒犯。作为比尔的女儿，她相信某种真理的存在。她就是她，羊毛就是羊毛，北方就是北方，尼龙就是尼龙。

变色龙艾伦属于工人阶级。如果被问起，他也会这么说，但他会想办法避免出现这种局面。他精致的外表、健康的体魄、白皙的皮肤、纯正的苏格兰口音，都有利于他巧妙地应对周围人的种种举动。在酒吧里，托尼才是真正的自己，一个工人阶级啤酒爱好者。和中世纪音乐研究者（通常是基督教徒）在一起，他就是一个才华横溢的苏格兰学者，趣味十分高雅。和对绘画感兴趣的人在一起，他能够旁征博引，成为大家仰望的宝贝。在国王学院同性恋流行的大背景下，弗雷德丽卡注意到，艾伦可以根据需要，在粗鲁的工人阶级和有教养的（苏格兰）希腊运动员这两种形象之间来回切换。弗雷德丽卡觉得观察他的身份转变很有趣，他有一双机警的眼睛，有一次弗雷德丽卡发现他显然是在考虑该变成什么，该怎么变。后来他就驾轻就熟了，这个过程谁都发现不了。他是弗雷德丽卡的好朋友，可是，弗雷德丽卡也不知道他爱着谁，和谁睡过觉，想跟谁睡觉。

如果说相比骗子弗雷德丽卡更同情变色龙，这都是女性的天性使然。她对自己的身份认知过于僵化，做不了变色龙，不可能像艾伦·梅尔维尔一样游刃有余。弗雷德丽卡没有打算以此为生，不过她怀疑他倒有这样的打算。她做了一些小尝试，在剧院里跟人家说了“亲爱的”和“爱”这样的话。她还尝试改变自己的穿着，希望能符合可爱的弗雷迪的偏好，当然，有些事情没有钱是办不成的。他对她戴着一副长及手肘的尼龙手套感到震惊，他本以为是旧蕾丝。弗雷德丽卡会跟诗友们谈论价值，她跟托尼以及艾伦也谈论价值，但她的口气明显充满嘲讽。只有在床上，或者在沙发上、在平底船上，或者手牵手躺着的时候，她才真正地练习做起变色龙。人家给她多少，或者期望多少，弗雷德丽卡就尽量给多少。在床上，她的欲望不会像在谈话中那样表现得淋漓尽致，她都是一步一步跟着来，不会提出要求。她对她自己的所作所为也没有意识。她有一次梦到她是一片草甸，无数根小草缠住她的头发，将她钉在格列佛在小人国看到的草地上。淡黄色的青蛙排着队，缓慢、疲惫又有节奏地在草地上蹦跶着。青蛙都蔫蔫的，用力跳一下，就趴在地上喘着粗气休息，接着再跳一下，再喘粗气，一下接着一下，一个接着一个……

那段时间，她的生活丰富多彩，混乱而又充满激情，我这样的描述算是冷静客观的。在1954年到1955年，对于自己狂热而多样的性生活，弗雷德丽卡还不知道用什么样的词汇来形容。她身材好、智商高，但她不认为自己在做研究，而是在寻找爱和信任，寻找“一个真正喜欢她这个人的人”。她很少考虑那些聪明男孩或聪明男人的感情或期望。不管她上过多少张床，红着脸吻过多少张脸，有很多东西她是不能理解的。她毕竟不是赤裸裸地来到这世界的，而是被文化包裹着，在情欲、社会和家族交织在一起的期望中长大的，而这些期望都不一定是相互一致的。

她想当然地认为，没有婚姻的女人是不完整的，每个美好故事的结局都是婚姻。她在寻找一个丈夫，可能是因为她害怕没有人想要她，也可能是因为她不知道在解决这个问题之前，自己该做什么，也可能是因为其他人都在寻找丈夫。（奇怪的是，尽管有人向她求婚，但她固有的感觉却丝毫没有改变——对她这样的女人，他们根本不想让她做妻子。）

混杂着尊重“现实”和顺从的态度，她认为，女性比男性更执迷于爱情，更脆弱，更经常感到痛苦。她心里有一些固有的标签。“爱情是男人生命中的一部分，却是女人生命的全部。”“男人只信奉神，女人则信奉男人心中的神。”“那段日子里，因为他，我忘记了神的存在。”“我只想要女性的这个特权，你不必垂涎。当生命消逝、希望无存时，只有爱情能长久。”她习惯了这种女性作为附属的观念。罗莎蒙德·莱曼小说的女主角和厄秀拉·布朗温（有时，弗雷德丽卡对她简直深恶痛绝）的所作所为，都进一步加深了她的观念。她在读者问答专栏中也看到了类似的故事，那些寻求帮助的女人，总是在问如何对付冷漠、不忠、只做一件事的丈夫，或者别人的丈夫。

弗雷德丽卡选择和威尔基一起跑到斯卡伯勒，而不跟亚历山大上床，可以说是在本能地抗拒“完整”的爱情，尽管她会说那是因为自己害怕失败、尴尬和流血。弗雷德丽卡在剑桥大学进行的性爱实验，一方面是为了寻找理想的伴侣，另一方面，是在与男性进行一场搏斗。她经常说“我喜欢男人”，就像别人说“我喜欢奶酪”，“我喜欢苦巧克力”，或者“我喜欢红酒”一样，已经成了日常的口头禅。她声称，和每个男人的关系都是纯粹的，一起跳舞，一起享受鱼水之欢，或者在一起聊天。她相信这是事实，但这并不是全部的事实。她这么做，更多的是出于她对男人或者“人”的基本判断，她一开始并没有意识到。

男人有他们的群体行为方式。他们会一起谈论女人，就像谈论汽车或啤酒一样，会拿女人的胸脯和大腿开玩笑，计划怎么像军队或青少年帮派那样勾搭女人。在他们眼里，女人只有好点和差点的，比较随便的和比较难搞上手的单纯女人。就是这么简单。弗雷德丽卡也是这么评判男人的，起初是懵懵懂懂的，后来就开始深入思考。她依据肤质好坏、背部宽窄、发质和技巧的好坏，对男人进行分类。男人说的是女孩有愿意的和不愿意的，弗雷德丽卡则索性把这些男人分为行的和不行的。弗雷德丽卡·波特说，如果男人只想要做那件事，她自己也愿意，然后就做。没人能指着她说是他的女朋友，对此她感到有些自豪。面对那些想方设法，包括用花钱（吃饭、电影、喝酒）的方式来勾搭她的男人，她通常都会立即默许，偶尔也会直接坦率地加以拒绝，让他们不用多花心思。这些习惯也需要学习才能养成，有时她会有点害怕，甚至怀疑自己是不是太贱、太放荡。（要是在十年后，她可以说是很节制了。）

弗雷德丽卡还获得过一些特别的追求。当然，追求和勾搭还是有些交叉重叠的部分。有些想和她交往，或似乎想和她交往的男人会给她写信，还会引用“有可能爱上的女人”之类的话，小心翼翼地问她，她是否觉得他们属于特别的那一对。这时，弗雷德丽卡的困惑达到了顶点。她觉得自己要解决婚姻问题，首先要找到一个真心的人。但是，她也不想跟她母亲那代人一样，只在这段短暂的时间里才有自由和权利，而过后只剩下顺从和被占有。她瞧不起她的追求者，这阻止了她付出真心，允许她继续卑劣（她自己是这么认为的），直到那个有可能爱上的人出现。她会跟别的男人上床，会跟别的女人分享这些男人，丝毫不会嫉妒。（这主要是她唯我独尊的思维意识在作祟，她从不想象男人和别的女人在一起的场景。）

到现在应该很清楚了，弗雷德丽卡不止一次残忍地对待男人，简直是在摧毁男人。说好听点，她未曾被传统习俗或文化中的神话故事所引导而认为男人也有感情。坏男人都是骗子，好一点的男人都想做女人的主宰。世界是男人的，她只想要在这个世界里生活，但不想将世界作为避难所，或者成为它的附属物。

她可能受到了文学作品的影响。她读过无数有关男性初恋的羞涩和冲动的描写。然而，尽管她理解露西·斯诺和罗莎蒙德·莱曼笔下勇敢却命运悲催的女孩们所遭受的羞辱，理解她们哀莫大于心死的感受，她却不承认、也不相信男性小说中那些专业风骚女或者纯洁的年轻姑娘的存在，那都是神秘的动物性存在。这些都与弗雷德丽卡·波特无关。她干练，做事认真、有条理，对性爱感兴趣，但并不痴迷，如果男人愿意，她也想和他们交朋友。男性小说中的女性是不真实的，但令弗雷德丽卡费解的是，年轻男人居然会认为她也属于那种人。于是，他们开始搏斗，男人一心追求她，弗雷德丽卡则要么卑贱、要么自由，双方都感到困惑和受伤。有一次，她招待一个男人喝茶，另一个年轻人不请自来，突然冲进来，用棍子砸碎了一个茶杯，她非常震惊。她将那些一看就是经过深思熟虑的冗长的情书当作勾搭的伎俩，直接忽略。她还交往过一个男人，发现他除了对托马斯·曼[64]了如指掌，没有什么可取之处，很无趣，然后她就提出了分手，这个男人放声大哭，说她在戏弄他，她只是盯着他，不置一词，然后回家。

她害怕被关禁闭的感觉。新女王和爱丁堡公爵访问纽纳姆学院时，公爵身边簇拥着妆发整齐的女学者和穿着礼服、端庄娴静的女孩，他半开玩笑地问这些高年级学生："你们从这里出去过吗？"弗雷德丽卡感到愤怒，她之所以愤怒，是因为她从未被关禁闭，她的生活丰富多彩，十分自由，比他自由得多。

说到"关禁闭"，她就想起了斯蒂芬妮。那年夏天，从法国回来不久，在来纽纳姆之前，弗雷德丽卡见过她，也见到了威廉。威廉坐着，两条腿胖乎乎，身体摇摇晃晃，长着乌黑的细发，透过长长的黑色睫毛看着她，含含糊糊、若有若无地笑了一下，然后，目光闪烁着朝别处看。

"你好呀，宝贝。"弗雷德丽卡伸出一根手指戳戳孩子。斯蒂芬妮的目光从未离开过孩子，她的注意力从未离开过他超过六英尺。斯蒂芬妮告诉弗雷德丽卡，她已经又怀上了一个孩子，她说，就在他们以为马库斯要离开的时候，大家都放松了，于是就怀上了。她想表达的是，她觉得她是自由的。弗雷德丽卡想，这是一种有趣的证明方式，她一方面被威廉看似与她相同，实则不同的肉体和黑眼睛所吸引，另一方面，她又害怕他，害怕身体的充盈感和疲劳感，害怕失去自由。

10

常人与怪物（一）

一

与丹尼尔共事的牧师埃勒比先生退休了，取而代之的是年轻得多的吉迪恩·法勒。丹尼尔本想借这个机会搬离里思布莱斯福德，但没能付诸行动。他在一个教区主教聚会上认识了法勒，他跟斯蒂芬妮说，这个人是出了名的精力充沛。由于丹尼尔本人也是这样的人，斯蒂芬妮认为他可能会喜欢法勒，但后来意识到他并不喜欢他。她去听了法勒的第一次布道，感觉到她周围的部分教众很焦虑，甚至有点愤怒。他撤走了一些东西，圣坛上那个维多利亚时代的耶稣受难像不见了，树枝状的烛台换成了方形木头烛台，刺绣的圣坛布也换成了雪白的亚麻布。斯蒂芬妮本来不喜欢雌雄同体、半笑不笑的耶稣挂在那儿，但对于这十字架被撤走，她竟然感到不满，对此，她自己也觉得很惊讶。她猜想这个新上任的家伙是否也要弄走教堂里非常难看的绣花地毯。那地毯是女教众为纪念阵亡将士而做的，颜色五花八门，有军绿色、卡其色、空军蓝、海军蓝和迷彩色，等等。她在想，如果地毯被弄走了，她是否也会舍不得。

吉迪恩·法勒比丹尼尔大十岁左右，身材高大，自以为很有风度。他的胡子浓密，剪得方方正正，像铲子的形状，根根分明，玉米黄色，夹杂着一些和年龄不相符的银丝，边缘微微向上弯曲，有点像红桃K的胡子。在胡子下面，有一张能绽现不同笑容的大嘴。他穿的法衣比埃勒比先生朴素，线缝更具现代感，有点抽象。他在布道中谈到了个人关系，包括他和教众之间的关系，让人感觉非常温暖，热情友好。他的眼神四处流转，看着一个个教徒，有的教徒很热情，有的始终很沉默。

“今天，我作为牧师第一次给大家布道，想和大家谈谈‘人’的三层含义。三位一体中的第二位，神圣的耶稣，不管从什么意义上讲，都是一个真实的人，跟我们关系最密切的人。其次，我们大家思考一下牧师这个概念的现代意义。牧师的本义就是作为代表的人，是教区的人格楷模。再次，我想谈谈社会学这门新科学对我们思考个人关系的作用。这门科学，特别是在美国，从所谓的社会角色出发讨论社会关系，比如父亲、学生、主管、工匠、社会工作者、妻子和牧师，等等。‘角色’这个词来源于古希腊悲剧演员所戴的面具。莎士比亚说过，‘一个人在一生中要扮演许多角色’。我们扮演的角色可能存在矛盾。社会对一位好牧师、好父亲或好公民的品质要求不同，可能会给我们在角色间的转换带来压力，但我们通常意识不到。作为基督徒，我们与耶稣的关系非常稳固，他的品格完美，不偏不倚，对所有人都意义重大。所以，我们可能会嘲笑这门新科学的见解，因为他们说，我们的个性是由体制、历史、其他人的期望所塑造的，我们是我们自己的面具。但事实上我们不该嘲笑他们……

“我想跟大家谈谈迪特里希·朋霍费尔牧师的革命性思想，大家都知道，因为参与推翻希特勒事件，他被关进奥斯维辛集中营，1945年4

月被处决。朋霍费尔敢于面对现实，人们认为，没有上帝，我们的社会依然可以正常运行，不论是在科学、政治领域，还是在道德领域。作为一个基督徒，他能够接受这样的变化，是因为如此一来，我们就置身于一个陌生而难以理解的世界，正如耶稣当初所面对的世界。在我们的个人关系中，我们会发现耶稣……

"我是你们的牧师，但不是你们的代表。我本人扮演一个角色，戴着一张面具，除此之外，我也代表教会的历史和制度，这些东西有时是支持我们的力量，有时则是横亘在我们和鲜活真理之间的一堵墙。这些角色都非常有用，但我们不能被角色所禁锢。除了这些角色，我也是芸芸众生中的一员，我和你们一样，也是普通人。

"我希望大家，无论是在教堂内还是在这座特殊的建筑之外，都能简单探索一下各自的个人关系。社会学和心理学阐述了群体中个体之间的关系，我们应该吸取他们的见解。家庭是最基本的群体，我们在家庭中的角色，深刻影响着我们在其他群体乃至基督教大家庭中的行为。我已经养成了一个习惯，我喜欢和教友们一起享用简单的家庭餐，我指的是真正的一日三餐，不是圣礼，没有任何象征意义，只是真正在家里吃饭，一边吃面包、喝酒，一边讨论和发现新思想。我希望大家跟我一样。"

周日，奥顿一家应邀参加吉迪恩的家庭聚餐。吉迪恩的妻子克莱门茜特地打电话来叮嘱，说每个人都要去，包括丹尼尔的妈妈、斯蒂芬妮的弟弟和他们的宝贝儿子。马库斯说他不想去。丹尼尔说，如果马库斯还想住在他（丹尼尔的）家的话，就必须和全家人一起去。马库斯没说话，直接上楼了。但是，他们从教堂回来接他的时候，他已经站在楼梯转弯的地方等着了。

教区牧师公馆是一幢黑乎乎的维多利亚时代建筑，它好像被重新装修过了，还散发着一股油漆味。主体被刷成了柠檬黄和白色，墙被拆掉了，又小又闷的包间不见了，原来的客厅和餐室打通了，由一座大拱门连接，阳光从大路照到后花园，那里现在看起来像儿童游乐场。花园里有几把圆形椅子，颜色鲜艳，有天竺葵红，有孔雀绿，有柠檬黄，尖细的金属椅脚则是黑色的。厚厚的土耳其地毯也被撤走了，地板上铺着浅色的草席，油光锃亮的桃花心木和玻璃橱柜也不见了，取而代之的是松树长餐桌、长椅、松木碗橱，碗橱上放着芬兰玻璃杯与登比陶器。陶器内侧是松绿色的，外表是草席色的，上面印着麦穗。白色亚麻窗帘上印着金色和银色的不规则圆圈。墙上挂着几幅画，有一幅是童年的毕加索抱着一只鸽子，还有夏加尔[65]画的《公鸡》和几幅米罗[66]的趣味画作。窗户还是原来的样子，沉重、破旧的百叶窗隔绝了外面的世界。也许正是因为这些窗户，房子的比例看起来有些矛盾，像是由一座瑞典谷仓浓缩成的郊区房。埃勒比先生住在这里的时候，房间看起来又高又大，非常杂乱。斯蒂芬妮反思了人的惯性，大家都希望一切保持原样，拒绝改变。以前杂乱的房屋让她觉得难受，如今它消失了，她反而觉得有点恐慌。

克莱门茜·法勒和吉迪恩一样很讲究外表。她留着一头丝质的黑发，梳着鸭尾发型，白皙的额头上有一撮卷发，穿着鲜艳的深红色毛衣和一条黑红色块相拼的裙子，戴着一条黑红相间的瓷珠串，给人整洁、活泼的印象。他们有四个孩子，杰勒米、塔妮娅、黛西和多米尼克，他们像芭蕾舞演员一样走上前来跟客人握手。杰勒米和克莱门茜一样，骨架不大，长着一头蓝黑色的头发，嘴巴和眼睛像吉迪恩。塔妮娅留着长长的黑色辫子，皮肤颜色很深，眼睛和嘴巴看起来很像中国人。黛西皮肤很黑，像煤烟一样黑，鼻子扁平，像东非人，黑色的卷发浓密，但没有光泽。他们穿着合体的连身工装裤和翻领衫，像穿着制服一样，非常整洁。他们看起来年龄相近，都在十岁左右，相互可能差不到一岁。

克莱门茜伸手抱过威廉，称赞他长得真漂亮。吉迪恩给奥顿太太找了一把扶手椅，赞美了一番她的帽子。两个穿着围裙、十几岁的女孩来到众人面前。法勒夫妇说她们是文法学校的学生，想认识一下……“你是叫马库斯吗？对，马库斯。马库斯，麻烦你帮杰奎琳和鲁茜端盘子。我们家庭聚餐，大家都要动手帮忙。”

“当心，别把盘子摔了。”奥顿太太说。吉迪恩大笑起来。

他们围着长桌子吃饭。吉迪恩和克莱门茜对菜肴和在场的所有人都发表了一番点评。斯蒂芬妮觉得，那场面就像是在读一本小说，一切存在的事物都有其意义，而不仅仅是为了存在而存在。桌子的中央摆放着一尊木雕天使，但没有雕刻面目特征，就是一个圆锥体上面顶着一个光滑的球体，天使头上有一个镀金的光环，木质翅膀呈半月形，就像一个孩子在跳舞。桌上的饭菜有胡萝卜和扁豆汤，配棕色的面包卷，面包卷还热着。

“都是非常健康的食物，”吉迪恩说，“很家常。面包是我做的。当然，是克莱门茜教我做的，但不是我自夸啊，我觉得我做得比别人好。我的手比较粗壮，适合揉面团，反复捶打后面包的味道会更好。面包师则喜欢用酵母。”

“我懂。”斯蒂芬妮说。她做的面包很好吃。

葡萄酒被盛放在一个棕色罐子里。克莱门茜说，家庭聚餐时，面包和葡萄酒是必不可少的。孩子们喝了一点掺水的酒。

他们又吃了烤火腿、烤土豆、麻辣味的烤苹果和蔬菜沙拉。抽象的麦穗一圈圈地在草席上铺开。马库斯不肯吃火腿。

“你是素食主义者吗？”吉迪恩本来在切肉，现在停了下来。

“不是，我不喜欢吃肉。”

“有时候，我似乎明白了万物都有生命，我就想着该不该吃肉。奥顿夫人，你说呢？”

“我不挑食。”

“有时候，”吉迪恩一边认真地切肉，一边说，“我又觉得，我不应该与同类分隔开，仁慈的上帝创造了肉食动物，人类始终都吃肉……”

“只要能弄到肉。”丹尼尔的妈妈插嘴说。她接过人家递给她的粉色火腿肉，上面有一层蜂蜜，丁香油早渗进去了。

吉迪恩放下刀，拿起杯子，撕开面包卷。少女们嚼着面包，若有所思。面包很好吃。马库斯用叉子把土豆转了一圈又一圈，然后是苹果。土豆的形状是不太完美的椭圆形，苹果则是球体的，熟透了，被叉子一戳就破了。红色的苹果与白色盘子上的绿色图案并不匹配，所以麦穗看起来是重叠的，没有三维拟态效果。马库斯把苹果推到盘子一边，遮住图案，切掉土豆的头。奥顿太太正忙着把火腿塞进嘴里，很专注，甚至皱着眉头。吉迪恩在跟她说话。

他说：“我坚信，大家庭是可以培养起来的。很荣幸能和你们所有人在一起吃饭，包括你和小威廉。很高兴看到你能融入家庭，能为家人做点贡献。有很多子女觉得父母们帮不上忙的时候，就嫌弃他们了。这就削弱了我们的社会凝聚力。这是大错特错的。”

“没错。”奥顿太太说。

马库斯心想，她就是帮不上什么忙。她只希望吉迪恩能给她更多的火腿。她也不希望能帮什么忙。她就知道吃。马库斯这小小的腹诽，反而表明奥顿太太还是有点用处的，如果有任何迹象表明马库斯有心理活动的话，十分精明的吉迪恩还会举例证明这一点。可是，没人看得出马库斯有心理活动。

克莱门茜向斯蒂芬妮介绍了她的家庭情况。

“我是独生女，所以我非常认可和谐的家庭生活。我是家庭咨询师，在决定嫁给吉迪恩之前，我接受了成为一名社会工作者的培训。我们各自的家庭都很幸福，很和谐。”

斯蒂芬妮正愁没机会问他们家孩子的种族情况，但克莱门茜主动告诉了她。

“杰勒米出生后，吉迪恩和我讨论了人口问题，我们觉得世界上有许多孩子的生活很不好，我们不能再生孩子了。所以，我们就领养孩子。塔妮娅是马来西亚的一个传教士送来的，她是华人。在马来西亚，华人的境况并不好。黛西出生后，母亲回到了非洲，嫁给了非洲人，把黛西交给了一个亲戚，然而，那个亲戚觉得自己养活不了黛西。所以，如果有一个大家庭承担了别国应该承担的义务，很多问题可以迎刃而解，但在我们这个封闭的社会里，却不可能实现。有一年圣诞节，多米尼克的父母把他交给伦敦的教堂。他们给他穿了一件可爱的连体衣，围着围巾，他们深爱着多米尼克，但没能力照顾他。所以，我们决定伸出援手。塔妮娅在体操方面非常有天赋。黛西乐感很好，她会两种乐器。多米尼克是天生的喜剧演员，他的老师说他是天生的演员。我们相信，他们的未来都很光明。我喜欢在教堂里举办家庭娱乐活动，让所有孩子都能尽情享受快乐。斯蒂芬妮，在这个教区，你们经常举办家庭活动吗？”

“圣诞剧。”斯蒂芬妮说。

“为了庆祝丰收庆典，我们筹备了一些非常棒的活动。威廉太小了，除了听，什么也做不了，不过你一定要带他一起来。马库斯年纪有点大了，但可以参加青年联谊会……吉迪恩非常喜欢年轻人……”

他们接着吃加了奶油和温斯莱代尔奶酪的苹果馅饼。马库斯旁边的女孩对他说：

“你会考要考什么科目？”

“以前学过历史、地理和经济学。”她没有问“以前”的事情。

“我在学校认识了你姐姐。她非常聪明。”

“斯蒂芬妮？”

“弗雷德丽卡。我是说弗雷德丽卡。”

“哦，弗雷德丽卡，是的。”

“我要考生物，还有植物学和动物学。”

马库斯把苹果片摆得更紧凑了些，这样就显得他吃了很多。

“为什么？”他问道。

“没什么。我擅长这些科目。我喜欢观察生物。兔子或者蚁群的生活周期很有意思。”

“真的吗？”

“别这么不相信人家。”

“对不起。我没有……我是说……我是真心问，真的有意思吗？”

“很有意思。”姑娘说。

马库斯之前没有看着她说话，现在也没有，他不知道她长什么样，有多高，甚至不知道她是杰奎琳还是鲁茜。但是，他突然很高兴能跟人家说些这样简单的话。

“以后你想干什么？”他问。

“种植东西。园艺，林业，也许农业。做这种事情，你也会很开心的。”

马库斯吃了几片苹果，咬了一口奶酪。

“你打算学什么？”他未曾谋面的邻座问。

“我不知道。种植东西可能更好。”

“比什么更好？”

“比我……比我以前……”

“既然说不出跟什么比，就不能说这个更好。”

“我说得出来。”马库斯说。他仍然没有抬头看她。吉迪恩说他和斯蒂芬妮负责洗碗。他们家里采用轮班制，这次轮到他洗碗。

厨房里，碗橱上的油漆已经被刮掉了，还有一张新擦洗过的桌子。厨房里贴着树枝图案的白色墙纸，铺着蓝白相间的乙烯基瓷砖，但房间里一片漆黑，像是从前仆人过着封闭生活的地方。吉迪恩系上围裙，蹲在水池边，像一个准备出发的摩托赛车手。他卷起袖子，敞开衬衫领子。斯蒂芬妮端着盘子、碟子进进出出的时候，他让她意识到，在这个逼仄的空间里，他们的臀部挨得非常近。她换了新的束腰带，因为腰比以前更粗了。他看了一眼她的胸部，她腋下的衣服被撑得很紧。他的胡须非常浓密，显得精力充沛。他的目光闪烁。

“说说你自己的情况吧。”他说。

“你都看到了。我有丈夫，有孩子，跟婆婆和弟弟住在一起，一直很忙。”

“应该是很忙。你觉得有必要这么忙吗？”

“我应该解释一下，我不是基督徒。丹尼尔和我相互理解。我尽我所能协助他在教区的工作。”

“你没有回答我的问题。”

“我以为你是想问我如何融入教区的事情。”

“不是。我觉得你很有意思。你好像在隐瞒什么。”

她想，这种老掉牙的话她以前就听过。她转过身，背对着他，手随便伸进一个碗柜里，把盘子堆起来，不想看他。

“我有我自己的隐私。”

“我明白。”他的语气很亲昵，“不过，你必须允许我对你有一些好奇，你不只是丹尼尔的妻子，威廉的母亲，马库斯的姐姐，也不是教区助理牧师的乐于助人的配偶。所有这些都是你戴着面具的角色。”

这些话也听过了，她心里想。

“我以前教过书。”

“这又是一个角色。你后悔吗？”

从小时候，她就被教导要准确地回答问题。

“我怀念上课的感觉，怀念书本，怀念跟书打交道的日子。”

“你不能放弃实现自我。这是女人的坏习惯。”

“我很幸福。”

“不，我不觉得。我能感觉到你内心空虚。你习惯于自我拒绝。”

她转身面对他：“你让我觉得尴尬。”

“这样好多啦。我就想要直接的反应，展现一点个人色彩。”

“我觉得基本的礼貌还是要有的，法勒先生。”

“是的，我基本同意。将来，我们要密切合作。”

“我告诉过你，我不是……”

“不是基督徒。在这个世俗的世界里，耶稣有许多伪装的身份。揭开这些身份不是我们的责任，我们也没权利这么做。”

她不理解这句话。当她再次转过身去时，他抓住了她的肩膀，把她扳过来。

“我们是朋友吧，斯蒂芬妮？”

她能感觉到他是个非常执着的人。

“当然，希望如此。”她含糊地说。他那双金色的眼睛盯着她扣着纽扣的前襟。他拍拍她的头，让她出去了。

后来，这次平常的谈话让她心烦意乱，对此她感到不解。这是一次正常的谈话，只是比较粗鲁。当时，吉迪恩说过，“你很有趣，因为你吸引了我”，“因为我是会被所有漂亮女人吸引的男人”，作为一个神职人员，这是不寻常的表达，表明他很自负，爱骚扰人家。有时候，她不是说这次，牧师虽然自负，但还是有所顾忌。这是他们的角色。法勒的性冲动，跟丹尼尔一样，不是因为没有安全感，而是因为精力太充沛。她居然做出了回应，她感到羞愧。她需要别人告诉她，她仍然是一个女人，而采用这样的方式，她还是觉得难以接受。在他的追问下，她说出了她的真实感受：她怀念书本。

二

在此后几周里，丹尼尔非常想念埃勒比先生和他的靠谱，想念的程度连他自己都感到惊讶。他跟斯蒂芬妮开玩笑说，他们的教区失去了圆木王，取而代之的是鹳王[1]。但是，礼拜结束后站在教堂里时，他感觉到自己和这座建筑都发生了变化，对于基督教的神秘信仰以及上帝赐予和指导的道德和历史秩序，埃勒比先生曾深信不疑，而此刻这些都已经完全被吉迪恩对个人关系的强调所取代。丹尼尔对“人”这个概念感到很不安，埃勒比认为，丹尼尔干涉了教区居民的私人生活，但丹尼尔认为，那是切实的关怀和帮助。虽然他投入了大量的想象力和努力，用最合理的方式帮助他们，但他不需要他所帮助的人给予他感情，更不用说爱。丹尼尔看得出来，吉迪恩的宗教需求源于一种强烈的渴望，他渴望索取和给予爱、接触和温暖。丹尼尔对此感到害怕而不信任吉迪恩，他不知道这究竟是弱点还是美德。

独自一人在教堂里时，丹尼尔会思考教堂究竟意味着什么：这是一

[1] 取自《伊索寓言》中的一则故事《渴望国王的青蛙们》。一群青蛙呼唤伟大的宙斯给它们派一个国王。宙斯扔了一根圆木，圆木落在它们的池塘里，水花飞溅，使它们感到恐惧。最终，其中一只青蛙从水面窥视，看到它不再动了，很快所有青蛙就跳出水面，取笑它们的国王。然后，青蛙们再次请求得到一位真正的国王，这次来了一只鹳，把它们都吃了。

幢没有人居住的房子，代表了关于万物本质的观点，在过去的几个世纪里，这个地方一直重复着固定的祷告和信仰的自白，在这里，社区的共同生活比个人需要更重要，这里之所以沉闷和狭窄，那是因为它代表着秩序和权柄。埃勒比先生还在时，卓越的真理、秩序和权柄对他来说都是有生命的，但丹尼尔可以在心里悄悄地质疑宗教和人类道德的根源，享受叛逆的乐趣。如今，吉迪恩从人类学的角度解释家庭生活中道德的根源，丹尼尔对戒律和权柄的缺失感到痛惜。他非常爱他的妻子，也爱他的儿子，常常替他们担心，他也爱他的妈妈，因为血浓于水，也因为部落责任感。但是，这些爱不会促使他认为存在普遍的“爱”。他意识到，老人需要安慰，病人需要治疗，没用的人要尽量变得有用，那是因为大家需要秩序。为此，他需要圣职的权柄，正因为如此，他要利用他有限的生命，改变混乱、软弱和恐惧的局面，恢复秩序。埃勒比先生的信念对他丹尼尔有益。他常常坐在这座教堂里思考：到了另一个社会，我可能皈依成为一名佛教徒、印度教徒或者穆斯林。他的宗教信仰，或者日常的信念，在20世纪中叶的谢菲尔德，是大众容易理解的信仰，因此是正确的信仰形式。现在，吉迪恩成了牧师，对信仰的怀疑似乎很危险，以前可不是这样的。教堂变得空荡荡，圣坛就是一张桌子，在这里说的话（大多数情况下都是即兴的，不像从前经常重复）失去了权威，令人生疑。

在圣巴塞罗缪教堂时，有一群虔诚的老太太，她们的生活就是以那幢建筑物为中心。她们不怎么喜欢丹尼尔，因为她们觉得，他对慈善义卖和早茶会不够重视。当时，她们认为他是叛逆分子。她们经常背着他嚼舌头，说他关于做什么和不做什么的总结过于唐突，她们也看不惯他灰溜溜的鞋子和激昂的布道方式。如今，圣餐过后，大家都聚集在他的身旁，夸张的帽子下，每张脸上都挂着恐惧、无奈和愤怒。她们问他觉得会有什么改变？她们问他吉迪恩到底信什么？她们问，那些信仰单纯、盼望能收获福报的人会有什么结果？丹尼尔谈不上爱这些女人，但他了解她们，他一直在观察她们，他知道她们始终坚持参加教区的祷告、仪式和各种常规活动。

吉迪恩有一两回称呼她们为“恶龙”。他认为她们是教会变成今天这个样子的祸根之一，他想要推翻、改造她们的价值观，他想要让她们重新认识世界。第一次家庭聚餐后不久的某个礼拜天，丹尼尔看着围着自己的她们，觉得她们像是某个消亡的邪教组织的幸存者，她们聚集在一起，共同寻求慰藉。她们头上戴着奇特的红色弗里吉亚无边便帽，帽顶套着紫色的玉米花环和雏菊花环，毡帽上还插着羽毛。其中有一张苍白的脸上勉强挤出僵硬的笑容，露出一排结实、洁白的大假牙。一个人紧闭着嘴巴，生出皱纹的嘴角不自觉地颤抖着，那肯定是不高兴。她们不是恶龙，甚至不是女巫——她们只是年纪大了。她们说话都带着哭腔，他可以想象她们的失落感，却感觉自己似乎走出了黑暗，走出布满灰尘的角落，偷偷瞧着被清洁过的教堂，这里没有蜘蛛网，也没有法衣、神父神像、蜡烛和圣灵的火焰。

格里·伯特在教堂里一个黑暗的角落等着丹尼尔，等到所有女信徒都走了，他侧身走了出来，抓住丹尼尔的袖子。

“我能跟您说句话吗？您还记得我吧？我是格里·伯特。”

丹尼尔不太记得了。格里·伯特努力让他想起来。

“九个月前我上过报纸。”

丹尼尔想了想，还是没想起来。

“我被判无罪，当初是误判。她被判有罪。”

“啊，对，芭芭拉·伯特。”

“对。”

丹尼尔想起来了。那是当地有名的讼案，一对年轻的夫妇，刚结婚，被控杀死他们六个月大的孩子。格里和芭芭拉·伯特。那孩子遭到殴打、烫伤，营养不良，最后被闷死了。那对父母被蒙在毯子里带进卡尔弗利的巡回法院。法院外面，成群的女人一直在号叫，声嘶力竭，身子也不停颤抖。一位优秀的律师让芭芭拉·伯特承认杀婴罪。格里一直坚称，他对女儿身上的溃烂、鞭痕和烫伤没有任何责任。他的律师以他是“弱智”替他辩护，但他还是因疏于照顾孩童而被判监禁，如今已经被释放。丹尼尔依稀记得，格里的妻子曾被建议去医院接受治疗。

“伯特先生，你说我能做什么呢？”

“没什么，我想。没什么。”

他瘦骨嶙峋，与其说是个男人，不如说是个男孩，苍白的小脸上布满了斑点，姜黄的脸色让本来并不起眼的五官出挑，此刻像是染上了异域色彩。他的眼睛是淡蓝色的，睫毛粗短，呈淡粉色。在教堂里，他跟丹尼尔挨着坐在后排，过了半个多小时，才好不容易说出几句话。

“我一直觉得不舒服。我不想活了。我不能工作，我什么都干不了，什么都不行。我不能说话，不能在酒吧里说，也不能和家人说。我病得很重。”他有气无力地反复说他病了，“我讨厌自己。我让自己生病了。”

丹尼尔问起他的工作。他没有工作。丹尼尔又问起他的家人。

“他们不想知道。没错。”

有些平常的话卡在丹尼尔的喉咙里说不出来。他怎么说得出“宽恕”和“忏悔”呢？他说：

“你肯定想活下去，既然你来到了教堂。”

伯特先生用带金属头的靴子蹭了蹭教堂的地板石。

“也许，我是……为了放弃……放弃自己。我不知道。也许是为了她。”

“你的妻子？”

“是她。我告诉你，我就是来告诉你，我不能容忍什么。如果他们放她出来，我就不能忍受。要是她回来了，要是她接近我，要是我再见到她，我不知道该怎么办。”

“他们会放她出来吗？”

“我不知道。她想见我。他们觉得我……我不知道。”

“说说她的情况吧。”

“她简直就是畜生，不，连畜生还不如。畜生还会照顾自己的幼崽。她很懒。你想象不到她有多懒。她从来没下过床，没脱下过那件恐怖的睡衣。她从来没煮过饭，对谁都很冷淡，无论是对她自己、对我，还是对……孩子。房间里到处都是脏兮兮的杯子、玉米片、奶油蛋糕、巧克力包装袋，还有她从罐里弄出来的花生酱。”

“有时候，睡成这样的人准是生病了。”

“她恨孩子，因为她被吵得睡不着觉。她从来没打开过窗帘，就是为了保持安静。她也想让孩子安静。”

“你有劝过她吗？”

“没有，没有。”他那张阴沉的脸皱了一下，原本瞪大的眼睛眯了起来，“这些已经成为她的一部分了，你明白吗？那些气味——床那么龌龊，臭尿布、污秽物随处可见——都已经变成她的一部分了。孩子身上的气味也慢慢变得和她一样。”

“这不是幸福的生活。孩子很痛苦。”

“孩子也很安静。每次我回家，她都很安静。她最好是不吵不闹。只要她一动，她就会像疯了似的，大叫大嚷，还打她。她就有力气大喊大叫。”他停顿了一下，“孩子再怎么哭闹，也发不出多大的声音。”

“她应该是生病了，需要帮助。女人生完孩子以后会这样，大多数女人都是这样。”

他俩的目光相遇了，格里脸上的雀斑掩盖了他眼中的泪花。

“他们都这么说。我在想，我认为，有些女人就是坏。就是坏。她脾气差，人也坏。我到这儿来，到教堂来，是因为在教堂里，我就可以说这些是错的，她那样对待孩子是错的，我可以说她这个人怎么样，我干了什么，或者没干什么，都行。”

他是来接受审判的。丹尼尔叹了口气。

“她多大了？”

“十八岁。”

“还是个孩子。”

“不是。她不是个孩子。她让我感到恶心。她会回来的。”

丹尼尔无法强迫自己去请求格里·伯特原谅芭芭拉。

“先生，我来恳请您的帮助。请帮助我，我自己。”

他嘴里呼出一股酸味，那是绝望的气息，和腋窝、裤子里散发出来的气味一样。

“如果你不想见她，就不要去。这没有任何好处。也许你应该离开这里，去找个工作。”

“谁会愿意给我工作呢？”

“一起喝杯啤酒吧。我们好好商量一下工作的事。”

格里仍然需要审判，他在等待一场审判。

“你当时应该保护好孩子，帮她洗干净，找个医生看看。”

“孩子也很可怕。她不太正常，浑身都是病，环境那么龌龊。”

“那就更应该找医生了。”

“我怕她。”

“她那么小。”

“我知道。”格里·伯特说，眼泪顺着油腻腻的脸颊流下来，“谁能想到有男人像我这样可怜呢？没人知道我怎么变成这样的。先生，有人就是傻瓜，真正的傻瓜，无可奈何的傻瓜。”

“确实，”丹尼尔说，“有这样的人。”

那天晚上，他们在一袋钉子酒吧喝了啤酒，此后还有几个晚上，格里·伯特不打招呼就出现在教堂里，然后他们又去了几次酒吧。丹尼尔坐着，将衣领竖起，表示他是以朋友的身份来的，而不是在做慈善（这个习惯经常招致老妇人们的批评，她们很讨厌他这么做）。他想到了芭芭拉·伯特，他不太了解她。他又想到了死去的孩子洛林，对这个孩子，他没有什么了解，他只想到了她身上的伤口和臭味，想到她被迫闭嘴，但她已经死了，死了。他考虑过联系警察局，问问他们芭芭拉到底有没有精神问题？格里到底有没有必要担心她获释？但是，他最终没有这么做，因为他觉得格里需要他，需要他相信他说的话，认定他的恐惧是真切的，认定他的恐慌是出于道德感而不是罪恶感，虽然他确实有罪。“我来请你帮助我。帮我。”他给格里找了一份临时工作，在吉迪恩建设新青年俱乐部的地方搬运碎石。他不知道伯特以前是什么样的人，如今，他的嘴里只有恐惧和仇恨。还是蛮让人同情的。

他和格里谈完话从酒吧回家时，他的妻子正坐在桌子旁给威廉喂奶，威廉坐在一把便携婴儿椅上。如今，家里到处都是威廉的东西，大部分是几何形状的小塑料制品，颜色都是基本色，有天蓝色的圆盘、配白色盖子的黄色水桶、带白色折叠脚的蓝色婴儿浴盆，还有一套圆形、正方形和三角形的磨牙圈，看起来像用链条或者丝带挂着的硕大硬币或者珠宝。桌子上放着几碗热水，水里放着几个蓝色亨氏罐子，罐子里有些是米糊，有些像果酱，有的清淡，有的浑浊，跟那些色彩鲜艳的塑料制品形成很大的反差。桌上还有灰绿色的苹果泥、黄绿色的豌豆泥、浅黄褐色的牛奶麦片，还有不透明的橙汁。威廉周围的颜色也是反差巨大，他的椅子套有孔雀色和白色的条纹，就像马戏团搭帐篷用的帆布，他的黄色衣服沾满了污渍，有很多黏糊糊的手指印、嚼过的饼干渣和吐出来的乳白色残渣。空气中混杂着牛奶、麦芽、尿布和消毒剂的气味。斯蒂芬妮正用勺子给威廉喂绿色的东西，他的嘴唇和舌头一会儿吸吮、一会儿吐泡泡，吃进去的大部分都吐了出来。他伸出一只黏糊糊的手，抓住斯蒂芬妮的头发，另一只手抓住汤匙。斯蒂芬妮的脸上沾了很多小孩的泥糊状食物，干了之后，一条条的，硬邦邦的，还闪着光。丹尼尔把所有场景在脑海里飞快过了一遍：格里·伯特身上的酸馊味、空荡荡的教堂、酒吧里的烟味和啤酒，还有他的孩子日常生活中散发出的各种气味，美好之中夹杂着混乱。

“吉迪恩来过。”斯蒂芬妮说。

“来干什么？”

“不太清楚。他叫马库斯跟他的年轻基督徒一起去探索大自然。”

“对他没坏处。”

“他可能不想去。”

“他最好去，最好有点事做。”

“你来喂威廉，我给你泡茶。”

斯蒂芬妮站起来要走的时候，他的儿子圆鼓鼓的黑眼睛盯着她，张开嘴表示抗议。丹尼尔舀起一勺苹果泥，塞进儿子的小嘴中，那张小嘴正准备吵闹呢，所以好多苹果泥都被喷了出来。然后，威廉的舌头卷起来，像一把小勺子，把剩下的苹果泥吃下去。丹尼尔感受到男人的成就感，苹果俨然变成了婴儿，水果被吃进去，孩子就长了肉，胖嘟嘟的小拳头、手指、脖子和脸颊都长得非常快，几乎一天一个样，以肉眼可见的速度成长。那双黑色的小眼睛盯着他，嘴像小鸟儿一样张着。丹尼尔摸了摸威廉暖暖的头和跟他一样的头发，弯下腰，鼻子凑近儿子。威廉闻起来没什么不正常，虽然混着各种不同的味道，酸酸甜甜的。丹尼尔闻到了人的气味，闻到了斯蒂芬妮的气味，闻到了他自己的气味。

丹尼尔骑着自行车穿过里思布莱斯福德时，曾经设想过他的家应该是这样子的：地方不用很大，光线明亮、柔和，隐藏在封闭式的窗户里，温馨而私密。在这厚实而安全的房子里面，妻子坐在火炉边，孩子在洗澡，头发蓬松，桌上干净整洁，放着温热的茶壶、热吐司、结晶的蜂蜜，还有威廉专用的明亮、简单、干净的盘子和碟子，油布餐垫上画着《此房是我造》电影中的人物，大家都很单纯、很开心，相互啃咬、伤害、追逐、翻腾、喂奶、接吻、结婚，然后醒来、建房子。

晚上，他躺在床上，听着孩子发出讨厌的声音，先是断断续续的咳嗽声，接着就是大声哭闹。他已经连续几个星期都没睡好，感觉这幢半透光的房子脆弱而且拥挤，快要被窜来窜去的老鼠给拆了，刮风的时候，风可以找到裂缝吹进来。每当这时候，他都能听到睡在老旧弹簧床上的母亲每隔几分钟就翻一个身，能听到马库斯晚上频繁上厕所，赤着脚，悄无声息地走着。这时，他对客厅的印象变成了剥落的灰泥、潮湿的天花板、墙纸上没涂完的油漆、黄色水桶里的尿布和金绿色的尿，以及玻璃窗上的污垢，这些东西对他形成了强烈的压迫感。有一天晚上，他先听着大家的呼吸声，然后威廉像摩托车发动机一样开始咆哮起来，他就跟斯蒂芬妮说：

“他简直是一条会吐烟雾和火焰的龙，还会不停咆哮。”

“我抱他走走。”

“不用。你睡一会儿吧，我来。”

他在屋子里走来走去——一个穿着袜子的大块头，把儿子紧紧抱在胸前，从软软的头到乱蹬的小脚，还不如他结实的上身宽。他在自己的小空间里慢慢走来走去，从门边走到墙角，再从墙角走到门边，哼着赞美诗，压住胸前的小拳头和小脚，不让他乱动，希望他安静下来。他心里满怀爱意，看着那双小眼睛一会儿睁开，一会儿闭上。他很生气，因为墙挡住了去路，因为家里几个人睡觉都不安稳，因为他心里充满爱。

11

常人与怪物（二）

起初，马库斯刚离开时，温妮弗雷德只是把他的卧室关起来。后来，他一直没有回来，她就白天进去打扫房间，清除灰尘，清理书架，把旧玩具永久性地收起来。然而，他还是没回来，她做了更激进的事情，给羽绒被换了新套子，做了崭新的浅白色窗帘，最后，其实这应该是最先做的，她把墙壁和房间的门重新刷了一遍漆，一律刷成了白色——以前，墙壁是鸭蛋蓝色，门是奶油色的。打扫粉刷后，整个房间干净整洁，但空空如也。白天，她经常坐在他的书桌前，望着外面的橄榄球场，看着别人家的男孩们在球场上跑来跑去，或者相互搂抱着，在草地上追逐那只没有头的圆形螃蟹。她想，那些男孩都是正常的男孩，接着又想，什么是正常的？

比尔进了门，她才回过神来，然后下楼做饭。因为只有他们两个，所以不用做多少。他们基本不说话。这也正常吧，温妮弗雷德觉得。以前，家里有人说话的时候，一般是弗雷德丽卡在不停地宣传、鼓吹、抱怨和煽动，比尔则满嘴大道理，然后他们俩相互质疑和争论。吃完简简单单的饭后，比尔就开始看书，都是大部头，主要是19世纪的小说和研究心理分析和精神病学方面的著作。也许，他都没有看到他吃了什么。过去，他常常抱怨吃得不好，现在都不会了。温妮弗雷德的菜谱也渐渐固定下来，一个星期里面，一天吃猪排，一天吃培根，一天吃腌鱼，两天吃烤羊肉，两天吃午餐肉和咸牛肉。她用面包代替了土豆，用罐装豆制品代替了大部分蔬菜。她不再做布丁，因为已经有水果和三片奶酪，不过，奶酪片越来越小，而且要等到奶酪开裂、变成碎片，她才会换一块。比尔看书的时候，温妮弗雷德则在一旁沉思。在思考的时候，她就显得十分紧张，坐姿僵硬，很不自在，有时，吃完饭后握刀的手会疼，下巴也会疼。

尽管她表面十分平静，但是，想到生活、家庭、丈夫和财物等时，她的内心汹涌澎湃。

在沉默的用餐过程中，特别吸引她的物品，就是那些功能有限的小物件。她每天都要用的黄油盘子上放着一块标准的半磅黄油，黄油刀的刀刃已经钝了，绿粉金色茶壶架已经褪色，奶酪碟的楔形盖子上画着棕色的花朵，把手做得像一根被拧紧的绳子，鸡蛋套子是用红色毛毡做的，还有泡菜叉子、微型三叉戟、小银器、蛋杯、烤面包框子、糖钳、用于弄掉桌布上的面包屑的刷子和平底锅，等等。最后这些必须被擦拭得很干净，而这些东西非常精致，就算擦得锃亮，也总是留下痕迹和各种暗色条纹。她有点辛酸地记得，这些东西都来之不易，使她的生活井然有序，增添了一定的仪式感，让生活更加优雅。对陶器内行的人来说，他们很喜欢奶酪碟的把手。也有人喜欢烤面包框子的精美拱形边，整个看起来像向上翘的船壳，但没有注意到那片厚面包，也没有留神框子装满了以后，怎么才能抓到小环形把手。

大家都知道该怎样生活，怎么经营家庭，怎么做个好母亲。要做个好妻子可能更复杂，妻子的好坏各不相同，有争论和重新定义的空间。与做不好妻子的不同，做不好母亲的都是一个德行，粗心大意，挥霍无度，只考虑自己，举止懒散。好母亲的品质也都差不多，耐心、随和、无私、稳重。作为一个母亲，她也全心全意地投入，这是她的生活，她是一位母亲。要做一个好母亲，那就要在正确的时间放手。于是，斯蒂芬妮带着她的善意去了剑桥。弗雷德丽卡轻狂地谈论家的恐怖，而她都坚强地忍了下来。但是，马库斯的逃走真的带来了惧意。说到家，他就尖叫起来，大哭大闹，这个家也就不算个家了。那她呢？她最近才意识到，作为一个女人，作为一个母亲，作为一个疲惫不堪的中年人，她身上确实有可能吓到别人或者让别人生气的因素。她记得，年轻的时候，她看到那些老头老太也烦，这与他们的本性没有什么关系。那时她没有想太多，但是现在她想到了。在不经意间让人害怕，让人不开心，这是很让人难受的事情。

奶酪碟和鸡蛋套似乎有点膨胀，看起来很怪诞，它们被搁在桌布上，感觉很厚重，温妮弗雷德阴郁、热烈地看着它们所处的位置，觉得自己似乎也膨胀起来，也那么怪诞。她被重重围困，更准确地说，她是被更年期所困扰着。从外表来看，她的皮肤没有光泽，十分干燥，样子很难看。在内心深处，她感觉到她的血液变得稀薄，心跳不稳定，骨头变得更脆，视力也逐渐减弱。虽然不是很准确，但她一直认为，她以前的身体十分健康，东西看得很清楚，走路很轻松，转过头去不会感到头晕或恶心。现在，只要她的头转得快一些，她就会觉得眼前一片模糊，甚至漆黑一片，这是个大问题、大威胁。她的脸容易感到灼热。很奇怪的是，虽然她觉得血液变得稀薄，心脏变得衰弱，但是，她的内心经常会沸腾，就像一个老巫婆痛苦地坐在柴堆旁。此时此刻，她安静地坐着，看着比尔看书，一张桌子摆在他们中间。她感到灼热，不仅仅是血液或脂肪在燃烧，而是因为愤怒，她对这种愤怒完全不适应，感觉毫无来由。她看着比尔，比尔老是生气，她在指责他爱发脾气的时候，还常常暗爽。她坐在那里，很漂亮、很文静，皮肤是银金色的，腰板挺得笔直，一副很睿智的样子，但是，在内心深处，她却视自己为一座喷薄欲出的火山，承载着一副脆弱不堪的骨头，头发枯死，目光呆滞，手指麻木，活像一个怪物。

有一天，她看着比尔，最近，她都这样安静又急切地看着他，多年来，她不敢对他不信任，多年来一直在退缩，如今算是找回了平衡。她的脑海中有这样一个故事：一条可怜巴巴的狗，跟一个爱酗酒的老头住在同一间小屋里，经常遭受殴打，被他拳打脚踢，伤痕累累，饥肠辘辘，躺在地上哀嚎，可是，当这个可怕的老头倒下、脖子摔断时，它还被人家拖走了。这条狗到底是被人杀害，还是得到了精心护理然后恢复健康，她忘记了。她肯定读到过这样的描述，才会清楚地记得这样的画面：锡桶里装着煮熟的食物，屋顶上破了几个洞，狗到处找面包皮吃，饥肠辘辘，主人在发过酒疯之后又表示后悔，赞赏狗的“忠诚”和“爱”。温妮弗雷德鄙视这条狗，更鄙视那些用人类表达美德的词汇来描述狗的行为的人。狗是注定要挨打的，是主人的附属物。它不应该受到赞扬，也不应该受到指责。她呢？

他出去以后，她就好好收拾了一番。她让马库斯的房间焕然一新，干净整洁。她也收拾了比尔留下的烂摊子。肮脏的烟灰缸里的烟头让她感到恶心。她用力擦洗了烟灰缸。她把书随意放到书架上，要是在过去，她会小心翼翼地放好，并拂去灰尘。一发现他的衣服脏了，她就会立刻洗干净，甚至还没脏就要洗。他是否有注意到，他是不会说的。在揉搓和熨烫他的衬衫时，她都感到很厌恶。她觉得做这种事情是自己命中注定，她必须承受。有一次，一堆信件和纸张意外掉入废纸篓，她并没有捡起来。

她听到他在到处寻找，但她什么也没说。

有几次他这样说：

“我的工作只能这样了。我干不好。我的教学生涯已经结束了。孩子们都觉得我烦。”

“那我呢？”她不知道自己为什么会那样吼叫，“那我呢？我干得好吗？我什么干得好？”

然后，她很快就平静下来。

“你，”比尔说，“你照顾……”

“什么？”她喊道，“什么？”

“别叫。”

“你怎么好意思跟我说这样的话？你怎么好意思跟我说这样的话？”比尔的脸皱得像个老头子。他的反应一如既往。

“你知道我没那个意思。该发生的已经发生了。”

“他就是无法忍受你的吼叫。”

“哦，亲爱的，我知道。”

12

看护小孩

经过商量，大家一致的意见是斯蒂芬妮应该有一些属于她自己的时间，她得去干点自己的事情。这主要是丹尼尔的意见，他建议她每天去里思布莱斯福德公共图书馆一两个小时，其间由丹尼尔的妈妈和马库斯照顾威廉。他说，这是大家庭的好处。马库斯有点害怕，而丹尼尔的妈妈则说她希望斯蒂芬妮别出去太久，不要到孩子肚子饿了还不回来，也要跟马库斯交代好要做晚饭。斯蒂芬妮感觉，这是一个强势的母亲代表在指责她不负责任。事实上，在威廉这个岁数，丹尼尔就经常一个人待很长的时间，而奥顿太太则去邻居家串门，或者去逛商店。奥顿太太说，她也可以在家里看书，这样大家都能得到照顾，马库斯则上气不接下气地说，他们不需要照顾。斯蒂芬妮拿了一个旧文件夹、一本华兹华斯诗集和她在学校办公用的书包，出发前往图书馆。

然后，大家都感到很不舒服。

斯蒂芬妮艰难地踩着自行车出门去了。她感觉身上被长长的亚麻绳子捆着，眼前晃着儿子的影子，他就躺在柳条编织篮里，小手抓着小耳朵。她似乎听到了、闻到了强烈的呼唤声，空气中有一种东西在搅动，弥漫着一种气味，呼唤她回来，要求她必须回来。她费了好大的力气才让理性占了上风。

马库斯走上楼，把自己关在卧室里，奥顿太太坐在沙发椅上，打开了《妇女家政》周刊，调高收音机的声音，开始打盹儿。

威廉听到收音机的声音，身子动了一下，挥舞着拳头，居然抓破鼻梁，轻轻地哭起来。他被自己发出的声音吓到了，然后吸了一口气，开始号叫起来。

马库斯走出来，蹑手蹑脚，像踩在鸡蛋上一样，侧耳倾听着。

威廉还在哭，不过声音小了一些。

奥顿太太喊道："小伙子，小伙子，孩子在哭呢。"马库斯没有回答。奥顿太太随手拿起桌子上的一本书，往桌子上砸。威廉听到了巨响，开始号啕大哭。

马库斯悄悄走到楼梯头。

"小伙子，你得把他抱起来，看看到底是什么情况。"

"也许他一会儿就睡着了。"

"可能性不大。"

马库斯打开斯蒂芬妮的房间，走了进去。柳条编织篮被摆放在窗户边，挨着罩着白色床单的床。随着呼吸的起伏，威廉有节奏地号哭。马库斯走近，看到毯子被踢开了，小小的身体正在剧烈地扭动着。脸还没有长开，哭了这一阵，脸上五颜六色，有海葵般的苍白，也有浓郁的紫色。马库斯弯下腰，把婴儿抱起来——他看到斯蒂芬妮平时就这样抱起来——然后抱在怀里。婴儿很容易抱起来，比想象的更轻一些，但没想到他哭起来这么有劲。他屏住呼吸，过了很久，感觉度过了可怕的危险期，才长舒了一口气。马库斯小心翼翼地抱着他，弯着腰，慢慢走到楼梯口。

他中间停下来，调整了抱小孩的姿势，以便下楼。他的眼睛和婴儿那双愤怒的黑眼睛刚好相对。这个婴儿不得了，乍看起来那么柔弱，还呼天抢地，但他并不是在乞求怜悯，他才是真的专横。

马库斯先走了两三步，然后一口气走下来。“婴儿不是这么抱的。”奥顿太太坐在沙发椅子上说。

在图书馆里，斯蒂芬妮把书拿出来，放好。她用不着写文章、复习考试和备课，在这样的条件下看书，真是惬意。这里有两张富美家的桌子，桌脚是金属制的，两边的书架上摆满了小说、政治、家庭、园艺、母亲护理和哲学等各类书籍。

其他读者都是男人。有两个流浪汉，一个在读报纸，一个站在一大堆《大英百科全书》的后面，一个穿着泥色毛线衣，另一个人穿着黑色外套，像殡仪馆的员工。还有一个衣着非常整洁、个子矮小的老头，颤抖的手里拿着一个放大镜，面前摆着一堆著作，里面有《英国树木的历史》《物种起源》《开放社会及其敌人》和《针对每个人的家庭自产草药》，看不清他的业余爱好是什么。一个身材瘦弱、学生模样的年轻人拿着一本数学教科书。

有两三个家庭妇女，或者说看起来像家庭妇女的人，站在小说类书架旁边聊天。

她决定读《不朽颂》，她想读得再清楚一点。她有一个模糊、不成熟的想法，如果她好好读，能够厘清思路的话，也许可以写一篇关于华兹华斯的博士论文。她感到惶恐。她需要在脑海中为思考腾出空间，但现在看来是不可能了。她记得，以前上学的时候时间十分充裕，有巨大的自由空间，不管接到什么任务，第一天开展任务的情景也是这样的。她必须把自己的思绪从纷扰中剥离出来：得去买咖啡了、我是否恋爱了、黄色裙子需要洗、蒂姆不高兴了、马库斯怎么了、我该如何生活，等等，都必须被抛到脑后。过了好久，她才能找到开展任务的头绪，然后再过很久，甚至更久，任务才能真正开展，然后再过很久，她才会真正忘我地投入进去。在思考之前，必须有一段时间放空大脑，打打呵欠，四处逛逛，慵懒之后，她才会心情愉悦、充满活力地干正事。要产生新的思绪，总是要先整理以往的思想，要调动藏在深处的记忆。马库斯和丹尼尔的妈妈，尤其是威廉的身影，充斥着她的内心和几乎所有的即时记忆，没有留下任何多余的空间，更没有集中思想的可能。她告诉自己，要生存，她必须适应没有多余空间的生活。她必须学会变通。不管是在排队等公交车的时候，还是在公共汽车上，在洗手间，或者在桌子和水槽旁，她都要能够思考。这确实很难做到。她感觉到疲倦。她打了个哈欠。时间在一点点流逝。

马库斯一言不发地把威廉交给了奥顿太太，奥顿太太把他紧紧搂在胸前，威廉被压迫得喘不过气来，他的号叫声变成了哽咽。奥顿太太拍拍他的屁股。马库斯心神不定地徘徊着，他担心威廉可能会窒息。威廉那么柔弱，而奥顿太太的块头那么大！她穿着人造丝绸衣服，闪闪发光，有一双深红色乃至紫色的圆滚滚的手，袖口的纽扣像一滴滴融化的脂肪，这些都让马库斯无比厌恶。

威廉还哽咽着，但这时他咬紧牙关，又发出了另外一种声音，脸上一会儿是猩红色，一会儿是朱红色，一会儿又呈蓝紫色，然后突然变得苍白，包裹着小屁屁的软垫里面发出巨响，软垫在颤抖。

“你给他的小屁屁换个尿片。这样他会舒服一些，好吧，亲爱的？”

“我不会。”

“你可不要指望我这有风湿病的老太婆抱着他爬上楼，对吧？去换吧。我会教你，你照我说的做就行。”

“我…… 我……”

“是你告诉他妈妈说，我们能搞定。我听到了。来吧，你搞定。去拿东西。干净的尿布、棉包巾、毛巾和棉絮，还有婴儿爽身粉和一壶温水。上去，找不到的话，就喊我。”

马库斯爬上楼梯。他找到了给婴儿换尿布用的橡皮床单和毛巾，把它们放到床上。他也找到了其他东西，整整齐齐地放到一个塑料盆里。他小心翼翼、一步一步地走下了楼梯。

黄色的污秽已经从威廉天蓝色灯笼裤的边缘渗出来，紫红色丝绸包裹上的印迹十分清楚。

“漏出来了。”马库斯小声说。

“给我一块棉絮。围上橡皮围裙。快点。”

马库斯上楼去。从一个白色圆筒上扯下一团白色绒毛，围上橡胶围裙，里面塞了白色毛巾，各种味都有，橡皮味、金缕梅味和女性的气味，那可能是斯蒂芬妮的气味。他照了下梳妆台的镜子，看到了自己不男不女的样子。他觉得自己很傻，甚至更糟糕。他下了楼梯。

“你的样子就像一个白痴。赶紧把小孩抱过去，没什么可怕的，就是没来得及消化的牛奶，他不会伤害你的。我没见过这么没用的家伙，从来没见过。”

她抓过棉絮，用棉絮擦着巨大胸脯的一侧，一边嗅着，一边噘起嘴唇，嘀嘀咕咕，还不准备从沙发椅上站起来。

马库斯接过威廉，远远地抱着，距离围裙很远。

“这样他会掉下来的。我有时想，你还真的需要人管。你生来就没本事。好好抱着。”

“好吧。”

斯蒂芬妮这时还在出神，她想起了其他图书馆，主要是剑桥大学图书馆，毕业那年的夏天，她经常去剑桥大学图书馆。她记得当时获得知识、抓住论点和找到例证的那种感觉，她找到了古希腊思想和17世纪英国思想之间的联系。获得知识可以产生快感，甚至强烈的幸福感，就像做爱，就像在空旷的海滩上晒太阳。她想到了不同的幸福来源，柏拉图的太阳、丹尼尔的身体以及威廉从她身上分离出来的那一刻，她感觉如沐春风，她想到了理想状态下的“我的生活”，她好久没有想到这个问题了——当初在剑桥大学图书馆，这个问题似乎早就想清楚了。这样不行，我要好好思考《不朽颂》，我没有时间了。于是，她开始思考《不朽颂》，这首诗的内容十分丰富多样，涉及草地上的光辉、思考的必要性、生命的形状以及各种光。

她即将展开思考。就在这一刻，她的感官也变得敏锐起来。她看着图书馆的灰色磨砂窗户、军舰灰的金属书架和鹅卵石水泥地板，她坐的富美家桌子和地板摩擦，发出刺耳的声音。一个老人在桌子底下偷偷地撕开一片面包，吃了一块奶酪，喝了一杯酒，图书管理员似乎正看着别的地方。那个拿着放大镜的小老头开始看《利维坦》[67]。看着他，她就感到很开心，这里的一切都让她很愉悦。于是，她开始注意思考那首诗。

马库斯把小孩放在橡皮床单上，解开了灯笼裤底部的纽扣，因为小孩两腿乱踢，进展比较慢。灯笼裤里面是透明的橡皮筋短裤，里面藏着一大包淡黄色的流质，裆部别着一根别针。马库斯感到恶心，他把橡皮筋短裤卷起脱了下来，扔在卧室的地毯上，地毯马上脏了一片。那根别针耽误了他好几分钟。别针被粪便给盖住了。就在短裤好不容易才被拽下来的时候，小孩又乱踢了一通，马库斯看到别针头刺着小孩的大腿，泪水夺眶而出。他不能这样。不行。他没有注意观察过抓住脚踝把小孩拎起来的手法，他把尿布硬扯下来，于是，小孩内衣的背后、床罩和地毯上又留下了黄色的痕迹，还比刚才更明显。他意识到他把别针放错地方了，别针可能就在孩子的身下，他也没有想过如何在不背对婴儿的情况下从梳妆台上拿温水，如果不注意，婴儿随时可能从床上滚下来或者滑下来。于是，他折腾了一会儿，一只手放在婴儿的肚子上，一只手伸向水，但那只是白费力气。结果，他跑了两个折返，孩子差点掉到地上，水也泼了一半在地毯上，然后还得回去拿棉絮。

接下来才是最艰难的部分。他反复擦洗着婴儿的身子，自己恶心得要吐了，然后又发现小孩腹部沟的皱褶里有黄色的污物，臀部也有一个明显的伤口。他向地毯上扔了一大堆棉絮。他汗流浃背。他找到了那根别针，别针像弯刀一样刺进了婴儿的脊柱。他又慌慌张张地拿来了爽身粉。

他不明白怎么能用一根别针把尿布变成内衣。他折了又折，把看得见的尖头都折掉，绝望地戳了一下，看看小孩会不会尖叫，然后把扣子扣好，却忘了把橡皮筋短裤换掉。结果尿布又松开掉下来。还好，终于大功告成了。他抬起头，发现婴儿在看着他。嘟起的嘴唇颤抖着，嘴角和眼角都向上翘。马库斯往后退了一步，不知道这是真的笑还是假的。他踩到了脏尿布。然后，他抱起差不多收拾干净的威廉。

《不朽颂》是一首关于时间和记忆的诗歌。读书的时候，十八岁读大学的时候，斯蒂芬妮一直很质疑华兹华斯对于童年的评价。她没有觉得童年尤其幸福。

如今，她已经二十五岁，她觉得自己老了，但在生了儿子之后，她却对孩子的孤独感和与成人的差异更感兴趣了。她读到那句“儿童是成人之父”，就想到了威廉，想到了曾经沐浴过他的那道光，想到他即将成为一个男人。然后，她更仔细地读了这首诗中关于孩子的描述，作为一个女孩，在很小的时候，她也读过，但读得比较肤浅，当时她感觉没什么特别，没什么吸引力，远远不如彩虹、玫瑰、星夜的汪洋、那棵树和那朵花等天堂般的景象那么有趣。

诗中有连续两节描写孩子的段落。第一节描写他学习礼仪和台词，从“人生憧憬”写到婚礼和葬礼，最后写到孩子在“诙谐舞台”上扮演莎士比亚《皆大欢喜》中的人物。这一节让她想起了吉迪恩的社会学布道法。下一节柯勒律治她觉得很吓人、很不好，这一节中有一系列隐喻，用深渊和桎梏来评论灵魂的不朽。

柯勒律治[68]反感的是，诗中说孩子具有“盲人中的慧眼，不听不语，却洞彻为不朽心灵所追求的永恒之深渊”。斯蒂芬妮突然发现，这一思想通过不同的表达方式反复出现。在这一节中，“深渊”代表华兹华斯对生活和思想的想象，他认为生活和思想是黑暗的，于是出现了另一个迥异的形象，跟前面关于孩子学习礼仪和扮演角色的描述形成鲜明的对比。在第二节的最后，诗人向孩子保证，“习俗”应该“沉似冰霜，深如生命”。这两个形象终于融会贯通。

《创世纪》中“永恒的深渊”已经到达了追根溯源的深度，刚好摆脱桎梏，沉似冰霜。她长到这么大，才刚刚明白“习俗”这么沉重。这句话打动了她，她以前想到过一句很有哲理的话：“我即生物，生物即我。”当时她也颇有感慨。于是，她的心灵又复活了，她曾经以为，她已经看清了儿童所扮演的角色与桎梏和深渊之间的关系。她感到了片刻的自由，她看了一眼手表，发现要把它写下来或者进一步深究已经没有时间了。说实话，真理的异象已经变成了无聊的感悟。

马库斯抱着威廉走下了楼梯。奥顿太太坐直起来，粗壮的膝盖伸展开。

“放在这里。把他放在这里。我来看看你干得怎么样。”

“很好。我搞定了。我抱着走走。”

“放到这里来。”

“不用，我就抱着他走走。”

“你就像个木头人，抱小孩都抱不好。看看你的样子，你的肘部和拇指。我没见过这样的废物。”

马库斯退到楼梯口。他不想把威廉交给她。她硕大的胸脯前别着一根巨大的仿月季形胸针，胸针突出得很明显。他不想让她看到他刚给威廉换的尿布。他不希望威廉被那根胸针刺到。

“他很好，我说过。他很好。”

“跟你这个小鬼说不通。人家这里不需要你，你却摆出一副不得了的架势，你给这里的人添了这么多麻烦，自己连一块尿布都弄得鸡飞狗跳。你为什么不回去你自己的妈妈身边，笨蛋。我想她肯定不会替你包办一切，对吧？如果这是我的家，我可以告诉你，我一定把你赶出去，让你自生自灭。看你白白净净的，就是一个窝囊废，并且心肠很坏。趁你还没有伤害到小孩，把他交给我。”

“我在楼上也没有伤害到他。你刚才怎么不去给他换尿布？你以为家里没人的时候，我就没看到你上下楼梯，一点问题也没有吗？”

“我们这是在吵架吗？好吧，我过来抱他。”

马库斯吓了一大跳，她竟然从沙发椅上站了起来，硕大的身躯摇摇摆摆，慢慢地朝他走来。他呆呆地倚靠着楼梯立柱，把威廉抱得更紧。奥顿太太晃到了他身边，圆滚滚的手抓住威廉的肩膀。马库斯还是挺住了。抓住威廉不放的奥顿太太却脚下一滑，摔倒在石头地板上。威廉也摔倒了。马库斯坐在楼梯台阶上。婴儿一动不动地躺在他的脚边。奥顿太太开始撒泼，像快要搁浅的鲸鱼一样，在地上打滚。

这时，斯蒂芬妮从大门走进来。她心里还想着《不朽颂》，思考其中的精神意义，同时也十分牵挂威廉。

一阵可怕的寂静。接着，斯蒂芬妮把书扔在地上，抱起了她一动不动的儿子，他还在喘气，这时开始放声大哭。奥顿太太也大叫，说她肯定又断了一根骨头，很痛，必须马上请医生过来，都是那个窝囊废的错，他得让人家伺候着，成事不足，败事有余。她痛得受不了，必须赶紧请医生过来。

“马库斯，把她扶起来。”

“我不干。”

“哦，天哪。要不，你来抱威廉吧。”

“都这样了，怎么能把孩子交给他？”

斯蒂芬妮咬紧牙关：“我拉你，你起得来吗？”

“起不来，起不来。”

“我给你拿一个靠垫。我马上去叫医生。”

拿来了靠垫，叫了医生，她就把威廉抱走了。她坐下来，紧紧地抱着他，害怕、震惊和内疚，她浑身发抖。她的手都湿透了。

“他也没穿尿布。好吧，算了。他的橡皮筋短裤呢？谁给他换的？”

“我换的。”

“马库斯，这是真的吗？哦，马库斯！”

她哭了起来。

马库斯上了楼，把自己关在房间里。

奥顿太太躺在一边呻吟，嘴里骂骂咧咧。医生来了，说她有点挫伤，但没有摔断骨头。医生和斯蒂芬妮一起扶着她上了楼，扶着她走到了床边。他检查了小孩，他的太阳穴有点擦伤，但总体没有问题，孩子很健康。斯蒂芬妮吻了吻擦伤的地方，忍不住又哭了起来。看到新生婴儿第一次破皮，总是特别让人心疼。

13
木乃伊

“你做梦吗？”精神科医生按惯例问了马库斯。

“孩子从我手里掉到地上以后，我做了一个噩梦。”

“你能描述一下吗？”

他们坐在带软垫的椅子上，围成一圈，膝盖碰着膝盖。这是派对上经常玩的游戏，虽然不清楚到底是叫“击鼓传花”还是“抢椅子”，还是用膝盖或鼻子传东西，或者是用耳朵和下巴传网球不能落地之类的色情游戏，马库斯或多或少受到标签化思维的影响，统统称之为“派对游戏”。在梦中，所有人都很僵硬地坐着，穿着厚厚的围裙，他们的膝盖笨拙地张开着，你碰我我碰你。马库斯也在里面。他没接住他们传过来的东西。

然后，他成了她们的游戏标的，他蜷缩在中间，被一群人围着——都是一些上了年纪的女人。游戏时播放着儿歌《农夫的狗在狗窝里》，刚放到“我们打了狗”这一句，她们就重重扑到他身上，然后一起拽着他转圈子。她们没有脸，头上缠着厚厚的白色棉线，像是灰色软线织成的仙人掌。

她们不停地旋转，然后，一条条臭气熏天的布条慢慢展开，接着，她们身上的肉露了出来，碰到水就会溶解。马库斯称她们为“木乃伊”。然后，她们把从自己身上解下来的布条缠绕到他的身上。大家忙个不停。

“我被一群人围着。全是女人。她们一直往我身上挤，她们的衣服被一件件脱掉。我叫她们木乃伊。”

“也许，你不喜欢妈妈的存在？”

“也许吧。”

“能告诉我为什么吗？”

一周后，马库斯回家了。有一天，他出现在妈妈的厨房里，像往常一样，简单地说了句“我回来了”。妈妈为了迎接他，烧了一只鸡，比尔下班回家，一进家门，就握住他的手，久久都不松开。他只说了一句：“我喜欢白漆，回到家看见白漆真好。”接着，他们俩什么话也没说。斯蒂芬妮觉得，她的温柔、丹尼尔的耐心、罗斯先生的专业知识和温妮弗雷德的爱，都远不如奥顿太太和一块尿布的作用大。她感觉马库斯又回到了这个世界，回到了他从前的自己。可是，如果她想接着去思考《不朽颂》，谁来抱威廉呢？

14

修辞

那段时间，亚历山大在布卢姆茨伯里。他在广播公司工作，这是他三十七年以来第一次就职于非教育机构。他有一间办公室，配有一个秘书，薪水很不错，但受到严格的等级制度的制约，需要时刻保持言行举止得体大方。他的职称是荣誉制作人，实际上他并没有制作过脱口秀节目或影视剧。他负责提供“思想”。他经常在乔治酒馆和诗人、绅士以及四处讲学的教师一起喝酒。

他暂时寄居在朋友托马斯·普尔租赁的公寓里，他的这个朋友刚从约克郡的一所职业学院跳槽到了克拉布·罗宾逊研究所。亚历山大的父母在韦茅斯开了一家旅馆，现在还开着。从他上幼儿园，一直到之后进入公立中学、牛津大学，再到成为教授，他只是时不时地回旅馆待几天，随便找一间刚好空着的房间住下。他习惯于待在有人管理的房间里。即便在开始的那几天，搬家用的箱子还没有打开，窗帘也太短，但是，与普尔住在一起的日子也算是他最接近普通家庭生活的日子。

公寓楼位于托特纳姆法院路和高尔街之间，是一幢红砖楼，窗户采用石质窗框，红木门上饰有抛光的黄铜。大楼建于爱德华时代，结实坚固，是专为有一两个用人的家庭设计的。普尔刚搬进来的时候，厨房仍装有召唤用人的电铃和灯光系统——那是一个玻璃盒，盒子里面有几个小圆盘，每个圆盘连接一个房间，包括客厅、主卧和育儿室。不过，他们不清楚具体哪个圆盘连接哪个房间，而且电铃也坏了。公寓有四间大房间和四间小房间，一条幽暗的长廊连接着这些房间。从厨房、储藏室、小卧室等仆人活动区域往外看，可以看见一口井，井沿贴着白色瓷砖，点缀着斑点和条纹图案。视线的中间是窗台花箱，天热时，这里便会响起音乐和人声，久久回荡。普尔一家住在第六层，是大楼的顶层。大房间正对着街道，透过玻璃飘窗，能看见伦敦城里悬铃木的树冠、成群的鸽子，过了几年，邮政局大楼在对面拔地而起，一层一层很有规则地叠起来。亚历山大的房间在离厨房最远的一头，房间通风好，布置简单，十分安静。他的房间里几乎什么东西也没有，因为他只是暂时住在这儿。他在墙上挂了一些旧装饰画，现在这些画都已经用玻璃框装起来了，有毕加索的《拿烟斗的男孩》和《流浪艺人》，还有他自己的戏剧《街头艺人》的广告，也有罗丹的《达那俄斯的女儿们》。除此之外，他还挂了一张伦敦版《阿斯翠亚》的演出海报和一幅都铎玫瑰镶边的达恩利画像。他还有凡·高《向日葵》和《黄椅子》的小型版画。在剑桥的时候，弗雷德丽卡在读《重返布莱兹海德庄园》的时候了解到，查尔斯·赖德羞愧难当地摘下向日葵，扔到墙壁上。亚历山大多年未见向日葵，他看到画中的向日葵时，那份好奇和喜悦与日俱增。版画的色调为青黄色，不像原画。亚历山大从普罗旺斯带回来一张床单，暗黄的底色上印着几何花卉图案，他和普尔一家选购了纯黄色的窗帘，搭配很完美。这样一来，房间就是黄白相间的色调，外加灰色圈绒地毯。

亚历山大是以成功作家的身份来到伦敦的。在分析和赞颂北方工人阶级的价值观和道德品质的实验小说的结尾，成功的人物也会来到伦敦，而在完成创作后，小说的作者也会跟故事中的主人公一样，飞快地冲向这个熙熙攘攘的首都。普尔一家也想方设法挤进了大都市。他们原来的家当，三件套家具、威尔顿地毯、玻璃门书柜以及家里的银器等，一律被抛弃。埃莉诺·普尔告诉亚历山大，公寓的一大优点是所有的房间排列整齐，除了房间，没有那些乱七八糟的。你可以在任意一个房间里睡觉、吃饭或工作。他们在房间里铺了银灰色圈绒地毯，刷了白漆，挂了有几何图案的窗帘。木匠安装了流线型的架子和橱柜。孩子们盖着色彩鲜艳的芬兰毛毯，红色、蓝色和黄色。他们挂了一幅本·尼克尔森[69]的版画，还有一幅马蒂斯[70]的装饰画。亚历山大很喜欢。

他们一日三餐品种多样，很有仪式感，他也很喜欢。一听到高尔街，他便想到亨利·詹姆斯笔下的高乐街，那里有一排深灰色的乔治时期排屋，汽车从旁呼啸而过。他每天走路去广播公司上班，发现古奇街和夏洛特街热闹非凡：意大利人的杂货铺散发着奶酪、葡萄酒桶和腊肠的香气，犹太人的面包店散发着肉桂和罂粟子的味道，塞浦路斯人的蔬菜水果商店里摆满了各式各样在北方买不到的蔬菜，比如茄子、茴香、朝鲜蓟、西葫芦等，有绿色的，有紫色的，在阳光下闪闪发亮。在施密特熟食店里，你可以买到泡在木桶里的酸菜、黑色的裸麦粗粮面包、熟的或者生的香肠、放了鸡蛋的松软大面团和小杯黑咖啡，熟食店有个中心收银台，提供小票，收银员是一个女士，她身材挺拔，有点胡子，身穿黑色蕾丝长裙。在贝洛尼的店里，身材高大的路易吉既能说一口流利的意大利语，也有一口流利的伦敦腔，他称了一纸袋黑橄榄和绿橄榄、一小袋散发着刺鼻气味的肉豆蔻、一块用纸包裹着保持清爽湿润的马苏里拉奶酪。这就是城市的味道，一个国际化的大城市，一切似乎都是永恒的。与此同时，这又是一个村庄，属于他的村庄。

从前，人们虽然有着健康的牙齿，却丧失了对食物的感觉。伊丽莎白·戴维开始教育整整一代人，教他们观察、品尝和制作食物。

这段时间，和埃莉诺·普尔讨论烹饪书中的细节，算是亚历山大的日常生活内容之一。他帮她去商店购物，回到厨房，从公文包里掏出一盒刚烧好的意式方饺，或者一袋松软的帕尔马干酪和一个香草荚。他每天总会带回来一些新鲜的东西，有时是茴香鲭鱼，有时是炖鱿鱼，有时是新鲜出炉的比萨。朴素的城市生活因此而多了几分色彩。艾略特[71]在《关于文化的定义的札记》中严肃地指出，一个民族不仅需要足够的食物，还要形成自己独特的风味。

以前，他一直尽量避免跟这家人一起吃饭，不过现在已经放弃了。他注意到，普尔一家始终谨小慎微，十分注重礼节，可见他们的忧心很重。

在罗伊斯顿演出《阿斯翠亚》时，托马斯和亚历山大一样沉迷于情与性。1953年夏天，安西娅·沃伯顿悄悄打掉了她与托马斯·普尔的孩子。在卡贝塔因的时候，亚历山大与她在一起的那段时间里，从未听她说过痛苦或悔恨的话，也从未听她明里或暗里提到过普尔。等到托马斯和亚历山大开始讨论租房计划时，普尔已经忘却了这段不开心的经历。亚历山大和普尔在罗伊斯顿的小约翰酒馆喝了一次酒，普尔说，如果亚历山大考虑住在他们家，实际上是帮了他们的忙，一个外人有时很管用，亲人在一起，总有一些麻烦事。去年夏天，埃莉诺还对普尔的这段关系耿耿于怀。亚历山大觉得不能问普尔现在的心情怎么样，英国人讲究心照不宣。他们聊了聊利维斯博士，还说到他们都十分怀念约克郡的沼泽地，说到未来影视在教育界将大有作为。普尔算得上是亚历山大的密友了。

起初，他以为仪式感主要是埃莉诺刻意营造的，在某种程度上，烧好每一顿饭菜是对丈夫的一种安抚，是尽妻子和家庭主妇的本分。她会和亚历山大聊她的新发现，比如说希腊街科代克女士饭店里的沙拉食材，用奶油干酪、朗姆酒和精磨咖啡做成的意大利布丁，提到这些东西时，她都说是要为托马斯准备的，她总想着托马斯。她会给亚历山大介绍一种奶油干酪，里面含奶油，不含氨，正是托马斯喜欢的口味。或者带他去希腊商店看养在深色桶内的鳀鱼。她说："我自己不喜欢鳀鱼，但托马斯喜欢。"

亚历山大觉得，这种过分的关切其实是一种侵犯或者责备。她会温和又坚决地让孩子们不要靠近公寓里的某些地方，因为孩子的父亲要在那里工作。他们有三个孩子，分别是克里斯（八岁）、乔纳森（六岁）和莉齐（三岁），两个男孩长得像托马斯，方额头，一头金发，嘴巴扁平，那个女孩长着一头细卷发，颜色暗淡，亚历山大因此想到了老鼠的皮毛。这时，他才意识到，用"颜色暗淡"来形容头发，实在不会让人产生什么好的联想。孩子们不能到街头玩耍，他们的生活也规规矩矩。他们去学校和幼儿园的路上要经过罗素广场，他们也在父母的陪伴下去布卢姆茨伯里的广场花园骑少儿三轮车、捡落叶。亚历山大对这些孩子了解太少，他不知道他们几乎不吵架。看到他们家里挂的艺术品，他才想起来，埃莉诺是一名美术老师。他们做了一幅拼贴画，那是一条龙，用弹性塑料做鼻孔，鳞片闪闪发光，身体弯曲有致，占了厨房整整一面墙。烧饭的时候，龙的上方烟雾缭绕。他们会隆重地向托马斯展示厨艺作品，像蛋糕和纸海豚等，期待得到他的赞赏。"看看我们的成果。"她给"我们"两个字加了重音，意思是托马斯不在其中。对于作为观众和见证人的亚历山大，她也说了同样的话，但没有重音。

托马斯的回应很客气。他感谢埃莉诺为他做了丰盛可口的饭菜，他的措辞谨慎而具体。他说他知道，过滤汤水、熬酱汁、准备沙拉，每一道流程都很辛苦，这顿饭来之不易。他还会和他们讨论孩子们的艺术作品，并提议去伦敦，逛逛动物园，看看大英博物馆的钟表以及科学博物馆的水晶。孩子们的生活充满了新奇有趣的事情。

有一天吃早饭的时候，亚历山大意识到，在这个家里，“事物”是交流的全部。他不知道埃莉诺对托马斯和安西娅有什么想法，对他自己有什么看法，他只知道她对土豆、咖啡和红酒的看法。他习惯于用语言来描述事物，对于任何事物，都要先在脑子里命名，形成一定的“事物——语言”对应系统。

他隐约感觉到，在一定的意义上，对于毫无思想的人而言，这样的命名和对应是自然的生理反应。他曾经研究过一位画家，写过关于这个画家的一部戏，而且，这位画家同样也是一名善于表达的作家，于是，他明白了一个道理：人先看到事物，再用语言表述，有时甚至不需要用语言表述，也看得见。

早餐有新鲜水果酸奶什锦，深绿色的法式过滤壶里盛着现磨咖啡，还有金边羊角面包、无盐黄油和自制果酱。水果的种类随着季节的变化而改变，有时是深紫红色的樱桃，有时是金绿色的青梅或者蜡金色的斑点梨，还有像笼罩着一层紫黑色薄雾的李子。他看着埃莉诺小心翼翼地摆放水果，然后又看着水果。埃莉诺在一个白碗里做好了酸奶，碗上盖着饰有小珠子的薄棉布。当时，英国人都没怎么见过酸奶，更别说装在无菌的彩色塑料桶里运输了。亚历山大认为酸奶是一种培养菌，它在白碗里发酵，也是白色的，但和碗的白色有所不同，是凝乳状的东西，散发着浓烈的气味，闪闪发亮。它是活的，比李子更具生命力。尽管果核里有胚芽正等着破壳而出，但李子都是奄奄一息的，只有果皮还剩了一口气。早餐桌上就像一幅静物画，由蔬菜和培养菌构成，显得那么轻松惬意。托马斯把淡黄色的黄油递给埃莉诺，埃莉诺端起咖啡壶，亚历山大把酸奶倒入自己的水果和麦片里，变成早餐什锦。李子中间有两个柠檬，让颜色更为鲜艳。

用什么词汇可以形容李子皮的颜色呢？更深层次的问题是，为什么要用词汇形容呢？色香味俱全不就行了吗？但是，亚历山大不想解决这些问题，至少现在不想。现在的问题是，柠檬和李子在一起构成了一个图案，他很开心他能看出来这个图案，而这种快乐是人的正常反应，这倒是需要注意和理解的。如何用准确的单词来表达，这个问题在一定程度上跟形容词的数量有关。“紫色”有很多同义词或者近义词吗？什么叫作浅灰色？什么是白色或者银色？土灰色的雾、霾或烟是什么意思？对于事物上面的“凹陷”，从开口到椭圆形的底部，以及黑色的阴影，我们要怎么描述呢？还是需要形容词。有趣的是，人们总觉得散文或诗里使用形容词，是为了做到含蓄、模糊，而事实恰恰相反，形容词是实现准确描述的工具。

直截了当的作家可能会写：一只李子、一只梨、一只苹果。说到李子，读者的脑海中会浮现出不同的李子，有人会想到色泽暗淡、斑斑点点的番茄绿李子，有人会想到浅黄色的球形李子，有人会想到结实紧致的黑紫色布拉斯李子。如果他想让人明白具体是哪一种李子，就必须用具体的形容词排除其他的可能，如无光泽、椭圆、紫黑色、有明显凹陷的李子。

你可以用“透亮”来形容李子上的那一层薄雾，那么，任何有一定水平的读者就会联想到，李子表面有光泽，而光泽上覆盖着一层柔和的雾气。你可以说“果肉”质地坚实，但是，“透亮”和“果肉”都不会成为隐喻，刚才提到的“凹陷”也肯定不是隐喻，而是比较准确的描述。然而，人们总是自然而然地把这些表达当作与其他事物有关联的隐喻，“果肉”比喻人肉，“透亮”形容年轻人的面貌，而李子上的“凹陷”则指人类面部的裂口、身体的凹陷和乳沟等。亚历山大在搜索词汇来形容紫色李子的过程中，所能找到的最接近紫色的颜色，实际上是人体瘀伤的颜色，尤其是新出现的、正在迅速扩大的瘀伤。但是，李子既没有伤，又不属于人类，所以他避免或者说尽量避免用形容人的词来形容李子。

不过，他有点得意地发现，面前的酸奶培养菌和早餐桌，以及他对艾略特和伊丽莎白·戴维的思考，存在一定的双关性。在英语中，细菌“培养”这个词，也是生物“培养”和文化“栽培”，和人的思维紧密关联。他不像浪漫主义者那样认为自然界的“培养”是个隐喻，揭示了任意一种存在必然的生长过程，不管是细菌、人类语言，还是生命。类比是一种思维方式，没有类比，就不可能产生思想。不管怎么说，他觉得凡·高可能比他更接近李子的生命，因此他觉得有点难过。绘画中的隐喻和形容方式不同于语言。

语言或许会把李子和夜空联系起来，和煤燃烧的景象联系起来，或者和包裹着坚硬宝物的柔软盒子联系起来。或许，李子可能表达一种抽象概念，一种内在的思想，而不是镜子。“成熟就是一切。”经过观察，我们可能会说，“我们即使到了这里，也得继续往前走。”当然，绘画也能做到。高更画了两个梨和一束花，那就代表一个女人。马格利特[72]以石头为面包，以面包为石头，用类比创造了奇迹。凡·高的《收割者》描绘了烈日炎炎的麦田掀起阵阵麦浪，同样表达了“成熟就是一切”的理念。不过，其中的差异，或者说距离，让亚历山大非常感兴趣。绘画宣称具有类比和联系的力量，可以在紫色颜料和黄色颜料与“这是一个李子”“这是一个柠檬”“这是一把椅子”和“这是一张早餐桌”等论述之间建立隐喻的联系。甚至画家所采用的笔画和技巧，乃至于他的签名，也与这些论述紧密相关，短短的几笔蕴含着强大的力量，能够揭示一个人的世界观。我们不可能不去思考绘画与物体、绘画与生命、绘画与“真实世界”（包含其他画作）之间的距离。

人们完全有可能，甚至于经常忽视语言与物体、语言与生命、语言与现实之间的距离。错视画因其高超的仿真技巧和视觉欺骗性而受到赞赏，而在文字书写中，错视法或其他形式的仿真欺骗技巧却没有一点用武之地。语言可以全面、彻底地描述已知和被模仿的事物，而绘画做不到。我们会说：“把苹果放到篮子里，然后自己拿着吃。”但是，从来没有人能画出这句话的意思。对于贡布雷的房子、高老头的住所、荒凉山庄或幼鹿等文学形象，人们的想象跟看凡·高的《黄房子》、毕加索的《宫女》以及维米尔的《站在窗口读信的女人》时的感觉肯定截然不同，他们不会认为文学中的事物是真实的，相反，他们会以为自己真真切切地看到了画中的形象。即便有人迷恋罗切斯特先生或者对包法利夫人深恶痛绝，他们也不会完全相信这些人物的存在，相比之下，《萨斯基亚》[33]或马奈[73]《贝特·莫里索》中的形象，他们倒是都信以为真。我们知道，小说的人物和事物是由语言塑造的，向日葵是由颜料画出来的，而语言相当于我们的硬通货，我们都会说话，我们或许无法画一个苹果，但肯定可以用话语表达埃莉诺为什么喜欢富含活性菌的酸奶，为什么普鲁斯特在年轻时就患有神经衰弱。语言尽管不那么真切，却更直接。

我们知道画出来的李子不是真正的李子，但我们不知道，我们的语言和我们的世界之间并非简单、偶然的对应。如果画家不再模仿苹果，转而描述景象、颜料和画布的本质时，就会产生文化差异。让-保罗·萨特[74]发现自己无法用语言充分描写栗子树根，他感到非常难过，这又是另一种差异。（必须指出，尽管他无法用数字，或者用名词、颜色形容词来描述，他至少通过隐喻在人们的头脑中唤起了对应的形象，例如海豹皮和蛇形，于是，通过描述无关的事物，树根与世界产生了联系。）

在剧本中，颜色形容词的运用给他带来了很大的困扰。

他试图比较凡·高早期作品《吃马铃薯的人》和《凡·高在阿尔勒的黄房子》所表达的家庭愿景。凡·高害怕家庭生活，他逃离了家庭，但他对家庭的秩序和仪式感十分向往。《吃马铃薯的人》这幅画是在北方微弱的光线下完成的，在他们世世代代生活的土地上，画中的人物彼此没有对视，却紧紧相连，他们在黑暗的小屋中切面包、倒咖啡，共同生活。这幅画有说教的成分，意在说明人类生活的基本要素。亚历山大对这幅画充满敬仰，但又迷上了一幅小型画，画的是一张早餐桌，在桌上，凡·高画了他买来装饰“艺术家之屋”的家用物品，蓝色和黄色相互呼应，使得屋里显得洁净明亮，整体风格协调统一。文森特向提奥这样描述这幅画：

“一只蓝色搪瓷咖啡壶，一只深蓝和金色的杯子（左），一只浅蓝和白色的网纹牛奶壶，以及一只蓝色和橙色图案的白色杯子（右），放在一个黄灰色陶盘之上，一个红色、绿色、棕色图案的蓝色巴尔博汀陶器，还有两只橙子和三只柠檬。桌子上盖着蓝色桌布，背景为黄绿色，因此一共有六种蓝色，以及四到五种黄色和橙色。”

亚历山大觉得这些表示颜色的词语非常有韵律，就像一首诗，不过，在剧本中或剧本之外，他都写不出来这样的诗。

他有几天在家工作，一会儿编辑BBC的脚本，一会儿跟颜色形容词做斗争。那几天，他感觉公寓里其他人的身影有点暗淡、蒙眬。这里面有空间格局的因素，他的房间光线很好，而且，在他的房间里，向日葵明艳照人，黄房子在钴蓝色天空的映衬下黯然失色，这两幅画让他的房间格外明亮，而外面的走廊由于没有窗户，始终十分昏暗，虽然这样会让人感觉很凉爽，营造出一种雅致的氛围。烦躁的时候，他会走出房间，看着黑暗处，那长长的走廊像罩着一层迷雾，令人无法看清。有一次，他刚刚走出房间，就听见一个人正在打电话，听声音才知道是埃莉诺，他猜测电话的另一端是托马斯的一个女学生。埃莉诺说她不捎口信，也不希望别人打电话到家里来，让她打到研究所去，秘书会接电话并替她转达，最后说了声谢谢。

另一回是在中午过后，他走出来，昏暗中看见一个裸着身子的女人，从走廊的另一头向他走来。她脸色苍白，一头黑发飘散着，随着走廊两侧的房门相继打开，一束束光线投射在她身上，照亮了她浑圆的胸部和平坦的三角区，接着她又被昏暗所笼罩。女人全身赤裸，胸脯丰满，臀部丰腴，而腰部、手腕和脚踝却十分纤细，双脚迈着轻盈的步伐，整个人散发着自信的光芒。她的乳房是最明亮的地方，高高挺立着，有着两颗椭圆形的深色乳头。或许因为正在研究"画面"，他才特别注意到了涌动的椭圆形和圆形，注意到了肩膀上、膝盖上和大腿内侧的光亮。明亮的椭圆形和圆形慢慢接近，随着她的步伐，光线和阴影不断交换，深紫色的乳沟，弯曲有致的锁骨，两腿之间三角形的黑毛，更为她增添了几分魅力。他看着赤裸的双脚抬起又落下，小腿和臀部的肌肉收缩又扩张，明亮的头发左右飘动着。她在走廊上走了一半，他才真正看清那个人是埃莉诺。

她径直向他走来，走到他身边，几乎贴着他。

"不好意思，我刚才在洗澡，忘了拿洗发液。"

"是我不好意思。"

"噢，没事，我不介意。"

她站着，对他微笑。她平时梳着头，穿着围裙，虽然也很苗条可爱，但总不如这时风情万种。她笑了笑，可能带着一点遗憾，与他擦身而过，向浴室走去，她左侧的乳房碰到了他的胳膊。他没有说话，伸手摸了一下她的乳房，她吸了一口气，再次停住脚步。

"太美了。"他说，"你穿过那一道道光线，美仑美奂。"

然后，她从他身边走过，走进了他的房间，就在门口站着。地板上有一些文件，窗帘和墙上的挂图让房间蒙上了一层黄色的光辉。他跟着她，也进了房间，关上门，开始抚摸她的肌肤，抚摸她的乳房，抚摸她玲珑的曲线和突起的骨头。他马上想到了他的朋友托马斯·普尔，想到这个家里相互间的客气，他对性并没有那么强烈的兴趣，而她需要多大的勇气才能站在这里，她那么端庄稳重的人，如今就这么笔直地站在他跟前，这么主动。出于礼貌，他也要接受她的投怀送抱。如果这次拒绝了她，他也许就无法再面对她了，也无法在这幢公寓里住下去了。可是，如果他答应了，后面会发生什么，可能更令人难以捉摸。

“你真的要……”

她抬手捂住他的嘴。他脱了衣服，他们躺在黄色的被套下，头挨着几何形的花朵。他轻轻地、缓慢地抚摸着那些在阴影中闪烁和挪动的表面，她也轻轻地、缓慢地抚摸着他，两人都不作声，感觉很慵懒，甚至心不在焉。因此，当亚历山大进入那块柔软的空间时，好像就是为了拉近距离，营造舒适感，让画面更完整。亚历山大有生以来第一次觉得，这种行为让他变成一个完整的人，两人是互补的关系，合二为一，共同进退。他平时更倾向于把性行为当成荒唐可笑的事情，两人撅着屁股，听着身体蠕动的声音和呻吟声，但是，对这个沉默的女人来说，这只是身体反复弯曲和摇晃的事情，最终，她像老虎钳一样完全闭合，不再张开。她的身体不停地颤抖，但仍旧不说话，只是微笑着，汗水沿着发际线流下来，她几乎没有一丝慌张的神情。亚历山大感觉像沐浴在金色之中，最后，他叫了一声，他听到了那个女人在啜泣。他想，我就是干这种事情的人吗？他又想，这不是我真正想要的。

“你难过吗？”

“噢，没有。”

“你哭了。”

“因为我开心，我非常开心。别动。”

于是，他又绵软无力地躺下去，一只手搂住她的头，另一只手摸着她大腿上的皱痕，两人半睡半醒地躺了一会儿。然后，她说：“谢谢你……”便抬腿下床，走出了门。他听见她走进浴室。他的内心平静而愉悦。他看着自己的房间、房间里的文件和墙上挂的画，想起凡·高曾经说过：

> “有时候，我会感到心里有一阵风暴，就像海浪拍打着阴沉、绝望的悬崖，有一种强烈的欲望，想要拥抱某样东西，拥抱一个女人。好吧，我们必须就事论事，那是歇斯底里的兴奋，而不是对现实的憧憬。”

凡·高用尽各种颜色画了自己的卧室。

> “墙是淡紫色的，地板是红色的，但已经褪色、斑驳，椅子和床是鲜黄色的，枕头和亚麻被单是淡柠檬绿的，窗户是绿色的。你看，我原本是想用这些反差巨大的色调，表现休息或睡眠的氛围……”

很少有人看得出这幅画表达了绝对宁静的主题，不管画家的最初意图是什么。显然，画家的本意是想通过不同的色彩，把一切东西都引入这个小小的空间里，并通过颜色的搭配，限制白光进入他的休息或睡眠空间。他说这幅画应该采用白色画框，因为画中没有白色。他还在信中说，家具的宽线条表明休息不容打扰，而故意扭曲的视角，让墙壁、天花板和墙上的画显得暗淡而有压迫感。床上放着两个枕头，卧室里有两把黄色椅子，好像随时准备接待客人。下午，亚历山大光着身子，躺在皱巴巴的床上，很有礼貌地等着浴室空出来。这时，他看了看这大房间的四周，摊开四肢，似乎要霸占所有空间。

他还想到了凡·高在他弟弟结婚和弟弟的孩子出生时的难过心情，尽管他掩饰得很好，但他低落的情绪还是显而易见。凡·高认为，性交中精子的消耗，会削弱绘画的力量。这是对两性关系非常幼稚的看法，虽然亚历山大不假思索地认为他便属于这一类情况。除却这一点，凡·高很介意自己的不通人性。

> “我越来越觉得，人是万物之源。想到自己不存在于现实生活，人总是会伤感，我是说，与颜料或石膏相比，血肉之躯更有价值，与画画或做生意相比，生孩子更有价值，但是，当你想到在现实生活之外还有朋友，你就会觉得你的生命有意义。”

在此后几天里，起初，大家都像商量好似的，表现得跟什么也没有发生过一样。他吃晚饭时有点惶恐，他跟普尔聊了聊教学，称赞了埃莉诺做的佛罗伦萨水煮蛋，可能比平时表现得稍微拘谨一些。接下来的十多天里，他注意到家里慢慢发生了变化。埃莉诺的言行举止不再刻意迎合托马斯。她会更直截了当地问亚历山大喜欢什么口味，不再遮遮掩掩。另一方面，普尔开始有了笑容。他居然跟埃莉诺说：“你总觉得我对牧师工作过分投入。”这很不寻常，自从亚历山大来到这家里，普尔从未提到过这样的私事。亚历山大晚上经常待在外面，在菲茨罗伊酒吧和诗人们喝酒，直到头痛不已才回家。两天后，他又看见埃莉诺光着身子坐在他的床上，当时，他刚去厨房吃了点东西回来。

“亲爱的，你觉得这样真的合适吗？”

“没什么不合适。”

“我在这儿过得很开心，我不想破坏这一切。”

“你没有破坏什么，以后也不会。相反，你让一切变得更加美好。”

他脱了衣服，把她搂入怀中。他说：

“把什么变得更加美好？”

“一切。”她含糊其词地说。

他们缠绵在一起，和往常一样，动作舒缓、轻松、和谐，让人心满意足。

“我从没想过你光着身子这么迷人。”

“你真这么想吗？”

“我那次就被你迷住了。现在还是。你很美。”

“我应该告诉你。我不再碰托马斯了。去年夏天出了那个女孩的事情之后。不是我不能理解他，这件事让我觉得自己又老又丑，已经没有存在的价值了。”

“别这样说。”

“你让我说。只有跟你在一起，我才不觉得自己老了。我说完了。”

“很好。”

“我利用了你。”

“我们互相利用。”

“第一次，我利用了你。今天我又过来，是因为……”

“因为什么？”

“因为第一次的感觉太好了。我实在忍不住，还想再来一次。”

“哦，”亚历山大说，“现在感觉怎么样？”

“下次我还会再来。可以吗？

“当然。”亚历山大说，“来吧。”

接下来的几个月里，亚历山大的生活变得更加愉快，也更加虚幻。后来，在回想这一段时光时，他脑海中浮现的都是明亮清晰的基本色，但似乎都蒙着一层柔和的面纱，若隐若现。他的工作也令人愉悦，而显得那么不真实，主要是土黄色和经典灰色，也罩着一层半透明的东西，类似于香烟的烟雾、磨砂玻璃门或者工作室与隔间之间的水族箱。普尔一家似乎渐渐把他当作这个家庭的一分子，孩子们会亲吻他跟他说晚安，晚饭后，他就像这个家里的第三个家长，经常参与讨论严格来说与他毫不相关的问题，比如孩子上哪个中学、厨房换什么新地板，以及晚宴要请哪些客人，等等。然而，他比以往任何时候都更清醒地意识到，他不属于这个家庭，他是外人，是观众，不带任何贪心或敌意地看着他们在他面前的完美表演，像一出客厅喜剧，或者大家一起玩室内游戏，像在电视里看到的那样。这幢公寓里没有电视机，那时候，即使对蝙蝠侠或骡子木偶一无所知，孩子们也不会觉得自己与周围的世界格格不入。

亚历山大的房间也渐渐成为这家人常来常往的地方。有一次，他回到房间，发现埃莉诺在里面，她拿着一个花瓶，在插虎皮百合，有几次她还拿来了几杯咖啡。但是，他也听见托马斯和埃莉诺在他们自己的房间里有说有笑，兴致勃勃，这是前所未有的事。

他也应邀进入了孩子们的房间。他们一共有三间房，两间明亮的小卧室，还有一间大房间作为游戏场所，都位于走廊的中段。他来欣赏他们的创作，听他们朗读，或者给他们念书。他对鲜艳色彩的记忆，主要来自那个玩游戏的大房间，当然，鲜艳的颜色在一定程度上表明，公寓里的东西都是新的、未褪色的，例如靠垫、椅子和墙漆。房间里挂着白色百叶窗和白色棉布窗帘，窗帘很厚，平滑顺畅，只是有些褶皱，印着英国家喻户晓的花卉，有大红罂粟、矢车菊和黑心金光菊，看似普通，却令人心情愉悦。孩子们制作的许多手工艺品摆放在这里，有一个全副武装的骑士，上身是银线编织的锁子甲，头戴朱红色的金属头盔，有一只用烟斗通条和刺绣丝绸做的孔雀，尾巴的亮片色彩斑斓，还有一个巨大的糖果罐头，里面塞满了纸花，花开在绿色的枝干上，色彩纷呈，有白色、奶油色、柠檬色、奶黄、橘色、金色和深橙色。每个孩子都有一个画架，在房间中央拼成一个三角形，旁边有一堆用来调粉末颜料的透明塑料杯，还有一个鲜红色的锡盘，颜料盒就放在盘上面。他们正在制作字母装饰带，准备在房间里贴一圈。莉齐做的字母比较简单，做了E代表鸡蛋，她在紫色的纸上粘一个白色的椭圆形，中间加一块金色的东西，做了O代表橄榄，她在深绿色的纸上先涂了一层绿色，然后再涂一层甜椒红。克里斯年纪大一些，他十分喜欢剑和盔甲，就做了K代表骑士和H代表盔甲，都以深红色为底色，然后涂上银色，他还做了D代表龙和S代表蛇，龙和蛇的形状都弯弯曲曲，嘴红齿白，他用钢笔画了层层叠叠的黄色鳞片，这是两种动物的主要特征。乔纳森比较文静，他画了灰色和棕色的动物，F代表猎鹰，P代表鸭嘴兽，Z代表斑马，他是用粉笔在赭黄色和米黄色的纸上画的，看着更柔和。房间里的每一样东西都被贴上标签，标签上的黑色大字是埃莉诺写的，十分整齐。这些标签用图钉固定在各种东西上，包括镜子、玩具柜、鱼缸、芥菜苗、克里斯的画架、乔纳森的画架和莉齐的画架。

亚历山大逐渐习惯在傍晚时分和他们一起坐在房间里，给他们读诗。他们坐在垫子上，坐成一排，静静听着，他们都是优秀的倾听者。他们的妈妈也和他们坐在一起，置身于彩色的世界和语言的海洋，听他读《他们如何把好消息从根特带到艾克斯》《花衣魔笛手》[75]《无意义的书》和《威尔士事件》，这些都是一些押韵诗和谜语儿歌。四张脸表情认真，都听得出了神。这个房间的布置与那些儿歌的节奏感相得益彰，大家都深以为然。有一次，他们正在吃新鲜出炉的司康饼和红醋栗果冻，克里斯的画架上挂着一幅刚画了一半的吊兰。埃莉诺说不先模仿，就无法创作出有新意的作品。亚历山大心想，在这个房间里，人们可以看到他的烦恼的根源：人类需要创造形象。棘鱼可能会被一块亮晶晶的红色金属块所误导，最终死于非命。莉齐鱼缸里的金鱼美丽动人，有尾巴、鳍、鱼鳞、肛门、转动的眼睛、回缩的圆嘴唇、细细的黑色粪便，它或许能看见水平面和垂直面，也可以看到其他金鱼闪烁的金光、绿色的水草，能看到人们投下的鱼食颗粒在水面上泛起的涟漪，仅此而已。在其他鱼的眼里，这条金鱼可能只是一个金色的威胁，或者一个难以抗拒的交配对象，或者扰动水流的食物。然而，我们看见了它如此美妙的身形，就有一种冲动去考验自己的眼光，把它画下来。同样，我们也会把它用文字记录下来。G代表金鱼。亚历山大想着自己房间里普罗旺斯床单上的花卉图案，想着那些纸花，想着乔纳森画叶子褶皱时遇到的困难。还有向日葵。F代表花。我们之所以创造这些形象，是为了了解这个世界，还是为了装饰这个世界，还是想跟世界建立某种联系？这个大房间窗帘上的花卉显然是夏季的花，而床罩上的花是几何形的，花都是几何形的，所以那些图案肯定是花。《向日葵》记录了1888年几株向日葵垂死的时刻，它们被束缚在黄色的花瓶里，落款写了凡·高的姓名。高更称它们是“太阳叠着太阳”。

他读了一首诗：

如牛奶般洁白的大理石厅

披着如丝绸般柔滑的面纱

那里没有门通往要塞

盗贼却破门而入，偷走了黄金

E代表鸡蛋，F代表花，S代表蛇。

他注意到，自己常想到埃莉诺，在不同的环境下，她的身上也贴了相应的标签，在卧室里，她是“女人”，在这里，她是“妈妈”，在厨房里烧饭、吃饭时，她是“埃莉诺”，是“托马斯-埃莉诺联合体”的一部分。她给予他性爱，而对他而言，这就像给予他食物、光和颜色一样。有时，他渐渐觉得，这些精心构造的表面，就像完整的蛋壳，也像蜘蛛网，难以穿透。这可能是他自己的选择，他也说不准。他可以触摸，在一定的距离内，他甚至可以穿透，但是，在跟这个女人做爱时，他会隐约觉得，自己修长的阴茎就像一根伪足，插进缝隙里面，直抵坚硬而狭窄的子宫颈。里面也是表面，是一条死胡同。他如此享受和这个女人做爱，是因为里面的表面十分柔软，轮廓模糊但稳定。

他想到了避孕这个更现实的问题，但随即消除了担心，她知道自己在做什么。他修长的阴茎爱抚着她黑暗的内在空间的表面，它有自己的生命和使命。有时候，他认为它是一个独立的存在，所谓“裤裆里的独眼蛇”这个说法，是源于诗歌的一个玩笑话。华兹华斯称新生婴儿是盲人中的慧眼。读儿歌的时候，他可以杜撰这么一句：“独眼蛇已经爬进了没有门的大理石厅。”你也可以说是精子在找卵子，基因在配基因，从而形成受精卵。“开花”的时候，亚历山大会自问，男人到底是派什么用的？男人想要什么？

15
威基诺浦

在BBC午餐会期间，一股奇怪的光线碰巧照射到《早餐桌》上。我是说“碰巧”。我以为，在我们的一生中，有很多时候，我们的注意力都放在一个问题上，例如人的问题、抽象的问题或者实际的问题，但最终可能出现某些意外的邂逅，和人的邂逅，和书的邂逅，和思想的邂逅。说到这个现象，可能还得提起乔治·艾略特那面隐喻性镜子上的同心刮痕，而这些刮痕的中心似乎就是烛光中心，是自我主义者自我欣赏的目光。凡·高的画也有一个中心，那就是他那两只盯着自己的眼睛。然而，那股光线似乎就是自我主义的对立面，是审视事物秩序的深邃目光，在这种目光下，一切事物都是一个整体的组成部分。那好像是在宣示意识高于物质，在隔着空气排列图书馆的藏书，至少是在安排肉体穿过哪些藏书所在的通道。在这种心态下，平淡或者茫然地浏览书架或者藏书目录的时候，我们会意外发现一本平淡无奇的书，或者发现一个论点，或者一系列与我们的问题息息相关，然而我们未曾追寻过的事实。亚历山大之所以能领悟到上述道理，是因为威基诺浦教授碰巧发表了一些言论，让他受到了启发。今天的午餐会就是为威基诺浦教授举办的。

可是，亚历山大和威基诺浦的谈话并非碰巧。这位教授今天有两个身份。他曾发表过一系列准确而广泛的讲话，深入剖析了西方绘画中光的表现。同时，他也是新建北约克郡大学的候任副校长。大学已经进驻罗伊斯顿，亚历山大的《阿斯翠亚》就是在罗伊斯顿的花园露台上首演的。亚历山大看过那些讲稿，但没有想过发表什么意见。一份讲到了达·芬奇、拉斐尔和柏拉图关于数学顺序和真理的观点，另一篇的内容是代尔夫特的维米尔、17世纪的光学、相机暗箱、望远镜和显微镜，还有一篇主题是后印象派偶像和光线与绘画，偶像之一就是凡·高。BBC的管理当局认为，亚历山大可以和教授谈谈他对新职位的感想以及他的审美兴趣。

威基诺浦是个荷兰人，是在战争期间来到英国避难的欧洲知识分子，后来，他留了下来，一直用英语写作和演讲。这些难民是最后一代博学多才的知识分子，威基诺浦跟其他人的区别在于他不是中欧人，也不是犹太人。后来他意识到，他们也是对“人类文化是什么”“什么东西必须被了解、保护和传承”有共识的最后一代。威基诺浦是个语法学家，也是数学家，据说对人类认知的某种说法和记号很感兴趣，所以才对语法学和数学都感兴趣。他对绘画的兴趣始于光线等基本细节，后来逐渐复杂化，关注到了形而上学和关于“存在”的概念。广播当中谈到许多很小的细节，亚历山大对此赞叹不已。亚历山大已经很善于通过电波用抽象、陌生化的语言表现具象、现实的内容。威基诺浦提到，在维米尔的《代尔夫特一景》中，深棕色的船上有很小的白色油漆颗粒，他的描述和评论令人印象深刻。

他的声音在收音机上听起来优美清晰，英国口音非常地道，辅音发得很清晰，元音很洪亮，亚历山大以为他是个精致的小个子，亲眼看到他本人时吓了一跳。威基诺浦身材高大，可能有六英尺五英寸[1]高，穿着黑色正装，国字脸，胡子厚实而整齐，一头黑发剪成方形，一双深邃的黑眼睛，上面长着一对浓密的眉毛。从鼻子到嘴角，富有张力的线条就是朴素实用主义和文明的混合体，跟BBC电台一样。房间布置很简单，就是一个会议室，有几扇布满灰尘的窗户，外面灰色的光线从这几扇窗户透进来，桌椅用料都很讲究。午餐布置豪华，铺了白色的桌布，摆放了雕花玻璃器皿、分量沉重的银器和几束鲜花，像极了在沙漠里诱惑圣人和过路人的虚幻宴会。应邀出席午餐的还有圣保罗大教堂的教长、一位牛津智囊团的成员和一位小说家，这位小说家大部分时间都在国外以英国文化教育协会的名义巡回演讲，名字叫作朱莉安娜·贝尔珀。她的脸庞瘦长、精致，上身穿着玫瑰色的丝绸衬衫加黑色的定制外套，有点布卢姆茨伯里派的气质。菜肴有螃蟹肉酱、罗西尼嫩牛肉片和经典法式梨甜点。干红葡萄酒和斯第尔顿奶酪很棒。牛排很硬。女服务员戴着挺括的白色帽子，黑色员工制服外面围着围裙。除了威基诺浦，每个人说话的声音都一样，都非常谦虚，似乎对于什么样的行为符合道德和传统规范，什么样的行为是高雅的，大家的认识都高度一致。他们熟知什么是教养，什么是艺术，什么是品位。威基诺浦向大家解释了新大学的建校理念，他板着脸孔，挺着身子，陈述学校宗旨的时候，就像部队教官的喊话，让人家觉得他好像是刚退休或被解雇的殖民地总督。他说他反对英国过早专业化的做法。知识不是装在小盒子里可以分别放置的，学生应该具有科学和数学基础，掌握多种语言，大学固然要教授技术技巧，例如建筑和工程学，但也要教授绘画、广播和电影等科目。不管在什么阶段，所有学科之间都应该有所融合。他很客气，很专

[1] 英制度量单位，1英寸约等于2.54厘米。

注。这些话他早就说过很多遍了。

在20世纪60年代，北约克郡校园爆发激烈的斗争，BBC的里思主义做法受到讽刺挖苦，教育也变成了大家都不认识的样子，亚历山大回想起这顿午餐，惊讶于当时人们都有很强的信念，他甚至怀念当时灰蒙蒙的环境，虽然当时他还为此感到愤怒。他还记得那时发生了一点小冲突，威基诺浦对朱莉安娜·贝尔珀发起了攻击。在介绍新大学的时候，她没有认真听，只听到威基诺浦说受过教育的人就应该了解广义和狭义的相对论，她就说，的确如此，艺术和科学领域已经发生了巨大的变革，一切事物都是相对的，我们已经失去了确定性，失去了坚定的信念和价值观，在我们的眼里，世界是流动的、随机的、混乱的，我们的艺术形式应该反映新世界观的碎片性和主观性，等等。亚历山大知道，这些都是她巡回演讲中使用的套话。

威基诺浦很不高兴，他冲着面前的葡萄酒瓶说：

“这种言论很愚蠢，我没有耐心听。过于简单化，简直是胡说八道。说世间万物都是相对的，那也是相对而言。我们都是相对的，这没错。我们的计量结果取决于我们的生物机理，取决于工具制造者的技术，取决于地理来源和构成物质的化学成分。但是，你们要知道，如果没有绝对的概念，例如关于光速的绝对认知，相对论也就不成立。在相对论里，光速就是一个常量。如果我们没有秩序的先决概念，包括数字、形式和法律等既定的观念，所谓随机或者混乱都无从谈起。”

“但是，我们人类的主观体验就是随机、混乱的。”朱莉安娜·贝尔珀对数学没有兴趣，“我们并不了解自己的本性，弗洛伊德已经证明，我们存在未知的无意识状态。我们获得的印象是随机的。”她一双大眼睛泪光闪闪，发髻松了，一些柔软的头发散落下来，遮在眼睛前面。

“弗洛伊德，”威基诺浦说，“跟开普勒一样是科学家，他们都相信真理。开普勒认为，天体运动之所以变化无常，是眼睛晶状体的形状决定的。他并不说天体无法研究，而是说我们需要先研究眼睛的构造。弗洛伊德认为人的行为有三个规律是可以观察和研究的，是可以得出确切结论的。他的研究结果很难证明，但他的出发点是对的，值得敬佩。你之所以感到混乱，感到模糊，那是你的无知和智商低下造成的。在这种条件下，不可能造就好的艺术。”

这时，他的姿势不再是士兵般的挺拔，他俨然变成了先知，肢体十分僵硬。亚历山大不由得想起弗洛伊德笔下的摩西，在他的眼中，朱莉安娜·贝尔珀只剩下盈眶的泪花和涨红了的满是雀斑的脸颊。

“我脾气不好。”他说。但他没有表示歉意。在20世纪60年代学生革命期间，“脾气不好”成了批判他的理由。当然，此时此刻，大家都没有意识到这个问题，因为在这里他俨然就是老大。

午饭后，亚历山大带威基诺浦去他的办公室，他们要讨论最后一次谈话的主题——荷兰画家蒙德里安。他的办公室在广播电台大楼的顶楼，有个天窗，阳光直接照到他的办公桌上。他的办公桌上放着一张《早餐桌》版画，简短地聊了一会儿蒙德里安之后，威基诺浦注意到了这张画。亚历山大介绍了他的戏，他说他很喜欢这幅画，因为很安静。安静的画面怎么在戏中再现呢？威基诺浦抽着硕大的烟枪，笑着说：

“韦德伯恩先生，我有个朋友，他富有想象力，能够将你的这个画面编成一部心理戏。在他的眼里，一只瓶子就是一个勃起的男人，一个圆形的盆就是一个乐于接受男人的女人。咖啡壶像什么呢？法式咖啡壶由两个部分构成。我这个富有想象力的朋友会说，上半部分是男人，他插在下半部分的女人身体里面，这和凡·高年轻时候画的鸡蛋一样，象征着生殖器。”

“那就破坏了事物的本质。”

“即使光线也有色情的意味。维米尔画的女人都很强壮，也貌似很遥远、很纯洁，但是，暖色调不就代表着情爱吗？我们刚才提到弗洛伊德，在他的《超越快乐原则》[7]这本书里面，光线就等同于情色。光线让死气沉沉的世界充满生命，通过光线，纷繁复杂的形式可以融为一体。这是一部不可思议的杰作，从解析噩梦和精神开始，最终落到了创世纪，落到了人性的本源上。在弗洛伊德的神话中，平和的无生命情境先于生命的骚动，亚里士多德[76]的雌雄同体先于爱洛斯[77]的建构和细胞分裂。在弗洛伊德的眼中，事物都不愿意让光唤醒生命，它们都希望回归原本的状态。本能是保守的。弗洛伊德说，每个生物都希望自行演变，不要被改造。也许，我们也可以用这种方式看待静物，所谓静物画，是自然死亡的同义词。也许，无生命物体沐浴着阳光，是黄金时代的一种象征，绝对的静止，没有欲望和分裂的世界。让咖啡壶演变成柏拉图所谓的纯洁雌雄同体，这样是不是很有戏剧性？”

“凡·高觉得，”亚历山大说，“如果他禁欲，他的画上就有更多的精子。”

“多难听的话啊。你的早餐桌上有精子吗？我觉得没有。静物，韦德伯恩先生，本义就是死亡。”

他停顿了一下：“可怜的凡·高。他是个不好相处的人，我一直这么认为。他十分好斗。要是在咖啡馆里碰到这种人，就要躲得远远的。韦德伯恩先生，你写过他的戏吗？”

“写过。但表现力不够。”

那天夜里，他做了一个既可怕又带有喜剧色彩的梦。他好像在追一个熊熊燃烧的火球，那是一条黑乎乎的长廊，看不到尽头，火球不停翻滚，蹦蹦跳跳，跑得快，又没有规律。亚历山大一靠近它，那个熊熊燃烧的家伙就跳起来，悬浮在空中，似乎是要让他好好看个清楚。起初，他以为是《以西结书》[1]中的智天使，因为它看起来像好多只鸟儿缠在火球里面，而火球就像蛋壳。然后，火球又滚开了，接着就变形了，变成一只刺猬，圆圆的，有好多只人的手脚，还有阴茎，像刺猬身上的刺挥舞着，那就是亚里士多德的雌雄同体。这个球像马戏演员，手抓着脚不断翻滚，两张脸挂在圆柱形的脖子上，不断燃烧。亚历山大跟着这个可怕的怪物，发现它快到厨房那个角落的时候又变形了，变成一只深蓝色的咖啡壶怪兽，一边变长了，手脚和阴茎还在不停挥舞。那怪兽发出咝咝的声音，像在啐唾沫，很恐怖，不过还保留着球形，接着，这个火球突然跳进厨房的门，消失了。

[1] 《圣经·旧约》的一卷书，记载了先知以西结看到的异象。

16
新思想

弗雷德丽卡的课外学习生活都是由男人随机安排的，他们会邀请她或陪同她前去。在艾伦和托尼以及欧文·格里菲斯的推动下，她有一个星期到国王学院参加了两次严肃的会议，一次是关于设立社会学荣誉学位考试的可行性，另一次的主题是剑桥的人文主义精神。她不懂什么叫社会学，也不懂什么人文主义。她二十年之后回想起来，很惊讶地发现两者居然有那么高的重合度。20世纪50年代中期是一段非常平静甚至被遗忘的时光，那是在经济萧条之后、经济大发展之前，苏伊士运河危机和匈牙利革命也是后一年的事情。当时，政治和社会学思想家都说，英国没有待解的大问题，只需做好经济和社会规划，也就是说只有现实问题，没有思想问题，社会存在广泛共识，不存在阶级斗争，只有不严重的机会平等问题。当时，大多数英国人相信未来的日子会越来越好，他们的期望很朴实，一点也不夸张。以前，他们也享受过好日子，他们相信香蕉、橙子和黄油总会有的，医疗和教育总会改善的，高等教育的范围总会扩大的，工人总会买得起汽车的。在那个稀里糊涂的年代，人们不会严肃深入考虑这样宏大的话题，在弗雷德丽卡狭隘的教育里，自由、正义、人性和民主都不存在。她的学习仅限于具体问题，专注细致的文学阅读，那就是她的教育。她只知道要谨慎对待这些大概念，她只需要知道这些概念是谁提出来的、是什么意思。人家教过她批判，不过不像马克思主义者批判所谓永恒的思想体系，而是一点点、一滴滴地怀疑，像文学批评一样。

那次关于人文主义精神的会议不知道怎么回事，最后落到了关于人文主义是不是宗教的争论上，这让她感到很意外。人文主义需要信仰吗？需要一定的仪式或者划分阶级吗？弗雷德丽卡觉得本就都不应该有，破除所有信条、仪式和层次，不就是人文主义的本质追求吗？他们说，人文主义者主张，价值的本源和行为的准则，就在于“人”本身。每个人的福祉就是最高价值和追求，所谓民主，也就是崇尚平等和宽容。这种说法十分正确，无懈可击。大家一致认为规划是应该的，有一个年轻人发表了一番言论，将中央规划局比喻成人的大脑中枢。那是国王学院。有人引用乔治·摩尔[78]的话说：“人格热爱和审美鉴赏就是至善，我们想象不出还有更高的善。”当时，弗雷德丽卡的行为举止都表明，她是支持这个观点的，但是，她又不能这样说。她对于语言的态度不允许她这么说。马里乌斯·莫克济盖玛说：“圣保罗和耶稣要求我们人类彼此相爱。人肯定要彼此相爱，这用得着神来提要求吗？”大家都马上说不用，只有一个人说，福斯特觉得宽容是需要严令禁止的，人文主义创造社会的前提，就在于所有人都彼此相爱。艾伦·梅尔维尔说：“可是，如果没有神，或者没有像马克思主义这样的信仰，我们的道德权威何在？”“在于人性。”有一个人说。“在于个人。”另一个人说。“在于理性。”又有一个人说。“我们自己知道什么是对的，什么是错的。”这是最后一个人的说法，不过他显然是拿了别人的说法改头换面而已。

"真的吗？"艾伦·梅尔维尔说，"我们怎么知道呢？"

他在说话的时候，弗雷德丽卡用充满爱的目光看着他。他坐在椅子的边缘，似乎时刻准备逃跑。他说得很客气，却又充满质疑，她觉得这个斯文和蔼的人根本就瞧不起这里所有的人。他跟她说过他童年和青年时期的一段经历：他们一帮年轻人到伦敦空袭轰炸遗址聚会，纷纷表达了仇恨，而表达方式是自残，有的用链条抽，有的用刀子捅，都希望在身上留下永恒的记号。他知道，"人"没那么简单。哪里来的权威？

另一场会议讨论社会学，但大多数与会者都不知道什么叫社会学。大家都猜测社会学就是研究社会中的人，这肯定是好事，这样的研究有助于提高规划的效率，最终可能造就美德和自由，与前次会议讨论的人文主义殊途同归。根据弗雷德丽卡的观察，对于所谓"阶级""文化"和"精华"的含义，人们的理解不尽相同，例如，托尼·沃森和欧文·格里菲斯提到"工人阶级文化"的时候就存在分歧。托尼比较抽象，他认为工人阶级文化是好的，大众文化是坏的，工人阶级文化包含手工艺、歌曲民谣、饮食习惯和厨艺，这些都是神圣不可侵犯的，是工人阶级的本色，相比之下，大众文化指广播、流行歌曲、电视、包装食品和低俗杂志，等等。在欧文的眼里，工人阶级文化指人的集体力量，像他父亲组织了很多人，建立了一支斗争队伍，去争取提薪和缩短工作时间，这就意味着他们可以看电视，有更多的休闲时间。欧文多次提到"父亲"，托尼则比较少，虽然父亲对于他们的意义大致相同，托尼的父亲爱说抽象的话，而父亲的抽象话语就是他的力量来源，欧文也从父亲燃烧的激情和煽动性话语中获取了很多力量。对于这两个男人而言，"工人阶级文化"指的就是他们的父亲。但是，很明显，托尼在欧文的身上并不存在他所提到的工人阶级的激情和攻击性。那么，欧文是什么阶级呢？弗雷德丽卡呢？

比尔·波特认为，基督教信仰会让人对世界、人类和社会产生错误而且有害的看法。弗雷德丽卡继承了他的这个主张，但她觉得父亲过于推崇利维斯的价值观以及劳伦斯轻描淡写的生活。这些所谓的价值观和生活，从一定的意义上讲，就是道德权威，是神一般的存在。

弗雷德丽卡发现自己碰到一个很尴尬的问题，很多人也可能一样，就是讨厌自己所属文化的某些成分，比讨厌敌对文化更甚。她觉得她是精明的，她没有阶级属性，没有攀登虚无的社会阶梯的非分之想，也不指望因为过去的善所带来的荣誉。自然而然，她反对权威，但是，艾略特明确的阶层划分却比她自己所属的乌托邦更让她欣赏，《重返布莱兹海德庄园》中的小人比《幸运的吉姆》的君子更招她喜欢，尽管《幸运的吉姆》曾经给她描绘了最美好的世界。至少，艾略特和伊夫林·沃看得全面，高屋建瓴。她学会讨厌稀里糊涂的概念，但也没有明确的概念让她喜欢。

只剩下“爱”，她一直在追求爱。她懂得爱神爱洛斯和性灵之爱，知道博爱、爱恋、自爱和自我牺牲等概念，她非常渴望得到爱。她还是不相信她睡过或谈过的男人的所谓“爱”，倒是喜欢跟除了她之外另有所爱的人在一起，也喜欢跟害怕被拒绝而不轻易表态的人在一起。有想当艺术家的马里乌斯，还有对自己的命运深思熟虑的欧文。

马里乌斯画过她，在她租住的地下室，他画的是莫迪利亚尼[79]的仿作，眼睛是紫红色的。这让弗雷德丽卡很不高兴，她的眼睛不是那种颜色。画完之后（那幅画后来越看越像杰克逊·波洛克[80]的抽象画），他和弗雷德丽卡坐在他的床上，抚摸她，时不时问她为什么让他这么干。他生长于一个信奉天主教的家庭，在他的概念中，性应该是悲伤和危险的，务实的弗雷德丽卡已经逐渐习惯了男人的这种三心二意。欧文·格里菲斯带她去参加联合会的晚餐，她是唯一被允许进去的女人，因为她是他的客人。他谈到社会主义的未来，谈到艾德里为什么会当选然后又败选，他说弗雷德丽卡最好的选择是嫁给他，欧文·格里菲斯。他说这句话的时候，他们中间隔着一块硬牛排和一份水汪汪的烤番茄，似乎那样就能搞定她。弗雷德丽卡通常不愿意承认那种话是认真的，她的回答跟往常一样，她说她知道他不可能乐于面对一个每天都跟他争论的人。欧文说这就是她吸引他的地方，他叫她多考虑未来。他以为弗雷德丽卡跟他一样知道他拥有非同寻常的未来。弗雷德丽卡感兴趣的是她自己的未来，她自己是否有非同寻常的未来，她怀疑他是否明白，他不一定明白弗雷德丽卡的政治思想是多么有限和浅陋。他们俩都一样以自我为中心，一样顽固，他们一兴奋起来，就会滔滔不绝。欧文认为弗雷德丽卡是个绝顶聪明的女孩，是有抱负的男人的理想贤内助。弗雷德丽卡了解他的抱负，觉得他的抱负是个很大的威胁。他还有另一个问题，他有时候会在一天内多次闯进她的房间，跟她说同样的话。当时，纽纳姆是不欢迎男生的，有一次，她因此受到导师的斥责——既不是她第一次也不是最后一次挨导师斥责。但她后来之所以没有惹更多的麻烦，是因为她的导师告诉她，她有可能在荣誉学位考试中取得佳绩。后来，等到可以做出中立的评判时，弗雷德丽卡很奇怪当时的优先顺序是那样的。同一宿舍楼同一层有一位很安静的女生，她从来不跟人家说话，她可能是学地理的，也可能是学神学的，弗雷德丽卡不是很了解，但是，在同一个学期，她悄悄嫁给了一个餐馆老板。他是撒丁岛人，在教堂唱诗班唱歌，烧菜很棒，有传言说，他烧的菜像天使烧的。这个女生最终被开除，不是因为她和她的丈夫上床，不是因为她夜不归宿，这两种事情她都没有干，而是因为她结婚了（在不恰当的时候）。那么，弗雷德丽卡想，我们未来应该准备干什么呢？她想到了她的导师，那是个可怕的女人，她嘴巴毒、眼睛尖，弗雷迪看到人家穿着廉价的衣服、戴着劣质的手套或者用词不当的时候，也是这副德行。他们不懂什么是女人。后来，随着女性主义文学运动兴起，人们对女性倡议和女性的自我表现得十分大度，奇斯威克小姐和卡维利·尼布里尔夫人才可能走向前台，成为不同原则主张的倡导者。奇斯威克小姐为追求她的理想做出了一定的牺牲，但人家强行剥夺了她的理想。1955年，弗雷德丽卡对这两个人既蔑视又害怕。肯定的，她有点慌张，她默默对自己说，她肯定可以同时追求生活理想和做个好女人。肯定。

17
实地考察

没有“自然”社会关系的人，必然落到“人为”社会关系的牢笼里面。实地研究中心吉迪恩·法勒叫马库斯去参加他组织的一项周末活动，到卡尔弗利南边的沼泽地开展实地考察。这段时间，马库斯一般都穿着棕色长袍，在卡尔弗利医院推着小车，分发书籍给病人。他搭乘的电梯也是重病号专用电梯，刚做完手术还没有醒的病人，以及准备送去做理疗和放疗的病人，也都从这部电梯上上下下。分书的时候，马库斯一般不跟病人说话。在家，他也不跟父母说话，尽管两个老人都眼巴巴地等着他开口，然后，既然他不开口，就盼望他赶紧回自己的房间去。他听从吉迪恩的号召，因为这种事情比较容易办到，而且他可以借故躲避焦虑而又过分客气的比尔。他到了研究中心，却觉得这是个错误。那里主要是一幢刷白的混凝土大楼，周围有几间小木屋，散发着杂酚油的气味。他要跟另外三个男孩共用一间卧室，这是第一个大意外，他从来没有跟任何人睡在同一个房间里面，所以他吓了一大跳。

第一天傍晚喝茶的时候，大家都比较腼腆。有十六个男女青年，来自不同的学校和教会。茶水装在很大的铝壶里，有面包、很多人造黄油，还有香菜味草莓果酱和大规模烘焙的方形蛋糕片。马库斯坐下来的时候两边的椅子都还没有人坐，后来有个女孩在一边坐下。这个女孩梳着两条大辫子，戴着一副挺大的眼镜，她似乎认识他。她抱怨他怎么不认得她。

“你不记得我？我是杰奎琳。我们一起去吉迪恩家吃过午餐，我们还坐在一起。你现在在干什么？”

“我在医院里分书。”

“你肯定认识一些有趣的人。”

“也没有。”他本不想多说，“这里是干什么的？”

“嗯，我们主要是来相互认识，增长体验。”马库斯弓着背，像趴在盘子上面，“吉迪恩是这么说的。我是因为喜欢这个地方才来的，我喜欢沼泽地，我喜欢这个项目。”

“什么项目？”

“主要是长期研究蚂蚁。我们这里养了几群蚂蚁，有时也到外面观察。克里斯托弗·科布——跟吉迪恩一起坐在桌子头的那个——是世界权威。他非常有意思。你要好好听他说。”

“我不懂。”

“你不喜欢蚂蚁吗？很好玩，真的。我等会儿告诉你。”

“不是喜欢不喜欢蚂蚁的问题。我就是不想看到。”

喝完茶，他们趁着余晖一起去散步。他们走过一片沼泽地，走下一个陡坡后，一路奔跑到了巴洛洞海滩。巴洛洞其实是断崖上一个漏斗形的裂口，一条小溪顺着裂口流入大海，因为流经泥地，所以溪水有点茶褐色，有点金黄色，汇入大海的时候很缓慢，跟上涨的潮水汇合以后，变成灰色但清澈的咸水。那个地方素以怪石闻名，有石阵、石堆，还有圆形的草绿色巨石，摸起来很粗糙，也有被海水冲刷得很光滑的石头，像隐匿在此的原始炮弹。怪石连成一片，整齐平坦，因为有小溪流过，所以上面有绿色和黑色的线条，还因为石头边上长着地衣和杂草，所以又点缀着粉红色的斑点。怪石伸入海里，在交界处，海水在石头表面来来回回，像侦探在寻找漏洞。马库斯拿了一块石头在手里，听着水声和风声。杰奎琳又出现了。“你看，富有生机活力吧？你看那些海葵。真丰富多彩。”

马库斯掂量着手里的石头，很听话地看着那一团团海葵，有些是深棕色的，有些是红色的，偶尔也有一些是金黄色的，它们用一只脚站在水中，有一些叶子或者说是触角浮到水面，中间有个像肚脐眼的孔。杰奎琳说：

“你看，鲁茜在那儿。”

“鲁茜？”一只海鸥在叫，声音沙哑。

“你应该认识的，我们一起在吉迪恩家吃过饭。”

马库斯看着那些成群结队的年轻人。他不知道哪个是他见过面的鲁茜。他们的样子都差不多，都穿着防风夹克和靴子。

“你没什么发现吧？”

“没有。”他犹豫再三说，“我是脸盲，一群人在我面前，我分不清谁是谁。”

“我很喜欢他们，”杰奎琳说，“他们各有特点，很有意思，没有两个是一样的。鲁茜是留长辫子、眼睛又黑又大的那个，穿红夹克。”

马库斯找到了红夹克，但有好几个人穿着红夹克，他看不出来哪个是鲁茜。杰奎琳一直陪着他，指着东西给他看。他怀疑她是吉迪恩派来带动他的。他喜欢她，因为她各种东西都喜欢。他手里的石头很沉，他换到另一只手，他琢磨着为什么她那么容易激动，在他的眼里，这个世界那么虚幻，那么可怕。在回家的路上，他们看到几只绵羊在沼泽地奔跑。他想开个玩笑。

“那些绵羊，你分得清吗？”

“当然。那只比较老，你看看它头骨上的凸起和窟窿，那只是狠角色，那只胖的，在最前面的那只。它们都不一样。只要有一丝机会，它就会顶你。你看，它们的眼睛好漂亮！”

它们的眼睛是黄色的，眼珠子是垂直的。他在看哪只的眼睛最漂亮，最后认定有一只羊的眼睛是琥珀色的，最好看。

“你觉得你看到了什么？”他问。

“我不知道。但总有一天我会知道。你看，它们的头骨轮廓比我们的清晰得多，这真有意思。”她转过头看着他说，“你能想象我的头骨长什么样吗？”

几缕棕色的头发垂在她开阔的额头前，头发梳成中分，像茶壶罩，两条长长的辫子甩在耳朵后面。从她的眼睛里，可以看到他自己的影子，他正咧嘴笑着。

“不，不。不行。”

“你自己的呢？”

他摸了摸下巴，摸了摸颧骨。

“犯哮喘或花粉病的时候，或者头疼的时候吧。但只是在心里想象。我画不出来，感觉长长的、尖尖的，还冒着火。”

她一只手摸着他的下巴，另一只手摸着自己的下巴，比了比。

“你比我长。”

羊掉头跑了。它们摇着毛茸茸的灰屁股，踩着石楠花，渐行渐远。这些羊都是老家伙，身上的羊毛结成一团团的。

“从后面，你分得清吗？”

“想分也可以。它们是一群的，这只跑起来比那只幅度大，这只有点脏，那只看起来有点胆小。真的要分，还是分得清的。”

在羊从视线中消失之前，他勾勒出了它们跳动的脚在草地上留下的蜿蜒印迹。

晚饭后，吉迪恩让所有人围在火炉旁，火炉其实是一只黑色的油箱，装了一根管子作为烟囱，气味刺鼻。热牛奶烧好了，每人一份，牛奶滴到炉子上，立刻冒起泡来，随即变成咖啡色、焦土色，然后黑色，先是大米布丁的味道，然后，灾难的味道。炉火的温暖、席卷的困意和呛人的气味将他们聚在一起，大家坐着——大部分人坐在地板上——看着吉迪恩。吉迪恩提议玩一个游戏，但其实那并不是游戏，是一场说真话“游戏”，旨在消除邻居之间的腼腆和拘谨，让大家敞开心扉。每个人要讲一个故事，一个真实的故事，自己的故事，让大家更深入地相互理解。他自己第一个讲。吉迪恩讲的这个故事是一场持续一周的斗争。他的养子多米尼克拒绝他的爱护，逃跑了三次，他们找到他的时候，有一次他在一间工人宿舍里，有一次在公园的树底下，还有一次他躲在学校的库房里。吉迪恩说，他每次把孩子带回来，孩子都又踢又叫，说他不是亲生父亲。这个故事的重点是，吉迪恩实在无法忍受，他本想给予人家关爱反而招致憎恨，他希望跟人家和谐相处，却惨遭拒绝。他说：“最后，我只好表达了自己的真实感受，不再那么宽厚，该发火就发火。我对他说：‘我爱你，但我不会无底线地忍受。我替你难过，但我自己伤透了心。’”然后，问题得到圆满解决，孩子的心平了，他说父亲的无所不能和总是那么随和的脾气让他感到十分压抑，回家以后，他会爬上吉迪恩的膝盖，跟他打闹。这才是真正的一家人。

一些年轻人逐渐明白了吉迪恩的良苦用心。一个男孩紧接着讲了一个故事，他说这个故事已经不是他第一次讲了。那是他在战争期间逃难的经历。他的母亲死于闪电战，他被寄养在一个人家里，他不喜欢他们，他们也压根不喜欢他，他们欺负他，他对他们没有感恩，他不知道自己到底是谁，他可能只是一个从伦敦逃难到约克郡的人。他害怕人家只是收留他，他不可能得到真正的爱。另一个男孩说，他是家里唯一没通过初中入学考试的，他的父母不想认他这个儿子，无论他做什么事情，他们都无所谓。这些宣泄情绪的小故事有个共同的主题，那就是父母不称职，目光狭隘。吉迪恩对局面的掌控游刃有余。一个故事讲完，他会这样问："那么，你有什么感想呢？"由此引导讲述者进行更深刻的反思，形成更鲜明的自我认识，让他们意识到，别人犯什么错误，那是他们的事情。在他的引导下，故事越来越激动人心，充满戏剧性，大家的反应也很激烈。一个性情乖戾、皮肤黝黑的女孩说了她家的奇葩故事。她的母亲住在楼上，父亲和另一个女人住在楼下，她在两人之间斡旋，送信、要钱，一会儿帮一边借平底锅，一会儿又帮忙送回去。吉迪恩设法把话题引到她本人身上，说她有过人的智慧，能够看清局势，还说她是家里唯一有理智、有人性的人。这个故事一开始是在发牢骚，后来却演变成充满欢声笑语的有趣对答。接着是一个男孩。因为向领导打小报告，他父亲被愤怒的同事辱骂，甚至攻击。吉迪恩再次让这个有点恶心、有点恐怖的故事变成一出悲剧，他温和的微笑和强大的专注力依然发挥着巨大的作用，他说男孩很勇敢，而且收获了智慧。接着，他问马库斯是否有故事要讲。"没有，"马库斯说，"没有。谢谢。""那待会儿吧。"吉迪恩亲切地说，然后转向鲁茜。

此时，马库斯开始注意到了鲁茜。她端端正正地站着，像集合的时候被喊立正的孩子，她的辫子垂在肩膀中间，眼睛直视着吉迪恩，双手紧握在身前，一动不动。她那张小脸很沉着，典型的北欧人长相，笔直的金色眉毛，湛蓝的眼睛，嘴巴的线条柔和而平静。她说她要讲讲她生病的母亲，然后没有任何铺垫，故事就直接展开了。她说，家里的人都只关心自己的事情，跟他们无关的一切都是肮脏的，随意指责她母亲说要买的东西也没买，所以他们整天在生母亲的气，同时他们自己也很不好受。“我想说的是，我们一直对她很不好。她日渐消瘦，整个人都跟从前不一样。她还是想跟我们说话，总是眼巴巴地看着我们，但我们怕她，我们不想了解她，我们也没什么话可说。她躺在那儿，我呢，我要购物、做饭、打扫、做作业、照顾爸爸。我们知道她活不成了，但我们什么都没做，我们希望她死掉，别再熬下去了，她要走就赶紧走吧，但她一直想跟我们说话。我剪了克里斯蒂娜的发型，她很不高兴，那个发型确实很令人讨厌，很丑。有一天，我们去了那里，他们说她死得很安详，然后把装着遗物的袋子给我们。我什么感觉也没有。我就想找事情做。我拼命擦洗灶台和楼下的碗柜，扔掉被玩坏了的玩具。后来有一天，我翻抽屉，发现了半件毛衣。”

“然后呢？”吉迪恩说。

“是一件条纹毛衣。我跟她要过。她一直在织，但是……然后我就哭了。”

“你感到很难过，因为你曾经对她很失望，很愤怒。这很正常，难以避免。”吉迪恩说。

“不是，不是。我……”

“肯定是。你撑起了这个家。现在你很难过，是因为你害怕了。可是你很勇敢。”

鲁西不说话了。吉迪恩还在继续说话。难道他能洞察秘密吗？“如今，你父亲要依靠你，你承担了家庭的重任，还要参加毕业会考……”

“没有，”鲁茜说，“不需要了。他和杰索普夫人结婚了。我父亲。”她坐了下去。吉迪恩走开去问其他人。所有故事好像都是一个模子刻出来的，一家人有父亲、母亲，还有孩子，本是温馨的家庭，结果却往往不尽如人意。杰奎琳说父母送了一个显微镜给受宠的哥哥，最后她好不容易才要到一个。吉迪恩不大喜欢这个故事，可能是觉得有点假，所以没有太上心。马库斯心不在焉，他开始担心晚上睡觉怎么办，他从未跟别的男孩睡过同一间卧室。

同一个房间里的男孩都很通情达理，虽然互相不认识，但空气中弥漫着情感的碰撞。吉迪恩刚才已经把故事很好地串联起来，做了总结。他说生命和人际关系其实很脆弱，正因为如此，人才需要安全感、稳定感，不希望出现变故，从而相信"耶稣与众人同在"。男孩们对吉迪恩赞赏有加。有一个人说："他让我们觉得，我们做什么都很重要。"他们拿着盥洗袋去了洗漱间，回来时浑身发亮，散发着薄荷的清香。马库斯坐在床边，弓着背。一个男孩说："你都不怎么说话。没事吧？"

"我有……哮喘。呼吸不过来。希望……不要……打扰到你们。"

"没关系的，"一个最开朗的男孩说，"炉子的气味确实很呛人，大家都不舒服。希望你能慢慢好起来。"

马库斯吃了一粒麻黄素胶囊，再把一小片半圆形的肾上腺素放到舌头底下。房间里的男孩们终于安顿了下来，但随即有两个人为了一个备用枕头扭打成一团。马库斯用手肘撑着趴在床上，看着他们打闹。他们手抓着手，肩膀和屁股不断扭动，睡衣动不动就敞开。他看到了毛茸茸的肚脐眼，阴茎偶尔裸露出来，比他的更加粗壮，还微微勃起。白色的裤带散开了。他们怎么可以这样？怎么可以呢？他深深地吸了一口气。他感到害臊。他看着他们都上了床，拉起被单和灰色的毯子盖好，蜷起身子，慢慢地，大家都悄无声息了。他不敢再大喘气，竭力压抑自己，害怕自己会发出什么声音。似乎他们用光了空气，这才造成他呼吸困难。右边的肺特别疼，他深吸一口气，那残损的器官就会刺疼。他越来越强烈地感到那些男孩的存在，到处弥漫着薄荷味的气息，他似乎可以看到隐藏在黑暗中或苍白或黝黑的肉体，可以闻到跑步后的臭脚味。他艰难地喘着气。他把脚放在木地板上。隔壁床的男孩睁开眼睛，甩出一只胳膊，马库斯敏感的鼻子闻到了他腋窝下的酸臭味。

“你没事吧？”

“我喘不上气了。我出去一下。”

“需要帮忙吗？”

“不用。我就是睡不着。有点痛。”他呼哧呼哧地喘着气。

“你好像很不对劲。”

“没那么严重。”

他从小木屋走到主楼，那儿还有灯亮着。虽然他呼吸的时候身体有点疼痛，但夜晚的空气中透着松树和石楠花的香味。楼里面有一些细碎的声音，吱吱吱，嗖嗖嗖，咔嗒咔嗒，接着戛然而止。马库斯摸着墙呼哧呼哧地走到一个地方，他认为那里可能是厨房。其实，那是一间大教室，里面有几张巨大的实验台，有一个讲台，墙脚放着几个玻璃缸，在黑暗中闪闪发光。

有人问：“谁？”

“马库斯·波特。”

“你怎么回事？”

“我睡不着。哮喘。”

“是我，杰奎琳。我在找鲁茜。她在哭。我把灯打开。”

天花板上的灯罩着圆锥形的金属灯罩，在桌子上投下一圈圈圆形的白光，反射到大窗户上，因为角度不一样，看起来就变成另一种形状的光圈。马库斯看到杰奎琳在阴暗处，头上有一连串白色的光圈，像一个穿着羊毛长袍的灰色幽灵。他也在窗户玻璃上看到了自己的影子，穿着淡色的睡衣，肩膀上下起伏，浅色的头发十分凌乱，经过反射，眼镜里的两只眼珠子显得那么小。墙脚的玻璃缸里装着蚂蚁。

“你脸色很差。坐下吧。要不要给你拿点喝的？你看到那些蚂蚁了吗？我去把灯打开。”

带状的白光投射到玻璃缸上面。蚁群两侧各有一块金黄色的亮点，玻璃缸上贴着一张书写整齐的标签，标签的内容解释了为什么有那些亮点：

> 英国常见的黑毛蚁群。蚁群观察点的玻璃颜色应在黄到红之间，因为黑毛蚁无法接收这个光谱范围内的光线，但它们对紫外光谱十分敏感。亮毛蚁善于追踪气味，黑毛蚁则依靠视觉寻找方向。黑毛蚁有大大的复眼，运动中的物体可以形成正像。一般认为，黑毛蚁休息时可能无法看见东西，因为它们的眼睛没有眼睑，只能观察到运动的物体。

马库斯静静地、慢慢地观察着蚂蚁，这是他的哮喘使然。除了使心脏跳动明显不规则之外，肾上腺素还会让他觉得眼前的事情才是最紧迫的。于是，这些蚂蚁显得异常重要。因为玻璃的颜色，那里面就像是一片淡红色的土壤，上面散落着一些水果，橘子、苹果等，还有少许陈腐的沙拉。土壤表面爬着大小不一的蚂蚁，它们热情地奔跑着，探头探脑，不停转身，来回折返。玻璃缸边就是一堵墙，连着很多通道和蚁穴，其中两个蚁穴里面有很多乳白色椭圆形的虫蛹，不是整齐排成一列，也不是杂乱地堆成一堆，马库斯觉得，那就是蚁群的特征，我们难以理解其中的规律。通道里的蚂蚁跟外面的蚂蚁一样跑来跑去，有的用纤细的脚搬动砂砾，有的把蚁蛹托举在身前，像一个队伍，每个士兵都举着巨大的蜡烛。蚂蚁成群结队，似乎没有规律可循。他有点困惑。它们不知是从哪儿冒出来的，像一簇刚毛从几乎看不见的狭窄缝隙里钻出来。有一只蚂蚁扛着比它自己身体大得多的虫蛹，遇到一个土堆，就把虫蛹扔掉。这时，又有几只蚂蚁跑过来，齐心协力（有时其实是互相妨碍），把虫蛹搬到了另一条通道里。马库斯注视着蚂蚁狂乱而令人难以理解的生活。它们不断奔跑，碰到彼此，就用触须相互打招呼，甚至交谈。蚂蚁太多了。看着看着，蚂蚁好像越来越多。他不知道自己看到的是无序的涌动，还是难以理解的秩序。

杰奎琳端着两杯热气腾腾的茶，再次出现在他面前。马库斯说：

"找到鲁西了吗？"

"没有。我会找到的。我相信她没事。她有点激动。吉迪恩喜欢刺激人，他认为激发一下情绪有好处。"

马库斯似乎看到一根大棒搅动着已经混乱不堪的通道。

"不一定吧。"他呼哧呼哧喘了一会儿，然后喝了口茶，"他倒是没有刺激你。"

"我的生活太平淡了。没什么好说的。我们看蚂蚁吧。"

在蚁群的某个角落，放着一个圆形放大镜。马库斯隔得远远的，就看到一只工蚁在一个排列着虫茧的洞里，眼睛大大的，但看不见他。它的眼睛就像一颗巨大的苹果种子。它的身体黑得发亮，由三节甲壳组成，每一节都圆滚滚的，两头都是尖的，一共有六条腿，每条腿都很纤细。无论从哪个角度看，它都是这样的结构，像苹果的种子。它们碰了碰虫茧的壳。

"蚁后在哪里？"马库斯问。

"在中间，在黑暗的角落。你看不见的。这里有一张照片。"

看见它了，它就在自己的"宫殿"里，通过放大镜，看起来有马库斯的两只手那么大，腹部隆起来，像一座山，头和脚相对显得很小。它就像一只着陆的气球，或者是一艘搁浅的船，勤勤恳恳的儿女们在它身上爬上爬下。

“恐怖，”他说，“太恐怖了。”

“怎么会？你看看。这种蚂蚁叫作贮蜜蚁，经常倒挂在蚁穴中，作为其他蚂蚁的蜜罐。”它们果真倒挂在里面，和马库斯的手那么大，膨胀的腹部将骨架顶得快散架了。它简直是储存花蜜的活罐子，而花蜜则是忙碌奔波的工蚁采回来的。

“有意思吧？”杰奎琳说。

“是的，但我不喜欢它。不喜欢它们。”

“你是从人的角度看的。不然，它们真的很神奇。”

马库斯想着身体肿胀的生育机器，想着在黑暗的通道不停奔跑的工蚁。

“我不明白，你怎么能割断它们和我们人类的联系呢？”

“你再想想就明白了。”

马库斯和杰奎琳拿着杯子，一起悄悄地走回厨房。厨房里点着一盏灯，传出轻轻的声音，那是抽泣的声音。杰奎琳举手示意马库斯别出声，但其实根本没那个必要。他们踮起脚，透过双开弹簧门的玻璃板往里看。鲁茜就在里面，坐在桌子旁边，背对着他们，金黄的头发散落在肩上。吉迪恩站在炉子旁，搅着锅里的牛奶。他们看着他烧热可可，看着他递给她一个杯子，看着他把椅子拉到她身边，一只手搂住她的肩膀。

“我恨她。”他们听到一个清晰的声音说。她好像在讲述一个家喻户晓的童话故事，关于死去的王后和邪恶的继母，这是人类的普遍问题。“我恨我父亲娶的那个女人。她还没有来的时候，一切都很好。真的。我们家干净整洁，我们过着快乐的生活，非常舒适自然。如今，家里乱七八糟，每个人相互怀有敌意，四分五裂。我恨她。我很不开心。”

“别这样，小可怜，”吉迪恩说，“不要仇恨。过好你自己的生活。开始你自己的生活。你有很多爱可以享受，你可以过得很幸福。”

他用手指托着她的下巴，托起她的脸，然后把她搂在怀里，他那张微笑着的脸贴在被他俘获的金色脑袋上。马库斯很激动，很不舒服，情绪波动超乎寻常，这不是因为吉迪恩说了那番话，而是因为他的那个安慰的动作。即使是透过一小方块玻璃门，他也能感受到，吉迪恩认定他就是那个解决问题的人，他要在黑暗中给予人家关爱，让人家依靠。马库斯感觉到有一只小手握住他的手。“走吧，”杰奎琳说，“快点。我们别待在这里。”她的手干燥、暖和、结实，她没有拍打他，也没有用力握。他让她握着。他呼哧呼哧地喘气。他觉得自己有了相当重要的发现，但一时间搞不明白那是什么。

第二天，克里斯托弗·科布做了一场关于蚂蚁的讲座。他留着大胡子，胡子就像南方的绵羊毛一样卷着，颜色是棕色的，但鲜亮而饱满。他的嘴唇圆圆的，像山楂一样，红红的，小巧而隐蔽，就像藏在阴部的性器官。他顶着一头厚厚的头发，像羊毛毯，也是棕色的，但色调不一样，像本地动物皮毛的那种棕色，就是刺猬鬃毛下面的那块。他的胡子像爱德华·李尔[81]那样浓密，里面可能住着一群寄生虫、一只胖乎乎的画眉、几只鹌鹑和一只小老鼠。他的身子微胖，套着一件挪威胚羊毛衫，走路慢慢悠悠。他谈到了蚂蚁的社群生活。他告诫人们，不要从人类的角度看待蚂蚁的生活，但他说话总带着拟人色彩。我们以人类的方式给它们命名，分别叫它们蚁后、工蚁、兵蚁、寄生蚁、奴蚁，我们也以人类的方式描述它们的社群行为，我们给它们区分阶级和地位。科布最感兴趣的是蚁群中的智能问题。蚁群如何评估需要多少受精雌蚁？如何判断卵或幼虫会成为工蚁、兵蚁还是蚁后？有证据表明，这种自然的选择不仅取决于卵的基因遗传，还取决于幼虫发育早期工蚁给它们喂养了什么食物。肯定存在某些决定和社群选择，那么，是谁做的选择呢？人们有时将蚁群比作人体细胞的集合。这样的比较有用吗？还是会引起误解？智能又从何而来呢？是应该将蚁巢比作一台机器，就像电脑出现之前的电话交换机，还是应该像莫里斯·梅特林克[82]一样，把蚁群看成具有合作精神的昆虫，极度的利他主义者，随时准备牺牲小我，为建设“理想国”或者说“母系共和国”而献身？怀特曾把蚂蚁视为集权主义劳改营的犯人。后来，到了1984年，生物学家就习惯把所有生物体，包括人类、阿米巴原虫、蚂蚁、鸣禽和大熊猫等，都称为“生存机器”。他们会运用计算机分析亲缘关系和特定基因的延续性，统计狒狒和鹧鸪做出利他主义行为的可能性。他们认为，自我意识是“生存机器”通过大脑计算所产生的自我形象。蚁冢也有自我意识吗？科布呼吁专心听讲的年轻人要客观（这个词现在已经过时了），不要存有先入之见，要有想象力和好奇心。说得好像这是办得到的一样。

那么，科布自己呢？他有想象力和好奇心吗？相比男孩女孩、年轻的男女，他对蚂蚁的兴趣真是浓厚得多。一个小说家可能说他天生是个单身汉，这当然是小说家的任性使然，而对另一个学科感兴趣的另一个人，在后弗洛伊德时代，可能从本学科的理论中找到理由，解释克里斯托弗·科布为什么会长期待在荒凉的沼泽地，在玻璃缸内装那么多无法沟通的生物。克里斯托弗·科布究竟为什么会着迷于非人类生物，而且对蚂蚁研究情有独钟？换个学科角度来考虑，是什么样的社会模式使他乐于扮演这个角色？为什么克里斯托弗·科布感兴趣的不是淡水珍珠、无线电波、转换语法、细针制造或者蛋白质营养不良的疗法呢？

我们知道得太少了。马库斯对科布很感兴趣，对蚂蚁也很喜欢，这将改变他未来的生活，但科布对此必将一无所知。

他们去进行荒野探索。马库斯一直在观察这些年轻人，就像睡不着的时候在黑暗中观察蚂蚁一样。在沼泽地，他们形成一个个小团体，然后打破团体界限，加入其他小团体，大家一会儿奔跑，一会儿休息。吉迪恩昂首阔步，来来回回地穿梭，有时会跑到两个步伐沉重的男孩后面，双手拍打他们的肩膀，有时则把一个女孩的脑袋搂进他的怀里。蚂蚁是通过触角的摇动和接触来打招呼和相互识别的，更准确地说是通过嗅觉，嗅觉主要来源于触角末端的七节，每一节能识别一种特定的气味，最后一节用于识别蚁巢的气味。如果有好事者按顺序将触角一节一节切掉，蚂蚁就会迷茫，迷失方向，甚至和同样烦躁的同伴打起来，那么，我们就可以证明，倒数第二节的作用是识别工蚁的年龄段，倒数第三节的作用是识别蚂蚁在爬行轨迹上留下的气味，至于其他的节段，有的用于识别蚁巢中蚁后的气味，有的用于识别同类的气味（不同于蚁巢的气味），还有的用于识别母体遗传的气味，但不一定是蚁后的气味，从蚁卵时期直到死亡，蚂蚁身上都携带着这种气味。这位英俊的牧师喜欢逗人家，这算不算人类独特的接触和交流方式呢？这很难说。斯蒂芬妮在厨房里跟他有过屁股接触，她当时就认为，那是一种原始的人类身体交流方式，在古时候，人们可能依靠这样的交流方式。马库斯希望人家不要来触碰他。他竖起衣领，耸起肩膀，把头埋进衣领里面，想把自己藏起来。然而，杰奎琳走了过来，和他并排走，旁边还跟着鲁茜。

他看到鲁茜的辫子，那条辫子垂落在两肩之间，从上而下逐渐由粗变细。在哮喘、麻黄素和肾上腺素的共同作用下，他的视力慢慢变得清晰，他能更清晰地看到物体的轮廓，但里面的纹理却有点模糊。塞缪尔·帕尔默[83]是个哮喘患者，他能看到成堆的稻草、硕果累累的树木、皎洁的月亮和洁白的云朵，然后用笼子或者网状的黑色轮廓加以表达，对于其中的实质，他则采用自然光的深浅差异来描绘。马库斯看得见鲁茜闪亮的头发缠绕成一条辫子，最上面是圆的，越往下就越细，散发着迷人的光泽。此时的她相貌端庄、举止得当、光鲜亮丽，就在昨天晚上，她还披头散发，举止疯狂。她不怎么说话，只是低着头，很平静。杰奎琳则滔滔不绝。马库斯一边听着杰奎琳说话，一边看到鲁茜的辫子在摆动。“看，蕨菜快长出来了……”杰奎琳说，“荆棘树被吹成了那个样子……看，那只鹬……看，兔子的粪便……”她似乎什么都懂。

马库斯回家时，既带回来了众人的兴奋情绪，也怀揣着对吉迪恩说教内容的怀疑，善于质疑是波特家的传统。在白色房间里，他躺在床上，想到了上帝。他很久没有想到过上帝了，自从不再听卢卡斯·西蒙兹像救世主似的解释他的天赋，他再也没有想到过上帝。他的脑海里充斥着一些影子，这些影子反复出现，危险却又真实生动，这种情况以前也出现过，人们从那时开始认为他有神经病。所有事情都可以被回忆、想象成连续不断的椭圆形，就像浴室玻璃上的水滴，人们透过水滴看世界，世界就成了零碎的样子，蚂蚁堆叠起来的白色虫蛹、羊奔跑时摇摆的臀部、鲁茜富有光泽的编织辫子、胸部和肚子，以及仰望吉迪恩的一张张白色脸庞。他用手指摸摸自己椭圆形的脸颊，透过窗户，看到一轮不规则的凸月。他突然意识到，秩序、辫子、椭圆形以及蚂蚁，都由神掌管着。他看到两个神并排站在一起，吉迪恩的神和吉迪恩长得很像，一个金身张开双臂宽慰着别人，另一个神长着浓密的头发，站在漆黑的走廊上，形态与触角的节段、缠绕的辫子和无数种形状有关。卢卡斯曾经疯狂地认为，无论通过何种渠道，都可以和这个神沟通。神就在马库斯心里，在马库斯周围，在全世界。这很危险，但那是他的职责。他想到杰奎琳的好奇心和鲁茜的漂亮辫子。肾上腺素开始分泌，是他自己的身体分泌的，不是半圆形药片产生的。

18

这是拉斐尔

在剑桥的第二年，弗雷德丽卡因为她的鸟类研究而出名，或者说臭名远扬。这个想法起源于可爱的弗雷迪组织的一场聚会。聚会上，弗雷德丽卡与埃德蒙·威尔基聊到了用于做实验的鸽子。也是在那时，她懂得了"分类学"这个概念，这个学习过程在她脑海里留下了清晰、深刻的印记，即使随着时间推移，那次聚会上的脸庞和家具已模糊成一团无法辨认的马赛克，只令人记得那是一次聚会，但是，这个印记还是那么鲜明。威尔基兴致勃勃地介绍了关于鸟类迁徙的一系列实验。他说，人们普遍认为鸟类可以通过磁场辨别方向。但是，威尔基说鸽子和鸽子还是有区别的，而且个体差异很大，这时，弗雷德丽卡满脑子都是这样一幅画面：一群一模一样的鸽子，咕咕地叫着，朝同一方向飞去，它们长着不同的羽毛，飞行速度也有所不同。这些鸽子就像剑桥的学生，有的奢靡，有的不安，有的拘谨，有的聪明，有的装腔作势，有的善于操纵，有的躲藏在保护色的背后，它们想要一样东西，也可能不止一样。当时的大学生对所谓鸟类学都不当真，经常只当作一个玩笑，但是，对于对情欲计谋、骗子、变色龙和《幸运的吉姆》心知肚明的弗雷德丽卡而言，这就要另当别论。马里乌斯·莫克济盖玛为她的系列文章画了一些插图，而托尼和艾伦为表示友好，将这些文章和插图发表在了他们的杂志上。这些插图是都是钢笔画，他画钢笔画得心应手，但油画水平则不那么稳定。这是英国20世纪60年代讽刺画流行之前的事情。弗雷德丽卡的分类学研究没什么好处，幸好没有让学校杂志成为笑料，事实上，她明显缺乏与读者产生共鸣的意图。很久之后，在慵懒的闲暇时光中重读这些作品时，弗雷德丽卡才意识到，她本以为自己写得饱含爱心，具有高尚的美学情怀和细致的洞察力，结果这些文章却被冷酷地解读为“被掩盖着的仇恨”。她没有这个意思，但确实可能被人家这样解读。还有一个怪事，尽管在一定的意义上，她的鸟类学研究旨在对抗男人对酒吧和公共场所女人裸露的胸部和大腿进行分门别类，但是，直到连载快结束的时候，她才发现年轻的男人把女孩称为“小鸟”。她把这一发现告诉马里乌斯。他说：“我想这才是问题的关键。”弗雷德丽卡实事求是地说，她之所以研究鸟类，是因为威尔基的鸽子。马里乌斯说了句“原来如此”，然后粗粗两笔画了一撮油腻的头发。“我喜欢男人。”弗雷德丽卡说。“哦，看得出来。”马里乌斯冷冷地说。

1955年秋天，弗雷德丽卡认识了诗人休·平克，陪他一起去了她平时很少去的剑桥图书馆。然后，她真的恋爱了，爱上了一张脸和一个概念，虽然她曾经很任性地进行了多次性实验，而且经常脚踩多条船。

休·平克拿着一沓名叫《美好》的诗歌杂志，敲开了她的门。他很瘦，微微驼背，淡蓝色的眼睛，金红色的头发，留着波浪卷发型，乍一看像是20世纪30年代的卷发烫坏了，但你随即能够发现，他的头发是自来卷。弗雷德丽卡买了一本杂志，递给他一杯咖啡，问他杂志的名字是什么。他告诉她叫《美好》，他说这个名字有双重意思。《美好》喜欢刊登意象鲜明的诗歌，不喜欢朦胧诗，不局限于英语诗歌，也刊登了一些意大利作品。《美好》刊登了一首平克自己写的诗，主题是菲茨威廉博物馆里方丹·拉图尔84的一幅画，画了一只白色的杯子放在碟子上面。他翻开杂志，指着那首诗给弗雷德丽卡看，弗雷德丽卡很喜欢。

那首诗多采用短句，不是传统的五步诗。诗里描述了方丹·拉图尔对白色杯子的刻画，没什么情感描写，遣词也很简单，很容易记住。那期《美好》杂志也刊登了马拉美的《她纯洁的指甲》译文，译者署名是拉斐尔·费伯。弗雷德丽卡不了解这个人，以为就是这个休·平克。休喝了一口雀巢咖啡，有点自嘲地说，“平克”不大可能是诗人的名字，尤其是像他这样脸颊粉红[1]的人，他自己心里有数。他说：“我知道这是个障碍，我一定要克服掉，我觉得，既然姓名是父母给的，该将就的就得将就，对不对？要是我的姓名多几个字就好了，署在诗后面就更像诗人，更有诗意，比我现在好多了。我父母总喜欢简单化，他们认为姓名的字母越少，到银行办事就越方便。”

“我从来没想过波特这个姓有没有诗意。”

“你们女人结婚后可以换个姓氏。你要改成弗雷德丽卡·平克也可以。”

“不要，我想改成鲍文、萨克维尔或米德尔顿，好听又朴实。”

“平克确实不好听。我之前有个女朋友，她跟我开玩笑，说我不应该叫‘粉红’，应该叫‘玫瑰红’。”

“你一定要把‘平克’这个姓氏发扬光大。”

“我父亲是一位著名的外科医生。”

“在文学领域扬名立万，人们看到你的名字才不会联想到颜色或者

[1] “平克”英文为Pink，意为“粉红色”。在此为双关语。

花朵，到时，平克就能够跟叶芝和艾略特相提并论。”

“平克就是粉色，粉色就是平克。”

“再说下去就乱了。”

“我也不喜欢那个颜色。”

“哦，我喜欢。小时候，我可喜欢这个颜色了，后来人家说红头发的人不适合配粉色。”

“你喜欢粉红色，是因为你是女孩子。我的头发是红色的，但我是个男的。”

“平克先生，我喜欢你这首灰白色的小诗。”

后来，休·平克为弗雷德丽卡写了一首轻佻的叙事诗《红发女人之歌》。他请她吃饭，吃了咖喱炒杂烩，然后带她去剑桥大学图书馆。他似乎爱上了她，不过弗雷德丽卡视而不见。他还描绘了美好的未来，意思是说要和她共享这美好的未来。

图书馆的地下室有一间咖啡屋，散发着烤面包的香味。他们坐在一面玻璃墙边，也就在门边，门外有一口井沿很高的砖井，这是一口四方形的井，和高高的井沿相比，井口显得很小。有两个人站在草坪上，靠着一棵木兰树，当时那棵木兰树还很矮，两人都穿着硕士长袍，双手扣在背后。

“那个人是我认识的最聪明的人。”

“哪一个？”

“黑的那个，拉斐尔·费伯，马拉美诗歌的译者。”

“我不认识他。”那两个人开始慢慢地绕着草坪走。

“他是圣迈克尔学院的院士，才华横溢。书教得很好，也是一名诗人。真正的诗人。他在自己家里举办诗歌晚会，只邀请我们那几个人，要参加他的诗歌晚会非常难。我们创办《美好》杂志也是受到他的启发，我们想模仿他的写作风格……”

那两个人从草地上走了过来，和弗雷德丽卡他们只隔着那面玻璃墙。有一个身材不高，头发全秃了，弗雷德丽卡认得他，他是文森特·霍奇基斯。他是卡马尔格海滩派对的哲学家，当时，他讲到维特根斯坦的颜色审美理论。另一个人的脸庞，正是弗雷德丽卡梦中情人的脸庞。小时候，不管在夜里做梦，还是做白日梦，这张脸就不断出现在她的梦里，直到她喜欢上了亚历山大·韦德伯恩，这张脸才慢慢被淡忘。弗雷德丽卡很难不用一些陈词滥调来形容这张脸，正是在陈词滥调的指引下，弗雷德丽卡才构想出这样的脸庞：忧郁而严肃，看样子就是清心寡欲，眉毛很黑，头发又黑又亮。

“哦，天哪。”弗雷德丽卡说。

那两人走进来时，休·平克站起来，哈着腰说：“拉斐尔，您好。”他的声音微微颤抖，充满着敬意。

“休，早上好。”费伯的发音很清晰，但不像英国人的口音。

“这位是弗雷德丽卡·波特。”

拉斐尔·费伯没有注意到弗雷德丽卡。他径直往前走，一边侧着头和同伴讲话。

“你说他是做什么研究的？他讲什么课？什么时候有他的讲座？”

在鸟类学里，他就是游隼。

“他研究马拉美。他在磨坊巷讲象征主义。周二上午十一点。”

“你是怎么得到诗歌晚会邀请的？”

“写一首他喜欢的诗。我就是这么做的。为什么这么问？”

“我没见过这么英俊的男人。”

“你不应该说这种话。”

“如果我们俩都是男人，他是女人，我就可以这么说，对吧？”

"但我是男的，你是女的，我认为女生不应该那么在乎长相。拉斐尔的长相并不重要，关键是他的思想。我不会再把你介绍给他了。"

"我总有办法。"弗雷德丽卡不假思索地说。

"不会有什么用处的。"

"也许吧。"弗雷德丽卡说。她恢复了平静，慢慢鼓起巨大的勇气。

拉斐尔·费伯的讲座地点是一间阶梯教室，空间很大，但听众不多，大家都坐在前两排。这样正好。弗雷德丽卡只认识两个人，一个是变色龙艾伦·梅尔维尔，另一个就是休·平克。平克显然在犹豫是否把身边的位置留给她，但最后还是给她留了。

弗雷德丽卡平常不喜欢听讲座。她更喜欢读书，况且，大学里的讲座大都是讲书上的内容。她也听过一些讲座，不过体验都不大好，感觉都像在表演。海恩博士讲到李尔王的命运，在讲台上居然哭起来，利维斯博士用两根手指把一本《早期维多利亚时代的小说家》扔进废纸篓里，还鼓动听众跟他一起扔。

拉斐尔·费伯的讲座不算表演，虽然不喜欢他的人可能认为他有些做作，经常不把话说完整，是在故弄玄虚。他讲座的主题是"名称和名词"。他提到一位诗人，说这位诗人认为这世上存在的所有事物都可以用一本书来概括，但是，这本理想的书还没有写出来，拉斐尔·费伯认为那纯属正常。如果这个诗人是伊甸园里的亚当，要给伊甸园的所有生物命名，他会用哪种语言？

和弗雷德丽卡梦中的影子一样，他的相貌让人难以忘怀，他本可以挥洒自如地演戏，也可以慷慨激昂地朗诵，但他却不喜欢那样的演讲方式。他一边讲话，一边在讲台上来回走，眼神专注，但总是脱离听众。他像在自言自语，时而慷慨激昂，时而低声细语，仿佛教室里只有他一个人。这种演讲方式本应没有任何吸引力，可是，他的听众始终全神贯注地听他演讲。

他说，从前，人们认为语言是亚当给万物命名的工具，名词代表他所命名的事物，玫瑰花是玫瑰上的花，玫瑰花开在玫瑰枝条上。后来，他说语言与物体逐渐脱节，为此，他引经据典，说得引人入胜。于是，人类对语言有了更深刻的认知，将语言与世界分离出来，成为人造物，是人类编织出来的一张网，我们终于能够表达一些无法被唤起或完整传达的形象。隐喻通过对比促进理解，就是我们创造意义的语言网络。柏拉图提出，从绘画的花朵，到真正的花朵，再到花朵的形态，它们中间存在着等级差异，而我们在此基础上又有很大的发展。他说，马拉美会在一节诗中提到“玫瑰”和“百合”，而在另一节，他会用一些隐喻，例如紫红色的酒，明亮的圣杯，诗意地唤起这些形象，他的语言越来越精确地制造了模糊、空白和寂静。他似乎在庆祝，也是在哀悼伊甸园的重生，曾几何时，伊甸园鲜花盛开，色彩斑斓，如今，这些已经成为模糊的幻影。弗雷德丽卡其实很害怕，似乎她最关心的是他能否让她感受到美，感受到爱。她给邻座的休·平克写了一张字条。“听见的乐声虽好，但若听不见却更美。”“安静。”休·平克说。其实，弗雷德丽卡并没有发出沙沙的声音，也没有说一句话。拉斐尔·费伯走到讲台前，似乎看了他们一眼。然后，他读了马拉美的一段话：

> “当我说‘一朵花’时，我的声音便并非疏忽地阻隔了所有花的外形，与此同时，某种异于一切花萼的东西，一种理念的和美妙的东西便音乐般地随之升起，那是一朵在任何花束中都无法觅得的花。”

他说出这段华丽的辞藻，就像一个魔术师凭空变出不存在的东西，一个词，一件事物，“无法觅得的花”。她后来发现，他喜欢在演讲的最后时刻引用别人的话。他微微鞠了个躬，整理一下身上的长袍，然后就离开了。

“真帅。”她对休·平克说。他看上去不大高兴。

“我还以为你不喜欢听讲座呢。”艾伦·梅尔维尔说。

“我想看看他长什么样。”

“为什么？”

“好奇。你呢？”

“为了学士荣誉学位考试。他思维敏捷，充满激情。我很佩服。”

弗雷德丽卡一时不知道怎么才能认识拉斐尔·费伯。她感觉到，休·平克后悔不该引起她对这位教授的兴趣。于是，她回到大学图书馆，借了一些拉斐尔的作品，有两本薄薄的诗集，还有一本很短的小说，题目分别是《练习》《温室》和《异物》。她发现，他经常去安德森阅览室，每次都在里面工作很长时间，于是，她也经常来这儿，跟他隔着两张桌子，可以清楚地看到他的后脑勺。

那两本诗集，还有那本小说，单词都不长，而且大部分是名词，页边空白处很多，看起来清爽、干净。《练习》简要描写了一些意象，饭后的餐桌、主干道上的一小块油污、沙沙作响的谷物升降机和二手汽车压缩机，等等。有些描写还不如俳句那么长，有些也刚好是两节四行诗句。对于如此清心寡欲的作家而言，《温室》则有点“热”。诗的主题包括温室里的供暖系统、植物的繁殖、生长和死亡。弗雷德丽卡觉得，这两本诗集的内容有点阴暗，有点吓人，不应该是这样的。“阴暗”和“吓人”是弗雷德丽卡自己的话，诗人肯定不会用这种直接引起情感反应的词语。她终于明白休·平克那首关于小茶杯的诗灵感来自哪里。诗的力量来自选词的精准和节奏的把握，虽然弗雷德丽卡听不到，但她能辨别出来。（我们天生的学习能力又是一个谜，我们的耳朵为什么能辨别得那么准确，这是先天的还是后天的能力？）

她不太喜欢《异物》，主角是一个无名的探险家，他也是这篇小说唯一的人物。他经历了奇异的自然风景和剧烈的天气变化，他必须找到变化的源头，必须不断前进。读了两遍后，弗雷德丽卡得出一个结论，这个标题是个不大高明的双关语，她不愿意把这个双关语与费伯联系起来。宏观的就是微观的，每个人都是自己的岛屿，从来没有人超过自己身体的局限。这两种观点都有可能。小说写得最好的部分是无法定义的边界：视觉、触觉、双重触觉和回声，都很遥远，都在大脑里面，像吹拂着皮肤的空气。读完第二遍后，弗雷德丽卡认定“没什么意思”，跟安德鲁·马维尔[85]说“我自己的悬崖我自己跳”一样，诙谐而已。爱不妨碍她的判断，反而大大提高了她的批判能力。一场关于爱罗狄亚德和自恋的演讲结束后，她扯了扯他的袖子说：“我可以代表《剑桥笔记》采访您吗？我很喜欢听您的讲座。我……”

“我不喜欢被采访，”拉斐尔·费伯说，“我一直拒绝，没有后悔过。对不起。”

她给他写了信。她说她想以隐喻为题写博士论文，马拉美有些富有创造力的意象，以及《温室》里的意象，特别是那些花，这两者的联系让她尤其感兴趣。她说他所有的作品她都读了好几遍，深受启发。他给她回信，说他愿意接受采访。

亲爱的波特小姐，

谢谢你对我的工作感兴趣。倘若你想采访我，工作日12点至12点半之间，我都在办公室里。

她梳好头发，读了几篇他在世纪之交发表的关于隐喻的文章。她既兴奋，又害怕。

我前面说到，弗雷德丽卡爱上了一张脸和一个概念。她是这么对自己说的。她想弄明白这是什么意思。对于聪明、善于观察和有思想的人来说，恋爱的乐趣之一在于不用把事情想得太清楚，被驱使、被接管和被征服都是乐趣。弗雷德丽卡表达热情的方式不怎么得体，也有些笨拙，但她注定将成为一个聪明、善于观察和有思想的人，而且，因为她自己能看到这个前景，所以她渴望拥有这个自由，渴望绝对的情感。两个人也会发生生物错误，放不开对方的手，始终都希望能触摸到、嗅到、闻到或者听到对方的存在，这也是爱，这种爱更直接，是绝对的情感。弗雷德丽卡从未经历过这种恐惧，或者放纵，从某种意义上说，因为她从前的性实验，她产生或被激起这种感觉的可能性越来越小。尽管如此，她还是爱上了拉斐尔·费伯。她是怎么爱上的？为什么会爱上他？

原因有很多，分好多种类。厉害的社会学家会注意到，拉斐尔·费伯满足了她选择伴侣的很多抽象标准。她跟艾伦和托尼说过她要嫁给大学教授。因此，她完全可能爱上一个休·平克说是“我认识的最聪明的人”的人。她的一部分，虽然只是一部分，喜欢他的生活，喜欢图书馆，喜欢文艺复兴时期大楼里的孤独，喜欢有思想的生活。

也可以采用精神分析法。这个男人比她大，他不仅是一位老师，还是一位好老师，是权威。弗雷德丽卡的父亲是一位老师，也是一位好老师。她曾经爱上和她父亲共事的亚历山大，在她的眼里，他是可以被颠覆和勾引的权威。她是个好学生。

从表面上看，拉斐尔·费伯就像简·奥斯汀笔下拥有大房子的有钱单身汉，还加上奈特利先生那种保护欲很强的特征，绝对是适合的人选。

如果这样分析太过于理智，那就剩下相貌方面的原因。亚历山大很英俊，但他一直痴迷于凡·高，一心向往布卢姆茨伯里。这存在一定的社会价值，无关乎任何一方可能感受到或没有感受到的性冲动。弗雷德丽卡将“漂亮”这个词用在亚历山大和拉斐尔身上，没有任何讽刺意味，她也会说“漂亮的弗雷迪”，但弗雷迪不一样，他的漂亮没有那么正面。我们是怎么选择脸蛋的？历史上曾经有几张面孔得到过万千宠爱。电影明星的塑造者都对几何结构了如指掌，双眼之间的宽度、长度与宽度的比例以及骨头的形状，比如海伦的脸，或者茅德·冈的脸，或者玛丽莲·梦露的脸。生物学家告诉我们，选择伴侣的时候，我们要考虑很多小地方是否搭配，正所谓物以类聚，但也不能完全一样。好不容易对上眼的人，手指关节、脊柱、嘴巴宽度、音色、身高、气味，等等，都比其他随便拉来的人更相近。但不能完全一样，自恋和乱伦代表关系过于密切。聪明的鸟会选择叫声跟祖先相似但有一点不同的配偶。

比尔·波特长着一头漂亮的红头发，弗雷德丽卡继承了他的红发。弗雷德丽卡在红发男人中肯定找不到适合的人。她不愿意让休·平克碰她，不是因为他不成熟、没有安全感，像动物一样，虽然他的确是这样的人，但主要是因为他也长着红头发，脸颊也是红的，他的肤色和蓝眼睛也属于禁忌之列，不过当时她并没有意识到这一点，直到后来才发现。不过，由于她与平克的诸多共同点，她乐于认同他对拉斐尔·费伯的优点的总结：橄榄色的皮肤，黝黑，精致，而且聪明。

在图书馆的木兰树边上“认出”那张脸的时候，在梯形教室里的长凳上听讲座的时候，她感受到他的性吸引力了吗？她对拉斐尔·费伯有诸多的幻想。都是白日梦，有些是慵懒的白日梦，梦中的情景很复杂，他们相互靠近的过程非常缓慢，两人几乎从未认出对方。他可能在通往咖啡厅的狭窄楼梯上与她擦身而过，可能在图书馆里看到过她，然后走到她的椅子旁边，然后可能会感觉到、注意到……吗？也有快节奏的白日梦，他们在阳光灿烂的草地上打滚，或者在裸泳，或者直接上床，她从前梦里的那个人一般是亚历山大，还有一些不认识的人，莫克济盖玛也出现过一个星期，但拉斐尔·费伯没有出现过。

除了社会学、心理学和美学之外，还有神话方面的原因。

小时候，每天晚上睡觉前，她总会给自己讲一个没有结局的故事，幻想生活在神话里。在这个神话里，她独自一人在森林里不停地行走，陪伴她的是一些动物，狮子、黑豹、豹子、野马和羚羊。动物都臣服于她。她用灌木生火，寻找水源，解决争端，包扎伤口，带领一群活蹦乱跳的动物，穿过斑驳的空地。她总是穿着一件飘逸的粉红色衣服，蒙着绣有玫瑰花朵的白色面纱。三十五岁时，她居然在一个手绘盘子上发现了这件衣服，感到十分震惊。那个盘子是温妮弗雷德为数不多的传家宝之一，画着一个丰满的金发仙女悬挂在峭壁上，一只手抓住一把灌木，身后是蔚蓝的天空和飘浮的云朵。那时她只有三四岁，没有人跟她说过长着红头发的人不应该穿粉红色的衣服。后来，可能在她八九岁的时候，森林里出现了一个男性，他有着拉斐尔·费伯精致、黝黑的容貌，但性格特征却完全相反，那些特征来自罗切斯特先生、悲伤而有罪的兰斯洛特、悲伤的火枪手阿多斯和其他虚构的纯真浪子。这位骑士很英俊，但容易犯错，经常需要救助。获救之后（就如同兰斯洛特被阿斯托拉特的百合女郎解救，阿特格尔被布里托玛解救），他又变得强壮起来，有些残忍，为了实现目标会不择手段。那个女士会感到伤心，因为骑士会遭到摩根勒菲、爱尔兰农民和巫师的伏击，再次陷入困境，需要救助。弗雷德丽卡早期的神话中的这个混合骑士形象，拥有拉斐尔·费伯精致的脸庞，而她青春期时幻想的文艺复兴时期的格鲁吉亚浪子可能有所不及。这个形象是如何被塑造起来的？她早期相信唯我论，那么，这是她本人的男性版本吗？是否跟她本人大同小异？这些形象黑暗而瘦削，蕴含着令人愉悦的邪恶，有撒旦和拜伦的意味，也很“敏感”。与之相对的是金发碧眼、健康、荣誉和坚定，弗雷德丽卡的故事里没有这样的男性。如果我们转而思考个体的多样性，每张面孔背后的隐秘偏好和情感历史，文化会将某种外貌归因于某种思维习惯或道德信仰，这很令人惊讶。事实上，我们就是这样的，典型相貌的所有者必然受到影响。如果休·平克拥有拉斐尔·费伯的身体呢？这是概率的问题吗？还是疯狂的决定论？

她敲了敲他房间的门，心怦怦直跳。他打开门，似乎随时准备退却，随时准备当着她的面把门关上。弗雷德丽卡说明了姓名和来意后，他笑了笑。

“请进，请进，波特小姐，请坐。那把椅子吧，大的那把。来杯雪利酒怎么样？”

“那就太好了。”

房间外面有一条小河，河面上荡漾着淡淡的水光，从窗口可以看到一片“文明的荒野”，一群“哲学牛”经常在那里“吃草”。房间非常干净，但没什么色彩，壁炉架上方挂着一幅浅色的立体派拼贴画，有一只天蓝色的瓶子，有一把旧报纸做的小提琴，还有一个猩红色线用胶和图钉固定而成的玫瑰花结。一面墙壁上全是书，这些书被摆放得非常整洁连贯，形成不可思议的几何图案，这可能是法国出版社的习惯。方正的沙发椅盖着未漂白的亚麻布。桌子一尘不染，上面只有一只烟熏玻璃花瓶，插着白色的苍兰。拉斐尔·费伯把雪利酒倒进高脚玻璃杯里。房间里没有红色、黄色、绿色或蓝色，只有灰色、浅黄、棕色、黑色和干净的白色，亚麻窗帘也是这样的颜色。弗雷德丽卡坐下来之前掸了一下裙子。拉斐尔·费伯给她端来了一杯雪利酒，令她惊讶的是，他还送来了一块酥脆的黑色蛋糕，蛋糕放在一个白色的瓷盘上，散发着诱人的香味。弗雷德丽卡看着他小心翼翼地盖上蛋糕罐，刷掉桌上的一些蛋糕屑。然后，他坐在弗雷德丽卡旁边的写字椅上，避开照进房间的光线，等着她。他先看了看自己的脚，接着又看了看窗外，然后直直地看着弗雷德丽卡。弗雷德丽卡意识到她的胸罩吊带上有一根别针，长筒袜的接缝可能松开了，脖子上太热了。他礼貌而冷淡地等着她，没有帮她。

这是弗雷德丽卡第一次做采访，以前艾伦和托尼采访她的时候经常反复问同样的问题，此时此刻，她完全能理解他们的做法。她问，他同时进行写作、阅读和教学，会不会有压力？剑桥是作家成长的好地方吗？

“当然是。我看不出你存在什么困难。好的作家应该也是好的读者。写作是一种文明的活动，剑桥是个文明的地方。”

弗雷德丽卡不依不饶。她说：“我发现，我们这一代人中有很多人觉得在这里很难进行写作，或许是因为这里有太多批评家吧。渐渐地，灵感就枯竭了。”

“也许他们不是真正的作家，或者还没有成为真正的作家。”

他非常客气，但他的回答都暗含着敌意。这是锋芒毕露，还是故意捣乱？他的回答似乎都在暗示，她居然会提这个问题，实在很愚蠢。她有点怕他。看着他那张漂亮的脸，她的腹部如同被针刺着，刺得她心烦意乱。她不抱希望地问他，他的作品有没有受到什么影响。

“我希望我的品位足够广泛，不至于受到压倒性的影响。有几个现代法国作家让我佩服，我也喜欢几个明显被低估的美国作家，比如威廉·卡洛斯·威廉斯[86]。”

瞧他说的，好像她没听说过威廉·卡洛斯·威廉斯或读过他的作品似的。她问他小时候读过什么书，他说他小时候主要读德国作品，但现在不读了。然后，他开始凝视窗外。

“我是一个难民，一个被放逐的人。我已经忘了德语。我是一个没有母语的人。”

最后这句话引起了弗雷德丽卡的兴趣，无关他说这句话的语气。她感觉到，他现在跟她说的这句话，他一直都在说，这句话经过了他的精雕细刻，变得非常精确，可以信手拈来应付好奇的人，他说这句话的时候，甚至可能是不自觉的。这时，一种她自己都不知道自己拥有的记者本能，跟妇女被忽视而产生的愤怒交织在一起。她意识到她必须停止采访，因为他已经感到厌烦，开始走神了。

“《练习》里的诗，主题是帮助人体延伸的事物。有些工具和机器，我真搞不懂，它们看上去那么精确，但怎么感觉就那么吓人？”

“有一篇评论说，这几首诗表达了现代社会对工业文明的厌恶。”

“哦，不。不至于。关键是界限，它在讲我们的身体延伸到物体里，比如卡钳、夹具扳手和相机镜头。《异物》也差不多，就是情况比较不同。”

“也许吧。”他坐直身子，“再来一杯雪利酒。它也涉及工厂和战争对欧洲的破坏。”

“有一首关于碎石路面上的油的诗，我很喜欢。我认为那是最重要的一首诗。”

“为什么？”

弗雷德丽卡说了很多她自己都觉得莫名其妙的话。

“因为那是流动的。这是个隐喻。对于油，你赋予了意象，它五彩斑斓，反射着天空，你提到它的黑暗和潮湿，我却想到了溢出的血，我也不知道为什么。我是不是错了？”

“不，不。你说得很对。”他又倒了些雪利酒，转过身来面对她，脸上露出了笑容，“没有一个评论家提到那首诗。这是我最喜欢的一首诗。”

“写得非常准确，但意义要深远很多……”

“的确如此。所以，在《温室》里，我也想写这样的诗，但是，在我看来，那些诗没有一首比得上。你觉得呢？”

她表扬了拉斐尔·费伯那首关于油的诗，他竟然如此欣喜，以至欣喜之情溢于言表，弗雷德丽卡很惊讶，也许她本不应该这么惊讶的。在后来的职业生涯中，她也遇到过许多人，最终注意到并理解了自己思考或创造的复杂或难以理解的东西，他们同样迸发出了极大的激情。而此时此刻，她更关心自己的社交情绪。弗雷德丽卡想，一个男人开始时把你当成一个笨女人，后来却开始重视你，你会觉得既高兴，又丢脸。她经常碰到这样的事情。她的社交生活是一场战争。她要在别人的心目中树立起自己很聪明、很善于说话的形象。她接着采访，说《练习》中的机器与《温室》的机械环境有关。拉斐尔·费伯不再泰然自若地坐在沙发椅上，也不再摆姿势。他边走边谈，滔滔不绝地谈着水泵、锅炉、加热炉、玻璃窗、电话亭、汽车和自来水笔，深刻而兴奋。他向弗雷德丽卡介绍了嫁接和繁殖的隐喻历史，他还打算写一篇文章，将人类心脏当作水泵，这既有本义，也有比喻义。他又给她倒了一些雪利酒。当然也有尴尬的时刻。他听到有人说《温室》和《异物》是相互关联的微观世界，就突然变得暴躁起来。

在这次采访中，弗雷德丽卡碰到另一个更神秘、更有趣的尴尬。与根有关。这些植物的根茎异常突出，因此，她将《异物》中的身体意象与先前几本书中的有机体联系起来。《温室》里有一株植物外表丑陋，不断往上长，盲目地寻找气根。《练习》里有一段话描写钢笔笔芯，笔芯消耗着空气和墨水，所以，她大胆地认为钢笔和根是相互关联的。《异物》中最不愉快的，也是最实在、最核心的意象是一棵巨大的榕树，它的气根越来越多，缠绕在一起，形成一个拱门，一个藏身之处，藏着一个个陷阱、一张张网、一个个圈套。赶路的人会被拉进去，被捕获。这不好。弗雷德丽卡坐着，听着拉斐尔夸夸其谈地介绍他作品中难以发现的高明之处。读到根这一部分的时候，她觉得自己似乎很有文化，她不确定他是否知道，是否希望她有，或者希望他自己有。她感觉还不如刚才有把握：他是否了解他们到底在干什么？他不是那种会承认有些工作很重要而自己却没有认识到的人，不论这些工作有多重要。

知识革命需要很长时间才能影响到我们，而且不会一成不变。弗洛伊德对能量来源和人类性追求这两者的关系做出了新鲜的解释，让人感觉获得了解放，又令人震惊，这是无可争辩的。“不可救赎”这个词来自另一场知识革命，那场性质有所不同的革命来得更早，如今只是偶尔得到认同或付诸行动。现在知识界流行的，是书写人的欲望，还有另一种渴望，即文本对自身的渴望或对另一个文本的渴望，或者说语言对不可理解指示物的渴望。在斯特拉·吉本斯[87]的《冰冷的安慰农场》中，可怜又可怕的麦布先生把每一片云彩、灌木丛和蜜蜂都视为生殖器，把地球上每一处柔软的事物都视为维纳斯的乳房。威基诺浦教授用瓶子、水壶和咖啡壶比喻生殖器官，让亚历山大·韦德伯恩很不舒服。弗雷德丽卡读大学的时候，思维主要关注“意象”，这也许只是流于平庸的思维。有些人从未读过弗洛伊德的著作，但他们知道自来水笔、帽子和钥匙在梦里是阴茎的象征，于是，他们都会把这样的意象“解释”成弗洛伊德式的意象，这很普遍，就像弗雷泽笔下的稻草人和金枝一样普遍存在。朗基努斯戳刺耶稣侧腹的长矛[1]，以及装过神血的圣杯，是男性和女性生育能力的象征，而这是众所周知的。相反，什么是救赎，什么是

[1] 中世纪及现代基督宗教传说中，耶稣受十字架刑后，罗马士兵朗基努斯为确定耶稣是否已经受刑而死，用一支长矛戳刺耶稣的侧腹位置。由于长矛沾上了耶稣的血液，被一些基督徒视为圣物，长矛亦以物主朗基努斯之名命名为朗基努斯枪。

不可救赎，早就无人知晓了。根也是如此。春雨拨动了迟钝的根，艾略特说。弗雷德丽卡对拉斐尔·费伯几乎一无所知，但她知道根意味着什么。如今，她把《异物》中的榕树气根看作是一团相互缠绕的性器官，作家本人也曾用“粗糙”“肿胀”“难以穿越”和“危险”等字眼来加以描述。他其实很少使用形容词，这就更令人惊讶。弗雷德丽卡真希望看到笔还是笔，帽子还是帽子，钥匙还是钥匙。有一次，她用新发明的双面毛线编织毛衣，那根粗钝的针有节奏地从打结的毛线网中插进插出，她突然想到了性，毫无来由地心生怨恨。但她做不到。她了解文学上的类比，她接触过男性的器官，她能想起男性器官的种种形状，有苍白绵软的，有细长的，有粗壮的，有深色圆柱形的，有鲜艳玫瑰色的，有深紫红色的，有张扬勃起的，等等。她是否会因此想象藏在拉斐尔·费伯整洁的灰色法兰绒裤底下的阴茎是什么形状？不。虽然她注意到了榕树周围的灌木丛散发着腐烂和枯叶的气味，对作者产生了距离和厌恶感，但她无权了解或者揣测。

她对拉斐尔·费伯说：“那棵榕树让人印象特别深刻。”

“那是《失乐园》中那棵让人犯错误的树。”费伯的回答让人惊讶不已，“不是生命之树，也不是善恶知识树，是亚当、夏娃摘叶子做衣服的印度榕树，是被耶稣诅咒的无花果树。弥尔顿说，无花果树，不以结果而值得称颂的树……”

“继续。”

“但如今印度无人不知，
马拉巴尔、德康地区枝繁叶茂，
树枝长且宽，虬茎扎根于地下，
子树长在母树的周围，

圆柱高耸，树荫成穹，

步行其中，便起回音。”

“之所以让人犯错误，是因为枝丫繁复，真理只有一个，生命之树只有一棵，这棵树却从自身生出子树，就像罪恶不断生出地狱恶犬。”

“在马拉美讲座上，您说我们不能繁殖，马拉美说，树林盛产木材。”

“萨特在《恶心》[74]里也写了一棵树，无法命名，无法描述。非常可怕的他者。有点过分。”

“我没读过《恶心》，我在读马拉美。”

“我可以把这本《恶心》借给你。中午想吃什么？我这里有奶酪和萝卜，喝一杯葡萄酒，这些可以吗？”

“当然可以。”拉斐尔·费伯拿出这些东西，放松下来，愉快而尖锐地评论英国人狭隘的文化。弗雷德丽卡品着奶酪屑，也很愉快地承认英国文化确实狭隘。她举例说，《幸运的吉姆》中英国人对所谓的“正派”过分崇拜，她很不高兴。拉斐尔没有读过《幸运的吉姆》。他给弗雷德丽卡一杯酒。他说：“英国人没有根源感。”

“我有。我有很强的根源感。”

“哦，我以为你是犹太人。”

弗雷德丽卡盯着他。她看到自己红色的头发，轮廓分明的脸上有很多雀斑，她看到了自己对知识的渴望，他也看到了。他们四目相对，脸马上红起来，两个人都一样。

“不，不是。我是正宗的盎格鲁-撒克逊人，正宗的英国人，大家都知道。北方人，你知道的。我们的根源在北方，我们非常清楚。北方的中低阶层。不信英国国教的北方人。”

弗雷德丽卡很想回避这些标签。他似乎不太理解，有点茫然，好像这些标签都很难得。

“真奇怪。我犯了一个奇怪的错误。我平时都不会犯这样的错误，尤其是这样的错误。我为什么会把你当成犹太人？”

她也无法回答这个问题。他皱起眉。他居然把人家的情况弄错了。

“你的根源感一定很不一样。”

“我出生在吕贝克市，托马斯·曼的故乡。你知道托马斯·曼吗？”

“我们在高中德语课上学过《托尼奥·克律格》[64]。”

“那么，你肯定对德国的根源有所了解。我没有受过非常犹太化的教育，我父母不信教，虽然我们是犹太人。我1939年来到英国，身无分文。贵格会的一家慈善机构把我送到萨福克的一所公立学校。”

“就你一个人？”

“还有我妈妈和几个姐妹。我爸爸、爷爷、哥哥……家里除了我以外的所有男人……都在贝尔森集中营被杀害了。”

最后一句话中有点指责的意味，她觉得那句话也有点敌意，也可能是她误解了，他未必是在指责她，但她感受到了指责。作为无知的不信奉国教的北方人，她感到羞愧，甚至有负疚感，尽管她不清楚是怎么回事，也不知道自己做错了什么。

“你的妈妈和姐妹呢？”

“她们住在剑桥郡，住在乡下。”他想了想，“据说，东盎格鲁人特别排斥陌生人。”

她眼前似乎出现了一个忧郁的女王和一群穿着白色围裙、戴着蕾丝帽子的忧郁公主，在陌生的土地上照料着乡下的花园。她想说，告诉我，告诉我，但他的经历似乎过于遥远，过于陌生，她找不到合适的问题来诱导。他面无表情地跟她讲了一些小细节，她读过关于那些人和那些事的书籍，好像有一个被吓得瑟瑟发抖的孩子躲在橱柜里，他的家人被搜到捉走，还有人藏在手推车的毛毯下面逃出去，白天走路，晚上睡在谷仓里，然后在寒风刺骨的夜晚，登上了船，漂泊在伸手不见五指的海面上。

“人非常善良，也非常残忍，我一直都很害怕，一直很害怕。”他说。弗雷德丽卡知道自己的想象偏了，她想重新来一遍，但只能想起小制作电影里的口头禅，而始终无法触及恐惧的边缘。他问起她的根源，她却突然短路了，约克郡家里的那些小细节，所谓的正直和抱负，根本不值一提。比尔·波特的怒吼与贝尔森集中营的悲剧之间存在着巨大的鸿沟。她吞吞吐吐地说了几句，一边盯着他，发现他根本不明白什么是“下层中产阶级”，不可能明白浓重或优雅的口音对生活有多大的影响。她索性说：“很像劳伦斯，我的根和劳伦斯一样，我们这种人都很努力地改善自己的条件，就像劳伦斯笔下倔强的女性。”

从前，她没有机会说“我们这种人”。

“我不读劳伦斯的书。我不喜欢他盛气凌人的语气。我觉得他小说里的人物难以理解。当然，人们不能再认为艺术应该创造人物，包括给他们起名字和构建社会背景，细致地描写服装、住房、金钱和聚会情景。这样的看法过时了。”

他真的很生气。他讨厌劳伦斯。这让她感觉很新鲜。她温顺地问，托尔斯泰、乔治·艾略特、简·奥斯汀这些人写的都是“死细节”，那么，他认为她应该读些什么？在这些人的书里面，有很多她深深了解和喜爱的人，包括安德烈公爵和他的小妻子，他是个有责任感却充满疑虑的人，也包括多萝西娅出于道德考虑选择了一个老男人、亨利·蒂尔尼渴望得到爱而接受了凯瑟琳的爱情。这是她第一次和拉斐尔·费伯谈话，感觉很奇怪，他非常照顾她的感受，吞吞吐吐却又很坚定地跟她讲了一些关于他自己的零碎信息，但她根本无法像想象伯金或皮埃尔那样想象他的人生。他的情绪在一句句话中不断转变，有时慷慨激昂地批评一些故事和故事中的人物，批评异想天开，批评狭隘的文化，批评语言的惰性，有时，他却突然变得很温和。他们就像一对认识不久的情侣，两个人在相互诉说人生经历。后来，他再也不会这样轻易地向她敞开心扉。弗雷德丽卡觉得很难再开口说出什么。他没有母语；此前，她没有怀疑过自己的母语表达能力，觉得自己说话很有技巧。如今，她说什么对他都毫无意义，无论她说什么，他原则上都不会当真。

他拿了几本书，包括《恶心》和《墨菲》[88]，给她带回去，还有一首诗的打字稿复写本。

“我很想知道你怎么理解这首诗。题目是《吕贝克的钟》，指吕贝克圣玛丽教堂的大钟。1950年，我回到了那里，那是我的故乡。当时轰炸很厉害。为了安全起见，他们把教堂的宝贝都藏在钟楼下面，后来钟掉落下来，碎成无数片。战后，他们保留了这些碎片，在钟楼周围新建了一座小教堂。我想写欧洲历史，但还没有实现。”

她不清楚他是说写诗，还是写历史。

她漫步穿过空气清新的灰色剑桥。他让她很头疼，他借书给她，这是一个开始，借书通常是第一步。有借就有还。他刚刚从眼前消失，她心中又重新充满了爱，而爱就像特效药一样，她的头突然不疼了。她数了数她喜欢他什么：忧郁、精确的思维、记忆中的恐惧、激荡的内心。她记得她说自己不是犹太人时他们两个人四目相对的情景。他们相互不认识。她爱上了一个陌生人。她的世界比从前更大了。

弗雷德丽卡挑选了一个好时机把《恶心》和《墨菲》还给他。她没有还那首诗，因为她不想一下子用完去找他的理由，也因为她看不懂这首诗。她肯定能看懂的只有一句，那就是奥菲利娅说的那句话："像一串美妙的银铃失去了谐和的音调。"这首诗采用小块的语言形式，没有标点符号，词语像一列列长方形排列，像是视觉或智力测试题，她做不出来。诗里面有德国人的姓名，好像还有希伯来语，还提到一些距离，以英里和公里为单位。有许多很接近的词汇，格林、格瑞、格外和格里魔，等等，在读马拉美的《写给埃桑特的散文》时，她查过最后那个词。他说，巫师的所谓魔法之书，全是胡言乱语，荒唐可笑。诗里还说欧芹的灰色种子像苏打粉，这个比喻容易理解，但她确信粉末是邪恶的。诗中还有曼、男人、男子气概等，在英语里面，这些词形式相近，容易混淆。她看到了浮士德和亚当的名字。她知道这首诗写的是毒气室、炸弹、教堂和集中营，但她看不懂这首诗的组织逻辑。她怕他问起那首诗，于是，她带着两本小说，去敲了他的门。

他打开门，表情茫然地看着她，仿佛不认识她。

"我来还书。"弗雷德丽卡说。

"谢谢。"拉斐尔·费伯说着伸出手来。

"我不理解《恶心》结尾的那首诗歌。"弗雷德丽卡说。然后，她举了一些她其实已经理解的例子，希望对话可以继续下去。

"抱歉。我还有一位客人。"

他站着，没让她进门。在干净而没有色彩的房间里，卡尔马格海滩派对的哲学家文森特·霍奇基斯正懒洋洋地躺在椅子上。

"打扰了。再见。"

"改天吧。"拉斐尔一边说一边向后退了一步。

"那首诗还在我那儿。"

"哪首诗？"

"很难理解。"

他微笑着，像在嘲笑她，又有点冷漠。

“你慢慢读吧。”他然后说，“抱歉。”他关上了门。

爱是可怕的。弗雷德丽卡反复分析和反思了最后几句客套话。他“改天”真会见她吗？他抱什么歉？是在拒绝她吗？拉斐尔更愿意和文森特·霍奇基斯说话？这样说倒也轻巧，但弗雷德丽卡·波特更想知道他对她有什么感觉。不过她没有想到过，那两个男人也会琢磨她是不是觉得很尴尬，他们为什么不能单独跟她在一起，里面为什么会有另一个男人？

一周后，她拿着这首诗又去找他。他又站在门口跟她说话。她很勇敢。

“我来还你借给我的诗。我有很多地方没看懂，但还是非常感谢……”

“什么诗？”

“《吕贝克的钟》。”

“我没有借给你这首诗吧？”

“那天我们吃过午饭后，你告诉我说你的故乡在吕贝克……之后我们聊了……”

“我为什么要那么说？”他很生气，很懊恼，“诗还给我吧，还没写完，还不能公开。”

“当然。”

他抢过那个本子，飞快地翻着。

“很抱歉。不过，读了这首诗，我真的感到很兴奋。我没有完全看懂，但是我……”

“这是我的错。我不知道为什么会借给你。这首诗还不适合阅读。很高兴你还回来了。如果这首诗让你感到困惑，我向你道歉。”

“不，不用，我……”

“谢谢你完好地还回来。”

“我很想跟您讨论一下这首诗。”

“当然可以，现在不行，以后吧。你的文章写得怎么样？”

“下一期发表。”

“我很期待。”

“我……”

“再见。谢谢你。”

她和艾伦·梅尔维尔谈了这件事。对于拉斐尔拒绝承认借给她那首诗，艾伦似乎并不感到惊讶。前进一步，很快再后退两步，这就是拉斐尔·费伯。他似乎很了解他。“你一定让他感到紧张了。”

“别胡说。”

“千万别爱上拉斐尔·费伯，没有意义，除非你喜欢单相思。”

“我可能爱上他了。”弗雷德丽卡说。她很难过地明白了其中的意义。

采访文章如期发表，题为“诗人与学者：圣迈克尔学院教授拉斐尔·费伯先生画像”，作者是弗雷德丽卡·波特。弗雷德丽卡为此花了好几个小时。托尼和艾伦删减了几段话，把评论和个人描写糅合在一起。弗雷德丽卡对于诗歌的评论写得很好，她把马拉美的心灵语言之花和劳伦斯的情色拟人文学放在一起对比，她还提到，与一个没有母语、文化“根源”已被割断的人交谈时，她感到十分震惊。关于“根”的隐喻让她打了个寒战，所以，在文章里面，她把“根源”替换成了“纽带”。她还描绘了他的讲座风格和朴素的房间。这就是访谈得到的结果。

她又收到一封信。

亲爱的波特女士：

我觉得我必须写信告诉你，你在《剑桥评论》的文章中提到我的个人生活，让我深感不快。如果我知道你打算采用这种风格写作，我就会只谈论诗歌的技巧问题，你对这些问题的处理非常得体。

拉斐尔·费伯

弗雷德丽卡把这封信拿给艾伦和托尼看。她很生气。“我写的都是人尽皆知的事。人们不知道的，我也不知道。我之所以写那些东西，是因为我钦佩他。”

“就是这样，”托尼说，“人们会跟你说一些话，却讨厌你把那些话发表出来。”

“那我怎么办？”

“等待。”艾伦说。

“等什么？他讨厌我了。”

“至少他认识你了。”

她还是经常去安德森阅览室。她看着他工作，自己也读了不少书。他去喝咖啡或吃午饭的时候，会从她身边经过，她对他微笑，但他都没有回应，也没有表现出认识她的明显迹象，她并不感到惊讶，却很伤心。有一次，她断定他要过一刻钟才回来，她站起来，走过去看看他在读什么。意义不大。桌子上有几本希伯来语书和几本希腊语书，有马拉美书信集合、里尔克[89]书信集，还有一本《杜伊诺哀歌》（这本不是图书馆里的）。他的笔记就像他借给她的那首诗，黑色的字体写在白纸上，优美、小巧又清晰。有几行是希腊文，有几行是希伯来文。比较有人性化的，是在一张纸底部画了一系列小图画，有花瓶、罐子、瓶子、骨灰盒，有胖的，有高的，也有矮矮胖胖的。在小图画的上面写着“具体普遍性”几个字。对弗雷德丽卡来说，拉斐尔的笔迹是有魔力的。信封上的字曾经让她吓了一跳，而这里的笔记，一行又一行，看起来却非常舒服。拉斐尔静静地走到她身后，冷冰冰地小声问她有什么需要帮忙的。她把手收回来，仿佛被纸刺痛了。

“很抱歉。我突然想知道你在读什么。我想知道……我在思考你的诗，突然想知道……这样很不好，我知道。”

“阅读和写作也是个人隐私，波特小姐。我一直是这样认为的。”

“我很抱歉。”

“有什么收获吗？”

“我看不懂希伯来文，也不懂希腊语。我不知道‘具体普遍性’是什么意思。”

“那你就慢慢想吧，”他坐下来，“想明白了，一定要告诉我。”

“那篇采访，费伯博士……我……我主要因为钦佩您……”

“请你肃静。”拉斐尔的桌子上有一条标识——“肃静！”他看着他的书，“都过去了，波特小姐。”

19
读诗会

她很意外地又收到了一封信。

亲爱的波特小姐：

星期四晚上，我家里将举行一次小型聚会，一起阅读和讨论诗歌。不知道你是否愿意参加？我们将在八点半准时开始。

诚挚的，

拉斐尔·费伯

她本想去找休或者艾伦讨论一下这个邀请，后来她决定不去了。她会去参加聚会。她不想被劝阻。星期四晚上八点半，她敲了拉斐尔·费伯的门，休来开门。休一看见她，脸就更红了。

“我被邀请了。”弗雷德丽卡说得很干脆。她的邀请函放在口袋里，以防万一。

“那就进来吧。”

她把外套脱下来放在门边的一把椅子上，上面已经放了一堆衣服。屋里肯定有十五到二十个人，有人坐在椅子上，有人靠着书架蜷在地毯上，也有人客客气气地并排坐在沙发上。里面只有一个女人，是一个她认识又好像不认识的研究生。这些年轻人很优雅，不像那种松松垮垮的人。弗雷德丽卡产生了一种幻觉，仿佛房间里到处都是暹罗猫，杏仁状的眼睛清澈，但似乎都躲着她。拉斐尔·费伯拿着一只玻璃罐给客人倒冰镇白葡萄酒。他的桌子上放着一个朴素的银色托盘，盘子上放着绿脚玻璃杯。照明光线主要来自天花板上的灯，色调忧郁，刺眼。屋里有一种奇怪的香味，弗雷德丽卡发现了三个白色瓷盘，盘子上放着圆形蛋糕，香味就是从那里发出来的，蛋糕上覆盖着一层白色糖霜，糖霜有裂痕。拉斐尔走过来，站在半坐半卧的年轻人中间欢迎弗雷德丽卡，指着一只高扶手椅让她坐。他给她倒了酒，又端上来一块蛋糕，她咬了一口，感觉很爽口，味道很浓。“我妈妈和姐妹们经常会送蛋糕过来。我想，她们是觉得我在大学里营养不良。”

这个夜晚并不轻松。那些年轻人纷纷朗诵他们写的诗，一个写了帕福斯的海葵，一个写和情人分手的情景，一个写在老年病房里的保姆。随后的讨论比朗诵诗歌更加犀利、更加深刻，大家都对自己的批评能力非常自信，他们的诗歌里就缺乏这样的激情。他们剖析着彼此诗中的意象，没有人喜欢别人的隐喻，说那像是从伤口上揭敷料，在批评某个比喻不合适的时候，他们都是才华横溢的。

弗雷德丽卡听不懂休·平克的诗。他有点不高兴地说：“小时候，我家里有一张蛇皮，一张毒蛇的蛇蜕，这首诗写的就是那张蛇皮。”

其实，那首诗的灵感，来自弗雷德丽卡皱巴巴的棕色透明长袜和那条蛇透明的蛇蜕之间的相似之处。但他没有勇气，或者说，也没有那样的低级趣味，所以他不会把“长袜”直接写进诗里。他不是个聪明人，他不会给这首诗取名《她空空的长袜》。他注意到，她的袜子和蛇皮有一个共同点，就是很破、很旧，没有生命气息。他写了蛇皮，但没写长袜，因此他的诗就失去了挂在人们嘴上的客观对应物。作为补偿，他引用了《仲夏夜之梦》[14]中的蛇皮和济慈的《拉米亚》[3]，他提到了拉米亚变幻的银色月亮、她的斑点和条纹。

他先是把光辉、色彩和光泽写进去，然后又删掉了，只剩下“褐色”“极度脆弱”和“遗留”等字眼。拉斐尔·费伯说，这首诗里对济慈的引用过多，其实，那是诗中最接近性爱内容的词语，平克不能这么说，说实话，他也不甚明白。“是对童年的怀念吗？”一个人问。“童年的快乐？怎么可能？”另一个说。“主题是蛇，蛇是坏的。”“无关童年。”坐在费伯脚边的一个聪明人说，“也许是手淫。”“不，不是。”休很激动。他的脸跟他的头发一样红。这是关于蛇的外延和内涵的讨论，也就是所谓的“蛇意象”。休说，他所描写的蛇是他自己的蛇，但那个聪明人说这就太天真了，这首诗下意识地写出了手淫的意思。艾伦·梅尔维尔说这首诗讲的是“缺失”。“你们可以说诗就是诗，也可以说诗都与性相关。这首诗写的是对济慈和莎士比亚的缺失，正因为如此，诗里引用了很多济慈和莎士比亚的话，多到让费伯博士担心。这是一种观点。”

“你赞同这种观点吗？”拉斐尔说。

这时，艾伦的变色龙特性又显现了。“我不知道自己赞同什么观点。除非有观点值得赞同。”

大家请求他朗诵自己的诗。他优雅地介绍了他的诗。

“这是一首关于镜子的诗。关于镜子的诗有很多。我这首诗的部分灵感来自费伯博士关于马拉美和《爱罗狄亚德》[6]的精彩讲座，费伯博士提到了《爱罗狄亚德》的镜子，以及自恋。我这首诗用了两个意象，一个是乔治·艾略特的《米德尔马契》[18]里的镜子，另一个来自一本中国诗集，中国人都相信镜子后面还有一个世界，镜子也许有一天会被神秘的勇士、龙和大鱼打破。我曾想用《花少年那喀索斯》作为这首诗的题目，后来觉得这个题目听起来太美、太花哨、太神秘了。所以，我把这首诗命名为《自恋者》，我也不满意这个名字，有点鲁莽。我想把那喀索斯[90]的镜子写进诗里，但没有在诗里说明。就是这样。”

他多么聪明啊，弗雷德丽卡心想。他先入为主，用权威、详尽的描述，堵上了所有人的嘴，而休·平克就没那么聪明，没有做到这一点。在他眼里，他们都是披着狼皮的绵羊。

这首诗有一系列清晰的意象：有一间黑房间，窗帘拉开着，一面有框镜子挂在衣柜上方，透过窗户可以看到夜空，窗户玻璃上反射着烛光，然后，随着镜子变成水面，镜子上的银色斑点变成了一只野兽身上的银色斑点。野兽从水中升起，它的脸和昏暗的轮廓就从镜子或者说水中冒出来。就是那一个个圆圈。野兽打破了平静的水面，形成了奇怪的涟漪。这些涟漪以野兽的口鼻为中心。朗诵这首诗的时候，艾伦的苏格兰口音非常浓，像在讲万圣节的故事，正因为如此，拉斐尔·费伯才说，对于这首诗，哥特式传统的功劳肯定和马拉美一样大，不过很难说他是喜欢还是不喜欢。这时，弗雷德丽卡听到了她最担心的那个声音。她突然打断了拉斐尔抑扬顿挫的评论。

“是约翰·邓恩说的，《爱的成长》。”艾伦狡黠地笑了。“没错。你给我们讲讲吧。”

她在思考榕树的时候，这首诗曾经在她脑海里荡漾过，这首诗也蕴含着“根”的意象，既美丽又淫秽。“温柔的爱情，就像树枝上的花朵，爱情的根苏醒了，发芽了。”“圆圈”是下一节的意象。弗雷德丽卡背出了这首诗。

如同在水中搅动，一个圆圈
会生出更多的圆圈，全被爱情所接受
就像许多星球，但只有一个天空
都是以你为中心的同心圆。

另一个人表达了反对意见，认为不可能从这首诗里找到所对应的内容。任何尚未发表、尚未成为权威的作品都会遭到这样的反对意见。艾伦·梅尔维尔做出了标准的回应，他说人们可以去感受，可以去感觉，还没有清晰认识的，正是我们要思考的。拉斐尔说，诗发表了再说吧。艾伦说，我还在写。喝完咖啡后，拉斐尔朗诵了《吕贝克的钟》的一部分。他跟艾伦·梅尔维尔一样，事先说明了诗意，还在朗诵之前提供了足够的信息来引导读者的反应。他介绍了那个教堂的那座大钟，也介绍了他的故乡。诗里有一些零零碎碎的信息，包括令人困惑的数字，比如贝尔森集中营的死亡人数、吕贝克的炸弹袭击以及两者之间的距离……也包括一些名字，主要是学者的名字，还有死者的未知名字。他引用了托马斯·曼的一些描写，包括《布登勃洛克家族》[64]对一个资产阶级家族一间房间的描述，还有一句话是描写阿德里安·莱韦屈恩让人无法忍受的音乐。他还摘取了《浮士德》和《格林兄弟》里关于德国民间传说和语言根源的思考，以及希特勒的演讲片段。他没有完整引用，而是拿来了一些不连贯的片段，因为这些东西本身就是不连贯的。他念了几行短句，清晰洪亮的声音在房间里回荡。这一次，弗雷德丽卡注意到白色小石头和面包屑重复出现，因为这两个意象都与“炉子”有关，让她想起了格林童话《糖果屋》的故事。这是实物参照，而不是抽象重现。通过费伯的阐述，你可以在脑海中建构文明和残暴、日常的生死以及语言的秩序和人类的礼仪，这些都是诗中所没有的内容。读第一遍的时候无法理解的东西，如今变得那么深奥。还是在讲缺失。私人的和公众的缺失，动物的和人文的缺失，表达得如此婉约，还是没有形成系统。又是一段没听过的旋律。

弗雷德丽卡既紧张而又害怕。她很自然地更喜欢休·平克写蛇的那首诗，诗中大量引用了约翰·济慈的意象，那就像小时候一堆没有关联的数字胡乱写在草纸上，然后，“拿一支铅笔，把从1到89的数字连起来，你就会看到约翰和苏珊在海滩上或野餐时或在山洞里看到的吓人景象”。连起来就是一只章鱼、一头公牛或者一只巨大的蝙蝠。缺失的童年，战争的片段，一段恐怖的经历，被炸毁的钟楼上的一口变形的钟。可能不在了，可能很丑陋，也可能很漂亮。年轻人抬起了他们的猫眼。他朗诵完了之后，直直地看着弗雷德丽卡，这是在公共场合，他就盯着她一个人，肯定是对她抱有希望。肯定吗？他就在那儿，一个活生生的剑桥男人，面带微笑。她也报以微笑。

她正要离开时，他说：“希望你下次再来。”

“我不会写诗，你知道的。”

“没关系。”

“休说有关系。”

“哦，休说的吗？他喜欢你。”

“哦，不是吧。我希望不是……我……”够了。

“好吧。”

“你的诗……你的诗写得非常妙。”

“谢谢！”他刚朗诵完那首诗，他很兴奋，“我很在意你的评价。”

“不像。”

“哦，是我失礼了。抱歉。我是不舍得它离开我。我想不出来我为什么会把它借给你。或许我想得出来。”他向后退了一步，“我的失礼没有借口。没有。”

“没关系。真的，我……”

“下次一定再来。答应我。”

在黑暗的街道上，休赶上了她，艾伦也跟上来。他们三个人并排骑着车，沿着银街过了河，这样挺危险。

“你觉得怎么样，弗雷德丽卡？”艾伦问。

弗雷德丽卡说：“都太喜欢评论了。”

“在做批评的时候，我们都显得那么聪明，那么残忍，那么得意！但是，有一些诗就是诗。你们的诗都是。”

“我受宠若惊。”艾伦说。

“这是一首爱情诗，”休说，“省掉了关键的部分。”

“我们都喜欢爱情，”艾伦说，“房间里荡漾着爱。每个人都爱拉斐尔。”

弗雷德丽卡的车突然歪了，她马上调整过来。

“有时候我在想你到底爱谁？”她说。

“我吗？”

“你。”

“我不会告诉你的，弗雷德丽卡·波特。爱情，真折腾人。”

这时，休·平克的车也歪了，三辆车碰到一起，叮叮当当，然后又分开，歪歪扭扭地向前走。

20
成长

威廉在一天天长大，长高，样子也在不断变化。一切似乎发生在眨眼之间，但又似乎极其缓慢，慢到他可以从容地看完一只毛毛虫的蜕变。曾经蜷曲柔弱的小手指变得笔直有力，能抓起最小的面包屑。曾经乱踢乱蹬的腿变得藕节般圆润，随着不断运动，还长出了肌肉。威廉的脊柱渐渐延展，斯蒂芬妮都看在眼里。他坐在地上，手里拿着玩具木柱和一个蓝色烧杯，使劲敲打地面。他曾经挺着小肚子，在地上趴了几个星期，后来有一天，他摇摇晃晃地用皮肤柔软的膝盖和双手把身体撑了起来，就像威廉·布莱克[91]画的《尼布甲尼撒二世》。他飞快地向后退，奔着一个煤筐而去，结果撞上了房间另一头的书架。他站起来以后，手总是摇晃着，膝盖也伸不直，只能慢悠悠地在房间里打转。他握着小拳头，抬起胖乎乎的脚，再重重落下，从房间的墙边走向椅子，然后再走回去。斯蒂芬妮觉得她一辈子都忘不了这些片段，这些成长和时间的印记，但是，随着威廉继续向外探索，她也就都忘却了。

威廉似乎很爱皱眉，他的头没有身体长得那么快，平坦的额头上总有不同的纹路出现。他专注时就会皱眉，有时，他想用食指和中指抓住一个黄色的塑料圆盘，这时额头就出现皱纹。这时候，他很像丹尼尔，父子俩都长着乌黑的眉毛、大大的黑眼睛和根根分明的睫毛，皱起眉来也是一模一样。他发脾气大喊大叫之前也会皱眉，不仅两条眉毛挤成一团，还会噘嘴，尤其是皮肤的颜色会出现极其精彩的变化，从光滑的奶油色变为玫瑰红，再到深红色，最后变成紫罗兰色。这时，他很像比尔，像比尔难过、懊恼和极度愤怒时的样子。那些颜色来得快去得也快，很快，威廉的那张小脸会恢复本来的样子，谁也不像了。有时，他也会像人家在学习和思考的时候那样皱眉，只是鼻子以上的皮肤稍微皱起来一下，不特别注意就看不见。他坐在斯蒂芬妮的膝上，看着她的脸，用手指摸着她的脸颊。一开始，他只会戳妈妈明亮的眼睛或者抓她的嘴角，像是要看看母子俩之间有多少距离，后来，他很快就学会了抚摸母亲的脸颊，把玩她的头发，而且很熟练。斯蒂芬妮在他身上看到了自己的影子，特别是威廉像思想者皱眉的样子。四目相对的时候，她在孩子的眼睛里看到了自己，隐隐约约的，像一轮慈爱的月亮。她已经成为孩子的一部分了吗？他的肉是她的肉，但他的样子不是她的样子。

威廉开始学说话。他调动舌头和嘴巴，用稚嫩的嗓音发出了几个基本的声音，巴、嘎、搭、妈、趴、它，接着比较固定的组合，巴嘎巴嘎、啊巴巴巴、趴妈它妈噶，接着把这些组合拆开重新组合，阿巴咯搭巴。一天清晨，斯蒂芬妮听到他在叽里咕噜地说着什么，冗长复杂，语气像疑问句，也像是肯定句，像是在讲课，又像是在布道，一连串声音，高高低低，抑扬顿挫。她想到了自己，对于那些背得不那么熟的诗歌，每次想起来，脑子里首先出现的不是名词，一般人会先想到名词，她自己却先记得句法和节奏，然后想起连词、介词和动词，最后才想起名词或者主动词。既然他能说句子，他接着就能学名词。每次孩子哭了，她就会把他抱起来走到窗户，或者抱到台灯边上，哄他说："乖，你看，那是光，光。"威廉还小，说成了"瓜、瓜"。斯蒂芬妮也教了他"书""猫"和"花"这些简单的词，他学会了之后就开始滥用，看到图片和报纸就说"书"，看到动物就说是"猫"，把所有的蔬菜、树和羽毛，甚至是他奶奶从衣服领子上伸出来的头，都叫成"花"。他神气活现地坐在妈妈的膝盖上，看着图片，喊着各种农场牲畜和丛林野兽的名字：牛、马、狗、鸡、（斑）马、象、蛇、（长颈）鹿、（鲸）鱼。威廉的嗓音是稚嫩的，但是，从他嘴里说出的词语却是不知道多少代人流传过的。光。爱你。

斯蒂芬妮对正在成长的东西都特别在意。他们家房子后有一个小园子，园子里有两块桌布大小的草坪，中间有一条沥青小道，还有两根难看的水泥晾衣杆。威廉一岁那年，也就是1955年春天和夏天，斯蒂芬妮为了孩子着想，想在小园子里种满鲜花、蔬菜和草药，鲜花可以给他观赏，蔬菜和草药可以给他吃。她种了胡萝卜、萝卜、生菜，还有几垄花生和黄豆。她挥舞锄头忙着播种的时候，威廉就坐在她身后的草地上，或在上面爬来爬去，时不时地抓起一把土往嘴里塞。斯蒂芬妮看到就大喊："不要，脏。"实际上，她满脑子都在想，这看似平淡无奇的棕色土壤怎么这么肥沃，将来肯定会长出茂密的绿叶和长长的毛茛根。威廉也会大喊"不要"，然后，妈妈为他擦嘴的时候，他还会委屈地一遍遍重复："不要，脏。"

萝卜长势不错，有些简直是疯长，丹尼尔喝午茶的时候，萝卜就被拔起来做菜，有凉吃的，也有热烧。胡萝卜就不行，被胡萝卜茎蝇弄死了不少，豌豆和黄豆也长得稀稀拉拉。斯蒂芬妮觉得自己是个心软的人，很难下决心除掉这些地里的小生命。更麻烦的是，她不知道怎么间苗，不拔掉一部分，剩下的幼苗就长不好。

收成最好的要数旱金莲。她把那些脊状突起的圆种子种在盛着堆肥的木盘中，随便放在厨房里面。过了一段时间，盘中的种子发了芽，长出了双层的伞状嫩叶，叶子上有细纹。第一盘没来得及间苗就长乱了，像一团纠缠的意大利面，然后就枯死了。第二盘打理得很好，幼苗茁壮成长。她把幼苗移栽到墙边和晾衣杆底下，在旁边插了木棍供它们攀爬。威廉摇摇晃晃地跟在她身后，嘴里一边念叨着“花”，一边玩弄着记号笔和纸张。也有一些幼苗惨遭他的破坏，不过更多的幸存了下来。那年夏天，房子的后墙上爬满了圆盘似的绿叶，绿叶中间抽出了纤长的花枝，然后，喇叭状的花朵如流苏般垂下，有深红的，有橘色的，有红褐色的，还有深铬黄和米色的，黑色的花蕊引来了蝴蝶，蝴蝶轻轻颤动着，将花粉送进它们的口中。

斯蒂芬妮看着花早晨盛开，夜晚闭合成一个个三角形花苞，于是，她想起了杰克和魔豆的故事。在那个故事里，平凡又爱生气的母亲用一头奶牛换了几颗种子，这几颗种子长成了神奇的豆茎“天梯”。

马库斯偶尔会来，有时候还带上鲁茜和杰奎琳一起，他带来了一只猫。杰奎琳说是在她学校外面的水沟里发现的，它被车撞了。皇家防止虐待动物协会准备用仁慈的方式把它处理掉。杰奎琳一向善良的妈妈发现猫怀孕了，她说协会的想法是对的。杰奎琳带着猫跑到医院，想和马库斯见一面，但马库斯也不知道怎么办，告诉她可以去找斯蒂芬妮。猫痛苦得蜷缩成了一团，不断地呻吟和吐口水。这是一只虎斑猫，眼光很凶狠。“我不想养猫。”斯蒂芬妮一边说着，一边用威廉的药棉和婴儿沐浴液给猫清理皮毛，“丹尼尔也不会同意的。”“家里有孩子就不能养猫，那东西很容易把人绊倒，会把我们的脖子摔断。”坐在沙发椅上的奥顿太太说。

丹尼尔一进门就听到了一声哀嚎，他循着声音，看见妻子跪在一个洗衣篮旁，篮子里有一只猫，泡在血泊中，目不转睛地盯着一团黑乎乎、生机盎然的肉球。斯蒂芬妮在一旁喊："加油，快点，舔它。"猫垂下了黄色的眼睛，用锋利的牙齿撕破了胎膜。小猫崽脑袋光秃秃，四肢还使不上力，轻声叫着，往母亲身边蹭。母猫轻轻舔舐着自己的孩子，发出了低低的喵喵声。

"斯蒂芬妮，非要这么做吗？"丹尼尔问。

"我不能看着它死。"

"我第一次见你的时候，你也是在救小猫。"

"没错。"

"看见你对这些小东西那么有爱心，我就爱上你了。"

"后来都死了。"

"我知道。"

"这次不一样，这只猫还有救。你看，它挺过来了。"

在母猫的呻吟和喵喵叫中，又有五只小猫出生了，两只是黑色的，两只身上有斑纹，一只白色带斑纹，还有一只纯白色的出生最晚，看着还没发育好，蹒跚着挪了几下，发出了尖细的叫声，几分钟后，它终于抬起还沾着血迹的嘴和看不到耳朵的小脑袋。它的兄弟姐妹都忙着吃奶，都拿尾巴对着它，后来，母猫给了它一个位子。小白猫粉红色的眼睛紧闭，脖子歪向一边，就像一只耷拉的纸袋子。斯蒂芬妮突然感觉有些恶心，就求丹尼尔帮忙。丹尼尔拿报纸裹着小猫走了出去。斯蒂芬妮依旧坐在洗衣篮旁，双眼亮晶晶。杰奎琳和马库斯站在她身后。杰奎琳说道："看哪，还在呼吸呢。"要是放在从前，马库斯肯定也会感到恶心，但这次他说看到猫没事他也很开心。

就像旱金莲一样，这几只猫在斯蒂芬妮的精心照料下茁壮成长。

她拿着鱼肉条和鸡肉哄母猫吃，用一只圆碟子装温牛奶给小猫崽喂食，一只只地把小家伙的头按下去，鼻孔浸在牛奶里，小家伙挣扎着抬起头，打着喷嚏，然后舔了舔毛，猫就是这样洗脸的。威廉算是长得快的，但小猫可以说是一天一个样，刚出生时眼睛还睁不开，很快就变成了迷你河马似的幼崽，后来，它们的耳朵和胡须渐渐长出来，渐渐成形，脚上长出了硬币大小的粉色肉垫，还学会了爬行，然后学会了奔跑。她想到了关于学习的那些事，看着小猫不断长大。威廉学着自己吃面包碎片，他把勺子送进嘴里，再从嘴里拿出来放回盘子里。他能够把小件东西放在大容器里，还想把大件物品放在小容器里，不过，学习过程并不容易，他学得很专注，学不会就哭。曾几何时，小猫们都只能待在箱子里面，可是突然有一天，一只黑色的会跳了，不仅会跳，还想从箱子的一边爬出来，不仅想爬出来，还因为站立不稳摔了一跤。紧接着，又有三只跳了起来，很快就都学会了。周一，小猫们还走得摇摇晃晃，到了周六就到处乱跑，到处乱抓，还爬上了窗帘。小白猫的变化让斯蒂芬妮几乎要喜极而泣，它终于学会了洗脸，会去舔弯曲的前爪，还会把一条后腿伸到前面。它腹股沟粉色的嫩肉也长出了一层又密又软的白色绒毛。小白猫的尖耳朵里面的皮肤是粉色的，摸上去凉凉的，就像退潮时散落在菲利海滩上的亚特兰大蝴蝶贝。相比之下，威廉的成长就显得有些缓慢。他的动作笨拙，不会跑，也不会跳。但他会说话。斯蒂芬妮坐在草地上，小猫在她身边跑来跑去。她看着威廉慢慢走近，走三步就摔一跤，四脚朝天，再走三步又摔一跤，这次是趴在地上。他嘴里含混地说着："猫，我，猫。"斯蒂芬妮重复道："威廉想要猫？""嗯，我，猫。"小猫们看见威廉就会像马蜂看见蜂蜜一样围拢过来，所以，他抓住了一只，紧紧攥在手里，想也不想就往嘴里送。婴儿喜欢用嘴探索周围的事物。小猫的力气太小，扭不过他，只能看着母猫在周围喵喵叫着，上蹿下跳地干着急。这时，斯蒂芬妮会走过来解救小猫，顺便给了儿子一个吻。奥顿太太说家里养猫不卫生。斯蒂芬妮不大在意，还对丹尼尔说："你看它们多可爱啊。"丹尼尔在教堂入口贴了一张告示：欢迎领养健康的小猫。

种菜、养猫、育儿，日子一天天流过，斯蒂芬妮还渐渐养成了收留流浪者的习惯。丹尼尔不习惯陌生人打扰，越来越不高兴。一些年迈或弱智的流浪者，在厨房桌子旁边或沙发椅上一坐就是几小时，丹尼尔的母亲一直很不满，冲着他们吼，丹尼尔偶尔也会对这些不速之客横眉冷对。斯蒂芬妮请他们喝茶，还分派了小活让他们干，比如让他们给豆荚掐头去尾、剥豌豆粒、捡小扁豆里的石子。他们帮忙给即将拿去义卖的杂物分门别类，给果酱贴上标签，给婴儿的针织开襟毛衣、针织婴儿鞋和锅把的布套贴价格贴。有两三个人是家里的常客。一个叫内莉，脸色十分苍白、憔悴，之前一直照顾她的姐姐刚刚去世不久。她已经四十岁了，但心智只比威廉成熟一点儿，但她自己也明白，再过几个月或几年，威廉就能够熟练掌握简单技能，而她还是什么也干不了。内莉的姐姐叫玛丽昂，在她眼里，妹妹是个负担，老是惹她生气，她得帮她扣扣子、做饭、喂饭和购物，就像照顾一个婴儿一样。丹尼尔给内莉安排了好几个义工看护，否则她就得进医院了。斯蒂芬妮教她干一些简单的活，她有些感激，也有些害怕，似乎学会了干活她就要和人类世界彻底脱节，那一双双帮她穿文胸、织毛衣和系鞋带的手也会离她而去。还有一个叫莫里斯，他的头在敦刻尔克受过伤，患上了间歇性失忆症。他没有工作，有两次自杀未遂。另一个是格里·伯特。

格里也没有工作，即便是工作找上门来，他也干不长。有一段时间，他总到教堂找丹尼尔，还越来越频繁，去向他倾诉女儿被害的事。他每一次讲述都义愤填膺，都说他要讨个公道，也因为他害怕芭芭拉，好像不断重复能驱走恐惧。有一天，他突然去了他们家，当时斯蒂芬妮、威廉和小猫们正在花园里玩。他站在小道上看着他们。斯蒂芬妮正在编雏菊花环，看见了他，就问他是否需要帮忙。

“我找牧师，我找奥顿先生。”

“他这会儿不在家，吃晚饭的时候才回来。您去教堂找过吗？”

“去过了。”

“出什么事了？我帮得上忙吗？”

“我叫格里·伯特。”他做了自我介绍。他的语气十分严肃，好像出了什么大事，跟和丹尼尔说话的时候一样。斯蒂芬妮不像丹尼尔，她记得在报纸上看过格里这个名字。如今，她每次读报纸都感到胸闷，按照他们的说法，这个世界充满了出生、事故、婚姻和死亡。她曾经为这个世界的不幸伤心落泪。报纸报道过格里女儿的遭遇，还有一个母亲的两个孩子被发现溺死在一个被洪水淹没的采石场里，一夜之间，那位母亲的生活面目全非。短短五行字，写尽了她可悲的人生。她的悲剧跟过去有关，而她的余生都难以摆脱这些阴影。

“进来喝杯茶吧。”斯蒂芬妮说。她顺手拉了一把威廉，离开他投在草地上的阴影。“我刚刚煮好的。”

“行。”他战战兢兢地说。

理论上，晦气当然不可能传染，但人们却有着根深蒂固的本能希望离不幸的人越远越好，免得沾染晦气。斯蒂芬妮不愿意接近格里·伯特，但还是给他端来了茶和司康饼，并请他坐在角落的一只椅子上，不紧不慢地聊起了天气和这个园子。聊着聊着，格里突然冒出一句：“你有一个可爱的儿子，奥顿太太，非常可爱。”斯蒂芬妮能感受到他的激动和无奈。她说："我知道，我真的很幸运，自己都感觉有些不真实。"威廉坐在高高的婴儿椅上，把一只塑料天鹅扔了出去。格里捡起来，小心翼翼地递了回去。威廉欢呼着，拿着它敲打自己的盘子，又扔了出去。格里再一次捡了回来。斯蒂芬妮客套地说："他很喜欢您。""给，宝贝儿。"格里战战兢兢地说。威廉接过了玩具，一边挥舞着，一边大喊："嗒嗒嗒嗒。"

有一天，内莉、莫里斯、格里和奥顿太太（她永远都待在家里）都在家里，斯蒂芬妮忙着烤茶点饼干，把威廉交给格里抱在膝盖上。这时，丹尼尔突然走进来，看到了格里惊恐的微笑和满脸迷惑但勉强顺从的威廉。他很想去把孩子抢过来，但最终还是忍住了冲动，等到晚上和妻子独处的时候，他跟她说没必要把伯特、内莉和莫里斯请到家里来，他们这些人有时候挺吓人的。斯蒂芬妮平静地说："我是想帮你。你的很多事情我帮不上忙，但这些事情我觉得我做得到。我不觉得他们烦，尽我所能吧。"

不过，这些不全是实话。她之所以让那些人进家门，多多少少与丹尼尔的妈妈有关。奥顿太太坐在一群人中间，存在感就被削弱了。那些流浪者很好地证明了，所谓"语言主要是为了交流"这一理论是错误的。他们都喜欢自言自语。可怜的内莉说她的头被装在一个很厚、软软的盒子里，听不清，也看不清东西。在描述自己的行为时，她喜欢用祈使句，就像在向另一个人下命令。"把豆子捡起来，把豆子捡起来。拇指按下去，好，放开，行了，几个？六个，足够了，六个足够了。"状态好的时候，莫里斯说话冠冕堂皇，语速很快，喜欢指指点点，常用抽象的词语控诉生活的不公，说总是有人比较倒霉，没有理由可讲。如果状态不好，他就语无伦次，反反复复说海水、贝壳、噪声和鲜血有多么可怕。奥顿太太喜欢说很久之前吃过的东西。格里·伯特用童言童语和威廉交流，听起来有点像内莉。“香蕉软软的，多好呀，加红糖和牛奶，很好吃，对吧？”他不断地重复、重复，大概是想用这种方式摆脱这一屋子令人难以忍受的声音。在一片混乱中，威廉念着自己才能听懂的词语，节奏和韵律很复杂，反正是自得其乐。斯蒂芬妮扶着他站在她的膝盖上，托着他蹦蹦跳跳，威廉很喜欢这个玩法，笑得很开心，但声音出乎意料地深沉：“哈，哈，哈哈。哈哈，哈哈，哈，哈，哈哈。哈哈，哈哈。”有一次她走进花园，听到他坐在婴儿车里低声哭：“噢，上帝啊。”随后，声音渐渐抬高，变成了一连串的哀号，“噢，上帝啊，噢上帝噢上帝噢上帝噢上帝，噢……上帝啊。”再接着是一阵笑声，就像马儿听到了号兵的召唤，“哈哈，哈哈，哈哈。”

丹尼尔很不高兴，但又为此感到害臊。他觉得自己失去了一些东西，包括家里的清静，对工作的绝对热忱，或许还有他的妻子，而他本应该有心理准备的。通过信仰的力量，他好不容易创造了如今的局面，但在如今的局面下，他的信仰没有容身之处。吉迪恩充沛的精力让他沮丧。和丹尼尔一样，吉迪恩是社会关系和责任的产物，丹尼尔忙于解决种种现实问题，例如食物、洗衣、交通和公司，而吉迪恩则致力于帮助人们构建精神生活。他激励年轻人，抚慰伤心人。在教区里，聚集在他周围的主要是迷茫的人、心理失常的人和渴望情感的人。他把他们聚集起来，让大家从对方或从他本人的身上寻找力量和慰藉。丹尼尔觉得吉迪恩大多数的做法是错误和危险的，不过，他也开始质疑自己的初衷和精力的分配。他记得自己一度想要放弃，想好好清理一下生活。义卖、早晨咖啡会、亲子游或者跟别人结婚，这些事情他通通没有想过。世俗对丹尼尔的压力还是很大的。他希望事情该来的都自己来。小时候，他问过妈妈：“为什么都没什么事？”他妈妈总会这样回答他：“让我们清净会儿吧，一切都好好的，最好别来烦我。”如今，她倒是一切都好好的，可是，他却越来越觉得烦躁。

斯蒂芬妮身体的冷淡也让他感到恼火。一开始他虽然有点生气，但觉得妻子这样很有吸引力。他能感受到她的力量，她的冷漠让他害怕，他想给她注入一点活力。他主动追求她，终于得手，得到了她的爱，娶到了她。他相信自己的性冲动，这是他生命中难得的经历。他充分释放了激情，也得到了同样激烈的回应。对于妻子的产后性冷淡，他没有一点心理准备。斯蒂芬妮在床上总是拿后脑勺对着他，或者直接背过身去，把膝盖蜷缩起来顶住下巴，他认为这些都可以归结于各种各样的原因，比如太累了，或者各种噪声让她受不了，包括婆婆的呼噜声、马库斯进进出出的声音和孩子的喊叫声。前几个星期，他一会儿热血沸腾，一会儿心情失落。他不能接受荷尔蒙的起起伏伏，但他本能地了解，很清楚地了解，她的感官兴趣都分给了烹饪、清洁、种菜、浇水、给猫梳毛和采摘花瓣，还有就是欣赏威廉有奶香气息的柔嫩皮肤和光滑的头发。此时，看见伯特抱着威廉，他感到一股怒火直蹿上来，俨然自己的领地被人家侵占了。

那天晚上，他正准备上床睡觉，看见妻子背对着自己，在看《英国好事》。他站在旁边看了她一会儿，然后，在教士服外面套了一件毛衣，再穿上一件粗呢外套，走了出去。他没有摔门，只是平静地走出去。他穿过一条条小路，路旁是工人们住的房子，窗户黑洞洞的，可以闻到炭火熄灭后的煤炭气味。他穿过教堂漆黑的庭院，那里有冰冷的泥土气息，红豆杉的气味。他走到了运河旁的主街上，看到街边商店的窗帘笼罩着夜色，也反射着夜色。他可以闻到腐烂蔬菜的气味，茂密水草的气味，熄灭了的煤炭的气味。走在路上，他用自己独有的方式，祈求上帝指引他、鼓舞他，希望自己能对妻子的冷淡多一点耐心，希望一切都能重新来过，希望今夜能睡个好觉，其实就是希望妻子不要冷落自己。祈祷和请求不一样，祈祷是解开心结，在本人和上帝之间形成能量传输，这样，他的烦恼就交给上帝去解决了。他的步伐没有因祈祷而停下。呼吸变得更顺畅了。回到家的时候，他的手和脸颊都冻僵了，还带了一身煤炭味儿。

斯蒂芬妮还没睡着。“有人找你吗？”

“没有。”他一边说一边脱衣服。

“有事吗？”

“没有。我出去走走，透透气，想点事情。”

“你心里有事。”

“也不是。”他讨厌自己这样子说话，听起来很幼稚，都已经是一个结了婚的人。

“上床吧。”

她没有拿后脑勺对着他，至少。他上了床，带着寒气的身体很沉。斯蒂芬妮张开双臂。

“是因为格里·伯特吗？”

“我不喜欢他靠近威廉。”

“他没有恶意，只是心里难过。”

“孩子被害是他的错。”

“他不会伤害威廉的。”

“我见过那个义工，叫梅森太太。我们聊过他的老婆。听说他老婆要被放出来了。我觉得有点……我不知道，万一他……”

“他老婆是个什么样的人？叫芭芭拉·伯特？”

“我没见过。听他提起过。一说起老婆，格里吓得人都僵了。我一点儿也不奇怪。我能理解情绪失控的人，但不明白为什么有些人不管孩子的死活。如果我见了他老婆，他可能也不管我了。反正我没见过芭芭拉。咱们别说她了。”

“总得有人照顾她呀。”

“不是有梅森太太吗？她帮了不少忙呢。咱们别再提她了。”

“丹尼尔……”

“怎么了？”

“你不想让格里再来了，对吗？”

“不是。我没有这个意思。算了。”

“到底是怎么回事，丹尼尔？”

“没意思。”

是什么没意思？房子、园子、教堂、吉迪恩？不是还有威廉吗？她再次伸出了双臂。

“什么没意思？你从来都不会说这样的话。”为了她，他一直努力让生活变得有意思。

“这样没意思。”他说。但是，他的身体在升温，因为她紧紧抱着他，两人身体相贴，她的睡裙从下面撑起来，推到了腋窝下面。两人的动作在加速。

“那种感觉回来了，丹尼尔。回来了。”她丈夫笑了。他喜出望外。

“是啊，回来了。”

通过坚硬的肉体桥梁，通过子宫通道，无数精子被泵进一条死胡同，匆匆忙忙地进入恶劣的酸性环境中，摇晃着鞭子一样的尾巴，没头没脑地乱钻。数小时后，在所有的精子之中，只有一个能突破卵子的外围保护层与其结合，随后不断汲取养分，分裂、变化，形成胚胎。丹尼尔突然一下子放松了，他亲吻着妻子的嘴唇和眼睛，觉得格里·伯特没那么讨厌了。斯蒂芬妮浑身懒洋洋，她抚摸着丈夫的头发，爱抚着他汗淋淋的大腿。她很开心。他们都是自由的，是彼此相爱的，在接下来的几个月里，他们都可以享受这样的亲密，可以愉快地交流。她有丈夫，还有一个儿子。她平静地思考着，给轻重缓急重新排序。达尔文似乎没有将选择卵和精子的过程拟人化，没有将交配、胚胎和后代等拟人化，也没有使用带有特别主观色彩的动词，比如这里说的是“选择”，而不是“挑选”。语言对人并不友好。古典小说中，男人和女人最终结为连理，在弗雷德丽卡在普罗旺斯的葡萄园里读过的《蓝登传》中，男人和女人终究还是要脱掉丝绸睡衣，一起钻进被窝里面去。小说家也是道德家。但是，关于概率和选择、力量和选择，我们该想到哪里才合适呢？我们是否需要自然女神来告诉我们输卵管里的卵是否决定了斯蒂芬妮的身体行为，以及她体内黑暗空间的温度、酸度、柔软度和能量大小？格里·伯特、抑郁和个人意志到底发挥多大的作用？我们可以抵制将精子和性冲动拟人化，但我们不能抵制思维习惯的对比。

如今，生命诞生的过程已经可以通过显微镜记录下来。镜头下的景象放大后，我们的认知器官就能很好地加以捕捉和理解。我们可以在电视上看到精子在睾丸中的诞生，性器官突然的收缩和高潮的爆发，原始状态下的精子游向花朵一般的卵细胞，输卵管伞端捕获精子并为精子指引方向，受精卵最终孕育成型。通过热成像，我们还可以看到沸腾的血液将阴茎胀成倒转过来的南非，有炽热的沙漠，也有绿色的草原。邓恩和马维尔看到这些画面会产生怎样的幻想呢？他们在屏幕上看到鸭蛋蓝色的精子游向深红色的子宫又会作何感想呢？这个生命群落他们从未见过，既陌生又熟悉。在影像中，精子的头栖息在卵细胞核中，就像丹尼尔把头靠在妻子的乳房上一样。生物学家猜测，雄性形态和雌性形态各自具有一致性。精子具有可移动性和侵入性的特征，而贮存精子的器官也是一样。卵子同样如此，相对静止、体积较大，起到接受容纳精子的作用，这与女性生殖器官的凹陷结构和卵巢的功能不谋而合。总而言之，贮存型的器官孕育出有贮存功能的卵子，而侵入型的器官产生侵入型的精子。伊曼纽·斯威登堡认为，人体和世界的每一部分都是由性质相同的小型单位构成的，构成舌头的每一部分都是一条小舌头，构成肝脏的是一个个小肝脏，世间万物因此而形成规律。歌德发现，植物的不同部位，包括雄蕊、萼片和雌蕊，都是由原始叶片形态演变而来的。现在有一种理论认为，性功能是孤雌生殖雌雄同体的变异现象，是寄生DNA的产物，所谓“寄生DNA”，指基因通过“基因喷射器”将自己的一部分转移到另一个有机体的核酸之中。他们同床共枕时，细胞不断繁殖、分裂、组合基因、染色体和蛋白质，最终形成一个具有新形态的生命。有人说，基因型是可以遗传的，几乎是永恒的，所以，基因的表达，也就是生命的个体，是多余的，可有可无的，机体老化、失去功能乃至死亡，是经济合理的。

作为这篇小说灵感源泉的场景也可以说是一个隐喻：一个年轻的女人带着孩子，看着盘中的泥土，因为没有间苗，茎秆得不到充足的阳光，所以幼苗枯死了。她手中拿着装种子的袋子，上面印着花朵的图案，那是善于攀爬的旱金莲。

威廉坐在草地上，一群黑蝇围着旱金莲的茎秆，小小的身体形成了一条黏糊糊的黑色带子，而斯蒂芬妮体内的细胞正匆匆忙忙，相互传递信息。威廉发现，如果他把头飞快地从一边转向另一边，眼前的世界就会突然动起来，出现神奇的彩色条纹，有红褐色、玫红色、猩红色、橘色、金色、奶油色、绿色和黑色。当然，这些颜色的名字他一个也叫不上来，但他看到了这些彩带，高兴极了，手舞足蹈地哼叫起来。随着他停止摇晃脑袋，颜色的变幻像水中的涟漪一样慢慢平静。他眼角的余光还能看见那些彩带的幻影。他还会把头上下晃动，但没有出现那样神奇的景象。有人说，人类认知即“从喧闹走向秩序”，或者反过来说，就是用既有的地图来构建一个世界，将其固化在基因之中，不断传输给下一代。威廉制造了混乱，然后都通过秩序加以解决。在他的口中，玫瑰、鸢尾、向日葵、虎皮百合和小雏菊统统都是“花”。他开始画画时，总是画五个椭圆形围绕着中间一个不规则圆形，之后他发现了圆规的妙处，画出了圆形，互有重叠，那是一朵什么花呢？也许是笛卡儿之花吧，也有可能是柏拉图之花。

21

一棵单木成林的树

马库斯发现自己时不时很开心。他有些害怕，这样的自己让他觉得很陌生。他与杰奎琳和鲁茜在一起的时候很开心。杰奎琳爱问他一些私人问题，而且一定要他回答。她会问："你将来要干什么？"她还会热情地向他介绍做自己想要做的事情是什么感受。杰奎琳是个正常的姑娘，是第一个能和马库斯长时间交谈的正常人。她给他看了很多东西：叶子的切面、植物细胞、气孔和叶绿体的图解，还会向他请教一些数学问题。他从没见鲁茜落单过，她都是和杰奎琳一起来。有时候，他觉得她们两个是典型的"领袖革新者+忠实追随者"的组合。杰奎琳对鲁茜很关心，想要看到她开心，不管什么事，鲁茜都站在杰奎琳一边。有时候，鲁茜的文静让他想起自己一贯的沉默寡言。在鲁茜的身上，他发现了一种跟自己很相似的习惯：遇事不参与，甚至害怕。不过，他也发现他和杰奎琳都很在乎鲁茜，好像她的感觉才是真正重要的，得到她的认可才说明一件事情有意义。鲁茜也有独断强势的一面。有一次她跟马库斯说的话令他格外印象深刻。杰奎琳总是劝他不要浪费自己聪明的脑袋。鲁茜则没有对他的脑袋做出任何评价，而是直接说他应该试着做个正常的人。

“正常人喜欢的事情，你都不怎么喜欢，马库斯。你不喜欢去电影院，不喜欢骑自行车，不喜欢钓鱼和吃薯片，而且……”

“而且也不喜欢八卦。”杰奎琳接上去说。

“没错。我无法想象他八卦起来是什么样子。”

“我不知道你们平时都干些什么。”

“你是一个人，马库斯·波特。如果你天生不喜欢那些正常的事情，就应该去学，多练练，你就会变成正常的人。我很了解。”

“你怎么了解？”

“我妈妈去世的时候，我没心情，什么事也不干。但是，为了我父亲和家里的孩子们，我还是得去做家务，都是正常人会做的事，像购物、洗衣服什么的。那时候，我发现我也是个正常的人。后来她来替我了，但无论如何，我学会了做个正常的人。”

“正常人会做的事，我都做不好。”马库斯说。

“我们注意到了。你可以和我们一起练习。”

马库斯觉得鲁茜很迷人。她不在的时候，他常常想起她，想起她的辫子、椭圆的脸庞、低垂的眼睑、丰满但紧闭的小嘴，甚至会想起她的关节、她的肩膀与胸部以及胸部与腰部之间的距离。不过，他想得最多的还是她那根粗壮而有光泽的辫子，那根辫子一直静静地垂在她的肩胛骨中间。他想去摸一摸，他想把辫子一缕一缕地解开，彻底解放她的头发，像那天晚上他透过厨房的玻璃门板看到的那样。

上次他在实地研究中心看到了蚂蚁，由此产生了一些深刻的见解，但此后他没有再跟进。他又能做些什么呢？他平时总是推着装书的小车，穿行在医院的病床之间。后来，夏天的某一天，他骑着自行车去里思布莱斯福德，路上经过罗伊斯顿，两年前的那个夏天，弗雷德丽卡在那里饰演过伊丽莎白，那里现在要新建一所北约克郡大学，挖掘机正在草场上干活。在草场的边缘，欧芹蕾丝般的伞状花序冒着青白色的花粉，那里还有金盏花、柠檬黄色的金鱼草、紫色的山萝卜和猩红色的罂粟。根据之前的经验判断，马库斯感受到一种身体上的愉悦，这是一种危险的状态，与此同时，他的鼻腔、喉咙和肺对花粉的敏感突然加剧。他的视线依旧清晰，他可以看见长长的灰色的墙上叠得错落有致的石块，可以看见罂粟的空间联系，它们在蓝色、白色和绿色的背景中形成了一个个三角形和圆圈。他的鼻腔扩大，供氧充足，但也更加敏感，很容易发肿刺痒，像生了冻疮或者被虫子叮过，红了一大片。他转到一条横穿田野的小路上，一路上坡，路两旁是新种的玉米，正抽着翠绿的穗子。路尽头是一个小山坡，上面有几棵榆树，大概是七棵的样子，有一棵看上去树龄很大，其余的年轻一些。榆树的枝丫回旋盘绕，形成了云朵般的树冠，罩着树下的野草。他停车，在树根旁坐下，拿出手帕捂住鼻子。他感到精神上的愉悦，从某种意义上来说，这种感觉和肉体的愉悦一样危险，愉悦来临时，眼前会出现空幻而明亮的光芒，各种颜色会像火焰一样升腾，危险也会随之而来。他努力保持一动不动。他想着那棵树。

树干的底部被杂乱的嫩枝所环绕，在它们之间——其实是在它们下面——坚硬硕大的根块紧紧抓住泥土，深入大地。他抬头看去，树皮上布满了伤疤、裂痕和树瘤，主干却直插云霄。榆树的枝干经常开裂，从裂口处长出新枝，新枝又长出细杈，循环往复，然后，所有枝丫纷纷向上或向旁边伸展，从而形成多个浓密的树冠。树枝和树冠的多少代表这棵树的历史长短，在凝固历史的枝干上，有不断开裂而不断愈合的伤口，有断掉的枝丫，也有朝着新方向和角度生长的枝条。

他摸了摸厚厚的树皮，既不像动物肌肤那么温暖，也不像石头那么冰冷。树皮的绝大多数细胞都是死细胞，被不断分裂的活细胞裹着，那些富有探索精神的新细胞都聚集在枝条和树根的外端。叶子是有生命的。他摘了一片枝条上的叶子，这片叶子呈现清澈的金绿色，叶脉清晰，边缘锯齿状，表面粗糙，根部完美对称。他很喜欢这种叶脉纹路。他再一次抬头望向树冠，一开始，他觉得树冠庞大且杂乱，再一次看，他却在它虬曲的枝条和层层叠叠的绿叶之间发现了一种秩序。他知道，植物的内部蕴含着几何学的原理，杰奎琳曾经给他看过植物形成层的图解，现在，他也发现了其中的几何学美感。

细杈生出绿叶，主枝分出细杈，躯干又生出主枝，在马库斯的凝视下，虬结不平的枝干呈现出充满几何美感的规律性。细枝上的树叶交替错落，对称排列在两边，枝条的分布也有章可循，以同样的角度呈螺旋状从主干上分叉出来，根据开裂、粗细、树疤和断头，可分为几个不同的类型。马库斯研究着这棵树，边看边想。他拿出一个笔记本，勾勒了树枝的螺旋走向，这幅抽象的线条速写给他带来了极大的愉悦。以前，马库斯总认为世界是无序的，很可怕，如今，他终于发现了其中的规律。

他看着树叶，突然一阵恍惚，眼前的景象模糊了边界，出现了彩色的方块，绿色上面出现一片明亮的蓝色马赛克。色彩相接之处有流动的金线，勾勒出每一片树叶或天空的轮廓，好像一张张彩色的玻璃。

生病的时候，他曾留下了恐怖的回忆，仿佛自己置身一个奇怪的空地上，光线自上而下倾洒下来，而自己是一个漏斗，所有的光线都从他身体内流过，而他的眼睛就是燃烧的玻璃。为了让自己觉得舒服一点，他设想出了一套几何结构，那是一对相交的圆锥体，中间交叉部分是他的眼睛和思想的所在。他把手放在树皮上，发现他回到了老地方，但时过境迁，他看到的景象已截然不同。他不再害怕了。首先是因为这棵树，处在天地之间，本身就是两个圆锥体的交汇处。他突然想到了“大地”这个词。其次，尽管他现在还不完美，但已经学会了思考，会寻找其中的规律。

这棵树是一个沐浴着光线的几何体。再仔细思考，这棵树蕴含着无穷循环的力量，稳定而多变。枝叶蔚成层叠的华盖，每一层的叶子都按规律错落排开，面向太阳，让每一片叶子都能受到阳光的照射。阳光是它们的养料。它们吸入阳光与空气，呼出水分。黑色的树根源源不断地吸收水分，维持顶端的一片片碧绿。杰奎琳说过，一棵苹果树每小时需要四加仑的水。水分的获取不需要抽吸或加压，而是通过一个柱形装置，自下而上直通顶部。于是，他俨然看到一股几何形的水柱，水不断上涌，不断分叉，那是生命的内在形状，不过，生命其实有多种内在形状。

阳光的传播速度是每秒十八万六千公里[1]，他所看到的绿色是叶片反射的光，叶绿素会吸收阳光中的红色和蓝紫色光波，而叶片之所以呈现绿色，是因为它不吸收绿色光。他用思维的眼睛看到了一场关于树的精彩，由各种颜色组成的阳光以可怕的速度静静地倾洒下来，与树干之中不断上涌的水柱融合交汇。

他不是无缘无故出现在那里的。先有他的眼睛，才存在榆树叶反射的绿光；天空中透过水珠和灰尘折射的湛蓝，也因为他的眼睛而存在。蚂蚁可以看到蓝色，但无法辨别红色和黄色。据说，蜜蜂眼中的蒲公英是紫色的，蜜蜂可以看到我们人类看不到的花形和花语。不知道凡·高知道了这些会作何感想。他用黄色颜料涂圈圈就成了太阳，就成了向日葵的花心，他看到了黄色和紫色之间相辅相成的关系，认定那就代表着

[1] 光速约为每秒30万千米，但原文如此。

世界对立统一的基本原则，所以，在他的画中，人们总是在金黄色的天空下，在绿色的地里种植紫色的罗兰。马库斯看着枝条上的嫩芽，那是铜色和深玫瑰色的混合体，他感觉找到了归属。

他发现了几何形态。他了解了水和光的特质。他还想了解更多。纯粹的好奇比欲望更简单、更清晰，也更有生活气息。心理学家认为，人类的欲望和成就都是平行的。因为有欲望，人才会紧张，这体现在食色性和认知的方方面面。最终目标是满足感，得到食物、成功受孕和获知真相，但这些都无法解除紧张感，人只有经历了精神上的解放才能真正放松下来。性高潮俗称“啊哈体验”，性高潮之所以能创造快感，是因为本来有缺陷或未成熟的结构，突然变得完美、和谐。看着阳光下榆树的优美身姿，马库斯感觉被这样的和谐笼罩着。

榆树下的平静，还有其他令人渴望的方面。英国榆树都是单木成林，通过枝条不断繁衍壮大。榆树也会开花，榆树花雌雄同体，称为“完全花”，雄蕊长在雌蕊的花粉囊之上，所以，开花的时候（榆树花期很早，似乎2月就开花），花粉就会乘着风飞到其他树上，完成交叉授粉。不过，英国榆树的根也深深扎入地下，也许榆树是由石器时代的部落带到英格兰来的，他们有个习惯，爱把篱笆扎得又深又密。人们或许会觉得榆树很奇怪，它能自给自足，代表着浑然一体的永恒。但是，无性繁殖的生物体由于缺乏多样性，总是容易患上同样的疾病。无论如何，1955年，榆树在这里扎着根，是英伦半岛永远不可或缺的一部分。

22
名字

1955年冬天连同来年的春天都是萧瑟的。普罗旺斯也是如此，花朵萎靡，薰衣草稀稀拉拉，葡萄树纷纷枯死。斯蒂芬妮的身体又沉重了，她骑车的速度更慢了。去医院的路上，她的脑袋里塞满了各种各样的东西：时代、体重、方法、预防措施、维生素、血液样本、威廉的饮食安排、酵母、给母亲联盟准备的小蛋糕，等等。习俗和严寒，严寒与习俗。她又要为圣诞节做准备了，马库斯的多面体模型、放在柜子里的玻璃杯都需要清洁。弗雷德丽卡从剑桥回来，大谈戏剧杰作、人文主义和人民群众。她的语速飞快，声音又尖，斯蒂芬妮觉得，她是想让她自己相信，这些东西在冰冷的北方都是真实存在的。她还常把“拉斐尔说……”挂在嘴边。斯蒂芬妮努力回忆、倾听，试图产生共鸣，却只感到身上发冷，似乎她、她的房子、鲜艳的花朵、暖烘烘的烘焙，还有抱怨和责任，这些全是弗雷德丽卡所害怕的。对于弗雷德丽卡提出的文学问题，她没有全部回答。

马库斯倒是令人欢欣鼓舞。他回到里思布莱斯福德学校，学习数学、生物、化学，不再跟从前那样研究人类问题了。他还会去见罗斯先生，她根本不知道他们都说了什么。他也经常见杰奎琳和鲁茜，偶尔还有其他的年轻基督徒。他会向比尔汇报每个星期的考试成绩，成绩都很好，而面对比尔，他再也不会发抖，但斯蒂芬妮有时觉得，他也太过毕恭毕敬，令人觉得难过。他在练习做个正常的人。他会跟人家聊聊天气和公车服务等，有时也会批评学校扩建游泳池的计划，不过，说到这些东西，他还是那么毕恭毕敬，跟向比尔做汇报的时候如出一辙。他问斯蒂芬妮想要儿子还是女儿，又问会给这个孩子起什么名字。斯蒂芬妮只想过男孩，她和丹尼尔一致同意儿子叫“乔纳森”。他们还没想好如果是个女孩该叫什么。斯蒂芬妮喜欢古典一些的名字，比如卡米拉、安东尼娅和劳拉之类的，可是丹尼尔不喜欢。有一次，他们都觉得如果女儿叫“雷切尔”也不错。预产期是情人节当天。弗雷德丽卡说“瓦伦丁”这个名字男孩女孩都能用，奥顿太太却觉得这个名字里面的事太多。弗雷德丽卡问她自己叫什么，奥顿太太说自己叫伊妮德。斯蒂芬妮坐在那儿织毛衣，一边琢磨起姓名来。“伊妮德”让她联想到酒吧里的女招待和爱德华时代的小资产阶级，特别是丁尼生笔下亚瑟王时代的美人伊妮德，她是骑士杰勒德的妻子，威尔士人。这个词其实挺美的，但要是作为名字，却总是给人不那么美的联想。比如，人们听到这个名字，可能想起一个饼干罐子，上面覆了一层贝壳，或者来自斯卡伯勒、布赖顿和兰德诺等地的纪念品。

布卢姆茨伯里的公寓也将迎来一个新生儿，也在讨论给小孩取什么名字。讨论的焦点是“萨斯基亚”这个名字，埃莉诺想给孩子叫这个名字。“我希望她开开心心的，成为一个大人物，既像一只心满意足的猫那样快乐，也像伦勃朗的妻子萨斯基亚那样出名。”托马斯觉得女孩叫这种名字有点怪异，在学校也会惹人议论。埃莉诺说可以在名字里加上简、玛丽或者安妮。她问亚历山大的全名是什么。他说是亚历山大・迈尔斯・迈克尔，然后，他习惯性地补充说自己的名字有军事含义，可以追溯到大天使迈克尔。托马斯更喜欢马克或是大卫这样的名字。埃莉诺想找一个跟萨斯基亚相当的男性形象，但不能出自乔吉特·海尔的笔下或《福塞特世家》[92]。也可以叫杰勒德，亚历山大说。他曾经认识一个叫作杰勒德·威基诺浦的荷兰人。这个名字让托马斯想起布里格迪尔·杰勒德，他反复强调自己喜欢这个平淡无奇的名字。“马克、西蒙和大卫都不行，有那么多人叫大卫。”埃莉诺说。“这样一来，这个大卫就更像是自己家的孩子，”托马斯说，“说到萨斯基亚，人家总是想到伦勃朗。”

1956年1月12日早上六点，埃莉诺的儿子在大学学院医院降生。当时埃莉诺没费什么劲。托马斯在医院，却不在病房里。亚历山大则留在家里照看克里斯、乔纳森和莉齐，至少得陪着他们吃完早餐，然后才会有保姆来接手。他系着围裙，端上酸奶、什锦麦片和水果，觉得自己就像个不靠谱的保姆。“小宝贝出生啦，”他告诉他们仨，“是个男孩，分量挺重的。母子平安。”孩子们叽叽喳喳地问什么时候才能见到他，亚历山大说自己也不知道。莉齐爬上他的膝盖，像连珠炮似的问了一连串问题。小宝贝会睡在哪里？他会不会很吵？他会想要她的宝宝水杯吗？亚历山大说他觉得小宝贝不会很吵的。同一时间，托马斯回来了，保姆也按响了门铃，这是个好机会，他这就可以躲到广播公司去。托马斯告诉他，埃莉诺说想见他。亚历山大说再等等，等她恢复了他再去。他打算过一两天，和托马斯一起去，或是带上乔纳森和克里斯，捧着一大束鲜花去看她。

那天下午，他办公室的电话铃响了。当时他正在和马丁娜·萨瑟兰交谈。萨瑟兰是一位令人生畏的女同事，她曾经在牛津大学的课程会考中获得第一名。她思维敏锐，有张雕塑般的脸，作为制片人，还创下过令人难以逾越的纪录。她以善于折磨下属著称，对同级别的同事也态度冷淡。他既对她感兴趣，又害怕她。他接起电话。

“我是亚历山大·韦德伯恩。”

“亚历山大，我是埃莉诺。我想和你说说话。”

“我很高兴你们母子平安。”

“我好不容易弄到一台电话，想跟你聊一聊。你来看看他吧。”

“我肯定会去。我打算和托马斯一起去。明天晚上怎么样？要是你感觉还行的话，今天也可以。”

那边沉默了一阵子。

“亚历山大，你不能现在就来吗？一个人来。我要你来看看他。”

“他长得怎么样？”亚历山大故意不接她的话茬。

“好极了，很好看。谁也不像，是个完美的个体。”她接着说，“他太好看了，我都哭了。”

“我尽量吧。我这儿现在有人。”

“啊，对不起。来吧。你会来的，对吧？”

“当然会。”

“是我的房东太太打来的，”他向马丁娜·萨瑟兰解释说，“她刚生了个孩子，非常兴奋。”

“真有趣。”马丁娜冷冷地说，“说回正题，你不觉得这个剧本太晦涩了吗？一大堆哲学家的名字，一个接一个的，单调又无聊……”

“有空一起吃顿晚餐吗？”亚历山大不知道自己为什么会这样问，“明天怎么样？去庆祝一下我完成了……嗯……差不多完成了这个剧本。”

“好吧，乐意奉陪。”

因此，在孩子出生当天，他就去看他了。他非常不安。电话里，埃莉诺的声音都变了，好像是紧张过度，又兴奋过头。就是因为这样，他才撇下托马斯和孩子们，一个人先来了。他买了一大捧花，包在哗啦作响的玻璃纸里，里面有各种春天的花，水仙像卷起的雨伞，鸢尾又尖又长，郁金香花苞外面裹着绿色的花瓣，胖墩墩的，花瓣边镶着一圈橘红色。他对婴儿一无所知，他在里思布莱斯福德唯一认识的婴儿就是不幸的托马斯·帕里。帕里完全有理由拒绝亚历山大。他似乎在他身上看到了自己的模样。病房不大，但很明亮，里面住着四个女人。他走进病房。埃莉诺穿着一件碎花睡袍，头发没什么光泽，面上虽有倦色，却掩不住焕发的光彩。她抬起脸接受亲吻。她身上有一股奶味，馊了的奶味。他把花送给她，连同一大盒薄荷巧克力。她叫他看那张小小的婴儿床，婴儿床竖着金属架，金属架挂着床篷。床上有一个婴儿，被裹在法兰绒毯里，束得紧紧的，像支铅笔。他噘着嘴巴，眼皮皱巴巴，皮肤通红，长了湿疹，头上长着金色的头发，但头发不多。

埃莉诺俯身把他抱起来。

“抱抱他。来，抱抱他。”

“别，别。”

“婴儿的适应力都很强的。”

“我害怕。”

“我想看你抱着他。”她很紧张，又很坚定。

“别，不行。我真的不行。我脑子里一片空白。还是你抱着比较好。”

“看看，他睁开眼睛了。他是不是很可爱？”

亚历山大注意到，这个孩子的脑袋又长又尖，额头宽阔。他的眼睛是深色的，但无法确定到底是什么颜色。他连骨头都还没有定型。他是不是在分娩的时候被挤扁了？他的嘴角向下垂着。他小得可怜。什么都能对他造成伤害。他几乎没有存在感。亚历山大伸出手指，轻轻碰了一下孩子软软、凉凉的脸颊。

“埃莉诺，我们坦率一点吧。你是不是想说，这就是我的儿子？”

这种问题不能让人听见，他说得很轻。因此，埃莉诺回答的声音也很轻。

“说实话，不好说。”她吸了一口气，笑了起来。她俯身看了看那个孩子，然后凑到亚历山大耳边说：“我一直有百分之百的把握，不会……但现在我说不准他的父亲是谁……我以为看到他就可以认出来是谁的。我本来以为是个女儿，以为是我的萨斯基亚。”

“我觉得，他谁也不像。”

“看看那个孩子。真不一样。很神奇。都不一样，也不像丘吉尔。你来看看科根太太的孩子。”

科根太太的孩子圆滚滚的，有一头浓密的黑发，肉嘟嘟的脸颊，大大的眼睛。科根太太冲亚历山大微微一笑，点点头。亚历山大又低声跟埃莉诺说话。

“克里斯和乔纳森看起来就不像我。”

“要这么说，他们也不像托马斯。宽宽的额头，深邃的眼神，金棕色的发色，平直的嘴角，都有吗？你的块头更大而已。那你觉得这孩子是谁的？”

“真的是……”亚历山大说。他对皮肤粉嫩的婴儿再也没有一点儿感觉，他充满惧怕，浑身发抖。

“唯一的办法就是验血。”

“不行。”亚历山大本能地叫出声。他不仅生理上害怕这个婴儿，连面对埃莉诺，他也感到非常尴尬和不安。她像是换了一个人，兴奋过度，但又非常紧张。

"啊，亲爱的，我没那么当真……我一直觉得头晕，可能是空气不好，这几个月来，我的压力也太大了。"

"压力？"他整个人傻傻的。

只听砰的一声，门突然开了。莉齐、乔纳森和克里斯冲了进来，手里还拿着巧克力和水果。

"我走了……"亚历山大说。

"别走……"

"我要走了。我得想想。"

"没什么好想的。你明天还来吗？"

"明天我和同事约了晚餐。如果顺路，我尽量来一趟。托马斯，你好啊。我正准备走。得走了，真的。"

"小家伙真可爱。"莉齐说，"他抓住了我的手指。"

"小家伙很可爱。"亚历山大附和着说。同时，他用修长的手指摸了一下小女孩的头发。他的手指曾让她的妈妈感觉兴奋。"你们真是幸福的一家子。"

他坐在黄白搭配的房间里，思考埃莉诺一年来的内心活动。要不是今天她说了"压力"两个字，他还从来没想过她承受了九个月的忐忑，她不知道肚子里的孩子到底是谁的，她担心孩子可能长得太像他，担心他的反应不够得体。他猜想，她之所以认定那个孩子肯定是萨斯基亚，是因为女儿才算是她的孩子，女孩更像她。她利用了他。他也知道她在利用他，她利用他报复托马斯和安西娅·沃伯顿，同时抵消对年龄增长、麻木迟钝和母性减弱的恐惧。现在看来，她主要是想通过平静而文明的偷情孕育生命。为什么要这么做？是要惩罚托马斯吗？还是每一段情都要生一个孩子，就像他认识的某个男演员那样？对女性来说，这种需求的代价实在高昂。他的判断都错了吗？她是不是像别的女人那样，也爱上他了？她应该说出来的。他觉得不必这样小题大做，于是，他换了个思路。

托马斯。托马斯知道什么？他猜到了、想到了、感觉到了什么？托马斯是他的朋友，不是女人；他喜欢他，尊重他，也需要他。因为他们都是英国人，所以他们可能会选择悄悄离开，大喊大叫实在是有伤风化。那个孩子是托马斯的，这一点永远不会变。埃莉诺会恢复冷静。他自己呢？他当然会尽快离开这里。这样一来，《黄椅子》的收尾就出现了问题，这部戏马上就要收尾了。他想到凡·高，但脑海中只浮现他的那些标准画像：一张棕色的脸，草帽下的眼睛瞪着前方；一张苍白的脸，眉头紧锁，头上是海蓝色的旋涡和金黄色的星星和月亮。他也想起弗雷德丽卡·波特。他在写那部关于伊丽莎白的戏的时候，她给他上了一课，讲了拉辛的诗歌韵律，还向他表白了爱意。当时，为了解释，她双手连比带划，还弄乱了她那头又硬又直的红发。

托马斯开车去大学学院医院，顺路送他去马尔伯勒。所谓托马斯顺路，就是说亚历山大当时在蜗牛饭店跟马丁娜见面，托马斯去接他的。他告诉托马斯说他不准备去医院，对方用平静的口吻答道，真遗憾，他的出现对埃莉诺很重要，不过，她肯定能理解。亚历山大盯着他朋友的脸，后者好像戴了一副沉闷、淡漠的面具。他对那个女人感到非常愤怒。他以自己的方式表达了他的愤怒。

“或许我应该早点搬走。你们需要那个房间。”

“你以前也说过。埃莉诺喜欢你住在我们家。这是实话。”

“你呢，托马斯？”

托马斯有点拘谨地说：“我很感激你。要是没有你，我会被赶走的。”

“现在呢？”

"你想怎么着就怎么着。可能我们都是在利用你。"

"我们"这两个字让亚历山大震惊不已，托马斯竟然跟埃莉诺一样在跟他要阴谋诡计。他一言不发，一杯酒一饮而尽。

"不管怎样，我都希望你做孩子的教父。埃莉诺也是这么想的。"

"不可以。我不是基督徒。"

"世俗意义上的教父。她喜欢有仪式感。大学教堂会举行一个不分宗派的仪式。"

"我……"

"你考虑考虑。"

"好吧。想好给他取什么名字了吗？"

"嗯。西蒙·文森特·普尔。"

"文森特？"

"纪念你在写的戏，也致敬凡·高。"

"真怪。"亚历山大说。

斯蒂芬妮果真在情人节那天开始分娩。预产期很准。斯蒂芬妮既有条理，又很勇敢，她在脑海中提前演绎了即将到来的痛苦和不适。所以，在开始几个阶段，她比上次更能忍了，比如刮阴毛和灌肠的羞耻感她都忍下了。她还拿了一本书在手里，以防到时自己单独忍受阵痛，也为了应付护士习惯性的暴躁和不耐烦。那本书叫《我们共同的朋友》[17]，她只读了一点点。她对疼痛过分地注意，使得所有画面混杂在一起，她俨然遭遇了难产、脐带缠绕、无规律的阵痛、窒息、疲惫和最后被迫使用产钳的情况，而这些情形与莉齐·赫克塞姆的煤火、缓缓流动的泰晤士河、河上漂着的死尸，连同抓钩、绳索、灯笼和叽叽喳喳的旁观者一道，萦绕在她的脑海里，她像在做一场噩梦。她没有感觉到任何可以使用的力量，她无法配合，每一次宫缩都像一波交叉潮，而她的脊骨在冒烟，她似乎又看见伦敦桥下那汹涌的水流。二十三小时之后，就在凌晨时分，她终于听到婴儿的啼哭，她觉得哭声里含着痛苦。她经历了肌肉打结、撕裂接着又塌陷的过程，如今浑身无力，像一只软塌塌的麻袋。

“是女孩。”他们的态度亲切极了，“她挺好的。”

“我可不可以看看她？”

“等会儿吧。她累坏了，你也累坏了。等等再看吧。”

他们推她去缝合伤口。她觉得他们根本没有意识到，把她肥胖的双腿像扛猪肉一样地抬起来，是件多残忍的事。他们叫她“妈妈”。“吸气吧，妈妈。”“这位妈妈，有哪里不舒服吗？”他们又把她推了回去。丹尼尔在那儿，黑眼圈十分明显。他就在屠宰场和公共休息区中间的过道里候着。

“是女孩。你看到了吗？”

“还没有。他们说她挺好的。真的。”

“那就好。”

“你脸色很差，亲爱的。”

“我会好起来的，丹尼尔。”

“一定会的。”

“威廉怎么样？”

“他哭了。你妈妈来了。我妈妈一点忙也帮不上。你妈妈问要不要把他带回去。”

“我脑子转不动了。他可能被吓坏了。你决定吧。”

幸福的滋味，不是威廉出生时的那道光，而是打了一剂杜冷丁后随之而来的放松、暖意和真实感。她的意识渐渐模糊，脑海里却冒出来半行诗：“苦痛过后的轻松……这是最大的快乐。”随着她努力回忆剩下的诗句，先前的轻松和睡意渐渐退去。她开始痛得呻吟起来，想找一个舒服的姿势躺着，可怎么也找不到。

他们把孩子抱来时，她几乎能嗅到他们的忧虑。

“你的小女孩抱来了，奥顿太太。她是个可爱的小女孩，好得很，就是有点困，不过，那是因为她刚经历了艰难险阻……”

“什么？”斯蒂芬妮说。

“她的脸上有个斑点。医生说是一个血疱，她长大后就会消失，极有可能完全消失。就是看起来……你懂的……”

“我要看看她。”病房里住着两个狱警太太，她们的眼睛总盯着这边，有一个急急忙忙结了婚的姑娘，还有一个特别喜欢打听的威尔克斯太太。

“马上就抱来了。”

他们把她抱来了。一块棉布把她从头裹到脚，外边用一个别针固定着。她的脸遮着阴影……左眼紧闭着，眉毛淡得几乎看不出。嘴形弯曲，像是洛可可风格的丘比特之弓。右眼自外眼角开始有点斑痕。斯蒂芬妮接过孩子，把棉布小心翼翼地翻起来。那小红包像果冻一样，鼓起来，紫红色，像一条水蛭吸附在上面，盖住了一半眉毛和头顶，尾部落在右眼的上方。她头颅的另一边还有些印子，那是产钳留下的。孩子一动不动。斯蒂芬妮心生怜悯，但不是上次看到威廉时的那种感觉，也不是惊讶，而是一种出于保护本能的怜悯。她紧紧抱着孩子。小巧可爱的耳朵旁有两缕长长的头发，像是被猫舔过似的，很平顺，质感如蜡，但有颜色。

“她的头发是红色的。”

“目前还看不出来。”

“她的发色是红的。”她紧接着又问：

“她好极了，对不对？除了这个……她是不是好极了？”

“她是个可爱健康的小女孩。”

斯蒂芬妮把她紧紧地抱在胸前，让那个血疱贴着自己，感受着那双纤细的腿，那双柔弱的肩膀。

“我会照顾你的，”她说，“你放心。”

孩子继续沉睡。

到了探视时间，丹尼尔来了，温妮弗雷德和威廉也来了。

斯蒂芬妮把孩子递给她妈妈，她妈妈说医生向他们保证这个血疱会消失的。威廉咕哝着，果断爬上了斯蒂芬妮的床，用力抱住她。绿色的床单上留下了一排泥巴的印迹。丹尼尔从温妮弗雷德手里接过自己的女儿，像斯蒂芬妮刚才那样，把她有瑕疵的半边脸贴在自己的身体上。

“真可爱。”他是认真的。孩子睁开了一只眼，似乎在盯着丹尼尔的黑眼圈。“很像你。”

“我觉得她像弗雷德丽卡。她的头发是红色的，你发现了吗？”

“没人会说弗雷德丽卡可爱。她像你，”他关切地看着她，“就叫她玛丽吧。”

他们先前没有提到过这个名字。斯蒂芬妮说：“为什么？再商量吧。我还是喜欢瓦伦丁。”

“她这个长相，就应该叫玛丽。”

大家都接受了他的说法。从这孩子的样子来看，似乎就该叫她玛丽。没人提出反对意见。

威廉放开他妈妈，去看他的妹妹。他胖乎乎的手指几乎要碰上那个血疱。他尖声问：

“她的头上为什么有条鼻涕虫？为什么？”

“那不是鼻涕虫，是血疱。”

"我不喜欢她！不喜欢她！我不要……"

他咆哮起来，声音刺耳，久久不停。温妮弗雷德把他弄走了。

基因的图谱具有生物学和化学意义，也有人类历史意义。取名则是另一种图谱，具有文化内涵，同时也应该归于历史范畴。西蒙·文森特·普尔和玛丽·瓦伦丁·奥顿都接受了时代传承的洗礼，也就是说被所处的文化环境接纳了。丹尼尔质疑这种由他人代说的誓言的有效性，托马斯、埃莉诺和亚历山大也对于宣布与世界、肉体和邪恶决裂持有不可知论的态度，但仪式是必需的。玛丽在圣巴塞罗缪教堂由吉迪恩·法勒施洗，祖父没有到场，祖母和外祖母倒是都出席了，她们深受感动。她没有哭，她是个非常"乖"的婴儿，经常一睡就好几个小时，吃东西效率高、速度快，不过，她吃东西的时候，威廉总是在周围转来转去，她安安静静吸奶的时候，威廉非要去上厕所，那就会打断她。斯蒂芬妮有时会想，可能是临产前大脑遭到挤压造成嗜睡，因此她才会这么"乖"。可是，每当她绽开甜美的笑容，眉毛以下阳光灿烂，这个猜测似乎就站不住脚。受洗时，她戴着一顶英格兰刺绣软帽，那是斯蒂芬妮钩织的，戴着可以遮挡那块血疱。祖母、外祖母和克莱门茜·法勒异口同声夸她"可爱"。她没有哭，但威廉哭了。他两只拳头打着他妈妈的锁骨。斯蒂芬妮的脖子上戴着比尔父亲留传下来的金表链作为项链，算是代表波特家的传承，威廉把表链抓在手里，绞了又绞，缠了又缠，差点就把她勒死了。埃勒比先生是教父，索恩夫人和克莱门茜是教母。对于丹尼尔而言，要当教父教母，信仰圣礼是先决条件。洗礼现场提供了糖霜蛋糕，那是克莱门茜做的，此外还有干型雪利酒。威廉不耐烦了。比尔来拿蛋糕和雪利酒，一边对威廉和玛丽这两个名字发表高见："像是《1066年及一切》里的奥林奇夫妇。"

"胡说，"斯蒂芬妮说，"为什么不说是威廉和玛丽·华兹华斯？”

“按现代理论，当太太比当妹妹好。总是比叫她多萝西好一些。”

“玛丽是丹尼尔取的名。”

“我相信。那么，是取自圣母玛利亚呢，还是那个倒了珍贵香膏的女人[1]？”

“我没问。”

丹尼尔听到了，他说：“跟谁都没关系。对于女孩子，这个名字很好听吧。她看上去就像一个小小的淑女。我很惊讶。她和威廉很像。”

“玛丽是个好名字。”比尔的语气和缓了许多。

布卢姆茨伯里大学教堂建于维多利亚时代宗教狂热的顶峰期，是一座黄色的维多利亚时代哥特式建筑，由欧文派建造；所谓欧文派，即所有成员都是传教士亨利·欧文的追随者。欧文建立了天主教使徒会，按手礼是入会礼仪。不幸的是，由于成员人数不多，欧文派现在还只是一个小团体，成员都是老人，没有严格的组织。这座教堂位于塔维斯托克广场，供大学使用。牧师是一个务实而干练的人，也是个世故圆滑的人，如《圣经》中圣保罗所说，“面对什么人，我就做什么人”。弗雷德丽卡一直以为那句话是莎士比亚笔下的克娄巴特拉说的。牧师从一只加热过的手工铜碗里蘸了一点温水，洒在西蒙·文森特身上。文森特尖叫起来。没人叫亚历山大宣誓。这是一次愉快的聚会，出席者有教师和大学教师，还有许多普尔和莫顿家的亲戚，亚历山大终于如愿觉得自己是个局外人。他和牧师就传承问题进行了客气的对话，也与一位克拉布·罗宾逊学院教戏剧的女老师展开了一场愉快的交谈，她几乎能背下

[1] 《约翰福音》21章1节中提到，玛利亚把香膏倒在耶稣脚下，对主表达尊敬，更显明自己的卑微。

来《阿斯翠亚》的台词。埃莉诺面带微笑，行为优雅。她得体的举止又回来了。

凡·高对于他的侄子，也就是提奥的儿子与他同名一事耿耿于怀。在写给母亲的信里，他说："我宁愿提奥用父亲的名字给他儿子命名，而不是用我的。这段日子，我经常想起父亲。但是，事已至此，我要为他画一幅画，让他们挂在卧室里，那将是湛蓝的天空衬着挂满枝头的白色杏花。"爱的表达对画家没一点好处，"绘画的过程很顺利，这最后一幅花满枝头的画，您会看到。这可能是我画得最耐心、最好的画，画的时候，我很平静，手也稳得多。第二天，我简直像牲口一样累坏了……画杏花的时候，我病倒了。"

亚历山大很想知道世上是否真有不祥的名字。谁敢说文森特不幸呢？毕竟，那幅昂贵的杏花依旧光泽不减。亚历山大送给西蒙·文森特·普尔一个朴素的银盘，上面刻着孩子的教名。然后，他又去和马丁娜·萨瑟兰共进晚餐了。

西蒙·文森特受洗两周后，亚历山大的剧本终于大功告成。写作期间，能听到文森特穿墙透壁的哭声。

他已经彻底想通了。他一边抚平纸张、数着页数，一边想：戏剧和分娩没有可比之处，戏剧不像受精卵，而是更像拼图，可以按某个模板拼凑起来。鳞片是粘上去的，好像珠母纽王华服上的珍珠纽扣，不是像鱼鳞或鸟羽一样自然生长出来的。戏剧的组成要素是语言，可以持续调整、修改或重构。戏是创造出来的，重点就在这里，它的"成长"是个隐喻，不对吗？

不管怎样，总算是完成了。

23
酒神

“欺世盗名之人，”弗雷德丽卡对着镜子说，“不要怪罪于无辜的大自然，她和她的子民永远不会仗着自身的丰裕而放纵无度。”她做出威吓的表情，但少了一点愤怒。五月周期间，花园剧《酒神》将在圣迈克尔与诸天使学院上演，她要扮演女主角，导演哈维·奥根是一名来自美国的研究生。他被剑桥的魅力深深吸引，决心要引领剑桥的潮流和风云变幻，在这块土地上留下他的足迹。他参加过拉斐尔·费伯的诗歌晚会，相比其他常客，他每次朗诵的诗都具有强烈的技术色彩。他经常因为使用长长的评论性词汇而招致嘲笑。“我想象不出任何画面。”这是艾伦、休·平克以及弗雷德丽卡三个人的口头禅。他们没有意识到，这种尴尬并非毫无意义，通常意味着一个严重的问题。有些人觉得他“不真诚”，因为他的主题都是人们认为他并不了解或者没有第一手经历的事物，比如戈壁滩、克利伯帆船赛和老鼠繁育等。他戴着眼镜，脖子又短又粗，身高还不足以优雅地支撑他的肌肉。

然而，酒神的扮演者却有种近乎野蛮和奢侈的美。弗雷德丽卡从没见过谁的身上和头发上有这么多种颜色。皮肤是橄榄黄的，头发乌黑闪亮，像乌鸦一样，如果他还记得台词的话，在戏中，他要把弗雷德丽卡纯洁、空灵的歌声所陪伴的黑夜比喻为乌鸦。他双唇鲜红。弗雷德丽卡断定，在看到哈罗德·曼彻斯特之前，她肯定不知道不涂口红或唇釉的嘴唇可以红成这样。他的嘴型是东方人的嘴型，他的鼻子是希腊人的鼻子，而他的头发按现在的标准来看也是很长的。他的脸颊红彤彤，害羞的时候，深邃的颧骨两侧都会变得深红。他读法律，但三天打鱼，两天晒网。他也参加学院的长曲棍球队和网球队。

可惜的是，这位酒神记不住台词。

不过，哈维·奥根并不介意，因为他可以借这个机会炫耀他的英美两种口音，他可以现场背诵这些不朽的经典台词：

大自然奉献了她的丰裕
用她慷慨和不求回报的双手
让世界充满芳香、果实和动物
她赋予大海难以计数的鱼卵
只是为了取悦和满足人们的好奇心吗？

哈维说起话来像一个热衷于感官享受的学者，而哈罗德·曼彻斯特则像一个拘谨的六年级中学生，他只知道自己的身材有巴洛克风格的美，而不知道语言有惊人的多样性。扮演守护神的艾伦·梅尔维尔的口音切换最为漂亮，一会儿是吉尔吉特嗓音的神，一会儿是苏格兰伪牧羊人，然后又变成最终政变的军事组织者。弗雷德丽卡没有和艾伦同台的戏，排练的时候，她都是跟哈维和哈罗德一起。哈罗德扮演一个精神分裂的魔鬼，无论是声音还是长相，都很“传神”。她并不在意他怎么样，因为她一门心思都在等着看拉斐尔。傍晚时分，他会拖着他的长袍到花园里来散步，和朋友们聊天。

这部戏一共演了三个晚上，都算不上成功。弗雷德丽卡的服装效果不好，跟设计草图有点偏差，不像设计的那么漂亮。本该是一件詹姆士时期假面舞会风格的服装，在舞台上看起来却像是20世纪40年代的儿童派对礼服，材质是下垂的天蓝色人造丝，圆形下摆装饰了一圈花，腰部和领子缝了耷拉的粉白色人造丝玫瑰花。弗雷德丽卡只好背台词，她不仅背自己的台词，哈罗德·曼彻斯特的台词她也要背，她先背出来，好让哈罗德跟着念。

最后一晚，这一幕刚好是弗雷德丽卡在漆黑的树林里迷了路，她缓慢而又恐慌地从观众席与舞台之间温暖的夜色中穿过。观众席的前两三排都是她的朋友、情人或熟人。令她没想到的是，除了托尼、欧文、马里乌斯和休，他们的旁边还坐着医学院的马丁、业余剧团的科林以及几个英语教师朋友，她后来发现这群人就是一个小圈子。后面坐着可爱的弗雷迪和他来自上层阶级的朋友，以及埃德蒙·威尔基和卡罗琳，他们笑得很开心。在他们后面，拉斐尔和文森特·霍奇基斯正襟危坐，当然这肯定是个巧合。她的声音在颤抖。她每背完一个段落的台词，他们都要鼓掌，然后窃窃私语。她背到“不被污染的贞洁”时，观众席中爆发出了一阵男人的笑声。

大家都觉得，到了这个时候，酒神应该能记住自己的台词了。弗雷德丽卡深表怀疑。他的记性真差，她不晓得他怎么敢奢望有朝一日能够获得学位。在表演的前一天晚上，他因为醉驾被逮捕了，而且据说他以每小时100英里的速度在国王大街上狂飙，冲上了人行道，撞扁了两辆自行车。这件事似乎把酒神吓坏了，演出的时候，他时不时地傻笑，越发依赖弗雷德丽卡的提示。这该死的戏已经变味了，她非常生气，趁着女主角做着白日梦，她也浮想联翩，这已经变成了一部关于人格分裂和自言自语的现代精神分裂剧。她小声提示完他的台词，然后接着说自己的台词。于是，台下男人的笑声越发肆无忌惮，然后，所有观众都笑得前仰后合。看见哈维·奥根笑得那么疯狂，甚至用手捂住了脸，帅气的弗雷迪一脸嗤之以鼻，他身旁一位肤色黝黑的陌生男子看上去一脸困惑。再后面是仰头大笑的拉斐尔，她从未见他这样笑过。她的确想过为了提高演出效果，将这个善良贞洁的角色演得夸张一些，这样可以逗大家开心，但她最终决定不这样做，因为她要忠于号称“基督学院夫人”的约翰·弥尔顿，他写这样一部韵律不整齐的史诗，是为了规劝人们培养其他的美德。她生气地瞪着那群嘲笑她的人，那群捣乱分子，她的集体敌人。她很好奇究竟是谁叫他们来的。答案就是：托尼·沃森，那个骗子记者，她的骗子朋友，是他将她扔向了这群狮子。难道是艾伦跟他说这出戏会有多好笑？她绝不相信他叫他们来是为了表示对她的支持和欣赏。“我要杀了他。”她心想。不过，她还是低声背着酒神的台词，让他跟着，与此同时，她强忍着愤慨，把自己的台词说得响亮而哀伤。谢幕又长又吵，人们把鲜花扔向弗雷德丽卡。她怒视着沃森，把花捡了起来。

接下来的庆功派对出乎意料地来了很多观众。

哈维、埃德蒙·威尔基和文森特·霍奇基斯聊得不亦乐乎。

“勇敢的女孩。”威尔基说。

“乱套了。”哈维说。

“你应该演塞斯。”霍奇基斯说，“演那个角色吃力不讨好。”

“我认为，”弗雷德丽卡说，“贞洁，是人的德行，这就是这部戏的主旨。”

“德行。”

“你知道吗，”威尔基说，“文森特·霍奇基斯马上要加入你的圈子。”

“我的圈子？”

“我已经应邀担任北约克郡的哲学教授。我喜欢做跨学科研究。”

“我也要去。”威尔基说，“他们答应提供我一间实验室和一些经费，让我开展脑结构和感知研究。我喜欢那个地方。空气很好。9月份入职。”

拉斐尔默默地走到弗雷德丽卡的身后。他的声音第一次听起来这么温暖、亲切。

“我非常钦佩你坚持演下去的勇气。你的勇气令人震撼。换作我，在那么难堪的情况下，肯定会落荒而逃。我绝对不敢站在台上接着演。”

“不然还能怎样？不过，我看到你笑了。”

“真的太滑稽了，抱歉。我完全理解你，确实让人难堪。你是个勇敢的女人。”

“我是个愤怒的女人。都是我朋友搞的鬼。”

“什么？搞什么鬼？我不懂。”

她不想让他懂。

“没事。就是一个恶作剧。”

弗雷迪的朋友们说这是一部尴尬的喜剧，弗雷德丽卡是台上的开心果，情节有点傻，确实需要演员来活跃气氛。弗雷迪把弗雷德丽卡介绍给了那位皮肤黝黑的年轻人。

“奈杰尔·瑞佛，我的老同学，专门来过五月周。我收到通知说你希望我们来支持你，所以，我把他也带来给你加油。”

“我很喜欢。”奈杰尔说。

“你收到通知？”弗雷德丽卡反问，“我没写过什么通知啊。”

“不是你写的，但我以为……”

“是托尼·沃森的恶作剧。”

“我很喜欢你跟曼彻斯特的合作。”奈杰尔说。其实，他并没有认真听。“清醒的时候，他是个很厉害的车手，但演戏体现不出他的优点。”

“他的长相非常符合角色要求，”弗雷德丽卡说，“帅得太奢侈。”

“帅得太奢侈。”奈杰尔回味着这个说法，“你真的这样想吗？”

“是的。虽然不是我喜欢的类型，但他确实非常帅。”

“你喜欢什么类型？”

弗雷德丽卡环顾一周，她看看弗雷迪、威尔基、休、马里乌斯、托尼和艾伦，拉斐尔正在和安·刘易斯认真地聊着天。她又回头看着提问的这个人。

“遇到就知道了。我不拘一格。”

“不拘一格？”他也很喜欢这个词，“你总该知道自己喜欢什么样的吧？”

“有谁不知道吗？”她有点醉了。

“有时候会有惊喜。”

他没有看她。他跟派对上的大多数男人差不多，但多了一点慵懒，少了一些紧张。他在人群中搜索着，可能是想看看谁是值得关注的，谁有威胁，谁比较迷人。他身材敦实，个头不高，皮肤黝黑，圆圆的脸颊，看起来总是闷闷不乐。他突然抬头，与她四目相对。

“有时候会遇见惊喜的。你必须随时有心理准备，可能就在明天，或者后天。”

她往别处看。

“我会的。我一直都有心理准备。我期待惊喜。”

“很好。”

艾伦把她送回纽纳姆。他说：

“托尼这样做确实不太好。”

“如果我真的有不可告人的秘密，他这样做就太恶毒了。幸好我没有。还是有点可怕。我感觉自己像个被人家玩弄的目标。”

“有时候好像是你在玩弄人家。”

“大家都一样。”

“你太招摇了。”

“艾伦，我想进入一些圈子。可是，女性经常被拒之门外。”

“你已经是焦点。这是男人做不到的。”

“是的。但他们是一群人，而我只有一个。”

“纽纳姆有很多女人。”

“女人不喜欢抱团。”

“胡说。她们要是能抱团，自然喜欢抱团。别哭啊，弗雷德丽卡，你不能哭。”

“为什么不可以，我今天这么丢脸。”

“别胡说。去参加我们的五月舞会吧？我陪着你。”

“也可以。我正准备和弗雷迪一起去参加三一学院的舞会。”

“太棒了。我们肯定会玩得很开心。”

“艾伦，你是我的朋友，永远的朋友。”

“别哭了。没错，我是你的朋友。虽然我不算什么好人，但还是你的朋友。好了，进去吧，好好睡，祝你做个好梦。”

她梦见她被一群人面怪兽追得无处可逃，它们都长着豹子的身体，脸是托尼、艾伦、哈维和奈杰尔的脸。她在黑暗的树林中四处寻找拉斐尔，突然间，树全都变成了人，人又很快变成了黑豹和跑车，可是拉斐尔仍然看不见。

弗雷德丽卡穿着同一件礼服去参加了两场五月舞会。她通常一年穿短裙，一年穿长裙。1956年的那条是业余剧团做服装的朋友给量身定做的，使用纯棉布料，这是做晚礼服的新材料。颜色是石墨银，有一点儿金属光泽，像用软铅笔在厚纸上画了湖泊。弗雷德丽卡一眼就看中了这块布料。不是因为好看，也不是因为不会跟她浅黄色的皮肤和发色冲突，只是因为她看中了就一定不会错。这块布质地挺括清爽，不像塔夫绸或府绸那样生硬——放到水里能浮上来。弗雷德丽卡听过许多让她受益匪浅的话，比如医学院的马丁对那些不重视身材的女孩所发表的意见。裙子的上半身刚好适合她苗条的身材，大圆领，领口不算太低，双肩宽阔且棱角分明。腰线略低，使得她修长的上半身看起来像一根笔直的银色铅笔。腰线下是斜裁的下摆，硬挺的网纱撑起蓬松的裙摆。那时候流行紧身的巴斯克风格，所以弗雷德丽卡这条裙子可以把她腰上的肉都勒到髋骨的位置，把小小的乳房挤成两个雅致的锥形。在银光闪闪的裙子的映衬下，脸上的雀斑依稀可见。从弗雷迪那里，她学到了不要戴仿蕾丝的及肘长手套，所以她戴了白色棉质短手套。从马里乌斯那里，她得知她的嘴唇涂得淡一些更好看。她还从演员们那里学会了如何延长她的眉线，如何在眼角画三角形，以及如何用发箍盘一个稳稳的发髻。去参加三一学院的舞会之前，她在纽纳姆的镜子前看着石墨银的裙子映衬下显得很可爱的姜黄色肌肤，满意地舒了一口气。她把黑色的烟斗装进黑色的手包里，穿上黑色的凉鞋。这是五月舞会最美好的时刻。

在接下来漫无目的的几小时里，她发现自己时不时地想到了简·奥斯汀笔下的舞会——被分成十四对的男女、每个人都可以参与的固定动作的舞蹈。弗雷迪的舞步有点着急，他对自己也很着急，这是他批判别人的根本原因。大家六到八人聚在一起，在炎热的棚子下，围着方桌品尝香槟、烟熏三文鱼、草莓和奶油。大家一直在聊一些“共同的熟人”，但弗雷德丽卡一个也不认识。“你去参加过赫普的搞笑派对吗？”“你知道马德莱娜现在跟德里克在一起吗？朱利安和黛比太可怜了。”她们也聊衣服，讨论在哪里可以买到。女生都穿着抹胸百褶连衣裙，除了她之外，没有一个是研究生。有个叫罗兰的人不小心踩到了她的凉鞋，划破了她的长袜。有个叫保罗的人讲了一个又恐怖又滑稽的故事，说一个乡村酒店的厕所水箱里老是有奇怪的声音，客人在那里度过了一个恶心的周末。如果你很迷恋舞伴的身体，舞会就很有意思。她亲眼见过好几次，在欢声笑语的舞厅里，一对一对的男女始终黏在一起。如果你是一个专业的舞者也行，虽然这个场地不足以让你完全施展才华。要么你就得是善于捕捉只言片语的作家。显然她不是这样的人，也不想成为这样的人。舞会进行到一半时，突然有位陌生人碰了一下她的胳膊，问她说：“我可以邀请你跳这支舞吗？”

弗雷迪正和他旁边的人说话。弗雷德丽卡说：“我不知道。”

“跟弗雷迪说，就跳一支。”

她认得那个人就是奈杰尔。他的晚礼服很合身。他没有笑。弗雷迪回头冲她笑了一下，弗雷德丽卡站了起来。

奈杰尔跳得很好，也很会带弗雷德丽卡，让她不至于跳得像个傻子，虽然还算不上很自然。他很照顾她。

“两小步，划，到我这里来，转，进来，很好。你学得很好，作为自立的女性，很不错。”

他的盆骨顶着她的盆骨，他的手很凉，轻巧地贴着她的背。“过来。”他做出环抱的姿势，“往这里转，我来，很好。再来一次。”

“你怎么知道我是自立的女性？”

“不对吗？我问过不少人。你是个名人。”

“你呢？你是干什么的？”

“哦，我有一栋房子。在乡下。房子花了我很多钱。我家里做船运生意。我在我叔叔手下做事，管理船只。原地踏步，等会儿再迈步，好了，走，划，一步，两步。真想知道是哪个天才发明了舞蹈。”

“人类一直都在跳舞吧。”

“英国人让跳舞变得这么尴尬，这么不自然，”她认真打量过他后觉得，这种话不符合他的气质，“我更喜欢希腊的民间舞蹈。小心我的脚。你可以去上课学习。幸亏你还不是全能的人。”

“我就擅长考试。”

“别这么说。我看不出来别人是不是擅长考试，反正我不擅长。但是，我能看出来别人是不是会……”

“会什么？”

“没什么。我得确认一下自己是不是对的。”

他粗糙的盆骨和她保持着亲密而又客气的距离，两人的盆骨接触时，她能感到一阵微微的颤抖，激动而又克制。

“我要把你还给弗雷迪了，”奈杰尔说，“一会儿见。”

弗雷迪的骨盆像一只被压得塌陷的羽绒枕头，顶不住她。弗雷迪的手很笨拙，但他把自己的头发修剪得干净利落，鞋子擦得锃亮。餐桌上摆放着银碗和鲜花，鲜花已经枯萎了，有些被偷走了，有些被不小心碰掉了。一个晚上的时间过得很慢。时不时有人去卫生间，她已经第五次去那儿了。透过卫生间里的窗户，她看到了灰蒙蒙的黎明。太晚了，他们很不情愿地从后花园往回走，顺着黎明第一抹粉色和黄色的光线，他们看见了几棵柳树。他们回到了弗雷迪的家，吃了一顿真正的早餐，有猪腰、炒鸡蛋、培根、蘑菇、咖啡和吐司。他俩边吃边打哈欠。这是今天她第二次感到感官愉悦了，第一次当然是她看到镜子中穿着灰色裙子的那个影子的时候。弗雷德丽卡开心地想。

在圣迈克尔与诸天使学院的舞会开始之前，他们还有二十四小时可以恢复身体状态。弗雷德丽卡简直像一只猫，整整睡了十二小时，醒来就很紧张，她还没有熨烫和清理这条裙子。镜子里的她不像上次那么让她满意，她有黑眼圈，刚好配灰色的棉裙，不过，这次舞会实在很有意思。

三一学院的棚是绿白相间的。而圣迈克尔的棚则是深玫瑰红的，人们在灯下吃东西，感觉既温暖，又充满肉欲。灰色大厅里的灯光也是玫瑰色的，给木制家具蒙上了一层深褐色，灰色的柱子和穹顶上的扇形骨架仿佛幻化成了人形。和艾伦跳舞像是客气而又暧昧的指尖接触，也可以说是和谐、互不接触的平行运动，疏远、平静、没有交流的转圈。和他跳舞就像是和扇形穹顶跳舞，他就是一具笼罩在空气和灯光里的冰冷骨架。他的手很干，很温暖，但尽可能不与她接触。

他们坐在棚下吃烟熏鸡。

“拉斐尔来参加五月舞会了吗？”

“没有吧。你能想象他跳舞的样子？”

“肯定很优美，如果他愿意的话。”

“但他不会愿意的。他很可能已经走了。他喜欢清静。很多大学老师都这样。”

“他会去哪儿？”

“陪着他妈妈或者姐妹。”

“我们要去看看吗？”

“干吗不呢？”

圣迈克尔学院是一所小型的封闭式学院。拉斐尔的房间在其中一栋楼的顶层，往下看一边是鹅卵石院子，另一边是后花园。所以，无论是从院子里、草地上或是从花园里，你都能望见他家亮着灯的窗户——如果他在家的话。彩排期间，弗雷德丽卡去找休、艾伦和哈维的时候，她总是先抬头看看有没有矩形的光线。今晚，白色房间里黄色的灯光照着她灰色的裙子。这位学者肯定在房间里开着台灯，她在外面就可以看到。

“我们上去吧。”

“他会不会介意？”

“介意的话他会明说的。”

他们不清楚拉斐尔是否会关门谢客。第二扇门很重，可以看出主人很看重隐私。大门虚掩着，艾伦把它拉开，然后敲了第二扇门。没有人回应。他又敲了几下，听到屋里有微弱的声音，但弗雷德丽卡没听见。于是，他走了进去。拉斐尔一个人在家，躺在沙发上，穿着灰色高领毛衣和灰色的裤子。他好像有点生气：

“是谁？”

“艾伦和弗雷德丽卡。我们玩累了，就来看看你。如果你在忙的话，我们马上就走。”

楼下院子里传来了音乐，很嘈杂。

“我有什么好忙的？喝茶还是咖啡？我本想读读帕斯卡[93]的书，结果读不下去。”

他走进小厨房。弗雷德丽卡走到挂在壁炉上方的镜子前，照了照，把散落的头发掖进发髻里。艾伦走过来，站在她旁边。拉斐尔从厨房回来，也走过来，站在他俩中间，两只手分别搭着两人的肩膀，一只搭着一个黑皮肤的男人，一只搭在一个裸露女人的银色肩带上。镜子里有三张脸：艾伦三角形的脸看起来有点狡黠，下面的领结歪着，她白皙的脸上透露着渴望，甚至是饥渴，下面是赤裸的胸膛，乳房依稀可见，而站在他俩身后的第三个人，肤色黝黑的拉斐尔，正看着镜子里的自己。镜中艾伦的眼神和弗雷德丽卡的眼神相遇，两人冲着专心看着自己的拉斐尔笑。他第一次碰到了她。他毛茸茸的手臂轻轻地贴着她的肌肤，他纤细的手指拂过她的胳膊，温柔地捏了一下，然后就抽走了。他们坐下来，开始聊天，主要是聊帕斯卡。三个人不紧不慢地聊着，咖啡很棒，还跟往常一样有五香蛋糕。除了帕斯卡，他们也聊剑桥、音乐、舞蹈和封闭的庭院。告别的时候，拉斐尔再次与她产生了肢体接触，不过这次更短暂、更果断。“一定要再来，永远欢迎你们，”他说道，“但愿永远是长假。”弗雷德丽卡立刻回答说：“当然。”

弗雷德丽卡和埃德蒙·威尔基一起回到了里思布莱斯福德。他在这所新建的大学里供职。弗雷德丽卡突然感到恶心和头晕，于是，埃德蒙用行李推车把她推到了卡尔弗利车站。家庭医生诊断她得了德国麻疹：“结婚生子之前形成麻疹免疫，这是好事啊，年轻人。”弗雷德丽卡晃着她那张滚烫的脸，但没有说她根本没打算结婚生子。斯蒂芬妮和她的家人害怕被传染，所以没有去看望弗雷德丽卡，她为此还感到有点庆幸。威廉和玛丽老是打扰她。她不喜欢逗他们，但他们的存在，以及在她面前的活蹦乱跳，让她感到一种原始的快乐。德国麻疹会损伤胚胎。她想，她身体里面的精液和避孕药混在一起，胚胎是不太可能形成了。她相信自己的“运气”。“运气”好，就是胚胎没有形成。

温妮弗雷德送来热乎乎的饭菜，有鸡汤和牛肉茶，晚饭还有刚烤的面包和撒了一层糖霜的牛奶。这是一种病号餐。温妮弗雷德没有问她剑桥的情况，弗雷德丽卡也没有主动告诉她。她只问了弗雷德丽卡是否舒服，给她垫了一个很高的枕头。弗雷德丽卡觉得她的存在总是不受欢迎。温妮弗雷德很会烧饭，这是她一直以来都在做的事，可是，弗雷德丽卡从没发现，这个端茶送水的女人虽然沉默，但她的内心其实一直在燃烧。看见一个大姑娘穿着潮湿的睡裙四肢张开趴在她的孩子曾经睡过的地方，温妮弗雷德心里很不是滋味。她站在厨房里，内心升起燥热的火焰，只是因为自尊心，她才强迫自己去伺候这个她最不需要帮助的孩子。她养育子女的日子已经过去了，身体也无法支持她继续照顾他们了。如今，面前的这个人，她的长手长脚简直是在侮辱她，仿佛这个人只是暂时默许她的伺候。我就是一根干枯的木材，温妮弗雷德对自己说，我真应该过自己的生活。她和女儿一样清楚，这样根本不能算是回家。

比尔也来了，他心疼她，不过，当她把燥热的脸背过去的时候，他还是感到一丝尴尬。他先是祝贺她顺利完成了第一部分的课程并获得第一名，不过语气很平淡，好像这是理所应当的，然后问她过得怎么样。她语气暴躁地告诉他，她学了很多，背了很多，却写不出来，记忆是一天不如一天了。有那么多书要读，《浴缸的故事》《农夫皮尔斯》《沙漠中的死亡》《埃特纳火山上的恩培多克勒》，究竟到什么时候是个头？比尔突然来了兴趣。他说，好记性是无价之宝，记忆是人类文化的重要部分。他对着发烧的女儿说，他自己也越来越容易忘记一些名字。“为什么最先忘记名字？我昨天花了好久也想不起来莱斯利·斯蒂芬[37]这个名字。我吓坏了。我甚至忘记了他有个女儿叫弗吉尼亚·伍尔夫。我也忘了查人名大字典，最后只能称他‘《到灯塔去》作者的杰出的父亲’。很滑稽吧。你继承了我的好记性啊。你们都是。好好珍惜，好好训练。这是我们家族的传承。”

弗雷德丽卡认为她的确完美继承了他的记性。她继承了他对学习的贪婪，对知识和信息的渴望，同时，她也继承了他的红头发、他的尖酸刻薄，还有一种被他委婉地称为“不耐烦”的品质。遗传要到哪里才算到头？新的特征又从哪里开始？她准备以后再好好研究这些问题。英语文学已经存到了她的基因里，她的红头发属于基因表现，手上和嘴上那些烦人动作也是基因表现。在比尔身上，她学会了怎么学习诗歌，怎么进行辩论，以及怎么识别不同的观点。自然和文化的界限在哪里？威基诺浦认为，大脑的神经元和神经元的联结和融合，为人类认知语法结构提供了物质基础，正如人类天生具有几何能力，能够感知外界并将外界形态分为水平或垂直、圆形或立方体。那么，人类是否可能像继承完美的音调或数学本能那样继承语言能力？莎士比亚的词汇和韵律、劳伦斯的好斗天性和弥尔顿的技巧与自我肯定，都能够继承吗？

她还和比尔谈起了马库斯。比尔说："他最近有进步。不过我感觉，只有在我显得无所谓的时候，他才会去做点事情。"

"这有点极端吧。他应该走自己的路。这才是正常的。"

"我知道。弗雷德丽卡，孩子来到这个世界，并不是为了完成父母没有完成的事，这可能跟你们的想法有所不同。我更关心的是传承，是价值观的传承。"

"我不知道。你代表你自己的现在和未来。我决定我自己的。像拿破仑一样，自己的王朝要由自己来打造。"

她希望比尔说"你很像我，你会传承下去的"。当然，她自己也清楚，他只要这样说，她肯定会立刻反驳。她没有给他机会说出这句话。他很气馁，因为马库斯和斯蒂芬妮都放弃了传承。

"你会没事的。"他说。这句话他说得既肯定，又忧心忡忡，就好像说出来就不会成真。此时，他心里氤氲着怒火，低头看着她，若有所思，可能是在看她憔悴的脸上那一圈圈红色的雀斑，看她滚烫和粗糙的皮肤。他难以接受这就是自己的镜像。弗雷德丽卡觉得，也偶尔注意到，比尔对斯蒂芬妮和马库斯比较关心，他那种令人难以接受的说教热情常常用在他们身上，他很少这样对她。斯蒂芬妮是个温顺的妇女，他对待她的方式，跟对待他沉默的妻子一样。对于马库斯，他很想像鞭策自己一样鞭策他。似乎身体的永恒要由女儿来实现，而思想的生命要由儿子来延续。而她，弗雷德丽卡，因为更像他，或许，他不觉得她是延续生命的适合人选。

生病期间，她经常胡思乱想。她吃着病号餐，幻想着普鲁斯特笔下的约克郡版本的马德莲小蛋糕。她觉得病号餐有“白色”的味道，软面包、白糖和全脂牛奶都是白色的。她也记得，在战争期间，她得了百日咳，在黑灯瞎火的晚上，温妮弗雷德会哄她吃病号餐，让她恢复体力，虽然她喉咙疼痛，还是吃下去了。但是，她并没有获得什么启示。部分原因在于她的意图太明显了，普鲁斯特肯定会这样说，另一部分原因是她想要忘记那短暂的过去，她要迎接未知的未来。对她来说，未知的未来就像她为了拉斐尔而读却还没有读完的《追忆似水年华》[5]一样，让她背上了重重的包袱。在状态最糟糕的几天里，她既不读《追忆似水年华》，也不读其他任何作品。她神志不清，整个人飘忽不定，灵魂仿佛要与肉体分离，总觉得房间里有另一个人又热、又湿、又不舒服。她觉得自己的声音好像在很遥远的地方反复地背诵《酒神》的全部台词，节奏分明，却不带丝毫情感，诱惑的话和反驳的话听不出任何速度或重音的变化。所有记忆一起涌进脑子里面：拉斐尔温柔地捏了一下，艾伦跳舞时刻意保持距离，休涨红了脸，那帮追求者坐在一排排椅子上，基督学院夫人，马塞尔·普鲁斯特，似懂非懂的意大利语法，她对剑桥的双重感觉，还有她对进入剑桥封闭式庭院的渴望，在那里，她感觉既危险又幸福，那里就像酒神有魔力的房子。她神志不清地念叨着那些年轻的绅士，那些帅气、活泼、专注、一丝不苟、温柔的绅士，想着他们温暖的鼻息和猴急的性冲动。（她不提他们是否有爱，是否受到伤害，是否感到害怕，尽管她可以这样说。）追求者的花言巧语，跟剑桥男人太多有关，跟他们的精子太多有关。

在小房间里空荡荡的墙上，她看到了这些年轻绅士的影子，就像皮影戏里跳舞的人物，她小时候做过这种皮影，或者用一个更无趣的比喻，他们就像希腊花瓶上跳着舞的羊人萨提。语言支配和驱使着她：

如果全世界的人
只有极其节制的饮食
饮清澈的溪水，穿呢布粗衫
那么这位施与者不会得到任何的感激……

“粗布”这个词可能会让人不禁想到那一群跳舞的年轻人，她在脑海里想象着这群人，为他们描绘出各种各样的阴茎，而且通过“具体普遍性”的本能，她在拉斐尔的红树林中找到了阴茎。接着，马库斯的“花粉”、普鲁斯特的女孩花园和年轻的少女们开始出现在她的画面中。在院士庭院里，年轻的男人在粉色的杯子和蓝色的花穗中间舞蹈。身上掉落的金粉洒在了从他们身边飞过的软翅生物上，不仅没有遮住它们，反而使它们更熠熠生辉。它们被山上花丛中的年轻人照亮了。在法国，可以用哪个词语来描述？光芒、发光、闪耀……泥土妨碍了它们，翅膀扇动着空气，天空因羽毛而昏暗……谁会承担她的体重？谁会因她浪费的生育力而窒息？

24

两个男人

夏天，朋友们大多不在剑桥，有的去斯特拉特福，还有的去了奥克尼、贝辛斯托克、雅典、都柏林、拜律特和佩皮尼昂等地。拉斐尔经常待在图书馆，他听说她为了读但丁而去学意大利语，对此表示赞许，还时不时地邀请她去喝茶，每次都让她感到不同程度的热情。她不觉得自己的意大利语有什么进步，但也不认为这是愚蠢的事情，或绝对没有希望。拉斐尔让她读的东西，她都读了。他还问起她研究普鲁斯特的进展。有一天，奈杰尔·瑞佛突然出现，说要带她到乡下兜风，让她十分惊讶。

“我还得学习呢。”

“今天天气很好。我弄了辆新车。我们去找个地方喝茶吧。去哪里都行。”

她同意了，因为她也想到离开剑桥，她想摆脱这里的条条框框，想暂时放下那些事。他的车是一辆敞篷黑色跑车，弗雷德丽卡坐在他旁边，迎着风，没有看着他。他的手操纵着变速杆，两条腿来回交替，踩油门、刹车或离合器，毫不犹豫。他转弯又快又急，让她很害怕，不得不用一只手专门保持平衡。他没有表示歉意。他们没去格兰切斯特，那里肯定人满为患，而是去了伊利大教堂，在遮阴的地方喝了茶。他先是客套地问了她在剑桥的情况和她的假期计划。过了一会儿，弗雷德丽卡问他为什么请她喝茶。他说他喜欢上了一个有思想的女生，她不只关心漂亮的衣服，不只会俘虏周围的男生。弗雷德丽卡觉得他的兴趣不在于聊天，而全在她这个人的身上，所以，她既用不着去总结，也不想回应。他介绍了自己的一些情况。他的父亲曾经是正规军的上校，现在已经去世了。母亲住在赫里福德。他还有两个姐妹。他在英格兰西南部继承了一座庄园，始建于都铎时期，现已列入英国文物保护名录。他详细描述了古宅的门厅、客厅、旋转楼梯、长廊、奶牛场、花园、药草园和果园，列举了品种各异的苹果和李子。“还有一条护城河，”他说，“非常棒，河里没有水，只有绿色的软泥和陈旧的土块。我专门观察过。”弗雷德丽卡心想那可能是缩小版的罗伊斯顿庄园，藏着世世代代不为外人所知的生活史。马厩也要花大工夫收拾，奈杰尔说，但现在很干净。你会骑马吗？不会，弗雷德丽卡说，没有机会学。奈杰尔说，如果她有机会学的话，他相信她会骑得很好。他说这话的时候很认真，一点也没有取笑她的意思。她注意到，他的脸比例不是很好，黝黑的下颌略显粗犷，手脚麻利，目光闪烁，有风吹草动，他似乎都能观察到。

他们在伊利大教堂转了转，他表现出一些令人意想不到的性格特点。后来，弗雷德丽卡觉得“意想不到”这个词很不妥当，她几乎对他一无所知，哪有什么“意想不到”的呢？参观的时候，他非常注意观察细节，把活动座板翻过来，又看又摸。看到教堂里有雕刻着女人打狐狸的画面，他笑出了声，对着木雕的叼着一只老鼠的猫头鹰，他评论说虽然木头死气沉沉，但画面生机勃勃。他的手指划过因受刑而咆哮不止的恶魔，摸着饱满的椽子，但并不对作品的历史意义和美学价值发表评论，只是一边观察，一边享受感官的快乐。弗雷德丽卡似乎看到亚历山大·韦德伯恩的手指划过罗丹雕塑《达那俄斯的女儿们》的肩膀和臀部。她可不会这样抚摸木头和石头，她的感官享受只限于某些文字，比如“饱满”和“咆哮”这样的词汇。奈杰尔说：“看这个，这个不错吧？”其实，他脸上的表情已经说明，他的手指早已得出了答案，就像中世纪的艺术家们一样，知道人陷于悲痛时嘴唇和喉咙所具有的吸引力。

他带她去电影剧院看《七武士》，那是没有删减的版本。弗雷德丽卡拿出在剑桥学习的劲头，寻找叙事结构、贯穿的主题和寓意的表现形式。奈杰尔安静地坐着，一心一意地看电影。过了一会儿，弗雷德丽卡发现了一件奇怪的事，她发现她有一种奇怪的感觉，但没有压制这种感觉。她开始相信电影里的故事，对于电影里的人物，她感同身受，能够领会他们的恐惧、希望和爱恨。她很久不曾如此了，这种感觉要回溯到小时候看《侠盗罗宾汉》《大卫·科波菲尔》《红铁手骑士》和《艾凡赫》的时候。或许有人像她一样，在某一瞬间愿意暂且相信看似不可能的事情，而为了将这样的瞬间无限延长，才致力于研究文学。电影结束之后，奈杰尔谈论起电影，他的回忆分毫不差，好像那些人不是为叙事框架安排的演员，不是胶片在屏幕上的投影，而是真正的战士。“千钧一发啊，”他说，“可是，你又能清楚地看见告密者的马嚼子，在那么紧张的时刻还出现这一幕，真是太有趣了……看得出来，他随便谋害什么人，也不会有任何心理负担。”弗雷德丽卡还沉浸在自己的诗学信念中，恍恍惚惚，但清楚地感受到了在研究中丧失的纯真。她觉得他的话说得再恰当不过了，直截了当，明辨是非，充满热情。

他还带她去剑桥外面吃晚餐，那个餐厅她听说过却没去过。他点菜的时候干脆利落，好像对菜肴如数家珍，在观察教堂里的木雕老鼠和介绍他家园子里的果树的时候，他的神态也是这样。“我帮你点吧，”他说，“我熟悉菜单。”他给弗雷德丽卡点了烟熏鳟鱼慕斯、牛排千层酥和苹果薄饼，这些都是她自己不会点的。她细细品味着这些佳肴，记在心里。

他讲到有一次去尼罗河的发源地，同行的五个人都是他同一个兵团的战友。他不擅长讲故事，故事说完了，弗雷德丽卡对他那些同伴的印象还很模糊，好像有一个碍事的浑蛋、一个十足正派的家伙、一个冥顽不灵的魔鬼和一个受虐狂兼工作狂，但对于组装和拆卸折叠船的种种细节，她实在听不懂也记不住。她无法通过他的叙述感受到白色的沙漠和黑暗的植被上方干净明亮的天空。“星星离你很近，你看得很清楚，实实在在，就在那儿。”奈杰尔说。她也不明白胸腔爆裂、身体脱水和双腿沉重是什么感受，以及经过漫长的激烈攀登后，精疲力尽的身体松弛下来时奔涌而来的那种幸福感。他说：“那个地方挺好，真的挺好，我自己心里很清楚。”她知道他说的是真理，虽然不知道到底是什么真理。在陌生世界为生存而奋斗是老掉牙的故事，但她很喜欢听他讲。但他讲到学生时代的事，她就不那么喜欢了。他说有一个愚蠢的家伙穿着和举止都有些粗鄙，他们一伙人为了处罚他，在一个寒风刺骨的夜里，把他关在手球场，关了一整个晚上。“这可不怎么善良。”弗雷德丽卡说。“是的，现在回想起来，我也觉得不好，”奈杰尔·瑞佛说，“那时就觉得很好玩，听着他不停怒吼，大声呼救，我告诉你啊，简直太好玩了。”说完，他头往后一仰，一个人开心地哈哈大笑起来。

天黑了，他还没把她送回纽纳姆。出于好奇和习惯，也作为回报，她把脸凑近他。他用手摸了摸她的脸颊，就像摸那个咆哮的恶魔一样，又用温暖干燥的嘴唇亲了一下她的鼻梁和颧骨。“现在还不行。”说这句话的时候，他让人感觉不容置疑，她不知道这里头有什么说法，但几乎断定那是无关紧要的。

她下一次去拉斐尔家里喝茶的时候，文森特·霍奇基斯也在。他经常在那儿，通常是她一去他就离开。那场灾难似的《酒神》演出后，她和他说过话，但不确定他是否还记得她是谁，是否还记得在圣玛丽海滩第一次见面共享午餐的情景，那天阳光灿烂，但人们都离得比较远。今天，他突然和她说话，显然他知道她是谁，也记得两人以前见过面。

“希望在北约克郡的就职典礼上能见到你，”他说，“克罗说，他希望亚历山大的剧组成员能重聚一次。场面应该相当愉快。我这次来，就是想说服拉斐尔也去，可以改变一下大学教师的形象。大家很乐意结识这位会说多种语言的诗人，况且，这位诗人也不是刻薄的美学家。但是，我觉得我说不动他。一直以来，不管是什么理由，让拉斐尔离开剑桥这可爱的校园，都简直是要了他的命。”

“没有这回事，”拉斐尔说，“我并不是那么留恋这个地方。我认为，人不应该太在意身边的环境。”

“那就走吧。到北方去一趟，看看你的想象力遭遇钢筋混凝土会碰撞出什么样的火花，那里还有一座伊丽莎白时代的礼堂，非常漂亮。去吧。去那里的沼泽地，舒展一下你的四肢吧。你会马上感觉精力充沛。对吧，弗雷德丽卡？”

“哦，是的，的确……”

“我很想去，真的。”

“但你还是不会去的，对吧？”霍奇基斯很尖刻地说，“到最后时刻，你肯定有理由不来……”

两个人你看着我，我看着你。弗雷德丽卡感受到他们在较劲，那是意志力的较量，但不明白意志力的来源和形式。她耐心地等着。

"你和克罗肯定有很多共同语言。"

"那当然好。"

"那就好。"这句话听起来有点胁迫的味道。霍奇基斯对弗雷德丽卡说:"我就指望你了。"但他没明说是指望她说服拉斐尔,还是指望她参加就职典礼。

他走后,拉斐尔坐立不安。他在房间里走来走去,问了弗雷德丽卡一些关于北方的问题,但似乎不怎么在意她的回答。他说:

"你觉得剑桥会让人与外面的世界脱节吗?"

"当然会。它让世界变得更真实,也更虚幻……"

"马拉美来过剑桥,写过一篇关于修道院生活的文章。他说,这里的一切,什么特权,什么高高在上的塔楼,还有那些所谓辉煌的历史,都与他的民主精神相悖。但是,他后来又说,也许这些古老的院校就代表着理想的未来……他把塔楼看作从古至今穿越时代的箭矢,虽然他真的喜欢不起来。他还说,除了独立思考和写作,没有什么是必不可少的。在《吕贝克的钟》里,我很想引用他关于塔楼和沉默的描述,可是我没用上。我无法把这里的封闭生活和我们——或者说他们——在欧洲的遭遇联系起来。这里是仙境啊。文森特知道我……他知道我做不到……他不该……"

"我觉得,剑桥要么是把人关在里面,要么就是把人关在外面。"

"我肯定是被关在里面的人。除了这里,其他地方的生活,我完全适应不了。"

弗雷德丽卡向他伸出一只手:"世界上肯定有和你一样的人……"

拉斐尔牵着她的手,站在她旁边,俯视着楼下的草坪和河流:"文森特说得对,我害怕剑桥外面的世界,也怕这里面的世界,我什么都怕。但是，对外面的害怕是不一样的。他说我这是病态的恐惧，我害怕坐火车远行，害怕去这所新大学的旅程。我得承认，他说得对。”

“啊，不，你不能这样，绝对不能，”弗雷德丽卡说，“听着，那个地方，北方，是我的故乡，很漂亮，嗯，有一些地方很漂亮……和剑桥不一样……你一定得去，否则我……”

她把手搭在他的肩膀上。

“你那么在乎啊。”拉斐尔说。她不敢相信，他竟然缓缓地低下头来，伸出胳膊，把她拉到怀里，吻了她的唇。弗雷德丽卡不像马塞尔那样把阿尔贝蒂娜的吻白白浪费掉，普鲁斯特用了好几页描写参照心理学和美学，还做自我剖析，对各种吻进行比较。她屏住气息，尽力享受这个吻。她伸出一只手去抚摸他的黑发，他的发质比她想象的要硬。她认为这个吻算是“轻吻”，吻她的时候，他很紧张，一碰到就分开，像一只动作敏捷的小鸟儿。弗雷德丽卡嘴里说着“噢，求你”，两只胳膊紧紧地抱住他，她感到惊讶，他的四肢骨头居然那么软，他的双手微微颤抖着，摸着感觉冷冰冰。那只小鸟儿又试探着低下头，闭着眼睛，像受难的圣人一样，单薄紧张的嘴唇蹭着她的嘴唇，丝毫没有章法可言。弗雷德丽卡想说“我爱你”，但觉得他可能接受不了，会退缩，所以就喊着他的名字，拉斐尔，拉斐尔。她听见自己的声音在耳朵里回响。

“这样不好，”他说，“我不能……”

不能爱？不能跟人家产生关系？不知道怎么做爱？还是不喜欢女人？很可能就是这样。

“求你……求你……不要离开，不要。”她说。

“弗雷德丽卡。”他叫着她的名字。两个人不知道谁牵着谁，跌跌撞撞地走向沙发，两人在沙发上坐下，手牵着手坐在一起。拉斐尔若有所思。

“你穿晚礼服很可爱，和艾伦一起的那次。你不算漂亮，但我看到你的时候……”

弗雷德丽卡心想，可是你很英俊，我爱你，但这样直说可能会吓他一跳吧。她轻轻抚摸着他的手。如果有人年纪再大一点，睿智一点，不那么在意他，也许就能解除他的痛苦。对于不知所措的男人，她向来一筹莫展。她记得，有人在舞池里对她说“你很会跟我的节奏”，她后来想起来那个人是奈杰尔·瑞佛，有点不高兴。她觉得该回去了。她侧过来对着拉斐尔，吻了吻他那张痛苦的脸、眼角和嘴角，他的嘴角猛地抽动了一下。为什么这样？是感到厌恶吗？还是在享受被动的愉悦呢？她站了起来。

“我必须走了。我还能再来吗？”

他闭着眼睛说：“你一定要来，一定。对不起，我有点难受，不知道怎么回事。”

“不要说对不起。这是我最不喜欢……你知道，我最在乎你。”

“谢谢。”他一动不动。

她落荒而逃。

25
文化

校长就职典礼在9月举行。那一周，英国议会专门开会讨论日益恶化的苏伊士运河危机[1]，苏伊士运河使用国协会宣告成立，艾森豪威尔总统向世界宣布美国不会卷入中东战争。当时，新学校有三座新落成的大楼和一个庭院，靠近高沼地，跟罗伊斯顿庄园有一定的距离，有一条公路通往学校，铺就在烂泥地上，说是永久性公路，但更像是临时通道。还有好几条专用引道，卡车和水泥搅拌机隆隆作响，尘土飞扬，泥煤点子四处乱溅。有五六栋临时活动房，作为本科生教学和食堂的场所。三座大楼都是六角形的高层大楼，用浅黑色的混凝土板建成，中间围出来一个庭院，院子里铺着黛青色的工程用砖。有两座楼共用一面墙，另一座是独立的。这些建筑让人想起北方的砂岩城堡，比罗伊斯顿的围墙显得更古老一些，但也更粗糙。从外面乍一看，建筑的灯光很

[1] 亦称第二次中东战争，指英法为夺得苏伊士运河的控制权，与以色列联合，于1956年10月29日，对埃及发动的军事行动。

奇怪。透过大片的玻璃幕墙，可以看到蜿蜒的楼梯、宽敞的教室，玻璃窗平时都紧闭着，十分神秘。建筑师是约克郡人斯坦利·穆伦。他曾说过，大片玻璃幕墙的灵感来自哈德威克庄园，庄园正前方的墙体主要由大玻璃窗构成，宏伟大气。斯蒂芬妮和弗雷德丽卡用婴儿车推着威廉和玛丽，沿着乡间小路走去罗伊斯顿，时不时往黑乎乎、水汪汪的坑里瞧，也扒开防护板往里面偷看。在低洼的小路上，她们能看到刚刚落成的高层大楼，孤零零地矗立在沼泽地，看起来不像有窗户，顶上有一个古铜色的穹顶。卡尔弗利公共图书馆和罗伊斯顿庄园都展览了这套建筑设计：六边形的高层大楼高低错落，与周围的风景融为一体，大楼之间由廊道连接着，里面围着一个六边形的庭院，整体就像一个复杂的分子模型或者蜂巢。弗雷德丽卡很喜欢。斯蒂芬妮却有点担心，高楼让罗伊斯顿显得不起眼，也吞噬着荒野沼地。

仪式在剧院举行，剧院位于那栋独立大楼的顶层，阳光可以透过玻璃天窗照进来，屋顶装有弧形活板门，就像天文台的孔径一样，可以关闭。剧场的座位配有深紫色的软垫，一圈圈地环绕着舞台。地面是混凝土的。墙面也是混凝土的，虽然有玻璃窗和装饰品，墙面看起来还是有些沉重。舞台上有个讲台，讲台上放了两把崭新的扶手椅，椅子是北欧风格的，配浅色皮质软垫，凸印着新大学的徽章。随着响亮、刺耳的号角齐鸣，新校长和教授们开始入场，还有一位公主前来授予皇家宪章。教授们穿着丝绸和天鹅绒的导师服，鲜红、蔚蓝和鼬白色搭配，他们一边走，学位服轻轻飘动，有几分中世纪的味道。公主的衣着搭配完美，身穿古金色的外套，戴着一顶轻松活泼的帽子，帽子上插着羽毛。她身边有一位侍女，穿着深棕色和奶油色的衣服。两个人的手袋在一束阳光的照耀下闪闪发光。新校长就站在光束的中心，他穿着黑色搭配紫罗兰色丝绸导师服，高贵优雅。

这是弗雷德丽卡第一次见到杰勒德·威基诺浦教授。他身材高大，一副学者打扮，她有点困惑，他粗壮的身体与灵巧的头脑很不协调，似乎一个著名学者应该是弓腰驼背、拖着脚走路，才好与他的职业身份相配。他的头发又黑又整齐，两鬓花白。他摘下学位帽，戴上小巧的银边方形眼镜，很专业地晃了一下银色的麦克风，麦克风发出机械的咳咳声，在整栋大楼内回荡。他说，大学的理念一直是古今学者老生常谈的话题，他也打算简单讲一下大学创办者和自己的理念，以及为什么在这个古老的地方建新大学。他的英语不是纯正的英式腔调，也没有大西洋对岸的口音。他的声音不像拉斐尔·费伯那样如同一杯清水那样清澈，而是像云母这种可能产生水晶的厚介质。他没有多少喉音，也没什么爆破音，但发音很准确，一些拉斐尔会省略的音节，威基诺浦都不会省略，但其实英国人已经不这么发音了。

他说教育应该使人变得完整，教育要突破僵化的学习模式和工作模式。本校的理念在建筑设计上也有所体现。建筑群的排列关系近似，但不全然相同，沿着小路呈放射状分布，而小路交错纵横，连接着所有建筑，这种模式让人联想到人类文化史、建筑内的人类生活史以及科学的秩序。

重点在于联结。在19世纪，历史是重要的联结力量，人类的思想活动尤其热衷于探究起源、物种、语言、社会和信仰。现代社会对旧研究进行重新整理后，历史又成为一个简单而不可避免的切入点。但我们还有其他的切入点。在文艺复兴时期，艺术家和科学家都在研究世界的运行规律。达·芬奇认为，艺术家能直接感知永恒但充满能量和无穷变化的秩序。开普勒发现了行星的运动规律，获得无比愉悦的审美体验，他认为行星的美与柏拉图、毕达哥拉斯[94]的天体音乐一致。如今，数学家常用“美丽”和“优雅”来形容数学证明及其相对价值。爱因斯坦认为，人类对于掌握规律的渴望，可以与艺术家、科学家、哲学家和情人们的渴望相提并论。他说："人性总是希望成为周围世界投射和升华的意象，人们试图构建一幅图画，描绘人类心灵在自然界中所看到的一切。为此，事物都被赋予了象征意义。"

象征，是思想的形式。威基诺浦说，作为一名语法学家，他就是人类最强大的象征符号系统之一的学习者。有人研究自然语言和人为语言的关系，还有人研究大脑活动和感知发展的形式。有人会思考：为什么只有在某些领域，特别是在数字和空间形式这两个领域，人的认知能力才能无限接近真理或现实？相反，在许多领域，人类的探究都未能实现认知的突破。威基诺浦以他自己为例，说明要为语言的常规使用和语言形式的习得寻求科学的理论解释，人类显然不具备这样的能力。人的生理特征不足以支持复杂而微妙的记忆功能研究，两者之间似乎存在明显的壁垒。

想象很关键。物理学家马克斯·普朗克认为，对于我们无法参透但却真实存在的世界，如果没有想象力，他目前的探究无法继续下去，我们要始终努力通过想象发现和认识世界。威基诺浦一再提到"世界图景"这个概念，他说："直觉的作用在不断被削弱，想象的作用不断提升。直接的感官体验和印象本是科学活动的本源，如今却和世界图景完全脱离，在世界图景的形成过程中，视觉、听觉和触觉不再发挥作用。"

我们也许无法想象"想象"是如何进行的。即使打开所有的窗户，我们也只能瞥见真实世界的一隅。威基诺浦说，我相信，对于普朗克来说，世界是真实存在的，我们有必要、也有责任去描绘它，我们会从中收获快乐。我们不要回答"什么是人类"，或者"什么是真实"和"什么是正确"等更复杂的问题。但是，我们的窗户是多元的，我们肯定不会陷入唯我主义者的绝望。我坚信，无论有没有人关注，苹果树都会生长，都会开花结果。我相信我们都会种出苹果。一个穿黄裙子的女孩穿过庭院，人们可以从视觉、情欲、医学、社会学等角度对她加以观察和分析。她是一个由质量和能量组成的系统，随着细胞的生长消亡而不断成长，以她为主题，可以创作一幅荷兰画派的画，也可以进行现代主义色彩和视觉分析，她的母语可能是荷兰语，也可能是英语，可能学习工程学，可能属于某个社会阶层，但如论如何，她是不可替代的个体，她有不朽的灵魂。开普勒发现了光学特征，而维米尔在《代尔夫特一景》中运用光影色彩加以证明，普鲁斯特又从画中一面黄色的墙入手，通过细致入微的观察，发现了真理、秩序和相似性，进而联系到宇宙中的所有时间，或者说所有可想象的时间。伟大的直觉，无论在任何领域，都可以在千差万别、无限运动的宇宙中洞察事物的秩序和相似之处。不过，即使直觉失灵了，被别的东西替代了，我们也不会放弃探索。一所大学应该是一个宇宙的模型，既体现纷繁的秩序，也包容和鼓励直觉的发展。各学院要共同构成一个人，一个不存在但可以想象的人。

一个匿名者向大学捐赠了亨利·摩尔[95]的一对大型雕塑。人们议论纷纷，说这个匿名捐赠人可能是马修·克罗。一开始，这份礼物带来了一些麻烦，推土机推平了本来要修草坪和庭院的地方。斯蒂芬妮和弗雷德丽卡去了雕塑的临时安放处，威廉和玛丽也一起去了。威廉两岁，刚学会走路，不怎么说话；玛丽坐在折叠婴儿车上。他们从一栋大楼后面穿过庭院，走过建筑木板，来到沼地边一个高低不平的露台。雕塑的后面是一道弯弯曲曲的墙，还有一段台阶，台阶上长着石楠和棉草。

雕塑是一男一女。女的身形庞大，底座很宽，脚踝和手腕雕得细致巧妙，好像坐在台阶上。她的重心在脊柱末梢，包裹在臀部和骨盆里面。她的脑袋不大，眼睛圆圆的，像一个瞪着眼睛的健壮娃娃，或是坐着一动不动在巢里孵卵的鸟儿。她的衣服的褶层铺展在膝盖中间，虽然是石头刻的，却异常精致，就像沙滩上潮水退去之后留下的痕迹。男性雕塑在她身后笔直地站着，像一颗棋子，身体部分由平衡立方体组成，看起来像护胸甲和方形盾。他的脑袋上有几道裂缝，头仰着，张开的嘴或分开的头冠对着天空，就像一只警觉的带羽冠的鸟儿，或者和鸟同祖的爬行动物。

威廉手脚并用，在台阶上跑上跑下，围着雕塑转来转去，捡鹅卵石、蜗牛壳和羽毛。两个女人都涌起了一股强烈的冲动，想拿那个女性雕塑开一个玩笑。斯蒂芬妮说，看到雕塑，她就想到自己生小孩之后屁股变肥了。弗雷德丽卡说，这个脑袋长得跟鸟儿一样的女神，怎么能激励新一代女大学生呢？威廉横穿过一道台阶，紧紧抓住雕塑的膝盖；斯蒂芬妮在厨房烧菜或者把烤肉从烤箱里拎出来的时候，他也会像这样紧紧抓住她的大腿，弄得两个人都很危险。

“他知道雕塑的作用呢，”斯蒂芬妮说，“就是稳定。”

弗雷德丽卡对姐姐说：“女人要是火或者空气就好了，哪怕只有一次。”

“除非死了，否则不可能，”斯蒂芬妮平静地说，“女人更像是水和土地。反正我喜欢土地，有石头和树木。我喜欢土地。”

雕塑的腿部很宽敞，可以坐人，威廉要爬上去，弗雷德丽卡不让他爬。她又想到自然女神，自然女神的阴部有着人皆崇拜的宝藏。这时，高处有人在向他们呼喊。罗伊斯顿的剧组人员都来了：马修·克罗、亚历山大·韦德伯恩、埃德蒙·威尔基、文森特·霍奇基斯和托马斯·普尔。

“多贵重的礼物啊，”克罗指着雕塑说，“女士们，早上好。”

弗雷德丽卡还在制止威廉攀爬。亚历山大问斯蒂芬妮觉得雕像怎么样。斯蒂芬妮说，充满力量。弗雷德丽卡则喊道，她们俩都觉得女性雕像有点可怕。

威尔基说：“男性雕像积极向上，整体笔直，巧妙地盘旋而上。他不满足于现状，和女雕像不一样。”

托马斯·普尔很喜欢小孩子。他说他也有一个差不多高的儿子。这么大的孩子很讨人喜欢，他们的眼睛很敏锐。玛丽张开双臂，手腕胖乎乎的，小手不停旋转，像是在筛空气、抓空气。她的头上盖着一条柔软的红色丝巾，丝巾在微风中飘动。她咕噜着几个音节：爸、妈、大。威廉的小手干燥、温暖，被弗雷德丽卡牢牢地抓住。他的身子却还侧倾着，老大不乐意。

亚历山大说他来推玛丽。托马斯说他很有经验。亚历山大俯下身子，率先看到玛丽脸上的红胎记，这时，那个血疱已经跟原来有所不同，不像果冻，她的眉毛生得很淡、很精致，但上面也有玫瑰色与红褐色的胎记，还带着淡棕色的斑点。

斯蒂芬妮说：“他们说以后会消失。”玛丽皱着小脸，疑惑地看着亚历山大，亚历山大非常温柔地摸了一下她的脸，弗雷德丽卡留意着威廉的身体平衡，她很克制，没有冲他吼。在众人返回的路上，克罗指着各个地方说那里将来会有什么建筑。这个地方目前还很泥泞，只是一个水坑，但以后，语言系大楼就建在这里。那里，围着灰色围栏的地方，上面贴着“注意危险”的警示，生命科学系大楼就在后边。

“威基诺浦教授的苹果树会种在哪里？”弗雷德丽卡问。就职演讲提到的各种具体意象还萦绕在她的脑海里，挥之不去：窗户，宽阔与狭隘，向里看还是向外看，苹果树下穿黄裙子的女孩，马克斯·普朗克矛盾的世界不能通过听觉、视觉或触觉来感知，她想象不出该用什么方法来感知。

“我自己的果园还在，”克罗说，“各个品种的苹果都有。但我不知道校长想把苹果种在哪里，目前他还住在西翼楼的客房里，以后他家肯定是带园子的大房子。今天晚上，我请他去我的小破楼里吃饭。希望你们都能来，一起喝酒喝咖啡。一定要来啊。”

弗雷德丽卡去了，听大家谈论未来，传播各个教授的八卦。拉斐尔没有来，她忍不住，在剧院那栋楼里问了霍奇基斯。霍奇基斯说：“他说服不了自己，我知道他做不到。他只在圣迈克尔和图书馆之间两点一线地活动。这种生活太不切实际了，单调得可怕。”

斯蒂芬妮也没有来。她想到要在克罗的家里说一个晚上的话就害怕，这让她感到很惊讶。她已经习惯了听丹尼尔的妈妈诉说她的人生故事，听威廉的喋喋不休，听玛丽的叽里咕噜。亚历山大注意到她没有来，有些遗憾，她如果知道了肯定会感到惊讶。有那么一瞬间，他模糊地觉得，或许可以和她聊聊西蒙·文森特·普尔，因为她很睿智，会静静地听人家说话，不会出言不逊。但她不在，而弗雷德丽卡在，于是，他和弗雷德丽卡聊起了文森特·凡·高。

26
历史

弗雷德丽卡在剑桥的最后一年自苏伊士运河危机爆发开始。这一年中，英国和外面的世界还有更多的交集，既有英国的出征，也有外来的“入侵”。后来，她渐渐觉得，这座历来与世无争的沼泽地古镇及其精致的学院和平静的草坪，似乎正笼罩在乌云滚滚的天空之下，与埃尔·格列柯[96]的《托莱多风景》和透纳的《暴风雪，汉尼拔率领大军跨越阿尔卑斯山》如出一辙，这两幅画都刻画了黑暗与光明之间的斗争。有人告诉她，西伯利亚风暴和英格兰的这片平地之间没有高地阻隔，只隔着冰冷的北海。苏伊士运河危机爆发那年，也爆发了匈牙利事件[1]，从此，英国与外部世界的联系就不止于电报和怒火的涌入，还在于部队调动、军舰被击沉和士兵被打死等事件，于是，人们突然觉得有必要考虑国家认同问题，突然害怕暴力，突然有了责任感。这种事情固然不算新鲜，但是，弗雷德丽卡和许多对政治不敏感的同辈人一样，对

[1] 匈牙利十月事件，又译匈牙利事件或匈牙利革命，是1956年10月23日至11月4日发生在匈牙利的由群众和平游行而引发的武装暴动。

东柏林和波兰的动乱一无所知。和苏伊士危机一样，匈牙利革命也是新闻，绝对是“新”闻。他们这一代人，或者说是我们这一代人，除了拉斐尔·费伯和马里乌斯·莫克济盖玛，一般都比较单纯，对于历史不是很敏感，不管那段历史有多么纠结，有多么动荡。不过，面对贝尔森、奥斯维辛、广岛和长崎的照片，大多数人倒是对人性渐渐生畏，有些家长不敢让自己的小孩看到这些照片，有些人则觉得有必要公之于众。弗雷德丽卡将这些可怕的画面与来自文学读物的抽象知识相结合，觉得人性是危险的，不可靠的。《李尔王》讲述了一个昏聩而又霸道的傻老头子遭遇子女不孝的悲剧，但是，这本来无足轻重的家庭矛盾却道出了人世间普遍存在的愚蠢、残忍和绝望。在《奥瑞斯提亚》97中，勇气和力量遭遇盲目的爱与恨，造成了相互残杀。在威尔弗雷德·欧文98的诗句中，同一个战壕的战友感情深厚，但最终要面对肺部腐烂和血肉横飞的惨痛。这些都是悲剧的常规意象，但在弗雷德丽卡眼中却无比惊人，令人难以置信。因为她曾略带失望，又略怀小资情结地认为普鲁弗洛克71舒适的生活方式和随之而来的虚无将流行于世界。（之所以提到“小资产阶级”，是因为弗雷德丽卡读过萨特的《恶心》，她知道“资产阶级”是众人谴责的对象。）她要斗争的敌人是无聊，说得难听一些，是无聊加自满再加无能，而不是被极度放大的愚蠢和残忍。艾略特提到过“无聊、恐惧和荣耀”。剑桥也讨论过“倦怠”的罪过，和“自欺”“意义”（在这个对政治冷淡的岁月，什么东西还有意义呢？）等表示虚无焦虑的词汇。12月，第一批匈牙利人进入大学，带来了关于街头斗争和坦克的传说，广播中出现了不一样的声音，外面的世界就像占领军一样气势汹汹地到来。不止一个年轻人叫作阿提拉[1]，还有很多人

[1] 某匈牙利人名。

叫作伊尔迪克，他们似乎都是被大风刮来的。（弗雷德丽卡的地理概念很模糊。）

这是弗雷德丽卡首次感受到公众情怀。对于苏伊士运河事件，朋友们出乎意料地分成了两派，一派认为英国是“负责任”的国家，他们对所谓“绥靖政策”心有余悸；另一派认为所谓“主动作为”，其实是动机不纯的机会主义，或者说是怀念帝国荣耀的产物。欧文·格里菲斯、托尼·沃森和艾伦·梅尔维尔都收到部队的通知，叫他们随时准备应召入伍。他们都受到了嘲讽，自己也感到很焦虑。可爱的弗雷迪等人则主动去参军。这或许表明，对于政府的作为，同学们的态度泾渭分明，支持和愤慨并存。其实，国家荣誉感、轻重不同的排外情绪以及关于英国是否存在经济优势的判断，让整个英国社会出现了莫须有的对立。过了好多年，弗雷德丽卡才深入思考了自由、生死、阿斯旺大坝的融资、以色列的生存以及匈牙利一党专政等大原则问题与英国社会文化的关系。这时候，她还认为苏伊士运河危机既是文化问题，也是道德问题。她从福斯特的《印度之行》中得知，大英帝国缺乏想象力，缺乏远见卓识，因此会做出麻木不仁乃至邪恶的事情，即使那只限于某些地区。她也得知，第一次世界大战是高尚情怀（理想、荣誉感、勇气和爱国主义）和苟且现实（大炮、泥巴和士兵残杀）相互对立的产物。先不说如今的看法，在当时的认识中，吉卜林[99]就是个坏作家，因为他目光狭隘，只有极端爱国主义，而且太任性。伊顿的操场是被嘲笑的对象，没有人在此寄托理想（弗雷德丽卡讨厌运动）。自然而然，很多人都认为英法对埃及内部事务的干涉是任性傲慢的表现。弗雷德丽卡也这么想。年纪比她大的人视角有所不同，他们觉得纳赛尔上校是善于蛊惑民心的极端民族主义者，是另一个希特勒，有可能做出奴役邻国之举，弗雷德丽卡和她的同类则认为他敢于反抗自以为是的威权，值得推崇。

那个时候，弗雷德丽卡就逐渐开始反思，觉得吉米·波特和吉姆·迪克森这种任性妄为、痞气十足的人实在令人不齿。他们的模仿者都想打倒“装腔作势”的所谓世袭的文化权威，也就是他们的学长。为此，他们利用艺术手段，恶搞听学长话的女人，将她们刻画成粗野、不男不女的形象。（有一个波兰政治家表示，“幸运的吉姆”一举一动都那么古怪，可以影射聪明却软弱无能的波兰年轻人。）弗雷德丽卡实在难以认同英国这种“宣示”阳刚之气的做法。

拒绝女生参与的剑桥联合会举行了一次紧急辩论。欧文·格里菲斯去了，用威尔士口音激昂慷慨地反对摇旗呐喊的行为，他认为我们更需要新鲜的空气和充足的教育机会。托尼·沃森也去了，后来，他兴高采烈地跟艾伦和弗雷德丽卡介绍说，他就像穿着厚呢军装的军官，激动地发布“命令”，但没有人理睬他，因为那里不分等级。在纽纳姆，在弗雷德丽卡的记忆中，只有传播福音的基督徒学生联合会才会这样大张旗鼓地宣传某种思想，他们通常会在午饭后喝咖啡的时候大胆地接触陌生人，除此之外就是利维斯博士思想的狂热追随者。然而，她曾经看到两个穿长袍的女人站在会堂的桌子上对飙，后来回想起来，这是她首次近距离接触不同政见者的对峙。她后来记不得那两个女人在争什么，也记不得谁站在哪一边。她只记得她们互喷的一些零星词汇，例如“幼稚”“自大”“犯罪”“不负责任”和“极端民族主义”等，问题在于她们的一干女听众心里通常只有“爱”“婚姻”“家务”，极少数人也惦记着“工作”。

弗雷德丽卡还跟可爱的弗雷迪的一个亲戚有过一次短暂的谈话，那个亲戚温文尔雅，参加了一个委员会。委员会趁大家在蓝野猪餐厅喝茶的时候开会，讨论怎么安排匈牙利难民的未来发展和住房问题。这个女孩叫贝琳达，擅长陶艺，很少主动跟弗雷德丽卡说话，仅有的一次是在五月舞会吃沙拉的时候。她叫她支持她的新工作，脸微微泛红，探着身子，看起来有点着急。她说：

“这改变了我的生活，给了我生活的动力。”

她的双眼泪花闪烁。弗雷德丽卡一时错愕，大为感动。她认识的年轻人都是悲观消极的，但是，贝琳达似乎充满希望，对她而言，社会生活非常重要，“婚姻集市”也十分美好，值得向往。弗雷德丽卡心想，人对人的了解真是太少了。发长元音和嘴角上扬的微笑，很容易跟“自鸣得意”联系在一起。同样，想起比尔，想起亚历山大，想起拉斐尔·费伯，想起丹尼尔·奥顿，你会觉得需要有中欧人的决心才能找到生活的目的。她自己的问题在于，她的生活有太多的目的，而且有些目的相互矛盾。

要说弗雷德丽卡的生活和意识都因为苏伊士运河危机或者匈牙利革命而改变，那纯属扯淡。她最牵挂的是剑桥和外界的紧张关系，这对她有很大的影响。而且，她爱上了拉斐尔。她已经放弃了很多，包括演戏的机会，以及随机的性爱历险，她放弃性爱历险的原因不明，可能有拉斐尔的关系，也可能因为她害怕怀孕，也可能她认识到她让男人感到头疼。

未来可能有两种弗雷德丽卡：一种是被关在大学图书馆里写作，主题是十七世纪宗教叙事里的隐喻，另一种是在伦敦，同样是写作，但方向比较不明确，有多种不同的主题，有可能是言辞诙谐的新闻评论，也有可能是像艾丽斯·默多克那样的新都市小说。问题在于，她有时会想，这两个弗雷德丽卡其实就是一个，不会分开。那个不食人间烟火的博士可能因为缺少外界的动力而死于茫然，而那个世俗化的作家可能会因为内在精神生活匮乏而俨然成为空有其表的甲壳。在假设的未来世界中，这两个人可以并存，弗雷德丽卡进一步地努力，希望在两个方面都有所作为。她已经申请读博，而在艾伦·梅尔维尔的建议下，她在1957年1月报名参加《时尚》杂志的征文比赛，提交了一篇八百字的自传和两篇短文。

其中一篇短文是普罗旺斯游记，提到凡·高的风景画、蛋黄酱、滚球和冬季飓风，以及从前的圣玛丽海滩和女神迦梨萨拉的木雕神像（虽然迦梨萨拉的身份未得到确证，但弗雷德丽卡喜欢这么叫）。另一篇是1956年的“红黑榜”，红榜包括艾丽斯·默多克、《等待戈多》、各种色彩鲜艳的鞋子和匈牙利人的新声音，黑榜列入了苏伊士事件的新闻、皱巴巴的褶皱裙和关于上等阶层和上升阶层的辩论。“我感觉，”她对艾伦·梅尔维尔说，“自己在模仿艾略特写《关于文化的定义的札记》，他连甜菜根、灰狗和卷心菜丝都写了。编个榜单怎么这么别扭？”

“他是在糊弄外国人，”艾伦是个见过世面的苏格兰人，“他写的都是古怪而扎眼的东西。说到底，煮卷心菜没什么意思，就是难吃。”

“可能表示英国人不在乎好吃不好吃吧？”

“讲究好吃不好吃没多大意思，”梅尔维尔说，“有人会问，我们会耐心地等待公交车，为什么却在足球看台上大打出手？我们认为警察是好人，但是，小时候干过坏事的人都知道，警察会把我们的耳朵揪下来，让你把吃下去的早饭全吐出来。”

她向拉斐尔·费伯咨询了申请读博士的事情，就在同一个星期，拉斐尔和文森特·霍奇基斯有过一次长谈，进程不是很顺利，主要是他对以色列三心二意，他感觉他应该去那儿，跟其他幸存者一样，去为以色列的生存而战斗，但他又害怕掉到一个地方圈子里，他希望保持自己的面目，他是欧洲人，是国际人士，是知识分子。那次谈话不是这部小说的内容，弗雷德丽卡不知道他们具体谈了什么，也不知道有那回事，因为她不清楚以色列建国的历史，她只是通过圣经故事稍有了解，里思布莱斯福德语法学校的一位圣经教师给她们讲过一点，给她们看过一张

（军事版的）简化地图。

弗雷德丽卡没有跟拉斐尔说她给《时尚》杂志投稿的事，她知道他肯定会斩钉截铁地说那种事情毫无价值，她了解他的迂腐秉性。她说他迂腐，而不说他像清教徒，因为拉斐尔是犹太人。他也有点钻牛角尖，但并不顽固。

和当时的许多研究论题一样，弗雷德丽卡的假设性论题取自艾略特的名言，她采用的这句名言涉及“感受的脱节[1]”，莎士比亚和邓恩认为他们的思想具有玫瑰的芬芳，弥尔顿则没有这样的感觉。在1956年，这是令人不得不信的大灾难，就像冰河纪和吃了毒苹果要死一样，就像没有人不相信弗洛伊德所说的无意识，即使你文章写得非常好，质疑的理由很充分，即使你从小就在家里养成了对任何观点主张都要抬杠的习惯，就像弗雷德丽卡一样，你也不敢不相信。因此，“名”与“实”的脱节似乎已是既定事实，人们发现莎士比亚和济慈的诗歌有质的不同。在读丁尼生诗作的时候，人们都会遗憾他没有成为邓恩，弗雷德丽卡在读邓恩诗作的时候总是有直接的感官体验，在读丁尼生诗作的时候却没有过。（按我的经验，这不像现代学生的做派，他们会认为邓恩是解码专家，是欲望哲学家，是小说叙事专家，他不会动用想象力，不会看到骨头周围有一圈明亮的绒毛，像戴着手镯，不会看到天使笼罩着光线，像穿着闪亮的衣服，也不会看到像空气一样稀薄的黄金。他们不会因为想象力过于丰富而不寒而栗，例如想象卧室里有太阳，或者坟墓里有星星。）

不过，弗雷德丽卡告诉跟她一起坐在沙发上的拉斐尔，她拿不准艾略特的名言到底是不是真理，特别是涉及弥尔顿。在20世纪，人们将弥尔顿打成流氓，而在以前，他一直是泰斗级人物。他成了人们批斗的对

[1] 由艾略特提出，意指文字语言越精致，感受反而变得越粗糙，失去那种切近耳目的天然状态。

象，人的爱憎分明，总会矫枉过正。

拉斐尔精致的双手拿着她的表格，小心翼翼地展开。这个论题极大，他说。她准备怎么缩略呢?

弗雷德丽卡说隐喻有两种。一种是客观事物之间的比较，例如华兹华斯笔下海里的野兽和阳光下的石头。另一种是抽象概念和直观体验的关联，例如痛苦和钝刀、爱和指南针、欲望和从天堂连通地狱的灰尘。第二种隐喻在17世纪有问题，因为追求感官体验是堕落的，不过，人们还是用甜蜜和明亮来比喻美德和天堂，虽然这样的比喻有诸多不妥之处。在一定意义上，弥尔顿的隐喻和马维尔的隐喻有显著的差别。所谓的“道成肉身”也存在一定的问题。什么叫作“无尽地隐居在你可爱的胎宫中”？基督只是《复乐园》[12]中的一个人物，她怀疑，《复乐园》构建世界的基础，就在于想象，腐朽而有限的肉身如何隐藏着无限的理解。在弥尔顿笔下，基督代表着脱节的感受的重新联结。可能吧，她拭目以待。

拉斐尔说，她说的这些在理论上极其复杂，这个研究可以做一辈子；战后，英国也才颁发过九个哲学博士学位。弗雷德丽卡有点心虚地反驳说，她就是要做一辈子，她要向拉斐尔学习，她要争取获得第十个哲学博士学位。她还说，她一直希望拉斐尔能成为她的导师。

“不可能。”拉斐尔说。他站起来，站在壁炉前，双手扣在背后，居高临下笑眯眯地看着她。他喜欢笑，有时会无缘无故地笑，特别是要发表犀利言论的时候，他就会笑。那不是因为紧张，而是因为他准备一击即中。在弗雷德丽卡心目中，她宁愿将他的微笑当作善意的微笑，天使般的微笑，因为她记得巴黎圣米歇尔大道有一尊圣米歇尔屠龙雕像，雕像的笑容跟他相似。

“为什么？”她问。

“首先，你不在我们系，也不属于我的专业。你应该找一个神学家做导师。”

“我跟你学得最多，你是我真正的老师。”

“这倒是有可能的，但这无关我的职责。第二，我们的性格不同，会起冲突。”

“哦，不会的。”

“你是个很任性的女生，你不会轻易接受我的指引，犯了错误，也不会听我的劝告。对我的研究生，我要求严格，且必须接受我的指导。英国人喜欢胡闹，所以很少取得什么成就。”

“我需要指导，我会接受。”

拉斐尔又笑了。他说：“你不明白什么叫作指导。”

“我崇拜你。我乐于向我崇拜的人学习。”

“你对我的个人感情太强烈。我不希望学术和感情相互干扰。”

这句话让弗雷德丽卡感到很伤心。她想马上回答，“不会相互干扰”，但这样的回答力度不够。可是，如果非要强调她是个有独立思想的人，那又坐实她很任性。任性是拉斐尔的口头禅之一，在他这里总是贬义的，但弗雷德丽卡觉得，在有些情况下，所谓任性就是客观和自由选择的意思。她记得有一个女人说过：“当然，女人都喜欢勾引他，在他面前装知性。”她发现，她把这张表格递给他，简直就是在他面前露大腿，或者像电影中那些卖香烟的姑娘，将托盘用带子挂在丰满的乳房和阴部之间。

“第三，可能这才是首要的原因，我对这个论题很反感。”

“为什么？”

“我是犹太人。小时候，我们的家庭教育就有涉及弥尔顿的内容。我的英语是一个路德教派的学者教的，他接受弥尔顿的神学理论，很喜欢他的诗歌，所以我被迫学了很多；我当时还太小，根本理解不了。对他的雄心壮志，我还是挺钦佩的。马拉美说，世界存在的最终目的，就是为了写成一本书。他居然要改写《圣经》。可是，他太粗暴，太浮夸，太荒唐。天上的东西都被他变得那么具体，那么琐碎。

“我认为……他并不赞成具体化。从《酒神》到《复乐园》进步非常大，一个是物欲横流的世界，另一个却那么朴素，简直成了沙漠。

“他心里有数。摩西十诫说，不可为自己塑造偶像。清教徒就是造反派，他们破坏了早期教堂的可爱偶像，包括圣母、圣人和天使。但是，按我自己的看法，基督教的本质就是塑造偶像。我觉得所谓道成肉身很荒唐。我不是说你一定写不出肉身基督的隐喻，说实话，我确实很讨厌这个论题。我认为，道成肉身的耶稣就是塑造的偶像。”

弗雷德丽卡有种醍醐灌顶的感觉：他反感的是无中生有地塑造人物，他害怕具体的形象，他追求的是马拉美日益消失的心灵之花。

“我从来都不相信。”

“那是你们的传统，你接受与否，与我无关。”

他谈到了自己。他们的谈话，比较愉快的谈话，有时候就会这样。首先，是他的断然拒绝，然后是一点安全距离内的私人看法，偶尔闪现一抹害羞的温暖。她知道，他讨厌人家直接询问他的私人情况。（那次采访之后，她就不敢再那样问。）可是，他偶尔会告诉她一些事情，而她都铭记在心。他在威尔士度过一次假。关于他写的东西，他家的姐妹会读得非常仔细。小时候，他曾经很怕黑暗，害怕没有打开的瓶子，可能跟听过精灵的故事有关。这是他说的，还是她添油加醋的？写作的时候，他会从黎明写到上午十点。他很不喜欢乔治·艾略特，他也不喜欢梅里顿苹果酒和花里胡哨的小拼图。除此之外，他也不喜欢某些人讲解马拉美时的故弄玄虚。人是什么？《异物》中有榕树的意象，她得德国麻疹发烧的时候，居然邪恶地联想到了男人的阴茎。人是什么？我们怎么知道？

“你可以教我怎么看待神学。”

“我教不了。这是与生俱来的。”

“我们可以讨论隐喻，毕竟我们生活在同一个世界上。”

他的脸上挂着慈祥、沉着的笑容。

“我们当然可以讨论隐喻。”

“我想了解《旧约·雅歌》中的隐喻。”

“哦？”

弗雷德丽卡鼓起勇气说：“你不喜欢无中生有地创造意象，或者给虚构的人物命名，不喜欢道化肉身，但这些都很具体。”

“哦，是的。‘你的肚脐如圆杯，不缺调和的酒；你的腰如一堆麦子，周围有百合花。你的两乳好像一对小鹿，就是母鹿双生的。’这些都是明喻，不是隐喻。”

他的声音里鼻音非常清晰，简洁动听，像是在朗诵，而不是说教，但又给人以距离感。他脸上仍挂着天使般的笑容。

“关于男性，”他说，“‘他的双手像金管，镶嵌水苍玉。他的身体如同雕刻的象牙，周围镶嵌蓝宝石。他的腿像白玉石柱，安在精金座上。他的容貌如黎巴嫩，佳美如香柏树。’”

弗雷德丽卡觉得比喻真丰富，但这些比喻都很奇怪，所以她有一丝丝害怕。“光亮的发镯绕在骨上”这句也使她不寒而栗，其中所蕴含的领悟，她事先根本想不到。

“我喜欢各种具体事物的直率表达。‘你的脚在鞋中何其美好’，还有‘爱情众水不能熄灭，大水也不能淹没。若有人拿家中所有的财宝要换爱情，就全被藐视’。拉斐尔，这是一首宗教诗吗？我曾经认为它很色情，但现在我觉得……”

“当然是宗教诗。超越感官的领悟。论文写到一半时，你就能体会到这种感觉。”

他的声音在房间里荡漾。在榕树阴茎旁边，象牙白的肚子闪闪发光，荒谬而危险。弗雷德丽卡心想，我已经厌倦了爱情。对于所有矿物和繁殖能力强的动物，不存在想象的空间。你的牙齿如新剪毛的一群母羊，洗净上来，个个都有双生。她看着拉斐尔，笑了起来。

弗雷德丽卡说：“就我的感觉而言，有异域风情，很性感，但也很冷漠。”

拉斐尔有些伤心地说：“我更喜欢马拉美梦中的幻影……”

“拉斐尔，我不是在问……我的意思不是……我只是想……”

“哦，我知道。”拉斐尔走近她。她仿佛可以看到一个瘦瘦的男人穿着干净柔软的灯芯绒夹克，闪着象牙白和金黄色的光辉，走向没药山和乳香冈，那里有丝绸和年轻的生物。他一只手放在她肩膀上：“我知道，你只想要一切。你是一个可怕的女孩，弗雷德丽卡。”

“至少你会跟我讨论论文。”

他突然放松了：“我似乎没有多少选择，是不是？我们就一起默默地坐在安德森阅览室，年复一年，时不时地探讨神学和美学……”

“要是我让你感到厌烦，你可以叫我滚蛋。”

“哦，不至于，”他亲吻了她的眉毛，“我绝对不会对你感到厌烦。你知道的，我很胆小，尤其在我的小圈子之外。”

“那么，让我进入你的圈子。”

“你不是已经在里面了吗？你坐在我的沙发上，喝着我的酒，讨论着我的想法，这样还不算吗？再喝一杯，就赶快走，我们都忙着。”

奈杰尔·瑞佛像匈牙利人一样，带着外面世界的消息而来，如同穿着一件显眼的斗篷。他来的那天，弗雷德丽卡刚好痛经，卧床不起，腰以上套着孔雀蓝毛衣，下身穿着短裤，垫着垫子，蜷缩在一堆毯子下面。这种疼痛就像一把刀从腹股沟一直捅到耻骨，也像腰神经、脑神经痉挛。像往常一样，她的房间杂乱无章，到处是旧衣服、翻开的书，用过的锅碗瓢盆都没有洗。她想读书，读普鲁斯特、拉辛和柏拉图的书，书中的文字和痛感交织在一起，像维可牢牌尼龙搭扣粘在布上。她发现，暂时集中注意力还是可能做到的。有些段落之间关联密切，普鲁斯特的贝尔玛在一个绿色洞穴中表演拉辛的《费德尔》[23]，而弗雷德丽卡读到费德尔的血液中有太阳之火后，就去读柏拉图的洞穴之火神话。她自家的煤气烧得正旺，火花闪现，她可以感受到自己热血沸腾。书桌上方的窗户上挂着马里乌斯·莫克济盖玛做的几何鱼形装饰品，此时正不停地盘旋着。奈杰尔敲敲门，走了进来。他说："你把房间弄得像个火炉。"

"我生病了。生病的时候，我喜欢把房间弄得很热，这样我才舒服。我没想到你会来。"

"你怎么回事？我刚从丹吉尔回来，所以来看看你。碰巧你在。"

"应该有人来管管我。我感觉快要死了。我要死了，你才来看我。"

"你怎么了？"

弗雷德丽卡说："月经。"她喜欢直言不讳。

"这是正常的事情，应该不至于很痛。"

"你知道什么？有时候痛，有时候不痛，这次痛得要死。"

"哪里痛？"奈杰尔走进房间。他穿着一件非常正式的驼绒大衣，剑桥的绅士不会这样穿，看起来流于庸俗，尽管这件大衣很昂贵，也不算花哨。弗雷德丽卡不知所措，如果是艾伦、托尼、马里乌斯，甚至是休·平克，她会邀请他们坐到床上来安慰她，或让他们自己煮咖啡，或跟他们侃侃而谈。但是，她自认为不了解奈杰尔·瑞佛，不知道他如何看待他们之间的关系。在剑桥大学的第三年，她发现不仅只有女人生活在幻想的世界里，男人也梦想或者相信可以拥有毫无根基的特殊关系甚至是亲密关系，任何一个刚好在一起的人，或者派对结束后护送女士回家让酒醉的女士亲一下的人，或者在马拉美专题讲座上递过一张字迹潦草的字条的人，经过所谓的分析，都能产生这样的自信。但是，她不知道像奈杰尔·瑞佛这样的男人适用什么规则。她不知道在哪里还有像奈杰尔这样的男人，也许，在伦敦周围各郡，或是英格兰各郡，可能有很多这样的男人，军队里面有很多，伦敦城里也有很多。但是，弗雷德丽卡认识的所有人，包括那些不合适的人，都是剑桥人。

“哪里痛？”他一边问，一边靠近她。

“已经不痛了。这里，主要是小肚子，然后沿着背部和颈部，感觉全身都痛。很难受。换作是我，我肯定就走了。”

“我好不容易来看你，你就这样对我吗？不要这样，我可以帮你止痛。我的手法不错。让我试一试。”

他脱下大衣，小心翼翼地挂在门后面的钩子上。他里面穿着一件深红色的马球衫，下面穿着黑白纹的花呢裤。他肌肉发达，高大壮实。他伸出双手说：

“来吧。”

“不用。”

她很害怕，她不想让他闻到血的味道，不想让他靠近肮脏的床单，更不想让他靠近她凌乱的头发和散着热气的枕头。她感觉脆弱无助，像一条美人鱼。她半裸着身体，光着双腿，盖着那么多毯子却依旧觉得浑身冰凉。

"不要。"

他微笑着继续向前走，他的笑容有点严肃，甚至带着些许轻蔑。他完全不把"不要"两个字当回事，这两个字甚至挑动了他的兴趣。他小心翼翼地穿过满地的垃圾，把普鲁斯特和拉辛的书从枕头上拿起来，靠着她的肩膀，坐在床上。

"来吧，翻过来，脸朝上。"

"不，我……"

"来吧，你是听话的好姑娘。"

她仿佛是一匹马，或者一只正在分娩的羊。她翻过身，鲜血一下子涌了出来。她闭上眼睛。奈杰尔伸出双手，手腕并拢，张开手指，猛地一下子压到她的肩上，像探测水源的占卜师一样。

"不要这么紧张。这样才会产生痉挛。来吧，放松，别憋着。"

他的手法确实不错，弗雷德丽卡从未体验过这样的感觉，一下子，所有肌肉都松开了，尤其是他的手指抚摸着她的肩膀，让原来紧绷甚至麻木的神经重新感受到了温暖，非常舒服。

"你不能一下子读这么多书。"

"我可以的。几个月前，我刚通过了荣誉学位考试，成绩优秀。这不成问题。"

"然后呢？"他温暖的手指有规律、有节奏地按摩到了她的颈椎。她想到了那个词，然后又想，真是这样吗？她又闭上眼睛。

"我不知道，我有时候想我会留在这里，攻读博士学位，我已经拟好了一个论题，提交了申请。我也参加了《时尚》杂志的征文比赛。随便玩玩。"

"你最终的目标是什么？"

"我不知道。"她不会说"结婚"。她不知道不结婚会有什么结果，她不愿意想，也许是想不到。

“好极了。居然可以……”

“什么？什么好极了？”

“这样就不痛了。”

“我再按摩一下你的背部。”

“不用。”

“来吧。”

“不要。”

“为什么？”

“太难为情了。我没穿衣服，我……”

“你又不是我见过的第一个女人。我就看看后背。我认识一个蹄铁工，他教了我不少好东西，他还能给马背按摩，所以……”他掀开床单，“放松脊柱，用手的侧面轻轻拍打脊柱。”他给她示范，没有碰她的身体，“然后，你就能听到咔嗒一声，好像马儿舒了一口气，浑身就爽利了。来吧，让我试试。”

“难为情。”

“我不在意。”

他开始按摩，弗雷德丽卡放松了下来，皮肤、骨架和肌肉全都放松了，感到无比舒畅。他说：

“换作是我，我就不会留在这里。我本以为你已经学到头了。将来你打算干什么？总要结婚吧？”

“我不知道。”

“不结婚，你就是一个怪人。”

“这是我自己的事情。我可以嫁给一个大学教授，然后留在这里。”

“为什么不要真实的世界？”

“这里就是真实的，跟任何地方一样真实。”

此时，他的手又热又干。他说：“我叔叔住在丹吉尔，我在那里住了一段日子。他知道苏伊士运河要出事，他在以色列、波斯、阿曼和埃及都有朋友。他的预测兑现了，埃及总统纳赛尔关闭了运河，卖掉了依赖海湾贸易的一大批船只，让股票市场血流成河。我叔叔休伯特有点像古时候的海盗，在丹吉尔过得风生水起。我父亲让他掌管我们家的钱，其实就是我和我姐妹们的钱。也就是说，是他在管着我们。不过，这栋房子是我的，我需要一个妻子来当家。”

“也许你的妻子不是为了房子和你结婚。”

“房子也不是我娶她的原因，我是为了自己，我知道我想要什么。”

“你想要什么？”骨头的刺痛得到了缓解，现在可以伸展自如，但还是有点抽疼。

“我想要不无聊的女人。性感，善解人意，当然是必需的，但这两点许多女人都能做到，只不过大多数女人都很无聊。”

“她们可能也觉得你无聊。”

“有可能，这不重要。我怀疑你是否理解了我说的话。你不无聊，也不觉得我无聊。你在任何地方都能找到快乐，我说得对吗？”

在里思布莱斯福德不能。

“对。原则上可以这样说。”

“我就知道。”

她想说，我不会嫁给你，也不会嫁给你的房子，你别妄想。但是，他并没有叫她嫁给他，而且，在说她无聊不无聊的时候，他的态度十分鲜明地表示那只是假设。他没有叫她嫁给他。他既没有解释为什么走了这么久而且毫无音讯，也没有说明为什么他这么肯定他回来后会受到欢迎。

他对她说：“现在你感觉好多了吧。”她温顺地点点头。确实是好多了。他建议她起来，他们一起开车去剑桥外面兜一圈，她也同意了，主要是为了坐车，感受飞驰的速度，穿越花园和世界之间的无形树篱。她觉得因为月经，他不会对她怎么样，而且，他温热的指尖让她觉得他很亲切。

他们再次开车前往伊利，进入真实的世界。在堤坝的顶部，道路狭窄，交错纵横，沿途沼泽地的黑土都刚翻过，一潭水池闪烁着黑暗的光芒。那里的现实很单薄，平静无奇，然后他们穿过房屋破旧的村庄，路上也同样平静，接着，过了地势平坦的路口，汽车开上了混凝土道路，那条路像是被废弃的飞机跑道。这些村庄的名字，例如“柳叶”，都比村庄更美丽，更生机盎然。

当远处伊利的土墩映入眼帘时，奈杰尔突然提起赫里沃德——大多数开车的时候，他基本不说话。他说：“我小时候读过《觉醒者赫里沃德》，现在看起来一切都比当时想象的更小。说实话，那本书就是我的世界。它是一本好书。赫里沃德是一名疯狂的战士，是精神领袖，也是陆地和海洋的征服者。”

暮色降临，他停下车。他们看着灰色道路的前方，棕色堤坝长着蕨草和黑莓灌木，那一潭水黑乎乎的。她以为他会亲吻她，但他只叫了一声“看”。

一只白色的大鸟从堤坝上方飞过，羽毛柔软，身材肥壮，但动作轻盈飘逸，不发出一丝声响。

“等等。”奈杰尔说。

然后传来一声低沉的声音，紧接着好像是哽咽的声音，他们看到了第二只鸟，在昏暗中，那只鸟看起来是乳白色的，这只鸟掉头沿着第一只鸟的方向飞行。

“仓鸮，”奈杰尔说，“我喜欢它们粗短的屁股，摇头晃脑的姿态也挺有意思。吉尔伯特·怀特说它们的翅膀羽毛十分柔韧，飞行时不会产生太大的阻力。现在他已经成了大作家，我在图书馆里读过他的书。我还读过基尔维特和哈德森的书。都很有帮助，可以让你看清事物的本质。你知道哈德森吗？”

“不知道。”

“好吧，你应该知道。我知道亨廷顿有一家顶级的酒店，和我一起去共进晚餐，可以吗？”

“哦，当然可以。”

“他们的烤鸭很棒，香脆，不油腻。如果你觉得饿了，还有鹿肉馅饼。”

“我本来是要去凯厄斯参加派对的。”

“你生病了。要不是我，你病得这么严重，怎么可能去？”

“这是实话。”

这家酒店果真很好。在装着护墙板的房间里，在炉火前吃了一顿英国式的晚餐，然后喝了几口白兰地后，弗雷德丽卡觉得奈杰尔比原来更亲切了。他带她在外面的世界逛了一天，之前还帮她按摩了背部，指给她看了一只猫头鹰，跟她说起他童年时读过的书。她的脑海里呈现出一幅栩栩如生的画面：在装有护墙板的图书馆阅览室里，在靠窗的座位，可以俯瞰一大片草坪和远处的护城河，有一个小男孩专注地看着书。这个小男孩神秘沉默，但想象力却十分丰富。

“那个图书馆里，你最喜欢哪本书？”她问。

“你是在嘲笑我吗？”

“没有。怎么了？”

“你是为了照顾我才问的，对吧？我不喜欢这样。”

“我不是这个意思。我也想起小时候读过的书，《亚瑟王和圆桌骑士》《山精灵普克》和《阿斯加德的故事》，等等。”

“你读过托尔金[101]的书吗？”奈杰尔说，“托尔金是个天才，我觉得。”

弗雷德丽卡没有读过托尔金的书。拉斐尔认为他的文笔“很烂”，托尼说过他的社会观太简单化，非善即恶，跟瓦格纳[102]一样，还有高低种族之分，盲目崇拜英格兰的田园生活，他描写的快乐农民都不真实。在亨廷顿酒店，火光在奈杰尔黝黑的脸上闪烁。他头往后仰，说，在他看来，托尔金的书都像《山精灵普克》一样生动，都是真实的故事，不仅有关善与恶，还有很多战斗描写和风景，没有机器，没有政治，也没有性描写。

“感觉很干净吧，”他说，“好吧，现在你可以笑了。”

“我为什么要笑？”

“我跟一个牛津的女孩说托尔金很棒，她就哈哈大笑。她说我这个人没救了，当场就把我给踹了。”

“你在牛津找错了女孩，”弗雷德丽卡说，“大部分牛津人都很喜欢他，他也是牛津人。”

她对这个牛津女孩很感兴趣。有多少个女孩和他一起吃过晚饭？去过多少家酒店？有没有提起《山精灵普克》？她断定，他对托尔金的评价是经过深思熟虑的。一个充满斗争却不存在政治、机器和性的故事，可以让人感到精神焕发。她偷看了一眼奈杰尔·瑞佛，发现他正饶有兴趣地看着她，好像在算计着什么。奈杰尔和普克在某些方面非常相似，他皮肤黝黑，身体健壮，肩膀宽阔，耳朵很大，说话幽默，也有点含糊其词。在回剑桥的路上，她一直在琢磨他的名字。原来，她不喜欢奈杰尔这个名字，叫这个名字的应该是一个可爱的小男孩，家境优渥，但家里人不喜欢他，他的姐妹应该叫作帕特里夏、吉莉安或者吉尔。

现在，她突然对这个名字有了截然不同的看法，这个名字应该出自斯科特爵士[103]笔下，是一个海盗或者边境强盗的名字，华兹华斯好像有一首诗叫作《边境掠夺者》，说的就是这个人吧？

“你叔叔也叫瑞佛吗？”她问。喝了白兰地，她还迷迷糊糊。

“是的，为什么这么问？”

“你说他像海盗，突然感觉他像赫里沃德。”

“我听不懂你的意思。”奈杰尔说。他穿着厚厚的驼绒大衣，紧挨着她，双手戴着皮手套，有力地握住方向盘。他们回到纽纳姆，他在光亮处停车，转过身对她说：“来吧！”

她没有躲开。她突然有点害怕。他向她伸出手，目光自信又坚定。他的皮肤温暖、干燥，有种熟悉的感觉，他身上的气味不错，虽然和她自己的体味不同，但也可以接受。

“我平时不喜欢湿吻，”他说，“但是你……”

说到亲吻，弗雷德丽卡更害怕，她不知道为什么要亲吻。那是因为在她的历险经历中，她始终没有明确的欲望，性只是一般笼统的需求，有时，她会把性爱和本地习俗混为一谈，甚至会误导自己。她的双手和膝盖都在颤抖，她想她最好赶快离开，但她又想让他抱着，虽然他穿着大衣，不大方便。他僵硬地坐着，又说：

“来吧！”

“来干什么？”

“你想干什么都行。”

“我想干什么？”

“你不想吗？”

“我不知道你是什么意思。”

“你不想到我的怀里来吗？”他生气地说道。出于自我保护的冲动，弗雷德丽卡下车了。她绕过车前时，他说：

“回来。”

她走回来。

“别不好意思。我们度过了美好的一天。”

“是的。”

“过来。我们会再见的。”

她没有问什么时候。

“亲一下。别等下一次。”

她无法抑制想要再次触碰他的欲望。他靠在驾驶座上，她站在车外，头探进车窗和他亲吻。两个人都很拘谨。

“我们会再见的。”他又说了一遍。

她身体僵硬地走回学校。种种相互矛盾的痛苦咬噬着她的心。

文学人物都是虚构和假设的。剑桥壁炉上的请柬也是虚拟的，将来时不是现实，例如下周六、下下周五、下下周三八点，等等，将来时可能变成了过去时或者本该发生的事情。弗雷德丽卡缺席了在凯厄斯庆祝杰勒米·劳德二十一岁的生日派对，因为她与奈杰尔去了伊利教堂和亨廷顿，她本应去哈维·奥根那里参加一次正式聚会，去参加“批评俱乐部”组织的《复义七型》讨论会，却因为她要和拉斐尔讨论申请读博士的事情而错过了。有一张卡片上画了一个弓着背、穿着雨衣的人，一个温文尔雅的长发诗人和一个戴着眼镜的记者，上面用淡蓝色的字迹写了一段话，邀请弗雷德丽卡连同三名英语专业的学生去参加音乐晚会，她现在认为这三个学生就是一个小圈子。她整理着这些请柬，把属于错过的过去放到充满希望和惶恐的未来后面。她在想她到底错过了什么，与哈维继续谈论世界的“意象”，跟着他的吉他唱歌，跟他一起宿醉，还是去结识一个新朋友?

要说他不讨厌她，那纯属偶然，就像福斯特说瑞奇和阿格尼斯居然结成了连理，这就是纯属偶然。他自己也不知道。福斯特不喜欢“偶然”，他要成为发起者和终结者。弗雷德丽卡没有去参加杰勒米·劳德的生日派对，没有参加哈维组织的辩论，没有跟麦克、托尼和乔利恩在烟雾缭绕的房间里对话，因此没有认识拉尔夫·坦皮斯特，那也是纯属偶然。谁是拉尔夫·坦皮斯特？他很腼腆，很聪明，不轻易讲话，一旦开口却滔滔不绝。他也没想好是留在大学里，还是到真实的世界里去，他希望找到连接两头的生活方式，既可以在大学里教学，又可以到处去做研究。他是学人类学专业的，说话言简意赅，还热爱诗歌。经过几年时间的历练，他说话变得温柔亲切，他十分风趣幽默，但他的风趣在1957年几乎不为外人所知，他只通过频繁的书信来往跟一位老同学分享过他的风趣。他上过伊顿公学和曼彻斯特文法学校，这主要得益于各种奖学金，另外，在军队和广告业干过的父亲帮了一些忙，后来教堂也给过他赞助。关于性，他几乎一无所知，他不敢碰弗雷德丽卡。对她来说，他太年轻了。后来，他倒是从的黎波里一位人类学教授的妻子身上学到很多东西，他很爱她，对她一往情深，虽然他们不可能在一起。他会让弗雷德丽卡开心，但不会缠着她。在哈维·奥根的聚会上，拉尔夫·坦皮斯特和弗雷迪的表妹贝琳达跳舞，动作笨拙僵硬（这个表妹对匈牙利人很着迷）；在杰勒米·劳德的生日派对上，他坐在迈克·奥克利的床边，胳膊搂着一个女孩的腰，那个女孩刚长出了双下巴，穿着黑孔雀锦缎裙子，跟弗雷德丽卡一样，那个女孩正在写一篇关于《费德尔》中的“血与火”的文章，但她没有读过普鲁斯特的书（拉尔夫·坦皮斯特也没读过），她有各种个人理由放弃攻读剑桥博士。

27
草名

1957年初夏，马库斯参加了毕业会考，考试科目有数学、附加数学、化学和植物学。他之所以选择了这几门课，部分原因是他不想解剖尸体。校方很高兴地看到他终于愿意做点事情，为了安抚他的父亲，也为了使他养成正常的行为习惯，就把他安顿在女子文法学校，学习有些难度，还设置了一些额外的植物学课程。他和杰奎琳在同一个班，没有与鲁茜同班。同年夏天，弗雷德丽卡参加了剑桥的毕业会考，并写了好几篇旁征博引的长篇大论，论文题目涉及悲剧、文学批评、但丁和英国的道德哲学家，包括柏拉图、亚里士多德、圣奥古斯丁，康德[104]也稍有涉及。斯蒂芬妮注意到玛丽额头上的胎记慢慢变淡了，已经不怎么明显。三岁的威廉非常喜欢书。他已经形成了自己的字母认知体系，坐在公共汽车上或者自行车后座上，看到广告牌上的字母会大声念出来。W是他自己，S是妈妈，D是爸爸，M是玛丽。斯蒂芬妮给他读《格林童话》、英国的古老童话、民谣和魔法故事。那时候没有电视，没有腾跃的骡子，也没有花盆人，只有一个叫亚勒里·布朗[1]的东盎格鲁人，那个人有点令人讨厌，也招人喜欢，还有一只叫努克拉维的苏格兰海怪，海怪没有皮，但可能因为名字很有节奏感，所以他很喜欢。他喜欢重复讲一个故事，但丹尼尔有点不胜其烦，红色小母鸡很善良，小鸡利卡总爱轻信别人，三头猪也就是三个王子和三个动物朋友驰骋在公路上，共同面对三座城堡中的三只巨兽，并带回来三位美貌和美德具备的新娘，新娘心灵手巧，可以用细丝穿过金戒指，也能把稻草编成金戒指。

在写会考植物学考卷的时候，马库斯有生以来第一次获得了满足感。关于植物性行为，他从方方面面写了一篇详尽的回答，并选择禾本科作为他的进一步专题研究领域。相比于精神病学家，植物界多种多样的性形式和性行为，使马库斯不再执着地认定自己是同性恋，心理学家无论说什么都不如这个管用。马库斯并没有将这些植物拟人化，恰恰相反，他对这些植物本身非常感兴趣，而对某个东西感兴趣，而且深入研究，有利于心态平和。他不动声色地描绘了雌雄同株和雌雄异体的树木家族，以及蜂兰极强的模仿能力。

他写到了雌雄同体的花，并根据它们防止自花授粉的精心安排进行了分类，自花授粉属于最后的选择，自己的种子总比没有种子好。与此同时，他描述了电灯花的受精行为，他从未见过这种花，而这种花通常靠蝙蝠授粉，通过在花冠掉落前雄蕊的最后一次抽搐受精。他通过简单而清晰的图表，描述了闭花受精的方法，所谓闭花受精，即不张开花苞完成自花授粉。树林里的紫罗兰和酢浆草生长太慢，既找不到阳光，授粉者也无法到达，就会通过这种方式受精。

区分各种草类并给它们命名，让他获得了愉悦，跟他在数学考试

[1] 英国古老童谣中的人物。

中获得的愉悦可以相提并论。上次给草和植物命名，是好久以前的事了。他的妈妈曾经教他认识普通的野花，但在风中飘荡的草籽吹进他的鼻喉，破坏了鼻喉的黏膜，于是他开始哭泣，身体开始发烧，打冷战，感到疼痛。如今，他可以对各种草进行分类、命名，并能清楚地看见它们。禾本科的花，“要么有雄蕊和雌蕊，要么只有雄蕊或者雌蕊，有些是中性花，既没有雄蕊也没有雌蕊，有两个称为颖片的外壳或瓣，包裹着一个、两个或更多的花蕊，整个花丛形成一个小穗……草的茎通常称为秆，圆柱形或近圆柱形（但绝不是三角形），中空，有节……”

在考试答题过程中，强烈的满足感从何而来呢？简单来说，即通过列表画图，如下：

看麦娘属	=>	狐尾草
草芦属	=>	金丝雀园草芦
梯牧草属	=>	猫尾草
兔尾草属	=>	兔尾草
粟草属	=>	粟草
硝草属	=>	硝草
棒头草属	=>	棒头草
银须草属	=>	发草
燕麦草属	=>	燕麦草
茅香属	=>	茅香草
黍属	=>	黍草
早熟禾属	=>	早熟禾
凌风草属	=>	凌风草
洋狗尾草属	=>	狗尾巴草

小麦属　　　　=>　　　小麦草

黑麦草属　　　=>　　　毒麦

黄花茅属　　　=>　　　黄花茅

这个夏天，马库斯对世界有了新的认识，世界不仅有潺潺的流水、庞大的根系网络和高处不胜寒的山崖，还有人类的爱，但是，人的爱并非强迫，人给世间万物命名，从而增进了对世界的认识。晚上，他躺在床上，看到了天空中星星点点，每个点都有自己的名字，白天走到干草地。在他的眼里，这片草地既不是可怕的光的海洋，也不是他能说服鲁茜躺在他身边的地方，也不是一个需要克服的障碍，草地就是草地，草有草的名字，有中空的茎，个体存在明显的差异，可以分为早熟禾属、黍属、燕麦草属、黄花茅属和草芦属。此时此刻，他显然还无法理解让-保罗·萨特看到栗子树根时感到的存在主义恐惧，在这种心情下，在这个年龄，他无法理解萨特为什么说物质超越了命名，超越了本身，甚至可能吞噬一切，为什么说天空是蓝色的、算出栗子树总数和在梧桐树中识别栗子树都是毫无意义的。对于此时此刻的他而言，几何形状是事物的基本特征，在他的脑海中，这些草的茎都有形状（圆柱形，而不是三角形）。曾经有一段时间，他看到球场上翻起来的泥土就无比害怕，因为他联想到了帕斯尚尔战役死伤无数的战场，而地上画得像地图的白线和门柱组成的几何图形正是促使他产生联想的主要因素。此时，他认识到，罂粟之所以能在法兰德斯战场肆意生长，是因为被破坏的土壤使种子暴露在更强烈的光线下。

当我开始写这部小说的时候，我本想这是一本关于命名和准确性的小说。威廉斯曾说诗是“观念存于事物之中”，这也正是我写小说的出发点。我甚至想尝试无修辞的写作，但是，我很快就被迫放弃了这个计划。不带隐喻的命名，简单而明了地描述、归类和区分不同的种类，例如燕麦草属、盛开的花朵，这是可能做到的。在这样一本虚构的书中，人们会非常重视名词和命名，而我觉得用于分类的形容词也应该是受到重视的，虽然不算流行。在会考中，马库斯感到脑子非常清晰，有独特的见解，不像从前那么混沌。他喜欢给标本贴标签，所谓标本，就是不同属种的代表。在写毕业论文的时候，弗雷德丽卡提到了一些大师的观点，艾略特认为诗人是“意象伪化学融合”的催化剂，柯勒律治认为符号代表着普遍性，但普遍性含有特殊性，普遍性也存在于特殊性，他也提到了柏拉图关于洞穴和火的隐喻，以及拉辛对费德尔的罪恶之血和黑暗太阳的比喻。无须多言，创造对比性的形象，就能拥有强大的力量，就能成为缔造新整体的神明。弗雷德丽卡的朋友们会抨击马库斯的历史观和闭花受精的隐喻，是因为他们看到了类比，以为自己已经理解。但是，事实上，瞬间视觉在一定程度上关闭了其他的视角。

亚当在伊甸园给动植物命名，也给岩石、气体和液体命名，甚至还命名了原子和分子、质子和电子。但是，在命名过程中，我们也会制造隐喻。要仔细区分各种草，命名就需要使用一些修辞手法，例如硝草、银须草和黍草。对我来说，我会选择一种草，来表达“绽放的年轻生命”这个概念。然后是一种春天的草，叫黄花茅，花是黄颜色的，生长在克斯托桑，还有一种是金丝雀草，这种草会让人联想到什么？

在文艺复兴时期，人们认为语言是上帝赋予的符号系统，用来描述事物或给事物命名，而有些事物本身也是语言，如造物者在事物表面“书写”的“象形文字”，例如向日葵代表灵魂追求真理，探求光和生命的起源。也许是偶然的对应，但这样的对应取决于我们自己有限的联想，也在于科学家对光、运动、引力等规律的探索。科学家的探索属于一种“神圣的语言”，语言推动规律的认识。不过，给草命名采用的修辞不属于这一类，之所以采用修辞，显然是人们需要建立某种联系，做一些比较（狐狸、猫尾巴和兔尾巴等），有些寓意甚至可能成为诗歌的素材（恐慌、颤抖和闪耀）。正如凡·高所说，在我们的世界里，橄榄树可能代表它们自己，也许必须只代表自己，柏树、向日葵、玉米和人体也是如此。不过，他自己也无法摆脱文化隐喻，文化隐喻已经成为事物的影子，是固有的。

马库斯也没有看到这一点。但他对相似性很感兴趣，即他所谓的“模仿”，尽管他不知道是否存在模仿的动机，也不知道模仿的动机从何而来。以蜂兰为例。蜂兰形状如雌蜂，可以吸引雄蜂来“交配”，雄蜂在“花肉”之间来回穿梭，直到花肉枯萎，也就完成了授粉受精过程。和大多数人一样，马库斯也把这个现象当成上帝智慧的杰作，而不是纯粹的偶然。千百年来，花朵的形态越来越接近蜜蜂，越来越具有欺骗性，而且生存机制已经臻于完善。我们很难想象，如果没有某种智慧的作用，怎么会发生这样的事情？纯粹的偶然是很难想象的，与我们通常所说的机会和命运等关系不大。几个世纪以来，人们一直相信，我们的思维反映了事物的秩序，因此我们能够理解事物。花没有眼睛，看不见要模仿的事物，更不知道自己模仿得像不像。花是否知道以及如何知道，已经超出我们的理解范围。因为蜂兰这个准确得令人不安的模仿（和柯勒律治的大理石桃子有些相似，在某种意义上，那是一个复制品，而不是意象），马库斯将蚁群当成了一个智慧组织，代表着神的存在。他觉得这与他无关。他没有说“它被设计得像一只雌蜂”，但是，说不存在设计师是几乎没有人相信的。

他带着鲁茜和杰奎琳去看那棵榆树。他没有跟她们讨论光或者设计，不过他向她们展示了盘旋的树枝和其中的规律。他们三个躺在树下的草地上，嚼着苹果，谈论着他们心目中的未来。鲁茜想做一名护士。杰奎琳和马库斯在申请北约克郡大学，马库斯之所以看中这所大学，是因为在这里他既能学数学又能学植物学，杰奎琳则是因为她喜欢北约克郡。马库斯也不愿意搬到离家太远的地方去，虽然他在家感到很压抑。杰奎琳搂住马库斯和鲁茜的肩膀，把他们往她身边拉。鲁茜往后躲，可能是闹着玩，可能是不想被碰到，马库斯说不清楚，他们在草地上打滚，腿交叉缠在一起，手心相抵，可以闻到彼此呼吸的气息。在愉快的扭打中，他摸了一把那条黑亮的长辫子，可以感受到她的脊骨在颤抖着：这是什么感觉？快乐？激动？杰奎琳褐色而温暖的双手搭在他的肩上，她的脸擦过他的脸，他的手又伸向那根粗壮的辫子，虽然晒着阳光，但辫子还是冷冷的。鲁茜滚到一旁，坐了起来，把裙子往下拉。杰奎琳蜷曲着身子，躺在马库斯身边，过了一会儿，她也坐了起来，大笑起来。这是马库斯有生以来第一次享受跟人家的肌肤接触。他们三个人都感到很舒服。

威廉有一个铁路模型，是温妮弗雷德送给他的。这条小铁路有八节淡蓝色的塑料轨道，有一个转台。轨道上有一节猩红色的火车头、两节黄色的车厢、一节绿色的油罐车和一节深蓝色的警车。他们家留下了那只母猫和那只小白猫，现在，那只小白猫已经长成了会跳芭蕾舞的猫了。有时候，猫会来给火车捣乱，威廉想把它们赶走，但怎么也赶不走，它们总在周围跑来跑去，惹得威廉非常生气，拿起积木和其他玩具向猫扔去。玛丽走路踉踉跄跄，有时会摔倒，一屁股坐到轨道上，有时她也会抓起火车头，哇哇地叫喊。斯蒂芬妮很同情威廉，她也是家里的老大，弟弟妹妹也会抢她的东西。但是，他的愤怒程度让她感到害怕。他的脸涨得通红，牙关紧闭，小小的额头皱着，沉了下脸。他的情绪表露无遗。他会拆掉铁轨，把零件扔得到处都是，他不仅会咬玛丽胖乎乎的肩膀，还会咬妈妈伸出来帮他的手，有时甚至会咬自己的手。他也会用额头撞击楼梯底部，弄得额头上青一块紫一块，甚至会流血。斯蒂芬妮觉得很难受。她可以唱歌哄一个生病的孩子睡着，也可以为他将一个故事读二十遍，并且始终保持丰富的表情，但是，他的愤怒把她吓坏了。她对儿子的反应就像对父亲一样，迟钝而被动，她捡起他扔掉的玩具，把玛丽抱到他够不着的地方，既没有惩罚，也没有任何安慰。有一天，丹尼尔的妈妈刚刚上完厕所走下楼梯，威廉将红色的火车头扔向玛丽，奶奶的鞋子踩在了旋转着的火车头上，身体一阵剧烈摇晃，然后两腿分开，摔倒在地，先听到衣服撕破的声音，接着听到她痛苦的号叫。她的脸庞扭曲，脸色黑得像李子一样。她大喊："小鬼……浑蛋！"然后在地上痛得龇牙咧嘴。斯蒂芬妮跑过去，但被愤怒的手打了回去。

"没用。屁股完蛋了。我知道的。以前我就摔过。别碰我，痛。快去找人，别傻站着。"

几个人哭喊成一团，玛丽是因为害怕，奶奶是因为痛，威廉则是因为可怕的内疚和愤怒。斯蒂芬妮叫来了救护车。丹尼尔的妈妈脸上一把鼻涕一把泪，哼哼着躺在担架上，裹着红色的毯子，被抬出了门。斯蒂芬妮抱着玛丽，威廉拉着她另一只胳膊，他们走到人行道上。小家伙狡猾地偷偷观察着她。

"好了，"丹尼尔的妈妈说，"现在你该高兴了，"她喘着气说，"你得逞了，不用专门赶我了。"

"哦，别说这种话。"斯蒂芬妮说。

她被抬上救护车，那张脸涨得通红，充满怨恨。

"姑娘，别以为我不知道你在想什么。你很客气，但不欢迎我，我是你的十字架，你的负担，我最好赶快滚蛋。自从我来到你们家，你没有对我说过一句难听的话，但也没有说过一句真正温暖或贴心的话，一句也没有，你不在乎我是谁，你只要尽责就算了事，你这个冷酷的家伙。你还让我陪着那些疯子。很好。你不知道我在这里受了什么苦，你不知道，你……”

“好了，妈妈，”救护人员说，“她受到惊吓了。”他们对斯蒂芬妮说，然后关上了白色的门，“别放在心上。”

但她做不到。她说的都是实话。她跟丹尼尔的母亲一同生活了这么久，但根本不知道她是什么人。玛丽大哭。威廉拽着她的手。

“他们会修理好奶奶吗？你能帮我修理好铁路吗？玛丽拿走了，奶奶踩到了。坏掉了。”他用词还不错。

“可以修好的。”

自从马库斯来他们家，斯蒂芬妮就没有跟丈夫一对一吃过晚饭。已经很晚了，因为丹尼尔去看望了他的妈妈，也看望了其他好几个人。他静静地坐着，还穿着黑色的高领牧师制服，浓密的头发乱糟糟，黝黑的脸上胡子拉碴，蓬头垢面，像个没有人照顾的单身汉。斯蒂芬妮冷静地看着他，就像她看着其他人一样，不知道该对他说什么。她不想提到威廉、玛丽、妈妈或马库斯这些常见的名字，也不想提到义卖和法勒家的两口子。她嫁给了这个只会吃东西、整天皱着眉头的胖子。她居然嫁给了他。她心里有一种疯狂的感觉，她既对老太太的离开感到兴奋，同时也意识到不被重视、已经麻木的自我终于苏醒了。大多数情况下，这是因为愤怒而形成的情绪。

“和我说说话吧。我们很少有这样的机会。”

“说什么呢？我不习惯说话了。这是糟糕的一天。”

“我知道。我们都不说话了。”

“我能再吃点蔬菜吗？这些豆子很好吃。”

“我一直在想。可能是大家的词汇量太有限。我一直都有这种感觉。你觉得我们使用的词汇量平均有多少？一千个，还是两千个？威廉不可能知道那么多，玛丽更少。商店里的人……”

“妈妈真可怜。”

“你的妈妈确实很可怜，”她语气坚定地说，“但如果我突然说了一些话，说了一些我自己想说的话，这个教区的大多数人是听不懂的。所以，这些话就成了我的阴影，一直笼罩着我。”

“也许我也听不懂，”丹尼尔不高兴地说，“自从大学毕业，我自己的词汇量也下降了不少。也许是从我们谈恋爱开始。”

“没错。再吃点豆子吧。”食物可以改善人的脾气，“我们学会了思考，但不会表达……”

“比如什么？”

“哦，”她绝望而无所谓地说，“话语、理性、诡辩、理想、柏拉图、催化剂、错格、虚假和现实主义，等等。最糟糕的是，在我们有限的词汇量中，有些有意义的词汇，像真实和理想，已经失去了一半的联想……你不明白吗，丹尼尔？”

“我明白，”他说，他推开盘子，“我不应该让你嫁给我。我认为那是上帝对我的赏赐，真的。”

“确实是。”她飞快地说。

“你有一大堆被搁置的词汇，这也是真的。”

“丹尼尔……我可以教威廉和玛丽。”她感到害怕。她本想对他说些她爱他的话。他是谁？他在乎什么？他是一个好人，一个务实的人。她爱他。难道她不爱他吗？

“我不明白。我不是这个意思。这个。”他指了指这个舒适的家：威廉的东西，包括那节红色火车头，都堆在一个洗衣篮里，玛丽的尿布挂在炉边的晾衣绳上。他笑了：“我找不到一个词语来形容。都……糊涂了。”

“难得糊涂。”

“别这样照顾我，斯蒂芬妮。不要委屈你自己。我受不了。”

“丹尼尔，我爱你。”

“我知道。你太傻了。真的。”

“爱是无法选择的。”

“真的吗？或许你应该好好选择一下。我没想过这有多么重要，直到……这些日子，我很讨厌说话。吉迪恩很会说话，很会让人说话，他会主持讨论小组，但那不是…我的职责……”

“你很清楚你的职责。你和我结婚之前……你也失去了一些东西。和我失去的词汇量一样可惜。”

“唉！”他盯着桌子。她想，对她孤独的自我来说，最好是不停地说话，让他跟她说话，但她非常害怕说不出话来，她自己也不太习惯说话了，所以不敢逼他说话。于是，她退而求其次，两只膝盖靠着他的椅子，一只手放在他的手上，闪亮的额头枕在他的膝盖上。

“我爱你。现在只剩我们俩了。”

他抚摸着她的头发，然后伸出手臂，两个人紧紧地抱在一起。他们默默地站着，爬上楼梯，跌跌撞撞地走进卧室。他们在床上很快乐，他们彼此了解，彼此相爱。词语都没有用处，所谓剧情突变、痛苦、形态和无限能力，等等。恐惧的时候，都是神。人死了，虫子就吃了他们，但吃不掉爱情，吃不掉词汇量的制约。她让他沉重的手臂放在她身上，就这么睡着了。

28
黄椅子

威尔基将一份《曼彻斯特卫报》递给弗雷德丽卡。他们在修士之家喝咖啡，这里的浓缩咖啡机比亚历山德拉咖啡馆的更新，咖啡里加入了白沫、肉桂片和黑巧克力，既保留了咖啡的原始风味，口感又新鲜浓醇，用咖啡残渣做出来的咖啡根本无法相提并论。

文章题目是“亚历山大·韦德伯恩的新诗剧”。文章说，“《阿斯翠亚》在女王加冕当年上演，观众至今仍记忆犹新，如今，以编剧亚历山大·韦德伯恩和导演本杰明·洛奇为首的创作团队又创作了新剧《黄椅子》，即将在海豚剧院上演。新剧剧情扣人心弦，讲述了凡·高晚年疯狂、绝望而又凄凉的故事。凡·高由保罗·格里纳韦扮演，扮演这个角色实属不易，不仅台词多，还要表现出他的喜怒无常。保罗·格里纳韦在电视剧《瞧，我们走过来了》中饰演劳伦斯，他与‘愤怒的’吉姆·科布的对手戏令人印象深刻。此番，他将凭借精湛的演技再次打动观众。高更由哈罗德·邦伯格饰演。在斯特拉特福小镇上演的《哈姆雷特》中，哈罗德·邦伯格饰演雷欧提斯，他终于不再扮演莎士比亚戏剧的角色。凡·高的弟弟提奥由新人迈克尔·威特饰演，他首次出演《波罗的海的霍恩布洛尔》便崭露头角。雷切尔由一位冉冉升起的新星黛比·穆恩饰演，剧中，凡·高要将割下的耳朵拿给她看。韦德伯恩表示，在普罗旺斯度假期间，他被两位大画家之间的故事深深吸引，从而构思了这部诗剧。本杰明·洛奇认为这部作品给才华横溢的演员提供了大显身手的绝佳机会，而格里纳韦成功抓住了这个机会”。

报纸还刊登了一张格里纳韦的照片，劳伦斯式的胡子十分抢眼。旁边是一张灰白图片，那是凡·高最后一幅海蓝色的自画像。画中的凡·高双唇紧闭，背景是上升的螺旋，颜色非常鲜艳，但因印在报纸上而有些钝化。

“他们把这部剧写得真平庸。”弗雷德丽卡说。

“你应该转行做艺术新闻，这篇文章由你来写，就会显得与众不同。”威尔基正在筹办《时尚》杂志的一个项目，“等到我的电视艺术节目办起来，你可以来我的节目做嘉宾，你可以畅谈亚历山大的艺术，你可能不需要用‘扣人心弦’和‘机会’这样的字眼，也不用提到克里斯托弗·弗赖伊。我们一起去看《黄椅子》吧？我们可以雇一辆大巴，拉上一帮剑桥的朋友，去给他今晚的首演捧场。在阿维尼翁那个温暖的夜晚，我和他如同坠落的天使一样从城垛上下来，你看得目瞪口呆，还记得吗？你的心里面还对他藕断丝连吧？我永远弄不懂你们为什么分手。”

弗雷德丽卡不理会打听个人私事的问题。

“那就雇吧。你认识拉斐尔·费伯吗？你觉得你能说服他一起来吗？”

“当然，我试试吧。他去看过《等待戈多》，所以，把他弄到伦敦来应该是有可能的。但是，你得明白，坐大巴车可能有损他的颜面，虽然他如今已经没落了。”

“没落的日子可能更舒服一些，不用总是那么刻意。”

“所以说你本应该和我在一起，我不是那种很刻意的人，我能让你过得开心。”

“谢谢你的好意。”

“这么残忍啊，”威尔基说，“天哪，你怎么这么残忍？我比可爱的休·平克强，你不觉得吗？我更有办法。”

“我不会跟休·平克上床。”

“为什么？”

“我会让他扫兴的。”

“你真是一个有道德底线的女孩。”

“哦，是的，当然。”弗雷德丽卡尖声回答。她真的感到很愤慨。威尔基笑了。

亚历山大发现，戏剧最终走上舞台，是灵感大浪淘沙的结果。然而，在彩排的时候，出现了奇迹般的一幕。海豚剧院是一个小剧院，原来是老建筑，最近刚经过翻修。剧院在泰晤士河附近，远离剧院区。剧院主要承办试验性戏剧演出，若是受到观众好评，人家就到更大的剧院去，那里才是固定的演出场所。一个叫查尔斯·科尼克的年轻人为亚历山大的戏剧担任舞台设计师，同时负责灯光和视觉效果设计。他在斯莱德艺术学院教书，亚历山大说让舞台亮起来，他立马就能明白。这部戏有三场，舞台始终都像一个封闭的、渐渐后撤的盒子，幕布要看起来很小，很明亮，但很遥远。舞台上要放三样道具：凡·高的黄椅子，实木加草垫；高更的椅子，更豪华一些，漆成红褐色，闪着紫色的光，坐垫是绿色的；还有一个画架，上面放着一大块空白画布，几幅作品被制作成透明幻灯片，不时投影到画布上，一幅是凡·高父亲的《圣经》，一幅是一摞黄色的小说，那是凡·高在巴黎完成的，背景为粉红色和白色，还有一幅是《餐桌》。

这场戏共有三幕。第一幕，舞台上都是黑白色的，灯光照射在黑色上，再现荷兰阴沉寒冷的冬天。幕布的颜色取自《吃马铃薯的人》，黑土色，昏暗的灯光令人感到压抑和绝望。舞台的两侧扭曲，仿佛在渐渐后撤，形成一个逼仄的空间，这个灵感是源于凡·高早期在尼厄嫩教区花园的创作。在画中，运河两畔的柳树盘根错节，树枝上挂着冰条，形成了一片冰网。树干和树根构成了一个巨大的牢笼，很漂亮，但似乎要把人缠住。第二幕增加了许多颜色。舞台后方为《播种者》的紫色和金色，左边的墙上投影着《向日葵》，比风景更宏大，在蓝色的背景上，一圈圈金色闪烁着光芒，右边的墙上投射着《鸢尾花》，那是凡·高在法国圣雷米创作的，“另一束紫色的花（配深红色和深蓝色），在刺眼的柠檬黄色背景上显得格外突出”。凡·高不喜欢这幅画，还说自己害怕看到它。科尼克是一个谢了顶的年轻人，戴着一副钢丝边眼镜，为人严谨细致。他想出了一些办法来增强画面感，比如将第二张幻灯片投射到第一张上，或者打上金色和紫色的灯光，让墙面散发着金黄色的光，或者像紫色的海绵一样波澜起伏 。

在第三幕，花卉画面不动，但《收割者》取代了《播种者》，金色的麦浪翻滚着，代替了原来暗黄色的太阳，这是凡·高在精神病院的病房里透过防护栏看见的景象。科尼克让灯光时不时地打到栏杆上，在亮光下，收割者与我们渐行渐远，而播种者踏着阳光，大步朝我们走来。

我看见这个收割者在大热天里辛苦劳作，他的背影模糊，在麦田里，像中了邪似的，想尽快收割完麦子。这个情景让我想到了死亡，人性就是我们要收割的麦子，因此，你可以将收割者看作播种者的对立面。但是，在这幅画里，死亡就发生在阳光之下，太阳给世间万物铺上一层金色的外衣，所以死亡不会带来悲伤。亲爱的弟弟，我总是在作画期间给你写信，我像恶魔附身一样疯狂地工作，没有感到一丝疲倦……画中的景物全是黄色的，除了几个紫色的山头，但也有一点淡黄色和金色。我发现自己很奇怪，竟然能从病房的铁栏杆里看见画中的这个景象。

“满意吗？”科尼克问亚历山大，“希望你能满意。我自己很满意。”

“太震撼了。”亚历山大发自内心地感叹，“如此黑暗，却又如此明亮。”

“这又产生了一些有意思的难题，”科尼克说，“我想用一两个小技巧，比如用灯光突出演员，芭蕾舞剧也是这样做的。如果在舞台上打一个红色和一个白色的光点，同时舞台上有两个演员，他们分别挡住一个光点，那么，你可以想象，在粉色的背景上就会出现一个红色和白色的阴影。但是，人的眼睛会进行自我调整，将粉色的光看成白色，所以，他们会把被挡住的红色看成青色，青色是白色减去红色而形成的颜色。你可以让红色和青色的阴影在白色的背景上跳跃。我试过在灯光里加入凡·高常用的互补色，让灯光追着他和高更，或者将他的影子投射到不同的屏幕上。我们也可以用光的原色，红光和绿光，来表达人的激情，紫色和金色比较难呈现，但我已经准备好了交叉的光束。在演出过程中，灯光可以笼罩着这两只椅子周围的半个舞台，当然，灯光需要电。我们可以将所有互补色融合成一束简单的白色，也可以制造光环，还可以改变他衣服和背景的颜色，就像他画的自画像一样。你的戏里面动作很少，对话比较多，那么，我们可以让对话在光线下进行，这样会很吸引人。”

“肯定会，”亚历山大说，“也可能‘刺激人’。这是他说的话，不是我说的。”

“既会刺激人，也能达到和谐。”科尼克说。他接着又说：“我忘了凡·高是一个伟大的人物，我们太熟悉他了，所以，必须用这种三维图像呈现一个全新的凡·高。你知道吗，如今的画家主要通过幻灯的颜色来学习美术，而不是油画。当今的世界是投影的世界。那边有一个集成现代美术灯箱，全都用上，舞台就会变得如梦如幻。”这些话让亚历山大听着很开心。

跟其他观看首演的观众一样，今晚的观众应该非常温和，至于以后，他们会发表各种恶毒的评论，也可能以居高临下的姿态指手画脚。亚历山大和马丁娜·萨瑟兰稳稳地坐在弧形楼座的最里面，心不在焉地冲着托马斯和埃莉诺·普尔微笑。突然，他在楼座前排的中间看见了红发尖脸的弗雷德丽卡·波特，她的一侧坐着威尔基，另一侧坐着一个身材瘦削、皮肤黝黑的人，亚历山大不认识那个人。事实上，坐在楼座前排的人，都是威尔基想用大巴车带来的，而他们实际上是乘火车来伦敦的。他们订了一个包厢，一路上喝着白葡萄酒，吃着烟熏三文鱼三明治。同来的有威尔基的女人卡罗琳和安·刘易斯、艾伦·梅尔维尔、托尼·沃森、马里乌斯·莫克济盖玛和休·平克。坐在那个人另一边的是文森特·霍奇基斯，亚历山大突然认出了他，慌忙冲他微笑致意。亚历山大不喜欢认识的人来看他的戏。弗雷德丽卡朝他挥了挥手，他也挥手回应她。这时，幕布升起。

后来，有评论说这是一部静态戏剧，但是，和《等待戈多》不同的是，《等待戈多》没有什么情节可言，而《黄椅子》则充满疯狂、破坏和死亡，这算是个悖论吧。格里纳韦始终在舞台上，在屏幕上，在房间里，在柳条“笼”里，在向日葵或鸢尾花中间。他的身上要么照射着明亮的光线，要么在笼罩着荷兰青年凡·高的阴霾的中间。迈克尔·威特饰演的提奥也一直在舞台上，但始终徘徊在房间外面，不在屏幕上。他总是独自一人，有时在舞台的台口，有时在舞台的侧面，但到了戏的末尾，他的新婚妻子乔安娜抱着孩子出现了，那个孩子就叫作文森特·凡·高，一家人终于团圆了。在表演过程中，提奥有两次闯进光线，一次是在第二幕，当时，凡·高拿着剃刀威胁高更，说要割掉自己的耳朵，高更吓得赶快跑了。在第三幕结尾，最后一个暴力场面结束时，他赶到垂死的哥哥身旁，脸紧贴着枕头上的那张脸。“我希望我能这样离开。”凡·高说。接着，他就死了。其他没有台词的角色，比如大胡子邮差罗林，两位医生雷和加歇，还有好几个女人，像黛比·穆恩饰演的乔安娜，都在屏幕和舞台外的边界之间，像幽灵一样若隐若现，通过凡·高的指示和科尼克的灯光安排才看得见。

亚历山大看到了洛奇为这部戏所做的努力。他做了一些改动，有些是微妙的变化，有些则不那么细微，他试图从性的角度来解析凡·高的精神错乱。他让沉默的妓女西恩（同样由黛比·穆恩饰演）蜷缩在屏幕后面，她浑身裸露，只盖了一条纱巾，正好呼应凡·高给她画过的一幅画《悲伤》[1]，因此表达的思想比亚历山大想到的更多，凡·高关于爱情和孤独的表达，正好应在这个沉默的人物身上。

他将优雅的芭蕾舞动作引入第二幕。在这一幕，高更和凡·高同居并激烈争吵。在亚历山大的剧本里，一个沉默的女人接受了凡·高血淋淋的半只耳朵，而洛奇则让一些人在图卢兹-劳特雷克和妓女喝咖啡，咖啡馆里笼罩着阴影，高更戴着蓝绿色手套，向妓女们展示着他的击剑技艺，而凡·高则在家里拿着一把破剃刀，茫然地玩弄着。他坐在黄椅子上，这是属于他的半边舞台。凡·高曾经在信里说自己是一头阉牛，高更则是一头公牛。

洛奇想让格里纳韦把凡·高演得令人反感一些，他跟大家在一起的时候肯定非常令人反感，但格里纳韦不愿意。亚历山大引用威基诺浦的话说："如果他来到咖啡馆，在你旁边坐下，你会立马起身离开，不是吗？这就是最让人反感的行为。"格里纳韦倒是用了一种绝妙的表演技巧——他紧挨着高更，甚至是贴着他的脸，冲他大喊大叫着"德拉克洛瓦[105]""客西马尼"，唾沫喷到了邦伯格的衣服上，唾液在灯光下闪闪发光。洛奇向格里纳韦解释，凡·高将绘画和表演相提并论："工作、枯燥的算术、头脑极度紧张，就像演员要在舞台上塑造一个复杂的角色，在半小时内必须兼顾一千件事……"

其实，格里纳韦的表演和亚历山大的剧本都没有表达出最要紧的东西，那就是工作、枯燥的算术和头脑极度紧张。如果亚历山大不那么在意凡·高的智慧，他就会呈现一个更粗野的凡·高，那样反而更接近实质。亚历山大对孤独的心灵很感兴趣，而洛奇感兴趣的是沟通的失败。格里纳韦的表演达到了洛奇的要求，而对于亚历山大的要求，他则采用比较内敛的表现手法，他略显焦躁地挠了高更，还有提奥，然后又突然后退跟他们分开，这几个场景都令人印象深刻。亚历山大觉得这样的表演很好，但他怅然若失，有一种他所习惯的感觉丢失了。

戏刚落幕，威尔基就跑到后台，问候洛奇和亚历山大。不知道他用了什么手段，居然让从剑桥来的那帮人都得到邀请，前往夏洛特街的贝尔多瑞利餐厅参加演员和舞台工作人员的庆功晚餐。弗雷德丽卡和拉斐尔一起乘坐出租车前往那个餐厅。拉斐尔没有对戏剧发表评价，但是，对于这么唐突地参加人家的庆功晚宴，他感到非常焦虑，他多次想叫出租车司机掉头去利物浦街，或者干脆下车，让弗雷德丽卡一个人去赴会。弗雷德丽卡说他必须去见见亚历山大，这是她的梦想。她曾经在亚历山大创作的《阿斯翠亚》中出演伊丽莎白。拉斐尔没有听说过《阿斯翠亚》，也不想摊上什么麻烦。对于弗雷德丽卡演过伊丽莎白，他倒是很有兴趣，还问她有没有遭遇像《酒神》那样的尴尬。弗雷德丽卡说："那时候，我对亚历山大爱得死去活来。"

"他知道吗？"拉斐尔问。他不经意间表明，他认为爱情的正常状态应该是双方都不明说，彼此不明白对方的心意。

"他知道，我肯定。"

"你就是这样的人。"

"但没有结果，"弗里德丽卡匆忙说，"或者说，结果很恐怖，我自己放弃了。"

"是吗？"拉斐尔说，"那么，我觉得我们就不应该去参加那个派对。"

庆功晚宴被安排在一个包房里，里面有四张长长的桌子，靠着墙绕了一圈。基本上是演职人员坐在一头，剑桥来的客人和剧作者的朋友们坐在另一头，但不知道埃莉诺·普尔怎么会坐在保罗·格里纳韦的身边，她的手一直轻轻地摸着桌布。弗雷德丽卡因为拉斐尔闹别扭迟到了，她发现自己被安排在格里纳韦旁边的那一桌，就在亚历山大的对面，亚历山大坐在角落里，他看起来很疲惫。弗雷德丽卡率先介绍拉斐尔。

“亚历山大，这位是拉斐尔·费伯。圣迈克尔学院的教授。我去听过他关于马拉美的讲座。他是个诗人。”

亚历山大介绍了坐在他旁边的马丁娜·萨瑟兰。穿着黑色连衣裙、围着白色小围裙的黑头发女服务员端来了白葡萄酒烩青口贝和牛油果、虾和烟熏鳗鱼和肉酱，他们都吃得精光。弗雷德丽卡一直想找机会跟亚历山大说自己很喜欢灯光效果。亚历山大的话不多，拉斐尔也没说什么，马丁娜侧身靠近他，在灯光照射下，黑色镂空领口内两个长满雀斑的乳房若隐若现。

“费伯博士，您觉得这部戏怎么样？”

拉斐尔看着盘子，正忙着用刀叉切熏鱼。他急忙回答，但没有抬头。

“我对凡·高不是非常了解。”他说。

“这应该不妨碍您欣赏戏剧。您为什么不喜欢凡·高呢？”

马丁娜的职业就是套话。亚历山大知道，她会用专业的耳朵倾听费伯的回答，她会判断他是否言不由衷，是否意犹未尽，他在广播界是否有前途。亚历山大的耳朵也修成了专业的素养，在费伯的回答中，他关注的是他怎么说，而不是他说了什么。

费伯还是没有抬头，他把刀叉放到一起。

“我不认为他在最伟大的艺术家之列，也许是因为他太任性，太自以为是，个性使然吧。当然，这种个性最能吸引剧作家。诗人里尔克曾经说过，凡·高的书信有催眠的效果，最终对他和他的艺术都不利。他总是不遗余力地为自己的行为和作品辩护，仿佛不经过辩护，他的作品就不成立。他总是想证明什么。里尔克指出，与更伟大的艺术家塞尚相比，凡·高只算是一个有点艺术理论的人。他发现了颜色的互补关系，但他因此创造了一种教条式、形而上学的绘画方式，还声称绘画能起到‘抚慰心灵’的作用。我认为这恰恰是他痴迷宗教、崇尚说教的体现。他说过，光环象征永恒，而他要再现光环。他是一个后基督浪漫主义者，跟这个世界格格不入。他一直在自己折腾自己。”拉斐尔的上唇卷起来，轻蔑地说，“凡·高是个性最强的艺术家，但缺乏最重要的清晰和无私。谈到塞尚时，里尔克再次提出了这一点。他称赞塞尚不因为‘我喜欢这个’而画，而是因为‘它就在这儿’，实际上，他是在借塞尚批评凡·高。凡·高始终缺乏这样的见地。这部戏将这一点表现得淋漓尽致，甚至让人有点反感。”

弗雷德丽卡插不上话。马丁娜很勇敢。她仍然用专业的眼光审视着费伯，欣赏着他的雄辩。

她说：“即便如此，我们也不能指望亚历山大写出艺术家的无私。戏剧需要个性，适合讲述奋斗和冲突。你对这部戏有什么看法？”

拉斐尔似乎很耿直，他所说的话好像都与在座的男男女女无关，令人感觉冷冰冰。如果是在圣迈克尔学院，在他家里，弗雷德丽卡喜欢他的这种耿直，但这是在贝尔多瑞利餐厅，大家正觥筹交错，他的耿直就要另当别论了。

“我觉得这部戏将凡·高的有趣之处庸俗化了，有点弗洛伊德的味道。故事追溯到了他的母亲，强调了他和弟弟提奥的共生关系。很多人都存在这样的问题，但没有创作出伟大的艺术作品。他们错失了太多的机会。哲学家海德格尔[106]写过一篇文章，解释了凡·高的靴子的实质和意义，诗人阿尔托也说过，凡·高的精神病是社会误解艺术的后果。但是，这部戏剧并没有体现出思想或文化的意义，观众只看到了人物关系和舞台灯光，恐怕这是一部典型的英式戏剧。它表现了——怎么说呢，一种英国自然神秘主义，我可能无法欣赏，因为我不是英国人。你们总想把凡·高吸收同化到英国的传统里面，但我认为，在英国的传统里面，绘画灵感来源于布莱克和塞缪尔·帕尔默，而写作的灵感大多来自波伊斯和劳伦斯等小说家。凡·高认识伦勃朗，很了解印象派，但凡·高不是英国人。英国人很容易对玉米和花朵这类景物产生兴奋，他们看不到更广阔的世界。这是十分狭隘的艺术。

“关于诗体，我认为，在今天这个时代，再想用五步抑扬格写诗是不可能的。我觉得，当今的主流是乔治诗人引领的伪浪漫主义狂想曲。我不认为凡·高作品的意义能用田园牧歌式的狂想曲来表达，但我的看法也许是错的。”

“好吧，”马丁娜无言以对，她冷冷地说，“您真会说。”

拉斐尔抬起头，他有点紧张，眉毛上方的头发在颤抖，肩膀僵硬，因为他已经注意到了周围的环境。他环顾一周，就像一个被恶作剧吓坏的孩子，然后，脸上又恢复了严肃思想者的表情。弗雷德丽卡转眼看看亚历山大，他看着拉斐尔手足无措的样子，虽然表面上很有耐心，其实早就对他心生不满。

“您的看法也许是对的，”亚历山大说，“现阶段，我说不清这部戏是不是存在这些问题。如果存在您所批评的英式毛病，那也不是故意的，但我知道我也许存在这样的毛病。在某种程度上，舞台表现确实借鉴了弗洛伊德的思想，但这一定会干扰主题表现吗？我以为……”他没法说完这句话，“算了，这不重要。”他说。马丁娜温柔地拉起亚历山大放在桌布上的手，紧紧地握住。

看到自己心爱的人遭到言语攻击，弗雷德丽卡花了几个星期的时间才想到自己该如何反应。她怎么都不觉得自己处于对抗的中心。她一开始是替拉斐尔担心，拉斐尔在出租车里就紧张地说他不想贸然去参加这个庆功宴会，当他意识到自己破坏了晚宴的喜庆氛围，他会有什么样的感受？后来，她看到马丁娜·萨瑟兰对亚历山大的亲昵举动，便心生嫉妒。弗雷德丽卡看着拉斐尔，她一直都非常尊重、顺从拉斐尔，这跟她对亚历山大的感情不一样。她既想在众人面前维护他，避免他因失态遭受攻击，又想狠狠地扇他一巴掌。至于亚历山大，她不再质疑他创作的戏，她认为这部戏记录了光明与黑暗的激烈战斗。她说：

“拉斐尔，其实您跟凡·高一样，希望您别再说‘我爱这个’或‘我要这个’，希望你多说‘它就是这样’。做不到的人，无权批评别人。”

“你怎么知道？”拉斐尔问，“你知道，在天才面前，普通人不能停止思考和判断。”

“是这部戏剧告诉我的。所以，我觉得这部戏很好。”

“你是个好人。”拉斐尔说。正是拉斐尔最后这一句莫名其妙的刻薄评价，让弗雷德丽卡的注意力再次转向面带微笑的亚历山大。他虽然很疲倦，却仍然微笑着，不生气，很温和。弗雷德丽卡很想对他大喊一声“我爱你”，但是，他的手握着马丁娜的手，抚摸着她的指尖。这并不是下意识的动作，而是有意识地表达着爱意。

后来，在剑桥，当关于这部戏的评论被发表时，她想通了更多的事情。总的来说，评论家对亚历山大充满敌意，尽管他们对洛奇和格里纳韦比较宽容。她还发现，有些批评家受到了新兴主流舆论的左右，纷纷批评亚历山大不该把艺术、过去和个人作为创作主题。后来，这个舆论在《演艺人》中得到了体现。他们认为，凡·高是属于普罗大众的画家，托尼·沃森专门在《剑桥评论》发表了长篇大论，聪明地引用了拉斐尔关于阿尔托和海德格尔的观点。

弗雷德丽卡琢磨过拉斐尔的观点。他说塞尚不是因为“我喜欢这个”而画，而是因为“它就在这儿”，这句话很正确，有智慧，正因为如此她才喜欢拉斐尔。但是，情况已在悄然改变，在剑桥最后一年行将结束的时候，她愈加频繁地感觉到，拉斐尔在她的眼里已经不是爱的存在。拉斐尔根本不了解亚历山大却肆意批评他，弗雷德丽卡曾经爱着拉斐尔，所以无论他说什么，她都很高兴地接受，可是，如今她决定不再容忍他对亚历山大的恶意。她引用了《新约》的话批评拉斐尔不守规矩，耶稣说过，“不要论断人，免得被论断”。耶稣也曾经这样质问：“为什么看见你弟兄眼中有刺，却不想自己眼中有梁木呢？”他贬低凡·高，说他只会理论，他自己又有什么成就呢？他批评“个性化”绘画和写作，但他自己的写作却是最个性化，最经不起推敲，等等。评判的阀门一旦松动，自然很难被关上。结果，当《时尚》杂志写信邀请弗雷德丽卡前往海德公园酒店与十二名决赛选手共进午餐时，她欣然接受了。

《黄椅子》公演后的两三个星期，她跟往常一样疯狂地爱着亚历山大。她像是受到了诅咒，又像是晕车，根本控制不住自己。她想起了桌布上握在一起的那两只手。《时尚》杂志寄来邀请信时，她想起要给他写信，要求见他一面。要不是这时奈杰尔·瑞佛刚好出现，提议他们去伦敦玩一天（如果她也去伦敦的话），她也许就写了这封信。在午宴的前一晚，她计划住在一位女性朋友的家里。上火车后，她就一直惦记着要去买一顶帽子，她觉得去参加午宴一定要戴一顶帽子。同时，她又很担心奈杰尔·瑞佛。于是，亚历山大渐渐从她的心里淡化，她又回到了之前的状态，他只是她的一个参照点。

29
伦敦

伦敦之行让弗雷德丽卡激动不已。对于这座城市，她知之甚少，脑海中仅有的一些印象也支离破碎，无法拼凑成完整连贯的图景。作为一个身强力壮而充满好奇和渴望的年轻人，她非常喜欢在没有熟人陪伴的情况下，从一地辗转至另一地，不断见识新鲜事物。她喜欢穿梭在形形色色的陌生人群中，从卡姆登镇到牛津广场、从利物浦街到莱斯特广场。《时尚》杂志午宴后，她将从海德公园去圣保罗大教堂，去找在伦敦城里的奈杰尔·瑞佛。她喜欢看到不同的面孔。那天晚上，她跟威尔基的女人卡罗琳一起住在卡姆登镇的一套公寓，这里是威尔基跟BBC谈判期间的大本营，位于一幢维多利亚时代中期风格连排房子的一楼。公寓里面的陈设非常简陋，与整体建筑风格很不相称，不甚结实的隔墙将原本宽敞的卧室隔出一角作为厨房，再隔出一角作为卫生间，剩下的空间就显得逼仄不堪。房间也没有打扫得很干净，家具矮小，只占墙面八分之一高度，所幸床上的床单被套都是斯堪的纳维亚风格的，地板上铺着印度手工编织地毯，颜色鲜艳。卡罗琳有很多朋友，她们都穿着弹力长裤、趿着芭蕾拖鞋，在这里进进出出。弗雷德丽卡穿上了午宴礼服。礼服是藏蓝色，府绸面料，裙摆处收得有点过紧，这样比较庄重，但她觉得这样看起来像一个秘书。她去牛津街上约翰·刘易斯的店里买了一顶女学生风的素色宽边帽。帽子是黄褐色的，这跟她的预期不大相符，她也看过一些蓝色的帽子，但和她身上的蓝色都不大配，灰色搭配蓝色，整个人看起来就显得太暗淡，所以她只好考虑其他的色系。这顶帽子的黄褐色是偏黄的那种。她用指甲刀把原来的帽带剪了下来，缝上了一条看起来更和谐的藏蓝色缎带。她知道自己的行头看上去很凑合，礼裙也是一位做戏服的裁缝朋友做的。不过，凭她优雅得体、沉着自信的气质和窈窕匀称的身材，到时候穿出来的效果应该不会差到哪儿去。

午宴现场完全是另一番天地。宴会厅十分宽敞，厚玻璃板窗户和巨大的舞厅吊灯交相辉映，十二位入围选手都是女性，四人坐一桌。圆形的餐桌上铺有厚厚的粉色桌布，还摆着粉白相间的康乃馨。选手们有珠光宝气、优雅大方的，也有穿着朴素、过时的，弗雷德丽卡觉得十分新鲜。在决赛选手享用三文鱼和草莓之际，《时尚》杂志的员工则穿梭于餐桌之间。她们穿着很得体，身上的香水气味也很舒服。她们仔细观察着这些选手，上次弗雷德丽卡看到马丁娜·萨瑟兰也是这样打量拉斐尔·费伯。杂志员工倾听选手们介绍她们的技艺、观点和创意，气氛时而温和，时而激烈，但大家都颇具风度，果决有力。这一点她很喜欢。接着，她也加入了交流，并提起《黄椅子》，说到观众在看一部话剧或电影前需要了解什么，谈到刻薄的差评往往比狂热的吹捧更有意思，还介绍了规避差评的种种方法。她内心一边想她要写一篇关于文艺复兴宗教隐喻的论文，一边默默记下那些参赛选手戴的帽子和她们的讲话习惯，回去以后她要讲给艾伦和托尼听。她和其他选手按要求像学生合照一样排成金字塔形状合影留念，照片看起来像一碗水果荟萃。一位戴着羽毛制服帽的女人对她说："如果你来我们这里，我觉得，你可以从专栏版面的编辑做起。"这位女士穿着米色亚麻套装，要是换弗雷德丽卡穿的话，肯定不出二十分钟就得弄脏了。弗雷德丽卡表示她乐意接受，然后，她喝了一小口冰镇白葡萄酒。这一切都那么虚幻、激烈而又亲切，让人心醉。结果揭晓了，弗雷德丽卡虽然没有拔得头筹，但也获得了亚军。编辑们热情地邀请她加入团队工作一年，纷纷赞扬她在新闻领域很有前途。弗雷德丽卡脑海里先是浮现了拉斐尔严肃的表情和亚历山大那张疲惫不堪的脸，接着，她又想起沼泽地中央的白色小镇以及那些熙熙攘攘、生机勃勃的街道。她说："我会好好考虑的。这个机会很好，我会好好考虑。"她要享受生活，不要再思考了，她需要真实直接的生活，而这座城市充满了无限的可能。

奈杰尔在圣保罗大教堂等着她。他穿着黑色外套，看上去跟从前完全不一样，更精干，更有气场，也显得那么陌生。他说最近他在为叔叔搜集航运方面的资讯。交谈时，他与她保持着一定的距离，还彬彬有礼地鞠躬，在前面为她领路。她之前也见过圣保罗大教堂，但没有将这座教堂和伦敦联系在一起过，所以亲眼见到时感到很惊讶。幽暗和繁忙的街道上，形形色色的人川流不息，更令她感到兴奋刺激。街上没有闲逛的人，多数人都在匆忙赶路。每一位穿黑西装的男人和每一位身着整洁衬衫与黑裙子的女人都是如此，尤其是年轻人。对于那些人要去哪里，他们的生活方式，以及他们从事什么工作，她都一无所知，她盯着从身边走过的每一个年轻男女，仿佛要从这些过客身上抓取线索，观察他们的生活习惯和内心状态。不过，她唯一的收获是发现廉价衬衫在关节处总会起褶子，而奈杰尔·瑞佛的衬衫就不会，他的衬衫又柔顺又光滑。他想带她去逛历史悠久的伦敦老城，早在莎士比亚和狄克·惠廷顿之前，伦敦老城就已存在，大火之后经过重建，如今是众多行业协会和放贷人的集聚地，也是市民自豪感和激烈竞争的象征。他带着她接连穿过一幢幢高楼大厦，穿过一条条狭窄的拱顶小巷和秘道，穿过一座座庭院，经过一座座被炸成废墟或辉煌耸立的教堂。伦敦城里的教堂真多。他们路过1940年遭到空袭的圣贾尔斯教堂，克伦威尔曾在这里举行婚礼，约翰·弥尔顿死后也长眠于此。当时，巴比肯艺术中心还没有建成，仍只是建筑师和规划师理想中的乌托邦。他们踏过当年空袭留下的瓦砾，上面星星点点长着粉紫色的柳兰花和芥末黄的绉叶菊。除了入口沉甸甸的玻璃门和镀金的招牌之外，教堂显得很陈旧。

奈杰尔带着她继续走，走到河边，沿岸有一些仓库，透过黑乎乎的窗户，她看到里面堆放着成捆的动物毛皮。他问："现在，你能闻到什么味道吗？"两人并肩站着，不知从哪儿吹来一阵风，送来了一股香料和陈年木柴的刺鼻气息，闻起来像桂皮、决明、肉豆蔻和丁香的混合物，压过了河鱼和泥土的腥味，也盖过了路上扬尘和汽油的气味。每一阵风吹来，奈杰尔都深深地吸一口气，将那气味吸了进去。对于弗雷德丽卡，他黑色外套下的紧致身体，连同动物毛皮和香料的气息，永远都是一个谜，一个似乎那么遥远的谜。

"船是个伟大的发明，"他说，"船可以载着货物抵达世界各地。我喜欢看着商人忙忙碌碌，买卖茶叶、咖啡、胡椒、可可。弗雷德丽卡，你尝过生可可吗？吃过原豆吗？舌尖上的感觉好极了，香醇又苦涩，很有层次感，还有种天然的清淡……"

两人从一条窄巷穿出来，来到河边，在一堵灰溜溜的墙边有一个小码头，拴着一艘盖着油布的驳船。奈杰尔坐在墙头，她坐在奈杰尔身旁。两人看上去很不协调。从远处看，他就像只海豹，从头到脚一身黑。她一手抓着帽子，一手压着裙边，免得被微风吹起来。几年后，就在罗瑟希德，摄影师安东尼·阿姆斯特朗-琼斯拍摄了一组照片，女模特们穿着用漂浮材料做的衣服，坐在河中间的椅子上，椅子有一半没在河水里面。弗雷德丽卡看见河水拍打着防汛墙和铁杆，也冲刷着驳船，卷起一圈圈浑浊的小旋涡。

“潮水时刻在变化，”奈杰尔说，“我喜欢这里。早在罗马时代，这片浅滩就已经形成，几百年了，商人一直在这一带活动，即便在中世纪的黑暗时代，贸易也没有中断过。人来人往，他们不断带来新鲜的事物，也把本地的东西带了出去。我喜欢这条河。”

弗雷德丽卡从未见过这样的风，风里夹杂着反差强烈的各种气味，有香料、腐烂的蔬菜、纯粹的和不那么纯粹的泥土、刚在火上烤过的皮革和咸海水的气味，还有身边这位奈杰尔·瑞佛的气息，他的身上散发着淡淡的欧仕派和一点汗酸味，她还能感受到皮肤的温热。他身上的气味她已经差不多忘了，此时她才意识到，奈杰尔是有意让她记住，并注意到他的存在。

“我都是一个人来，”奈杰尔说，“在这里能思考一些事情。”

“这次是和我一起来的。”弗雷德丽卡说。

“没错，是和你一起来的，”奈杰尔说，“我喜欢和你在一起。”

他吻了她，她扶着帽子。他用膝盖顶住了她飘起来的裙子，双手紧紧抓住她。他帮她正了衣领，帮她摆好帽子，随后，他带着她往回走，经过刚才闻到香料气味和看到成捆动物毛皮的地方。他们要打车回家。她心想，他真是个“强盗”。“强盗”这个词让她感到一阵浪漫的愉悦。

他住在一幢公寓里，从外面看上去，公寓像一幢体面的肯辛顿家庭住宅，窗户宽大，墙体洁白。公寓的租户都是年轻的股票经纪人和律师，奈杰尔单独住一个房间。他和弗雷德丽卡刚进门，就有两个西装笔挺、发型讲究的小伙子出了门，擦得锃亮的皮鞋咔嗒咔嗒地走下门前的台阶。他们很客气地跟奈杰尔打了招呼，并报以会心的一笑，好像没看见他身边的弗雷德丽卡。

“真不巧，”奈杰尔说，“在这个时间点，公寓里一般都没有人。我去看一下厨房，给你做个三明治。你在这儿等我一会儿。”他果真一会儿就回来了。他说：“跟我来吧。厨房里没人。”

弗雷德丽卡跟着他进了厨房，心里却有点别扭，隐隐觉得奈杰尔有点居心叵测。厨房很大，设施也齐全，但脏兮兮的，她感到有些意外。水池里堆满了煳了底的锅子以及沾了汤汁和咖啡的塑料布。冰箱上方挂着日历，印着一个金发女郎，坐在一块山羊皮上，身穿透视黑衬衫，根本遮不住丰满的乳房以及肉感的大腿，乳沟和刮过毛的阴部也尽收眼底。冰箱和橱柜门上用胶带和图钉固定着几张字条，上面写着：“哪个浑蛋用了安迪的糖？速速补回来。”“清空黄油碟的人，请自觉放一块新的上去。”“托迪欠维克半罐雀巢咖啡和一点牛奶。”“谁动了我的黄油甜酥饼干？”弗雷德丽卡当即决定不关心这些鸡毛蒜皮的事，转而看向正在一边切面包片和脆干酪的奈杰尔，她从未见过他这样笨手笨脚。

“这儿应该有苹果。你吃吗？”

“你觉得我们可以拿……”

“上回还有人偷喝了我整整大半瓶干邑呢。拿他们几个苹果不算过分。我们上楼吧。”

他的房间积了很多灰，是带着家具租的，里面有一张折叠桌、一只刷过漆的劣质衣柜、一盏牛皮纸糊的台灯和一张乱七八糟的床。衣服没有收到衣柜里，屋里凡是突出来的地方都挂着衣服，有些衣服干脆搭在椅背上。鞋子沿墙脚摆了一长串，床架上还挂了好多条毛巾。奈杰尔拉出两把老旧的餐椅，然后拉开桌板，两人肩并肩坐下来，一边啃着三明治，一边品着奈杰尔从衣柜里“变”出来的红酒。他们的膝盖碰到了一起。弗雷德丽卡想到下面可能发生的事情，紧张了起来。她之所以紧张，有两个原因。首先，她对奈杰尔的意图心里没底，他是想和她随便玩玩？搞一夜情？还是准备有朝一日让她成为那座有护城河的庄园的女主人？刚才那两个小伙子神秘兮兮的，好像表明奈杰尔有在不正常的时间带身份不明的女人回家的前科，甚至不排除这一屋子的男人都有这样的习惯。其次是她生理上的恐惧。弗雷德丽卡太过忧心忡忡而显得心不在焉。奈杰尔问她要不要去洗个澡，并提醒她得从房间里拿条毛巾过去。“我的毛巾一般不会放到浴室里，因为别人会偷偷拿去擦鞋子，或者当抹布用。”浴室同样装修豪华，同样设施齐备，但同样肮脏，洗脸盆有一圈干掉的泡沫，还沾着一些胡子茬。浴缸里泡了一大堆衣服，弗雷德丽卡坐在马桶上看了半天，才看清那是一堆蓝白混杂的衬衫。显然是有人搓着衣领半途走人了。浴架上放着一个沾满泡沫的指甲刷，还搭着一件衣服。弗雷德丽卡瞬间想通了房子里的气味为什么似曾相识。这里闻起来就像里思布莱斯福德学校的更衣室，全都是男人的汗水、尿液，还有肥皂泡的味道。

再回到房间时，奈杰尔已经把床铺好，坐在上边等着了。相比他做三明治时的表现，这床铺得算是非常漂亮了。两人默默地脱了衣服，开始做爱。没过一会儿，性的气息就弥漫了整个房间，跟海水一样又咸又湿，覆盖了其他所有气味。接着，弗雷德丽卡就把一切无关紧要的事情，比如亚历山大、柯勒律治、《时尚》杂志优雅知性的女员工、约翰·弥尔顿、拉斐尔·费伯和剑桥的光辉等，都抛到了九霄云外，当下，她只能感受到奈杰尔的存在。她一开始的担心是正确的。枕在奈杰尔的胸膛上睡着之前，她最后想到的是，她以前从来都不知道，两人脊椎中的暖流竟然可以在前面的三角地带交汇。“别挣扎，”他一遍遍地说，“别挣扎。”不过，他的语气并不粗暴，也不是苛责，他主要通过双手、臀部和阴茎把他的温柔传递给她。可怜的弗雷德丽卡，她终究不是会放弃的女人。在温馨而持久的缠绵中，她不断呻吟和颤抖，可他却不曾回应，只顾着探索、体验和了解她。她开始抵抗，推搡他。他说：“不要，再坚持一下，乖，再一会儿。”最后，她终于放弃了抵抗，分离出来一个新的弗雷德丽卡，热情地迎合他。她往后撤了一点，给他腾出空间，然后叫了起来，她听到自己一直在叫。这时，他却说“行了”“够了”。他把脸侧过去，接着，他的身体失去了劲头，从她身上翻下去。她也昏睡过去，睡得像石头一样，全然不知道自己是谁，也不知道身处何地。醒来的时候，她觉得浑身的皮肤都不是自己的，心脏跳动和血液流淌的声音听上去也有些异样。她感到恐慌。

这一次，还没等他主动靠近，她就如饥似渴地回应了他的欲望。她想：完了，我要死了。这时，她终于想通了一个最古老的隐喻。

几小时后，两人又在积灰的活动桌板上吃饭，她把《时尚》杂志的事情告诉了他。她说：“我今天得到了一份工作。如果我愿意，可以在《时尚》杂志先干一年。”弗雷德丽卡很兴奋，感到浑身的血液都在沸腾，大腿根、腋窝和乳房等地方还有些许刺痛。她跟他说：“祝贺我吧。”弗雷德丽卡感觉，身上所有的关节都变得绵软无力。除了膝盖和脚踝之外，手腕、骨盆和颈椎也失去了力气。

“好吧，祝贺你。”

他笑容可掬。在此之前，她好像没有见他笑过。他笑着，却回避着她的目光。他好像透过画着叶子图案的墙壁和一面有一道道裂痕的镜子，凝望着远方。他很开心。

“我不知道该怎么选择，是留在剑桥，还是到伦敦来？我不知道我到底是不是当记者的料。”

“哦，到伦敦来吧。这样，我们就可以在一起了，我们会很开心的。”

“开心不是我的首要考虑。”

“不是首要考虑，”他重复了一遍她的话，他经常这么做，“就算不是首要考虑，但也在考虑范围之内，对吧？”他舒了口气，很自信，很得意。弗雷德丽卡想用软绵绵的指头托起酒杯，却一不小心让杯中的酒泼了出来。奈杰尔赶紧用他洁白的手帕将泼出来的酒擦干，那只洁白无瑕的手帕和脏兮兮的桌面形成了极大的反差。

30
一只麻雀

圣诞节前的星期六是漫长的一天。像往常一样，斯蒂芬妮要给表演圣诞剧的小演员准备服装。她身边有一堆装着毛巾、粗麻布、人造丝和塔夫绸的纸箱子，她从箱子里找到了一块有东方风情的包头巾，那是她用披肩改的。那条披肩她从前在五月舞会上用过，有孔雀绿和浅黄色两种颜色，用莱茵石扣固定。如今，包头巾积了不少灰尘，插在褶皱处的羽毛已弯曲变形。她把羽毛拔出来，在裂开的地方缝了几针，然后把头巾绕在儿子威廉的头上。头巾下面，他的一双黑眼睛笑眯眯地看着她。她自言自语说："等等，应该还能找到一个斗篷。"她把斗篷固定在儿子弱小的肩膀上，威廉迫不及待，迈开大步爬上楼梯去照镜子。玛丽在一旁拉着斯蒂芬妮的裙子嚷嚷着说："我，我，我也要。""等一会儿，"斯蒂芬妮说，"在给你缝呢。"

那天是吉迪恩青年联谊会聚会的日子，自成立以来，这个团体规模不断壮大，活动越来越频繁。聚会在教堂大厅举办，联谊会的成员们一起跳舞喝酒，激烈抨击着现代生活的种种弊病。他们有时会组织社区活动，比如到老年人的家里帮忙粉刷；周末，他们通常会去实地研究中心，议论现代生活以及世俗世界里人际交往所面临的重重障碍。让斯蒂芬妮颇为讶异的是，在新大学读书的马库斯竟然也经常去参加这些活动。他住在罗伊斯顿一幢老房子的仆人阁楼间里，每个星期天都来教堂，跟他在一起的还有杰奎琳、鲁茜和一群年轻人。在他生病的那段日子里，马库斯都是和卢卡斯·西蒙兹一起来教堂的。如今，他就坐在一群女孩中间，斯蒂芬妮不知道他在想什么，又信仰什么。他常常和杰奎琳聊天，杰奎琳懂事又活泼，也是新大学的本科生。她的名字刻在了斯蒂芬妮的脑海里，挥之不去。或许他们恋爱了？有什么理由怀疑呢？她真不明白，她怎么会以为他永远失去了正常的感情呢？难道是杰奎琳？她知道，马库斯肯定不是冲着吉迪恩·法勒超凡的人格魅力才来参加活动的，尽管他没有跟自己谈过这件事。的确，自从他住进他们家，他就一直跟她保持着距离，这也许算是自然的事。他的疏离让人捉摸不透。他可能有意躲着斯蒂芬妮，她是他恐惧的来源之一。

丹尼尔早上回来过，还带着一个皮肤凹凸不平、头发油腻的女孩，他一开始没介绍这个女孩子是谁。斯蒂芬妮能够感觉到他很生气，仿佛有一股强大的火焰马上要喷发出来。丹尼尔问斯蒂芬妮有没有见过吉迪恩，他说，还有圣诞礼拜和聚会的事等着吉迪恩做决定，但他却不见了，他是这次聚会的负责人，可是，在最需要他的时候，总是见不到他的身影。因为吉迪恩从一开始没有做好组织工作，昨天，丹尼尔花了两倍的时间才帮他把这些事情搞定，却没有得到任何感谢。威廉站在丹尼尔面前，向他展示自己的丝绸斗篷和帽子。他说："快看我。"丹尼尔对威廉说："一边玩去。"然后，他又对斯蒂芬妮说，"你能不能给我们倒一杯咖啡？这个是安吉拉·梅森。"他粗暴地推开了威廉，威廉大叫起来，抱住他粗壮的大腿，不停地用头撞，把头巾撞坏了。斯蒂芬妮起身去给他倒咖啡。她说：

“别冲威廉发脾气，他没做错什么，他就是想让你看看他的新造型。”

她的声音在颤抖。丹尼尔握紧拳头，他知道她很怕人家生气，也很害怕别人抬高嗓门，更怕人家莫名其妙地发火。他抱起威廉，威廉很生气，挣扎着让他把自己放下来。他又抱起玛丽，玛丽亲了他一下。丹尼尔正式介绍安吉拉·梅森。

“安吉拉是社工，负责照看芭芭拉·伯特的，芭芭拉从收容所出走了，不知去向，很可能去找你的格里·伯特了。我觉得你应该知道怎么才能找到他。”

斯蒂芬妮在厨房里说：“他写了一张明信片，几个月前，从伦敦寄来的，他只说，‘圣班纳特教堂的地下室是个好地方，那里有很多善良的人。如果你来伦敦的话，可以到这里来找我’。”丹尼尔又亲了亲威廉和玛丽，说了一声“哦”。

接着，他阴沉着脸，没有再说话。安吉拉·梅森说，或许圣班纳特教堂的神父可以帮她联系上格里·伯特，看看他的妻子是否跟他还有联系，或者问问他现在是否愿意见她一面。斯蒂芬妮说，她可以肯定格里之所以去伦敦就是不想再见到她，所以最好别再折腾。安吉拉喝着雀巢咖啡，心不在焉地用手指逗弄玛丽，玛丽把红斑逐渐消退的脸埋在斯蒂芬妮胸前。

“我觉得，我们不应该太悲观。芭芭拉一直都有病，病得很厉害，如今，她非常希望能回归正常的生活，恢复正常的人际交往。她非常想见到她的丈夫，向他解释自己的病情，她的确不负责任，但她自己也无能为力。她性格软弱，非常在意别人的看法，情绪波动很厉害。我联系过她的父母，他们都还健在，但不愿配合。她妈妈来过一次。”

“怎么回事？”斯蒂芬妮问。安吉拉·梅森用很专业的口吻回答说：“芭芭拉确实联系过他们，恐怕她的母亲没有搭理她，甚至还羞辱她。芭芭拉崩溃了。面对母亲的绝情，她沉默了，她觉得彻底完蛋了。她很容易陷入绝望。”

“格里不会帮她的。”斯蒂芬妮说。

“我得先见见他，才知道他肯不肯帮忙，”安吉拉·梅森说，“他曾经爱过她。”

三人一致同意梅森小姐给圣班纳特教堂的神父写信。丹尼尔走了，留下梅森和斯蒂芬妮二人在家，斯蒂芬妮又煮了一些咖啡，听梅森花了整整半小时用专业的字眼描绘芭芭拉·伯特的孤独和恐惧。她听过格里的描述，了解过芭芭拉出院之前的通话记录，此时，梅森小姐也在跟她详细解释着，说那个女人本就有精神病，而且受到精神创伤，目前的心理状态如何如何。“我看到这位妈妈的时候，我感觉她并没有把自己看作一个单独的女性个体，虽然有人给她带花边的睡衣，她始终没有得到应有的尊严。”但是，斯蒂芬妮还是想不明白芭芭拉·伯特是怎么回事。她懵懵懂懂地设想，一旦见到她，她应该能体会那是一场人间悲剧，正是因为恐惧、绝望以及极度的身体恐慌，才导致洛林·伯特死在了脏兮兮的小床上。芭芭拉成了她的梦魇，她真的做了一个噩梦，梦中的那个人长着一头飘逸、有光泽的红头发，穿着镶有花边、质地轻薄的长睡衣，比尔正在大发雷霆，在他和第一任罗切斯特夫人中间有一个十字架，罗切斯特夫人站在威廉和玛丽的婴儿床前，俯下身去，把他们的被子掀开，孩子们的身体不停颤抖，她还挥舞着一把熊熊燃烧的火把。斯蒂芬妮不想去揣测芭芭拉·伯特的情况，虽然她知道这样可以算是道德上的懦弱。安吉拉·梅森说的都是专业的废话，斯蒂芬妮完全不予理会。斯蒂芬妮不能让她构造出一个真实的女人形象，一个让格里感到恐惧并且让他做噩梦的女人。她把玛丽紧紧地抱在怀里，这样她才安心一些。玛丽刚刚吃了一把饼干，嚼了嚼又吐出来，抹在了她的前襟，这已经不是第一次了。

安吉拉·梅森走后，克莱门茜·法勒随后找上门来，说是要帮她准备圣诞剧的戏服。克莱门茜的儿子多米尼克有一半黑人血统，去年戴着丝绸头巾、披着斗篷扮演巴尔萨扎，他是法勒家最后一个从小学升入中学的孩子。斯蒂芬妮在教堂礼拜时听学校的老师说，多米尼克在圣卢克学校喜欢欺负小朋友，已经成了名人，圣卢克学校是一所教会学校，他和杰勒米·法勒现在都就读于这所教会学校。杰勒米比多米尼克大两岁，但个子矮小得多。老师问斯蒂芬妮要不要把这事报告给吉迪恩和克莱门茜，斯蒂芬妮叫他们不要报告，毕竟多米尼克是收养的孩子，还有黑人血统。斯蒂芬妮猜测他们最终没有报告，因为克莱门茜今天一开口就说，多米尼克的表演天赋在圣卢克学校发挥得淋漓尽致，备受好评。他在《绿野仙踪》中扮演胆小的狮子。“斯蒂芬妮，你知道吗，他非常积极，去年他参演这出戏的时候，我还以为他要扮演国王呢，国王风度翩翩，多气派啊。你不觉得吗？”

斯蒂芬妮连连表示赞同，她等着听克莱门茜讲黛西、塔妮娅和杰勒米的成就。她又煮了一些咖啡，开始整理不同颜色的天使光环。克莱门茜说：“你见到吉迪恩了吗？”

“没有。丹尼尔也在到处找他。今天晚上不是要举行青年联谊会聚会吗？”

克莱门茜点点头。她拿金线穿了针，给塑料头箍缝了一圈黄色丝带。

“你弟弟马库斯也去参加聚会，对吧？”

“他似乎很喜欢。”

“哦。”威廉伸手去摸那些布料，克莱门茜把他推开，“亲爱的斯蒂芬妮，我能和你聊聊吗？”

“当然可以。”

“你……你有听说过吗？”

“听说过什么？”

“关于青年联谊会。关于吉迪恩。”

“没有。”她想，我亲眼看见了，但我不会说的。

“我也不知道该怎么说。有人向我投诉……班布里奇太太向我投诉。”

“汤姆·班布里奇的妈妈吗？”

“米利·班布里奇的妈妈。米利偶尔也会去参加青年联谊会。班布里奇太太说吉迪恩……吉迪恩一直在骚扰她女儿。”

斯蒂芬妮紧接着就说：“班布里奇太太也不是好相处的女人。”这是实话。

“没错，但这不是重点。”克莱门茜说。

斯蒂芬妮想起来了。有一次，她去教堂取回丹尼尔落在那里的东西，好像是一本书，也可能是乐谱。她悄悄地走进教堂大厅角落里的一间小办公室。当时，整座教堂，包括那间办公室的灯都关掉了，但她发现用卡乐罐煤气烧的火还没有灭掉，这可以算是重大的过失。她看到教堂的圆顶闪着蓝绿色、红色和白色的光，接着看到火光后面的椅子上有两个人，吉迪恩·法勒的衬衫敞开着，一直开到腰间，那个女孩的衬衫也敞开着，赤裸着肩膀，衣服被推到了背后。不过那不是米利·班布里奇，而是里思布莱斯福德文法学校毕业班的学生，是马库斯的两个朋友之一。她留着大辫子，话不多，看上去很文静，正在接受护士职业培训。

“你相信她说的话吗？”斯蒂芬妮问吉迪恩的妻子。

“也许吧，”克莱门茜说，“我感觉，你应该听说过吧，我发现你一点也不吃惊。她这个人喜欢大吵大闹。”

她用挑衅的眼光看着斯蒂芬妮，仿佛斯蒂芬妮才是那个大吵大闹的人。斯蒂芬妮还记得，吉迪恩刚上任没多久，就用他那双经验丰富的手摸过自己的腰，搂过她的肩膀，眼睛盯着她连衣裙的开口。那天晚上，她关上了教堂大厅的门，回到家里，没有跟谁提起过这件事。从此以后，吉迪恩一直躲着她。克莱门茜可能注意到了，由此得出了错误的结论，或者说是正确的结论。

“吉迪恩，”她小心翼翼地说，“是一个善于表达的人。我注意到了。他喜欢跳舞，喜欢跟人家进行肢体接触和交流，这是他取得成功的原因之一吧。”

“是性和欲望。”

“从很多方面来说，精力也是性欲，有好也有坏。”斯蒂芬妮吞吞吐吐地说着废话，“克莱门茜，你觉得……他已经对米利·班布里奇造成实质性伤害了吗？或者对其他人造成了伤害？”

克莱门茜俊俏的小脸一沉，她说：“也许没有，那些傻姑娘，可能是她们自己主动的。如果这件事传开了，对他造成的伤害可能要大得多。但是，对我来说，是的，对我来说，他让我觉得恶心。”

她趴在布料上，呜呜地哭了起来，还说了一些斯蒂芬妮猜到她会说的话，体现了她的自尊、教养和悔恨。

“他很好色，我早就知道了。我生下杰勒米之后，他对我的欲望仍然很强。是我的错，自从杰勒米出生以后，我就一直做得不好。从前，看见他去拈花惹草，我甚至还觉得庆幸，因为这样一来，他就不会来骚扰我，不会在我面前晃来晃去，不会对我动手动脚，不用在我身上释放欲望……你不会理解我说的这些话。你们多幸福啊，你和丹尼尔，我知道你们俩过得很幸福。可是，我们家一塌糊涂，也不能说一塌糊涂，吉迪恩的工作还是很顺利的，如果他不自甘堕落的话……”

“孩子们……”

“他们也都不消停。几个人合伙欺负可怜的杰勒米。多米尼克甚至……多米尼克甚至对着杰勒米脱裤子炫耀他的家伙，说杰勒米有问题，说他的太小了，吉迪恩听了还大笑。我忽视了杰勒米，因为我感觉其他几个都是苦命的小孩，如今他很恨我，他恨所有人，他尿床，课业也跟不上。我可怜的儿子啊！对不起，我说不下去了。”

斯蒂芬妮努力让自己保持冷静。

“你必须和吉迪恩谈一谈，有必要警告他，你要是做不到，要不要我叫丹尼尔去讲？”

“他很怕丹尼尔，他说丹尼尔总觉得他是坏人。他和丹尼尔说不到一块儿。还是你去吧。”

“我？”

“你吓不到他，他会听你的。你先去和班布里奇夫人谈谈。”

嫁给一个男人，就意味着嫁给了他的事业。尤其是这样的事业。不过……

这时，白猫叼进来一只麻雀。这只猫从不是捕猎的一把好手，以前它会从园子里叼一些爬行动物进来，把它们放在火炉前的地毯上，有湿漉漉的粉色蠕虫，一小堆乳白色的蛞蝓，还有两个黑色的大家伙，身上斑斑点点，弓成一团。威廉很有爱心，又把它们放生了。他把它们扔到金莲花丛里去，个头小一些的放在向日葵的叶子上。“好啦，”他说，“叶子好，叶子好，这样行了吧？”麻雀被叼在小猫柔软的嘴上，使劲地拍着翅膀。

“噢，可怜的小东西，太吓人了！”克莱门茜·法勒惊叫。

“小鸟，是只小鸟，”威廉喊，“妈妈，快抓住它！”

斯蒂芬妮慢慢靠近那只猫，那只猫躲到奥顿太太的沙发椅下面，毛发呈现出淡绿色。斯蒂芬妮把手伸到椅子下面，似乎抓住了它，她抓到了一条后腿。她的手腕被抓破了，白猫发出一声低沉的咆哮，小鸟叽叽乱叫。

“松口！”她说。她摇动椅子。

“快松口！”威廉的命令也无济于事。

那只猫和麻雀出现在了椅子的另一边。小鸟已经从猫的嘴里掉下来，在地上蹦蹦跳跳，但跳不高，浑身颤抖着。

“滚开！”斯蒂芬妮喊。她把猫踢开，然后挥舞着手臂：“出去，出去！滚开！”

“坏猫！”威廉朝那只猫冲过去。

“小心别被它抓了。”克莱门茜在一旁提醒。

突然，小猫猛地冲进了猫窝，像愤怒的老虎跳过火圈。斯蒂芬妮把煤桶搬过来堵住猫窝。威廉向那只突然苏醒的小鸟伸出双臂。它飞到了书架顶上。

“别弄它，”斯蒂芬妮气喘吁吁地说，“我们打开窗户，它就会飞出去。只要它能飞。”

“可能是宠物鸟。”威廉说。

“不，我觉得不像。应该是一只野鸟，还是会飞出去。”

“我得走了。”克莱门茜说。在这场混乱的战斗中，她很好地控制住了自己的情绪。“请你……你能帮我去跟吉迪恩谈谈吗？”

“哦，你自己不行吗？”

“我不敢，我不敢。他不会听的，他甚至……我可能把他惹急了，那样的话，会更加糟糕。”

“我跟丹尼尔说说吧。”

“你看着办吧……不到万不得已，我希望你不要和他说。”

丹尼尔没有回来。一些圣诞剧小演员的妈妈也来帮忙准备服装。丹尼尔打电话来说晚饭不回家吃了。斯蒂芬妮煮了一点芝士意大利面，喂给威廉和玛丽吃，还帮孩子们洗了澡。她给威廉读了《糖果屋》的故事，哄孩子们上床睡觉。威廉两次举起双臂，问她：“妈妈，小鸟好好的，对吧？”

那只鸟还在书架顶上。白天，在威廉的一再央求下，斯蒂芬妮踩着一把摇摇晃晃的椅子，想上去抓住它，但它突然向下俯冲，在屋里盘旋，翅膀打到了吊灯和窗帘杆，于是落到灶台上，叫了几声，然后又飞回到书架上。房间的窗户敞开着，让它能够飞出去，所以屋里很冷。

“爸爸会让它出去的，”斯蒂芬妮说，“你快睡觉吧。”

“它没有受伤，对吧？”

“要是受了伤，它就飞不起来了。”

“猫不坏，对吗？”

“嗯，不坏，这是它的天性。猫原本就是吃小鸟的。但它不应该在我们家里捕猎。威廉，有我们帮忙，明天早上之前它就能回到园子里。快睡觉吧。”

丹尼尔没有回来，但是，大概在晚上十一点，吉迪恩的青年联谊会聚会结束之后，马库斯来了。她给马库斯煮了一杯咖啡，她想打听吉迪恩的行为是不是真的很恶劣。但她感觉马库斯心神不宁。他坐在丹尼尔的座位上，悻悻地盯着炉火。

“今晚怎么样？”

“还好。”

“听起来你好像不是很开心。”

“今天的话题是爱，各种各样的爱。有性爱，基督之爱，仁爱，还有家庭亲情。我们都经历过。你知道的。”

“参加聚会的人多吗？”

“挺多的，人不少。”

“都发言了吗？”

“嗯，你应该了解，吉迪恩喜欢让我们分享各自的经历，所以我们都有发言。大家讲述了自己的感情经历。他说我们这个社会缺乏沟通，不喜欢说心里话。所以，大家就都说了。”

“听上去不怎么样。你这样说让人感觉这次聚会很不舒服。你觉得舒服吗，马库斯？”

“我不知道。你了解他，他有一种天赋，什么事经过他的嘴，都变得极具意义。”

“你发言了吗？”

“天哪，我没有，”马库斯好像惊魂未定，“我不能说，我觉得这种东西不能说，我觉得感情是一种隐私，至少我是这么认为的。”

“那你为什么去参加聚会？”

“因为我的朋友们都去了，你认识的，杰奎琳和鲁茜。”

“她们发言了吗？”

“偶尔说几句。”

他原本是想跟一个人说，跟一个局外人说，鲁茜是怎么回答吉迪恩的，她对于爱有什么看法，但突然间，他不想说了。说出来会让人显得愚蠢，包括他自己和鲁茜，甚至吉迪恩也是，他煽动性的微笑还浮现在马库斯的脑海里，他就是用这样的笑容邪恶地推着鲁茜越走越远。外面传来了撞击声和一声怒吼。那只猫想进来。为了爱而一直魂不守舍的马库斯既没有注意到书架上的鸟，也没注意到屋里的穿堂风。斯蒂芬妮指着那只鸟说："我们必须把它弄出去，它能飞，我刚才看见它飞了。"

"我踩着椅子够上去。"

麻雀飞向了天花板，然后又突然转向，但没有飞出窗外，却朝着屋里飞去。它飞向了厨房。斯蒂芬妮跟在它后面，把它从灶台上打了下去。"出去，快飞出去，你这个傻瓜。"麻雀猛地向上飞，撞到了天花板，跌落在地板上，不断扑腾，钻到了冰箱下面。

跟在斯蒂芬妮身后的马库斯尴尬地站在门口，不知所措。斯蒂芬妮把靠在墙边的冰箱拉了出来。没有声音，没有动静。她跪下来，从裸露的冰箱后背的下面往里看。冰箱离地约一英寸。麻雀就在里面瑟瑟发抖。她趴在厨房的地板上，卷起袖子，把裸露的手臂伸到冰箱下面，想用手指去够那只鸟，她已经看到了它明亮的眼睛。

接着，冰箱突然迸出火花。疼痛感迅速传遍全身，斯蒂芬妮感觉手臂与金属粘在了一起，好像烧得噼啪响。她想：完了。接着，她好像看到了枕头上的两个人头。"哎呀，孩子怎么办？"然后脑海里跳出一个词："无私"。真奇怪。随后，眼前一片黑暗，浑身疼痛。再接着，疼痛更加剧烈。

马库斯反应很迟钝。到了后来他才想明白，如果是丹尼尔的话，应该早就把电源拔掉了，而不是傻傻地站在那里，闻着肌肉烧焦的味道，眼睁睁地看着自己的姐姐在地上颤抖。他刚开始还听到喘气的声音，之后就是一片死寂，空气中充满了烧焦的气味。他跑到门口，打开门想呼救，但是，他的嗓子干哑，一声"救命"始终喊不出来。他又回到厨房，焦煳味越来越重，这时，他才想到了拔掉冰箱的电源，但是已经太晚了。他既不敢碰，也不敢看斯蒂芬妮，就在厨房和门口之间来来回回，满心愧疚；浪费了很多时间后，终于，他想起来可以打电话叫救护车。在等救护车的时候，他看到斯蒂芬妮的两条腿横在门口，一只鞋差不多要从脚上掉下来了。马库斯想起还在楼上熟睡的孩子们，一阵恐慌掠过心头，他们会不会还没睡着，会不会听到、看到或者是闻到了……他们会不会来问他……会不会……必须赶快找到丹尼尔。他想来想去，只想到可以向吉迪恩·法勒打探丹尼尔的下落，于是，他开始翻斯蒂芬妮家橱柜上的电话号码簿。

是克莱门茜接的电话。他咳了一声，没有说话。

“请讲。”

“我是马库斯·波特，丹尼尔在吗？”

“他不在，我问一下吉迪恩。”

过了一会儿，那头说：“吉迪恩也不知道他去哪儿了。出什么事了吗？”

“刚刚发生……出了点意外，斯蒂芬妮恐怕……恐怕……”

“怎么了？”

“我觉得，她已经死了。”

电话那头的克莱门茜惊呆了。

“那边还有别人吗？”

“没有，我打电话叫了救护车。丹尼尔……”

“我们马上就来，稍等！”

屋子里挤满了人，救护人员把斯蒂芬妮翻了过来，马库斯不敢看，然后他们开始给她做人工呼吸。吉迪恩·法勒带来一瓶白兰地，给马库斯倒了一小杯。救护人员说，已经没用了，他们会把她送到医院去，但已经没有希望了。前门传来钥匙转动的声音。丹尼尔回来了。他皱着眉，一脸惊讶，一肚子狐疑，瞪着吉迪恩和马库斯。突然，一只麻雀从他的头顶飞过，然后奔着夜色深处飞走了。

31
丹尼尔

第二天早上，丹尼尔醒来时，卧室里早已洒满阳光。他想到等会儿还要主持圣餐礼和晨祷，突然对满屋的阳光感到厌恶，仿佛这阳光不应该和往常一样存在。但是，他任凭阳光从窗口射进来，没有起身去拉上窗帘。他迎着光线，穿好衣服，然后去叫孩子们起床。昨晚，克莱门茜·法勒想把孩子们带走，被丹尼尔拒绝了。然后，她又说要留下来陪他，丹尼尔也没有同意。

他想起来了。这是他第一次被迫直面自己的记忆，而这个记忆那么痛，也像这阳光一样残酷而冷漠。

他脑海里浮现了她躺在地上的画面，她的手臂被烧焦了，嘴唇张开，可能是因为痛，痛得身体僵硬了。她一头柔软又有光泽的金色头发散落在身体上，她黄色的长裙前面有一块奶渍，但他当时并不知道，那是玛丽吃饼干的时候抹到上面的。这些画面一一闪过之后，他恢复了正常的意识。“她死了。”不过，他并未因此而消沉下去，恰恰相反，他反而清醒了过来，身体充满能量，肾上腺素飙升，好像是马上要参加长跑的运动员。当然，他也知道，他所面临的又何尝不是一场长跑呢？此时，他感觉身体力量充沛，就像海浪蓄足了力量，随时可以击碎防洪堤，但是，他又预见到，这力量将给他造成巨大的伤痛，他知道他要过很长时间才能挺过伤痛。他知道他会思念她，会想象她还在的情景，而他没有办法缩短这个阶段。未来的日子从此变得不一样了。他记得，他弯下了腰，摸了摸她的头发和渐渐变冷的手，但没有摸过她的脸颊。

他是个务实的人。他们把她抬走的时候，他已经想好了接下来要干什么。现在，他的身体里藏着一座火山，总要做点事情来释放。他说："我们得通知她的家人。"然后，他毫不犹豫地强迫自己拿起电话打给了比尔和温妮弗雷德。他认为，既然斯蒂芬妮的死已是既成事实，那么，其他人就不应该像他那天晚上似的和傻子一样。他从酒吧走回家，穿过园子的小路，一直到插上钥匙打开门，他都以为她还活着。如今，他应该把事实真相告诉所有人，让他们不要心存幻想。他平时的工作有一部分令他讨厌，那就是安慰死者的亲友，让他们接受残酷的现实。哪怕是最有智慧和最清醒的人也会说："一定是搞错了。"死者的遗孀都会说："我会一直等着他，等他下班回家。"现在轮到了自己，他必须一次又一次地告诉自己要接受现实，所谓善意的谎言都无济于事。比尔接了电话。

"喂？"

"是我，丹尼尔。"他想不到怎么说才能让比尔有心理准备，他说不出那种半真半假的话来让比尔心存幻想，"我是想告诉你，斯蒂芬妮意外去世了。她死在厨房里。冰箱没有接地，出了意外。"

他全神贯注地听着，电话的另一头沉默了。不知道比尔究竟能不能承受。只听他平淡地反问：

"斯蒂芬妮去世了？"

"是的。我不想瞒着你。"

“我很抱歉”和“节哀顺变”这样的鬼话，他怎么可能说得出口？

“好。你这么做是对的。能不能给我几分钟……平静一下？”

比尔老迈的身体有没有感受到肾上腺素在飙升？电话的另一头完全沉默。接着，那个虚弱而尖锐的声音颤抖着说：“我告诉温妮弗雷德了。她……她问你有什么需要我们帮忙的。你和孩子们如果需要我们，我们随时可以去帮忙。”

“不用了，谢谢。我自己能行。”

两头都陷入了沉默。最后还是丹尼尔打破了沉寂。他说：“我觉得也没什么可说的了。”

“好吧，”比尔说，“再见，丹尼尔。”

他给弗雷德丽卡打了好久电话也没有接通。弗雷德丽卡住在肯宁顿，有自己的一间小公寓，但电话一直没有人接。她肯定是出去玩了，不知道在哪里聚会，和哪个男人一起。他环顾四周，在客厅里，法勒一家人和马库斯惊魂未定，表情很复杂。克莱门茜说她可以把孩子们带走，但被丹尼尔拒绝了。吉迪恩说：

“丹尼尔，别撑着。你知道，无论……无论是谁，发生了这种事情之后，都要过很久才能缓过来。我们不能扔下你不管。”

“我非常清楚。我也知道，再过一阵子，我可能会感到更加痛苦。但是，我还是希望能一个人待着，大家都别来打扰。”他环顾房间，看到斯蒂芬妮没做完的圣诞剧服装。“把这些东西都带走吧。”他看了一眼马库斯，马库斯正拿着一个茶杯，小口喝着杯子里的白兰地。他想让马库斯也走。马库斯打了一个哆嗦。

“我……我应该把冰箱电源拔掉的。我没想到会发生这种事。我……我应该给冰箱断电的。”

“她应该知道冰箱没接地。我事先也应该知道的。意外就是意外。

这不是我们的错，但我们确实很难接受。我们害怕有些事情自己也控制不了。”

克莱门茜说：“马库斯，你想跟我们一起走吗？”

马库斯看了看丹尼尔。丹尼尔摇摇头，像一头备受折磨的公牛。

“我要回家。”马库斯说。

早上，他穿过走廊，走向孩子们的卧室。玛丽睡在一张大号婴儿床里，威廉睡在床上。玛丽从婴儿床里站起来，靠着围栏向外面张望。他把她抱起来，闻了闻她身上爽身粉和汗水混杂在一起的味道，然后转身走向威廉。他想把事情真相告诉威廉，跟对其他人一样，开门见山。丹尼尔永远也忘不了这个瞬间。威廉像往常一样，醒来的时候带着微笑，身体扭了一扭，他全然不知道悲剧已经发生，丹尼尔看着他，心里十分纠结。他想，最好还是先让威廉起床，等他吃完早餐，再告诉他。可是，跟他说什么好呢？语气也要温和一些，不能吓到他。威廉问：

“妈妈呢？”

“妈妈出了意外，去医院了。”

“医生们会治好她的。他们治好了奶奶。我们去看看她，好吗？”

“不，威廉。这次意外很严重。妈妈已经去世了。”

玛丽把他的胸前弄湿了一大块。威廉深色的眼睛盯着他，大口吸着气，好像忘记了怎么呼吸。他说：“不可能。”

“是真的。”

“不可能。”威廉面无表情地重复着。他拉过床单蒙住了头。“不可能。不可能。不可能。”

这天注定事事不顺心。他终于说通了威廉，他同意下楼吃早餐，但这孩子再也不愿意张口说一句话。烦躁不安的玛丽吃了几口就吐了。人们蜂拥而至，比尔和温妮弗雷德、法勒一家、教友、教会执事及其家属都来了。他发现家里好像在开茶话会，而他费力张罗却不能亲自参加。这些客人一会儿一言不发，一会儿又聊起家长里短，主要是圣诞剧和圣诞节怎么安排，以及生姜蛋糕应该怎么做（恰好有人带来了几块）。温妮弗雷德趁他去教堂做晨祷时，把威廉和玛丽带走了。丹尼尔发现他不应该去。吉迪恩·法勒站上了讲台。他说：

"我本来准备了一段话，但我的内心充满悲伤，那段话说不出口。大家应该都知道了，丹尼尔·奥顿的爱妻斯蒂芬妮，昨晚遭遇一场事故，意外去世了。她生前是一位美丽又有才华的女性，对我们每个人都谦逊仁爱。我们都深爱着她，此时此刻，我们应该为她最亲密的家人提供支持和帮助，她的丈夫，她的子女和父母，帮助他们度过这一段悲痛的时光。"

接着，吉迪恩讲述了他对斯蒂芬妮的印象，每句话都像冰冷的岩石一样沉重。斯蒂芬妮将永远活在我们的记忆里，永远是善良的斯蒂芬妮。丹尼尔觉得他说的都是事实。她生前就是这样，就是这样的。她已经走了，这也是事实。他还没有完全意识到她已经永远回不来了，虽然他的理智一遍一遍地告诉自己，她已经永永远远地离开了。吉迪恩讲起斯蒂芬妮生前的逸事，追忆她对教会的贡献，这时丹尼尔感觉更加难过。他想起她曾经抱怨他们的词汇量越来越小，后来和她做了爱，才把她的怨气平息掉，而对于那次做爱的情景，他要强迫自己不要去回忆。

他开始搬东西，这段时间，他故意让自己忙忙碌碌。他迅速清空了她的抽屉和橱柜，效率高得出奇。他把她的衣服叠好装到箱子里，准备送给救世军。他整理内衣和睡衣的时候，就像疯了似的，脑子里嗡嗡响，而看到她粉色的府绸长裙，他感觉心里堵得慌。他们第一次做爱的时候，她就穿着这条长裙。那是在牧师公馆里面，费莉西蒂·韦尔斯的那间小房间里。一周后，他打开了卫生间里的洗衣篮，里面有一件胸罩、一条内裤和一条衬裙，这时他才意识到，他忙忙碌碌的这段时间里，究竟压抑了多么强烈的感情。那些东西仿佛是一条条毒蛇蜷缩在篮子里，时刻准备扑出来咬他。突然间，他泪流满面，这是斯蒂芬妮死后他第一次流泪。"那就哭出来吧。"他对自己说。他站在卫生间里，她的灵魂仿佛就在自己厚实的指尖上。他对自己说，哭吧，大声哭出来吧。但是，他做不到。

在伦敦，亚历山大·韦德伯恩正穿过罗素广场，他突然看到人群中有个女人摇摇晃晃。他一开始并不当真，以为就是一个喝醉酒的人，仔细一看，才发现那个人是弗雷德丽卡·波特。她哭得脸上红一块紫一块，满脸都是泪水。"斯蒂芬妮死了。"弗雷德丽卡在罗素广场上失声痛哭。四周的鸽子受到惊吓，纷纷飞上天空，路过的行人纷纷向这边看过来，但都面无表情。"亚历山大，斯蒂芬妮死了。"他把她带到大奥蒙德街，给她买了一杯咖啡，帮她裹上一条毯子，一句一句地问。他才知道她当时正在外面花天酒地，跟人家睡觉。"我应该有感应的，我应该知道……"弗雷德丽卡号啕痛哭，亚历山大用一些陈词滥调安慰着她。他说她不可能预见到这样的意外，这不是她的错，意外就是意外。亚历山大说，他愿意陪她北上去参加葬礼。

他记得斯蒂芬妮结婚时的样子。她身着白色婚纱，站在马斯特斯街家里的客厅里，静静地看着自己在楼梯上跑上跑下，到处找金色的小别针。想到这里，他提笔给丹尼尔写了一封信，但他想到了，他一个外人都难以承受这样的回忆，那么，作为她的亲人，丹尼尔恐怕更无法承受。于是，他在信中避免提起这些往事。他的信很简短，表达了异常沉重的心情，说他感同身受，但是生活还得继续。他说他知道丹尼尔是个内心强大的人。这封信言简意赅，点到为止，但句句说到了丹尼尔的心坎里，相比其他人的来信，这封信更让他想起那个女人，那个妻子。他收到别人的来信匆匆回复几句后就扔掉了，唯独把这一封保存了起来。

丹尼尔对吉迪恩说，他要亲自主持葬礼。吉迪恩表示怀疑，他说丹尼尔一直都很棒，但他要照顾自己、照顾孩子、整理房间，还要操心葬礼的事情，能忙得过来吗？他为什么不愿意接受任何人的慰问和帮助？丹尼尔瞪着他，像一只好斗的公鸡。在这样的时刻，吉迪恩竟然还胡说八道，竟然还想打斯蒂芬妮的主意，那是他的妻子！丹尼尔越来越难开口说出她的名字，提到她时，他只说“她”或者“我妻子”。“我妻子”这个称呼跟他丹尼尔有直接的关系，他用这个称呼，就代表他知道她已经走了，而他必须继续生活下去。为了告诉人们她已经去世，他不得不一次次地说，“我妻子去世了”。但是，她的名字是她自己的，每次说出这个名字，他就像在悬崖边上颤抖，说出她的名字，他就会想起她曾经活着，而如今已经去世了，他还会想起她曾经害怕……他告诉吉迪恩，自己有事情可做会感觉更好一点。他说他没有生病，他只需要有事情可做。

他还决定让威廉去参加葬礼，这让温妮弗雷德很担心。丹尼尔想起自己父亲过世后那段没有真实感的回忆。那时他还小，大人们不让他“掺和”，只叫他去玩，也就是说，他被隔离了，一个人待在虚幻的世界里，接触不到事情的真相。他认为不能让威廉只知道玩，他要知道事情的真相，他要知道母亲已经死了。温妮弗雷德看着这空荡荡的房子，看着女儿在这里生活的痕迹被彻彻底底地抹去，她的照片被人家拿走了，她的书桌被清空了，连她种花用的篮子也不见了。她说威廉可能会害怕，他还小，她知道，对于这个年龄的孩子来说，遗体下葬是很吓人的事情。丹尼尔看了她一眼，眼中有怒火在烧。他的怒火和比尔的暴跳如雷完全不同，好像他被迫想起来她刚刚失去了一个女儿。

“我爸爸去世的时候，”丹尼尔说，“他们不让我去。大家什么事都不告诉我。我甚至没有机会去哀悼他。这对我伤害很大。人死了，到了地下之后就再也回不来了。我们应该让孩子知道这些。其实威廉感觉得到。吉迪恩的青年联谊会有人照顾玛丽。玛丽还小，她不懂，至少是没那么清楚。威廉必须经历这些事情。”

“别让他太难过。”温妮弗雷德说道。

“很小的时候，”丹尼尔迟疑了一下，然后继续说，“他问过小鸟有没有事。他还替小鸟担心呢。”

“如果威廉需要我帮忙的话……”温妮弗雷德说。

“如果他能和你坐在一起，我会很开心的。”丹尼尔说。

参加葬礼的人大多数都记得丹尼尔结婚时的样子。他沉重的身体在教堂里轻快地穿梭着，对来宾频频微笑致意。只是他满嘴“福音”，让人听着有点不舒服。此时此刻，他站在祭坛上的棺材边，一身黑衣，一言不发。他身后的教堂门打开着，最后一名教友悄悄进来坐在后排。比尔·波特没有参加女儿的婚礼，因为他不乐意女儿嫁给一个神职人员，而且他鄙视丹尼尔所谓的信仰，所以不愿意欢迎他加入自己的家庭。此时，他们俩你看着我、我看着你，中间隔着弗雷德丽卡和亚历山大、吉迪恩和克莱门茜、马库斯和索恩太太、温妮弗雷德和抓着长椅椅背的威廉。丹尼尔开口了。他的语气不像平时那么和缓。

“我们生不带来，也死不带去。赏赐的是耶和华，收取的也是耶和华。耶和华的名是应当称颂的！”

这几句话就像一道薄薄的隔墙，拦在他和深渊之间。这种话很老套，但很管用，能拯救他，这倒不是因为他还相信听起来舒服的话，而是那些难听的话触及本质。

“在你看来，千年如已过的昨日，又如夜间的一更。你叫他们如水冲去，他们如睡一觉。早晨他们如生长的草，早晨发芽生长，晚上被割下枯干。

“我若当日像寻常人在以弗所同野兽战斗，那于我有什么益处呢？若死人不复活，我们就吃吃喝喝吧！因为明天要死了。

“凡肉体各有不同：人是一样，兽又是一样，鸟又是一样，鱼又是一样。有天上的形体，也有地上的形体；但天上形体的荣光是一样，地上形体的荣光又是一样……头一个人是出于地，乃属土；第二个人是出于天……”

他在期待什么呢？这些话能安慰自己吗？他曾经用这些话安慰过别人，可是，这些话难道对自己也管用吗？难道要让他相信死而复生？那一霎时的改变和东方的不死之黍[1]是真实的吗？他绕过棺材，绕过她的遗体，走到圣坛边上。他的脑子一刻也不停止，他告诉自己，那些话他一句也不信，一句也不信。也许他从来没有信过。她曾经开玩笑说他

[1] 基督教文学作品《诸世纪的沉思》中提到，玉米是东方的不死之黍，永远不要收割，也无须播种。

“出于地，乃属土”，他也不相信。

“人为妇人所生，日子短少，多有患难。出来如花，又被割下，飞去如影，不能存留。”

他看着脚下的“土地”，人造草皮摆在那儿显得异常愚蠢，但是他忘记退货了。他看着一个个花环，本应在春季盛开的花朵，经过了人工处理，却在冬天就开了，点缀在朵朵秋菊之上，扭成一个个象征着永恒的白色圆圈，很不自然。他继续念完悼词，看着脚下的狭小空间，思考着，却又努力阻止自己去思考。该说的话都说完之后，他还站着不动，呆呆地望着土地。众人纷纷走上来，有人穿着高跟鞋走上鹅卵石小路，也有人光着脚踩在泥土上。

只有比尔扶着他的肘。他说：“走吧，丹尼尔。走吧。”

在一棵紫杉树下，温妮弗雷德和弗雷德丽卡追着一个小男孩，想要抓住他。小男孩可能被吓坏了，发着脾气，转着圈子，尖叫着，见人就咬。

丹尼尔总是说，葬礼就是要让还在世的人们相聚在一起，是给生者举办的仪式。他曾劝教区里的教徒“放下”，让自己安心，也让逝者安息。他和比尔一起走着，看见比尔盯着小路上的地砖，好像研究得很专心，其实，丹尼尔心中在想，比尔根本就没有理解他的意思。他怎么能和这些人混在一起呢？他应该去那边，去到黑暗、潮湿和阴冷的地方。他看着一棵棵冬天的树木和一块块墓碑，烟雾笼罩的教堂屋顶上有点点光斑，这些光斑仿佛在舞蹈，和他刚才说的话一样，这一切都让他觉得头晕目眩。

比尔说：“你有没有注意到，以前的墓碑上都写‘死亡’，现在新的墓碑上却写着‘逝世’，还有写‘长眠’的。我们还是难以接受死亡，对吧？”

“我想我知道有这个变化。”

“在中东，人们把逝者的骨灰顶在头上，把衣服撕破，号啕大哭。我们现在却这么冷静。我真希望以前对你的态度有所不同，但对眼前的结局也已没有任何意义，对吧？”

“对。”丹尼尔直截了当地回答。在这阴暗潮湿的空气中，他头也不回地向前走。他没有发现，比尔被他拉开了距离，和其他人走到了一起。

32
消逝

小说一般是不给悲伤留时间的。在侦探小说里面，死伤司空见惯，就像瓦隆布罗撒的树叶掉到书上，没人看了故事就伤心欲绝，读到中间，人们该干什么还是去干什么，书里的人物还接二连三地死掉，读到最后，我们期待谜底解开，还想知道到底谁是凶手 。侦探小说可以让人对死亡麻木，人们相信所谓的“原罪”也一样，在这个世界（或者小说里），人总是一个个地死掉，看得多了，自然而然，悲伤也会不断减弱，直至完全平息。悲伤有很多不好的地方，其中之一就是，悲伤的人一般都是背负着愧疚的人，悲伤的马库斯怪自己笨，没有拔掉插头，甚至责怪自己干吗一心想着要跟她说他爱鲁茜？到法勒家参加葬礼酒会的时候，他发现鲁茜早就在那儿了，在那里帮忙分发酒杯，他很震惊，也很高兴。鲁茜还抱着玛丽，玛丽一只手抓着她的辫子，一只手拿着一个鸡肉三明治。丹尼尔也感到愧疚，觉得他对她的生命有责任，尽管他的理智反对，他跟自己和别人都说过，他妻子的生命属于她本人，他不能剥夺她的权利、她的责任。后来，他有好几次陷入长长的思考。嫁给他后，她就变傻了，痴迷上了华兹华斯和莎士比亚，他要是早一小时回来就好了；那天早上，威廉裹着她的舞会礼服，他还推了他一把，这真不应该。刚开始几天，他觉得自己只是独活就是罪过。这是第二反应，第一反应是觉得活着挺好，再到后来，他就尽量让自己不要过于自责。

人们常常急着从生活的一个阶段跳到下一个阶段，丹尼尔尤其如此。这感觉有点像英国人特有的审慎，他们会暂时忘却一段时间，然后等到有话说的时候再接着说。曾经，小说都以结婚结尾，如今我们变得聪明了，婚姻生活就像沙漠或者沼泽地，我们一直待在里面，像睡着了一样，不到醒来的时候，结尾永远充满不确定性，有不同的可能性，读者可以用他们自己喜欢的方式，让故事延续下去，自己去设想故事的终局。死亡比婚姻更像终局。悲剧都以死亡终结。看着瞎了眼睛的俄狄浦斯寂灭，看到老头子李尔在连说几个“不会”后悲愤而死，亚里士多德说得没错，我们在这个时候会感到解脱，感觉终于摆脱了怜悯和恐惧的折磨，也许终于可以见到光明。但是，这样的光明会刺痛伤心人的眼睛。丁尼生明白。他说，光秃秃的街道总是率先迎来白昼。莎士比亚的悲剧化解方式包含不同的悲痛。《李尔王》最让人痛心的是结尾，悲剧本已化解，但又发生意外，那是绝对难以接受的。“为什么一条狗、一匹马和一只耗子都有生命，而你却没有一丝的呼吸？”考狄利娅的死（如果我们考虑考狄利娅而不只是李尔王），让这部戏剧难以接受，亚里士多德所谓的解脱也无从谈起。我们可以让李尔死，大家可以看得很开心，很舒适，但是，考狄利娅的死绝对不是一回事。“你不会再来了。”丹尼尔读过《李尔王》，那时因为比尔总对他的教育背景冷嘲热讽，他受到了刺激。他本想多读一些，这样他和妻子就有更多的共同语言，但他没有，原因有多个方面，有两个孩子和家里那些人的原因，有工作的原因，更因为他害怕斯蒂芬妮脑子里那些让他们夫妻俩产生隔阂的东西。《哈姆雷特》也是让人伤心的悲剧，哈姆雷特的犹豫不决造成了那么多苦难，既可以归因于哈姆雷特内心的伤痛，也可以解释为他对“母亲”的恐惧和爱恋，虽然他没有承认过这样的恐惧和爱恋。哈姆雷特进入过死亡的领地，然后以令人吃惊的方式出来。19世纪，他站在坟墓边上准备跳下去的那一幕，以及他从坟墓里出来的时候，演员都戴着尤里克的头骨，这是完全合理的。“这就是我，丹麦人哈姆雷特。”还有一幕没有读完。

因此，幸存绝对不是化解悲剧的途径。此后几个星期内，他再三跟自己诉说自己的故事，既回到那一刻，也畅享那一刻造就的未来。他的后半生都无法摆脱死亡的阴影。从前的事情会一直折磨着他，显然，那是因为那段时光太灿烂，太幸福。记忆就像白花花的阳光，照到受伤的眼睛会特别痛。他们一起去菲利海滩散步，一起看汹涌的潮水，一起吹着海风；在牧师公馆的房间里，他们拥抱在一起取暖；她抱着威廉坐在医院的床上，他送的鸢尾花就放在旁边，阅读灯照着她。所有印象都不是那么纯粹了，相互叠加：她展开的嘴唇、散落的头发、有污渍的衣服和烧焦的手臂……他曾经认为，生活就是两个人厮守终身，他深深地爱过，她模糊的目光，浑圆的乳房，丰满的臀部，充满活力而又温顺平和的举止，他都非常喜欢。回忆这些碎片，他还受得了，但是，如果想到她曾经是个活生生的可爱的女人，他便无法承受。他一直很努力，想方设法希望找到一个聪明的办法，最好是既知道又不知道失去了谁。既然他不可能完全抹掉过去，那么，他想，他必须一点点克服，面对走到今天的路以及路上的风景，他必须勇敢面对。但是，他同样必须面对现实，他不能再妄想她能再出现在他面前，哪怕就一会儿。这样的妄想会让他失去自我，失去意志力，失去生活的勇气。他必须每天照常起床，要喂饱两个孩子，要去工作。

他反复告诫自己，他在梦里也不能梦到她回来了。批评家认为，李尔王的死因在于他在虚幻中看到她回来了，跟格洛斯特一样，就在这样的幻觉中，他微笑着死去了。丹尼尔非常害怕出现这样的幻觉，看到街道另一头出现一个相貌相似的女人，或者看到一个女人的金发从帽子或者雨帽下露出来，他都有可能产生那样的幻觉，他甚至会把挂在浴室门上的浴巾想象成她的睡衣。他觉得，如果他梦到她出现在他面前或者她回来了或者复活了，他可能就醒不过来。所以，他不做梦。他要穿越阴影，他要驱逐梦魇。至少，如果他果真做了梦，那应该在漆黑的半夜，等到天亮阳光照进来就彻底遗忘。

不过，除了阳光照进来，天亮还带来了别的问题。刚刚醒但还没有完全清醒的时候，是很危险的时刻，他每天都提醒自己，他刚醒的时候不能偷懒，要马上清醒，否则就会发生可怕的事情。如果偶尔忘了，所有事情会一件接一件在他脑子里闪过，不仅有他自己走路和拿钥匙开门的样子，他似乎又看到了吉迪恩和马库斯，最要命的是他似乎会看到那散落的头发、烧焦的手臂、掉落在地上的鞋子、有污渍的衣服和那张脸。

他知道而且必须知道的一件事，是人们似乎都不明白失去亲人的悲痛没那么快过去，日子是越来越难熬。起初，他本想尽量麻木自己的神经、准备慢慢熬过去，但他们却经常来，有的拿着鲜花，有的拿着食物，有的说要带他的孩子去他们家玩，有的邀请他去他们家吃饭，他都一一予以拒绝。后来，他开始想起她的身体，不是她这个人，而是她的身体，偶尔会受不了一个人待在家里，这时他们反而来得少了，都以为他已经过了那道坎。他们来的时候，都带着各自的问题来让他帮忙化解，有性爱的问题，有孤独感的问题，也有金钱的问题，而他的说法会显得他有切身的体会，而不像从前那样敷衍；从前，他一直觉得大家的问题都一样，都是那么小的问题，都是自然而然的问题。

他不理解英国人为什么会那么快忘却失去的亲人。他们很少再安慰他，有的甚至更糟糕，他感到愤怒。有一个教会女执事说，斯蒂芬妮之所以那么早就去世，还那么年轻，那么漂亮，是因为我们的主希望丹尼尔领会到没有这种爱的生活方式。有信基督的批评家认为，考狄利娅的死有助于李尔和上天和解，是对他的救赎。丹尼尔很痛苦地想起斯蒂芬妮骑着自行车去做产检、车篮子里放着一本华兹华斯诗集的情景。她的生命是她自己的。上帝为了让丹尼尔适应孤独的生活而故意夺走一个人的生命，这种话谁会相信？莎士比亚之所以杀死考狄利娅，是为了表明世界上还有比罪和赎罪更糟糕的东西，而李尔王在悲痛中体会到的智慧，相比失去亲人的痛苦，根本不值一提。为什么一条狗、一匹马和一只耗子……丹尼尔粗鲁地叫住那个女执事，让她别胡说，他心想，连李尔的呼天抢地都是为了自己。有几次，他看到任何生命都感到惊讶，不管是蚜虫还是人家送给他的还没有开花的水仙花，与此同时，他为这些生命感到担心，也为自己的两个小孩感到担心。他们说，小孩是他的慰藉，他们一直这么说。孩子是他生活的动力。这个说法有一定的道理。他给小孩洗澡，给他们穿衣服，给他们弄东西吃，他要给威廉读故事书。他先后找了几个女孩帮忙照看，他需要去工作的时候，他把孩子送到温妮弗雷德那里，不过这种事情不是很常有。也许，他自己也认为小孩是安慰。可是，实际上小孩让他担惊受怕。他替他们担心，也害怕他们。

他做饭很慢，花样很少，没有想象力。他们总是吃培根炒鸡蛋，还有就是香肠和茄汁焗豆罐头。他以后会学烧好吃的，但目前还不行。他甚至不喜欢使用那个炉子，她的炉子。他不再关心他们看见他笨手笨脚地弄炉子的时候在想什么。猪肝烧得硬了，味道苦涩，猪排烧焦了。丹尼尔好不容易折腾出来一些给他们吃的东西，他们却都推开了。他自己也不吃，他成天只靠碎吐司和几杯茶过日子。没有人注意到这个。

他也替苍蝇或其他小生物担心，但都不如替两个小孩担心那么厉害。

他看到他们从无到有一点点长大，看到他们从妈妈的肚子里出来，威廉刚出来的时候很吵闹，玛丽刚出来的时候手舞足蹈，他们都长得跟他和斯蒂芬妮很像，但都是独立的个体。此时，他们显得那么脆弱，随时都有危险。他不让威廉去给邮递员开门，不让他爬院子的围栏，有一次，威廉抱着一大罐热水，从水槽搬到餐桌，结果被他打了几下。玛丽还太小，感觉还没有和她妈妈分开，他抱她的时候，都要先犹豫半天，抱着她，他就想起她的双手，似乎看到玛丽的头靠在她的肩膀上，她的头发被玛丽黏糊糊的手指抓得凌乱。玛丽迄今为止比较温和，但不喜欢被人家抱，他想抱她，她就用肉乎乎的小手使劲推，还大喊大叫。更糟糕的是威廉看着他走过餐桌的眼神。这个家不像家。电灯都好像日渐暗淡，阴森森的。威廉那本黑色的书就像索命鬼。

“妈妈去哪儿了？”

“她跟上帝在一起。上帝照顾她。”

“在盒子里吧？她会出来吗？”

“她的身体在里面。但她的精神自由了，跟上帝在一起。”

“上帝对她好吗？”

“上帝对所有人都好。他爱他们。”

“不是我们？他不爱我们吗？”

不可思议。

“威廉，吃你的玉米片。”

“我不喜欢吃。味道那么怪。感觉不对。”

“就这些了。吃吧。”

“要是她想出来呢？”

“出不来。”他本想跟他说里面的东西不是她，不是斯蒂芬妮，不是妈妈，像对教众布道一样，但他自己都不相信这个说辞，所以，他一时间什么话也说不出来，“别担心了，威廉，吃吧。”

“她想回来，真的，她会回来的。”

“不会，威廉。人死了就回不来了。别胡思乱想了。”

威廉就是不吃，而是全部扫到地上。

“我要她。我要她。”

“你还有我呀。我会改，我会……”

“我要妈妈。”

孩子绝对不是慰藉。给他们弄东西吃就已经够烦的了，但他能凑合。他一遍又一遍地读《鬼怪密林》，威廉再三跟他说《糖果屋》很棒，虽然他们的爸爸妈妈把他们丢到丛林里，虽然有女巫想吃掉他们，但他们最后还是能够摆脱困境回到家里，他们挺棒的对吧？他自己心烦意乱，没有理睬他。“爸爸，他们回到家了对不对？”“他们很棒，他们回到家了。”丹尼尔不耐烦地说。他想搂住威廉，但威廉的两只小拳头拼命捶打他黑色的胸部。

他也整天惦记着那个盒子。他不能跟威廉照实说，也不能跟任何人提起。他不是异想天开的人。他以前主持葬礼的时候，通常都说肉体会腐化，但灵魂会见到永恒的光。但是，这一次他看到尸体的感觉截然不同。对于她的身体，他了解得很细致，她转身而去的时候，他看见过她的脊柱，她骑自行车的时候，他看见过她的脚踝，她掉在枕头上的头发，他都记在心里。所以，这次看到尸体，他打了个冷战，肉体会液化、烂掉，会被蛆吃掉。那么，这副肉体能去见上帝吗？他的爱子威廉出自他这个肉体，也出自她的肉体。他觉得，这样的想象对威廉不好、有危险。目前，威廉还能承受《格林童话》里一些丑陋和残忍的场景。在《格林童话》里面，有希望的年轻人都会从古堡和洞穴安然回归，蛤蟆新娘最终会变成公主。对于丹尼尔而言，每个被拧掉的头颅、每只倒下的怪兽，乃至被误踩的甲壳虫、从书上掉下来的麻雀、盘子里烧坏的三角形猪肝，都让他感到恶心。他没有梦见过斯蒂芬妮，但梦到了血淋淋的法拉达马头[1]悬挂在城堡大门的上方，摸起来还有温度，还很柔软……他本想读伊妮德·布莱顿[107]的故事，但他儿子马上打断他。他说："妈妈不喜欢读那本书，我们都不读那个。我们读这本书吧。"

他什么时候觉得自己可能苟活不下去？在第一个可怕的白天，他想到了未来，他觉得总有一天他必须过好自己的日子，该干什么干什么，要想得开。在鼓起勇气的同时，他却同时承受着未亡人的痛苦，这干扰到了他的神圣职业。然后，随着从痛苦的过去过渡到空洞的现在，他越积攒力量，越感到痛苦，身体越壮，越觉得有病。因此，他开始努力忘却过去，开始畅想未知的未来。他感觉自己像在没有空气的黑暗隧道里面游泳，呼吸十分困难，隧道闪烁着魅影，他刚主持葬礼的时候就看见了这样的魅影。隧道很狭窄，他像鼹鼠一样奋力向前拱，经常碰到坚硬的阻隔，但他强壮有力，能够一直向前。他没有目标，也不相信这是个死胡同，总有到底的时候。

他曾希望用尽力气，也曾希望能够彻底释放自我。妻子刚离开的那阵子，也就是他意志消沉、浑浑噩噩的时候，他会在夜里出去散步，用脚步的韵律舒缓自己压抑的内心。在孤身一人特别漫长的傍晚，等孩子们都上床之后，他会仔细端详这个不大的家，他觉得这个家像在风雨中摇摇欲坠，像狭窄隧道中的污泥压在自己的身上，可能还更稠密、更沉重。他的目光扫过椅子、桌子、厨房的门和铺瓷砖的厨房地板，她就倒在那里，她趴在地上，伸手去抓那只鸟，于是，他再也待不住了，否则他会叫出来或者做出什么暴力的举动，但是，孩子们在睡觉，他不能这

[1] 取自《格林童话》中的《牧鹅姑娘》。

样。于是，他会跑出去，跑到教堂去，在教堂的院子里待一会儿，或者跑到运河边去，但是，他对孩子们的牵挂就像沉重的锁链锁着他，他每走一步，这副锁链就更沉重一分。

到了教堂，他很想祈祷，但不是向耶稣祈祷，而是向无所不在的“神”祈祷。这里有这座教堂，全因这个神的存在，而这个神就像弥漫在沉重空气中的“电”，他平时感受不到，但此刻却给了他前进的动力。你使人归于尘土，但你又说，孩子们，你们要回归。教堂并非空荡荡，这里很忙碌，一直很忙碌，甚至人的声音，包括音乐和叹息声都会被淹没。这个世界，乃至在世界以外，不只有人和人的小心思。除了他自己的心跳和呼吸声之外，丹尼尔能听到别的声音。人们曾经在这里下跪，祈祷脸上的痤疮能消失，免得让人取笑，或者祈祷唱诗班的某个女孩能向他微笑，或者祈祷准备不足的考试能够通过，或者祈祷教区长能注意到她们的新帽子，而且是马上。这些小事情是有规律可循的，说到规律，电会通过肌肉、血液和骨头，然后传到瓷砖地板上。但是，他又不能站在那里喊，叫电冲他来，也不能将已经发生的事情“撤销”，不能让死人复活。他能要求的是让自己好好活下去，发挥一点作用。不是他不相信神，是神不相信他。规律是逃脱不掉的。耶稣说过，麻雀从树上掉下来也是上帝的意志，那当然是通过耶稣来实现的，可是，电就不一定是上帝的意志。电伤人，这是自然规律。人的头骨是容易破碎的，心跳很有力，也有节奏，但很脆弱，一个气泡就可以让心跳停止。十字架上挂着的那个神像，表达的是人们的另一种向往，人们希望苦难得到关怀，希望为自己的命运负责，希望被毁灭的能够重生，像一岁一枯荣的草一样，像圣保罗种下的必然腐朽的麦子。“我若当日像寻常人，在以弗所同野兽战斗，若死人不复活，那于我有什么益处呢？”

丹尼尔认为死人不会复活。因为担心已经难以抑制，他冒着夜里的寒风匆匆回到家里；他想到头骨很容易破碎，小心脏很容易停止跳动，他还想到了烧焦的手臂和散落的头发。

吉迪恩和克莱门茜来访。丹尼尔没有请他们喝咖啡，但他们没有走，克莱门茜还自己走进厨房，像在自己家似的，给大家煮咖啡。她带来了自家做的饼干，跟丹尼尔说他脸色不好，看上去很憔悴，肯定都没吃好。她把饼干放在一个盘子上，放到布满灰尘的桌子上。丹尼尔一个都没碰，以此表示婉拒。威廉拿走了三片，一次拿一片，拿了就塞到嘴里，简直是饿坏了。克莱门茜要给玛丽一片。她坐在斯蒂芬妮的椅子上，拿了一块样式漂亮的饼干，上面粘有一个糖花，哄玛丽走过来。玛丽真的走过来，拿了饼干放到嘴里吮吸，粉红色的脸颊靠在克莱门茜黄色的亚麻裙上，把裙子蹭脏了。克莱门茜拿出手帕仔仔细细地擦着裙子。丹尼尔怒火中烧，他看到房子似乎在摇晃，克莱门茜头上的两扇窗户似乎都在颤抖。吉迪恩说大家都担心丹尼尔会出什么状况，他说丹尼尔表现得非常好，但肯定有很大的压力。要不要去度个假？小孩子要不要一起去跟大家一起玩？他建议丹尼尔去找一个对克服悲痛有经验的人聊聊。

“不用。”丹尼尔说。

“我知道，”吉迪恩说，“提到斯蒂芬妮你肯定很难受，不过我觉得还是应该提，对你可能有帮助。我们所有人都要面对亲人的离去，都要过了这道坎，不能总是放在心里面。我想，我们可以像现在一样，围着一张桌子，追思她生前的优点，感恩她一生给我们这么多人带来的欢乐。”

“就在她去世的当天，”克莱门茜说，“我还准备问她一个私人问题，一个很棘手的问题，她非常聪明，非常温柔，非常有耐心，即使面对非常不舒服的事情。”她说话一向都很直爽。

这样丹尼尔就会忘记伤痛吗？好像又一阵风刮过他的耳朵，黑色的棍子点着了火，在他眼前挥舞着，很神奇地将吉迪恩慈祥的面孔切割成几片，片片燃烧起来，这里一只眼睛，那里半张长着胡子的脸庞。

“她属于我们大家，”吉迪恩说，“我们都很伤心，和你感同身受。我们一起祈祷吧。亲爱敬爱的圣父理解我们的悲伤，给了您的子民……”

“出去。”丹尼尔说。他站起来，向克莱门茜做了个手势。她跟斯蒂芬妮认识的时候不比他晚，但她已经无话可说了。

“我觉得你需要帮助。”吉迪恩说。

丹尼尔打了他一拳。丹尼尔可能着魔了，他重重地打在吉迪恩的脸上，血马上迸出来。他平静了一会儿，接着，怒火又升上来。

“出去，”他对克莱门茜说，“滚。出去。”

“我得带孩子走。”克莱门茜说。她的裙子还是脏的。

“滚。”

玛丽站在奥顿太太的沙发椅背后哭。威廉还在厨房里，他靠着墙壁，脸颊贴着冰箱冰冷的表面。他的小脸煞白。

33
三个场景

他们又在马斯特斯街的家里喝家庭下午茶。在蓝色格子桌布上，大棕色茶壶闪着柔和的光。吐司放在吐司架上，抹好黄油的面包片摆在印有柳树图案的盘子上。温妮弗雷德拿出来马库斯小时候用的一只镶边碟子，上面印着克里斯托弗·罗宾和艾丽斯在看卫兵交接的图画，图画已经褪了色。这只碟子给玛丽用，威廉用的是弗雷德丽卡的彼得兔杯子、盘子和蛋杯。温妮弗雷德给威廉做了吐司条，准备蘸流质蛋黄，还做了有点辣的姜饼人。她抱着玛丽坐在餐桌旁，把黑加仑压进威廉做的姜饼人，当作它们的眼睛，用蜜饯条做嘴巴，摆出微笑的形状。温妮弗雷德又烧了炭火。平时，她和比尔安静地坐在这个地方，只用单片电取暖器取暖。火光照在光滑的勺子上，闪闪发光。桌子上摆着精致的花球，是用金红菊花做的，菊花花瓣就像升腾的火焰，玛丽伸手摸了一下，又被拉了回来。温妮弗雷德不可能说她开心，她怎么会开心？但是，她有自己的目标，这个目标赋予了她生命。三个月前的一个晚上，她接到了一个电话，电话的另一头是个男人，声音尖锐，语速很快。

“我希望你现在就过来接孩子。我希望你帮忙照顾他们。现在就过来，你明白吗？我就指望你了。”

“你要去干什么？”

“噢，我不会去干糊涂事的，我心里有数。但我不能再这样下去了，我会毁掉他们的。你应该明白。”

“是的，我明白，但是他们……”

“他们跟你在一起会过得更好。我得走了，真的。你会来吗？”

“当然会。”

“马上来。答应我。”

“我答应你。”

“我会和你保持联系的。”

温妮弗雷德叫了一辆出租车。她到那里的时候，孩子们还在睡觉。她把他们的东西收拾好，然后将他们带回家。她知道自己必须这样做，但她想不到她会因此发生什么样的改变。

孩子们时不时会收到明信片，但再也没有接到过电话。

他似乎一直在向南走，从霍沃斯，到诺丁汉，明信片上有陶器，接着是大教堂，然后是沼泽荒野，然后是城市，混凝土街道和路灯大同小异，看不出来在哪里。落款都是：给我爱的威廉和玛丽。

她也不知道这对比尔有什么影响。她是一个有耐心但沉默寡语的妈妈，也是一个慈祥甚至有些溺爱的奶奶。以前，比尔总爱向孩子们咆哮，喜欢斥责他们，对他们的期待特别高。如今，他却变成了一个老顽童。没错，他以前也想陪马库斯玩，跟他一起玩创意游戏、计算积木，给他讲贝奥武夫、齐格菲或者是阿喀琉斯的故事，希望儿子能多了解文化，但儿子并不领情。威廉喜欢听故事，但比尔已经不再强求小孩听有文化的故事了。一开始，玛丽很欢乐，一逗就笑，而威廉总是忧心忡忡地板着脸。但他会叫比尔给他念故事，甚至读诗歌，他对《花衣魔笛手》和《兰斯的寒鸦》很感兴趣，还让比尔一次次重复讲托马斯蹚过深及膝盖的血河的故事。他们四个人坐在一起，炉火烧着茶。四周一片黑暗。

马库斯时不时会回来，他会坐在一边，什么也不说，只是看着孩子们，特别是威廉。马库斯有点害怕，担心他们会拿垫子打架，或者像往常一样，听到关门"哐当"的响声就会大哭。

姐姐的去世改变了马库斯、鲁茜和杰奎琳之间的关系。马库斯进入了鲁茜的世界，她认为那是她的世界，在那个世界里面，承受力、耐心和温柔体贴都是必备的素质。杰奎琳开始害怕马库斯。鲁茜到罗伊斯顿的阁楼里来看望他，她用冰凉的胳膊抱住他，跟他一起躺在床上，马库斯很满足，她抚摸着他的头发，告诉他一切都会过去的，都过得去。他想，她跟病人也是这么说的，对于有些人来说，这些都是事实，对于有些人来说却不是，或者不是她的本意。他不能告诉任何人，包括鲁茜本人、杰奎琳、温妮弗雷德和精神病医生罗斯先生，不能跟他们说那天晚上他之所以去那里，是要告诉斯蒂芬妮说他爱鲁茜，而吉迪恩和鲁茜之间却有些苟且。他感到很麻木、很渺小，好像丹尼尔的愤怒和悲伤已经抹杀了他表达悲伤和愧疚的权利和意志。

他之所以回来，是因为看到比尔和温妮弗雷德跟孩子们一起玩，他感到既痛心，又高兴，他们以前都没有这样和自己玩过。威廉坐在比尔的膝盖上，蜷缩着身体，马库斯从来没有这样蜷缩过。他靠着比尔结实有力的臂弯，小脑袋抬着，差不多要顶到爷爷的下巴了，十分机警的样子。

比尔在背诵一首哈代的诗，这首诗主要是背给温妮弗雷德听。他一直在找合适的诗背给威廉听。"他是一个低劣的小说家，但却是一位真正的诗人，"比尔说，"尽管他喜欢使用陈词滥调。"

我的脸，是家族的脸
肉体灭亡，然而我还活着
延续我们的特征和踪迹
穿越时间长河
经历空间跳跃
蔑视遗忘。
沧海桑田，我们的特征不变
身体的曲线、声音和眼睛
鄙视人类的进化
我还是我
人类永恒
拒绝死亡的呼唤。

他背诵诗歌很有本事，在此过程中，他成了所有人的中心，大家的眼睛都盯着他。

“聊胜于无吧，”他说，“你们感觉怎么样？”

温妮弗雷德有些感动，马库斯却不然。

弗雷德丽卡坐在她想象中的小图书馆里，那是一个靠窗的位置，位置上放着旧的锦织靠垫，窗外可以看到沐浴着春雨的草坪，有一条护城河，河里有水，河上有一座小砖桥。房间很漂亮，充满异域风情，用绿色、暗金色和玫瑰色装饰，还有备受推崇的老红木家具，百花香用中国罐子装着；藏书不少，有很多已故绅士的遗作，包括切斯菲尔德爵士、吉本、约翰逊博士、麦考利、斯科特和金斯利的书信和作品，其中有一本《古罗马方位》[108]，奈杰尔·瑞佛小时候在下雨的日子里就喜欢读这本书，她第一次来的时候也喜欢读这本书。奈杰尔有两个姐妹，奥利芙和罗萨琳德，她们不了解他们俩的事情，也不管他们发生过什么故事，她们只管在一张矮桌子上泡茶，桌面上撒了一些茶末。乔治时代的银色茶壶反射着火光和来自外面的微弱光线，骨瓷杯非常精致，浅盘里放着美味的三明治和一块碎巧克力蛋糕，浅盘被放在薄薄的缎布上，再放在一个黑色的大托盘上。有一个银色的奶油壶，还有一个碟子盛着被切成两半的柠檬片，柠檬片闪闪发光，看起来就觉得酸。姐妹俩穿着花呢短裙和羊绒衫，就像奈杰尔，表情阴郁、生硬，好像闷闷不乐，但身体充满了力量。

弗雷德丽卡想不通他为什么叫她来，也想不通她为什么同意来。奈杰尔能让她哭喊出来，也愿意挨她的打。但这里不是她的地方。第一天，她就被吓到了。布兰大宅是一个家常住所，所以有数不清的奶牛场、温室、外屋和马厩，和罗伊斯顿庄园不同，而克罗的家则更加富丽堂皇。她和奈杰尔一起穿过田野去了农场，她非常惊讶，他一个人怎么可以拥有这么多自由生长的树木，这么多野草丛生的土地。不过，她并没有表露出来。她站在野鸡场的外面，看到羽毛鲜艳的野鸡在围栏里面笨手笨脚地走来走去，这个景象很不和谐，甚至有点滑稽，她还看到门柱上挂着一串已经干枯的死乌鸦和鼹鼠。

她的卧室很漂亮，有一张挂着白色帷幔的四帷柱床，床上放着四个白色的钩针编织的棉质靠垫。晚上，奈杰尔光着脚进来，自始至终一言不发，但力量十足。她羡慕斯蒂芬妮拥有一个固定的伴侣，但不可思议的是，她居然选择了丹尼尔。弗雷德丽卡曾经一直不想要固定的伴侣。她曾经指望斯蒂芬妮一个人做掉她们俩应该做的事情，那是她很害怕的事情，也许也是她做不到的事。让我进去，让我进去，奈杰尔似乎在说。有时，她说不清楚他是怎么开始而她又是怎么结束的。反正，他们合为一体了。这就是斯蒂芬妮想要的吗？想到姐姐，她总是很难受，好像她自己也活不下去了。她也有一些美好的回忆，她们俩曾经并排骑着自行车，一起去沃利什和琼斯店里喝茶，她们会为了《冬天的故事》起争执，斯蒂芬妮喜欢这本书，而弗雷德丽卡却读不下去。然而，她又想起斯蒂芬妮的身体变得僵硬，样子很可怕，然后她开始哭泣，哭得满身大汗。棺材盖上之前，她没有勇气去看一眼躺在里面的斯蒂芬妮。她本以为自己很勇敢，天不怕地不怕，但她做不到。弗雷德丽卡只对奈杰尔坦白过，因为他能理解，在她平白无故感到恐惧或者发脾气的时候，他都能理解。那天晚上，当他在她身上无休止地发泄力量的时候，她又想起了姐姐，于是开始哭泣，但她尽力不哭出声来，奈杰尔在黑暗中紧紧地抱着她。他非常热情。这座庄园和他的两个姐妹都令她感到陌生，但他非常热情，也精力充沛。夜里，弗雷德丽卡紧紧地抓住他；白天，他们冒着雨，走在古老的小径上，他们注意到了生命的迹象，看到了一双绿色的翅膀呼呼地飞上天空，看到了一只受到惊吓的野兔，也看到了一只打着哆嗦的鹰。

再后来，住在大奥蒙德街的亚历山大听到有人叫门，于是走下一段楼梯走向前门。有人一直在按门铃。那个人脏兮兮，胡子拉碴，穿着一件旧雨衣，脚上穿着旧靴子。亚历山大退后一步，才认出那人是丹尼尔。他瘦了很多，在雨衣下面穿着黑色衣服。

"我可以进来一会儿吗？外面很冷。我得好好刮一下胡子。我还要打一个电话。你给我写过一封信，所以我就想到了你。我能进来吗？"

亚历山大让他进来，让他洗了个澡，并给他准备了吃的。他想找衣服给他穿，但都不合适。他弄了一大堆火腿炒鸡蛋和黑面包加蘑菇和西红柿。丹尼尔坐在火炉前的一张矮桌旁，把所有东西一扫而光。他长了一把杂草似的大胡子，他在浴室里修了一下，但没有完全剃掉。嘴里被塞得满满当当，所以他说话含含糊糊、断断续续。公寓墙壁的颜色很淡，显得很祥和，木头家具有稻草色的，有金黄色的，也有亚麻色的，乔治式的窗户边框很漂亮，光线很足。看得出亚历山大整理房间时不会大动干戈，但是一丝不苟。他会做酸奶，像埃莉诺那样，桌子上还放了一瓶鸢尾花，旁边是一幅微缩版的《早餐桌》。

“我一直在走路，”丹尼尔说，“基本都是走着来的，偶尔坐巴士。我在外面睡觉，有时在车站睡。我不会给你添麻烦的。我不知道我要走去哪里，我没有目标，就想把自己累趴下。我要归于虚无。”

他怎么能这么说？他跟自己的肉体做过斗争，惩罚过自己，连续好几个星期都没有跟任何人说话，脚下不停地走着，管它是柏油碎石路面，还是草地，还是沙地，还是石楠花，他都无所谓。丹尼尔明白了“流浪”意味着什么。他记得他的脚在移动，而不断的运动使他的大脑失去了活力，他忘却了自己，忘却了往事。

“差不多就完蛋了。我一直走着，不吃东西。走到了圣班纳特教堂。你知道的，他们会接纳任何人，流浪汉、无业游民、自杀者、醉酒者，通通来者不拒。有一个我认识的人也去过那里。走到那里时，我的状态刚刚好，浑身脏兮兮，得了肺炎，说不出话来，可能还有破伤风。第二天，他们在我的口袋里放了一副狗项圈，于是，我出门的时候都戴着，貌似很滑稽，但我真的戴着，就像背着广告牌。我终于实现了目标，我归于虚无。他们把我送进了医院。我总算帮上一点忙，浪费了国家财政。好吧，我要回归生活了。”

亚历山大在墙上挂着大幅的《播种者》和《收割者》，那是查尔斯·科尼克帮他弄的，比真人或油画更大，照着黄色和紫色的光。他知道，一般的客人，甚至是大多数游客，都会从中看到资产阶级积极向上的精神面貌。他也知道，画家都希望自己创作的作品挂在房间里能让人家振作起来。丹尼尔看过了却无动于衷。亚历山大之所以挂着这两幅画，是希望体会一下他未曾感受过的极端情绪。他看着丹尼尔，好像根本不认识他，不知道是什么驱使他这样做，是什么让他归于虚无。

“你要干什么？”

“我不能回去干家务活。也许以前我有这种想法，我不知道。我希望继续待在圣班纳特教堂，我要在那里干活，直到出现新的变故。我要帮助那些穷困潦倒的人。不过，我得先去跟主教说明白。在圣班纳特，还没有人知道我的身份。我认为，我要先问问你这个想法是不是靠谱。”

“你觉得呢？”

“应该靠谱。”

“非常高兴你来找我。”

他把剩下的饭菜推到一边，拿起蓝色搪瓷咖啡锅，把咖啡倒进一个金黄色的瓦洛里陶器早餐杯里。

“喝点咖啡。提提神。”

丹尼尔的手指在摆弄着一个东西，就是那副狗项圈。

“谢谢。”

马上扫二维码，关注“熊猫君”

和千万读者一起成长吧！

图书在版编目（CIP）数据

静物 /（英）A.S. 拜厄特著 ; 黄协安译 . -- 上海 : 上海文艺出版社 , 2020.4
（读客外国小说文库）
ISBN 978-7-5321-7494-2

Ⅰ . ①静… Ⅱ . ① A… ②黄… Ⅲ . ①长篇小说—英国—现代 Ⅳ . ① I561.45

中国版本图书馆 CIP 数据核字 (2020) 第 019623 号

责任编辑：秦静
特邀编辑：武姗姗　张敏倩　夏文彦
封面设计：陈艳丽
封面插画：Danny McBride

静物
［英］A. S. 拜厄特　著
黄协安　译
上海文艺出版社出版、发行
地址：上海绍兴路7号
电子信箱：cslcm@publicl.sta.net.cn
网址：www.slcm.com
新華書店经销　北京中科印刷有限公司印刷
开本 880毫米×1230毫米　1/32　14.5印张　字数 350千字
2020年4月第1版　2020年4月第1次印刷
ISBN 978-7-5321-7494-2/I.5964
定价：88.00元

如有印刷、装订质量问题，
请致电010-87681002（免费更换，邮寄到付）